शब्दांश

शब्दांश

अमित शाह के चुनिन्दा भाषण

संपादन
शिवानंद द्विवेदी

रूपा

प्रकाशित
रूपा पब्लिकेशंस इंडिया प्राइवेट लिमिटेड 2022
7/16, अंसारी रोड, दरियागंज
नई दिल्ली 110002

सेल्स सेन्टर:
इलाहाबाद बैंगलुरू चेन्नई
हैदराबाद जयपुर काठमाण्डू
कोलकाता मुम्बई

ISBN: 978-93-5520-269-7

सातवां संस्करण 2022

10 9 8 7

भारत में मुद्रित

अनुक्रम

प्राक्कथन

श्री वेंकैया नायडू

उपराष्ट्रपति, भारत

अमित शाह के चयनित भाषणों को इस पुस्तक में संकलित किया गया है। इन भाषणों को पढ़ते हुए अनुभव होता है कि संकलन में विषयों की विविधता भी है और विचारों की गहराई भी। देश में पहले भी विचारकों और राजनेताओं के भाषणों को संकलित कर प्रकाशित किया जाता रहा है ताकि पढ़ने-लिखने में रुचि लेने वाले लोग व्यवस्थित ढंग से उनके विचारों से अवगत हो सकें। इस किताब को भी मैं इसी परम्परा की एक कड़ी मानता हूँ।

अमित भाई की राजनीतिक यात्रा दशकों की है। एक साधारण कार्यकर्ता से लेकर एक राजनीतिक दल के अध्यक्ष और केंद्रीय गृहमंत्री बनने तक का उनका सफर विस्तृत है। स्वाभाविक है इस विस्तृत सफर में अनेक दायित्वों का निर्वहन करते हुए अमित भाई कई तरह के अनुभवों से गुजरे होंगे। कुछ अनुभव ऐसे भी हैं जो सार्वजनिक हैं। कुछ ऐसे भी होंगे जो उनके लिए नितांत निजी होंगे। किन्तु एक बात अवश्य है कि सार्वजनिक जीवन की इस लंबी यात्रा के दौरान मिले राजनैतिक, प्रशासनिक और व्यक्तिगत जीवन के अनुभवों ने उनके विचारों को प्रामाणिकता और गहराई प्रदान की है जो कि इन भाषणों में सहजता से देखी जा सकती है। मैं स्वयं अमित भाई की संगठनात्मक क्षमता, प्रशासनिक कौशल, आध्यात्मिक ज्ञान और अभिव्यक्ति की सरल, सुगम्य शैली का प्रशंसक रहा हूँ।

वैसे तो अमित भाई ने जनसभाओं, कार्यक्रमों और संसद में बहुत से भाषण दिए हैं, लेकिन इस संकलन के भाषण अपनी विषयवस्तु की दृष्टि से विशेष हैं। उनके गृहमंत्री बनने के बाद देश तीन तलाक के विरुद्ध कानून, जम्मू-कश्मीर से अनुच्छेद-370 की समाप्ति जैसे दशकों से लंबित सामाजिक, राजनैतिक एवं संवैधानिक सुधारों का साक्षी बना है। इन विषयों पर राज्यसभा में चर्चा के दौरान दिए गए कई भाषणों का मैं खुद भी बतौर राज्यसभा सभापति साक्षी रहा हूँ। इन ऐतिहासिक सुधारों के समय संसद में दिए गए भाषणों में अमित शाह ने इन जटिल विषयों के सभी पहलुओं को तथ्यपरक किन्तु सरल ढंग से प्रस्तुत किया है। इस कारण से भी ये भाषण सहेजने योग्य महत्वपूर्ण दस्तावेज हैं। ये भाषण इस बात को समझने की दृष्टि से भी महत्वपूर्ण हैं

कि संसद में किसी विषय को रखने से पूर्व किस तरह की तैयारी होनी चाहिए और कैसे उस विषय को प्रभावी ढंग से रखा जा सकता है।

इस संकलन में शासन-प्रशासन के स्तर पर तकनीकी नवाचार, कानूनी पेंचीदगियाँ, विज्ञान, आध्यात्मिक दर्शन आदि विषयों पर भी अमित शाह के वक्तव्य और विचार संकलित हैं। ये विषय ऐसे हैं जिन पर बिना ठोस जानकारी के किसी व्यक्ति के लिए बोल पाना सहज नहीं हो सकता है। अमित भाई ने इन पर जिस तथ्यपरक और प्रभावी ढंग से अपनी बात रखी है, वह इन विषयों को लेकर उनके विस्तृत अध्ययन, गहरी समझ और सुविचारित दृष्टिकोण को ही दर्शाता है।

इस संकलन पुस्तक के आलोक में अपनी बात को अधिक स्पष्ट करने के लिए मैं इसमें संकलित दो भाषणों का उल्लेख करना चाहूँगा। एक, जनगणना अधिकारियों के प्रति दिया गया भाषण है। इसमें अमित शाह ने जनगणना का महत्व बताते हुए देश के विकास और भविष्य निर्माण में उसकी उपयोगिता का जिस बारीकी से वर्णन किया है, वो जनगणना को लेकर उनकी अनुभव-सिद्ध गहरी समझ को ही प्रकट करता है। दूसरा, वेदांत भारती के आयोजन में आदिशंकराचार्य पर दिया गया भाषण है। इसमें सौंदर्य लहरी, विवेक दीपिनी जैसी शंकराचार्य की कृतियों पर जो सारगर्भित वक्तव्य अमित भाई द्वारा प्रस्तुत किया गया है, वो यह बताने के लिए पर्याप्त है कि उन्होंने इन कृतियों पर केवल कुछ जानकारी जुटाकर यह भाषण नहीं दिया है, अपितु इनका सम्यक और व्यवस्थित अध्ययन किया है। विषयवस्तु के स्तर पर ये दोनों भाषण एकदम अलग हैं परंतु अमित शाह ने दोनों पर बराबर अधिकार के साथ प्रभावी भाषण दिया है। इससे इस बात की पुष्टि होती है कि विषय कोई भी हो, वे पूरी तैयारी और पक्की समझ के साथ अपना वक्तव्य रखते हैं। यह बात उनके भाषणों में प्रतिबिंबित होती है।

इन भाषणों को पढ़ते हुए एक और बात समझ में आती है कि अमित शाह जिस विषय पर बोलते हैं, उसके अतीत, वर्तमान और भविष्य तीनों को क्रमशः स्पर्श कर जाते हैं। उदाहरण के तौर पर अनुच्छेद-370 की समाप्ति के समय संसद में दिया गया उनका भाषण उल्लेखनीय है। अपने भाषण में उन्होंने पहले अनुच्छेद-370 के लागू होने से लेकर इसके कारण प्रदेश में उत्पन्न समस्याओं का पूरा इतिहास बताया है, फिर इसके कारण प्रदेश की वर्तमान दुर्दशा पर प्रकाश डाला है और अंत में इस अनुच्छेद के समाप्त होने के बाद भविष्य में जम्मू-कश्मीर का किस प्रकार कायाकल्प होगा, उसकी उज्ज्वल और तथ्यपरक तस्वीर भी प्रस्तुत की है। यह निश्चित रूप से किसी भी विषय को श्रोताओं के लिए रुचिकर और सहज बना देता है। जिस तैयारी और अध्ययन के साथ अमित भाई सदन की चर्चा में आते हैं वह संसद में स्वस्थ चर्चा के लिहाज से एक श्रेष्ठ सांसद में होनी चाहिए। अपने कथ्य को तार्किकता की कसौटी पर रखना, तथ्यों को स्पष्टता से प्रस्तुत करना तथा उदाहरणों को सही परिप्रेक्ष्य में रखना, भाषण शैली के इन सभी तत्वों को इस संकलन में देखा जा सकता है।

अमित शाह की भाषण-शैली के विषय में एक उल्लेखनीय बात यह भी है कि किसी भी विषय पर वे प्रायः उदाहरण के साथ अपनी बात कहते हैं। कभी उस विषय से संबंधित किसी घटना का उल्लेख करते हैं तो कभी किसी मिलते-जुलते अन्य प्रसंग का वर्णन करके वे अपनी बात को समझाने का प्रयत्न करते हैं। जैसा कि इसी पुस्तक में संकलित 'अच्छा सांसद कैसे बनें' शीर्षक भाषण में उन्होंने ऋग्वेद और महाभारत के श्लोकों से लेकर, श्री कृष्ण की द्वारका सहित लिच्छवी, वैशाली, मल्ल, मगध आदि का उदाहरण देते हुए यह स्थापित किया है कि भारत दुनिया का सबसे पुराना गणतंत्र है। अमित शाह के भाषणों में प्रसंगानुसार इस तरह के उदाहरण लगातार आते हैं।

अमित शाह की भाषण-शैली की एक प्रमुख विशेषता उनकी भाषा है। वे हिंदी में भाषण देते हैं, लेकिन गुजरात से होने के कारण उनकी भाषा में हल्का सा गुजराती का लहजा भी है, जिससे भाषा की सरसता में वृद्धि ही होती है। वे अपने भाषणों में अंग्रेजी के शब्दों का भी आवश्यकतानुसार प्रयोग करते हैं और जिस क्षेत्र में भाषण दे रहे हों, वहाँ की स्थानीय भाषा के शब्दों का प्रयोग करने में भी नहीं चूकते। यह भाषण-शैली श्रोताओं को सहज ही उनसे जोड़ देती है।

किसी भी पुस्तक के प्रकाशन के साथ ही यह प्रश्न भी आता है कि उसका पाठक कौन है, यानी कि अमुक पुस्तक किसके लिए उपयोगी है? इस भाषण संकलन के संदर्भ में इस प्रश्न पर विचार करें तो स्पष्ट होता है कि इन भाषणों में इतिहास, राजनीति, समाज, संविधान, विज्ञान, दर्शन, तकनीक आदि विविधवर्णी विषयों पर दिशा भी है, दर्शन भी है, दृष्टि भी है और दृष्टिकोण भी है। इस अर्थ में यह पुस्तक शोधार्थियों, सामाजिक-राजनैतिक विषयों के अध्येताओं सहित देश की शासन व्यवस्था में रुचि लेने वाले किसी भी व्यक्ति के लिए उपयोगी है।

इन भाषणों का संकलन और संपादन करने के लिए मैं संपादक शिवानंद द्विवेदी एवं इसे सुंदर ढंग से प्रकाशित करने के लिए प्रकाशक रूपा पब्लिकेशंस को बधाई देता हूँ। मुझे विश्वास है कि यह भाषण संकलन अपने इतिहास बोध के कारण कालजयी होगा और आने वाली पीढ़ियाँ इससे दिशा प्राप्त करेंगी।

संपादक की बात

केन्द्रीय गृहमंत्री अमित शाह के चुनिन्दा भाषणों के इस संकलन का संपादन करते हुए कई प्रकार के अनुभवों से गुजरना हुआ। व्यक्तिगत तौर पर मेरे लिए विविधतापूर्ण विषय-सामग्री के कारण इन भाषणों का अध्ययन रोचक और बौद्धिक रूप से समृद्ध करने वाला था। अपने अनुभव के आधार पर कह सकता हूँ कि विषय-सामग्री की विविधता ही इस संकलन को अधिक व्यापक और समृद्ध बनाती है। संकलन की रोचकता इसी में है। अमित शाह द्वारा दिए अनेक भाषणों में से चुनिन्दा भाषणों का विषय-वस्तु के अनुसार चयन करना एक कठिन काम था।

भाषण संपादन कुछ शर्तों से अनुशासित होता है। वैसे तो लिखने और बोलने दोनों का माध्यम भाषा ही होती है,लेकिन दोनों में भाषा का स्वरूप भिन्न-भिन्न रहता है। लेखन की भाषा जहाँ पूरी तरह से व्याकरणीय अनुशासन से संचालित होती है और उसी रूप में प्रभावी ढंग से अभिव्यक्ति पाती है, वहीं बोलने की भाषा पर व्याकरण के अनुशासन का भार अपेक्षाकृत कम रहता है। किसी विषय पर कुछ लिखते समय वाक्यों में जो सुस्पष्टता और क्रमबद्धता होती है, वह बोलने में नहीं होती। ऐसे में इन भाषणों के संपादन में व्याकरण के अनुरूप वाक्य विन्यास में तथा अत्यंत जरुरी लगने पर न्यूनतम समान अर्थ वाले शाब्दिक बदलाव किये गये हैं। कहीं-कहीं वक्ता द्वारा बोले गए अंग्रेजी के शब्दों का हिंदी अनुवाद भी प्रयोग किया गया है।

इस संकलन के अधिकांश भाषण न केवल विषय के स्तर पर भिन्न हैं, अपितु उनमें स्वरूपगत भिन्नता भी है। जैसे कि संसद में दिए गए भाषणों का रूप अलग है, तो किसी कार्यक्रम में दिया गया भाषण अलग रूप में है। ऐसे में इन भाषणों को एकरूपता प्रदान करने के लिए एक निश्चित प्रारूप तैयार कर इन्हें उसके अनुरूप व्यवस्थित करने का काम किया गया। प्रत्येक भाषण का एक शीर्षक दिया गया और प्रत्येक भाषण के साथ समय-स्थान की जानकारी तथा एक संक्षिप्त संपादकीय टिप्पणी जोड़ी गयी है। संपादकीय टिप्पणी में भाषण का सारांश बताते हुए उसका मूल भाव स्पष्ट करने का प्रयास किया गया है, ताकि भाषण पढ़ने से पूर्व उसकी विषयवस्तु की मूलभूत जानकारी पाठक को हो जाए।

संकलित भाषणों में से कुछ भाषण संसद में दिए गए हैं। इन भाषणों में जहाँ-तहाँ विपक्षी नेताओं द्वारा पूछे गए सवाल भी आए हैं, जिसके कारण भाषण का प्रवाह बाधित

होता है। अतः संपादन में सवालों को हटाया तो नहीं गया है, लेकिन भाषण के प्रवाह को सुरक्षित रखने के उद्देश्य से उन्हें सांकेतिक तौर पर भाषण से अलग कर दिया गया है, जिससे भाषण पढ़ने के दौरान उन्हें छोड़ते हुए पाठक आगे बढ़ जाएँ।

अमित शाह के इन चुनिन्दा भाषणों में विषयों की विविधता इस संकलन का सर्वाधिक महत्वपूर्ण तत्व है। विविध विषयों पर संकलित ये भाषण प्रधानमंत्री नरेन्द्र मोदी के नेतृत्व में बदलते भारत के रेफरेंस दस्तावेज नजर आते हैं। 2014 के बाद से देश में परिवर्तन की जो यात्रा शुरू हुई है, उसका एक लेखाजोखा हमें इन भाषणों में मिलता है। इन भाषणों में आजादी के बाद के भारत का संघर्ष है, वर्तमान भारत की आकांक्षाएँ हैं और भविष्य के नए भारत का उज्ज्वल स्वप्न भी है। संपादन के दौरान मेरे लिए इन भाषणों से गुजरना भारत के अतीत से लेकर वर्तमान और भविष्य तक की एक पूरी यात्रा से गुजरने का अनुभव रहा है।

इस भाषण संकलन में प्राक्कथन लिखने की स्वीकृति देने के लिए भारत के महामहिम उपराष्ट्रपति महोदय का हृदय से धन्यवाद। उनकी टीका से इस संकलन का महत्व निश्चित ही बढ़ जाता है। अलग-अलग स्तरों पर परोक्ष या प्रत्यक्ष रूप में जिन-जिन से भी सलाह व सहयोग मिला है, सभी के प्रति हृदय से आभार व्यक्त करता हूँ। आशा है यह संकलन पाठकों के लिए उपयोगी और पठनीय होगा।

अमित शाह: अनथक योद्धा

धीर, गंभीर, जिद्दी और देश के लिए जुनूनी अमित शाह के जीवन की निरंतर ऊँचाइयों के पीछे संघर्ष, समर्पण और सेवाभाव की एक मजबूत नींव है। वे जीवन की चुनौतियों, संघर्षों और कठिनाइयों की आँच में तपकर निकले हैं। उनके लिए जीवन, अनुभव की प्रयोगशाला है। जीवन का हर अनुभव उन्हें पहले से अधिक सबल, समर्थ और सक्षम बनाता है। चुनौतियों को पीठ न दिखाने के संस्कार उनके डीएनए में है। वे जो कहते हैं वैसा ही जीते हैं। एक साधारण परिवार में जन्में अमित शाह की सबसे बड़ी पूँजी उनके प्रखर राष्ट्रवादी विचार हैं, जिनके दम पर उन्होंने जीवन की असाधारण उपलब्धियाँ हासिल की हैं। चुनौतियाँ कितनी भी बड़ी हों, विचारधारा से समझौता कभी नहीं, यह उनका स्वभाव है।

वे नेपथ्य के नायक हैं। यश, अपयश की कभी चिंता नहीं की। केंद्र की राजनीति में सक्रिय होते ही उन्होंने उत्तर प्रदेश में पार्टी को रिकार्डतोड़ जीत दिलाई। पार्टी अध्यक्ष बने तो भारतीय जनता पार्टी को दुनिया की सबसे बड़ी पार्टी बना दिया। जिस उत्तर पूर्व में भाजपा का कोई दखल नहीं था, वहाँ आज सातों राज्यों में भाजपा की सरकार है। देश में धीरे-धीरे लेकिन निश्चित रूप से हिंदुत्व की प्रतिस्थापना में अमित शाह का नेपथ्य से सूत्र संचालन यह बताता है कि बिना श्रेय की लालसा से अपने प्रधानमंत्री नरेन्द्र मोदी के नेतृत्व में हिंदुत्व के एजेंडे पर वे रफ्तार से चल रहे हैं।

अमित शाह का जन्म 22 अक्तूबर 1964 को मुंबई में रह रहे एक गुजराती परिवार में हुआ। श्रीमती कुसुम बेन और श्री अनिलचन्द्र शाह की संतान अमित शाह के भीतर बचपन से ही कुछ नया रचने और गढ़ने की छटपटाहट थी। उनके दादा बड़ौदा स्टेट की एक छोटी रियासत मानसा से ताल्लुक रखते थे। 16 साल की आयु तक अमित शाह अपने पैतृक गाँव मानसा, गुजरात में ही रहे और वहीं से उन्होंने प्राथमिक शिक्षा प्राप्त की। अमित शाह की प्रारंभिक शिक्षा गायकवाड़ स्टेट के प्रमुख शास्त्रियों की देखरेख में 'भारतीय मूल्य परम्परा' के अनुसार हुई। उन्हें बचपन से ही भारतीय शास्त्रों, ऐतिहासिक ग्रंथों, व्याकरण तथा महाकाव्यों का अध्ययन कराया गया। उन्होंने इन संस्कारों को कभी नहीं छोड़ा और भारतीय दर्शन, धर्म, इतिहास और आर्ष ग्रंथों के प्रति उनकी अध्ययनशीलता आगे भी बनी रही। आज भी वे तमाम व्यस्तताओं के बावजूद पढ़ाई का क्रम जारी रखते हैं।

प्राथमिक शिक्षा पूरी होने के बाद उनका परिवार अहमदाबाद चला गया। अमित भाई के जीवन पर उनकी माँ का विशेष प्रभाव रहा। उनकी माँ गाँधीवादी थीं। खादी पहनने की प्रेरणा अमित शाह को उन्हीं से मिली। युवाकाल में प्रारंभिक शिक्षा के दौरान ही उन्होंने अनेक राष्ट्रप्रेमियों की जीवनियाँ पढ़ीं। यहीं से उनके मन में राष्ट्रप्रेम व राष्ट्रभक्ति की भावना पैदा हुई। वे के.एम. मुंशी के लेखन से बहुत प्रभावित रहे हैं। आपातकाल के दौर में जब देश में 1977 के आम चुनाव हो रहे थे तब शाह 13 साल के थे। उस दौरान वे मेहसाणा लोकसभा सीट से जनसंघ के टिकट पर चुनाव लड़ रहीं सरदार वल्लभ भाई पटेल की बेटी मणिबेन पटेल के लिए गलियों में पोस्टर-स्टीकर लगाने निकल पड़े थे। उनका यही जुनून उन्हें राजनीति के जरिए देश सेवा की राह में खींच लाया।

इसके तीन साल के बाद ही अमित शाह के सार्वजनिक जीवन की शुरुआत हुई जब साल 1980 में 16 साल की आयु में वे राष्ट्रीय स्वयंसेवक संघ से तरुण स्वयंसेवक के रूप में जुड़े। इस बीच वे अखिल भारतीय विद्यार्थी परिषद् से भी जुड़े। 1982 में शाह को अखिल भारतीय विद्यार्थी परिषद् की गुजरात इकाई का संयुक्त सचिव बनाया गया। परिषद् के कार्यकर्ता के साथ-साथ उन्होंने 1984 में भाजपा के लिए नारायणपुर वार्ड के सांघवी बूथ के पोलिंग एजेंट के नाते भी काम किया। वे इस वार्ड के पार्टी सचिव भी बने। वर्ष 1987 में अमित शाह भाजपा के युवा मोर्चा से जुड़े। यानी राजनीति दरी बिछा, पोस्टर लगा और बूथ कार्यकर्ता के स्तर से शुरू हुई। इसलिए उनकी चुनावी रणनीति केंद्र में हमेशा बूथ रहा।

अध्ययन अमित शाह के व्यक्तित्व की अनमोल संपदा है। इसी अध्ययनशील स्वभाव के चलते वे अस्सी के दशक में दीनदयाल शोध संस्थान से भी जुड़े। वे आठ वर्षों तक इस संस्थान की प्रदेश इकाई में कोषाध्यक्ष रहे। इस दौरान अमित शाह को राष्ट्रऋषि नानाजी देशमुख के निकट रहने तथा उनकी कार्यशैली को देखने और सीखने का सौभाग्य मिला। साल 1989 उनके जीवन में एक निर्णायक मोड़ लेकर आया। इस साल अमित शाह भाजपा के अहमदाबाद नगर सचिव बने। यह वह दौर था जब देश भर में श्रीराम जन्मभूमि आन्दोलन की आंधी चल रही थी। अमित शाह ने श्रीराम जन्मभूमि आन्दोलन और उसके बाद आगे चलकर एकता यात्रा में पार्टी द्वारा दिए अपने दायित्व को बखूबी निभाया। श्री लालकृष्ण आडवाणी और श्री अटल बिहारी वाजपेयी जब-जब गाँधीनगर लोकसभा से चुनाव लड़े तो उनके चुनाव प्रबन्धन का दायित्व उन्होंने साल 2009 तक संभाला और इस किले को लगातार अभेद्य और पहले से मजबूत बनाते रहे। बाद में 2019 में वे यहीं से रिकार्ड मतों से जीते।

नब्बे के दशक में गुजरात में भाजपा का तेजी से उभार हो रहा था। प्रधानमंत्री नरेन्द्र मोदी इस दौरान गुजरात भारतीय जनता पार्टी के संगठन सचिव थे। संगठन कार्य को लेकर ही अमित शाह का संपर्क नरेन्द्र मोदी से बना। अमित शाह ने संगठन को

मजबूत बनाने की प्रक्रिया में अभूतपूर्व योगदान दिया। गुजरात में भाजपा के सदस्यता अभियान को व्यापक बनाने और उसका दस्तावेजीकरण करने के विराट कार्य में अमित शाह की अहम भूमिका रही। वे संगठन के कामों में अब तक अपनी छाप छोड़ चुके थे। पूत के पाँव पालने में नजर आ रहे थे।

व्यापारिक पृष्ठभूमि से आने वाले अमित शाह की वित्तीय व्यवस्था को लेकर समझ शुरूआती दौर में ही बेहद परिपक्व थी। राजनीति में प्रवेश के शुरूआती दिनों में वे अपने व्यवसाय से जुड़े रहे, किन्तु बाद में राजनीति में अधिक सक्रियता के चलते उनकी व्यवसाय से दूरी बनती गई। लेकिन उनकी गहन व्यावसायिक समझ राजनीति के लिए वरदान बनकर सामने आई। वर्ष 1995 में जब अमित शाह गुजरात प्रदेश वित्त निगम के अध्यक्ष बने तब उन्हें निगम की स्थिति को सुदृढ़ करने के लिए अपनी व्यावसायिक समझ के सही उपयोग का अवसर मिला। उनकी वित्तीय सूझबूझ के कारण उनके कार्यकाल में निगम न सिर्फ घाटे से बाहर आया बल्कि इसके मुनाफे में 214 प्रतिशत तक की अभूतपूर्व बढ़ोत्तरी हुई। उनके कार्यकाल में ही निगम में पहली बार पट्टा खरीद फरोख्त, कार्यशील पूँजी अवधि लोन और ट्रक ऋण जैसे बड़े कदमों की शुरुआत हुई।

साल 1997 में अमित शाह को भारतीय जनता पार्टी युवा मोर्चा का राष्ट्रीय कोषाध्यक्ष बनाया गया। इसी साल गुजरात की सरखेज विधानसभा के लिए हुए उपचुनाव में पार्टी ने उन्हें उम्मीदवार बनाया और वे पहली बार 25000 मतों के भारी अंतर से जीतकर विधायक बने। तब से लेकर साल 2012 की विधानसभा तक, हर चुनाव में उनकी जीत का अंतर लगातार बढ़ता ही रहा और वे लगातार विधायक चुने जाते रहे। उनकी लोकप्रियता का आलम ये रहा कि नारायणपुर से जब वह पाँचवीं बार विधानसभा का चुनाव लड़े तो मतदाताओं की संख्या पहले से एक चौथाई रह जाने के बावजूद जीत का अंतर 63235 वोट रहा। विधायक के नाते अपने लम्बे कार्यकाल में अमित शाह ने विधायक निधि के अलावा अन्य स्रोतों से विकास कार्यों को तेज रफ्तार दी। साल 1998 में वे गुजरात भाजपा के प्रदेश सचिव बने और महज एक साल के अंदर उन्हें प्रदेश उपाध्यक्ष की जिम्मेदारी दी गई।

वर्ष 2000 में अमित शाह 36 वर्ष की उम्र में अहमदाबाद जिला सहकारी बैंक के सबसे युवा अध्यक्ष बने। यहाँ भी उन्होंने वित्तीय क्रान्ति के एक नए युग का सूत्रपात किया। उनके एक साल के कार्यकाल में इस बैंक ने 20.28 करोड़ के घाटे को पूरा किया तथा 6.60 करोड़ का लाभ कमाकर 10 प्रतिशत लाभांश वितरण भी किया। इसके ठीक एक साल बाद 2001 में अमित शाह को भारतीय जनता पार्टी की राष्ट्रीय सहकारिता प्रकोष्ठ का संयोजक नियुक्त किया गया।

नरेन्द्र मोदी के नेतृत्व में पहली बार गुजरात में हुए 2002 के विधानसभा चुनाव में आयोजित 'गौरव-यात्रा' में शाह को पार्टी कि ओर से महत्वपूर्ण दायित्व दिया गया। गुजरात विधानसभा के इस चुनाव में भाजपा की जीत हुई और अमित शाह सरकार में

मंत्री बनें। वे 2010 तक गुजरात सरकार में कई महत्वपूर्ण विभागों के मंत्री रहे। उन्हें गृह विभाग, यातायात, संसदीय कार्य, विधि और आबकारी जैसे महत्वपूर्ण मंत्रालयों की जिम्मेदारी सौंपी गई। गृहमंत्री रहते हुए उन्होंने पुलिस आधुनिकीकरण, सड़कों की सुरक्षा, अपराध में कमी को लेकर उन्होंने अनेक बड़े और प्रभावकारी कदम उठाए।

क्रिकेट और शतरंज में रुचि रखने वाले अमित शाह ने 2006 में मंत्री रहते हुए चेस एसोसिएशन के चेयरमैन का पदभार ग्रहण किया। उन्होंने अहमदाबाद के प्राथमिक विद्यालयों में शतरंज को प्रयोग के तौर पर शामिल करवाया। यह प्रयोग बच्चों की मानसिक क्षमता के विकास में काफी उपयोगी साबित हुआ। आगे चलकर तत्कालीन मुख्यमंत्री नरेन्द्र मोदी के सुझाव पर इसे प्रदेश भर के स्कूलों में शामिल कर लिया गया। इस दौरान गुजरात में पहली बार शतरंज की राष्ट्रीय प्रतियोगिता 'नेशनल बी' आयोजित हुई। 20 हजार खिलाड़ी इस प्रतियोगिता में शामिल हुए और यह गिनीज बुक ऑफ वर्ल्ड रिकॉर्ड में भी दर्ज हुआ। इसके साथ ही 4 हजार महिला शतरंज खिलाड़ियों की प्रतियोगिता भी लिम्का बुक में दर्ज हुई।

2009 में नरेन्द्र मोदी की अध्यक्षता में उन्हें गुजरात क्रिकेट एसोसिएशन का उपाध्यक्ष बनने का मौका मिला। वे अहमदाबाद सेन्ट्रल बोर्ड ऑफ क्रिकेट एसोसिएशन के अध्यक्ष भी रहे। इस दौरान क्रिकेट के क्षेत्र में गुजरात को कई ख्यातियाँ मिलीं। नरेन्द्र मोदी के प्रधानमंत्री बनने के बाद अमित शाह गुजरात क्रिकेट एसोसिएशन के अध्यक्ष बने।

अमित शाह के पास गुजरात के गृहमंत्री होने के नाते सुरक्षा का महत्वपूर्ण दायित्व था। उन्होंने दिन रात लगकर गुजरात की पुलिस व्यवस्था को एकदम सजग, संवेदनशील और चौकन्ना बनाए रखा। इस दौरान उनपर राजनीतिक कारणों से सोहराबुद्दीन एन्काउंटर का फर्जी आरोप भी मढ़ा गया। उन्होंने मंत्री पद से इस्तीफा दिया। मुकदमे के दौरान उन्हें तीन माह जेल में भी रहना पड़ा। हालाँकि बाद में दूध का दूध और पानी का पानी हो गया। उन्हें जमानत देते हुए गुजरात हाई कोर्ट ने कहा कि "अमित शाह के विरुद्ध प्रथम दृष्टया कोई मामला नहीं बनता" आगे चलकर 2015 में विशेष सीबीआई अदालत ने अमित शाह को इस टिप्पणी के साथ सभी आरोपों से बरी किया कि उनका केस राजनीति से प्रेरित था।

भाजपा ने उनकी सांगठनिक क्षमता को राष्ट्रीय कार्य में उपयोग करने के लिए साल 2013 में उन्हें पार्टी का राष्ट्रीय महामंत्री बना दिया। 2014 के चुनाव में भाजपा ने जब नरेन्द्र मोदी को अपना प्रधानमंत्री पद का उम्मीदवार बनाया तो अमित शाह को उत्तर प्रदेश का प्रभारी बनाकर भेजा गया। नरेन्द्र मोदी को देश ने बहुमत का जनादेश दिया। उस दौरान यूपी से भाजपा को 73 सीटें मिलीं। यह नरेन्द्र मोदी के चमत्कारी नेतृत्व और अमित शाह की अभूतपूर्व सांगठनिक क्षमता का ऐतिहासिक परिणाम था।

अमित शाह 9 जुलाई 2014 को भाजपा के राष्ट्रीय अध्यक्ष बनाए गए। उनका पहला कार्यकाल 2016 तक चला। अपने पहले कार्यकाल में अमित शाह ने नरेन्द्र मोदी की

लोकप्रियता को संगठन की मजबूती का माध्यम बनाकर एक के बाद एक कई राज्यों में भाजपा के सांगठनिक आधार को मजबूत किया। महा सदस्यता अभियान चलाकर भाजपा के सदस्यों की संख्या को सिर्फ पाँच महीनों में 11 करोड़ तक पहुँचाया। पार्टी को युगानुकुल चलाने के लिए अमित शाह ने अध्यक्ष रहते अनेक प्रयोग किए। नए विभागों और प्रकल्पों की रचना की। प्रवासों के चक्र को सघन बनाया। बैठकों को व्यवस्थित करने के लिए प्रशिक्षण कार्यक्रम शुरू हुए। कार्यालयों में पुस्तकालय और ई-पुस्तकालय पर उन्होंने विशेष जोर दिया। आज भाजपा के केन्द्रीय कार्यालय सहित अनेक कार्यालयों में पुस्तकालय चल रहे हैं। उनके अध्यक्ष रहते हरियाणा, महाराष्ट्र, असम समेत नार्थ ईस्ट के राज्यों में पहली बार भाजपा के नेतृत्व वाली सरकार बनी। उनकी इस अभूतपूर्व सफलता को देखते हुए भाजपा ने साल 2016 में उन्हें एक बार फिर राष्ट्रीय अध्यक्ष निर्वाचित किया। साल 2016 में ही वे सोमनाथ मंदिर न्यास के न्यासी भी बने।

साल 2017 में वे गुजरात से राज्यसभा सदस्य के रूप में निर्वाचित हुए। भाजपा के राष्ट्रीय अध्यक्ष बनने के बाद अमित शाह ने पार्टी की विचारधारा, कार्यशैली को आगे बढ़ाने के लिए देश के हर राज्य में संगठनात्मक प्रवास किया। इस दौरान भाजपा को कई महत्वपूर्ण चुनावी सफलताएँ भी मिलीं।

2019 का लोकसभा चुनाव आते-आते पार्टी का आधार देश भर में व्यापक हो चुका था। नरेन्द्र मोदी की लोकप्रियता का आधार और मजबूत हो चुका था। नरेन्द्र मोदी के नेतृत्व में जब भाजपा 2019 के चुनाव में गई तो 2014 से भी बड़ा जनादेश हासिल किया।

2019 में दुबारा चुनकर आई मोदी सरकार में अमित शाह गृहमंत्री बनें। वर्तमान में वे देश के गृहमंत्री के तौर पर अपने दायित्व का निर्वहन कर रहे हैं। देश के गृहमंत्री के तौर पर पीएम नरेन्द्र मोदी के नेतृत्व में वे कई ऐतिहासिक निर्णयों के भागीदार रहे हैं। उनके गृहमंत्री रहते केंद्र की मोदी सरकार ने अनुच्छेद-370, समान नागरिक संहिता तथा तीन तलाक जैसे ऐतिहासिक और दशकों से लंबित विषयों पर युगांतरकारी निर्णय लिए हैं।

अमित शाह जितने धीर-गंभीर हैं, भीतर से उतने ही सरल, सहज और मिलनसार हैं। अलग-अलग तरह के खानों के शौकीन अमित शाह को साहिर लुधियानवी की लिखी गजलें बेहद पसंद हैं। उन्हें चेस खेलने में विशेष रुचि है। तारीख उनकी सादगी भरी जीवन शैली की गवाह है। 2006 के बाद से अब तक वे कभी विदेश यात्रा पर नहीं गए हैं। वे अपनी अनुशासित कार्यशैली के लिए जाने जाते हैं। इतिहास के अध्ययन में उनकी खास रुचि है तथा अध्यात्म के चिंतन में उनका नजरिया बड़ा स्पष्ट है। समग्रत: कर्मठता ही उनकी पहचान है और सादा जीवन उच्च विचार उनका मूल मंत्र है। चरैवेति-चरैवेति के सिद्धांत पर आगे बढ़ते हुए अमित शाह देश सेवा की राह में अपना सर्वस्व समर्पित करने के मिशन पर दृढ़ हैं।

स्मरण

आदि शंकराचार्यः शिवोहम, शिवोहम ज्ञान परम्परा का स्मरण

राजनीति और अध्यात्म का संयोग विरले ही मिलता है। गृहमंत्री अमित शाह का भाषण भी उसी संयोग की साक्षात् पुष्टि करने वाला है। वेदांत भारती के आयोजन में आदि शंकराचार्य पर केन्द्रित अमित शाह के इस भाषण में उन्होंने हिंदू धर्म के महानतम् विचारक आदि शंकराचार्य के व्यक्तित्व व कर्तृत्व के विविध पक्षों का सुरुचिपूर्ण वर्णन किया है। आदि शंकराचार्य की सौन्दर्य लहरी, प्रश्नोत्तर रत्नमालिका जैसी गहन व गूढ़ कृतियों के विषय में शाह का सारगर्भित दृष्टिकोण भी पाठकों को चकित कर सकता है। विवेक दीपिनी को लेकर उन्होंने अपने भाषण में महत्वपूर्ण टीका की है। एक पूर्णकालिक राजनेता के आध्यात्मिक दृष्टि का एक पक्ष यह भी है, जिसे कम लोग जानते हैं। ब्रह्म क्या है? आत्मा के साथ इसका सम्बन्ध क्या है? इन शाश्वत प्रश्नों का जवाब अमित शाह के इस भाषण में है।

आज का यह कार्यक्रम जिनके पावन आश्रम में हो रहा है, वैसे परम पूज्य श्री श्री महास्वामी शंकर भारती जी के चरणों में प्रणाम करके मैं अपनी बात की शुरुआत करना चाहता हूँ। मंच पर उपस्थित कर्नाटक राज्य के लोकप्रिय मुख्यमंत्री श्री येदियुरप्पा जी, जस्टिस श्री पीवी चंद्रशेखर जी, कार्यक्रम के अध्यक्ष श्री एस एस नांगानंद जी, हमारे युवा सांसद श्री तेजस्वी सूर्या जी, डॉ. सीएन अवध नारायण जी, उपस्थित हमारे सांसद श्री पीसी मोहन जी और इस कार्यक्रम की आत्मा लाखों की संख्या में उपस्थित समग्र बेंगलूरू के बच्चों को मेरा प्यार भरा नमस्कार।

एक ही जगह पर, एक ही स्वर में, एक साथ मंत्रोच्चार ऊर्जा का एक अभिन्न चक्र

---

*'वेदांत भारती विवेक दीपिनी महा समर्पने' कार्यक्रम के दौरान 18 जनवरी 2020 को बेंगलुरू में केन्द्रीय गृहमंत्री श्री अमित शाह का वक्तव्य

निर्मित करता है। यह मन, शरीर और आत्मा तीनों को न केवल शक्ति देता है बल्कि दोषों से भी मुक्त कराता है। अभी दो लाख से ज्यादा बच्चों ने सौन्दर्य लहरी के ग्यारह चुने हुए श्लोकों का एक साथ पठन करके यहाँ जिस प्रकार के पवित्र वातावरण का निर्माण किया है, उसकी अनुभूति हम सब कर सकते हैं। सौन्दर्य लहरी के इस अद्‌भुत पाठ से आज मैं आश्चर्यचकित भी हूँ और अभिभूत भी हूँ। वेदांत भारती को कोटि-कोटि बधाई देना चाहता हूँ कि उन्होंने लाखों बच्चों के जीवन में वेद और उपनिषद का संदेश इतनी सरलता से पहुँचाया है। हमारे वेदों, उपनिषदों, पौराणिक साहित्य में जो सारगर्भित ज्ञान भरा पड़ा है, वो ज्ञान आज की शिक्षा के साथ बच्चों को देना और उनके जीवन को एक उचित पथ पर ले जाना बहुत जरूरी है। वेदांत भारती 20 वर्षों से बच्चों और युवाओं में वेद, उपनिषद और शास्त्रों के गूढ़ रहस्यों को बहुत सरल तरीके से पहुँचाने का काम करती आ रही है। आज मैं फिर से एक बार वेदांत भारती के सभी कर्ताधर्ताओं को मन से साधुवाद देना चाहता हूँ कि आप इन लाखों बच्चों के जीवन में एक नया पथ निर्मित करने के कारण बने हैं। निश्चित ही भगवान आदि शंकराचार्य का आशीर्वाद आपके साथ है और आप इस काम में हमेशा प्रवृत्त रहेंगे।

भगवान आदि शंकराचार्य की प्रश्नोत्तर रत्नमालिका के संक्षिप्त स्वरूप विवेक दीपिनी से बच्चों को परिचित कराना और उसका ज्ञान बच्चों तक पहुँचाना, मैं मानता हूँ कि जीवन को प्रेरणा देने वाला इससे बड़ा काम हो ही नहीं सकता। ये 36 श्लोक, मानव ज्ञान के महामंथन के बाद मानो अमृत निकालकर आदि शंकराचार्य ने समाज को दिए हैं। ये जो श्लोक हैं, आप इसके मूल स्वरूप में मत जाइएगा, परंतु इसके प्रश्न और उत्तर का गुरूजनों के पास से अगर विस्तृत और सारगर्भित अर्थ हम ग्रहण कर लें तो जीवन में गलत रास्ते पर जाने की कोई संभावना नहीं बचती। साथ ही, जीवन में निराशा, अकर्मण्यता के आने की भी कोई संभावना नहीं बचती तथा अपने व अपने परिवार से बाहर निकलकर समग्र सृष्टि के कल्याण के लिए जीवन को समर्पित करने का उद्देश्य भी इससे प्राप्त हो जाता है। इसलिए अक्टूबर 2017 में देश के प्रधानमंत्री श्री नरेन्द्र मोदी ने व्यक्तिगत रूप से इस बात में रुचि लेकर 24 भारतीय भाषाओं में प्रश्नोत्तर रत्नमालिका के अनुवाद का काम साहित्य अकादमी को दिया है। जो ये दिखाता है कि देश के प्रधानमंत्री प्रश्नोत्तर रत्नमालिका को आज के संदर्भ में कितना महत्वपूर्ण समझते हैं। वे ये मानते हैं कि आज के जीवन मूल्यों के लिए यह रसमालिका ज्ञान की खान है।

वेदांत भारती अपनी पहल पर 10 भारतीय भाषाओं में 'विवेक दीपिनी' का अनुवाद प्रकाशित कर चुकी है। मैं गुजरात से आता हूँ। इसका गुजराती अनुवाद अपनी टेबल के सामने देखकर मन को बड़ा संतोष और आनंद मिला है। मैं फिर से एक बार वेदांत भारती को बहुत-बहुत धन्यवाद देना चाहता हूँ। लगभग 10 लाख छात्रों को विवेक दीपिनी पढ़ाया जाता है और बेंगलुरू के 2 लाख छात्र वेदांत भारती के माध्यम से विवेक दीपिनी का अध्ययन करते हैं। ये बहुत अनुकरणीय और अभिनंदनीय कार्य है। वेदांत

भारती जिस सरलता और तन्मयता से सालों से यह काम कर रही है, उसे देखते हुए मैं कहना चाहता हूँ कि इस काम को आगे बढ़ाने के लिए जहाँ पर भी मेरी जरूरत हो, मैं हमेशा वेदांत भारती के साथ खड़ा रहने का प्रयास करूँगा।

यहाँ बहुत सारे बच्चे आए हुए हैं। मैं बच्चों से कहूँगा कि आदि शंकर के जीवन को हम जानने का नित्य प्रयत्न करें। यह मेरे स्वयं के अनुभव से उत्पन्न सलाह है। एक अल्प आयु जीवन के अंदर कोई व्यक्ति कितना कुछ कर सकता है। आदिशंकराचार्य इसकी मिसाल हैं। आदि शंकर ने अल्प आयु के अंदर देश की सात बार पैदल परिक्रमा की। देश के अंदर चारों दिशाओं में चार मठों, केदारनाथ में ज्योर्तिमठ, द्वारका में शारदा मठ, पूरी में गोवर्धन मठ और कर्नाटक मेंशृंगेरी मठ की स्थापना कर सनातम धर्म की रक्षा की। उन्होंने इन मठों के जरिए चारों वेद और सारे उपनिषदों को बाँटकर उनको संरक्षित और संग्रहित करने की हजारों साल की परम्परा खड़ी की है। पूज्य स्वामी जी यहाँ बैठे हैं। ये परम्परा, जो आदि शंकर ने शुरू की, उसने आजतक भारत के अध्यात्म को, आध्यात्मिक ज्ञान को जनता तक पहुँचाने का काम किया है। आदि शंकराचार्य का जीवन जब शुरू हुआ, तब देश में बहुत आपा-धापी का समय था। हिंदू धर्म के कितने ही मत-मतांतर हो चुके थे। कई सारे धर्मों के बीच में संघर्ष और कई कर्मकाण्डों में हमारा धर्म फँसा था। इन सबको एक साथ लाने का काम अपने छोटे से जीवन में आदि शंकराचार्य ने किया। निराकार और साकार जैसे बहुत सारे विवाद शंकराचार्य ने समाप्त कर अद्वैत मार्ग से जीवन का मोक्ष और कल्याण किस प्रकार से हो सकता है, इस रास्ते को प्रशस्त करके समग्र देश के अंदर एक अनुशासित तरीके से हमारे धर्म को आगे बढ़ाने का काम उन्होंने किया। उसी प्रकार से मोक्ष, भक्ति और कर्म के मार्ग मे बड़ा विवाद चलता था। आदि शंकराचार्य ने सिद्ध कर दिया कि ये तीनों मार्ग एक ही जगह, मोक्ष के स्थान पर जाकर रुकते हैं। इनमें से किसी भी मार्ग से साधक अपनी आत्मा का, अपने जीवन का कल्याण कर सकता है 'भज-गोविंदम' जो पढ़ेगा उसको मालूम पड़ जाएगा कि भक्ति मार्ग से मूढ़ से मूढ़ व्यक्ति भी ईश्वर की शरण और मोक्ष को प्राप्त कर सकता है।

ढेर सारे विवादों को असंख्य शास्त्रार्थ के साथ समाप्त करने का काम आदि शंकर ने अपनी छोटी सी उम्र में किया। आदि शंकराचार्य ने एक बहुत बड़ा अवतार-कार्य किया। बौद्ध और हिंदू धर्म के बीच में एक विवाद चल रहा था, उसको समाप्त करने का काम उन्होंने किया। इसके साथ पूरे देश भर में 12 अखाड़ों, दशनामी संप्रदाय अखाड़ों की स्थापना करके उन्होंने एक सूत्र में देश को वैज्ञानिक तरीके से बाँधने का काम किया। उन्होने जो सैकड़ों सालों के बाद भी अखाड़े बनाए उन अखाड़ों और दशनामी संन्यास की परम्परा भारत के आध्यात्मिक जगत का मार्गदर्शन कर सकती है। जो जलवायु परिवर्तन और पर्यावरण की बात करते हैं उनको मैं कहना चाहता हूँ कि एक बार इन दस नाम का अध्ययन कर लीजिये - आरण्य, आश्रम, भारती, गिरी,

पुरी, पर्वत, सरस्वती, सागर, तीर्थ और वन इसके बीच में दुनिया को बाँटकर आदि शंकर ने संन्यासियों को इन सारी चीजों का संरक्षण करने का दायित्व दिया। वेदों और उपनिषदों को भी इन अखाड़ों के बीच बाँटा और संरक्षण व संवर्धन का काम किया। उन्होंने जो 4 मठ स्थापित किए, वहाँ से निकले संन्यासियों ने देश और दुनिया तक ज्ञान की गंगा पहुँचाने का काम किया। 51 शक्तिपीठ, 12 ज्योतिर्लिंग, 7 पुरी और 4 धाम सहित कहीं पर भी जाएँगे, वहाँ पूजा का जो श्लोक मिलेगा, शंकराचार्य के द्वारा रचित श्लोक ही मिलेगा। चाहें आप नर्मदा जी के पास जाएँ या ऋषिकेश में गंगा पूजन करिए, सभी श्लोकों की रचना आदि शंकराचार्य ने ही की है। अपने छोटे से जीवन में ज्ञान का ये अगाध सागर निर्मित करने, ब्रह्म सूत्र, उपनिषद की व्याख्या करने और प्रशांतमयी तरीकों के माध्यम से सैकड़ों सालों तक ये ज्ञान की अभिरथ यात्रा किसी कष्ट के बगैर निर्विरोध चलती जाए, ऐसी सुचारू व्यवस्था खड़ी करने का बेजोड़ काम अपने छोटे जीवन में आदि शंकराचार्य ने किया। मैं मानता हूँ कि इसके कारण आज भी जो दुनिया को सब कुछ दे सकता है, ऐसा हमारा अध्यात्म का अभियान जीवित है और सालों सालों तक दुनिया की सभी समस्याओं, सभी प्रश्नों का समाधान उसी ज्ञान के माध्यम से आएगा।

आज आप विवेक दीपिनी का अभ्यास करते हैं तो मैं आपको इतना ही कहना चाहता हूँ कि विवेक दीपिनी के मूल अर्थ में मत जाइएगा, इसको आप गुरूजनों से समझिएगा, इसके गूढ़ अर्थ को समझिएगा और अपने जीवन में उसे उतारने का प्रयास करिएगा। मैं आपको गारंटी से कह सकता हूँ कि आप जीवन में कभी भी सन्मार्ग से विचलित नहीं होगें। विवेक दीपिनी उचित ज्ञान के पथ पर ले जाने की सभी शक्ति रखती है।

मैं आज बच्चों से कहना चाहता हूँ कि जीवन के अदृश्य लक्ष्य को अगर प्राप्त करना है, अदृश्य लक्ष्य की अनुभूति करनी है और अदृश्य लक्ष्य को सिद्ध करना है, जो मोक्ष के रास्ते पर ले जाता है तो विवेक दीपिनी से बड़ा कोई मार्गदर्शक नहीं हो सकता। मैं कुछ ही चीजें आपको बताना चाहता हूँ– प्रश्नोत्तरी के रूप में जो विवेक दीपिनी और प्रश्नोत्तर रत्नमालिका है, उसमें लिखा है कि पंडित और विद्वान किसे कहा जाता है। आमतौर पर कहते हैं, जिसके पास ज्ञान है, एक विषय का या अनेक विषय का, उसको पंडित या विद्धान कहते हैं। लेकिन आदि शंकराचार्य ने कहा है कि विवेक ही पंडित और विद्वान है, सिर्फ ज्ञान से कुछ नहीं होता है, जब विवेक इसके अंदर आप रखते हैं तभी आप ज्ञान को उचित रास्ते पर ले जाने की पात्रता रखते हैं। ढेर सारे प्रश्नों को लेकर उन्होंने बहुत सारे उदाहरणों के साथ हमारा मार्गदर्शन किया है। एक प्रश्न है– अलंकरण क्या है? तो यदि हम अलंकरण का मूल अर्थ जानेंगे तो कई जवाब दे सकते हैं। उन्होंने कहा कि सच्चा चरित्र ही मनुष्य जीवन का सबसे बड़ा अलंकार होता है। चार सूत्रों की व्याख्या उन्होंने बड़े अच्छे ढंग से की है और ढेर सारी जो हमे भटका देने वाली जगहें हैं, उनका मार्गदर्शन भी विवेक दीपिनी करती है।

आज बच्चों ने सौन्दर्य लहरी के 11 श्लोकों का पाठ किया। विवेक दीपिनी भी आप पढ़ते हैं। मैं आप सबको आग्रह करना चाहूँगा कि आपका अभ्यास आप जरूर करिए मगर साथ में विवेक दीपिनी के गूढ़ अर्थ को समझने और अपने जीवन में उतारने का भी प्रयास करिए। अगर ये आप कर लेते हैं तो आपके जीवन को एक अच्छे गंतव्य पर पहुँचने से कोई नहीं रोक सकता।

6 साल से देश में श्री नरेन्द्र मोदी जी के नेतृत्व में भारतीय जनता पार्टी की सरकार चल रही है। आजादी के बाद अनेक सालों तक सरकारें चलीं, धर्मनिरपेक्षता की गलत व्याख्या के कारण एक हीन ग्रंथि से प्रेरित सरकारों ने अपना जो सर्वश्रेष्ठ है, उसे छोड़ दिया था। बहुत समय के बाद देश ने एक ऐसा प्रधानमंत्री पाया, जो शपथ लेने के पहले वाराणसी में गंगा आरती करने के लिए जाता है और गौरव के साथ ललाट पर त्रिपुंड धारण कर गंगा आरती कर पूरी दुनिया को संदेश देता है कि हमारे पास आपको देने के लिए बहुत कुछ है। बहुत समय बाद हमने एक ऐसा प्रधानमंत्री देखा, जो नेपाल के पशुपतिनाथ मंदिर में जाकर भारत सरकार की ओर से रक्त चंदन भेंट करता है और भगवान पशुपतिनाथ जी का अभिषेक करता है।

मोदी जी ने हमारे देश की संस्कृति को, हमारे देश के संस्कार को और हमारे देश की परम्परा को पूरी दुनिया में पहुँचाने का काम किया है। एक तरह से नरेन्द्र मोदी जी हमारी संस्कृति के एक ध्वज-वाहक बनकर पूरी दुनिया में घूम रहें हैं। उन्होंने हमारी संस्कृति, संस्कार, धर्म के प्रति हमारे गौरव को जागृत करके एक नई चेतना का निर्माण करने का काम किया है।

आज स्वामी जी की निश्रा में लाखों लोगों ने, बच्चों ने सौन्दर्य लहरी का पाठ भी किया और विवेक दीपिनी का भी पाठ करने वाले हैं। मैं सभी बच्चों से फिर से एक बार आग्रह करता हूँ कि इसके मूल अर्थ में मत जाइए, इसके गूढ़ रहस्य को समझने के लिए अपने गुरूजन के साथ संवाद स्थापित करके, इसके गूढ़ रहस्य को समझकर, अपने जीवन को दैदीप्यमान करिए। इससे प्राणियों में सहभावना होगी। विश्व का कल्याण होगा।

वंदे मातरम्।

युगदृष्टा सावरकर

वीर सावरकर साहस, शौर्य, पराक्रम और राष्ट्रभक्ति का पर्याय हैं। उनका समूचा व्यक्तित्व अप्रतिम गुणों से संपन्न था। वे मातृभूमि की स्वतंत्रता के लिए जान हथेली पर रखकर जूझने वाले महान क्रांतिकारी तो थे ही; जातिभेद, अस्पृश्यता और अंधश्रद्धा जैसी सामाजिक बुराइयों को समूल नष्ट करने का आग्रह करने वाले महान द्रष्टा भी थे। गीता के कर्मयोग सिद्धांत को अपने जीवन में उतारने वाले अद्भुत कर्मयोगी भी थे। अपने तेजस्वी विचारों से लाखों लोगों को सम्मोहित करने वाले प्रखर वक्ता भी थे। गृहमंत्री अमित शाह का यह भाषण स्वातंत्र्यवीर सावरकर के व्यक्तित्व के सभी पहलुओं पर रोशनी बिखेरता है।

सबसे पहले मैं आयोजकों के प्रति आभार व्यक्त करना चाहता हूँ कि उन्होंने 29वें सावरकर साहित्य सम्मेलन के अवसर पर मुझे बोलने का मौका दिया है। सावरकर जी ने जिन करोड़ों लोगों के जीवन में उत्कृष्ट राष्ट्रभक्ति का दीप प्रज्ज्वलित करने का काम किया है, उसमें से मैं भी एक हूँ। राष्ट्र निर्माण और राष्ट्र चिंतन की दिशा में सावरकर साहित्य का बहुत बड़ा योगदान है। यह साहित्य घनघोर अँधेरी रात में बिजली की रोशनी की तरह आशा का संचार करता है। सावरकर साहित्य संस्थान का काम बहुत सराहनीय है, लेकिन इसे महाराष्ट्र तक सीमित न रखा जाए। सावरकर जी को चाहने वाले देशभर में हैं। हमें उन तक पहुँचना चाहिए। सावरकर जी का विचार आज भी प्रासंगिक है। प्रत्येक देशभक्त नागरिक का कर्तव्य है कि वह इसके प्रचार-प्रसार में योगदान करे।

*यह भाषण, दो भाषणों का संपादित अंश है। पहला भाषण सेलुलर जेल में वीर सावरकर ज्योति पुनः प्रज्ज्वलित करने के मौके पर 28 मई, 2016 को पोर्ट ब्लेयर, अंडमान में दिया गया था। दूसरा भाषण 29 अप्रैल, 2017 को ठाणे, महाराष्ट्र में सावरकर दर्शन प्रतिष्ठान द्वारा आयोजित स्वातंत्र्यवीर सावरकर साहित्य सम्मेलन का उद्घाटन करते हुए दिया गया था।

जिन लोगों ने वीर सावरकर की निंदा की है, उनको मालूम नहीं कि सावरकर कौन थे। बहुत सारे लोगों को पद्मश्री मिले, पद्मभूषण मिले, पद्मविभूषण मिले, भारत रत्न भी मिले। किन्तु देश की जनता ने किसी के नाम के सामने किसी सरकार के कहे बिना यदि वीर जोड़ दिया, तो वह एकमात्र सावरकर हैं। इसके लिए कोई आन्दोलन नहीं करना पड़ा, किसी राजनीतिक दल के समर्थन की जरूरत नहीं पड़ी, हस्ताक्षर अभियान नहीं चलाए गए, संसद या विधानसभा में कोई प्रस्ताव नहीं लाना पड़ा। कोटि-कोटि भारतीयों ने अपने मन के उदगार से सावरकर के नाम के सामने 'वीर' लगा दिया। यही सावरकर जी का परिचय है। उनके व्यक्तित्व को कमतर करने का भरपूर प्रयास किया गया, किन्तु करोड़ों लोग उनके कृतित्व को, उनके जीवन को, उनके जीवन के संदेश को समझकर उनसे अभिभूत होते गए और अपने आप उनके नाम के सामने वीर की उपाधि लगा दी। फिर ऐसे असाधारण व्यक्ति को किसी और उपाधि की क्या जरूरत!

सावरकर जी ने जीवन में बहुत बड़े-बड़े काम किए हैं, जिसकी जानकारी बहुत कम लोगों को है। उन्होंने बैरिस्टर की परीक्षा उत्तीर्ण की, किन्तु बैरिस्टर होने के नाते कभी वकालत नहीं की। उन्हें बैरिस्टर की डिग्री नहीं दी गई। हमारा आजादी का आन्दोलन बैरिस्टरों से भरा पड़ा है। एक से बढ़कर एक राष्ट्रभक्त बैरिस्टर नेताओं ने हमारे आजादी के आन्दोलन की अगुवाई की। तब बैरिस्टर के लिए इंग्लैंड की रानी के प्रति वफादारी की शपथ लेनी पड़ती थी। एक समय सबने यह शपथ ली थी। वीर सावरकर ही एकमात्र ऐसे व्यक्ति थे, जिन्होंने रानी की वफादारी की शपथ नहीं ली और बैरिस्टर की डिग्री ठुकरा दी।

बहुआयामी व्यक्तित्व

सावरकर एक बहुआयामी व्यक्तित्व के धनी थे। वे राइटर और फाइटर दोनों थे। लिखना और योद्धा होना दोनों साथ-साथ कदाचित ही होता है, लेकिन सावरकर जी में ये दोनों गुण थे। वे एक महान देशभक्त थे, एक बहुत बड़े समाज सुधारक थे, एक भाषा शास्त्री के रूप में हमारी भाषा की कमियों को दूर करने का काम भी सावरकर जी ने बहुत अच्छे तरीके से किया था। वह एक युगदृष्टा और स्पष्ट वक्ता थे।

भारतीय साहित्य में नौ रस माने जाते हैं। सावरकर जी ने उस में राष्ट्रभक्ति का रस और जोड़ दिया। उन्होंने राष्ट्रभक्ति का उत्कृष्ट साहित्य सृजन करके पूरे देश में राष्ट्रभक्ति की चेतना जगाई। गद्य एवं पद्य में एक साथ बहुत कम लोग साहित्य की रचना कर सकते हैं। लेकिन सावरकर जी में यह प्रतिभा थी। सावरकर जी गद्य में श्रेष्ठ थे या पद्य में श्रेष्ठ थे, इसे तय करना सरल नहीं, क्योंकि वह दोनों में श्रेष्ठ थे। दोनों को उन्होंने नए आयाम दिए।

उन्होंने बाजीराव और तानाजी के साथ-साथ चापेकर बंधुओं और भगत सिंह पर भी कविताएँ लिखीं। उन्होंने कभी भी अपने जीवन का विचार नहीं किया। कभी उन्होंने यह

नहीं सोचा कि जिस दिशा में वह निकले हैं, वहाँ पर उनका क्या होगा। वीर सावरकर ने 23 साल की उम्र में ही 'जयस्तु' लिखा था। अपने लेखन से अस्पृश्यता पर भी उन्होंने कठोर प्रहार किया। वे बहुत बड़े समाज सुधारक थे। अस्पृश्यता को वह हिंदू समाज का कलंक मानते थे और उस पर कुठाराघात करने से कभी नहीं चूके। कड़े विरोध के बाद भी उन्होंने दलितों को मंदिर प्रवेश कराने का प्रयास किया। अपने नाटकों के मंचन के समय वे दलितों को अगली पंक्ति में बैठाकर उनका सम्मान करते थे।

सावरकर एक साहित्यकार होने के साथ-साथ बहुत बड़े भाषाशास्त्री भी थे। डायरेक्शन के लिए दिग्दर्शन शब्द उन्हीं का दिया हुआ है। दूरदर्शन, सांसद, महापौर, विधि-मंडल, इन सारे शब्दों के जन्मदाता वीर सावरकर ही हैं। सावरकर जी कई भाषाओं के ज्ञाता थे। बांग्ला, उड़िया, उर्दू, मराठी, हिंदी, संस्कृत सहित अनेक भाषाओं पर उनका अच्छा अधिकार था। उन्होंने इन सभी भाषाओं को समृद्ध करने का काम किया। सावरकर के पहले आरती सिर्फ ईश्वर की हुआ करती थी। सावरकर जी ने देश के लिए जीने-मरने वालों की आरती करने की प्रथा शुरू की। शिवाजी की आरती शुरू करने का श्रेय उन्हें ही है।

महान क्रांतिवीर जिसे दो जन्मों की सजा हुई

सावरकर जी ने तिलक महाराज, श्यामजी कृष्ण वर्मा और मैडम कामा जैसे अनेकानेक देशभक्तों के साथ काम किया और धीरे-धीरे सबके चहेते बन गए। ऐसे कई क्रांतिकारी हुए, जिन्हें फाँसी लगी, जिन्हें जेल की सजा हुई, देश निकाला हुआ, कालापानी हुआ, लेकिन ऐसा कोई नहीं है, जिसको एक जीवन में दो जन्मों की सजा हुई हो। सावरकर एकमात्र क्रांतिवीर हैं जिन्हें दो जन्मों की सजा हुई थी।

भारतीय जनता पार्टी की सरकार ने अंडमान निकोबार जेल में, जहाँ सावरकर जी को रखा गया था, एक सावरकर ज्योति बनाई थी। जब यूपीए का शासन आया, कांग्रेस का शासन आया, तब उस सावरकर ज्योति को नष्ट कर दिया गया। लेकिन चिंता की बात नहीं। भारतीय जनता पार्टी की सरकार जब दोबारा बनी, तब मैं वहाँ खुद गया और सावरकर ज्योति को फिर से प्रज्ज्वलित कर आया हूँ। आज अंडमान निकोबार जेल में दैदीप्यमान सावरकर ज्योति देश के करोड़ों नागरिकों को देशभक्ति की प्रेरणा दे रही है।

मैंने जब अंडमान निकोबार की उस जेल और वहाँ की कालकोठरी को देखा तो मन में भाव आया कि यह स्थान अंग्रेजों के लिए तो जेल हो सकता है, किन्तु हिंदुस्तान के देशभक्तों के लिए यह प्रयागराज से भी बड़ा तीर्थ है। मैं उस कोठरी को भी देखा, जहाँ सावरकर जी को रखा गया था। उस 7 फुट गुणे 4:30 फुट की कोठरी के ठीक सामने हर रोज कम से कम 3 लोगों को फाँसी दी जाती थी। अंग्रेजों ने सोचा कि फाँसी देने से पहले कैदियों का रुदन-क्रंदन देख सावरकर का मनोबल टूट जाएगा, परंतु ऐसा नहीं हुआ। अंग्रेज उनका मनोबल नहीं तोड़ पाए। कोल्हू में बैल की तरह काम करके

हर रोज 200 ग्राम तेल निकालने के बाद भी यदि कोई व्यक्ति अपने रक्त से जेल की दीवार पर 6000 शब्दों में देशभक्ति पर कविता लिख दे, इसके बावजूद कुछ लोग उसे देशभक्त न मानें, यह शर्म की बात है।

काले पानी की उस काल कोठरी की कल्पना करके आज भी रोंगटे खड़े हो जाते हैं। दो भाई कई सालों से वहीं रहने के बाद भी मिल नहीं पाए। जब मिलते हैं तो एक-दूसरे से पूछते हैं, तू भी यही है? वीर सावरकर साहस की प्रतिमूर्ति थे। जब उनको लाने वाला जहाज फ्रांस की समुद्री सीमा के पास पहुँचा तो उन्होंने मौका देख कर उसमें से छलांग लगा दी। उस भयानक समुद्र में कूदकर तैरते हुए फ्रांस तक पहुँचने का साहस वीर सावरकर के अलावा कोई और नहीं कर सकता था। कूदने पर आगे क्या होगा, प्रहरी गोली तो नहीं मार देंगे, तट पर पहुँच भी गया तो वहाँ क्या होगा, इसकी चिंता किए बिना उन्होंने समुद्र में छलांग लगा दी। उनको माँ भारती की आजादी के अलावा कुछ नहीं दिख रहा था। इसके लिए वे कोई भी खतरा उठाने के लिए तैयार थे।

स्वतंत्र दृष्टिकोण

हमारे पूर्वजों ने कहा है, अति सर्वत्र वर्जयेत। अर्थात, अति हमेशा नुकसान करती है, चाहे वह कैसी भी हो। चाहें वह हिंसा की हो, चाहें अहिंसा की हो। एक समय जब अहिंसा की अति हो गई तो सावरकर ने 'संयस्थ खड्ग' लिखकर बताया कि अहिंसा की अति समाज को कैसे दिग्भ्रमित कर रही है। सावरकर जी ने कालिदास और भवभूति के बारे में भी बहुत सारी बातें अपने जीवन काल में लिखी थीं। वैचारिक साहित्य निर्माण में भी उनका बहुत बड़ा योगदान है। हिंदुत्व, हिंदू पद पादशाही, मुसाब, उत्तरक्रिया, समस्त भारतीय इतिहास के छह पुरुष, राष्ट्रवाद के सिद्धांत जैसी रचनाओं से उन्होंने देश को दिशा देने का काम किया। साथ ही उन्होंने सांस्कृतिक राष्ट्रवाद को परिभाषित करके यह सिद्ध किया कि वही देशभक्ति है।

वीर सावरकर जन्म से हिंदू थे और कर्म से भी हिंदू थे। एक समय आया, जब उनका शरीर अत्यंत वृद्ध हो गया था। उन्हें कोई बीमारी नहीं थी, किन्तु माँ भारती की सेवा नहीं कर पाने का भाव उनके लिए असह्य था। बूढ़े और बीमार शरीर को दवाइयों के सहारे घसीटने की बजाय उन्होंने अन्न-जल छोड़ कर अपने शरीर का विसर्जन कर दिया। एक बार फिर भारत भूमि पर जन्म लेकर इस देश की सेवा करने का संकल्प लेकर उन्होंने मृत्यु को आमंत्रित किया। ऐसा प्रण सावरकर जी ही ले सकते थे। कोई किसी विचारधारा पर टीका-टिप्पणी करे, किसी की निंदा करे, किसी से सहमत ना हो, इससे कोई दिक्कत नहीं है। किन्तु सावरकर जी की राष्ट्रभक्ति पर जो लोग शंका करते हैं, देश की आने वाली पीढ़ियाँ उन्हें माफ नहीं करेंगी। सावरकर की राष्ट्रभक्ति पर प्रश्न उठाना असहनीय है।

हिंदू शब्द के साथ संस्कृति को जोड़ने का काम उन्होंने किया। इतिहास पर उनका बहुत विस्तृत काम है। यह वीर सावरकर ही थे, जिन्होंने 1857 को भारतीय स्वतंत्रता

का प्रथम संग्राम बताया। उन्होंने इतनी प्रचंडता और उत्कृष्टता से अपनी किताब में राष्ट्रभक्ति और स्वतंत्रता संग्राम का वर्णन किया कि उसे प्रकाशित होने से पहले ही प्रतिबंधित कर दिया गया। जिन अंग्रेजों के साम्राज्य में सूरज नहीं डूबता था, वे अंग्रेज उनकी किताब से डर गए। उन्हें विश्वास था कि यदि यह पुस्तक हिंदुस्तान पहुँच गई तो इससे आजादी के आन्दोलन को बहुत बल मिलेगा। यही कारण है कि इसे प्रकाशित होने से पहले ही प्रतिबंधित कर दिया गया। जब आप इस किताब को पढ़ेंगे तो पता चलेगा कि कितनी यातनाएँ सहकर हमने यह आजादी हासिल की है।

युगदृष्टा

संभवतः फॉरेन कॉरेस्पोंडेंट होने का पहला सम्मान वीर सावरकर को मिलेगा, क्योंकि वे लंदन में रहकर पत्रकारिता करते थे। सभी जानते हैं कि हिंदू शब्द को गौरव दिलाने में, हिंदू राष्ट्र की व्याख्या करने में सावरकर जी का बहुत बड़ा योगदान है। लेकिन उन्होंने हिंदू समाज की उन सारी बुराइयों को भी गिनाया है, जिनके कारण हिंदुओं का पतन हुआ। उनके साहित्य में इसका पूरा वर्णन है। वेदोक्त बंदी, व्यवसाय बंदी, स्पर्श बंदी, सिंधु बंदी, रोटी बंदी और बेटी बंदी जैसी बुराइयों को व्याख्यायित करके वीर सावरकर ने समाज को जोड़ने का काम किया था। उन्होंने कहा कि जब तक हिंदू समाज के भीतर की बेड़ियाँ नहीं टूटेंगी, तब तक गुलामी की बेड़ियाँ भी नहीं खुलेंगी।

सावरकर जी युगदृष्टा व्यक्ति थे। जब हिरोशिमा नागासाकी पर बम गिराया गया, तब उन्होंने कहा था कि एक दिन हिंदुस्तान को भी अणु महाशक्ति बनना पड़ेगा, तभी हमारी सुरक्षा निश्चित हो पाएगी। कल्पना करिए कि जब हिंदुस्तान आजाद भी नहीं था, ऐसे समय में सावरकर भारत को महाशक्ति बनाने की बात कर रहे थे। चीन, नॉर्थ ईस्ट, पाकिस्तान और बांग्लादेश आदि के बारे में सावरकर ने जो बातें की हैं, उनको यदि समय रहते सुना गया होता तो बहुत सारे संकटों से हम बच जाते। आज जब हम उनकी लिखी बातों को पढ़ते हैं तो सोच में पड़ जाते हैं कि एक व्यक्ति भविष्य की घटनाओं को कैसे इतना पहले समझ सकता है। चाहें विधवा विवाह हो, पुनर्विवाह हो या बाल विवाह हो, सबके बारे में सावरकर ने स्पष्ट रूप से लिखा है।

एक उत्कृष्ट साहित्य के रचयिता, एक उत्कृष्ट राष्ट्रभक्त, एक वीर योद्धा, एक स्वतंत्रता संग्राम सेनानी, ऐसे बहुत सारे व्यक्तित्व उनके दुबले-पतले शरीर में समाए हुए थे। उनकी बातें समय बीतने के साथ और प्रासंगिक होती जा रही हैं। इसलिए सावरकर साहित्य को संजोकर रखना केवल साहित्य प्रेमियों या देश प्रेमियों की ही नहीं, बल्कि देश की भी जरूरत है। देश के सभी युवाओं तक सावरकर की बातें पहुँचे, हमें ऐसी व्यवस्था करनी चाहिए।

वंदे मातरम्।

अप्रतिम नायकः डॉ. श्यामा प्रसाद मुखर्जी

डॉ. श्यामा प्रसाद मुखर्जी भारतीय इतिहास के ऐसे नायक हैं, जिनके योगदानों के साथ इतिहास न्याय नहीं कर सका। अद्भुत बौद्धिक क्षमता के धनी डॉ. श्यामा प्रसाद मात्र 33 वर्ष की अवस्था में कलकत्ता विश्वविद्यालय के उपकुलपति बन गए थे। बंगाल विभाजन को रोकना हो या जनसंघ की स्थापना हो अथवा जम्मू-कश्मीर में परमिट व्यवस्था का विरोध करते हुए अपने प्राणों का बलिदान कर देना हो, श्यामा प्रसाद जी के ये सब योगदान उन्हें भारतीय इतिहास के एक अप्रतिम नायक के रूप में स्थापित करते हैं। प्रस्तुत भाषण में गृहमंत्री अमित शाह ने डॉ. श्यामा प्रसाद मुखर्जी के व्यक्तित्व व कर्तृत्व से जुड़े इन सब पहलुओं पर संक्षिप्त किन्तु सारगर्भित ढंग से प्रकाश डाला है।

श्यामा प्रसाद जी बहुमुखी प्रतिभा के धनी थे। इतिहास के जानकार उनकी निर्विवाद देशभक्ति को हृदय से स्वीकारते और सराहते हैं। पर उनकी असली पहचान एक ऐसे राजनेता की है, जिसने सत्तामोह से ऊपर उठकर विशुद्ध रूप से देश के लिए काम किया।

डॉ. श्यामा प्रसाद जी के जीवन, उनके योगदान और उनके विचार पर अगर गौर करें तो लगता है, इतिहास में उनको वह स्थान नहीं मिला, जिसके वे हकदार थे। इसमें इतिहास लिखने वालों की गलती नहीं है। मेरा मानना है कि जो लोग धारा से हटकर सोचते हैं, लीक तोड़कर एक नया रास्ता बनाते हैं, परम्पराओं से पगी स्वीकृत बातों को छोड़कर समाज को एक नई दिशा देने का प्रयास करते हैं, उनके साथ ऐसा ही होता है। इसलिए मुझे कोई आश्चर्य नहीं कि श्यामा प्रसाद जी के साथ ऐसा क्यों हुआ!

---

*डॉ. श्यामा प्रसाद मुखर्जी के 29 प्रमुख भाषणों के संकलन पर आई अनिर्बान गांगुली और अवधेश सिंह की पुस्तक के विमोचन के मौके पर दिनांक 15 जुलाई, 2017 को दिए गए भाषण का संपादित अंश।

शिक्षा पर श्यामा प्रसाद जी के अष्ट सिद्धांत

श्यामा प्रसाद जी ने बंगाल की विधानसभा और भारत की संसद में दो ऐतिहासिक भाषण दिए थे, जिनका बड़ा महत्व है। उनके इन भाषणों ने एक बड़ा अनर्थ होने से देश को बचा लिया। 1940 में बंगाल की विधानसभा में एक बिल आया था, जिसमें पूर्ण रूप से शिक्षा के इस्लामीकरण का प्रस्ताव था। लेकिन श्यामा प्रसाद जी की दूरदर्शिता और दृढ़ता के कारण बंगाल एसेंबली में यह बिल पास नहीं हो पाया। दूसरा बिल था 1951 का, जिसके तहत केंद्र सरकार विश्व भारती शांति निकेतन के अधिग्रहण का बिल लेकर आई। उस वक्त भी श्यामा प्रसाद जी ने अकेले आवाज बुलंद की थी, जिसके चलते बनारस हिंदू विश्वविद्यालय और विश्व भारती जैसे संस्थानों का मूल रूप बच गया। अपनी संस्कृति और परम्परा में जो भी अच्छा है, उसे संजोकर आधुनिक भारत की रचना का संकल्प जहाँ से आता था, ऐसे इन संस्थानों के सरकारीकरण का प्रयास उन्होंने विफल कर दिया। जब भी उनके इस योगदान का सही मूल्यांकन होगा, तब पता चलेगा कि श्यामा प्रसाद मुखर्जी ने देश की प्राच्य परम्परा और संस्कृति को बचाने का कितना बड़ा काम किया था।

श्यामा प्रसाद जी ने शिक्षा को लेकर जो कुछ कहा, उसका अगर बारीकी से अध्ययन हो तो पता चलता है कि उन्होंने कुल आठ सूत्र सिद्धांतों की बात की है। जिन्हें भी शिक्षा पर काम करना है, उन्हें श्यामा प्रसाद जी के अष्ट सिद्धांतों को समझना चाहिए। श्यामा प्रसाद मुखर्जी ने कहा था कि भारत की शिक्षा व्यवस्था यहाँ के लोगों की नैसर्गिक प्रतिभा और संस्कृति के अनुरूप होनी चाहिए। दूसरा उन्होंने कहा कि चाहें प्राथमिक शिक्षा हो, तकनीकी हो या व्यवसायी शिक्षा या उच्च शिक्षा, सब एक-दूसरे की पूरक होनी चाहिए। जैसे ट्रेन की एक बोगी में प्रवेश करके आप गार्ड के डिब्बे से लेकर ट्रेन चालक तक पहुँच सकते हैं, उसी प्रकार प्राथमिक शिक्षा से लेकर शिक्षा के सभी आयामों के बीच जुड़ाव होना चाहिए। अगर हम प्राथमिक शिक्षा की रचना इस तरह से नहीं करते हैं तो हम बच्चों के साथ अन्याय करते हैं। उन्होंने तीसरी बात यह कही कि प्रत्येक चरण पर गुणवत्ता से समझौता किए बिना शिक्षा को जनसुलभ बनाया जाए। शायद उस मनीषी को मालूम था कि शिक्षा के व्यापारीकरण के क्या दुष्परिणाम आने वाले हैं, इसलिए उन्होंने शब्द प्रयोग किया- जनसुलभ और गुणवत्ता गवाँए बगैर। गुणवत्ता गवाँए बगैर शिक्षा को जनसुलभ बनाना रस्सी पर बाँस लेकर चलने जैसा संतुलन बिठाने वाला काम है। लेकिन उन्होंने यह आग्रह रखा। उन्होंने यह भी कहा कि जो शिक्षा की उम्र पार कर गए हैं उनकी शिक्षा के लिए भी एक सुचारू व्यवस्था होनी चाहिए। अब तो इसके लिए ओपन यूनिवर्सिटी बन गई हैं, मगर जब उन्होंने कहा था, तब इस बारे में कोई सोच नहीं थी। उनके मुताबिक शिक्षा, व्यापार जगत और देश की जरूरतों के बीच एक समन्वय होना चाहिए। मैंने पाँच ही बिन्दुओं को छुआ है। मैं मानता हूँ कि अगर कोई इतना भी कर ले तो देश की शिक्षा व्यवस्था

को बेहतर बनाया जा सकेगा। देश को आज ऐसी ही शिक्षा व्यवस्था की जरूरत है, जो अपने मूल से जुड़ी हुई हो और अपनी संस्कृति से उपजी हुई हो। ऐसी शिक्षा प्रणाली का विचार आज भी प्रासंगिक है।

श्यामा प्रसाद जी को जीवन के मात्र 53 साल ही मिले। यह आश्चर्यजनक है कि इन 53 सालों में ही उन्होंने इतना कुछ कर लिया। ध्यान से देखा जाए तो अविरल सोचने वाला कोई व्यक्ति, अविरल कार्यरत रहने वाला व्यक्ति, बिना हारे, बिना थके, बिना रुकावटों की चिंता किए आगे बढ़ने वाला व्यक्ति ही 53 साल की उम्र में इतने कार्य कर सकता है। श्यामा प्रसाद जी को कोई बाँध नहीं सका, कोई रोक नहीं सका। उनके विचारों को कोई प्रभावित नहीं कर सका। किसी से झगड़ा किए बगैर अपने विचार की डोर पकड़े हुए वे अपने निष्कर्षों पर अडिग रहे। मात्र 25 साल की आयु में वे बैरिस्टर बन गए थे। और महज 33 साल की उम्र में वे कलकत्ता विश्वविद्यालय के उपकुलपति बन गए थे।

श्यामा प्रसाद जी ने भारतीय भाषाओं के लिए लम्बा और बड़ा संघर्ष किया। वे बांग्ला अस्मिता के लिए भी लड़े, देश के विभाजन के खिलाफ लड़े। संविधान सभा में उनका अप्रतिम योगदान था। वे आजाद भारत में देश के पहले उद्योग मंत्री बने। सिद्धांतों के आधार पर मंत्री पद छोड़कर एक राष्ट्रीय राजनीतिक दल की स्थापना की और वैकल्पिक विचारों का बीज बोया। श्यामा प्रसाद जी के जीवन के अनगिनत आयाम हैं। यहाँ मैं उनके जीवन के तीन बड़े बिंदुओं का उल्लेख करूँगा। उनके तीन कार्य ऐसे हैं, जिन्हें कृतज्ञता के साथ हमें हमेशा याद रखना चाहिए। पहला है बंगाल विभाजन, दूसरा भारतीय जनसंघ की स्थापना और तीसरा कश्मीर आन्दोलन में अपने प्राणों की आहुति।

बंगाल विभाजन

मैं जिस बंगाल की बात कर रहा हूँ, उसका 1905 के बंग-भंग से कोई लेना-देना नहीं है। बात 1946 की है, जब लेबर पार्टी की सरकार बन गई और कांग्रेस ने धर्म के आधार पर देश का विभाजन स्वीकार कर लिया। यह भी तय हुआ कि जिन प्रदेशों में मुसलमान बहुसंख्यक हैं, उसे पाकिस्तान को दिया जाएगा और जहाँ हिंदू बहुसंख्यक है, उसे भारत को दिया जाएगा। अगर यह सिद्धांत लागू हो गया होता तो आज का पश्चिम बंगाल, भारत में नहीं, बांग्लादेश में होता। क्योंकि अंग्रेजों का बंगाल प्रांत (आज का बांग्लादेश व पश्चिम बंगाल मिलाकर) मुस्लिम बहुमत वाला प्रांत था। इस बात पर सबसे पहले श्यामा प्रसाद जी का ध्यान गया और उन्होंने एक आन्दोलन छेड़ दिया। उन्होंने सारे बांग्ला बुद्धिजीवियों को इकट्ठा किया, एक सम्मेलन बुलाया और चर्चा की कि आने वाले दिनों में क्या होने वाला है। समाधान के तौर पर उन्होंने बंगाल को विभाजित कर एक अलग प्रांत की माँग की, जहाँ हिंदू बहुमत में थे। अमृत बाजार पत्रिका ने एक सर्वे किया, जिसमें आज के पश्चिम बंगाल के हिस्से में 98 प्रतिशत लोगों ने बंगाल

विभाजन को जरूरी बताया। अपनी माँग को लेकर डॉ मुखर्जी गवर्नर जनरल से मिले। अंत में तय हुआ कि हिंदू-मुस्लिम जनसंख्या के आधार पर बंगाल का विभाजन होगा। हिंदू बहुमत वाला हिस्सा हिन्दुस्तान में रहेगा और मुस्लिम बहुमत वाला पाकिस्तान में जाएगा। अगर श्यामा प्रसाद जी आगे न आए होते तो आज हिन्दुस्तान का नक्शा कुछ और होता। आज का पश्चिम बंगाल अगर भारत में है, तो इसका पूरा श्रेय श्यामा प्रसाद जी को जाता है। उनके आन्दोलन के कारण आज का पश्चिम बंगाल बच गया। बंगाल के आधार पर ही पंजाब भी बचा। क्योंकि उस प्रांत में भी मुसलमान बहुमत में थे।

श्यामा प्रसाद जी का योगदान महनीय है। हमारे दो प्रांत उनके कारण बच गए, अन्यथा वे पाकिस्तान में होते। इस बात को दुर्भाग्यवश भारत में बहुत कम लोग जानते हैं। इसलिए मुझे कई बार लगता है कि इतिहास बहुत क्रूर होता है। उनके इस योगदान को भारत के लोगों को बताने का कोई प्रयास भी नहीं हुआ।

बंगाल और पंजाब ही नहीं, कश्मीर को लेकर भी श्यामा प्रसाद जी का बड़ा योगदान है। दरअसल, आजादी के बाद कबायलियों ने कश्मीर पर हमला किया। इसके बाद आनन-फानन में कश्मीर का समझौता हुआ। बाद में इस मसले को यूएन में ले जाने की गलती हुई। कुल मिलाकर एक विचित्र प्रकार की स्थिति हो गई। देश में दो संविधान, दो झंडे, दो निशान हो गए। देश में दो प्रधानमंत्री थे। शेष भारत के लोगों को कश्मीर में जाने के लिए परमिट लेना पड़ता था। इस मुद्दे को श्यामा प्रसाद जी ने उठाया और जनांदोलन में बदल दिया। उनका नारा था- 'एक देश में दो विधान, दो निशान, दो प्रधान नहीं चलेंगे, नहीं चलेंगे।' श्यामा प्रसाद मुखर्जी आन्दोलन करते हुए ट्रेन में कश्मीर जाने के लिए सवार हुए। विरोध जताने के लिए उन्होंने परमिट नहीं लिया। उनका कहना था कि कश्मीर भारत का अभिन्न अंग है। मैं भारत का नागरिक हूँ और मुझे वहाँ जाने के लिए किसी परमिट की जरूरत नहीं है।

परमिट न होते हुए भी श्यामा प्रसाद जी को कश्मीर में जाने दिया गया। पर जैसे ही वे कश्मीर सीमा के अंदर पहुँचे, उन्हें गिरफ्तार करके कश्मीर की जेल में डाल दिया गया। वहाँ बहुत ही रहस्यमय तरीके से उनकी मौत हो गई। इसकी कोई जाँच भी नहीं हुई। किसी से नहीं पूछा गया कि अगर श्यामा प्रसाद जी के पास परमिट नहीं था तो उनको कश्मीर में प्रवेश क्यों करने दिया गया? नियम-कानून के अनुसार उन्हें तो कश्मीर की सीमा पर आते ही गिरफ्तार कर लेना चाहिए था। अगर सीमा पर गिरफ्तारी हुई होती तो श्यामा प्रसाद जी की कस्टडी पंजाब पुलिस के पास होती। कश्मीर पुलिस के हाथ में नहीं होती।

श्यामा प्रसाद जी के बलिदान के कारण देश की जनता में जागृति आई। सत्ताधीशों को झुकते हुए परमिट प्रथा को खत्म करना पड़ा। आज अगर जम्मू-कश्मीर हमारे साथ जुड़ा हुआ है तो इसके पीछे बहुत से लोगों का योगदान है। परमवीर चक्र विजेता सोमनाथ शर्मा से लेकर बहुत से बलिदानियों ने इसके लिए अपना लहू बहाया। लेकिन

जम्मू-कश्मीर के मामले में अगर किसी राजनीतिक व्यक्ति की बात करें तो श्यामा प्रसाद मुखर्जी की बड़ी भूमिका है। उन्होंने अपने जीवन का बलिदान देकर कश्मीर और शेष भारत को व्यवहारिक रूप से एक किया।

भारतीय जनसंघ के संस्थापक अध्यक्ष

मैं भारतीय जनता पार्टी का कार्यकर्ता हूँ। भारतीय जनता पार्टी का अध्यक्ष हूँ। इस पार्टी का मूल जनसंघ से है, जिसे श्यामा प्रसाद मुखर्जी ने खड़ा किया था। पहले जनसंघ, फिर जनता पार्टी, और उसके बाद भारतीय जनता पार्टी, यह हमारा इतिहास है। इस तरह से देखा जाए तो आज मैं जिस पार्टी का अध्यक्ष हूँ, उसकी स्थापना श्यामा प्रसाद जी ने की थी।

1950 के कालखंड में जब श्यामा प्रसाद मुखर्जी स्वयं सर्वदलीय सरकार में उद्योग मंत्री थे, जवाहर लाल नेहरू की सरकार तब देश की बुनियादी नीतियों को आकार दे रही थी। शिक्षा नीति, विदेश नीति, कृषि नीति, अर्थ नीति सभी को नए सिरे से बनाने का काम चल रहा था। जब इन नीतियों के मसौदे जनता के सामने आए तो बहुत सारे लोगों के मन में प्रश्न उठने लगा कि देश किस दिशा में जा रहा है? प्रस्तावित नीतियों के अंदर कहीं पर भी इस देश की मिट्टी की सुगंध नहीं दिखाई दे रही थी। उन नीतियों में देश की समस्याओं का समाधान दूर-दूर तक होता नहीं दिख रहा था। देश के स्वाभिमान और आत्मसम्मान की नेहरू सरकार को कोई चिंता नहीं थी। जैसे ही नेहरू और लियाकत अली का समझौता हुआ तो श्यामा प्रसाद जी ने सरकार छोड़ दी। छह महीने तक उन्होंने देश भर में घूम-घूम कर समान विचार वाले लोगों से चर्चा की। बाद में तय किया कि एक राजनीतिक दल बनाना है। वो चाहते थे कि नेहरू सरकार की नीतियों के समानांतर वैकल्पिक नीतियाँ लोगों के सामने रखी जाएँ।

उस वक्त देश की राजनीति पर कांग्रेस का दबदबा था। जनसंघ को सत्ता मिलने की दूर-दूर तक कोई संभावना नहीं थी। संसद और विधानसभा तो छोड़िए, म्युनिसिपैलिटी में भी सत्ता पाने की कोई गुंजाइश नहीं थी। आजादी का पूरा यश कांग्रेस के खाते में जमा हो चुका था। जवाहरलाल नेहरू का सूर्य मध्याह्न पर था। उनकी लोकप्रियता चरम पर थी। ऐसे में भारतीय जनसंघ को भला कोई वोट क्यों देता। श्यामा प्रसाद जी जिस पार्टी के संस्थापक अध्यक्ष थे, उनके जीते जी वह पार्टी सत्ता में आएगी, इसकी संभावना तो लगभग शून्य थी। उस समय किसी बड़े भ्रष्टाचार का मामला नहीं था। सभी पार्टियों के अंदर राष्ट्रभक्ति थी। कांग्रेस के अंदर भी सादगी का महत्व था। कांग्रेस में लोगों को गाँधी अभी भी याद थे। ऐसे में एक अलग पार्टी बनाने का क्या औचित्य था? एक ऐसी पार्टी क्यों बनाई गई, जिसको दूर-दूर तक सत्ता नहीं मिलनी थी?

वास्तव में श्यामा प्रसाद जी दूर दृष्टि वाले व्यक्ति थे। उन्होंने देख लिया था कि जो नीतियाँ बन रही हैं, उन पर अगर अमल हुआ तो देश भटक जाएगा। इसलिए उन्होंने

वैकल्पिक नीतियों को बनाने और उस पर सबका ध्यान खींचने के लिए भारतीय जनसंघ की स्थापना की। वो जानते थे कि आज नहीं तो कल, यह पार्टी देश को सही रास्ते पर ले जाएगी। एक ऐसा रास्ता जो देश का अपना रास्ता होगा। 1950 में डॉ. श्यामा प्रसाद मुखर्जी ने जनसंघ नाम से जो बीज बोया था, वो आज एक बड़ा वटवृक्ष बनकर भारतीय जनता पार्टी के नाम से पूरे देश में छाँव देने का काम कर रहा है।

श्यामा प्रसाद जी ने अपने जीवन में बहुत से ऐसे कार्य किए हैं, जिन पर घंटों बोला जा सकता है। परंतु ये तीन काम जो मैंने बताए, उन्हें सभी को जरूर याद रखना चाहिए। ये तीन काम हैं, बंगाल का विभाजन, कश्मीर को भारत से जोड़ना और जनसंघ की स्थापना करके सांस्कृतिक राष्ट्रवाद व अंत्योदय के सिद्धांत पर चलने वाली सरकारों के लिए जमीन तैयार करना। जिस भारतीय को ये तीन काम मालूम होंगे, वह हमेशा डॉ. श्यामा प्रसाद मुखर्जी के प्रति कृतज्ञता का भाव रखेगा।

वंदे मातरम्।

स्वाधीनता का आनंदमठ

भारतीय साहित्य की चर्चा बंकिमचंद्र चट्टोपाध्याय और उनके महान उपन्यास 'आनंदमठ' के बिना पूरी नहीं हो सकती। हमारा राष्ट्रगीत 'वंदे मातरम्' बंकिम बाबू के उपन्यास आनंदमठ से ही निकला है। बंकिमचंद्र पर केंद्रित इस वक्तव्य में अमित शाह ने भारत के सांस्कृतिक राष्ट्रवाद को सुदृढ़ करने में बंकिम बाबू और उनकी रचना वंदे मातरम् के योगदान का सम्यक विवेचन किया है। तुष्टिकरण की राजनीति के कारण वंदे मातरम् में कांग्रेस द्वारा की गई काट-छाँट हो या उसे लेकर उपजने वाले विवाद, इन बातों पर शाह के मन का दुःख इस भाषण में खुलकर प्रकट हुआ है। अपनी बातों को ठोस आधार देने के लिए शाह द्वारा प्रसंगानुसार कहीं नामवर सिंह तो कहीं महर्षि अरविंद के उद्धरणों का उल्लेख इस भाषण को और खास बना देता है।

आज इस विशिष्ट मंच पर मेरे साथ उपस्थित प्राध्यापक अमित्रसूदन भट्टाचार्य जी, श्रीमान बुद्धदेब गुहा जी, प्राध्यापक पूरबी रॉय जी, प्रोफेसर अचिन्त्य विश्वास जी, प्रोफेसर स्मृति कुमार सरकार जी, प्रोफेसर राधा रमण जी, श्यामा प्रसाद मुखर्जी रिसर्च फाउंडेशन के न्यासी श्रीमान अरुण सिंह जी, भारतीय जनता पार्टी के प्रदेश अध्यक्ष श्री दिलीप घोष जी और आज के कार्यक्रम आयोजक श्री अनिर्बान गांगुली जी... सबसे पहले तो मैं हृदय से भाई अनिर्बान और श्यामा प्रसाद मुखर्जी फाउंडेशन की सारी टीम को बधाई देना चाहता हूँ कि उन्होंने बंकिम चंद्र चट्टोपाध्याय जी के नाम से स्मृति व्याख्यानमाला की शुरुआत की है। राष्ट्रवाद विषय पर व्याख्यानमाला शुरू करनी है, तो बंकिम बाबू से अच्छा नाम देश में कोई और हो ही नहीं सकता। उन्होंने उचित ही किया है कि बंकिम बाबू के नाम से बंकिमचन्द्र चट्टोपाध्याय स्मृति शृंखला शुरूआत के लिए उन्होंने बचे हुए बंगाल यानी पश्चिम बंगाल को चुना। क्योंकि

*27 जून, 2018 को कोलकाता के जी. डी. बिरला सभागार में आयोजित 'बंकिमचन्द्र चट्टोपाध्याय स्मृति व्याख्यान' में केंद्रीय गृहमंत्री श्री अमित शाह का संबोधन

यही वह भूमि है, जहाँ रामकृष्ण और विवेकानंद ने जब जरूरत थी तब हमारी संस्कृति और हमारे धर्म को एक नई व्याख्या देकर दुनिया के सामने अभिनव रूप से रखने का एक पवित्र प्रयास किया।

आजादी के आन्दोलन के दौरान जब हमारी संस्कृति पश्चिम की परछाई में एक प्रकार से लघुता ग्रंथि से पीड़ित थी, तब सम्मान के साथ हमारी संस्कृति को दुनिया के सामने रखने का काम इसी भूमि से रविन्द्र नाथ ठाकुर ने किया। डॉ. श्यामा प्रसाद मुखर्जी, बंकिम चंद्र चट्टोपाध्याय, शरद बाबू इन सभी ने बंगाल की इसी पृष्ठभूमि से पूरे भारत की सांस्कृतिक, साहित्यिक धारा और चिंतन के प्रवाह को अक्षुण्ण रखने का एक से बढ़कर एक योगदान दिया। मुझे बहुत आनंद है कि इसी पुण्यभूमि से बंकिम चंद्र चट्टोपाध्याय स्मृति व्याख्यानशृंखला भी शुरु होने जा रही है। इसलिए मैं एकबार फिर हृदय से श्यामा प्रसाद मुखर्जी रिसर्च फाउंडेशन की टीम के सभी सदस्यों को बधाई देना चाहता हूँ।

जब बंकिम बाबू का नाम बंगाल में ही नहीं देश के किसी भी कोने में, कहीं पर भी लिया जाता है तो वंदे मातरम् बरबस लोगों के होंठो पर आ जाता है। मै ऐसा नही कहता कि बंकिम बाबू ने आनंदमठ में वंदे मातरम् की रचना न की होती तो देश में देश भक्तों के लिए कोई रास्ता प्रशस्त नहीं होता। देशभक्ति या राष्ट्रवाद का रास्ता किसी के लिए मजबूरी नहीं है, वह मन की भावना है। उसकी अभिव्यक्ति अनेक प्रकार से होती है। परंतु, जिस प्रकार की सुंदरता से हमारे राष्ट्रगीत वंदे मातरम् के अंदर बंकिम बाबू ने इसकी अभिव्यक्ति की, उससे उन्होंने देश के करोड़ों राष्ट्र भक्तों को उस रास्ते पर चलने के लिए प्रेरित किया। यही कारण है, भाषा चाहें कोई रहे, मजहब चाहें कोई भी रहा हो, धर्म चाहें कोई हो, सम्प्रदाय चाहें कुछ हो, जब भी कोई शहीद फाँसी के तख्तों पर चढ़ा या अंग्रेजों की गोली से बलिदान हुआ तो उनके मुँह से एक ही शब्द निकलता था- *वंदे मातरम्।* बंकिमचंद्र की रचना का प्रभाव ही है कि देश के किसी भी कोने में किसी को अपनी मातृभूमि की वंदना करनी हो, भारत माता के लिए अपना जीवन देना हो या भारत माता को आगे ले जाने के लिए अपना समग्र ज्ञान समर्पित करना हो, तो उसके मुँह से समर्पण के लिए एक ही शब्द आता है- *वंदे मातरम्!* यह रचना कोई साहित्यकार नहीं कर सकता। मैं बंकिम बाबू को साहित्यकार के नाते जरा भी नीचा दिखाने का प्रयास नहीं कर रहा हूँ। मगर, वंदे मातरम् की रचना कोई साहित्यकार नहीं कर सकता था। जो जन्म-जन्म से हृदय से राष्ट्रभक्त होता है, वही वंदे मातरम् की रचना कर सकता है। क्योंकि भारत माता को देखने का यह नजरिया, भारत माता को महसूस करने का यह नजरिया, भारत माता को व्याख्यायित करने का यह नजरिया, तभी साहित्यिक रचना बनकर बाहर आता है जब किसी के रोम-रोम में भारत माता के प्रति भक्ति का भाव भरा होता है। तभी लेखनी ऐसी कविता लिख सकती है। जब वंदे मातरम् की मीमांसा करने लोग बैठते हैं, तो इसे बहुत सारे विवादों

के साथ भी जोड़ते हैं। यह देख-सुनकर मुझे हृदय में बहुत गहरा दुःख होता है। देश के अंदर एक विवाद चला कि वंदे मातरम् पूरा गाया जाए या केवल दो अंतरे गाए जाएँ। उस दिन मुझे जितना दुःख हुआ, शायद उतना दुःख पूरे जीवन में कभी नहीं हुआ।

मंच पर बड़े विद्वान, प्रोफेसर, साहित्यकार सब बैठे हैं। मगर मैं जरूर उस कालखंड की व्याख्या करना चाहता हूँ, जब वंदे मातरम् लिखा गया। वह सन् सत्तावन की क्रांति के आसपास का समय था। 1838 में बंकिम बाबू का जन्म हुआ और जब तक वंदेमातरम लिखा गया, तब तक इस देश के अंदर बहुत बड़े-बड़े परिवर्तन हुए थे। धीरे-धीरे हमारे सभी सांस्कृतिक मूल्यों का ह्रास होने लगा था। उस वक्त देश के कई हिस्सों में सबको वेदना थी। सबके मन में इस विनिपात, इस ह्रास और पतन को देखकर चिंता थी, दुःख था। साथ-साथ हताशा और निराशा थी कि किस प्रकार से यह देश आगे बढ़ेगा। हमारे देश की महान संस्कृति जिसने ना केवल भारत को बल्कि विश्व को बहुत कुछ दिया है। वह महान संस्कृति कहीं यहीं से लुप्त तो नहीं हो जाएगी। हमारे पुरखों ने जो अर्जित किया है, ऋषियों-मुनियों ने कोई यश लिए बगैर जो एक बहुत अच्छी जीवन परम्परा और संस्कृति बनाई है, वह लुप्त तो नहीं हो जाएगी! सबके मन में यह चिंता थी तभी बंकिम बाबू के आनंदमठ का प्रादुर्भाव हुआ और वंदे मातरम् राष्ट्रभक्त लोगों का हथियार बना।

मुझे बंगाली तो ठीक से समझने में थोड़ी कठिनाई आती है, मगर भाव जरूर स्पष्ट होता है। वंदे मातरम् का ध्यान से अध्ययन करने पर पता चलता है कि वंदे मातरम् कुछ और नहीं है बल्कि यह दर्शाता है कि सालों से हमारे यहाँ राष्ट्रवाद की व्याख्या कभी संकुचित नहीं थी। हिन्दुस्तान ने कभी भी छोटा नहीं सोचा। हमारी राष्ट्रवाद की व्याख्या सांस्कृतिक राष्ट्रवाद थी और सांस्कृतिक राष्ट्रवाद के आधुनिक जनक यदि कोई हैं, तो वे बंकिमचन्द्र चट्टोपाध्याय हैं। उन्होंने संस्कृति के साथ राष्ट्रवाद को जोड़ने का काम किया।

दुनिया में जितने भी देश हैं, उनके इतिहास और भूगोल का अध्ययन करिये। ये सारे के सारे जिओ पोलिटिकल देश हैं, भू-राजनीतिक देश हैं। भारत एकमात्र ऐसा देश है जो जिओ कल्चर देश है। हम 'नेशन' भी नहीं, राष्ट्र हैं। हमारे देश की सीमाएँ, जिसे अंग्रेज बनाकर गये। मगर हमारे देश की सीमाएँ जिओ पोलिटिकल नहीं हैं। माँ गंगा कहीं हिमालय से निकलती हैं, तो कहीं गंगासागर और कन्याकुमारी तक अभिषेक करने के लिए रामेश्वरम में गंगाजल को लेकर जाते हैं। तब हमें मालूम पड़ता है कि हमारा देश सांस्कृतिक लिहाज से एक है।

वृंदावन में कृष्ण ने जन्म लिया और बंगाल में चैतन्य महाप्रभु उनके गुणों की वंदना करते हैं। मणिपुर के नृत्य के अंदर कृष्ण हैं तो गुजरात के गरबा में और दक्षिण की सारी कलाओं और रचनाओं में भी आपको कृष्ण दिखाई पड़ेंगे। गंगा और कृष्ण किसी धर्म से जुड़े हुए नहीं हैं। इस संस्कृति ने इस देश को एक बनाया है। इसलिए

हम जियो कल्चर देश हैं और इसका भान पहली बार आधुनिक समय में किसी ने कराया तो वह वंदे मातरम् की रचना से बंकिमचंद्र चट्टोपाध्याय ने कराया और मैं मानता हूँ कि बंकिम बाबू का यह बहुत बड़ा योगदान है। उन्होंने हमारे मूल दर्शन का भान हमें कराया। अगर भारत माता की जगह इंडिया इज ए कंट्री की कोई सोच करता है तो यह क्या है, जमीन है, पहाड़ है, पत्थर है, नदी है और लोगों का समूह है। वहीं अगर भारत माता की कल्पना करते हैं, तो जिसकी गोदी में खेले, बढ़े, पढ़े, सीखे; जिसकी धरती से पैदा हुआ अन्न खाया; जिसकी धरती में से निकला हुआ पानी पीया; हमारे रूह, रक्त, मांसपेशियाँ, हड्डियाँ सब जिस मिट्टी से बने, उस भारत माता की हम संतान हैं। भारत माता से एक भावात्मक जुड़ाव बंकिमचंद्र चट्टोपाध्याय के वंदे मातरम् से हुआ जो उससे पहले कभी नहीं हुआ था। आप वेद पढ़ोगे, पुराण पढ़ोगे, उपनिषद पढ़ोगे, कई जगह यह कल्पना है, मगर आधुनिक समय में अंग्रेजों के आने के बाद मटेरियलस्टिक सोच हम पर थोपे जाने के बाद इस कल्पना को बहुत अच्छे तरीके से कुछ बोले बगैर व्याख्या करने का काम बंकिमचंद्र चट्टोपाध्याय द्वारा वंदे मातरम् की रचना कर किया गया। बंकिम बाबू ने बहुत सारे साहित्य की रचना की है। भगवत गीता पर भी लिखा है, बहुत सारी अन्य चीजों पर लिखा है। साहित्य का शायद ही कोई ऐसा रस होगा जिसे बंकिम बाबू ने छोड़ा होगा। मगर उन्होंने आनंदमठ के अंदर जो देश भक्ति का रस खड़ा किया, उसी ने हमारे आजादी के आन्दोलन को गति दी, दिशा दी और उसी के कारण था कि डेढ़-सौ साल के बाद आज भी वंदे मातरम् बोलते ही छोटे से बच्चे के भी रोंगटे खड़े हो जाते हैं और वह अपने आप को भारत माता के साथ एकीकृत कर पाता है।

मैं बहुत बड़े आलोचक डॉ. नामवर सिंह जी का कोट पढ़ना चाहता हूँ, क्योंकि नामवर जी वामपंथी आलोचक थे। हम सब जानते हैं कि वह बड़े विचारक एवं साहित्यकार थे। मगर उन्होंने बंकिम बाबू के लिए जो लिखा है, वह हम सब के सुनने लायक है। 'आनंदमठ की ख्याति वंदे मातरम् है, जिसका रचनाकाल 1876 है। क्योंकि यह गीत उपन्यास का मूल संदेश है। जिसे बंकिमचंद्र की आशा के अनुरूप बाद में इस देश के लोग गाकर उन्मुक्त हो उठे। पहली बार 1896 में कांग्रेस अधिवेशन के अवसर पर रवींद्रनाथ ठाकुर ने मंच पर से यह गीत गाया, किन्तु 1905 के बंग-भंग के आन्दोलन के दौरान यह गीत जन-जन के कंठ से गूँजा और आजादी के आंदोलन का पर्याय बनकर कश्मीर से कन्याकुमारी तक फैल गया।' जब नामवर सिंह बंकिम बाबू के लिए ऐसी बात करने के लिए मजबूर हो जाते हैं, तो हमें इस बात को स्वीकार करना पड़ेगा कि उनकी रचना ही ऐसी थी जो शायद करोड़ों साल में एक बार होती है और एक मनुष्य के हाथ से लिखी नहीं जाती। ईश्वर जब प्रेरणा देता है, भारत माता जब प्रेरणा देती हैं, तभी ऐसी रचना प्राप्त होती है। बंकिमचंद्र चट्टोपाध्याय जी के लिए महर्षि अरविंद ने वंदे मातरम् की व्याख्या करते हुए कहा कि, 'यह भूमि शाश्वत भूमि

है, यहाँ के निवासी चिरकालिक हैं। हम मानते हैं, हमारी आत्मा कभी मरती नहीं है। यहाँ का धर्म, यहाँ की संस्कृति सनातन है, जिसका ना आदि है और ना अंत है। इन सब की महानता एवं पवित्रता कुछ समय के लिए बादलों से ढँक सकती है मगर सूर्य की भांति इसे कोई छिपा नहीं सकता है। यही सत्य है, सूर्य की भांति हमेशा धरती पर विद्यमान रहेगी। एक क्षण के लिए भी इसका स्थगन नहीं होता। यहाँ के नायक रूप संत इस माटी की संतान हैं और ऐसा समय कभी नहीं आया जब इस धरा पर महापुरुषों का जन्म नहीं हुआ हो। आधुनिक समय के ऋषियों की बात करें तो उस महान व्यक्तित्व का नाम जुड़ना चाहिए जिसने भारत की सांस्कृतिक चेतना का पुनर्जागरण किया, वंदे मातरम् का मंत्र दिया और उसका नाम है बंकिमचंद्र चट्टोपाध्याय।' श्री अरविंद के मुख से निकले ये शब्द बंकिम बाबू के व्यक्तित्व को अप्रतिम और अतुलनीय बनाते हैं।

मैं मानता हूँ कि बंकिम बाबू ने आनंदमठ में जो संदेश दिया था वो यही था कि देश की सुरक्षा की प्राथमिकता सर्वोच्च होनी चाहिए। जब 1937 में कांग्रेस की प्रांतीय सरकार बनी। अलग-अलग जगह पर कांग्रेस ने शासन संभाला तब कांग्रेस ने वंदे मातरम् को तो स्वीकार किया। राष्ट्रगीत की मान्यता भी दे दी, मगर उन्होंने पूरे गीत को स्वीकार नहीं किया केवल आरम्भ के दो छन्दों को ही स्वीकार किया। मुझे बड़ा दु:ख है, शायद ये गलती कांग्रेस के नेताओ ने ना की होती तो देश का बँटवारा भी ना होता। मैं इतिहास का एक विद्यार्थी हूँ, दुनिया भर में चले हुए राजनीतिक आन्दोलनों का मैंने अध्ययन किया है, अपने आजादी के आन्दोलन की भी विस्तृत विवेचना की है। इतिहासकार देश के विभाजन के लिए कभी खिलाफत आन्दोलन को दोष देते हैं और कभी अंग्रेजों की देश को बाँटो और राज करो की नीति को दोष देते हैं, कभी मुस्लिम लीग की 'टू नेशन थ्योरी' को दोष देते हैं। मगर मैं स्पष्ट हूँ कि वंदे मातरम् के टुकड़े करके कांग्रेस ने जो तुष्टीकरण की नीति स्वीकार की, वही आगे जाकर भारत के टुकड़ों में परिवर्तित हुई। वंदे मातरम् कोई धर्म से जुड़ा हुआ गीत नहीं था। वंदे मातरम् कोई धर्म से जुड़ा हुआ गीत आज भी नहीं हैं। जहाँ लिखा गया, वहाँ देश की संस्कृति की अभिव्यक्ति ही थी। इसमें किसी को नीचा दिखाने का प्रयास नहीं है, किसी की निंदा भी नहीं है। व्यक्ति को राष्ट्र के साथ जोड़ने का विनम्र प्रयास है। व्यक्ति प्रयास उसी भाषा में करता है, उसी दिशा में करता है, जहाँ वो जन्म लेता है, जहाँ की संस्कृति होती है। कुल मिलाकर वंदे मातरम् को धर्म के साथ जोड़कर जो विवाद उठाया गया, उसको स्वीकृति देने की गलती कांग्रेस पार्टी ने की। कांग्रेस पार्टी की वही गलती आगे जाकर देश के विभाजन के रूप में परिवर्तित हुई। मैं यहाँ कोई राजनीतिक भाषण करने नहीं आया हूँ। मगर ये हमारे इतिहास का हिस्सा है और जो इतिहास नहीं पढ़ते हैं, वो देश को आगे भी नहीं ले जा सकते हैं। वही प्रजा, वही देश के लोग देश को आगे ले जाते हैं जो इतिहास में की गयी गलतियों को अच्छे-से समझते हैं। इसलिए मैं इस बात को कहना चाहता हूँ, ये बहुत बड़ी गलती थी। अगर

वंदे मातरम् को तोड़ा नहीं गया होता, वंदे मातरम् के टुकड़े ना हुए होते तो आज देश का विभाजन ना होता।

अभी अनिर्बान गांगुली बात कर रहे थे कि श्यामा प्रसाद मुखर्जी ने जनसंघ की स्थापना क्यों की? वे देश के मंत्रिमंडल में उद्योग मंत्री थे। कांग्रेस के साथ रहते तो जीवनपर्यन्त सत्ता का सुख भोगते। फिर क्यों की जनसंघ की स्थापना? क्या मिला? क्या हासिल होता? कुछ हासिल नहीं होता, बल्कि सत्ता छोड़नी थी और उनको भी मालूम था कि जब नया दल बनाते हैं तब सालों तक सत्ता में जाने का सवाल ही नहीं। उस वक्त देश भर में कांग्रेस के आजादी के आन्दोलन की परछाई थी। आजादी के आन्दोलन का पूरा पुण्य ही कांग्रेस के बैंक अकाउंट में डिपॉजिट हो चुका था। ऐसे में किसी पार्टी के दूर-दूर तक सत्ता में आने का सवाल ही नहीं था। श्यामा प्रसाद मुखर्जी जैसा दूरदृष्टि वाला व्यक्ति ये नहीं समझता था क्या? वो समझते थे, मगर जब वो कैबिनेट के अंदर उद्योग मंत्री के नाते बैठे उस वक्त देश देश नया-नया आजाद हुआ, नीतियाँ बननी शुरू हुईं, नीतियों के ड्राफ्ट वहाँ आने शुरू हुए।

देश की रक्षा नीति, देश की विदेश नीति, देश की कृषि नीति, देश की अर्थ नीति, देश की शिक्षा नीति के ड्राफ्ट आने लगे तब श्यामा प्रसाद मुखर्जी को लगा इसमें मेरे देश की मिट्टी की सुगंध नहीं है। ये मेरे देश की संस्कृति से निकला हुआ नहीं है। उस पर पाश्चात्य संस्कृति का एक बड़ा प्रभाव था। ये सारे जो ड्राफ्ट थे, वो कहीं ना कहीं से उधार लाये हुए ड्राफ्ट थे। देश की मूल सोच के साथ, देश के संस्कारों के साथ, देश की संस्कृति के साथ, उनका जुड़ाव नहीं था। जो देश अपनी मूल नीतियों के अंदर, अपनी शिक्षा नीतियों के अंदर, अपनी रक्षा नीति के अंदर, अपनी अर्थ नीति के अंदर, अपनी विदेश नीति के अंदर, अपनी मिट्टी की सुगंध को समाहित नहीं कर सकता, वो देश कभी प्रगति नहीं कर सकता। इसी के कारण श्यामा प्रसाद मुखर्जी ने इस्तीफा देकर नयी पार्टी की स्थापना की। इसमें से जनसंघ की रचना हुई और आगे चलकर ये जनसंघ भारतीय जनता पार्टी में परिवर्तित हुआ। परन्तु, श्यामा प्रसाद मुखर्जी ने उस समय जो विरोध किया, जिन मूल तत्वों का विरोध किया, वो मूल तत्व क्या थे? देश की नीतियों में सांस्कृतिक राष्ट्रवाद का अभाव था। सांस्कृतिक राष्ट्रवाद का संस्कार श्यामा प्रसाद मुखर्जी ने कहीं से उठाया था तो बंकिम चन्द्र चट्टोपाध्याय जी के वंदे मातरम् से उठाया था। हम अपने मूल को नहीं छोड़ सकते। कोई व्यक्ति कितना भी बड़ा हो, समाज कितना भी बड़ा हो, अपने मूल से कटेगा तो नष्ट हो जाएगा। उसकी प्रगति नहीं हो सकती है। वृक्ष कितना भी बड़ा हो जाए और आकाश को छू ले, मगर मूल से कट गया तो उसकी मृत्यु निश्चित है। इसी तरह से कोई भी समाज, भारत की ही नहीं, मैं किसी भी देश की बात कर रहा हूँ, अपने मूल से कट जाता है, तो वो विकास नहीं कर पाता है।

वंदे मातरम् सांस्कृतिक राष्ट्रवाद की आधुनिक व्याख्या के अलावा कुछ नहीं है।

एक व्यक्ति अपनी मातृभूमि को कैसे देखता है, कवि अपनी मातृभूमि को कैसे देखता है कि उसको सरस्वती भी भारत माँ में नजर आती हैं, दुर्गा भी भारत माँ में नजर आती हैं और मंदिर में जो हरेक मूर्ति है, वो भी भारत माँ में नजर आती है। मेरी शक्ति भी भारत माँ हैं, मेरा प्राण भी भारत माँ हैं। जब आदमी अपने प्राण को ही भारत माँ कह देता है तो उसके और भारत माँ के बीच कोई अंतर नहीं रहता। दोनों एकरस हो जाते हैं, एकात्म हो जाते हैं और उससे उत्कृष्ट राष्ट्रभक्ति की कल्पना ही नहीं की जा सकती।

बंकिम बाबू में ईश्वर का ही वास हुआ होगा जब उन्होंने वंदे मातरम् लिखा होगा, वरना मानव इस प्रकार की भावनाओं को कभी व्यक्त ही नहीं कर सकता। उसी वंदे मातरम् ने आज देश में एक नई चेतना का संचार किया है, ऐसा मैं मानता हूँ। श्री अरविन्द का एक कोट है, जो मैं पढ़ना चाहता हूँ। मैं तो मानता हूँ कि ये कोट आज सच हो चुका है, मगर ये सच और दीप्तिमान हो, ये सच और कई लोगों की जानकारी में आये, ऐसी मेरी इच्छा है, "आधुनिक भारत के निर्माताओ में बंकिम को उनके साहित्य सम्बन्धी रचनात्मक कार्यों के लिए ही याद नहीं किया जाएगा बल्कि उनको राष्ट्रनिर्माण के अग्रदूत के रूप में भी कुछ समय के बाद पहचाना जाएगा। शुरुआती दौर में बंकिम का मूल्यांकन एक कवि के रूप में होगा लेकिन बाद के दौर में बंकिमचन्द्र को एक महान संत, महान राष्ट्रनिर्माता और राष्ट्रभक्त के रूप में देश जरूर जानेगा।" महर्षि अरविन्द की वाणी किसी व्यक्ति की वाणी नहीं होती थी, आर्ष वाणी होती थी। आर्ष वाणी वो होती है, जिसमें ईश्वर की शक्ति का संचार होता है। आज मैं महर्षि अरविन्द की वाणी को सच होता देख रहा हूँ। बंकिम बाबू का रचा हुआ ये साहित्य आज देश के अनेक लोगों को प्रेरणा दे रहा है। मेरा तो जन्म 1964 में हुआ, हमें तो देश की आजादी का संघर्ष भी देखने को नहीं मिला। मगर फिर भी जब वंदे मातरम् गाते हैं, तो रोंगटे खड़े हो जाते हैं। इसके अंदर जो अमरतत्व बंकिम बाबू ने डाला है, वो अमरतत्व सदियों-सदियों तक भारत माता की उपासना करने के लिए करोड़ों भारतवासियों को प्रेरित करता रहेगा। बंकिम बाबू के साहित्य के बहुत सारे पहलू थे। मैं उस पर जाना नहीं चाहता क्योंकि उसमें बहुत समय लगेगा। मगर न्यू इंडिया का जो विजन है, वो भी उनके साहित्य में कई बार झलक कर आया। सरकारी नौकरी में रहते हुए भी अंग्रेजों का विरोध करने का साहस बंकिम बाबू में था, उन्होंने खुलकर विरोध किया चाहे आप 'आनंद मठ' पढ़ लीजिये, 'देवी चौधरानी' पढ़ लीजिये या चंद्रशेखर पढ़ लीजिये। इसी कारण उनको हिन्दुस्तान सेक्रेटेरियट का पद जो एक ही क्रिएट किया गया था, उसे भी गँवाना पड़ा। उनको 24 घंटे में पद छोड़ने के लिए अंग्रेजों ने नोटिस देकर पद से मुक्त किया।

मगर आज उनके विचारों को कोई रोक नहीं सकता। मैं मानता हूँ कि बंकिम बाबू के विचार ही इस देश के लिए आगे जाने का रास्ता हैं। उसी में से सुभाष बाबू का सिंहनाद 'तुम मुझे खून दो, मैं तुम्हे आजादी दूँगा' निकलता है; उसी में से शहीद भगत

सिंह को शहीद होने की प्रेरणा मिलती है; उसी में से खुदीराम बोस को हँसते-हँसते कम आयु में फाँसी पर चढ़ जाने का उत्साह मिलता है और उसी को लेकर अशफाक उल्ला खान फाँसी पर चढ़ जाते हैं। उस वक्त ऐसा समय था कि देश के लिए जान देने की जरूरत थी, मगर आज ऐसा समय है कि देश के लिए जीने की जरुरत है। जीते तो सब हैं, सब अपना जीवन व्यतीत करते हैं, मगर जरूरत है देश के लिए जीने की और देश के लिए जीने की भी प्रेरणा वंदे मातरम् से ही मिल सकती है। आज हमारा ऐसा सौभाग्य नहीं है कि कोई अंग्रेज हमें फाँसी पर चढ़ा देगा, कोई गोली हमारे सीने में दाग देगा। उस समय हमारा जन्म नहीं हुआ था। परन्तु, हमारा सौभाग्य ये है कि भारत माता की मिट्टी में हमारा जन्म हुआ है। शरीर का कण-कण और जीवन का क्षण-क्षण भारत माता के लिए जीने की प्रेरणा देता है।

बंकिम बाबू ने अपने चिंतन में आत्मरक्षा, स्वजन रक्षा, देश रक्षा इन तीन बिन्दुओं पर जरा भी डरे बगैर ध्यान दिया है। अगर ये तीनो बातें हमारी जनता के जेहन में डाल दी जाएँ, तो मै मानता हूँ कि बहुत बड़ी सेवा होगी। आज बंकिम चन्द्र चट्टोपाध्याय के नाम के साथ जुड़कर राष्ट्रवाद पर एक व्याख्यानमाला की शुरुआत श्यामा प्रसाद मुखर्जी रिसर्च फाउंडेशन ने की है। श्यामा प्रसाद मुखर्जी रिसर्च फाउंडेशन सांस्कृतिक राष्ट्रवाद और राष्ट्रवाद पर देशभर में एक चेतना जगाने का काम करता है। आज इस व्याख्यानमाला की शुरुआत हुई है। जब उनके नाम के साथ व्याख्यानमाला जुड़ी है, तो ये व्याख्यानमाला स्वाभाविक रूप से वंदे मातरम् के सारे निहितार्थों को जनसामान्य के लिए सरल भाषा में उपलब्ध कराने में सफल होगी। आज इस कार्यक्रम के बाद हम सब बंकिम बाबू के साहित्य में से वंदे मातरम् में से प्रेरणा लेकर जाएँ और हमारे सांस्कृतिक राष्ट्रवाद की जो पहचान है, उसे बनाये रखें और उसी दिशा में आगे बढ़ें।

वंदे मातरम्।

सुशासन की चाणक्य गीता

गृहमंत्री अमित शाह चाणक्य से बहुत प्रभावित रहे हैं। इस भाषण को पढ़ते हुए यह स्पष्ट रूप से अनुभव होता है कि शाह केवल चाणक्य से प्रभावित ही नहीं हैं, अपितु चाणक्य के विषय में उनका ज्ञान भी अत्यंत गहन है। इस भाषण में चाणक्य द्वारा प्रतिपादित नीतियों एवं सूत्रों की आज के संदर्भ में जिस प्रकार से विशद व्याख्या अमित शाह ने की है, वो बिना गहन अध्ययन के नहीं की जा सकती। चाणक्य से जुड़े अनेक प्रसंगों का उल्लेख इस भाषण को एक रोचक आयाम भी देता है। आधुनिक शासन के सारे सूत्र चाणक्य नीति में समाहित हैं। यही इस भाषण का बीज मंत्र है। संक्षेप में कहें तो कम समय में रोचक ढंग से आचार्य चाणक्य को जानने-समझने की इच्छा रखने वालों के लिए यह भाषण गागर में सागर है।

आज के कार्यक्रम के अध्यक्ष आदरणीय अनिरुद्ध देशपांडे जी, महाराष्ट्र राज्य के यशस्वी मुख्यमंत्री देवेंद्र फडणवीस जी, भारतीय जनता पार्टी महाराष्ट्र प्रदेश के अध्यक्ष रावसाहब दानवे जी, भारतीय जनता पार्टी के राष्ट्रीय उपाध्यक्ष और सांसद डॉ. विनय सहस्त्रबुद्धे जी, पुणे से ही कैबिनेट मंत्री श्री गिरीष बापट जी, पुणे भाजपा के शहर अध्यक्ष योगेश गोगावाले जी, रामभाऊ म्हाळगी प्रबोधिनी के साथ सालों से जुड़े हुए और हमारे वरिष्ठ विधायक मंगल प्रभात लोढ़ा जी, श्रीमती रेखा महाजन जी, पुणे महानगर की प्रथम नागरिक श्रीमती मुक्ता तिलक जी और आज के कार्यक्रम में पधारे हुए आप सब भाइयों और बहनों।

*8 जुलाई, 2018 को पुणे के गणेश कला क्रीडा मंच में आयोजित 'रामभाऊ म्हालगी स्मृति व्याख्यान' के अंतर्गत 'आर्य चाणक्य-जीवन और कार्यः आज के संदर्भ में' विषय पर केंद्रीय गृहमंत्री श्री अमित शाह का भाषण

चाणक्य का महान व्यक्तित्व

मैंने अपने जीवन में अनेक भाषण दिए हैं। राजनीतिक भाषणों के अलावा भी कई सारे विषयों पर, कई विख्यात महानुभावों के व्यक्तित्व के बारे में और राष्ट्र जीवन में महत्व रखने वाली कई सारी घटनाओं के बारे में अलग-अलग प्रकार के भाषण दिए हैं। मगर बचपन से आज तक जब भी मैं आर्य चाणक्य पर बोलने जाता हूँ, तो वक्ता के नाते अपने आप को बहुत छोटा महसूस करता हूँ, क्योंकि जिस व्यक्तित्व के बारे में बोलना है, उन चाणक्य के विराट व्यक्तित्व को एक समय सीमा के भीतर बाँधने की सार्मथ्य मुझमें नहीं है।

रामभाऊ म्हाळगी प्रबोधिनी ने जब पुणे में इस कार्यक्रम का आयोजन किया है, आज के दिन की एक बड़ी विशेषता के बारे में भी हमें जानकारी होनी चाहिए। आज ही के दिन 8 जुलाई 1890 में एस. एस. मोरिया नाम के जहाज से वीर सावरकर ने ऐतिहासिक छलांग लगाई थी। कोई व्यक्ति भारत माता के लिए अपने प्राणों को कैसे दाँव पर लगा सकता है, इसका अप्रतिम उदाहरण वीर सावरकर ने दुनिया के सामने रखा था। क्या अभिनव संयोग है उस महान दिवस की स्मृति से जुड़ी तारीख पर आचार्य चाणक्य के जीवन पर मैं आप लोगों के सामने बोलने के लिए छत्रपति शिवाजी महाराज, बाजीराव पेशवा और लोकमान्य तिलक की भूमि पर उपस्थित हूँ। यह मेरे लिए परम सौभाग्य का विषय है। मै रामभाऊ म्हाळगी प्रबोधिनी के सारे संचालकों का ह्रदय से अभिनन्दन करता हूँ कि आपने आज का दिन आचार्य चाणक्य को समर्पित किया है।

दुर्भाग्य की बात है कि आर्य चाणक्य के विषय में आज की पीढ़ी को बहुत कम जानकारी है। ऐसा व्यक्तित्व जिसने कभी सत्ता में रहे बगैर इतने बड़े आकार के देश के जीवन पर सदियों तक असर डाला, उस व्यक्तित्व के बारे में ना हमारे समाज में सच्ची जानकारी है, ना उनके द्वारा प्रतिपादित सिद्धांतो के सन्दर्भ में समाज में सुव्यवस्थित अध्ययन की व्यवस्था है, ना ही उनके द्वारा प्रतिपादित सिद्धांतों की आज क्या प्रासंगिकता है, उनका मूल्य क्या है, इस बारे में ही कोई चर्चा सही तरीके से होती है। उनका विराट जीवन छोटी-छोटी किंवदंतियों तक ही सीमित रह गया या कर दिया गया। ऐसे समय में मैं रामभाऊ म्हाळगी प्रबोधिनी को ह्रदय से बधाई देना चाहता हूँ कि इन्होने आर्य चाणक्य के जीवन पर इस विशाल सभागार में और विशेष रूप से विद्वानों की नगरी पुणे में मुझे भाषण देने के लिए आमंत्रित किया है। आचार्य चाणक्य पर वस्तुतः 45 मिनट में बोलना बड़ा कठिन है।

चाणक्य का समय

पहले मैं चाणक्य के जीवन और उनके कालखंड के बारे में थोड़ा प्रकाश डालता हूँ। क्योंकि किसी भी बड़े व्यक्ति के योगदान के बारे में, उसके कालखंड की कठिनाइयों को समझे बगैर अगर हम मूल्यांकन करते हैं, तो उस व्यक्ति के साथ अन्याय होगा।

राष्ट्रजीवन में जब समय अच्छा हो, समृद्धि चतुर्दिक हो, चारों ओर शांतिकाल उपस्थित रहे, तो उस वक्त लोकजीवन और शासन में किसी भी प्रकार का परिवर्तन करना अथवा किसी भी प्रकार के नवीन ज्ञान का अर्जन करना और उस ज्ञान को सिद्धांतों और व्यवहार में ढालना बड़ा सरल होता है। किन्तु राष्ट्र जब उथल-पुथल से गुजर रहा हो। राष्ट्र पर संकट के गहरे बादल छाए हों, उस वक्त कोई व्यक्ति उन संकटों के बादलों से डटकर लड़ाई लड़े और साथ ही नए सिद्धांतो का प्रतिपादन भी करे। उस ज्ञान को संग्रहित करे। फिर उस ज्ञान को लेखनबद्ध करे और ढेर सारे शिष्यों को उसके सन्दर्भ में शिक्षित-प्रशिक्षित कर पूरे देश में उसे फैलाने का काम भी करे, यह बहुत दुर्लभ है। इसकी मिसाल नहीं मिलती। आचार्य चाणक्य के जीवन और कार्य की इस प्रकृति को समझने के लिए उनके कालखंड में देश की स्थिति-परिस्थिति के बारे में जानना-समझना जरूरी है।

चौथी शताब्दी ईसापूर्व चाणक्य का काल माना जाता है। इसका तात्पर्य यह है कि आज से लगभग तेईस सौ-चौबीस सौ साल पहले आर्य चाणक्य का कालखंड है। उनके कालखंड के बारे में विद्वानों में सहमति है किन्तु उनके जन्मस्थान को लेकर अनेक मत हैं। कोई कहता है कि उनका जन्म पंजाब में हुआ, कोई कहता है पाटलिपुत्र यानी पटना के निकट हुआ और कुछ कहते हैं कि दक्षिण भारत में किसी स्थान पर उनका जन्म हुआ। ऐसे ही उनकी कुल आयु के बारे में भी अनिश्चितता है। उनके संपूर्ण जीवन के बारे में 90 वर्ष से 120 वर्ष का काल अलग-अलग सन्दर्भों के द्वारा प्राप्त होता है।

हम यहाँ निश्चित आँकड़ों पर न जाकर केवल इस तथ्य को ही समझें कि जब उनका जन्म हुआ और जब उन्होंने अपनी देह का त्याग किया तो इन दोनों के मध्य के कालखंड में देश की परिस्थितियाँ क्या थीं। यह वह कालखंड था जब देश ढेरों छोटे-छोटे गणराज्यों में बिखरा हुआ था। केंद्रीय शासन की स्थिति अत्यंत कमजोर थी। भगवान बुद्ध का अवसान हो चुका था। महावीर का जीवन भी पूर्ण हो चुका था। दूसरी तरफ ईरान और यूनान में अनेक शक्तिशाली सत्ताकेंद्र जन्म ले चुके थे। उस वक्त सबकी नजरें हिंदुस्तान पर थीं, क्योंकि भारत के अन्दर एक प्रकार से सब कुछ समृद्धि के शिखर पर तो था किन्तु यहाँ उस समृद्धि को संभालने और व्यवस्थित रखने की शासकीय व्यवस्था कमजोर हो चुकी थी। इस अव्यवस्था का लाभ लेकर विदेशी शक्तियाँ भारत को लूटना चाहती थीं। इन परिस्थितियों में चाणक्य का जन्म हुआ।

एक राष्ट्र-अखंड राष्ट्र के शिल्पी

सिकंदर के आक्रमण से लेकर, चन्द्रगुप्त, बिन्दुसार और अशोक के राज्याभिषेक तक, इतने लम्बे दौर तक चाणक्य अलग-अलग भूमिका में काम करते रहे। यह कालखंड इसलिए हमारे लिए महत्त्वपूर्ण है क्योंकि महाभारत के महायुद्ध के 2500 साल बीत जाने के बाद की देश की स्थिति में भारत ने संसार में अपनी आध्यात्मिक ऊँचाई और

महान ज्ञान परम्परा तो बरकरार रखी ही थी, समृद्धि के स्रोतों को भी संजोकर रखा था। लेकिन देश को एकजुट कर सरहदों को सुरक्षित रखने वाली सारी व्यवस्था चरमरा चुकी थी। अधिकांश गणराज्य मनमानी पर उतारू थे। राजाओं का जीवन जनसरोकार से दूर हो चला था, पूर्व में धनानंद का साम्राज्य था जो सारी परम्पराओं से विपरीत चलता था। मूल्यों का पतन होना शुरू हो गया था। भाषा का ह्रास होना शुरू हो गया था। अनेक प्रकार के वितण्डावादों में देश फँस गया था। छोटे-छोटे गणराज्य बने हुए थे, जो अपनी स्वतंत्रता के लिए संघर्ष कर रहे थे। ऐसे में आर्य चाणक्य का जीवन और उनका कार्य शुरू हुआ। देश पर जब यूनानी आक्रमण हुआ, सिकंदर ने धावा बोला तब आचार्य चाणक्य तक्षशिला विद्यापीठ में आचार्य के रूप में दायित्व का निर्वाह कर रहे थे। सिकंदर एक के बाद एक राजाओं को हराते हुए आगे बढ़ता गया। यहाँ तक कि तक्षशिला भी सिकंदर की शरण में नतमस्तक हो गया। उस कठिन परिस्थिति में आचार्य चाणक्य ने निश्चय किया कि अगर हम भारत को एक नहीं कर सके, हम अगर एक अखंड केंद्रीय साम्राज्य नहीं बना सके, तो हमारा अस्तित्व, हमारी संस्कृति, हमारी परम्पराएँ, सब कुछ एक दिन लुप्त हो जाएँगी। उसी वक्त उन्होंने दृढ़ निश्चय किया कि देश को एक ही ताने-बाने में बुनना पड़ेगा और एक साम्राज्य का स्वरुप देना पड़ेगा। तभी चाणक्य भारत को एक अखंड सुरक्षित राष्ट्र के रूप में खड़ा करने का व्रत लेते हैं। हमारी राष्ट्रीयता को वह शब्द देते हैं। अपने परिश्रम से हमारी राष्ट्र की प्राचीन अवधारणा को पहली बार राजनीतिक रूप से साकार करते हैं। सबसे पहले उन्होंने राष्ट्र की अवधारणा को मूर्त रूप दिया। इसके तहत अफगानिस्तान अर्थात गान्धार से लेकर श्रीलंका तक और ब्रह्मदेश से लेकर गुजरात तक जो फैला हुआ समस्त भूभाग शामिल था, जो एक ही संस्कृति के आधार पर जीता है, और एक ही जीवन पद्धति को जहाँ का समाज धारण करता है, वही हमारा सनातन भारत राष्ट्र है। राष्ट्र की अवधारणा सबसे पहले कहीं पर साकार रूप में प्रकट हुई तो यह चाणक्य के कालखंड में हुई क्योंकि उन्होंने सम्पूर्ण भारत को एक सूत्र में बाँधने की कल्पना सर्वप्रथम की और इसे साकार भी कर दिखाया। सिकंदर के हमले के बाद जब यूनानियों ने फिलिप को क्षत्रप बनाकर यहाँ रखा तो फिलिप को भी बेदखल करने में चाणक्य की सबसे बड़ी भूमिका थी।

सरहदों के प्रहरी

जब चाणक्य का जन्म हुआ और जब वह युवा हुए तब उनकी आँखों के सामने राष्ट्र का जो बिखरा स्वरूप था, उसे उन्होंने अपने जीते जी बदल दिया। जब चाणक्य ने देहत्याग किया तो वह अपने पीछे एक मजबूत संगठित और संकल्पबद्ध राष्ट्र छोड़ कर गए, जिसकी सीमाएँ अफगानिस्तान यानी गांधार से लेकर श्रीलंका तक और बर्मा से लेकर गुजरात तक फैली हुई थी। इस पूरे भूभाग पर सुगठित केंद्रीय शासन भी उन्होंने प्रदान किया। यह शासन व्यवस्था संसार में सर्वोत्तम थी। देश की शैक्षणिक व्यवस्था

अत्यंत उन्नत बनी। स्वावलंबी आर्थिक व्यवस्था का उन्होंने ऐसा सुन्दर खाका खींचा कि देश धन-धान्य और समृद्धि के शिखर पर पहुँच गया। अपने महान जीवन से चाणक्य ने भारत की नींव इतनी मजबूत कर दी कि उनके बाद के एक हजार साल तक कोई विदेशी आक्रमण भारत में जड़ें नहीं जमा सका। विदेशी शक्तियों में किसी में भी भारत पर हमला करने की हिम्मत शेष नहीं बची। उनके जाने के एक हजार साल बाद तक संपूर्णतः उन्हीं की बनाई शासकीय व्यवस्था में देश आगे बढ़ा। उन्होंने राजनीतिक रूप से, सांस्कृतिक रूप से, सामाजिक रूप से और आर्थिक रूप से एक मजबूत और सुरक्षित भारत का निर्माण किया। मैं सन्दर्भों के आधार पर यह कह सकता हूँ कि जब उन्होंने शरीर छोड़ा तब भारत इतना सुरक्षित था कि तब भारत के पास विश्व की सबसे बड़ी सेना थी। 9000 हाथियों की सेना थी और पाटलिपुत्र से लेकर अफगानिस्तान यानी कंधार तक बीस हाथी चल सकें, ऐसा विशाल चौड़ा राजमार्ग (उत्तरापथ) था, जिसमें हर आठ किलोमीटर पर इसकी वीथिका आरम्भ करने की व्यवस्था बनाई हुई थी।

देश की पश्चिमोत्तर सरहद को लेकर वह सदैव सतर्क रहे। उन्होंने उस क्षेत्र में सरहदों की रक्षा के लिए तक्षशिला में एक छोटा सा परिवर्तन किया। तक्षशिला विद्यापीठ चाणक्य के जन्म से पहले का विद्यापीठ था। लेकिन जब चाणक्य आचार्य बने और चन्द्रगुप्त के साम्राज्य का गठन हुआ उसके बाद उन्होंने तक्षशिला के लिए नियम स्थापित किया कि जो गणराज्य अपने राजकुमारों को, सेनापतियों के बेटों को अथवा अपने राज्य के लिए आयुर्वेद के विशेषज्ञ तैयार करने के लिए वहाँ पर पढाई लिखाई के लिए भेजना चाहते है तो उन्हें कोई फीस नहीं देनी होगी किन्तु सभी गणराज्यों को केंद्रीय निगरानी में अपनी ओर से सेना की एक टुकड़ी वहाँ पर अवश्य रखनी होगी। इस एक परिवर्तन की वजह से भारत की पश्चिमोत्तर सरहदी इलाके से जुड़े सबसे बड़े केंद्र तक्षशिला में 365 दिन और 24 घंटे एक लाख सैनिक उपस्थित रहते थे। यह थी उनकी दूरदृष्टि, क्योंकि भारत पर आक्रमण करने का एक मात्र रास्ता था खैबर घाटी। उस समय ना समुद्री आक्रमण होते थे और ना हवाई आक्रमण। केवल खैबर घाटी से ही विदेशी आक्रमण हुआ करते थे। आर्य चाणक्य ने तक्षशिला विद्यापीठ के माध्यम से ही देश की सुरक्षा को सुनिश्चित किया। एक इसी निर्णय के कारण लंबे समय तक देश की सुरक्षा सुनिश्चित हुई और वह अजेय रहा।

सुखी भारत-समृद्ध भारत

अपने समय में उन्होंने जिस शासन व्यवस्था का सृजन किया उसका परिणाम क्या था? मौर्य और गुप्त कालखंड में भारत का सकल घरेलू उत्पाद अर्थात जीडीपी का योगदान दुनिया की जीडीपी में 35 प्रतिशत और उससे ऊपर तक पहुँच चुका था। एक यूरोपियन विद्वान हैं ऐन्गुस मैडिसन, उन्होंने World Economic History नाम की एक पुस्तक लिखी है। उन्होंने यह आँकड़े प्रस्तुत किए हैं कि चाणक्य और उनके बाद ईसा

की पहली सदी के समय दुनिया की जीडीपी में भारत का योगदान 35 प्रतिशत तक था। आप कल्पना कर सकते हैं कि देश के अर्थतंत्र को इतनी मजबूत शक्ल देने का काम आर्य चाणक्य ने अपने जीवन में ही कर दिया था। ये कोई एक-दो साल के लिए नहीं किया। ईसा पूर्व चौथी शताब्दी से लेकर ईस्वी सन पंद्रह सौ तक भारत का विश्व जीडीपी में योगदान 20 प्रतिशत से कम तो कभी नही हुआ। उस कालखंड में आर्थिक व्यवस्था के सन्दर्भ में हमारे नजदीक कोई देश खड़ा होता था तो केवल चीन। वह भी सन् 1600-1700 में चीन हमारे मुकाबले खड़ा हो पाया और हम जानते हैं कि इस समय तक भारत विदेशी हमलों और भयानक लूट से कितनी बार लहूलुहान हो चुका था। दुनिया की अर्थव्यवस्था के इतिहास का जो प्रवाह है, उसमें स्पष्ट रूप से दिखाई पड़ता है कि ईस्वी सन पन्द्रह सौ तक और मुगलकाल के बाद अंग्रेजों के भारत आने तक, भारत अर्थव्यवस्था की दृष्टि से, अर्थनीति की दृष्टि से दुनिया में महाशक्ति के रूप में स्थापित था। यह आर्य चाणक्य के जीवनकार्य और उनकी बनाई व्यवस्था का ही परिणाम था कि लगभग 1600-1700 साल तक भारत आर्थिक रूप से इतना सुदृढ़ और मजबूत हुआ। उन्होंने राज्य शासन की जो व्यवस्था बनाई, वह उनके जाने के बाद भी लुप्त नही हुई।

महामात्य परम्परा के सूत्रधार

आचार्य चाणक्य ने गुरु-शिष्य परम्परा और तक्षशिला विद्यापीठ के आधार पर एक इतना बड़ा तंत्र देश भर में एक निश्चित विचारधारा के तहत काम करने वाले लोगों का बनाया कि सदियों तक वह व्यवस्थाएँ अपना असर दिखाती रहीं। मैं आपको नाम गिना सकता हूँ- अशोक और बिन्दुसार चन्द्रगुप्त के बाद मौर्य साम्राज्य के दो सम्राट हुए, उनके महामात्य भी चाणक्य के दिखाए रास्ते पर ही काम करते रहे। मौर्य शासन के बाद जब गुप्त वंश के सम्राटों ने भारत का केंद्रीय शासन संभाला तो **समुद्रगुप्त के महामात्य हरिषेण** ने चाणक्य की परम्परा आगे बढ़ाई। **स्कन्दगुप्त के समय कामंदक** नाम के महामात्य ने चाणक्य को गुरू मानकर अजेय राजनीति की परम्परा जारी रखी। जब **हर्षवर्धन सम्राट हुए तब बाणभट्ट** भी चाणक्य की भूमिका में दिखाई देते हैं। 9वीं सदी में सोमदेव सूरि द्वारा लिखित नीति वाक्यामृत, 11वीं सदी में गहड़वाल साम्राज्य के नीतिकार पंडित लक्ष्मीधर भट्ट ने राजधर्म शास्त्र, गोपाल नामक नीतिकार ने राजनीति-कामधेनु नामक पुस्तक, कश्मीर में कल्हण द्वारा राजतरंगिणी में भी जो महामात्य की परम्परा है, जो चाणक्य के जीवन से प्रेरित थी, जिसमें राष्ट्र सर्वोपरि था और जिसने देश को सुदृढ़ पीठिका प्रदान की।

13वीं सदी में दक्षिण भारत में विजय नगर साम्राज्य की स्थापना हुई। उसके पीछे के राजनीतिक चिन्तकों में हरिहर-बुक्क का नाम आता है तो विद्यारण्य स्वामी इस साम्राज्य के पीछे चाणक्य बनकर खड़े होते हैं। सर्वदर्शन संग्रह और पंचदशी इनके बहुत प्रसिद्ध

ग्रंथ हैं। इन्हीं विद्यारण्य स्वामी के भाई थे सायण आचार्य जिन्होंने वेदों का ऐतिहासिक भाष्य लिखा था। 12वीं सदी में देवगिरी इलाके के यादववंशीय नरेशों के समय के देवण भट्ट उपाध्याय का वर्णन आता है। देवण ने भी राजनीति पर स्मृति-चंद्रिका नामक ग्रंथ लिखा। तेरहवीं-चौदहवीं सदी में चण्डेश्वर का उल्लेख मिलता है। चण्डेश्वर मिथिला और नेपाल राजवंश के मंत्री बताए गए हैं। चण्डेश्वर ने जो नीतिग्रंथ लिखा है उसका नाम है राजनीति रत्नाकर। ग्वालियर के रहने वाले राजनीति के प्रकांड विद्वान मित्र मिश्र का नाम भी उल्लेखनीय है। सन 1605 में मित्र मिश्र ओरछा नरेश वीरसिंह देव के मंत्री थे, जिन्होंने वीरमित्रोदय नामक राजनीति से जुड़ा ग्रंथ लिखा है। वीरमित्रोदय का एक खंड है- *राजनीति प्रकाश।* प्राचीन भारतीय राजनीतिक सिद्धांतों और व्यवहार का विशद वर्णन इस ग्रंथ में आता है। सन 1630 के आस-पास बुन्देलखण्ड के राजवंश में एक मंत्री थे-*नीलकण्ठ भट्ट।* नीलकंठ ने राजनीति पर ग्रंथ लिखा नीति-मयूख। महाराष्ट्र के सुविख्यात संत एकनाथ के प्रपौत्र थे अनन्तदेव। 1638 में अनन्तदेव हिमालय चले गए और वहाँ अल्मोड़ा राज्य के राजा बाजबहादुर चन्द्र के यहाँ रहकर नीतिशास्त्र पर ग्रंथ लिखा। इस ग्रंथ का नाम है- *राजनीति कौस्तुभ।* शिवाजी महाराज के समय उनके आध्यात्मिक गुरु समर्थ स्वामी रामदास का नाम इसी कड़ी में हम जानते हैं, जिन्होंने *दासबोध* नामक सुप्रसिद्ध ग्रंथ लिखा। इसमें भी देश की राजनीति को रास्ता दिखाने वाले सूत्र संकलित हैं। यह सूची बहुत बड़ी है। चाणक्य की इस परम्परा को हम उनके बाद भी आगे बढ़ते हुए देखते हैं।

तक्षशिला से यह जो परम्परा महामात्य के शिक्षण-प्रशिक्षण की चाणक्य के समय प्रारंभ हुई, उसने देश को चाणक्य के बाद भी एक हजार साल तक मजबूत रखने का काम किया। चाणक्य का नाम, चाणक्य की स्मृति तक्षशिला के विद्यार्थियों के बीच में सैकड़ों वर्ष तक एक विशेष प्रकार की मानसिक टेलीपैथी (mental telepathy) भी शायद निर्मित करती रही, क्योंकि वह सभी विद्यार्थी जो आगे चलकर गणराज्यों के साथ केंद्रीय शासन की संपूर्ण व्यवस्थाएँ संभालने में जुटते थे, वह सारे सहपाठी होते थे। एक प्रकार से पूरे भारत को राजनीतिक, सामाजिक, आर्थिक और भावनात्मक ताने-बाने से जोड़ने का काम भी आर्य चाणक्य ने किया जिसने देश को, मातृभूमि को, जगत जननी के रूप में गौरवयुक्त स्थान पर बनाए रखने के लिए देश के भीतर ज्ञान-विज्ञान से जुड़ी महान गुरु-शिष्य परम्परा को भी प्रस्थापित किया।

सबसे ऊपर राष्ट्र

राष्ट्र का सुख उनकी सर्वोच्च प्राथमिकता थी। राज्य व्यवस्था को वह राष्ट्र और उसके जन की सुख-समृद्धि का साधन मात्र ही समझते थे। इसीलिए उन्होंने पहली बार यह प्रस्थापित किया कि- "राष्ट्र महान है, राजा महान नहीं है।" इस सिद्धांत का प्रतिपादन आचार्य चाणक्य ने अपने जीवन में किया। अगर राष्ट्र मजबूत है तो राजा सुरक्षित है।

राष्ट्र को मजबूत रखना, राष्ट्र की अपनी परम्पराओं का संरक्षण और संवर्धन करना, राष्ट्र को आर्थिक रूप से सुदृढ़ और सुरक्षित करना, यही राज्य और राजा की प्राथमिकता होनी चाहिए। महामात्य का भी यही काम है कि वह राजा और राज्य को सदा प्रजा के सुखवर्धन के पवित्र काम में सुयोग्य मार्गदर्शन देता रहे। चाणक्य ने इसे बार-बार दोहराया और बाद की पीढ़ियों के लिए उन्होंने अपने जीवन से इस तथ्य को बेहतर ढंग से प्रतिस्थापित किया।

आर्य चाणक्य को समझने के लिए मैं उनके निजी गुणों और उनके जीवन से जुड़ी कुछ महत्वपूर्ण घटनाओं को बताना चाहता हूँ। बात उस समय की है जब आर्य चाणक्य बहुत छोटे थे। उनके घर पर मगध के महामात्य शकटार आए हुए थे। शकटार के साथ एक ज्योतिषी आये थे। आर्य चाणक्य की कुंडली देखकर ज्योतिषी ने चाणक्य की माता जी को कहा "तेरा बेटा सम्राटों का सम्राट बनेगा''। उनकी माता जी रोने लगीं। आर्य चाणक्य बाहर खेलते हुए वापस आए, तो देखा माँ रो रही हैं। उन्होंने पूछा "माँ क्यों रो रही हो?'', तो उन्होंने कहा कि 'बेटा हम तो ब्राह्मण हैं। हमारा काम पढ़ना और पढ़ाना है और ये ज्योतिषी कह कर गए हैं कि तू सम्राटों का सम्राट बनेगा। तू ब्राह्मण धर्म का लोप करेगा।' घर में चटनी पीसने का एक पत्थर पड़ा था। आर्य चाणक्य ने पत्थर उठाया और अपने दाँत पर दे मारा और दाँत गिरा दिया और कहा- "माँ अंग भंग हो गया है और परम्परा के अनुसार राज्यारोहण के पूर्व जिसका अंग भंग हो जाता है वह सम्राट नहीं बन सकता। तुम चिंता मत करो, जीवन भर मैं पढ़ूँगा और पढ़ाऊँगा, तुझे रोने की जरुरत नही है''। एक आठ साल का बच्चा जिसके भविष्य के बारे में कहा गया था कि वो देश का सम्राट बनेगा, वो कहता है कि मुझे सम्राट नही बनना है। अगर मेरी माँ को दुःख होता है तो मै जीवन भर यही काम करूँगा। सम्राट बनकर जो काम होता है वो मै शिक्षक बन कर करूँगा और वो उन्होंने किया भी। शिक्षक बन कर सम्राटों को बनाने का काम आर्य चाणक्य ने किया, खुद सम्राट कभी नही बने।

सादगी से चलाया राज-काज

उनके जीवन का एक दूसरा प्रसंग है जब वह मगध के महामात्य बन चुके थे। गंगा जी के किनारे झोपड़ी में रहते थे और विदेश से किसी राजा का राजदूत मिलने के लिए उनके घर पर आया। उसने देखा कि एक बूढ़ा सा आदमी अपने कंधे पर अपने पीने के पानी का घड़ा गंगा जी में से लेकर जा रहा था। उस बूढ़े व्यक्ति से उस राजदूत ने पूछा कि महामात्य चाणक्य कहाँ रहते हैं। तो उस बूढ़े आदमी ने कहा, चलिए मेरे साथ मैं लेकर चलता हूँ। वह राजदूत उनकी झोपड़ी तक पहुँचे, उन्हें अन्दर लेकर गए, मटकी अपने स्थान पर रखी और पूछा कि "बताइए क्या काम है"? राजदूत ने कहा-मुझे आर्य चाणक्य से मिलना है उनके सेवक से नहीं। उन्होंने कहा कि- मैं ही आर्य चाणक्य हूँ, अब बताइए क्या काम है? जिसके चरणों में पूरे राष्ट्र की सत्ता थी,

ऐसा व्यक्ति इतनी सादगी के साथ जी सकता है, जी रहा है तो इसका श्रेष्ठ उदाहरण आर्य चाणक्य ने अपने जीवन से प्रस्तुत किया। घर में एक झोपड़ी थी, कोई सेवक नहीं था, वह स्वयंपाकी थे, पानी भी गंगा जी से खुद भर कर लाते थे। मैं मानता हूँ कि आज के समय में हम सब राजनीति में काम करने वाले लोगों के लिए प्रेरणा लेने का अगर कोई स्थान हो सकता है, कोई व्यक्तित्व हो सकता है, तो वह चाणक्य हैं। उनके जीवन के अनेक प्रसंगों में यह महत्वपूर्ण प्रसंग है कि उन्होंने अपना समग्र जीवन अत्यंत सादगी से व्यतीत किया और हमारी पीढ़ियों के लिए महान आदर्श प्रस्तुत किया।

राजा से बड़ा राष्ट्र

तीसरा प्रसंग बताता हूँ। देश पर सिकंदर का हमला हो गया था। चन्द्रगुप्त भी आचार्य चाणक्य के साथ उस स्थान पर थे। प्रसंग में बात आती है कि सेल्युकस की बेटी हेलेना सिकंदर के प्रथम हमले में इनके साथ आई थी और चन्द्रगुप्त हेलेना पर मोहित हो गए। चन्द्रगुप्त ने तब आर्य चाणक्य से कहा कि मैं हेलेना से विवाह का इच्छुक हूँ। तब आर्य चाणक्य ने कहा कि आप विदेशी महिला से विवाह नहीं कर सकते और इस समय कोई यह स्वीकार नहीं करेगा। बाद में चन्द्रगुप्त सम्राट बने, सेल्युकस ने फिर से हमला किया लेकिन चन्द्रगुप्त ने रणभूमि में सेल्युकस को हरा दिया। चन्द्रगुप्त विजयी हुए, संधि हुई। इस समय चाणक्य ने संधि को स्थायित्व देने के लिए चन्द्रगुप्त के पुराने प्रस्ताव को लागू करने का निर्णय लिया। चाणक्य ने सेल्युकस के सम्मुख प्रस्ताव रखा कि हमारी संधि बरकरार रहे, इसलिए आप अपनी बेटी का विवाह हमारे सम्राट के साथ करने का प्रस्ताव मान लें। चाणक्य के इस रुख को देखकर चन्द्रगुप्त ने उनसे पूछा कि पहले तो आपने विवाह के लिए मना कर दिया था तो अब विवाह को स्वीकृति क्यों दे रहे हैं? चाणक्य ने उत्तर दिया कि उस समय आप मोह में विवाह कर रहे थे और आज आप विजेता के रूप में हेलेना को स्वीकार कर रहे हैं। आज की परिस्थिति में इससे राष्ट्र का गौरव बढ़ता है, इसलिए मैं आज इस विवाह के लिए सहमति देता हूँ। राजा की इच्छा से उपर राष्ट्र है। राष्ट्र के निर्णय राष्ट्र के हित को ध्यान में रखकर लिए जाने चाहिए न कि राजा के निजी हित के आधार पर। राजा की इच्छा की जगह राष्ट्र को महत्व देने की शुरुआत पहली बार चाणक्य ने की।

नीति-साहित्य के प्रणेता

आचार्य चाणक्य ने अपने सुदीर्घ जीवन में अनेक प्रकार के ग्रंथों की रचना की। उनके लिखे ग्रंथों की एक विशेषता है कि उन्होंने सब कुछ स्वयं से ही नहीं लिखा। अपने सुप्रसिद्ध ग्रंथ कौटिल्य अर्थशास्त्र में उन्होंने परम्परा से प्राप्त ज्ञान तथा देश के पुरातन ऋषियों और विद्वानों के मत को आदर के साथ पहले लिखा और अंत में अपना मत रखा। उनके जो ग्रंथ भारतीय वांग्मय की धरोहर हैं, उसमें कौटिल्य अर्थशास्त्र, चाणक्य

नीतिदर्पण, चाणक्य राजनीति शास्त्र, चाणक्य नीतिशास्त्र, चाणक्य सारसंग्रह, लघु चाणक्य, वृद्ध चाणक्य, चाणक्य सूत्राणि और विष्णुगुप्त सिद्धांत उन्होंने लिखा है।

इन ग्रंथों में उन्होंने संसार की उन तमाम समस्याओं का विचार किया जिनसे रोजाना हमारा सामना होता है। इस सन्दर्भ में मैं एक नाम को विशेष स्मरण करना चाहूँगा। वह थे पंडित श्याम शास्त्री, जिन्होंने अपना पूरा जीवन चाणक्य पर लिखी पांडुलिपियों को संग्रहित करने और उसके प्रकाशन में लगा दिया। वह मैसूर महाराज के ग्रंथपाल थे और देश के अनेक राजे-रजवाड़ों से जुड़े पुस्तकालयों में जाकर उन्होंने चाणक्य से जुड़ी संपूर्ण पांडुलिपियों को खोजने और उसे संजो, संवार, संपादित कर ग्रंथ रूप में प्रकाशित कर देश के सामने लाने का महान पुनीत कार्य किया है।

चाणक्य के जीवन के बारे में, उनके योगदान के बारे में मैंने यह अत्यंत संक्षिप्त विवरण प्रस्तुत किया है। चाणक्य ने देश को जो सुदृढ़ शासन व्यवस्था दी उसका आधार भारत की प्राचीन नीति परम्परा और ज्ञान परम्परा से जुड़े मौलिक स्रोतों से निकलता है। चाणक्य ने उस समय के हिसाब से इसे पुनः व्याख्यायित किया। अब मैं भारत की उस मौलिक ज्ञान परम्परा पर प्रकाश डालना चाहता हूँ, जिसने चाणक्य जैसे रत्न भारत में पैदा किए।

भारत की ज्ञान-परम्परा के रक्षक

आन्वीक्षिकीत्रयीवार्तानां योगक्षेमसाधनो दण्डः। तस्य नीतिर्दण्डनीतिः।

(जो मूल भारतीय ज्ञान परम्परा है, हमारी विद्याएँ हैं, चाहे आन्वीक्षिकी हो या त्रयी या वार्ता। ये तीनों सुदृढ़ दण्डनीति पर ही टिकी हैं।)

भारतीय ज्ञान परम्परा के चार विभाग हैं। एक आन्वीक्षिकी है, एक त्रयी है, एक वार्ता है और एक दंडनीति है। आन्वीक्षिकी का मतलब है अन्वेषण या खोज या अनुसंधान। यह केवल भौतिक खोजों तक सीमित नहीं है बल्कि इसका दायरा परम तत्त्व की खोज तक है। इसके बाद त्रयी है, उसमें वेद, उपनिषद, ब्रह्मसूत्र और गीता आती है। व्यक्ति के जीवन को ऊपर उठाने के लिए इस त्रयी का उपयोग होता है। तीसरा है वार्ता, जिसको आज हम बिजनेस कहते हैं और चौथा है दंडनीति। दंडनीति का मतलब सजा देना नहीं है। कानून, कर व्यवस्था, नियम, अर्थशास्त्र, अर्थव्यवस्था, संविधान, लोकसेवा और सुशासन आदि से जुड़े ज्ञान के ये सारे विभाग दंडनीति के तहत आते हैं।

इन चारों विभागों का उपयोग कर इसके तत्वावधान पर चाणक्य ने सारे ग्रंथो की रचना की थी। भारतीय ज्ञान धारा के आखिरी दो बिन्दु जिसमें वार्ता और दंडनीति का वर्णन आता है, यह शुद्ध रूप से अर्थशास्त्र और राजनीति शास्त्र से जुड़े हुए

हैं। वार्ता और दंडनीति सीधे राज्य के काम-काज के साथ जुड़ी हुई हैं। किन्तु आर्य चाणक्य ने वार्ता और दंडनीति के लिए जितना भी लिखा है उसका आधार उन्होंने त्रयी और आन्वीक्षिकी से लिया है, क्योंकि सुशासन और उद्योग, अर्थनीति और उद्योग, शासन-सुशासन और दंडनीति इन सबका मूल चाणक्य ने आध्यात्मिक आधार पर ही खड़ा किया है। इसी के कारण चाणक्य ने जितना भी लिखा है, वह कभी कालबाह्य नहीं हुआ। 2300-2400 साल पहले का लिखा हुआ उनका साहित्य आज के समय में भी उतना ही उपयोगी है, जितना उनके समय में उपयोगी था। इसीलिए कहते हैं कि चाणक्य के जितने ग्रंथ हैं, वह शाश्वत हैं। इसकी कोई समय सीमा नहीं है। शायद यह आने वाले एक हजार साल बाद भी उतने ही प्रासंगिक रहेंगे जितने आज हैं, जितने 2300 साल पहले थे। उन्होंने इसका आधार बहुत ही मजबूत रखा है। इसमें उन्होंने ब्रह्मा, मनु, बृहस्पति, नारद, शुक्र, विश्वामित्र, विदुर सभी परम्परा से जुड़े विद्वानों का सन्दर्भ देते हुए पूरी ज्ञान परम्परा को अपने ग्रंथों में नई व्याख्या के साथ समाहित किया है। सबके मंतव्य को साथ लेकर उसे सामयिक रूप देते हुए सबके बाद में उन्होंने अपने निष्कर्ष दिए हैं, एक प्रकार से उन्होंने हमारी ज्ञान परम्परा के निचोड़ का बृहत् संकलन करते हुए एक संपूर्ण शास्त्र भारत को देने का प्रयत्न किया। मैं मानता हूँ कि न केवल भारत बल्कि दुनिया में जिनके ग्रंथ की रचना, जिनके सिद्धांतों की रचना, जिनकी अर्थनीति की रचना, जिनकी सुशासन नीति की रचना, जिनकी दण्ड और न्याय देने की रचना इतनी विस्तृत और सुदृढ़ हो, वैसा चाणक्य जैसा कोई नीतिकार और उनके द्वारा लिखित राजनीतिग्रंथ दुनिया में शायद कोई दूसरा नहीं होगा। अर्थशास्त्र, जिसे चाणक्य ने लिपिबद्ध किया वह कौटिल्य अर्थशास्त्र के नाम से विख्यात है। आर्य चाणक्य का यह अर्थशास्त्र 6000 श्लोक, 15 अधिकरण, 180 प्रकरण और 150 अध्यायों में विस्तृत है। यहाँ सारे बिन्दुओं पर प्रकाश डालना संभव नहीं है। किन्तु मैं आज के सन्दर्भ में उनके विचारों की प्रासंगिकता पर आता हूँ।

चाणक्य का राजनीतिक दर्शन

सबसे पहले मैं आचार्य चाणक्य के राजनीतिक दर्शन की बात करता हूँ। चाणक्य के पहले राजा के जन्म की परिकल्पना दैवीय योजना के साथ जुड़ी हुई थी। राजा में देव का अंश होता है, राजा में देव निवास करता है। इस कारण से राजा को भगवान मानकर एक श्रद्धा के भाव से देखने की प्रथा थी। चाणक्य ने इस दैवीय परिकल्पना का परित्याग कर दिया। उन्होंने पहली बार कहा कि राजा संविधान का प्रथम दास है, वह राज्य का प्रथम सेवक है।

विद्याविनीतो राजा हि प्रजानां विनये रतः
अनन्यां पृथ्वीं भुंङ्क्ते सर्वभूतहिते रतः॥

(समस्त प्रजा का कल्याण, समस्त प्राणियों का कल्याण। सबके साथ चलेंगे-सबका कल्याण करेंगे।)

इस विचार का प्रारम्भ चाणक्य ने किया। आज जब मैं नरेन्द्र भाई को मंच से बोलते हुए सुनता हूँ कि वह प्रधानमंत्री नहीं बल्कि प्रधान सेवक हैं। मुझे मालूम नहीं है कि उन्होंने आचार्य चाणक्य को पढ़कर ऐसा कहा है अथवा नहीं किन्तु उनका भाव वही है, जो भाव चाणक्य ने व्यक्त किया कि राजा प्रजा का दास है और संविधान का प्रथम सेवक है। चाणक्य ने राज्य को दैवीय सिद्धांत से अलग कर दिया। राज्य की संपूर्ण कल्पना दैवीय सिद्धांत से बनी हुई थी कि ईश्वर ने राज्य की सीमाएँ बनाई, ईश्वर राज्य का पोषण करता है, ईश्वर राज्य में मेघ वर्षा करता है, अन्न उत्पन्न करता है। राज्य की दैवीय परिकल्पनाओं का चाणक्य ने परित्याग किया। अपने समय में यह क्रांतिकारी विचार और जोखिम का काम कोई बड़ा समाज सुधारक ही कर सकता है। राज्य की दैवीय व्याख्या को बदलने की उस समय कोई हिम्मत भी नहीं कर सकता था।

राज्य का सप्तांग सृजन

चाणक्य ने राज्य की कल्पना को न केवल दैवीय परिकल्पना से अलग किया बल्कि भौगोलिक, सामाजिक, सांस्कृतिक कल्पना के आधार पर राज्य का विचार किया और राज्य की सप्तांग कल्पना को मूर्त रूप दिया। अर्थात, राज्य के सात अंग उन्होंने बनाए। पहला अंग था संप्रभुता, दूसरा था अमात्य अर्थात मंत्रिमंडल, तीसरा जनपद अर्थात प्रजा, चौथा दुर्ग यानी सुरक्षा, पाँचवां कोष अर्थात अर्थ तंत्र, छठा दंड अर्थात कानून और व्यवस्था, प्रशासन-सुशासन और सातवाँ मित्र अर्थात विदेश नीति। इन सात विभागों में उन्होंने राज्य की कल्पना की और सातों का उन्नयन करने के लिए और उसे उध्र्व गति देने के लिए उन्होंने अलग-अलग सिद्धांतों की भी रचना की। पहली बार हमारे देश के अन्दर राज्य की कल्पना को इतने सूक्ष्म तरीके से देखने का कार्य आचार्य चाणक्य ने साकार किया। उदाहरण के रूप में आज किसी भी देश की शासन व्यवस्था के प्रमुख कार्य सात या आठ अंगो में बँटे होते हैं। संप्रभुता, मंत्रालय, जनता, सुरक्षा, अर्थ तंत्र, कानून-व्यवस्था, सुशासन और विदेश नीति में ही किसी देश की राज्य व्यवस्था के कार्यों का विभाजन हो सकता है। किसी भी राज्य की व्यवस्था के लिए 2300 साल पहले चाणक्य ने जो किया, वह आज भी उतना ही प्रासंगिक है। अब यश लेने के लिए तो कोई भी यश ले सकता है कि राज्य की सर्वप्रथम व्याख्या किसने की, राज्य के विभाग किसने बनाए, कोई टोडरमल का नाम लेता है तो कोई किसी अंग्रेजी विद्वान का नाम लेता है। कितने ही नाम गिनाए जाते हैं। किन्तु अगर कोई चाणक्य का

अर्थशास्त्र पढ़ेगा तो उसे मालूम पड़ेगा कि यह व्याख्या सबसे पहले नारद मुनि ने की थी और चाणक्य ने इसका नवीनीकरण अपने समय के सन्दर्भ में किया।

व्यापार और कर नीति

स्वपक्षं परपक्षं च वशीकरोति कोशदण्डाभ्याम्।

उन्होंने देश के अर्थतंत्र के लिए भी बहुत अच्छे सिद्धांत गढ़े। उन्होंने बताया कि जनता पर कर यानी टैक्स कैसे लगाना चाहिए। इसके लिए उन्होंने पुष्प और भौंरे का उदाहरण दिया था कि राजा को अर्थात राज्य को करदाता से कर इस प्रकार लेना चाहिए जैसे भँवरा पुष्प में से मधु को चूसता है। इस प्रक्रिया में न तो पुष्प की सुगंध समाप्त होती है और ना ही पुष्प का सौन्दर्य ही प्रभावित होता है, लेकिन मधु एकत्रित हो जाता है। वैसे ही राज्य को जनता से कर वसूलना चाहिए। करतंत्र के लिए उन्होंने कितनी आदर्श कल्पना उस समय प्रस्तुत की थी। उन्होंने नए व्यापार को प्रोत्साहन देने के लिए भी सूत्र बताया। उन्होंने कहा था कि नए व्यापार को टैक्स फ्री रखना चाहिए। इसके लिए कालखंड भी लिखा कि तीन साल के बाद नए कारोबार की समीक्षा करके अधिकतम उसे 9 वर्षों तक करमुक्त रखने का बंदोबस्त करना चाहिए।

उन्होंने कर-नीति और दण्ड-नीति को कुल चार भागों में विभक्त किया। पहला था अप्राप्त को प्राप्त करना अर्थात राज्य के राजस्व को बढ़ाना। प्राप्त को रक्षित करना अर्थात स्थायित्व देना। जो राजस्व प्राप्त हुआ उसका एक न्यूनतम हिस्सा सुरक्षित कर उसे आगे बढ़ाना। जो रक्षित है उसकी वृद्धि करना अर्थात एक स्तर से आगे बढ़ाना। और अंत में कोष अर्थात इस प्रकार से तैयार संपदा को जनता में समान रूप से वितरित करने की व्यवस्था बनाना। इन चार हिस्सों में उन्होंने कर प्रणाली को व्यवस्थित रूप प्रदान किया। जन कल्याण और जन सुरक्षा यह वितरण प्रणाली के दो आधार बनाए। उन्होंने कहा कि समस्त प्रजा का कल्याण हो, इस प्रकार की नीति होनी चाहिए और समाज के अंतिम व्यक्ति के विकास के साथ ही सबका विकास होना चाहिए। विकास की प्रक्रिया में सबकी हिस्सेदारी होनी चाहिए। जब नरेन्द्र भाई कहते हैं कि सबका साथ-सबका विकास तो अब मुझे पता नहीं कि नरेन्द्र भाई ने चाणक्य को पढ़कर ऐसा सूत्र दिया है या खुद से। किन्तु जब हम आचार्य चाणक्य की नीति को पढ़ते हैं तो हमें तुरन्त मालूम पड़ जाता है कि आचार्य ने यह सूत्र दिया था।

वंशवाद के लिए नहीं राज्य

चाणक्य ने राज्य में वंशवाद की प्रथा का भी निषेध किया। उस जमाने में राजा का पुत्र ही राजा होता था। चाणक्य ने कठोरता के साथ इस व्यवस्था पर आघात किया। उस समय बड़ा पुत्र राजा का उत्तराधिकारी नियुक्त हो जाता था। इसके लिए चाणक्य

ने कहा कि ज्येष्ठ होने से कोई श्रेष्ठ नहीं हो जाता। उन्होंने इसके विपरीत किया कि जो श्रेष्ठ है वही राज्य के लिए ज्येष्ठ है। अर्थात, राजा के सभी राजकुमारों में जो सबसे योग्य है वही राजा बन सकता है। जो बड़ा है वह राजा बनेगा तो यह नहीं होगा। वह कहते हैं:

आत्मसम्पन्नं सैनापत्ये यौवराज्ये वा स्थापयेत।

(राजा की तरह आत्मगुण सम्पन्न पुत्र को सेनापति अथवा युवराज पद पर प्रतिष्ठित करना चाहिए।)

चाणक्य ने अगर यह नियम न बनाया होता तो अशोक सम्राट न बनते बल्कि अभय कुमार सम्राट बन जाते। अशोक अभय कुमार से बहुत छोटे थे, परन्तु उन्हें सम्राट बनाया गया क्योंकि अशोक में योग्यता थी। एक जगह चाणक्य कहते है:

न च एकपुत्र अविनीतं राज्ये स्थापयेत।

"अगर एक ही बेटा है और वह भी विनीत नहीं है, सूझबूझ वाला नहीं है, तो उसे कभी राजपद पर प्रतिष्ठित न किया जाए।"

राजपुरोहित को किसी योग्य व्यक्ति का राजा के रूप में चयन करना चाहिए। परिवारवाद को भी पूरी तरह उखाड़ने का काम उन्होंने किया।

आज भारतीय जनता पार्टी भी यही कहती है कि परिवारवादी राजनीतिक पार्टियाँ देश का भला नहीं कर सकतीं, क्षमता के आधार पर जो नेतृत्व आता है, वही देश का भला कर सकता है। चाणक्य ने 2300 साल पहले इस तरह से परिवारवाद की भूमिका को राजनीति में न्यून करने का मार्ग प्रशस्त किया। उन्होंने व्यवस्था दी कि यदि राजा का एक ही बेटा है किन्तु वह विनीत नहीं है अर्थात सूझ-बूझ वाला नहीं है तो उसे कतई शासन का अधिकार नहीं दिया जा सकता। इस परिस्थिति में राजपुरोहित और अमात्य को साथ में बैठकर राजा के उत्तराधिकार के बारे में निर्णय करना चाहिए। चाणक्य ने हजारों वर्ष पूर्व यह व्यवस्था दी।

रेगुलेटर के प्रथम सूत्रधार

मैं तो मूलत: विज्ञान का विद्यार्थी रहा हूँ, अर्थशास्त्र का विद्यार्थी मैं नहीं रहा। एक शब्द है 'रेगुलेटर।' 'रेगुलेटर' शब्द को यूरोपीय विद्वान इतना बढ़ा-चढ़ा कर बताते हैं मानो यह पश्चिम की ओर से अर्थशास्त्र को दिया गया गिफ्ट है। हमारे यहाँ चाणक्य ने 2300 साल पहले 'रेगुलेटर' की कल्पना सन्निधाता के रूप में की थी। एक पद का नाम रखा था-*सन्निधाता* जो कोषागार का निर्देशक होता था, जो राजा से स्वतंत्र होता था, राजा से बँधा हुआ नहीं होता था। राजा के आदेश का अनादर करने पर भी

उसको फाँसी की सजा नहीं होती थी। उसको इन बातों से मुक्त रखा गया था। आज रिजर्व बैंक के गवर्नर ही रेगुलेटर हैं, सेबी के निदेशक ही रेगुलेटर है। रेगुलेटर की कल्पना चाणक्य ने उस जमाने में कर दी थी और उसको राजाज्ञा से ऊपर रखा था कि तुम्हें वही करना है जो देश के अंदर राज्य के कोष को नजर में रखते हुए, देश के लिए उचित है, राज्य के लिए उचित है, राष्ट्र के लिए उचित है। अतः रेगुलेटर की कल्पना कोई पश्चिम से नहीं आई है, हमारे यहाँ से ही आई है और इसको बृहस्पति के श्लोकों से आचार्य चाणक्य ने संपादित करके आगे बढ़ाया है।

आचार्य चाणक्य ने समाहर्ता की भी कल्पना की है। समाहर्ता का अर्थ होता है प्रधान कराध्यक्ष। वे कहते है:

समाहर्ता दुर्गं राष्ट्रं खनि सेतु वन व्रजं वणिक्पथं चावेक्षेत।

(दुर्ग, देश, खान या खनन, सेतु, वन-जंगल, व्रज और वणिक्पथ यानी व्यापारिक रास्तों से होने वाली आय पर समाहर्ता को निगाह रखनी चाहिए।)

आज की भाषा में समाहर्ता को राजस्व सचिव कह सकते हैं। आचार्य ने स्पष्ट किया है कि कर की अवधारणा करते वक्त व्यय और आय दोनों के आधार पर कितना कर बढ़ेगा वो समाहर्ता अमात्य मंडल के पास ले जाएगा। महामात्य इस पर निर्णय करेंगे तथा राजा इसमें दखल नहीं कर सकते। कर की जो अवधारणा है उसको भी राज्य से उन्होंने स्वतंत्र किया है। राजा के अधिकार की बात नहीं थी। यह बात विश्व में पश्चिम के किसी भी विद्वान ने इतनी अच्छी तरह नहीं बताई। अंग्रेज जो व्यवस्था देकर गए, यह उससे भी बहुत अच्छी व्यवस्था है यह हमारा दुर्भाग्य है कि इसको आज के किसी भी अर्थशास्त्र के पाठ्यक्रम में पढ़ाया नहीं जाता है।

भ्रष्टाचार का निदान दिया

भ्रष्टाचार के सन्दर्भ में भी चाणक्य ने दो प्रकार की बातें कही थीं। भ्रष्टाचार के बारे में उन्होनें बहुत ही कठोर बातें कही हैं। मैं उनमें नहीं जाना चाहता क्योंकि इसे दूसरे सन्दर्भों में लिया जाएगा। लेकिन उन्होंने भ्रष्टाचार को कितना खतरनाक बताया है, इसे उनके कथनों से समझा जा सकता है। उन्होंने कहा है कि कोई भी राजा अगर ऐसा कहता है कि मेरे राज्य मे भ्रष्टाचार नहीं है तो यह बात ऐसी ही है जैसे कि कोई जिह्वा पर मधु रखकर कहे कि मुझे मिठास का स्वाद नहीं आता। यह असंभव है। राज्य के भीतर भ्रष्टाचार शाश्वत है और वह रहेगा ही। जल के अंदर मछली तैरती है और वह पानी पी रही है या नहीं पी रही है, यह कोई भी देखे तो मालूम नहीं पड़ेगा।

यथा ह्यनास्वादयितुं न शक्यं जिह्वातलस्थं मधु वा विषं वा।
अर्थस्तथा ह्यर्थचरेण राज्ञः स्वल्पोप्यनास्वादयितुं न शक्यः॥

मत्स्याः यथान्तः सलिले चरन्तो ज्ञातुं न शक्याः सलिलं पिबन्तः।
युक्तास्तथा कार्यविधौ नियुक्ता ज्ञातुं न शक्या धनमाददानाः॥

इसी तरह कर्मचारी राज्य के कोष से धन खा रहा है या नहीं खा रहा है, यह पकड़ना बहुत कठिन है। इसके बाद चाणक्य भ्रष्टाचार रोकने की दिशा में आगे बढ़े और उन्होंने भ्रष्टाचार के विरुद्ध कार्ययोजना को रूप दिया। मेरा कहना है कि उन्होंने उस वक्त भ्रष्टाचार रोकने की दिशा में बड़ा काम किया।

बात आती है राजस्व स्रोत की। आज भी ऐसा माना जाता है कि राजस्व के स्रोत की पश्चिम की कल्पना को भारत ने अपनाया है, लेकिन उन्होंने राजस्व स्रोत जुटाने के लिए उस समय जो लिखा है, उसे समझना जरूरी है। वह बताते हैं कि राजस्व कहाँ से जुटाया जाएगा। इसमें उन्होंने पहला स्रोत बताया है 'दुर्ग', जिसका अर्थ द्रव्य है। द्रव्य के क्रय और विक्रय से जो कर आएगा वह दुर्ग होगा। दूसरा स्रोत है 'राष्ट्र' अर्थात आपकी आय पर जो कर लगाया जाता है, उससे आएगा। तीसरा 'खनि' अर्थात खनिज से है, यानी जो खदान है उससे जो राजस्व आएगा उससे राज्य को संपत्ति मिलेगी। चौथा है 'सेतु' जिसे वह कृषि से होने वाली आय कहते है। पाँचवा है 'ब्रज' जिसे पशुपालन के लिए प्रयोग किया गया है। और छठा शब्द है 'वाणिज्य' अर्थात व्यापार। व्यापार के सम्बन्ध में उस समय उन्होंने, व्यापार करने के बाद जो कर बचता है, उस पर भी कर की व्यवस्था दी। इसे आज वेल्थ टैक्स कहते हैं। सम्पति से कर लेना अर्थात संपत्ति कर की कल्पना उस समय चाणक्य ने कर दी थी। उन्होंने राष्ट्र को अन्य सभी चीजों की तुलना में सर्वोपरि माना।

विदेश नीति व व्यापार पर सतर्क दृष्टि

विदेश व्यापार पर भी आचार्य चाणक्य ने ध्यान दिया। उन्होंने कहा है कि राज्य को विदेश व्यापार की अनुमति के सन्दर्भ में नियम बनाने चाहिए। हर राजा को विदेश व्यापार को बढ़ाने का प्रयत्न करना चाहिए। चाणक्य मानते थे कि विदेश व्यापार की प्राथमिकता राष्ट्रीय हितों से ऊपर नहीं हो सकती। वे कहते है:

उभयं च प्रजानामनुग्रहेण विक्रापयेत॥
स्थूलमपि च लाभं प्रजानामौपघातिकं वारयेत्॥

(स्वदेश और विदेश दोनों स्थानों पर उत्पन्न वस्तुओं का विक्रय प्रजा के हित को ध्यान में रखकर ही किया जाना चाहिए।)

अर्थात जो विदेश व्यापार होगा, वह देश की रक्षा, आर्थिक रक्षा, सीमाओं की रक्षा से ऊपर नहीं होगा। उसकी प्राथमिकता देश के हितों से ऊपर कदापि नहीं हो सकती। देश की रक्षा सदा ही विदेश व्यापार से ऊपर रहेगी। इतनी स्पष्ट नीति के साथ उन्होंने

विदेश व्यापार और कर नियमों को बनाने का काम किया।

विदेश-नीति पर भी आचार्य चाणक्य ने गहन विवेचन किया है। कई लोग कहते हैं कि आजादी के पहले हमारे पास विदेश नीति थी ही नहीं, न हमने पहले विदेश नीति का विचार ही किया। जबकि आचार्य चाणक्य ने इस पर बहुत गहरा विचार किया। विदेश नीति पर उनका विचार इतना सूक्ष्म और यथार्थ है कि उसे देखकर लगता है कि आज जो विदेश नीति के पंडित हैं, वह शायद उनकी प्रस्तावना ही पढ़ पाए होंगे। इतना विस्तृत विवरण आचार्य चाणक्य लिखकर गए हैं।

उन्होंने विदेश नीति के सन्दर्भ में छः प्रमुख बातें की हैं। एक, संधि जो शांति काल के लिए होती है। पड़ोसी के लिए इसका प्रयोग करते हैं। दूसरा है विग्रह यानी जो युद्ध करते हैं तो उनसे युद्ध ही विकल्प है। तीसरा है यान अर्थात शांति काल में गुपचुप तरीके से युद्ध की तैयारी करते रहना।

चौथा है आसन अर्थात तटस्थ भूमिका का निर्वाह। इसमें न संधि और ना ही विग्रह, केवल सतर्क रहो। पाँचवाँ है संश्रय, अर्थात अपने से शक्तिशाली शत्रु का विचार करते रहना। जब तक आप स्वयं शक्तिमान नहीं हो जाते तब तक शत्रु की शरण में रहने में हानि नहीं है, यही संश्रय है। छठा उपाय है द्वैधी भाव यानी एक के साथ संधि करके दूसरे निर्बल शत्रु को समाप्त कर देना। यह छः उपाय बताए हैं उन्होंने और इन्हें छः अध्याय के रूप में इतना विस्तृत रूप से बताया है कि कोई सोच नहीं सकता कि 2300 साल पहले कोई व्यक्ति जो सोचता था, लिखता था, यह आज इतना भी प्रासंगिक हो सकता है। हम कल्पना ही नहीं कर सकते और उन्होंने पहली बार हमारी जो वसुधैव कुटुंबकम की भावना थी, जो मूलतः विश्व कल्याण के लिए है, परन्तु इसके विपरीत उन्होंने विदेश नीति में जो सूत्र दिया, उसमें अपने देश के हितों को सर्वोपरि रखा। इसमें उन्होंने राष्ट्रवाद की दिशा में इंगित किया है, जिसे लोग संकुचित राष्ट्रवाद कहते हैं। लेकिन मैं मानता हूँ कि आज भी शायद इसकी जरूरत अधिक है। इसमें उन्होंने कहा है कि विदेश नीति अपने देश के उत्कर्ष के लिए और दूसरे शत्रु देश के क्षय यानी विनिपात की दिशा में होनी चाहिए। उपर्युक्त छः बिन्दुओं पर विदेश नीति की रचना राजा को करनी चाहिए। अपने देश के बारे में उस दौर में इतनी विस्तृत सोच किसी ने की हो, तो वह आचार्य चाणक्य के सिवाय कोई दूसरा नहीं है। आज की विदेशनीति के भी यही बीज तत्व हैं।

चाणक्य का कूटनीतिक मंत्र

कूटनीति के बारे में उनके द्वारा दिए गए सूत्र बहुत प्रसिद्ध हैं। उन्होंने इसके बारे में सूत्रवत समझाया कि- 'साम, दाम, दंड और भेद।' इसकी उन्होंने बहुत ही गहराई से व्याख्या की है। इसकी प्राथमिकताएँ भी उन्होंने निर्धारित की। इसमें उन्होंने एक संकेत भी दिया है कि साम-दाम-दण्ड-भेद यह चारों कार्य अमात्य को करने चाहिए। इसका

प्रयोग राजा के लिए नहीं बल्कि राज्य के लिए किया जाना चाहिए। व्यक्ति के लिए नहीं बल्कि राष्ट्र को यशस्वी बनाने के लिए इसका प्रयोग करना चाहिए।

इस सन्दर्भ में एक संवाद आता है। उनके शिष्यों ने पूछा कि आप पर आरोप लग रहा है कि आपने कई गणराज्यों के राजाओं की हत्या करवा दी? शिष्यों में उनसे सीधे कहने का साहस नहीं था कि आपने हत्या करवाई है, तो उसने कहा कि आप पर आरोप है, यह सत्य है क्या? चाणक्य ने उत्तर दिया कि, 'देश के लिए हजारों शक्तियों को बुनकर जो सत्य की रस्सी बनाता है, उससे ज्यादा कोई सत्यवादी हो नहीं सकता। मैंने खुद के लिए कुछ नहीं किया है, अपने राष्ट्र को एक करने के लिए किया है।' इतनी स्पष्टता किसी नीति निर्धारक में नहीं दिखाई देती। इसमें उनका दूसरा आध्यात्मिक स्वरूप भी आप देखिए। उनसे एक शिष्य ने पूछा कि हे गुरुदेव सत्य की व्याख्या क्या है? उन्होंने कहा कि जब मनुष्य बोलता है, पहला शब्द बोलता है, वहाँ से असत्य का प्रारंभ होता है। सत्य तो मौन है। इस पर वह शिष्य समझ नहीं पाता है। उसने पुनः कहा कि गुरुदेव मुझे समझाइए। उन्होंने कहा कि तुम्हारा नाम क्या है? शिष्य ने कहा कि मेरा नाम आनंद है। तो तुम्हें यह आनंद नाम कैसे मालूम पड़ा। क्या तुम्हारे कपाल पर लिखा है कि तुम आनंद हो। शिष्य ने कहा कि मेरे माता-पिता ने बताया है कि तुम आनंद हो तो मुझे सब आनंद कहते हैं, इसलिए मैं आनंद हूँ। तो चाणक्य ने कहा कि जिस असत्य को सब लोग स्वीकार कर लें वह सत्य होता है। शिष्य ने कहा कि गुरुदेव यह तो ठीक है किन्तु मूल सत्य क्या है, धर्म क्या है। चाणक्य ने कहा कि जिस काम को करते वक्त अपनी अन्तरात्मा झिझकने लगे तो समझ लो कि वह असत्य है। जो कार्य करते समय अन्तरात्मा कहे कि यह कार्य कर लेना चाहिए, यह करने योग्य है तो वह सत्य है।

यह चाणक्य के दो स्वरूप हैं, जिन्हें हमें समझना चाहिए। एक तरफ साम-दाम-दण्ड-भेद करना, हजारों असत्यों को बुनकर सत्य की रस्सी बनाना लेकिन राष्ट्र के लिए और दूसरा उनका दार्शनिक पक्ष है, जिसमें सत्य की व्याख्या आती है। यह चाणक्य के व्यक्तित्व के दो पहलू हैं, दो छोर हैं, इनके बीच चाणक्य का पूरा जीवन समाहित है।

देश की सुरक्षा सर्वोपरि

रक्षा व्यवस्था का उन्होंने विचार किया। गुप्तचर विभाग का विस्तृत ब्यौरा उन्होंने दिया है। गुप्तचरों के प्रकार, गाने वाले गुप्तचर, नाटक करने वाले गुप्तचर, विषकन्या के रूप में गुप्तचर, कंटक के रूप में गुप्तचर जो हत्या तक कर देते थे। सेना के भीतर चतुरंगिणी सैन्यदल का विस्तृत विचार उन्होंने किया और सेना के भी चार हिस्से किए। एक वह जो राजा के प्रति वफादार हैं, ऐसे वीर रस वाले जो शौक के कारण युद्ध लड़ते हैं। दूसरे ऐसे जो वेतन लेकर सेना में भर्ती होते हैं। सामंतों के अधीन सैन्यदल

और युद्ध के समय कहाँ-कहाँ किसे खड़े होना है, इसका भी ब्यौरा चाणक्य ने विस्तार से दिया है। रक्षा की प्रत्येक पंक्ति के बारे में इतना गहरा विचार उस कालखंड में किसी ने नहीं किया। इसके द्वारा हमें पता चलता है कि चाणक्य देश की रक्षा व्यवस्था के प्रति कितने सतर्क रहते थे।

शिक्षा व्यवस्था के बारे में भी उन्होंने विस्तार से लिखा। मैं दो ही बातें बताना चाहूँगा। पहला कि शिक्षा का उद्देश्य क्या होना चाहिए। राज्य के हर नागरिक को सर्वज्ञ बनाने का उद्देश्य होना चाहिए। वह पाठ्यक्रम पर नहीं गए कि इसको बीए पढ़ाओ, इसे सीए और इसे बी.कॉम या डॉक्टर बनाओ। उन्होंने विद्यार्थी को सर्वगुण सम्पन्न बनाने की बात कही। सर्वज्ञ बनाना ही शिक्षा का उद्देश्य होना चाहिए। व्यक्ति के अन्दर जितने भी गुण भरे पड़े हैं उनको सुनियोजित प्रारूप देना, यह शिक्षा का प्रथम उद्देश्य होना चाहिए। शिक्षा रीति पर उन्होंने कहा कि शिक्षा राज्याश्रित नहीं होनी चाहिए बल्कि लोगों द्वारा, जनता द्वारा शिक्षा का पूरा तंत्र चलना चाहिए। राज्य के आश्रय में शिक्षा नहीं चलनी चाहिए। शिक्षा का उद्देश्य और शिक्षा किस तरह से चलनी चाहिए, इसके सन्दर्भ में उन्होंने 27 सूत्रों में बहुत कुछ लिखा है।

हमें आक्रांता राष्ट्र नहीं बनना

एक और बात मैं बताना चाहता हूँ। जब सेल्युकस को चन्द्रगुप्त ने हराया था उस वक्त धनानंद के महामात्य थे- पंडित कात्यायन, जिसे सभी प्रचलित भाषा में अमात्य-राक्षस कहते हैं। वह चन्द्रगुप्त के महामात्य बन चुके थे। आचार्य चाणक्य महामात्य नहीं थे मगर उन्होंने मगध छोड़ा नहीं था। पंडित कात्यायन ने आचार्य चाणक्य को तक्षशिला में कहा था कि गुरुदेव हम यहाँ तक जीत चुके हैं, सेल्युकस परास्त हो चुका है। यहाँ से ग्रीस तक का रास्ता सम्राट सिकंदर तक के लिए खुला पड़ा है। हमें आगे जाना चाहिए। तब उन्होंने एक महत्वपूर्ण बात अमात्य राक्षस से कही कि जिस भूभाग की जनसंख्या हमारे संस्कार से नहीं जीती, हमारे धर्म से नही जीती, हमारी परम्पराओं से नहीं जीती, उस भूभाग पर हम आक्रान्ता के रूप में जाएँगे, यह हमारा कर्म नहीं है। हमारा कर्म है अपने संस्कारों, संस्कृति, धर्म, सभ्यता की रक्षा करना। इस तरह पहली बार उन्होंने भू-सांस्कृतिक राष्ट्रवाद की कल्पना प्रस्तुत की।

दुनिया में जितने भी देश हैं, वह जियो-पॉलिटिकल देश हैं। कुछ या तो युद्ध से बन गये या तो क्रांति से बन गये या तो किसी संधि से बन गये, या कटते-कटाते बनते बिगड़ते रहे, ये सारे जिओ-पॉलिटिकल देश हैं। एक मात्र अपना भारत ही दुनिया में जिओ-कल्चर यानी भू-सांस्कृतिक देश है, जिसकी सरहदें एक संस्कृति के आधार पर निर्धारित हुईं।

उत्तर प्रदेश में कृष्ण का जन्म हुआ, किन्तु वह गुजरात के गरबे में भी आपको मिलेंगे, वही कृष्ण आपको मणिपुर के नृत्य में भी मिलते हैं। दक्षिण के नृत्य में भी

मिलेंगे और वृन्दावन की रासलीला में भी आपको कृष्ण मिलेंगे।

कन्याकुमारी जाओ तो वहाँ भी गंगा मिलेंगी, गंगासागर जाओ तो वहाँ भी मिलेंगी, केदारनाथ जाओ तो भी गंगा मिलेंगी और दूर-दूर प्रदेश में भी पूजा अर्चना में अभिषेक गंगा का नाम लेकर ही होगा।

हम लोग एक संस्कृति से बँधे हैं। हमारे देश की सीमाएँ एक समरस संस्कृति से निर्मित हैं। इसकी सर्वप्रथम व्याख्या आर्य चाणक्य ने तक्षशिला में महामात्य कात्यायन के साथ संवाद में प्रकट की। उन्होंने कात्यायन से कहा कि 'जो भूभाग मेरी संस्कृति के आधार पर नही जीता है, जो मेरे धर्म पर नहीं जीता है, जो मेरी भाषा के आधार पर नहीं जीता है, वहाँ हम जाएँगे तो आक्रांता के रूप में जाएँगे। हमारे राज्य का संरक्षण करने का, संस्कृति के संरक्षण का, धर्म और परम्पराओं के संरक्षण का ही हमारा अधिकार है। किसी की मान्यता को तोड़ने के लिए आक्रांता के रूप में नहीं जाना चाहिए।'

चाणक्य के जीवन का ध्यान करें

इसी में हमारा भू-सांस्कृतिक राष्ट्र का दर्शन विकसित हुआ। जो विद्वान हैं, उन्हें हम अगर आचार्य चाणक्य के वाक्य का असर बताएँ तो महाभारत काल से लेकर आजतक भारत का कोई सम्राट भारत से बाहर सेना लेकर नहीं गया। हालांकि बाहर के बहुत सारे सम्राट यहाँ लूट मचाने आए, जिनका हमने सामना भी किया, हराया भी, निकाला भी परंतु कभी भी हमने किसी की संस्कृति को तोड़ने का काम नहीं किया, क्योंकि हम भू-सांस्कृतिक राष्ट्र हैं। मैं मानता हूँ कि यह दर्शन लोगों तक नहीं पहुँच सका। आचार्य चाणक्य तो किंवदंती के रूप में पहुँच गए और उसी रूप में जन-जन में प्रचलित भी हो गए। वे बहुत बड़े व्यक्ति थे। बहुत ही विद्वान आचार्य थे। शिक्षक होकर धनानन्द का साम्राज्य नष्ट कर दिया। सेल्युकस का विजय अभियान रोक दिया। यह सारी बातें और उनका जो योगदान है उसे नए सिरे से आज देश के समक्ष प्रस्तुत करने की आवश्यकता है। इस सन्दर्भ में नवीन ग्रंथों की रचना करना आवश्यक है। उनके द्वारा जीवन में निपुणता प्राप्त करने के लिए जो लेखन हुआ, जीवन के हर पहलू पर उन्होंने रचना की तो इस बारे में समग्रता से कोई पुस्तक पढ़ने को नहीं मिलती है। यह हमारे लिए दुर्भाग्य की बात है।

मैं आज डॉ. विनय जी को एक काम सौंप कर जाना चाहता हूँ। पंडित श्याम शास्त्री ने बहुत सारे ग्रंथों का संकलन किया। विभिन्न पुस्तकालयों में भी कई ग्रंथ उपलब्ध हैं। गुजरात भी उनमें से एक है। रामभाऊ म्हालगी प्रबोधिनी को आचार्य चाणक्य और शिष्यों के संवाद की पांडुलिपियों में ज्ञान का जो खजाना है, उन्हें संग्रहित करके प्रकशित करना चाहिए और जिस किसी को भी पढ़ना हो, अपने जीवन को बेहतर बनाना हो तो उन्हें आचार्य चाणक्य का यह साहित्य उपलब्ध कराना चाहिए।

युग बदलेंगे युवा

मुझे बचपन में, जब मैं 5-6 साल की उम्र का था, तो नीतिशास्त्र और विदुरनीति का अध्ययन कराया गया। और जब मैं थोड़ा बड़ा हुआ तो मुझे कौटिल्य का अर्थशास्त्र भी पढ़ाया गया। अगर मैं इसे न पढ़ता तो देश को देखने का मेरा नजरिया भी इस रूप में नहीं होता। देश को समझने की मुझमें समझ भी विकसित नहीं होती। एक मूल संस्कार इस साहित्य ने मन पर डाला और राष्ट्रीय स्वयंसेवक संघ ने मेरे जीवन में इसे व्यावहारिक रूप प्रदान किया तब जा कर मैं यहाँ तक पहुँचा हूँ। आज देश में ऐसे हजारों बच्चे होंगे जिनके अन्दर असीमित संभावनाएँ हैं, मगर हमने ज्ञान को निश्चित कोर्स के भीतर बाँधकर रख दिया है। तीन घंटे के अंदर स्मरणशक्ति के आधार पर रटा-रटाया लिखकर इस आईक्यू को हम नबंर दे देते हैं, यह करना विद्यार्थी के साथ भी अन्याय है और देश के साथ भी अन्याय है। क्योंकि देश के भीतर जो प्रतिभाएँ भरी पड़ी हैं, उन्हें हम एक सीमा के भीतर रोक देते हैं। खैर हम आज शासन व्यवस्था में हैं तो हमारी जिम्मेदारी बनती है। आज आचार्य चाणक्य पर बोल रहा हूँ तो हमारी शिक्षा पद्धति के इस दोष को अनदेखा नहीं कर पा रहा हूँ।

चाणक्य के जीवन को लेकर मेरा आप सभी से आग्रह है कि आप इसके प्रसार के लिए, इसके प्रचार के लिए, इसके विस्तार के लिए जीवन में जितना भी योगदान कर सकते हैं वो करिए। उनके जीवन को गुजरे हुए 2300-2400 साल हो गए हैं किन्तु आज भी वह भारत के मानस पटल पर जीवित हैं। आज भी उनकी वाणी शाश्वत है और शायद अगले पाँच हजार साल भी दुनिया के लिए वह शाश्वत बने रहेंगे। वह कभी कालबाह्य नहीं होंगे।

वन्दे मातरम्!

रामानुजाचार्यः सनातन का अमृत-विष

भारतीय संत परम्परा में रामानुजाचार्य का विशिष्ट स्थान है। वे वैष्णव मत के अनुयायी और विशिष्टाद्वैत दर्शन के प्रणेता थे। देश की भक्ति धारा को इन्होंने गहरे प्रभावित किया और अपने कार्यों के जरिये अनेक धार्मिक-सामाजिक सुधारों को भी आकार दिया। इन्ही की शिष्य परम्परा में स्वामी रामानंद हुए जिनके कबीर, रैदास आदि शिष्य बने। केंद्रीय गृहमंत्री अमित शाह के इस भाषण में स्वामी रामानुजाचार्य के व्यक्तित्व व कर्तृत्व दोनों पर प्रकाश पड़ता है। भारत में एकता और समानता की भावना को बल देने के संदर्भ में रामानुजाचार्य के अवदान का भी अमित शाह ने सारगर्भित वर्णन किया है।

मंच पर उपस्थित श्री श्री चिन्नाजीयर स्वामी जी, डॉ. जे. रामेश्वर राव, मुख्य ट्रस्टी, श्री सी. लक्ष्मणराव, मेरे साथी सांसद और तेलंगाना भारतीय जनता पार्टी के अध्यक्ष श्रीमान बंडी संजय जी और आज देशभर से यहाँ पधारे अनेक मतों एवं संप्रदायों के संत एवं आचार्यगण, आप सभी के चरणों में प्रणाम कर मैं अपनी बात की शुरुआत करता हूँ।

स्वामी जी की विनम्रता ही है जो उन्होंने कहा कि रामानुजाचार्य जी के इस स्मारक पर मेरे आने से लोगों को यहाँ आने की प्रेरणा मिलेगी। वास्तव में स्वामी जी जैसे संतों का स्वभाव ही होता है कि सूक्ष्म साधारण लोगों की बड़ाई करके उन्हें बड़ा कर देना, लेकिन मैं जानता हूँ कि हमें यहाँ आकर चेतना और उत्साह दोनों ही मिला है। स्मारक ऐसे महापुरुषों के होते हैं, जिनके भीतर धर्म और समाज के लिए कुछ करने की संवेदना, प्रेरणा और इच्छा होती है। महापुरुषों के स्मारक लोगों को अनेक सालों तक काम करने की चेतना और उत्साह देते हैं। मैं बड़ी विनम्रता से कहना चाहता हूँ कि यह स्मारक युगों-युगों तक अनेक धर्म अनुरागी लोगों को प्रेरणा और उत्साह देता

*8 फरवरी, 2021 को हैदराबाद में श्री रामानुजाचार्य जन्मशताब्दी के अवसर पर केंद्रीय गृह एवं सहकारिता मंत्री श्री अमित शाह का संबोधन

रहेगा। जो संतगण यहाँ उपस्थित हैं, मैं उन सभी से कहना चाहता हूँ कि कोई भी मत, कोई भी संप्रदाय हो उन सभी को यहाँ आने की प्रेरणा इसलिए देनी चाहिए कि अंततोगत्वा सनातन धर्म की शरण में ही सभी के उद्धार का मूल है।

रामानुजाचार्य के जीवन के 1000 साल पूरे हुए हैं। उनकी यह सहस्त्राब्दी उनके काम को भावांजलि भी हो सकती है, स्मरणान्जलि भी हो सकती। कार्यांजलि भी हो सकती है। रामानुजाचार्य के जीवन और उनके संदेश में सभी जीव एक समान हैं। एक हजार साल पहले दुनिया को जाति धर्म से परे समानता का संदेश दिया। वेदों के मूल वाक्य को उन्होंने समय के गर्त से बाहर निकालकर अपने कर्तृत्वों से, किसी को कटु वाक्य बोले बगैर, अनेक परम्पराओं को तोड़ते हुए समाज के बीच में रखा, उसको प्रस्थापित किया। आज 1000 साल बाद भी उनके कार्य ना केवल भारत बल्कि पूरे विश्व को संदेश दे रहे हैं। 'स्टैच्यू ऑफ इक्वालिटी' की प्रतिमा का अभी-अभी हमारे देश के सम्मानीय प्रधानमंत्री श्रीमान नरेन्द्र मोदी जी और स्वामी जी के कर-कमलों से उद्घाटन हुआ है। मैं अभी वहाँ जाकर आया हूँ। अगर दूर से भी देखते हैं तो ये प्रतिमा आत्मा को अद्भुत शांति देती है, चित्त को प्रसन्न करती है और मन को आह्लाद से भर देती है। जैसे ही नजदीक जाते हैं, तो परिसर में रामानुजाचार्य का संदेश देश की सभी भाषाओं में सुनाई देने लगता है। जब ऊपर जाकर रामानुजाचार्य के विशाल मूर्ति को दर्शन होते हैं तो मालूम पड़ता है कि हम कितने बड़े महापुरुष को प्रणाम करने के लिए आए हैं। रामानुजाचार्य ने पूरे देश और दुनिया के लिए समानता का जो संदेश दिया है, वह इस स्मारक के बाद युगों-युगों तक ना केवल भारत बल्कि समग्र विश्व में सनातन धर्म का संदेश फैलाने का काम करेगा, इसका मुझे विश्वास है। भारत के इतिहास में महाभारत से भी पहले, रामायण काल से लेकर अब तक बहुत सारे उतार-चढ़ाव आए हैं। सनातन धर्म, काल के इन अनेक थपेड़ों को खाते-खाते अपने अस्तित्व को बचाते हुए, इन थपेड़ों के साथ ही आगे बढ़ता रहा है। हमने देखा है कि सनातन धर्म पर जब-जब संकट आया है, कोई ना कोई महापुरूष आगे आया, जिसने सनातन धर्म को दीप्तिमान किया और हमारी ज्ञान यात्रा को समग्र विश्व में आगे किया। रामानुजाचार्य भी एक ऐसे ही महापुरुष थे, जिन्होंने शंकराचार्य के बाद इस धर्म के प्रसार का काम बहुत अच्छे तरीके से किया। आदि शंकराचार्य ने ढेर सारे मत-मतांतरों को एक साथ इकट्ठा कर सनातन धर्म को एक छतरी के नीचे लाने का काम किया। अपने जीवन में पूरे देश को सनातन धर्म के साथ जोड़ दिया। कई सारी रूढ़ियों, कुप्रथाओं को उन्होंने बिना कटु विरोध किए केवल अपने क़र्म से बदला है।

मुझे बार-बार यह विचार आता है कि इस सनातन धर्म में ऐसा क्या है जिसकी धारा कालबाह्य हुए बगैर बहे जा रही है? इसके अंदर अमृत-तत्व क्या है? कई सारे धर्मों का जब तुलनात्मक अभ्यास करते हैं, तो नजर में आता है कि सनातन धर्म में मैं ही सत्य हूँ, इसका अहंकार नहीं है। हमारे यहाँ शास्त्रार्थ की व्यवस्था रही, खंडन की

व्यवस्था रही, मंडन की व्यवस्था रही और श्रेष्ठ को स्वीकारने की विनम्रता भी रही। इसी कारण सनातन धर्म आगे बढ़ता गया। हो सकता है कि आज ध्यान से देखने वालों को दिखे कि हम काफी पिछड़ गए हैं। यहाँ देश के सभी मतों व संप्रदायों के आचार्य बैठे हैं। आप सभी को देखकर पूरा भरोसा होता है कि ये यात्रा ना कभी रुकेगी, ना कभी थमेगी और सनातन धर्म फिर से विजयी होकर पूरे विश्व के अंदर ज्ञान का प्रसार करेगा। आज मैं जब से आया हूँ तब से देख रहा हूँ कि इस पवित्र भूमि पर स्मारक तो बना ही है, इसके साथ-साथ वेद-अभ्यास की भी ऐसी व्यवस्था की गई है, जिससे वेद की नौ शाखाओं का शास्त्रोन्मुखी अभ्यास हो सके। विद्यार्थी यहाँ से निकलेंगे, पूरे देश में फैलेंगे और जहाँ-जहाँ जाएँगे वहाँ वेद के ज्ञान की ज्योति को प्रज्ज्वलित करेंगे। रामानुजाचार्य जी के जीवन का जो संदेश है, उस संदेश को हर व्यक्ति समझ सके, इसलिए इस स्मारक के साथ उसे देश की सभी भाषाओं में प्रसारित करने का काम भी स्वामी जी ने किया है। इसके लिए मैं पूज्य चिन्नाजीयर स्वामी जी को बहुत-बहुत साधुवाद और धन्यवाद देता हूँ।

मैंने देखा यहाँ पर 1035 कुंड के साथ श्री लक्ष्मीनारायण महायज्ञ हो रहा है। चारों वेदों की नौ उपलब्ध शाखाओं का पाठ भी हो रहा है। मंत्र का 10 करोड़ जाप हो रहा है, जिससे ये धरती हमेशा के लिए कितनी पवित्र होने वाली है। इतिहास, पुराणों और ग्रहों का भी पाठ हो रहा है। सभी प्रकार की पूजा-पद्धति को समाहित और संरक्षित करने की भी यहाँ पर व्यवस्था की गयी है। श्रीरंगम के रंगनाथ तिरुमाला के तिरुपति श्री वेंकटेश्वर स्वामी सहित 108 प्रेरणा केंद्रों की दिव्य मूर्तियों के आगे यज्ञ संपन्न हो रहा है। 24 घंटे भक्तों के लिए प्रसाद वितरित किया जा रहा है। मैं स्वामी जी से कहना चाहता हूँ आपका ये जो प्रयास है, आने वाले अनेक सालों तक इसको पूरा देश याद रखेगा। सनातन धर्म के सभी अनुयायी चाहे किसी भी मत को मानने वाले हों, इसको जरूर याद करेंगे और इसकी अनुमोदना भी करेंगे।

मेरा स्वामी जी से परिचय 2003 में गुजरात भूकंप के समय हुआ था, तब स्वामी जी चुप-चाप किसी भी सरकारी सुविधा के बगैर एक गाँव को पकड़कर बैठ गए थे और उस गाँव को पूरा बनाने के बाद ही वहाँ से उठे थे। इसके बाद में भी दो बार संपर्क में आया। एक बार गाँव में उद्घाटन के लिए कच्छ गया था तब भेंट हुई थी। उसके बाद जब भी मिला, तो मुझे आश्चर्य हुआ कि स्वामी जी इतने बड़े-बड़े काम करने की प्रेरणा कहाँ से लाते हैं। ईश्वर भी उन्हें क्षमता देते हैं। आज वैदिक परम्परा और संस्कृति की शिक्षा देने का जो प्रयास उन्होंने किया है, मैं ईश्वर से हमेशा प्रार्थना करूँगा कि ये काम अनेक युगों तक चलता रहे और स्वामी जी सनातन धर्म की सेवा करते रहें। इतने सारे विद्वानों के सामने, संतों के सामने विशिष्टाद्वैत दर्शन मेरे लिए असंभव है। हालांकि मैं जन्म से वैष्णव हूँ और मेरी माता ने वल्लभवाचार्य के दर्शन के आधार पर ही पूरा जीवन जिया। मगर मैं यहाँ विशिष्टाद्वैतवाद पर कोई बात करना नहीं

चाहता क्योंकि ना मेरी योग्यता है, ना इतने बड़े संतों के सामने कुछ बोल सकता हूँ।

रामानुजाचार्य के लिए जरूर कुछ बात करना चाहता हूँ। हिंदू पंचांग में इसका चक्र 960 साल का होता है और 60वाँ जन्मदिन सष्ठकुंती के नाम से मनाया जाता है। हमारे यहाँ शास्त्रों में मनुष्य के पूर्ण जीवनकाल का अर्थ दो चक्रों अर्थात 120 साल की कल्पना की गयी है और रामानुजाचार्य जी ने भी 120 साल की पूर्ण आयु जिया है। ईश्वर खुद ढेर सारे गलत तत्वों को सनातन धर्म से अपने कर्तृत्वों के द्वारा बाहर निकालने के लिए रामानुजाचार्य के रूप में यहाँ आए और 120 साल तक धर्म की प्रतिष्ठा में लगे रहे। उसी का परिणाम है कि आज सनातन धर्म पूर्णत: एक होकर फिर से एक नई ऊर्जा के साथ आगे बढ़ने की दिशा में जा रहा है। समाज में समता व समरसता स्थापित करने के लिए द्वैत-अद्वैत हो, विशिष्टाद्वैत हो जिसके आगे कई आचार्यों ने अनेक प्रकार से मीमांसा की, ब्रह्मसूत्र के एक प्रकार से जटिल ज्ञान को लोकमुखी बनाने का काम आचार्य जी ने ही किया और इसी के माध्यम से आज अनेक लोग बहुत अधिक ज्ञान ना होने के बावजूद भी अपना जीवन वेद के बताए रास्तों पर चलकर जी रहे हैं। आज ज्ञान ना होने के बावजूद कई लोग वेद के आधार पर अपना जीवन जीते हैं तो उसमें सबसे बड़ा योगदान रामानुजाचार्य जी का है।

आदिशंकराचार्य जी के अद्वैत दर्शन, मध्वाचार्य के द्वैत दर्शन और रामानुजाचार्य के विशिष्टाद्वैत दर्शन के कारण आज वैष्णव संप्रदाय में जीवन को आगे बढ़ाने का और वेद आधारित जीवन जीने का रास्ता प्रशस्त हुआ है। रामानुजाचार्य ने मध्यम मार्ग को व्याख्यायित करते हुए विशिष्टाद्वैतवाद की अवधारणा दी और भारतीय समाज में एकत्व लाने का एक क्रांतिकारी काम किया है। रामानुजाचार्य के विशिष्टाद्वैत दर्शन के कारण भारत एकसूत्र में बना। कई सारे भक्ति आन्दोलनों का मूलमंत्र रामानुजाचार्य का विशिष्टाद्वैत दर्शन था। यहाँ पर बहुत सारे संत बैठे हैं, रामानुजाचार्य के जीवन के योगदान को सरल तरीकों से कुछ विभागों में बाँटते हैं तो समता, समरसता, ज्ञान ग्रहण में समानता सभी को ज्ञान ग्रहण करने का अधिकार, ये भी उन्होंने प्रस्थापित किया। जाति व्यवस्था को उस जमाने में समाप्त करने के लिए क्रांतिकारी काम किया। समता के अनुसार काम का विभाजन, पूजा के अधिकारों को मंदिर के पूरे संचालन को बाँटा और हरेक समाज को जोड़ने का काम किया। भाषा की समानता को भी प्रस्थापित किया और मोक्ष के अधिकार को भी इस रूप में स्थापित किया कि एक विशिष्ट वर्ग की जगह सभी जीवों को मोक्ष का अधिकार है, जब तक व्यक्ति भक्ति के मार्ग पर चलता है।

मेरा एक एनालिसिस है कि रामानुजाचार्य अपने आप में बहुत विनम्र तो थे, परंतु विद्रोही भी थे। बहुत सारी कुप्रथाओं को उनके अंदर की विद्रोही आत्मा ने समाप्त करने का काम किया है। श्रीरंगम में संन्यास लेने के बाद रामानुजाचार्य शालीग्राम नामक गाँव में रहने लगे और कई सारे ग्रंथों की रचना की। ब्रह्मसूत्र के भाष्य पर उनके दो मूल ग्रंथ बहुत लोकप्रिय हुए- *श्री भाष्यम एवं वेदांत संग्रहम।* उनके नौ

ग्रंथ आज भी उपलब्ध हैं। मैं आपको इसलिए बताना चाहता हूँ कि मेरा जन्म एक छोटे से कस्बे मानसा में हुआ है जो कि गुजरात के अहमदाबाद से 50 किमी दूर है। मेरे गाँव में डेढ़ सौ साल पुरानी लाइब्रेरी है, उस लाइब्रेरी में आज भी उनके नौ के नौ ग्रंथ मौजूद हैं। संदेश कितना दूर जाता है, इसका उदाहरण श्री भाष्य वेदांतदीप, वेदांतसार, वेदांत संग्रह, श्री गीता भाष्य, नित्य ग्रंथ, शरणागति ग्रंथ, श्रीरंग काव्य और श्री वैकुंठ जैसे ग्रंथों का आज अनेक लाइब्रेरियों के अंदर उपस्थित होना है। रामानुजाचार्य ने समता और समरसता का संदेश अपने प्रभुत्व से दिया है और उन्होंने सभी वर्ग के लोगों को शिष्य भी बनाया, सभी वर्ग के वो स्वंय शिष्य बने और इसी से आगे बढ़ते हुए रामानुजाचार्य की शिष्य परम्परा में रामानंद हुए, कबीर, रैदास और सूरदास हुए। उनकी ज्ञान परम्परा ना जाने कितने प्रदेशों और गाँवों में पहुँची। अगर रामानुजाचार्य ने समता और समरसता का रास्ता ना खोला होता तो कबीर, रैदास और सूरदास को वेदों के रहस्यों की जानकारी कभी नहीं मिलती। इस संदर्भ में गुरु गोष्ठीपूर्णा की कथा भी हम सभी को प्रेरणा देने वाली है।

एक बार कुछ मंत्र सुनकर सीखने के लिए रामानुजाचार्य गोष्ठीपूर्णा के पास गए। 18 बार जाने के बाद भी उनको उचित नहीं पाए। 19वीं बार जब गए तब गुरु ने कहा कि आपको मैं जो मंत्र सिखाता हूँ तभी सिखाऊँगा जब अयोग्य के सामने उसका उच्चारण नहीं करेंगे। रामानुजाचार्य जी ने उनसे मंत्र सीख तो लिया और मंदिर की मीनार के ऊपर चढ़कर जोर-जोर से मंत्र को बोलने लगे, फिर नीचे आए तो गुरु गोष्ठीपूर्णा बहुत गुस्सा हुए। गुस्से के भाव से उन्होंने कहा कि ये क्या किया, तुम नर्क में जाओगे। बाल रामानुजाचार्य ने कहा कि अगर इस मंत्र से अनेक जीवात्माओं का कल्याण होता है तो मुझे नर्क में जाने से कोई परहेज नहीं है। गोष्ठीपूर्णा का सारा गुस्सा समाप्त हो गया और उन्होंने 'मेरे भगवान' ऐसा कहकर रामानुजाचार्य से स्वयं आशीर्वाद माँगा। जातिगत भेदभाव को रामानुजाचार्य ने समाप्त करने का काम किया। कांचीपूर्णा ब्रह्ममणेतर जाति से थे। जब रामानुज ने उनका शिष्य बनना चाहा तो उन्होंने कहा कि परम्परा ऐसी है कि आप ब्राह्मण हो इसलिए शिष्य नहीं बना सकता। रामानुजाचार्य जी ने उत्तर दिया कि शास्त्रों का ज्ञान केवल ईश्वर की भक्ति के लिए है यदि वह अहंकार और अभिमान लाता है, तो ज्ञान मिथ्या है। इससे अज्ञानी रहना ही श्रेष्ठकर है और बाद में उनकी बात को स्वीकार किया।

बाबा साहब अंबेडकर ने भी लिखा है कि हिंदू धर्म में समता की दिशा में यदि किसी ने महत्वपूर्ण काम किया है और उनको व्यवहार में लागू करने का प्रयास किया है तो वह संत रामानुजाचार्य ने ही किया है। उन्होंने कांचीपूर्ण नामक एक गैर-ब्राह्मण को अपना गुरु बनाकर स्पष्ट संदेश पूरे देश में देने का प्रयास किया था। समता के अनुसार भगवान की सेवा करने का सभी को अधिकार है, इस बात को उन्होंने व्यवहारिक रूप में मंदिरों के प्रशासन के अंदर लागू किया। उन्होंने प्रशासन के अंदर बीस हिस्से

बनाए और बीस हिस्सों के सम्पूर्ण प्रशासन को पूरे समाज के बीस हिस्सों मे बाँटकर मंदिर के लिए कुछ करने का अधिकार देने का काम किया, जिससे आज सारा समाज मंदिरों के साथ जुड़ा हुआ है। पूजा के अधिकार में भी उन्होंने समानता का अधिकार देने का काम किया। अपने प्रवास के दौरान रामानुजाचार्य ने देखा कि समाज के कुछ वर्गों के भक्तों को सामाजिक मानदंडों के कारण मंदिर के अंदर पूजा करने की अनुमति नहीं थी। इस प्रथा से वे काफी दु:खी थे। उन्होंने पुरानी प्रथा में किसी भी प्रकार के बदलाव किए बगैर एक नई प्रथा शुरू की। किसी भी भक्त की पृष्ठभूमि की परवाह किए बगैर भगवान की पूजा करने देने की अनुमति दी। उन्होंने घर पर भगवान की देवता स्वरूप की व्यक्तिगत पूजा को सरल और व्यवस्थित किया।

रामानुजाचार्य ने भगवान को मंदिर की जगह घर में ले जाकर समाज के सभी लोगों को पूजा करने का अधिकार दिया। आगे चलकर जब आक्रांताओं ने हिन्दुस्तान पर आक्रमण किया और मंदिर ध्वस्त होने लगे, तब रामानुजाचार्य ने भगवान को घर में रखकर पूजित करने की जो परम्परा शुरू की थी, उसी के कारण हमारा सनातन धर्म आज बचा हुआ है। मेरे घर में भगवान को भोग चढ़ाए जाते हैं। आज भी मेरे घर में राजभोग की सेवा लगी हुई है। मेरे कहने का तात्पर्य है कि रामानुजाचार्य ने बहुत बड़ा काम करते हुए सनातन धर्म को टिकाने और आगे बढ़ाने का काम किया।

महिला सशक्तिकरण के लिए भी भगवत रामानुजाचार्य ने ढेर सारे काम किए। तिरुवल्ली में दलित महिला के साथ शास्त्रार्थ के बाद उन्होंने उस महिला से कहा कि आप मेरे से कई गुणा ज्यादा ज्ञानी हैं। इसके बाद संत रामानुजाचार्य ने उस महिला को दीक्षा दी और उसकी मूर्ति बनाकर मंदिर में प्रस्थापित करके समग्र सनातन धर्म के अनुयाइयों को संदेश देने का काम किया। भाषा की समानता के लिए भी उन्होंने बहुत काम किया। संस्कृत भाषा के वेद, वेदांत, भगवत गीता, परमसूत्र, साहित्य का सम्मान करते रहे, परंतु उन्होंने तमिल संतों को भी मान देने की शुरुआत की और इसके तहत वेदों को अनूदित करने का काम किया। रामानुजाचार्य दोनों भाषाओं को अपनी आँख मानते थे। इस कारण इस प्रदेश के अंदर भी आज वेद बचा हुआ है। मोक्ष का अधिकार सिर्फ संन्यासियों को होता था। रामानुजाचार्य ने बताया कि अगर छोड़ना ही संन्यास है तो अपने जीवंत मन की रक्षा जो ईश्वर पर छोड़ देता है; अपने जीवन को, अपने भाग्य को ईश्वर पर छोड़ देता है, वह भी संन्यासी है और उसको भी मोक्ष का अधिकार है। अपना सर्वस्व ईश्वर को सौंपने वाला व्यक्ति मोक्ष का अधिकारी होता है। उन्होंने सर्वगुण पुरुषों और महिलाओं को मोक्ष का अधिकार दिया।

रामानुजाचार्य ने बहुत विनम्रता के साथ बहुत सारी कुप्रथाओं को बदलने का काम किया। उनकी आत्मा के अंदर कुप्रथाओं के प्रति विद्रोह का ही भाव था। विनम्रता और विद्रोह दोनों मिल जाते हैं तो सुधार जन्म लेता है। ये काम भगवत रामानुजार्य जी ने किया है। मैंने देशभर का भ्रमण किया है। देशभर के श्रद्धा केंद्रों के अंदर मैंने

सर झुकाया है। इस दौरान मैंने देखा है कि कई सारे संप्रदायों के मूल में जाइए तो रामानुजाचार्य का विशिष्टाद्वैत ही मिलेगा।

मैं कुछ उदाहरण जरूर देना चाहता हूँ। महाराष्ट्र में वारकरी संप्रदाय में जाएँगे तो आपको रामानुजाचार्य का विशिष्टाद्वैत संप्रदाय मिलेगा। राजस्थान और गुजरात के वल्लभ संप्रदाय में जाएँगे तो भी वह मिलेगा। मध्य भारत, बंगाल और मणिपुर के चैतन्य संप्रदाय में जाएँगे तो उसके मूल में भी आपको रामानुज मिलेंगे। असम के माधवराव और शंकरदेव के उपदेशों में जाएँगे तो भी आपको विशिष्टाद्वैतवाद की झलक मिलेगी। एक व्यक्ति ने ऐसे सिद्धांत का प्रतिपादन किया जिसमें समानता का मूल मंत्र था। देश के अनेक हिस्सों में शायद रामानुजाचार्य जीवन में कभी नहीं गए। ना असम गए ना कहीं और। परंतु गुजरात के छोटे से गाँव में भी जाएँगे तो वल्लभ संप्रदाय के अनुयायी मिलेंगे। असम के अंतिम गाँव में मैं गया हूँ जो बंग्लादेश की सीमा पर है, वहाँ पर भी शंकरदेव के अनुयायी मिलते हैं। बंगाल के अंतिम गाँव में भी चैतन्य महाप्रभु का चिंतन करने वाले भक्ति संप्रदाय के लोग मिलते हैं।

स्वामी रामानंद जी के बारे में कौन नहीं जानता! स्वामी रामानंद जी के प्रमुख शिष्यों में कबीरदास, नाभादास जी, रैदास, सूरदास सहित महापुरुषों की महान भक्त परम्परा रामानुजाचार्य से ही बनती है। इस परम्परा का गुणगान करते हुए कबीरदास जी ने दोहे में लिखा है कि 'श्री नारायण मूल हमारे, रामानुज की साख, रंगकार में रंगता जोगी गुरु रामानंद ने भाख।' एक व्यक्ति, जो दक्षिण भारत में जन्मा उसने कबीरदास को प्रेरणा देने का काम किया और कबीरदास ने वो प्रेरणा समाज के सभी निचले लोगों तक पहुँचाने का काम किया। उन्होंने परिवर्तन के लिए ढेर सारे काम किए थे मगर इसके बारे में विस्तार से बात करने का आज समय नहीं है। आज मैं इतना कहना चाहता हूँ कि विशिष्टाद्वैत दर्शन और भक्ति संप्रदाय, ये दोनों जब तक रहेंगे तब तक अक्षुण्ण रहेंगे, कभी कालबाह्य नहीं होंगे। स्वामी जी की बनाई गई मूर्ति युगों-युगों तक रामानुजाचार्य के संदेश को आगे बढ़ाती जाएगी। पुण्य संतों, माताओं, भाइयों, बहनों को कहना चाहता हूँ कि विधाता का ही आशीर्वाद है कि जिस कालखंड में स्टैच्यू ऑफ इक्वालिटी बनती है उसी कालखंड में राम मंदिर का भी पुनः भव्य निर्माण होता है, उसी कालखंड में काशी-विश्वनाथ कॉरिडोर का साढ़े छह सौ साल के बाद पुनरुद्धार होता है। इसी कालखंड में केदारधाम भी बनता है और इसी कालखंड में बद्रीधाम का भी पुनर्निर्माण होता है। वास्तव में ये वो कालखंड है जहाँ से सनातन धर्म को उठकर-जागृत होकर समग्र विश्व के अंदर अपने दीप्तिमान ज्ञान को आगे बढ़ाना है।

आज मुझे यहाँ पर इस कार्यक्रम में स्वामी जी ने निमंत्रित किया, इसके लिए मैं जीवनभर आपका कृतज्ञ रहूँगा। आपने महान कार्य के अंदर मुझे जोड़ा और रामानुजाचार्य जी के लिए कुछ बोलने का अवसर दिया। मैं मानता हूँ कि सालों-सालों तक आपका

बनाया हुआ रामानुजाचार्य का स्टैच्यू ऑफ इक्वालिटी विशिष्टाद्वैत का उपदेश, समानता का अधिकार और सनातन धर्म का संदेश विश्व को देगा। फिर से एक बार समग्र देशवासियों की तरफ से आप सबको प्रणाम।

वंदे मातरम्।

संस्कृति के महामना

महामना पंडित मदन मोहन मालवीय एक व्यक्ति नहीं, संस्था थे। वे आजादी की लड़ाई सिर्फ राजनेता के तौर पर नहीं पत्रकार और वकील की हैसियत से भी लड़ रहे थे। मातृभाषा, मातृ संस्कृति और भारतीयता का एक साथ उद्घोष करने वाले वे पहले नेता थे, जिन्होंने राष्ट्रीय आन्दोलन में आधुनिक भारतीय राष्ट्रवाद की नींव डाली। उन्होंने आजादी की लड़ाई के साथ-साथ हमारे सांस्कृतिक प्रतीकों को भी पहचाना। महान देशभक्त, अद्‌भुत वक्ता, समाज सुधारक, राजनेता, सफलतम वकील, भारतीय परम्परा के पोषक, चिंतक, मितभाषी मालवीय जी को गाँधी जी ने महामना कहा। गृहमंत्री अमित शाह का यह भाषण उनके इन सभी गुणों को रेखांकित करता है।

मंच पर उपस्थित श्रीमान जयंत सहस्त्रबुद्धे जी, श्री सीताराम जी, श्री ओमकार राय जी, श्री शिवेंद्र कुमार सुमन जी, श्री शंकर राव जी, श्री शक्तिधर सुमन जी और इस सभागार में महामना के विचारों को आगे ले जाने के लिए संकल्पबद्ध उपस्थित सभी भाइयों और बहनों। सबको मेरा प्रणाम।

सबसे पहले तो उत्तर प्रदेश से आने में थोड़ा विलंब हुआ, इसके लिए मैं क्षमाप्रार्थी हूँ। आज पंडित मदन मोहन मालवीय जी के 160वें जन्मदिन पर हम सभी इस सभागार में एकत्रित हुए हैं। यहाँ पर ढेर सारे ऐसे लोग भी हैं जिन्होंने पंडित मालवीय के जीवन का गहन अध्ययन किया है। मालवीय जी के विचारों का सार तत्व व्यवहारिक जीवन में कैसे उपयोग में आए, इसके लिए काम करने वाले लोग भी यहाँ हैं। उनके सामने महामना के बारे में बोलना मेरे लिए मुश्किल काम है। मालवीय जी का व्यक्तित्व विराट था। उन्होंने एक जन्म में सौ जन्म जितना काम किया। उनके इस विशाल व्यक्तित्व को मैं कुछ शब्दों में समाहित नहीं कर सकता। यह मेरे लिए ही नहीं, किसी के लिए

---

*26 दिसंबर, 2021 को एनडीएमसी सभागार, नई दिल्ली में महामना मालवीय जयंती के अवसर पर 'महामना मालवीय मिशन' द्वारा आयोजित कार्यक्रम में गृहमंत्री श्री अमित शाह का संबोधन

भी असंभव है। मेरे लिए तो निश्चित ही असंभव है। इसीलिए कहीं पर भी किसी को लगे कि महामना के जीवन के साथ, उनके कर्तृत्व के साथ कुछ अन्याय हुआ है तो उसके लिए मैं पहले ही आपसे क्षमाप्रार्थना करता हूँ।

मुझे स्कूल में पढ़ाने वाले एक गुरु जी ने मालवीय जी की अद्‌भुत व्याख्या की थी, जिसे मैं जीवन भर भूल नहीं सकता। उन्होंने कहा था कि सनातन वैदिक धर्म के चलते फिरते विग्रह पंडित मदन मोहन मालवीय हैं। उस वक्त हम पाँचवी–छठवीं कक्षा में थे, समझ नहीं पाए थे कि गुरु जी क्या कह रहे हैं? मगर मेरे मन में एक जिज्ञासा जरूर उन्होंने पैदा कर दी कि पंडित मदन मोहन मालवीय को जानना चाहिए, पढ़ना चाहिए, समझना चाहिए और तब से पंडित जी के बारे में जानने की इच्छा का दिन-प्रतिदिन प्रयास बढ़ता गया। जब पंडित जी के पूरे व्यक्तित्व को समझ पाया, तब मालूम पड़ा कैसा व्यक्तित्व था जो शायद करोड़ो वर्षों में एक बार इस पृथ्वी पर जन्म लेता है। बहुआयामी व्यक्तित्व के धनी होने के बावजूद भी, अनेक सिद्धियों की प्राप्ति करने के बाद भी, अनेक सम्राटों जितना यश प्राप्त करने के बाद भी भिक्षुक की तरह रहना और स्वभाव की विनम्रता को मृत्युपर्यन्त बनाए रखना! ये साधुलक्षण हैं, जो पंडित मदन मोहन मालवीय में थे। वे काशी हिंदू विश्वविद्यालय के संस्थापक रहे। देशभक्ति व आत्मत्याग की प्रतिमूर्ति भी रहे। एक महान शिक्षाविद, जिसने शिक्षा के मूल तत्वों को जाना और यह भी जाना कि इस देश को किस प्रकार की शिक्षा की जरूरत है, और भविष्य में किस प्रकार की जरूरत पड़ने वाली है। इन दोनों बातों को समझते हुए एक नई शिक्षा पद्धति काशी हिंदू विश्वविद्यालय में स्थापित करने का उन्होंने प्रयास किया।

वे प्रतिभाशाली अधिवक्ता रहे, प्रखर वक्ता रहे, तेजस्वी पत्रकार रहे और ढेर सारे लोगों को चकित करने वाली तीव्र बुद्धि प्रतिभा के भी धनी रहे। इतने अद्‌भुत गुणों के रहते हुए विनम्रता कभी नहीं छोड़ी। वे अनेक पत्रिकाओं के संपादक भी थे। अद्‌भुत संगीत मर्मज्ञ थे। गीता के प्रति उनका जो लगाव था, उसने उनको इस देश की महान संस्कृति को अमर बनाने के लिए प्रेरित किया। हरकी पौड़ी पर हम आज जिस गंगा में स्नान करते हैं, वह उन्हीं के संघर्षों के कारण वहाँ है। वरना हरकी पौड़ी पर गंगा नहीं, नहर होती। यह मालवीय जी की गंगा के प्रति श्रद्धा और लगाव का ही परिणाम है। कथा वाचन, कर्मकांड और भिक्षा की पवित्रता से एक विराट संस्थान की संरचना करने वाले उस महान व्यक्तित्व को आज हम सभी श्रद्धांजलि देने के लिए यहाँ पर उपस्थित हुए हैं। बड़े दुःख की बात है और मन में क्षोभ होता है, जब हम देश के इतिहास को देखते हैं। आजादी के तुरंत बाद ही पंडित जी को भारत रत्न मिल जाना चाहिए था।

खैर, 2014 में उनको जब भारत रत्न मिला तब काफी लोगों ने कहा कि पंडित जी को भारत रत्न देने की जरूरत नहीं थी। महामना उनके लिए बहुत बड़ी उपाधि थी जो स्वयं गुरुदेव रविंद्रनाथ ठाकुर और महात्मा गाँधी ने दी थी। आचार्य विनोबा भावे ने बहुत सुंदर तरीके से उनके लिए वर्णन किया था, "महामना मालवीय जी की सर्वव्यापी करुणा

ने राजा और कंगालों का समान रूप से आलिंगन किया है, इसीलिए गुरुवर टैगोर ने उन्हें महामना कहा है।'' लेकिन समय के साथ कई ऐसे व्यक्तित्वों को हमारे देश में भुलाने का प्रयास किया गया। चाहें वह सरदार पटेल हों, नेताजी हों, बाबा साहेब अंबेडकर हों, जयप्रकाश नारायण हों, महान गोपीनाथ बरदोलाई हों या पंडित मदन मोहन मालवीय हों।

मैं इतना ही कहना चाहता हूँ कि आगे कोई कुछ भी सोचे, व्यक्ति का कर्म अगर महान होता है, उसके विचार अगर सार्वकालिक होते हैं और व्यक्ति 'स्व' का नहीं 'पर' का विचार करता है तो उसके यश को कोई रोक नही सकता। जो रोकने का प्रयास करता है, वह विफल होता है। पंडित मदन मोहन मालवीय व्यक्ति नहीं, एक इंस्टीट्यूशन थे। आजादी की लड़ाई उन्होंने सिर्फ राजनेता के तौर पर नहीं लड़ी। पत्रकार के तौर पर लड़ी, वकालत के जरिए लड़ी। मातृभाषा, भारतीय संस्कृति और भारतीयता का एक साथ उद्घोष करने वाले वे एकमात्र स्वतंत्रता सेनानी थे। उस वक्त ऐसे इकलौते नेता थे, जिनको मालूम था कि अगर मैं मातृभाषा की बात नहीं करूँगा, भारतीय संस्कृति की बात नहीं करूँगा, मैं भारतीयता की बात नही करूँगा तो आने वाले दिनों में इन सभी को भुलाने का प्रयास होगा। बहुत कड़ा विरोध झेलने के बावजूद उन्होंने इन तीनों विचारों को नहीं छोड़ा। हम आज निर्विवाद रूप से कह सकते हैं कि आजादी के आन्दोलन में आधुनिक भारतीय राष्ट्रवाद की नींव डालने का श्रेय यदि किसी भारतीय को जाता है तो महामना को जाता है। इसमें कोई दो राय नहीं है कि गंगा, गाय और हिंदी इन तीनों के प्रति उनकी गहरी श्रद्धा थी। इन तीनों के लिए उन्होंने संस्थाएँ भी बनाई। हरिद्वार में हरकी पौड़ी पर गंगा बहती रहें, इसके लिए गंगा महासभा की स्थापना की। गौ हत्या के खिलाफ उन्होंने महात्मा गाँधी के साथ मिलकर 1886 में भारत धर्म महामंडल की स्थापना की और हिंदी, हिंदू, हिंदुस्तान की अवधारणा के तहत 1 मई 1910 को प्रयाग में उन्होंने हिंदी साहित्य सम्मेलन की स्थापना की, जिसके पहले अध्यक्ष महामना खुद थे। आज हम हिंदी और देवनागरी लिपि के जरिये देश को एकसूत्र में जोड़ने का जो प्रयास देख रहे हैं उस खड़ी बोली हिंदी और देवनागरी लिपि के जनक अगर कोई थे तो पंडित मदन मोहन मालवीय थे। उन्होंने इन तीनों के लिए सर्वोत्तम संघर्ष किया। एक समाज सुधारक के रूप में, राजनेता के रूप में, सफलतम वकील के रूप में वे भारतीय परम्परा के पोषक-चिंतक होने के साथ-साथ मितभाषी भी थे। इसी कारण एक लंबे समय तक वैचारिक मतभेद रखने वाली अनेक संस्थाओं में भी वे एक साथ काम करते रहे।

आज के जमाने में जो पत्रकारिता के क्षेत्र में काम करते हैं वो कल्पना नहीं कर सकते हैं कि कोई व्यक्ति हिंदू महासभा और कांग्रेस दोनों का अध्यक्ष एक ही समय रह सकता है। मैं उन संस्थाओं की उदारता की बात नहीं करता, उस व्यक्तित्व की महानता की बात करता हूँ। वो व्यक्ति कितना महान होगा जो कांग्रेस और हिंदू महासभा दोनों का अध्यक्ष एक समय पर रहा हो। ये उनके गुण थे, जो उनको आज भी प्रासंगिक बनाते हैं। रविन्द्रनाथ टैगोर ने उन्हें 'मैन ऑफ ग्रेट हार्ट' कहा, जिसका भारतीयकरण महात्मा गाँधी

ने महामना के नाम से किया। यानी गुरुवर टैगोर और गाँधी जी दोनों ने मिलकर उनको महामना की उपाधि दी। जब अंग्रेजों ने देश के अंदर फूट डालने का प्रयास शुरू किया तब उनको मालूम पड़ गया था कि आज अगर इसको नहीं रोका गया तो आने वाले दिनों में इसी में से विभाजन की नींव पड़ेगी। 1916 में लखनऊ पैक्ट के तहत मुस्लिमों को अलग मताधिकार देने का जब प्रस्ताव आया तो इसकी कड़ी आलोचना अगर किसी ने की तो पंडित मदन मोहन मालवीय ने की। असहयोग आन्दोलन के वक्त तो वो गाँधी जी के साथ रहे, परंतु जब खिलाफत आन्दोलन किया तब पंडित जी ने इसका विरोध किया। उनका मानना था कि खिलाफत आन्दोलन इस देश मे नहीं हो सकता और खिलाफत आन्दोलन से आने वाले दिनों में देश के विभाजन का बीज पड़ेगा। ऐसा हुआ भी और इसी के कारण उनको कांग्रेस से मतभेद भी सहने पड़े। मगर वो अपनी जगह पर बने रहे। मालवीय जी ने आने वाले खतरे को ढंग से भाँप लिया था। देश के नवनिर्माण में सिर्फ अंग्रेजों से छुटकारा पाना ही जरूरी नहीं था, अंग्रेजियत से भी छुटकारा पाने की जरूरत थी। इस बात को उन्होंने भलीभांति समझा था कि इस काम के लिए भारतीय शिक्षा के नए केंद्र स्थापित करने पड़ेंगे जो हमारी सालों पुरानी चिर पुरातन शिक्षा पद्धति और संस्कृति के प्रति सम्मान और गौरव तो रखते हों, परन्तु आधुनिक शिक्षा की सभी जरूरतों को पूरा भी करते हों। इसी सोच के तहत उन्होंने उन्होंने काशी हिंदू विश्वविद्यालय की स्थापना की और भारतीय मनीषा को रेखांकित करने वाले सारे बड़े नाम इस शिक्षा केन्द्र के साथ जोड़ने की कोशिश की। अगर मालवीय जी में इतनी विनम्रता न होती तो वे इतने सारे बड़े-बड़े नामों को और बड़े-बड़े व्यक्तियों को काशी हिंदू विश्वविद्यालय के साथ नहीं जोड़ पाते। संगीत में पंडित ओंकार नाथ ठाकुर को जोड़ा, विज्ञान में प्रोफेसर शांतिस्वरूप भटनागर को जोड़ा, साहित्य में रामचंद्र शुक्ल और बाबू श्यामसुंदर दास को तो आयुर्वेद में पंडित सत्यनारायण शास्त्री को ले आए। अपने-अपने क्षेत्रों के सभी शिखर पुरुषों को उन्होंने बनारस हिंदू विश्वविद्यालय के साथ जोड़ने का प्रयास किया।

अभी सहस्त्रबुद्धे जी ने बताया कि उन्होंने आइंस्टीन को भी जोड़ने का प्रयास किया था मगर नियति किसी को भी पूरी सफलता नहीं देती। परंतु उस जमाने में उन्होंने काशी विश्वविद्यालय को एक समय में भारतीयता का प्रखर केंद्र बनाने का काम किया। 1919 में स्थापित बनारस इंजीनियरिंग कॉलेज भारत में इंजीनियरिंग शिक्षा में पहला आधार संस्थान बना। मैं आज कहना चाहता हूँ कि मैं कुछ दिन बीएचयू में रहा हूँ, मतलब पढ़ाई-लिखाई के लिए नहीं, ऐसे ही रहा हूँ। एक कालखंड मेरे जीवन में भी आया था कि ढाई साल मुझे गुजरात नहीं जाना था, तो मैं देशभर के कई तीर्थस्थानों का भी दौरा करता था। बनारस भी गया। बीएचयू गेस्ट हाउस में रहा। आज भी जाकर आप देखिए, सबसे आधुनिक इंजीनियरिंग की शिक्षा अगर कहीं मिल सकती है, तो बनारस हिंदू विश्वविद्यालय में ही मिलती है।

एक व्यक्ति ने एक ऐसी संस्था बनाई जो उनके जाने के बाद भी इतने सालों

तक उनके बताए हुए रास्ते पर चलती है। इस रास्ते से हटाने के बहुत प्रयास हुए। पर उसका इतना मजबूत चरित्र बना कि सारे प्रयास विफल हो गए, और परम्परा जस की तस चलती रही। आज भी वो उसी प्रकार से गौरव के साथ चलती है। मैं मानता हूँ कि आजादी की लड़ाई में शामिल होने से बड़ा देश के लिए महामना का योगदान काशी हिंदू विश्वविद्यालय का निर्माण और हरिद्वार में हरकी पौड़ी पर गंगा को लाना है। हरिद्वार की हरकी पौड़ी पर अगर आज गंगा ना होती तो हम अविरल गंगा की कल्पना ही नहीं कर सकते। उन्होंने उसके लिए लम्बा संघर्ष किया। अनेक राजों रजवाड़ों को इस काम में अपने साथ जोड़ा और अंग्रेजों को झुकाने का काम किया। आज हम सब अपनी श्रद्धा का निर्वहन, माँ गंगा के प्रति श्रद्धा की अभिव्यक्ति उसी जगह पर जाकर करते हैं, जिसको पंडित मदन मोहन मालवीय ने अंग्रेजों से लड़कर बनाया था। 1915 में वीर सावरकर और लाला लाजपत राय के साथ मिलकर उन्होंने हिंदू महासभा बनाई। गाँधी जी से असहमति के बाद 1931 में दूसरे गोलमेज कॉन्फ्रेंस में भारतीय प्रतिनिधि मंडल के सदस्य के नाते मालवीय जी ने हिस्सा लिया। ये दोनों व्यक्तित्व कितने बड़े थे। मतभेद कोई छोटे नहीं थे मगर जब सवाल देश के हित का था तो दोनो ने मिलकर गोलमेज कांफ्रेंस में देश के हितों की रक्षा के लिए नेगोशिएशन करना मंजूर किया। ये बताता है कि दोनों कितने बड़े मन के लोग थे। जिस कांग्रेस के वे चार बार अध्यक्ष बने, यह शायद उस जमाने मे रिकॉर्ड था, क्योंकि अध्यक्ष पद परिवर्तित होता रहता था। मालवीय जी चार बार अध्यक्ष बने थे। उन्होंने वहाँ भी भारतीयता लाने का प्रयास किया। कांग्रेस के सम्मेलनों में उस जमाने में क्राउन की समृद्धि के गीत गाये जाते थे। वहाँ वैदिक मंगलाचरण की शुरुआत पंडित मदन मोहन मालवीय ने की।

वंदे मातरम् की शुरुआत पंडित मदन मोहन मालवीय जी ने ही की। वे 1909 से 1932 तक वो 4 बार अध्यक्ष चुने गए और जब उनको लगा कांग्रेस बहुत समझौतावादी संस्था बनती जा रही है तब उन्होंने हिंदू महासभा बनाई। पंडित जी बहुत बड़े वकील भी थे। वकालत करते नहीं थे परन्तु बहुत बड़े वकील थे। उनकी तर्कशक्ति और उनकी विद्वता दोनों ने उनको अच्छे वकील के रूप में प्रस्थापित किया था। जब चौरी चौरा कांड के सभी आरोपियों को लगता था कि उनको फाँसी हो जाएगी, फाँसी सुनाई भी गई, तब पंडित मदन मोहन मालवीय ने उनका केस लड़ा और सबको फाँसी की सजा से बचा ले आए। उसी न्यायालय में ही न्यायाधीश ने पोडियम पर खड़े होकर मालवीय जी का अभिवादन किया था। इनकी विद्वता का सम्मान किया था। ऐसी घटनाएँ विरले होती हैं। पंडित मदन मोहन जी हिंदी, अंग्रेजी, संस्कृत तीनों भाषाओं के ज्ञाता थे। वे धारा प्रवाह में तीनों भाषाओं में भाषण दे सकते थे। उन्होंने मकरंद उपनाम से कविताएँ भी लिखी थीं। उनकी कथनी और करनी में कभी भी अंतर नहीं रहा। विनम्र भाव के साथ जो बोलते थे वही करने का प्रयास करते थे। विश्वविद्यालय की स्थापना के लिए भिक्षाटन का जब ऐलान किया तब उन्होंने सबसे पहला चंदा कुंदन देवी जी के

गहने बेचकर अपने घर से शुरुआत की। बाद में पूरे भारतवर्ष में चंदा इकट्ठा करने गए। बीएचयू की जमीन काशी के महाराज से लेने की बात हो या हैदराबाद के निजाम के पास से चंदा लेने का मामला, आप सोचिये कैसी परिस्थिति खड़ी हुई होगी जब हैदराबाद के निजाम के जूते की नीलामी करने के लिए हैदराबाद के बाजार में पंडित जी खड़े हुए होंगे और शर्म के मारे हैदराबाद के निजाम को दान देना पड़ा होगा। एक व्यक्ति जब दृढ़ निश्चय के साथ लोककल्याण के लिए अपने सम्मान की चिंता किए बगैर निकलता है तो प्रतिबद्धता और संकल्प की दृढ़ता के साथ नतीजा लाता है। मालवीय जी इसके उदाहरण हैं।

बनारस हिंदू यूनिवर्सिटी का जहाँ तक सवाल है, मैं अभी भी मानता हूँ कि उनके जीवन की सभी उपलब्धियों में सबसे बड़ी कोई उपलब्धि थी तो वो बनारस हिंदू विश्वविद्यालय की स्थापना है, क्योंकि उन्होंने काशी हिंदू विश्वविद्यालय की स्थापना के साथ ही सदियों तक एक विचार को, एक तत्व को नवीन प्राण देने का काम किया। स्वधर्म, स्वभाषा, भारतीय संस्कृति और स्वराज इन चारों चीजों को शिक्षा के साथ कुछ बोले बगैर बुनना और आधुनिक से आधुनिक शिक्षा से युक्त युवाओं को बाहर निकालकर देश के पुनर्निर्माण में लगाना, यह उद्देश्य अपने आप में इतना अंतर्विरोध रखता था कि इसको जमीन पर उतारना इस कल्पना को व्यावहारिकता में लाना बहुत कठिन था। यह महामना के समन्वयवादी व्यक्तित्व के कारण ही हुआ वरना स्वधर्म, स्वभाषा, भारतीय संस्कृति और स्वराज इन चारों उद्देश्यों के साथ आधुनिक शिक्षा को भी विद्यार्थियों को पढ़ाना उस जमाने में बहुत बड़ी अंतर्विरोध वाली बात थी, मगर उन्होंने इसे जमीन पर उतारा।

बनारस हिंदू विश्वविद्यालय की स्थापना का संकल्प 1906 में लिया गया और आधारशिला 1916 में रखी गयी। तब से लेकर आज तक हम सब बनारस हिंदू विश्वविद्यालय के योगदान को जानते हैं।

एक छोटी सी घटना हमें जाननी चाहिए। बिहार में कहीं किसी कार्यक्रम में बाबू जगजीवन राम जी के हाथ से महामना का सम्मान किया गया। वहाँ जगजीवन राम जी को उन्होंने सुना तो उनको लगा कि इस दलित छात्र में तेजस्विता है। उन्हें पढ़ाने के लिए पंडित जी काशी हिंदू विश्वविद्यालय में ले आए। उनका एडमिशन भी हो गया। हॉस्टल में रहने लगे। मगर वे दलित थे इसीलिए जगजीवन राम जी के बर्तन साफ करने के लिए वहाँ के कर्मचारियों ने मना कर दिया। नौकरी जाएगी तो जाएगी मगर हम उसके बर्तनों को साफ नहीं करेंगे, क्योंकि वह दलित लड़का है। बड़ी विपदा आ गई। जगजीवन राम जी भी खुद को बहुत अपमानित महसूस करने लगे। अब काफी लोगों को लगता था कि जिन कर्मचारियों ने न बोला है उनके खिलाफ कठोर कदम उठाया जाएगा, मगर पंडित जी ने कोई कठोर कदम नहीं उठाया। उन्होंने कहा आज से जगजीवन राम मेरे कमरे में रहेंगे और उनके बर्तन मैं साफ करूँगा।

किसी को साफ करने की जरूरत नहीं है। तुरंत ही जगजीवन राम जी ने कहा पंडित जी मेरे बर्तन मैं साफ करूँगा। यहाँ अपमान का सवाल था, वहाँ सम्मान आपने मुझे अपने कमरे में रख कर दे दिया है। खुद के बर्तन साफ करने में कोई बुराई नहीं है। बाबूजी वहाँ पढ़कर जीवनपर्यंत देश सेवा करते रहे। उस जमाने में अस्पृश्यता के लिए कोई भाषण किए बगैर उन्होंने एक ऐसा संदेश काशी हिंदू विश्वविद्यालय में पढ़ने वाले सभी विद्यार्थियों, अध्यापकों और कर्मचारियों को दे दिया कि हिंदू समाज पर अस्पृश्यता से बड़ा कोई धब्बा हो नहीं सकता।

अस्पृश्यता शास्त्र सम्मत नहीं है। जब पंडित जी ने यह कहा तो देशभर में इसे मान्यता मिली। वे दो दशकों तक बीएचयू के कुलपति रहे। उन्होंने परम्परागत शिक्षा की नई विधा के साथ केवल देशी नहीं, विदेशी विद्यार्थियों के लिए पढ़ाई की व्यवस्था की। मैं मानता हूँ कि आज जो नई शिक्षा नीति आई है, उसका अध्ययन कोई भी शिक्षाविद करेगा तो मालूम पड़ जाएगा कि पंडित मालवीय जी के विचारों को यह शिक्षा नीति आगे बढ़ाने वाली है। नई शिक्षा नीति के तहत मालवीय जी के द्वारा शुरू की गई राष्ट्रीय शिक्षा, शिक्षा का भारतीयकरण और हमारी भाषा में शिक्षा इन तीनों विषयों पर बल दिया गया। इस शिक्षा नीति के अंतर्गत शिक्षा में आधुनिकता तो होगी ही, साथ ही इसमें जहाँ-जहाँ बदलाव हुए हैं उसे भी हमारे विद्यार्थी जानेंगे। बिना भारतीयता छोड़े, बिना हमारी भाषा छोड़े, यह सारे बदलाव आत्मसात किए जा सकते हैं। ऐसी नई शिक्षा नीति का प्रारूप देश के सामने मोदी जी ने रखा है। नई शिक्षा नीति के माध्यम से राष्ट्रीय शिक्षा, वैज्ञानिक शिक्षा और मातृभाषा में शिक्षा इन तीनों बिंदुओं पर बल दिया गया है। देश के बहुत सारे शिक्षाविद समझ रहे हैं कि अगर इस शिक्षा नीति के बैकग्राउंड में जाएँगे तो इसके मूल में कहीं न कहीं पंडित मालवीय जी को पढ़ना पड़ेगा, उन्हें समझना पड़ेगा। राष्ट्रीय शिक्षा नीति 2022 का उद्देश्य नई शिक्षा की वर्तमान उभरती जरूरतों को प्रासंगिक, अनुसंधान कौशल और योग्यता के आधार पर एक आधुनिक शिक्षा प्रणाली बनाने का है। साथ ही, हमारी भाषाओं को और भारतीयता को भी प्रधानता दी गई। नई शिक्षा नीति से मुझे विश्वास है कि देश में शोधकर्ताओं और पेशेवरों की एक फौज तैयार होगी जो अपनी भाषा में तैयार होकर समग्र विश्व में गौरव के साथ भारत का पक्ष रखने के लिए संकल्पबद्ध होंगे और भारत नॉलेज सुपर पावर बनने की दिशा में आगे बढ़ेगा।

महामना के शब्दों में कहें तो जैसे एक लालटेन अंधेरे में हमारे रास्ते को रोशन करती है। वैसे ही गीता हमें हमारे कर्तव्य ओर ध्यान के लिए प्रबुद्ध करती है। शिक्षा व उसकी अवधारणा हमारे धर्म ग्रंथों से, विशेषकर गीता से बनी थी। उनके लिए प्रैक्टिकल वेदांती की बहुत अच्छी उपाधि प्रसिद्ध दार्शनिक प्रोफेसर एसके मित्रा ने दी थी। प्रैक्टिकल वेदांती अपने आप में बहुत विचित्र शब्द लगता है। मगर वेदांत के आधार पर जीना और समाज से कटे बिना समाज के बीच में रहकर वेदांत के सिद्धांतों का

प्रचार करना ही प्रैक्टिकल वेदांत था। मैं मानता हूँ पंडित जी ने अपने जीवन में इस काम को बहुत अच्छे तरीके से किया। वह छात्रों को कहते थे कि कड़ी मेहनत करो, अपने आदर्शों को कभी मत भूलो। अपने शास्त्रों और भुजाओं दोनों का ज्ञान प्राप्त करो और बौद्धिक और शारीरिक दोनों प्रकार से पारंगत बनो।

हिंदी के लिए पंडित जी का बहुत बड़ा योगदान था। आज जो लोग हिंदी के आन्दोलन के साथ जुड़े हैं, उन सबसे मेरा कहना है कि हिंदी को कैसे लोकभोग्य बनाना है, कैसे आगे ले जाना है, हिंदी को व्यावहारिक रूप से कैसे आगे बढ़ा सकते हैं, उसकी पंडित जी ने बहुत अच्छे से व्याख्या की है। उन्होंने कहा है कि हिंदी संस्कृत की पुत्री है। सभी भारतीय भाषा आपस में बहने हैं और हिंदी उनमें सबसे बड़ी बहन है। मगर उन्होंने साथ-साथ में ये भी कहा कि हिंदी को संस्कृत प्रचुर बनाकर संस्कृत के शब्दों का बोझ उस पर न डालिए। फारसी के शब्दों का बोझ भी उस पर न डालिए। इसको एक सहज-सरल व्यावहारिक भाषा के रूप में पूरा देश स्वीकार करे, ऐसे हमें उसका विकास करना पड़ेगा। उनका मानना था कि हिंदी को जैसे फारसी-अरबी के बड़े-बड़े शब्दों से लादना बुरा है, वैसे ही अकारण संस्कृत शब्दों से गुथना भी अच्छा नहीं है। हिंदी को अपने तरीके से फलने-फूलने दिया जाना चाहिए। अगर हम इस बात को समझते हैं तो मैं मानता हूँ कि आने वाले दिनों में हिंदी का जो आन्दोलन है वह बहुत मजबूती के साथ आगे बढ़ेगा।

स्वदेशी के लिए भी उन्होंने अपने विचार बहुत सरल भाषा में रखे हैं। मैं इसको दोहराना नहीं चाहता। आज इस सभागार में जो भाई-बहन यहाँ उपस्थित हैं, मैं उन सभी से एक बात कहना चाहूँगा। इस वर्ष आजादी का अमृत महोत्सव है। हमारी आजादी को 75 साल हो गए। कई लोग कहते हैं पहले किसी ने ये नहीं किया, किसी ने वो नहीं किया, ये करते तो आज यहाँ होते, वो करते तो वहाँ होते। अब जिस ने जो किया वह किया, हमारे पास तो समय है। हमारा पूरा जीवन अभी बाकी है। सोचिये, हम क्या कर सकते हैं।

आजादी के अमृत महोत्सव के समय हमें यह संकल्प करना है कि आजादी की शताब्दी जब मनाई जाएगी तब भारत कहाँ खड़ा होगा। यह 25 साल जो आने वाले हैं, वह 25 साल आजादी का अमृत काल है। नरेन्द्र मोदी जी ने देश की जनता का आह्वान किया है कि अगले 25 साल को आजादी का अमृत काल मानकर हर भारतीय एक लक्ष्य तय करें कि 25 साल के बाद जब देश के आजादी की शताब्दी मनाई जाएगी तब देश कहाँ खड़ा होगा। पंडित मदन मोहन मालवीय की कल्पना का भारत बनाने के लिए हम सबको जीवन में कोई न कोई छोटा-बड़ा लक्ष्य निश्चित करके आज इस सभागार से जाना चाहिए। अगर हम ये करते हैं तो इतने बड़े विचारक का, इतने बड़े कर्मयोगी का, इतने बड़े ज्ञानी का और इतने बड़े देशभक्त व्यक्ति के जीवन का देश को जैसा फायदा होना चाहिए वो हम कराने में सक्षम होंगे। पंडित जी के विचारों का

भारत बनाने के लिए हमें क्या करना है इसकी व्याख्या मैं करना नहीं चाहता। हाँ, एक बात कहना चाहता हूँ। हनुमान प्रसाद पोद्दार ने एक बहुत बड़ा वाक्य कहा है, 'मालवीय जी जानते थे कि सनातन धर्म और हिंदू जाति की रक्षा और समृद्धि से ही विश्व में मानवता की रक्षा हो सकती है।' काशी हिंदू विश्वविद्यालय की स्थापना स्वधर्म, भारतीय संस्कृति, भारतीय भाषाओं और आधुनिक शिक्षाओं का मेल-मिलाप करने के लिए थी। मगर भारतीय संस्कृति की रक्षा, भारतीय संस्कृति को एक नया आयाम देना, वह इसलिए नहीं था कि वह हमारी अपनी है, बल्कि वह इसलिए था कि भारतीय संस्कृति में और हमारे मूल चिंतन के भीतर ही विश्व की सभी समस्याओं का समाधान केंद्रित है। विश्व कल्याण के लिए भी भारतीय संस्कृति को आगे ले जाना है। उसी दृष्टि से उन्होंने काशी हिंदू विश्वविद्यालय की स्थापना की थी। बहुत सारे प्रयास हुए पंडित जी को भुलाने के, लेकिन वे सब प्रयास विफल रहे। अब मोदी जी की सरकार ने पंडित जी को भारत रत्न भी दिया है। पंडित जी के विचारों को जनमानस में व्यापक स्वीकृति मिली है। मुझे आशा है कि उनकी कल्पना का भारत बनाने के लिए हम सब पुरुषार्थ करेंगे, उसके लिए हम सब संकल्पबद्ध होंगे। मुझे यहाँ बुलाकर पंडित जी के जीवन पर कुछ कहने का अवसर आपने दिया, इसके लिए आभारी हूँ। उनके विचार के तत्वों पर बात करने की न मेरी क्षमता है, न करना चाहता था परंतु उनके जीवन पर बात करने का जो थोड़ा मौका आपने दिया, उसके लिए संस्था का बहुत-बहुत धन्यवाद।

वंदे मातरम्।

प्रेरणा

परिवर्तन के वाहक 'कर्मयोद्धा नरेन्द्र मोदी'

गृहमंत्री अमित शाह प्रधानमंत्री श्री नरेन्द्र मोदी को 'उपभोग शून्य स्वामी' मानते हैं। जिन्होंने सत्ता में रहते सत्ता का उपभोग स्वयं के लिए नहीं किया। अमित शाह के हर फैसले पर प्रधानमंत्री नरेन्द्र मोदी की छाप होती है। प्रधानमंत्री नरेन्द्र मोदी के बारे में अमित शाह क्या सोचते हैं, यह भाषण ऐसे जिज्ञासुओं के लिए उत्तर खोजने वाला एक महत्वपूर्ण दस्तावेज है। भारतीय राजनीति के कुछ चमत्कारिक नेताओं की चर्चा जब भी होगी उसमें नरेन्द्र मोदी का नाम होगा। एक गरीब पृष्ठभूमि से उठकर एक राज्य के मुख्यमंत्री और देश के प्रधानमंत्री तक की उनकी यह यात्रा, देखने-सुनने वालों को आश्चर्यचकित करती है। नरेन्द्र मोदी की सफलता तो सबको स्पष्ट दिखती है, परंतु इस सफलता तक पहुँचने के लिए कई संघर्षों और चुनौतियों का सामना करते हुए उन्होंने अपना मार्ग प्रशस्त किया है। उनके नेतृत्व से जुड़े विविध पक्षों पर अमित शाह के इस भाषण से प्रकाश पड़ता है।

आज 'विवेक हिंदी' के दस साल पूरे हो रहे हैं। इस उपलक्ष्य में उन्होंने 'कर्मयोद्धा नरेन्द्र मोदी' नामक एक ग्रंथ प्रकाशित किया है। मेरे लिए अत्यंत आनंद की बात है कि इस ग्रंथ का विमोचन मेरे हाथ से हो, ऐसा रमेश पतंगे जी ने तय किया। 'विवेक' ने वर्षों से, पहले महाराष्ट्र और फिर देश में, राष्ट्रवादी विचारधारा की पत्रकारिता में अपना काम निष्ठापूर्वक किया है। किसी भी विषय को देखने का दृष्टिकोण क्या हो सकता है; दलगत राजनीति से ऊपर उठकर केवल और केवल भारत के हित की दृष्टि से किसी भी विषय का मूल्यांकन कैसे कर सकते हैं, इसका प्रमाण 'विवेक' का

*13 जनवरी, 2020 को नयी दिल्ली में प्रधानमंत्री श्री नरेन्द्र मोदी पर केन्द्रित एवं हिंदी विवेक द्वारा प्रकाशित पुस्तक 'कर्मयोद्धा नरेन्द्र मोदी ग्रंथ' के विमोचन कार्यक्रम में दिया गया भाषण

अब तक का साहित्य है।

जब गुजरात में पहली बार भारतीय जनता पार्टी की पूर्ण बहुमत की सरकार बनी तब मैं बहुत छोटा कार्यकर्ता था। मैं प्रौढ़ कक्षा का काम करता था। रमेश भाई अपनी पत्रिका का गुजरात सरकार पर एक अंक निकालने के लिए वहाँ आए थे। मैं उनका परिचय कराने के लिए सभी मंत्रियों के यहाँ जाता था। इस तरह मेरा 'विवेक' के साथ एक आत्मीय रिश्ता बना। नरेन्द्र भाई जिस प्रकार से देश की राजनीति और जनमानस को परिवर्तित करने के लिए विगत लगभग कई वर्षों से लगे हैं, इस दौरान जो उनका सार्वजनिक जीवन रहा, उनके जीवन के संपूर्ण काम को, पूरे योगदान को एक ग्रंथ में समाहित करने का प्रयास 'विवेक' ने किया है। मैं इसके लिए 'विवेक' को साधुवाद देना चाहता हूँ। लगभग 45 अलग-अलग लेखकों से 45 आलेख और नौ चिंतन आलेख मिलाकर एक बहुत समृद्ध ग्रंथ उन्होंने तैयार किया है।

नरेन्द्र भाई के जीवन को अगर सरसरी दृष्टि से किसी को देखना है तो तीन हिस्सों में देखा सकता है। एक तो एक विचारधारा के साथ अपने आपको सम्बद्ध कर किसी पद के बिना हजारों हजार कार्यकर्ताओं का निर्माण करने वाले व्यक्ति के रूप में देख सकते हैं। दूसरा, जब राजनीति का एकमात्र अर्थ और राजनैतिक दलों के अस्तित्व का एकमात्र कारण चुनाव और सत्ता प्राप्त करना रह गया हो, ऐसे समय में संगठन के द्वारा पार्टी की कल्पना को पहली बार चुनावी सफलता में परिवर्तित कर विचारधारा के आधार पर पार्टी को स्वीकृति दिलाने का गुजरात में संगठन मंत्री रहते हुए उनका कार्य। तीसरा, 2001 से 2014 तक गुजरात के मुख्यमंत्री व 2014 से भारत के प्रधानमंत्री के नाते हमारे संविधान की मूल भावना के साथ किस प्रकार से शासन व्यवस्था में बदलाव किया जा सकता है। हमारे संविधान निर्माताओं की कल्पना का कल्याणकारी राज्य किस प्रकार से बहुदलीय लोकतांत्रिक प्रणाली एवं संसदीय लोकतंत्र के माध्यम से स्थापित हो सकता है, उसको एक आदर्श तरीके से 2001 से अब तक के कालखंड में उन्होंने सिद्ध करके दिखाया है।

इन तीन हिस्सों में जब नरेन्द्र भाई अपने जीवन की इतनी बड़ी यात्रा तय करके आज एक वैश्विक नेता के मुकाम पर खड़े हैं, तब इनके बारे में बोलने वाला कोई भी व्यक्ति यदि देखेगा तो उनके जीवन का मूल्यांकन कैसे करेगा? समर्थ गुरू रामदास ने एक राजा की कल्पना की थी- *'उपभोग शून्य स्वामी'*। इसे कोई अलग दृष्टि से ना ले। स्वामी समर्थ के इस वाक्य का वर्तमान समय में कोई आदर्श उदाहरण है तो वह नरेन्द्र भाई मोदी हैं, जिन्होंने शासन में रहते हुए और शासन व्यवस्था के सूत्र संभालते हुए भी स्वयं कुछ उपभोग नहीं किया। उन्होंने 'देना ही देना' की भावना से काम किया। यह उपभोग शून्य स्वामी की कल्पना को नरेन्द्र भाई ने चरितार्थ किया है। चाणक्य के नीति सूत्रों में मौजूद 'राजा प्रथमो सेवक' सूत्र को अगर किसी ने चरितार्थ किया तो नरेन्द्र मोदी जी ने किया है। नरेन्द्र मोदी जी के जीवन-कार्य की विवेचना अगर हम

करने जाते हैं, लेकिन उनकी पारिवारिक पृष्ठभूमि को नहीं समझते हैं, तो हम शायद गलती कर जाएँ। जब तक हम नरेन्द्र मोदी जी के सक्रिय राजनीति में आने से पहले के उनके परिवार और जीवन की पृष्ठभूमि को नहीं समझ लेते हैं तब तक हम उनके जीवन का मूल्यांकन कदाचित गलत ही कर बैठेंगे।

गरीबी, अभाव, अवहेलना, अपमान यह सब सहन करते-करते एक बच्चा राष्ट्रवादी विचारधारा के साथ जुड़ता है और जब उसको काम करने का मौका मिलता है, तब समाज के प्रति किसी प्रकार की कटुता पाले बगैर काम करता है। बच्चे को जब अपमान सहन करना पड़ता है तो एक मानसिकता बनती है। उसी समय उसकी प्रकृति निर्मित होती है। उसका स्वभाव बनने का वही समय होता है। गरीबी और अभाव में कहीं ना कहीं अस्वीकृति और अपमान का जीवन बचपन में जीने के बाद भी जब उनको समाज को आगे ले जाने का मौका मिला तब उनके मन में कोई पिछली ग्रन्थि नहीं थी। वे प्यार, तपस्या, समर्पण, राष्ट्रभक्ति और गरीब कल्याण के मूल्य समाज को देते रहे, यह मामूली बात नहीं है। अपने बचपन के जीवन की कटुताओं को मारकर, सबका साथ सबका विकास के सूत्र के साथ एक नए भारत के निर्माण की दिशा में आगे बढ़ने की भावना को समझे बिना हम उनके जीवन का सही मूल्यांकन नहीं कर सकते।

जिनके जीवन में संतुष्टि है और जिनको ईश्वर ने सब कुछ दिया है, वह समाज को देते हैं तो उसका एक मूल्य होता है। लेकिन जिसने जीवन में अभाव, गरीबी और अपमान ही सहा है, उसके बाद भी देने की भावना अगर उसमें होती है, तो वह व्यक्ति उदार चरित्र होता है। इसलिए मैं बार-बार कहता हूँ कि नरेन्द्र मोदी के व्यक्तित्व को पहचानने के लिए उनकी पृष्ठभूमि को समझना बहुत जरूरी है। नरेन्द्र भाई को बहुत नजदीक से काम करते हुए देखने और उनके साथ काम करने का ईश्वर ने मुझे मौका दिया है। लंबे अरसे से, पहले संघ के स्वयंसेवक के नाते, बाद में विधायक व कार्यकर्ता के नाते भारतीय जनता पार्टी में मुझे उनके साथ काम करने का मौका मिला। मैंने उन्हें बहुत नजदीक से देखा है। जब गुजरात में उनको संगठन की जिम्मेदारी मिली, वह कालखंड भारतीय जनता पार्टी के लिए बहुत कठिन था। भविष्य के नाम पर आगे घनघोर अँधेरे के अलावा कुछ नहीं दिखाई पड़ता था। भारतीय जनता पार्टी के गुजरात प्रदेश के बड़े-बड़े नेता निराश होकर बैठे थे। भारतीय जनता पार्टी फिर से खड़ी हो सकती है, हम ऐसी आशा ही खो बैठे थे। उस वक्त मोदी जी को गुजरात के संगठन मंत्री का दायित्व दिया गया। उन्होंने गुजरात के संगठन को फिर से खड़ा करने का प्रयास शुरू किया और सिर्फ दो मुद्दों पर केन्द्रित किया। एक, विचारधारा के आधार पर चलने वाला संगठन और दूसरा, संगठन के आधार पर चुनाव जीतने वाली पार्टी।

आज भारतीय जनता पार्टी की विकास यात्रा की देश भर में हुई स्वीकृति में यह दोनों मुद्दे महत्वपूर्ण कारक हैं। एक जमाने में हमें हिंदी भाषी क्षेत्र की पार्टी माना जाता था। इसके बाद पश्चिम के कुछ राज्यों में सत्ता आ गई तो कहते थे कि हम शहरों की

पार्टी हैं। मगर अब ऐसा कोई नहीं कह सकता। कश्मीर से कन्याकुमारी और कामाख्या से कच्छ तक समग्र भारत में आज भारतीय जनता पार्टी का संगठन है। यह संगठन ना केवल हर बूथ तक पहुँचा है बल्कि एक प्रचंड संगठनात्मक शक्ति भी निर्मित हुई है। विचारधारा के आधार पर जीने वाले कार्यकर्ताओं का संगठन बना है और संगठन के आधार पर विजय प्राप्त करने वाली पार्टी निर्मित हुई है।

गुजरात में नरेन्द्र भाई ने जो नींव डाली थी, वही आज वटवृक्ष बनकर पूरे देश के अंदर दिखाई पड़ती है। गुजरात में सरकार बनी और चली। गुजरात में भी सरकार के बहुत उतार-चढ़ाव आये। नई-नई पार्टी थी तो ऐसा होना स्वाभाविक ही था। जब नरेन्द्र भाई को गुजरात का मुख्यमंत्री बनाया गया, वह बड़ा विकट समय था। उस वक्त सदी का सबसे विकराल भूकंप गुजरात में आया और सब चीजें, सब व्यवस्था छिन्न-भिन्न हो गई थी। ऐसे समय में नरेन्द्र भाई को मुख्यमंत्री का दायित्व दिया गया। मुख्यमंत्री का दायित्व मिलते ही दंगों का सामना नरेन्द्र मोदी सरकार को करना पड़ा। लेकिन एक सम-विकास की कल्पना के साथ चलने वाली सरकार कैसी हो सकती है, इसका उदाहरण अगर किसी को देखना है तो 2001 से 2014 तक की भारतीय जनता पार्टी की गुजरात सरकार का विवेचन-विश्लेषण करना चाहिए। विकास का एक ऐसा मॉडल जो सर्वस्पर्शीय था, समाज के हर वर्ग को स्पर्श करता था। विकास का ऐसा मॉडल जो सर्वसमावेशक था, भौगोलिक दृष्टि से भी और सामाजिक दृष्टि से भी सबका समावेश करता था।

गुजरात में ऐसे एक सर्वस्पर्शीय और सर्वसमावेशी विकास के मॉडल की शुरुआत नरेन्द्र भाई ने की। सम-विकास की कल्पना के साथ अपनी यात्रा के क्रम में जब 2014 में वह गुजरात छोड़कर दिल्ली आए तब गुजरात का कोना-कोना विकसित हो चुका था। हर घर में बिजली पहुँच चुकी थी। हर गाँव में 24 घंटे बिजली की उपलब्धता थी। हर क्षेत्र में पीने का पानी पहुँच चुका था। चाहे शहरी विकास हो या ग्रामीण विकास हो, चाहे आदिवासियों का कल्याण हो या दलितों का कल्याण हो, चाहे प्राथमिक शिक्षा के क्षेत्र में बच्चों को पढ़ाने के लिए ड्रॉप आउट रेश्यो 37% से 3% पर ले आना हो, ऐसे अनेक कार्य नरेन्द्र मोदी जी ने गुजरात में किए। आरोग्य के क्षेत्र में मातृ मृत्यु-दर, बच्चों की मृत्यु-दर, कम हुए हैं। इस प्रकार का एक सम-विकास का मॉडल नरेन्द्र भाई ने गुजरात में सामने रखा।

भ्रष्टाचार शून्य शासन कैसा हो सकता है, उसकी भी नींव अगर आधुनिक भारत में रखने का काम किसी ने किया तो नरेन्द्र मोदी जी ने गुजरात में किया। लोगों के साथ संवाद करने वाली सरकार कैसी हो, इसका भी उदाहरण पेश किया। किसानों के साथ जाना है तो किसान यात्रा निकली; बच्चों को पढ़ाना है तो 42 डिग्री टेंपरेचर में मुख्यमंत्री से लेकर गाँव के सरपंच तक सब लोग पाठशालाओं में जाकर बच्चियों को पढ़ाने का, एनरोलमेंट का काम करते थे। उनके दौरे हमेशा लोक संवाद वाले होते

थे। संवाद के कई नए प्रकारों की शुरुआत भी हुई। इलेक्ट्रॉनिक रूप से संवाद हुआ। वीडियो कॉन्फ्रेंसिंग से तहसील तक के लोगों के साथ बातचीत हुई। लोकतंत्र में लोक संवाद की कल्पना को चरितार्थ करने का काम गुजरात में नरेन्द्र मोदी सरकार ने किया।

1967 से 2012 तक कई सरकारें बनीं और गिरीं। गठबंधन की सरकारें चलीं। दल-बदल होते रहे। इस प्रकार की स्थिति हुई कि पूरे देश की जनता के मन में शंका खड़ी हो गई कि हमारी संविधान सभा ने मल्टी पार्टी डेमोक्रेटिक सिस्टम और उसमें भी पार्लियामेंट्री डेमोक्रेटिक सिस्टम का जो मॉडल स्वीकार किया है, क्या वह मॉडल ठीक है? क्या इस रास्ते कल्याणकारी राज्य की हमारे संविधान निर्माताओं की जो कल्पना थी, वह हम चरितार्थ कर सकते हैं? इस प्रकार की एक शंका का भाव खड़ा हो रहा था और लोकतंत्र के प्रति श्रद्धा धीरे-धीरे क्षीण होने लगी थी। उस वक्त नरेन्द्र भाई ने गुजरात में मल्टी पार्टी डेमोक्रेटिक सिस्टम में भी कल्याणकारी राज्य कैसे बन सकता है, उसका उदाहरण प्रस्तुत किया।

इधर यूपीए के 10 वर्ष के कार्यकाल में भ्रष्टाचार चरम सीमा पर था। देश की सुरक्षा का कोई ठौर-ठिकाना नहीं था। आंतरिक सुरक्षा भी चरमराई हुई थी। सरकार का कोई नेता ही नहीं था। मंत्रियों को लगता था कि वे ही प्रधानमंत्री हैं। प्रधानमंत्री बेचारे इतने मजबूर थे कि उनको कोई प्रधानमंत्री ही नहीं मानता था। लेकिन इस दौर में भी नरेन्द्र भाई ने देश के पश्चिम में दूर सागर किनारे पर जो मॉडल प्रस्थापित किया था, उस मॉडल के कारण देश ने उनको जननायक माना। आगे चलकर नरेन्द्र भाई को भारतीय जनता पार्टी ने प्रधानमंत्री पद का प्रत्याशी बनाया। गुजरात के 2001 से 2014 के शासन में नरेन्द्र भाई की सफलता को इस देश ने बड़े मन के साथ स्वीकार करके उनको प्रधानमंत्री बनाने का काम किया।

लोकतंत्र में सफल शासन का सर्टिफिकेट क्या होता है? 'विवेक' एक ग्रंथ निकाल देता है, तो वह एक प्रकार से सर्टिफिकेट ही होता है। कोई दो अच्छे आलेख आ जाएँगे तो उसका भी महत्व है। लेकिन लोकतंत्र में शासन की सफलता का सबसे बड़ा सर्टिफिकेट जन-स्वीकृति होती है। जनता का आशीर्वाद होता है। यह लोकतांत्रिक जनादेश बार-बार नरेन्द्र मोदी के नेतृत्व में, चाहे राज्य हो या केंद्र हो, मिलता रहा।

जब नरेन्द्र भाई भारत के प्रधानमंत्री बने तब ढेर सारी व्यवस्थाएँ स्क्रैप हो चुकी थीं। इंस्टीट्यूशन तबाह हो चुके थे। आप समझकर चलिए कि एक खालीपन भारत सरकार की व्यवस्था में फैला था। 12 लाख करोड़ के घपले घोटाले करने वाली सरकार के जाने के बाद नरेन्द्र भाई ने काम हाथ में लिया। आज उनको 6 साल होने को आए हैं, लेकिन उस दिन से आज तक एक फूटी कौड़ी के भी भ्रष्टाचार का आरोप नहीं लगा है। हम जैसे कार्यकर्ताओं के लिए भी यह गौरव का विषय है कि हमारी पार्टी ने, हमारी विचारधारा ने, एक ऐसा व्यक्तित्व देश को दिया जो भ्रष्टाचार शून्य शासन दे सकता है। उन्होंने शासन में आने के बाद सबसे पहला काम किया बजट का 40%

हिस्सा, जो पहले 30% था, को राज्यों को देने का काम किया। राज्यों को 10% ज्यादा बजट देकर उन्हें और अधिकार दिए। हर राज्य अपने डेवलपमेंट की डिजाइन स्वयं ही बनाए, यह तय किया गया। मैं मानता हूँ कि यह बहुत बड़ा सुधार था।

दीनदयाल जी ने जो गरीब कल्याण और अंत्योदय का सपना देखा था, उसे नरेन्द्र भाई ने पूरा किया। सरकार ने विकास की पंक्ति में अंतिम छोर पर खड़े व्यक्ति को आगे लाकर खड़ा किया है। 60 वर्ष के लोकतंत्र के बाद क्या स्थिति थी? गरीब के पास ना घर था, ना चूल्हा था, ना बिजली थी, ना बैंक अकाउंट था, ना स्वास्थ्य की सुविधाएँ थीं। महज 5 साल के कालखंड में ही 13 करोड़ लोगों को गैस का चूल्हा देने का काम भारतीय जनता पार्टी की नरेन्द्र मोदी सरकार ने किया। इससे करोड़ों गरीब माताओं की झोपड़ी धुआँ मुक्त हुई। अगर यह काम पश्चिम के किसी देश ने किया होता तो उसकी बहुत वाहवाही होती। कहा जाता कि कितना बड़ा महिला सशक्तिकरण (विमेन एंपावरमेंट) का काम हुआ है। मगर नरेन्द्र मोदी जी ने किया तो इसकी कम ही चर्चा हुई है। मगर मुझे इसका कोई गम नहीं है, क्योंकि यश के लिए काम करना यह भारतीय जनता पार्टी की संस्कृति नहीं है।

उजाला योजना से हर एक घर में बिजली पहुँचाई गयी। सौभाग्य और उजाला के कांबिनेशन से घर-घर तक एलईडी बल्ब पहुँचाया गया। आज देश के 99% लोगों के घर में बिजली पहुँच चुकी है। मोदी जी के सत्ता में आने से पहले यह आँकड़ा 60% से नीचे था। शौचालय लगभग शत-प्रतिशत लोगों के घर में पहुँच गए हैं। एक 15-16 साल की बच्ची को शौच क्रिया के लिए सुबह खुले में जाना, कितना क्षोभजनक और शर्मनाक या लज्जाजनक होता है, इसका अंदाजा हम दिल्ली-मुंबई या पुणे में रहकर नहीं कर सकते। 8 करोड़ घरों में शौचालय देकर इस देश की मातृशक्ति का सम्मान करने का काम नरेन्द्र मोदी जी ने किया।

हर एक व्यक्ति को अपना घर मिले, इसके लिए योजना बनाई गयी है। अगले एक-दो साल में हम इस संकल्पना को पूरा भी कर देंगे। देश में हर एक नागरिक को बैंक अकाउंट मिल चुका है। आयुष्मान योजना के तहत देश के 50 करोड़ लोगों को पाँच लाख तक के स्वास्थ्य का सारा खर्चा-टेस्टिंग, ऑपरेशन, पोस्ट ऑपरेटिव केयर, सारी दवाई और घर पर जाने का 300 रूपये अलग से देने का काम भारतीय जनता पार्टी के नेता नरेन्द्र मोदी जी ने किया है। अब जब दुबारा चुनकर आए हैं तो यह तय किया है कि 2024 के पहले हर घर में शुद्ध पीने का पानी पाइप लाइन से पहुँचाने का संकल्प भारत पूरा करेगा। बड़ी-बड़ी घोषणाएँ किए बगैर विचारों को जमीन तक कैसे पहुँचाया जाता है, उसका उत्कृष्ट उदाहरण नरेन्द्र मोदी जी ने प्रस्तुत किया। इसलिए क्योंकि यह हमारी पार्टी की ऑडियोलॉजी है। अंत्योदय की कल्पना दीनदयाल जी ने की थी, नरेन्द्र भाई ने उसको चरितार्थ करने का काम किया।

उन्होंने ढेर सारे सुधार किए। मैं इसकी डिटेल में जाना नहीं चाहता। आप जवाहरलाल

जी से लेकर मनमोहन सिंह जी तक की कोई भी सरकार उठाकर देख लीजिये। हर सरकार विवादों में घिरी रही। थोड़ा इंडस्ट्री के लिए करते तो कहा जाता कि उद्योगपतियों की सरकार है। थोड़ा कृषि के लिए करते तो कहा जाता कि किसानों की सरकार है, उद्योगों को दुर्लक्ष करती है। किन्तु इस सरकार ने एग्रीकल्चर डेवलपमेंट भी किया है और इंडस्ट्रियल डेवलपमेंट भी किया है। नरेन्द्र मोदी की सरकार ने यह विवाद ही समाप्त किया। एक दूसरा विवाद रहता था- शहर की सरकार है या गाँव की सरकार है। उन्होंने (नरेन्द्र मोदी) एक मॉडल खड़ा किया कि यहाँ पर स्मार्ट सिटी भी बन सकती है और आदर्श गाँव भी बन सकता है। गाँव के गरीब को सब सुविधा देने के बाद भी शहर अच्छे हो सकते हैं। तीसरा विवाद हमेशा से था कि सरकार बाबू चला रहे हैं या चुने हुए जनप्रतिनिधि चला रहे हैं। मोदी जी की सरकार में वह भी समाप्त हुआ। संविधान के अनुसार चुने हुए प्रतिनिधि नीति बनाते हैं तथा नीति का इंप्लीमेंटेशन बाबू करते हैं। उस नियम के हिसाब से आज सरकार के आने के बाद यह विवाद नहीं है कि सरकार बाबू की है या नेताओं की। इस प्रकार के मिथक जो चल रहे थे, उसको समाप्त करने का काम नरेन्द्र भाई ने किया।

देश की विदेश नीति को एक लंबे अरसे के बाद एक बार फिर से गढ़ने का काम भी नरेन्द्र मोदी ने किया है। उन्होंने विदेश नीति को समानता के आधार पर लाने का काम किया है। चाहें वह भूटान में जाते हैं अथवा अमेरिका में, हर जगह एक से रहते हैं। भूटान में जाते हैं, तो गुरुता ग्रंथि वाला व्यवहार नहीं होता और अमेरिका में जाते हैं तब भी आँख में आँख डाल कर बात करने का साहस नरेन्द्र मोदी जी में होता है। समानता के अधिकार के साथ विदेश के राष्ट्रों के साथ व्यवहार करना, किसी को छोटा भी ना दिखाना और किसी से डरना भी नहीं, यह हमारी विदेश नीति की भारतीय संकल्पना है। इस प्रकार की नई विदेश नीति का आगाज नरेन्द्र मोदी जी ने किया है।

सबसे बड़ी चीज जो उन्होंने की है वो इंडियन डायसपोरा को जागरूक करना है। नरेन्द्र भाई दुनिया में जहाँ-जहाँ गए भारतीय मूल के लोग लाखों की संख्या में आए और नरेन्द्र मोदी के साथ उन्होंने दुनिया में संदेश देने का काम किया। इंडियन डायसपोरा की एक बड़ी कतार है और आज दुनिया इसको स्वीकार करती है। भारत के विकास में भी डायसपोरा के योगदान को उन्होंने (नरेन्द्र मोदी) सीधा कनेक्ट करने का काम किया।

उनके कार्यकाल की एक बड़ी बात यह रही कि उन्होंने विदेश नीति और सुरक्षा नीति के बीच के घालमेल को समाप्त कर दिया। हकीकत में देखें तो 2014 के पहले इस देश की कोई सुरक्षा नीति ही नहीं थी। विदेश नीति, हमारी सुरक्षा नीति को ओवरलैप कर गई थी। ऐसा करेंगे तो वह क्या सोचेंगे, वैसा करेंगे तो वह क्या सोचेंगे, इनका क्या कमेंट आएगा, उनका क्या निवेदन आएगा? कानून बनाना है तो भी चिंता और देश की सुरक्षा करनी है तो भी यही चिंता। लेकिन नरेन्द्र मोदी जी ने स्पष्ट कर दिया कि अगर हम पर कोई हमला करेगा तो उसको जवाब दिया जाएगा। चाहे उरी में

हमला हुआ या पुलवामा में, उन्होंने दोनों बार सर्जिकल स्ट्राइक और एयर स्ट्राइक करके एक मजबूत राष्ट्र का सख्त संदेश दुनिया भर में भेजने का काम किया कि भारत की सीमाओं का जो सम्मान नहीं करेगा, उसे दंडित किया जाएगा। भारत के सुरक्षा बलों के जवानों का जो सम्मान नहीं करेगा, उसको दंडित किया जाएगा। इस तरह नई प्रकार की सुरक्षा नीति का आगाज नरेन्द्र मोदी जी ने किया।

एक दौर में घोषणापत्र सिर्फ एक कागज का टुकड़ा बनकर रह गए थे। मैं आपको दावे के साथ कह सकता हूँ कि 2014 का घोषणा पत्र उठाकर देख लीजिए, भारतीय जनता पार्टी ने 90% से ज्यादा काम आज पूरा कर दिया है। वर्षों से लंबित अनेक मुद्दे थे, जिनको छूते हुए लोग डरते थे। सब मानते थे कि ये होना चाहिए, लेकिन करते नहीं थे। अनुच्छेद-370 और 35(ए) हटाना हो, शरणार्थियों को नागरिकता देनी हो, श्रीराम जन्म भूमि के मुद्दे पर स्पष्ट स्टैंड लेना हो, ट्रिपल तलाक हटाना हो, इन सारे मुद्दों को विवाद के कारण छूने से सब डरते थे। मोदी जी ने स्पष्टता के साथ इन सारे मुद्दों पर स्टैंड लेकर आज देश में 70-70 साल से लंबित समस्याओं को समाप्त करने का काम किया। इस तरह घोषणापत्र को एक गंभीरता देने की नई संस्कृति का निर्माण नरेन्द्र मोदी जी ने किया है।

1967 से लेकर 2014 तक हमारे देश की राजनीति को तीन नासूरों ने क्षीण किया था- तुष्टिकरण, जातिवाद और परिवारवाद। मोदी जी ने 2014 के बाद इन तीनों नासूरों को समाप्त करने का भी काम किया। जनता ने भी उनका समर्थन करते हुए देश को इन तीनों नासूरों से मुक्त कर विकास की राजनीति का रास्ता प्रशस्त किया। जनता ने 2019 में दोबारा आशीर्वाद देकर नरेन्द्र मोदी जी को फिर से देश का प्रधानमंत्री बनाया। क्या होगा, कैसे होगा, करेंगे तो यह नाराज हो जाएँगे, वह नाराज हो जाएँगे, लोग वोट नहीं देंगे- इन सारी चीजों को समाप्त करके अर्थतंत्र में आमूलचूल रिफॉर्म करने का काम भी नरेन्द्र मोदी जी ने किया। जब देश के अर्थतंत्र का इतिहास लिखा जाएगा तो इन आर्थिक सुधारों का परिणाम 10 साल के बाद जरूर देखने को मिलेगा कि 2014 से 2020 में मोदी जी ने जो रिफॉर्म किए थे, इसी के अच्छे फल आज देश चख रहा है।

पहले फैसले इसलिए लिए जाते थे कि लोगों को अच्छे लगें और उनके वोट प्राप्त कर लिए जाएँ। मगर नरेन्द्र मोदी जी ने हर फैसला ऐसा लिया जो लोगों के लिए अच्छा हो। लोगों को अच्छा लगे, ऐसा फैसला नहीं लिया। इन दोनों में एक मूल अंतर है। कटुता यानी कड़े फैसले लेने का साहस नेतृत्व में होना बड़ी बात है। राजनीति में बहुत समय के बाद नरेन्द्र मोदी जी के रूप में ऐसा नेता आया है, जिसमें कटुता (कड़े फैसले) लेने का साहस है। उन्होंने देश के सामने 'एक देश, एक चुनाव' की कल्पना रखी है। बार-बार चुनाव देश के अर्थतंत्र को भी क्षति पहुँचाते हैं और देश के विकास की गति को भी कम करते हैं। उस दिशा में भी आगे बढ़ने की योजना उन्होंने रखी है। गुजरात की तरह देश में भी जनसंवाद वाला मॉडल नरेन्द्र भाई ने अपनाया है।

चाहें नॉर्थ ईस्ट हो, चाहें कश्मीर हो, चाहें लद्दाख हो, चाहें कन्याकुमारी में विवेकानंद की मूर्ति के पास जाना हो, हर जगह उनका प्रवास हुआ है। यह जन-स्वीकृति इसी के माध्यम से आई है। मैं कहूँगा कि भारतीय भाषाओं का नरेन्द्र मोदी जैसा दूसरा दूत दूरबीन लेकर के भी आप ढूँढ नहीं पाओगे। हिंदी सुनने की आदत उन्होंने आज दुनिया को डाल दी है। कोई भी फोरम हो, किंचित मात्र हीन भावना के बगैर फर्राटेदार हिंदी में भाषण देकर उन्होंने अपनी राष्ट्रभाषा-राजभाषा और भारतीय भाषाओं का सम्मान बढ़ाने का काम किया है।

मैं मानता हूँ कि यह हमारा दायित्व था और संविधान ने भी इसकी पुष्टि की है। हमारी भाषाओं का संरक्षण करना हमारी संसद का, हमारी विधानसभाओं का दायित्व है और इस दायित्व पर ज्यादा लंबा भाषण किए बगैर अपने कर्तव्य से देश को प्रेरित करने वाले अगर कोई नेता बहुत लंबे समय के बाद आए हैं, तो वो नरेन्द्र मोदी हैं।

वैसे तो बहुत कुछ कहा जा सकता है, लेकिन मेरा समय समाप्त हो गया है। अंत में मैं इतना ही कहना चाहता हूँ कि नरेन्द्र मोदी एक संवेदनशील व्यक्ति, एक कुशल संगठक तथा एक कुशल और कठोर प्रशासक हैं। एक प्रकार से वे जननेता हैं। एक निडर सेनापति के रूप में भी मैंने उनको देखा है। अगर इन सब को इकट्ठा करके योग बनाते हैं तो समर्थ गुरू रामदास की जो कल्पना थी 'उपभोग शून्य स्वामी' की, उस कल्पना पर नरेन्द्र भाई खरे उतरते हैं। इसलिए उनके नए भारत की कल्पना को जनता ने भी स्वीकारा है और 'विवेक' ने इनकी दशाब्दी के मौके पर 'कर्म योद्धा नरेन्द्र मोदी' ग्रंथ का संकलन और विमोचन करके एक उचित काम किया है।

वंदे मातरम्।

वेंकैया नायडू: कर्तव्यनिष्ठा की प्रेरणा

सामान्य तौर पर पुस्तक विमोचन के अवसरों पर दिए जाने वाले भाषण एकरूप होते हैं। उपराष्ट्रपति वेंकैया नायडू की पुस्तक 'LISTENING, LEARNING & LEADING' के विमोचन के मौके पर अमित शाह के इस भाषण में वेंकैया नायडू की जीवन-यात्रा, विशेषकर राजनीतिक जीवन, को संक्षिप्त किन्तु अत्यंत गहराई से रेखांकित किया गया है। इस वक्तव्य में वेंकैया नायडू के व्यक्तित्व व कृतित्व के सूक्ष्मातिसूक्ष्म पक्षों को सरल एवं सारगर्भित ढंग से प्रस्तुत किया गया है। यह भाषण वेंकैया नायडू के जीवन, उनके संघर्ष, उनकी उपलब्धियों, उनकी कार्यशैली तथा कार्यक्षमता का सारांश कहे जाने योग्य एक संक्षिप्त टिप्पणी है।

मंच पर उपस्थित महामहिम उपराष्ट्रपति श्रीमान एम. वेंकैया नायडू जी। तमिलनाडु के गवर्नर श्रीमान बनवारी लाल पुरोहित जी। मुख्यमंत्री तमिलनाडु। हमारे साथी और सूचना प्रसारण मंत्री श्रीमान प्रकाश जावड़ेकर जी। तामिलनाडु के उपमुख्यमंत्री श्रीमान पनीरसेल्वम जी। सुप्रसिद्ध कृषि वैज्ञानिक प्रो. एमएस स्वामीनाथन जी। डॉ. के. कस्तूरी जी और जिनसे मैने काफी कुछ सीखा है और हमेशा मेरा मार्गदर्शन करते हैं, ऐसे गुरूमूर्ति जी। श्री प्रताप सिंह रेड्डी जी, श्री पुलेल्ला गोपीचंद जी, श्री अमित खरे जी, डॉ. जी. विश्वनाथन जी और सबसे अंत में लोकप्रिय स्टार श्री रजनीकांत जी और यहाँ उपस्थित हुए सभी सज्जनों।

सबसे पहले तो मैं तमिल नहीं बोल पाता, इसके लिए आप सभी से क्षमाप्रार्थी हूँ। मैंने तमिल सीखने का बहुत प्रयास किया, लेकिन व्यस्तता के कारण यह काम पीछे छूट

*11 अगस्त, 2019 को तमिलनाडु में उपराष्ट्रपति श्री वेंकैया नायडू की पुस्तक 'LISTENING, LEARNING & LEADING' के विमोचन के अवसर पर केन्द्रीय गृहमंत्री श्री अमित शाह का भाषण

गया। लेकिन आशा करता हूँ कि चेन्नई में एक दिन मैं जरूर तमिल भाषा में भाषण दूँगा। आज यहाँ पर मैं गृहमंत्री या भारतीय जनता पार्टी के अध्यक्ष अथवा एक संसद सदस्य के नाते नहीं आया हूँ। अपितु राजनीति में आदर्श तरीके से कैसे काम करना चाहिए, इसकी प्रतिमूर्ति श्री वेंकैया नायडू के जीवन से कुछ सीखने के लिए राजनीतिक क्षेत्र के एक विद्यार्थी के नाते यहाँ आया हूँ। 'LISTENING, LEARNING AND LEADING' ये केवल एक पुस्तक का टाइटल भर नहीं है, बल्कि वेंकैया जी के दो साल के उपराष्ट्रपति के कार्यकाल का डॉक्यूमेंटेशन भी है। 'LISTENING, LEARNING & LEADING' ये टाइटल श्री वेंकैया नायडू के जीवन की व्याख्या करता है। जो बताता है कि जीवन में कैसे चीजों को सुनना, सीखना और समाज के सामने रखना होता है।

वेंकैया जी का विद्यार्थी काल से लेकर उपराष्ट्रपति पद तक पहुँचने का पूरा जीवन, राजनीति में काम करने वाले युवा कार्यकर्ताओं के लिए अनुकरणीय है। इसमें से काफी कुछ सीखकर आप अपने जीवन को अपग्रेड कर आगे बढ़ सकते हैं। आंध्र के नैरलोरू में एक किसान परिवार में जन्म लेकर, बहुत कम आयु से ही आरएसएस और विद्यार्थी परिषद की विचारधारा के साथ जुड़ना और उस विचारधारा के आधार पर अपने राज्य और देश के राजनीतिक जीवन में लगातार कंट्रीब्यूट करने का एक आदर्श उदाहरण वेंकैया जी ने समाज के सामने रखा है। इस क्रम में वेंकैया जी के जीवन का एक प्रसंग मैं आज जरूर कहना चाहूँगा। ....अभी-अभी नरेन्द्र मोदी जी के नेतृत्व में भारतीय जनता पार्टी और एनडीए की सरकार ने अनुच्छेद-370 से देश को मुक्ति दिलाई है। वेंकैया जी जब विद्यार्थी परिषद के कार्यकर्ता थे और उस दौरान अनुच्छेद-370 के खिलाफ आन्दोलन चल रहा था। वेंकैया जी भी आन्दोलन का हिस्सा थे। एक कम्युनिस्ट प्रोफेसर ने पूछा कि क्या आपने कभी कश्मीर देखा है? जब कश्मीर ही नहीं देखा है तो आप कश्मीर के लिए आन्दोलन क्यों करते हो? वेंकैया जी ने झट से जवाब दिया कि एक आँख से दूसरी आँख दिखाई नहीं देती, लेकिन जब एक आँख को दर्द होता है, तो दूसरी आँख को भी तुरंत महसूस हो जाता है। देश के साथ बचपन से यह जुड़ाव ही उनको यहाँ तक पहुँचाने का कारक तत्व रहा है।

जीवन के कई सारे पड़ावों पर संघर्ष करते-करते वे यहाँ तक पहुँचे हैं। छात्र-जीवन में एक छात्र नेता के नाते, फिर एक लोकप्रिय विधायक के नाते, इमरजेंसी के खिलाफ लोकतंत्र के लिए लड़ने वाले लड़ाके के नाते 17 महीने जेल में रहकर, उसके बाद भारतीय जनता पार्टी के संघर्ष में जिले से लेकर राष्ट्रीय अध्यक्ष तक, ये अनेक पड़ाव वेंकैया जी ने सफलतापूर्वक पार किए हैं। अब देश की राज्यसभा के चेयरमैन के नाते वे राज्यसभा सहित पूरे देश का मार्गदर्शन कर रहे हैं। यह विधि का ही विधान है कि कभी वेंकैया नायडू जी ने अनुच्छेद-370 के खिलाफ आन्दोलन किया था और अब जब अनुच्छेद-370 के खिलाफ प्रस्ताव आया, तब वेंकैया जी राज्यसभा के चेयरमैन के नाते उसकी अध्यक्षता कर रहे थे। मेरे मन में जरा भी कंफ्यूजन नहीं था कि अनुच्छेद-370 हटाना चाहिए या

नहीं हटाना चाहिए। मैं स्पष्टता से मानता हूँ कि अनुच्छेद-370 से देश का और कश्मीर का कोई भला नहीं हुआ। ये पहले ही हटना चाहिए था। बतौर गृहमंत्री मेरे मन में जरा भी दुविधा नहीं थी कि अनुच्छेद-370 हटने के बाद क्या होगा।

मैं निश्चित रूप से मानता हूँ कि अनुच्छेद-370 हटने के बाद कश्मीर से आतंकवाद की समाप्ति होगी और कश्मीर विकास के रास्ते पर आगे बढ़ेगा। परंतु बिल पारित कराते वक्त मेरे मन में बहुत आशंका हुई थी कि जब मैं बिल लेकर आऊँगा तब राज्यसभा कैसे चलेगी, क्योंकि राज्य सभा में हमारा पूर्ण बहुमत नहीं है। फिर भी मैंने तय किया था कि हम यह बिल पहले राज्यसभा में और उसके बाद ही लोकसभा में लेकर जाएँगे। जैसे यहाँ गोपीचंद जी ने उल्लेख किया कि आंध्र के विभाजन का दृश्य आज देश की जनता के सामने था। मुझे भी तब मन में थोड़ी आशंका थी कि कहीं ऐसे किसी अगले दृश्य का मैं भी तो हिस्सेदार नहीं बनूँगा? इसी भाव और डर के साथ मैं राज्यसभा में खड़ा हुआ। लेकिन वेंकैया जी की कुशलता का ही परिणाम है कि सभी विपक्ष के मित्रों को सुनते-सुनते इस बिल के दौरान कहीं पर कोई ऐसा दृश्य उत्पन्न नहीं हुआ, जिसके कारण देश की जनता को ये लगे कि ऊपरी सदन की गरिमा नीचे आई है। जो इस बिल के पक्ष और विपक्ष में थे, उसकी गिनती करके ये बिल पारित हुआ। मैं वेंकैया जी की सदन के संचालन की कुशलता का आज इस मंच से अभिनंदन करना चाहता हूँ। उसका वंदन करना चाहता हूँ।

मैंने वेंकैया जी को राजनीति में आंध्र प्रदेश के महामंत्री, प्रदेश अध्यक्ष, राष्ट्रीय महामंत्री, राष्ट्रीय अध्यक्ष, इन सब पदों पर काम करते हुए देखा है। परंतु एक कार्यकर्ता के नाते इनसे सीखने जैसी बात मैं आप सबको बताना चाहता हूँ। वेंकैया जी के राष्ट्रीय अध्यक्ष बनने के बाद दिल्ली का चुनाव था। हम सब जानते हैं कि दिल्ली छोटा प्रदेश है। पार्टी ने वेंकैया जी से अनुरोध किया कि आप दिल्ली के चुनाव के प्रभारी बनें। मुझे भी गुजरात में बैठे हुए यह जानकर थोड़ा अजीब लगा था कि पार्टी के राष्ट्रीय अध्यक्ष रहे हुए व्यक्ति को दिल्ली का चुनाव प्रभारी बनाया जा रहा! मगर चेहरे पर भाव को बदले बगैर सफलतापूर्वक दिल्ली के चुनाव प्रभारी का छोटा-सा काम भी एक कार्यकर्ता के तौर पर वेंकैया जी ने उतनी ही तन्मयता से पूरा किया, जितना अध्यक्ष के पद पर रहते हुए करते थे। आज तक भारतीय जनता पार्टी में सुबह 9 बजे नियमित कार्यालय आने वाला अध्यक्ष अगर कोई बना है तो श्री वेंकैया नायडू जी बने हैं। हालांकि वह समय भारतीय जनता पार्टी के विकास के लिए उतना अच्छा समय नहीं था फिर भी पहली बार भारतीय जनता पार्टी में कार्यकर्ताओं ने देखा कि पार्टी को उसके मूल सिद्धांतों की ओर ले जाने के लिए राष्ट्रीय अध्यक्ष भी जिला स्तर तक का संगठनात्मक दौरा कर सकते हैं। तन्मयता के साथ वेंकैया जी ने पार्टी के संगठन को ऊपर उठाने का प्रयास किया। मैं उस समय गुजरात में विधायक था। देश भर के कार्यकर्ताओं के साथ वेंकैया जी ने संवाद भी किया और संबल देने का प्रयास भी किया।

वेंकैया जी भारतीय जनता पार्टी के सफल राष्ट्रीय अध्यक्ष रहे। अटल जी की सरकार में ग्रामीण विकास मंत्री रहे तो मोदी जी की सरकार में संसदीय कार्यमंत्री, सूचना प्रसारण मंत्री और शहरी विकास मंत्री का जिम्मा संभाला। शहरी विकास मंत्री रहते वेंकैया जी द्वारा प्रधानमंत्री आवास योजना अर्बन और स्मार्ट सिटी, भारत के शहरों का दृश्य बदलने वाले दो कॉन्सेप्ट देश को दिए। बहुत सफलतापूर्वक उन्होंने अर्बन डेवलपमेंट मिनिस्टरी का नेतृत्व किया और मोदी जी की जो कल्पना थी, शहरी विकास को उसके अंजाम तक ले जाने के लिए कठोर परिश्रम किया। किसी एक्टिविस्ट, कार्यकर्ता के उपराष्ट्रपति पद पर बैठने के बाद उसमें थोड़ी सी स्थिरता आ ही जाती है। लेकिन वेंकैया जी ने उपराष्ट्रपति बनने के बाद और भी मोबिलिटी के साथ देश के कोने-कोने में जाने का काम किया। उपराष्ट्रपति रहते हुए उन्होंने 61 दीक्षांत भाषण दिए, 35 जगहों पर स्टूडेंट्स से सीधा संवाद किया, 97 जगह पर साइंस और टेक्निकल संस्थाओं का दौरा करके 25 व्याख्यान दिए और कई प्रकार के सामाजिक काम किए। वेंकैया जी ने रिलीजियस स्थलों का दौरा करके उनके जरिए सामाजिक चेतना लाने का भी काम किया।

वेंकैया जी मूलतः किसान परिवार से हैं। उपराष्ट्रपति रहते हुए किसानों के साथ कई बार अनौपचारिक संवाद करके, कृषि नीति के बारे में समय-समय पर देश की सरकार का वेंकैया जी मार्गदर्शन करते रहते हैं। उपराष्ट्रपति रहते हुए देश की सिक्योरिटी पर कई राजनयिकों के साथ उन्होंने चर्चा भी की है। उपराष्ट्रपति के नाते चार उपमहाद्वीपों में 19 देशों की यात्रा कर उन्होंने भारत का संदेश दुनिया तक पहुँचाया। इनमें कुछ देश तो ऐसे थे, जहाँ पहली बार भारत के कोई प्रधानमंत्री या उपराष्ट्रपति या राष्ट्रपति पहुँचे थे। अंत में मैं इतना ही कहना चाहता हूँ कि एक हार्ड कोर पार्टी की आइडियोलॉजी का फॉलोवर जब राज्य सभा का चेयरमैन बनता है, तो उसकी सबसे कठोर परीक्षा यह होती है कि उसने चेयरमैन के नाते कितनी नीति और रीति से कार्य किया। विपक्ष के द्वारा कई बार राजनीतिक टीका-टिप्पणी होती है, वेंकैया नायडू जी के बारे में तो खैर कम हुई, परंतु मैं ट्रेजरी बेंच के सदस्य के नाते राज्य सभा में बैठा हूँ और अभी मंत्री होने के नाते राज्य सभा में भी जाता हूँ। इसलिए जानता हूँ कि ट्रेजरी बेंच के लोगों को हमेशा भय रहता है कि कहीं किसी नियम का उल्लंघन तो नहीं हो गया, क्योंकि वेंकैया जी चाहे पक्ष के लोग हों या विपक्ष के हों, सबके प्रति सामान्य रहते हैं। मेरी एक विनम्र शिकायत है कि ट्रेजरी बेंच पर ज्यादा सख्त होते हुए वे इतनी टिप्पणियाँ करते हैं कि हर मंत्री उनसे डरता है।

आज जिस पुस्तक 'LISTENING, LEARNING & LEADING' का यहाँ विमोचन हुआ है, मैं मानता हूँ कि ये पुस्तक राज्यसभा में आने वाले सभापतियों के लिए मार्गदर्शक पुस्तिका सिद्ध होगी कि कैसे उपराष्ट्रपति संवाद कर सकते हैं। राजनीतिक क्षेत्र के अंदर किसी भी पार्टी के जो कार्यकर्ता हैं, उनके लिए भी ये पुस्तक मार्गदर्शक रहेगी। श्रीमान वेंकैया नायडू जी को और उनके आने वाले कार्यकाल को बहुत-बहुत

शुभकामनाएँ देता हूँ। वर्षों तक वह देश का इसी प्रकार से मार्गदर्शन करते रहें और सामाजिक जीवन में चेतना लाते रहें।

वंदे मातरम्।

इतिहास की करवट

जम्मू-कश्मीर पुनर्गठन: इतिहास बदलते हैं ऐसे

---

5 अगस्त 2019 की तारीख भारत के इतिहास में एक महत्वपूर्ण घटनाक्रम के रूप में दर्ज हो गयी है। यह तारीख अनुच्छेद-370 के निर्मूलन के लिए लंबे समय तक याद की जाएगी। यह तारीख केंद्र में सत्तारूढ़ भारतीय जनता पार्टी के लिए जनसंघ के दौर से चली आ रही एक वैचारिक यात्रा का सुखद पड़ाव भी है। 1952 में भारतीय जनसंघ के पास सिर्फ तीन लोकसभा सीटें थीं, तब भी यह विषय उसके एजेंडे में था और तीन सौ तीन सीटें होने पर भी रहा। एक दल की उसके विचारधारा के प्रति कटिबद्धता का यह एक अनूठा उदाहरण है। अपने भाषण में गृहमंत्री अमित शाह ने अनुच्छेद-370 से उपजी समस्याओं का एक स्पष्ट चित्र प्रस्तुत किया। इस विभाजनकारी अनुच्छेद के समर्थन में उठने वाले स्वरों के पास शाह के इस प्रश्न का कोई संतोषजनक उत्तर नहीं था कि अनुच्छेद-370 से भारत या जम्मू-कश्मीर को क्या मिला? इस भाषण का मूल्यांकन इतिहास में बार-बार किया जाएगा। देश के माथे पर लगे इस घाव का जिक्र जब-जब आएगा, अमित शाह के इस भाषण के निहितार्थ गहरे होंगे। इस भाषण में रेखांकित बिंदुओं के औचित्य का मूल्यांकन भी भविष्य में जब-जब होगा तब-तब यह जरूर देखा जाएगा कि शाह की बातों के निहितार्थ कितने गहरे थे...

सभापति महोदय, मैं आज इस सम्माननीय सदन के सामने दो ऐतिहासिक संकल्प और बिल लेकर उपस्थित हुआ हूँ। इनके विषय में कई सदस्यों ने कुछ शंकाएँ व्यक्त की हैं। विचार रखे हैं। कुछ स्वाभाविक चिंता भी सदन के पटल पर रखे गये हैं। कुछ सदस्यों ने अपनी पार्टी की विचारधारा की लाइन को भी रखने का प्रयास

---

*5 अगस्त, 2019 को राज्यसभा में 'जम्मू और कश्मीर पुनर्गठन विधेयक' पेश करते हुए केंद्रीय गृहमंत्री श्री अमित शाह का ऐतिहासिक भाषण

किया है। सदन के सामने स्पष्ट करना चाहता हूँ कि बतौर लेजिस्लेटर, मैं दो संकल्प और बिल लेकर आया हूँ। मैं मानता हूँ कि अनुच्छेद-370 के समाप्त होने के साथ जम्मू-कश्मीर में एक लंबे रक्तपात भरे युग का अंत होने जा रहा है।

सभापति महोदय, इस विषय पर जाने से पहले अपने प्रथम राष्ट्रीय अध्यक्ष डॉ श्यामा प्रसाद मुखर्जी जी, जिन्होंने अनुच्छेद-370 को हटाने के लिए अपना बलिदान दिया, को जरूर याद करना चाहूँगा। साथ ही मैं उन 41,849 लोगों को भी याद करना चाहता हूँ, जो कश्मीर में वर्ष 1989 से लेकर वर्ष 2018 तक चले रक्तपात की भेंट चढ़ गए। मैं पूछना चाहता हूँ कि ये जो 41,849 लोग घाटी के मरे, इसका हिसाब कौन देगा? मेरा स्पष्ट रूप से कहना है कि अगर अनुच्छेद-370 न होती तो इन 41,849 लोगों की जान नहीं जाती।

पूरे सदन ने अलग-अलग प्रकार से अपने विचार रखे और अनुच्छेद-370 और 35(ए) पर बहुत सारी बातें कहीं। मगर ज्यादातर बातें तकनीकी आधार पर कही गईं। अनुच्छेद-370 की उपयोगिता के लिए शायद किसी ने कुछ नहीं बोला। किसी ने कहा कि ये इतिहास का हिस्सा है। भारत का वादा था। हमारा कमिटमेंट था, वगैरह... वगैरह। मगर अनुच्छेद-370 से भारत, जम्मू-कश्मीर व लद्दाख और विशेषकर घाटी को क्या प्राप्त हुआ है, वह किसी ने भी नहीं बताया है। मैं इन सब चीजों पर बात करूँगा, परंतु सबसे पहले यह बताना चाहता हूँ कि अनुच्छेद-370 ने जम्मू-कश्मीर, लद्दाख और घाटी के लोगों का कितना नुकसान किया है। मान्यवर, मैं आपको बताना चाहता हूँ कि 35(ए) और अनुच्छेद-370 के जाने से क्या होगा?

मैं उदाहरण देकर बताना चाहता हूँ। देश का विभाजन हुआ। पाकिस्तान की रचना हुई। देश भर में पाकिस्तान से निराश्रित लोग आए। पाकिस्तान से आए शरणार्थी कुछ पंजाब में गए, कुछ गुजरात में गए, कुछ महाराष्ट्र में गए, कुछ जम्मू-कश्मीर में भी गए। जम्मू-कश्मीर में जो पाकिस्तान से शरणार्थी गए, उन्हें आज तक नागरिकता नहीं मिली। वे वहाँ काउंसिलर भी नहीं बन सकते हैं। क्या यह उनके साथ अन्याय नहीं है? मान्यवर, इस देश को पाकिस्तान से आने वाले शरणार्थियों ने दो प्रधानमंत्री दिए- *डॉ. मनमोहन सिंह और श्री इंद्र कुमार गुजराल*। कोई प्रधानमंत्री तो बन सकता है, लेकिन जम्मू-कश्मीर में जिसने शरण ली, वह काउंसिलर तक भी नहीं बन सकता है, यह कहाँ का न्याय है? जो अनुच्छेद-370 के पक्ष में खड़े हुए हैं, उन्हें इसका जवाब देना चाहिए। यह अन्याय क्यों हो रहा है?

ये कहते हैं कि अनुच्छेद-370 और 35(ए) चली जाएगी तो कयामत आ जाएगी और अनुच्छेद-370 के कारण ही जम्मू-कश्मीर भारत के साथ जुड़ा है। मैं इसके बारे में बाद में बताऊँगा। अभी मैं आपके माध्यम से सदन के सभी सदस्यों को, देश को और विशेषकर घाटी की जनता को बताना चाहता हूँ कि अनुच्छेद-370 ने जम्मू-कश्मीर, लद्दाख और विशेषकर घाटी का क्या-क्या नुकसान किया। अनुच्छेद-370 के कारण

जम्मू-कश्मीर में कभी भी लोकतंत्र स्थानीय स्तर तक नहीं पहुँच सका। अनुच्छेद-370 और 35(ए) के कारण भ्रष्टाचार बढ़ा, फला-फूला और चरम सीमा पर पहुँच गया। अनुच्छेद-370 और 35(ए) के कारण ही वहाँ गरीबी घर कर गयी। आज पूरे देश में विकास दिखायी देता है, लेकिन घाटी के गाँवों को देखते हैं, तो हृदय के अंदर संवेदना और आँख में आँसू आते हैं कि आजादी के 70 साल के बाद भी वे क्यों गुरबत और गरीबी में जी रहे हैं। वहाँ पर आरोग्य की भी इतनी सुविधाएँ नहीं मिलीं, उसका कारण भी अनुच्छेद-370 ही है। आज शिक्षा लेने के लिए जम्मू-कश्मीर के बच्चों को देश भर के शिक्षा संस्थानों में जाना पड़ता है, उसका भी कारण अनुच्छेद-370 ही है। इतना ही नहीं अनुच्छेद-370 महिला, दलित, आदिवासी सबका विरोधी है। आतंकवाद की जड़ भी यही है।

मान्यवर, मैं सभी प्रश्नों और शंकाओं का विस्तृत जवाब देना चाहता हूँ। सबसे पहले मैं लोकतंत्र की बात करूँगा। देश के संविधान में 73वाँ और 74वाँ संशोधन आया और देश भर में लागू हो गया। पूर्व प्रधानमंत्री स्वर्गीय राजीव गाँधी ये संशोधन लेकर आए थे, लेकिन अनुच्छेद-370 की वजह से यह संविधान संशोधन जम्मू-कश्मीर में लागू नहीं हुआ। जब आजाद साहब मुख्यमंत्री थे, तब भी नहीं कर पाए। क्यों नहीं कर पाए? क्योंकि वहाँ अनुच्छेद-370 था और सहमति नहीं बन पा रही थी। वहाँ पर पंचायत और नगरपालिका के चुनाव नहीं होते। आज अगर यह सदन (राज्यसभा) इस संकल्प को पास करेगा, कल लोकसभा पास करेगी तो 73वाँ और 74वाँ संशोधन अपने आप जम्मू-कश्मीर में लागू हो जाएगा।

मान्यवर, वहाँ पंचायत व नगरपालिका के चुनाव नहीं होते। मैं पूछना चाहता हूँ कि 40 हजार से ज्यादा पंच-सरपंचों का अधिकार 70 साल तक नहीं मिला, इसका जिम्मेदार कौन होगा? इसका जिम्मेदार अनुच्छेद-370 है। जब वहाँ राष्ट्रपति शासन आया। राष्ट्रपति शासन में माननीय प्रधानमंत्री जी ने आग्रह किया और जम्मू-कश्मीर के पंचायत एक्ट के तहत वहाँ चुनाव हुए। आज 40 हजार पंच-सरपंच गाँव की सेवा-सिद्धी कर रहे हैं। उनके हाथ में 3,500 करोड़ रुपए पहुँच गए हैं। इससे पहले यह अधिकार उन्हें नहीं मिला था, लेकिन इस पर कोई नहीं बोलता है।

हम पर आरोप लगाया जा रहा कि हम वोट बैंक की राजनीति करते हैं। घाटी में क्या सिर्फ मुसलमान रहते हैं? वहाँ मुसलमान भी रहते हैं, हिंदू भी रहते हैं, सिख भी रहते हैं, बौद्ध भी रहते हैं और जैन भी रहते हैं। अनुच्छेद-370 अच्छी है, तो सबके लिए अच्छी है और बुरी है, तो सबके लिए बुरी है। हम धर्म की राजनीति नहीं करते हैं।

मान्यवर, तीन परिवारों के शासन ने जम्मू-कश्मीर में एकाधिकार बना रखा है। जम्मू-कश्मीर में लोकतंत्र को नीचे तक नहीं पहुँचने दिया गया। आज राष्ट्रपति शासन में प्रधानमंत्री जी की अगुवाई में चुनाव हुए और 40 हजार पंच-सरपंच वहाँ काम कर रहे हैं। चुनाव में खून की एक बूँद भी नहीं गिरी तथा चुनाव शांतिपूर्ण हुए। जो लोग

5-7 प्रतिशत वोट लेकर देश की सबसे बड़ी पंचायत (संसद) में आते हैं, मैं उनसे कहना चाहता हूँ कि वहाँ पर 50-50 प्रतिशत मतदान हुआ है। यह दर्शाता है कि जम्मू-कश्मीर की जनता लोकतंत्र चाहती है। मैं फिर कहना चाहता हूँ कि एक बार मन बनाइए, राजनीति से ऊपर उठिए, वोट बैंक की राजनीति को किनारे करिए तो आपको मालूम पड़ेगा कि अनुच्छेद-370 ने जम्मू-कश्मीर का कितना नुकसान किया है।

मान्यवर, मैंने कहा है कि जम्मू-कश्मीर की गरीबी के लिए अनुच्छेद-370 जिम्मेदार है। मैं कुछ आँकड़े देना चाहता हूँ। 2004 से 2019 तक 2,77,000 करोड़ रुपया जम्मू-कश्मीर को भारत सरकार की ओर से भेजा गया। यह 2,77,000 करोड़ रुपया नरेन्द्र मोदी के विशेष पैकेज के अलावा है। लेकिन हम देखते हैं तो जमीन पर कुछ नहीं हुआ है। मैं इस बात पर बाद में आता हूँ कि क्यों कुछ नहीं हुआ।

2011 और 2012 में देश में प्रति व्यक्ति भारत सरकार ने 3,683 रुपया भेजा था और जम्मू-कश्मीर में प्रति व्यक्ति 14,255 रुपया भेजा गया, मगर वहाँ विकास नहीं हुआ। क्यों नहीं हुआ? क्योंकि करप्शन को कंट्रोल करने वाली एजेंसियों को वहाँ एन्ट्री नहीं है। उन्हें कौन रोकता है? उन्हें अनुच्छेद-370 रोकता है।

2017 से 2018 भारत में प्रति व्यक्ति एवरेज 8,227 रुपया भारत सरकार ने भेजा था और जम्मू-कश्मीर में केन्द्र सरकार का प्रति व्यक्ति खर्च 27,358 रुपया था, मगर यह नीचे तक नहीं गया, क्योंकि अनुच्छेद-370 रुकावट डालता है। वहाँ का ही व्यक्ति बिजनेस कर सकता है। चंद लोग, जो इन तीन परिवारों के साथ जुड़े हैं, उन्होंने सीमेंट की एजेंसियां ले ली हैं। लोहे की एजेंसियाँ ले ली हैं। मैं बताना चाहता हूँ कि वहाँ पर सीमेंट देश के अन्य हिस्सों से 100 रुपया प्रति थैली महँगा है। ऐसा क्यों है? क्योंकि किसी को वहाँ बिजनेस करने की परमिशन नहीं है। वहाँ स्पर्धा ही नहीं होती है। इन तीन परिवारों का आशीर्वाद जिस पर होता है, वही बिजनेस कर पाता है। जो अनुच्छेद-370 की वकालत करते हैं, मैं उनसे पूछना चाहता हूँ कि भ्रष्टाचार का रुपया कहाँ गया? जम्मू-कश्मीर बैंक में जब ऑडिटर गया, प्रशासक रखा गया, तो मैंने अच्छों-अच्छों के माथे पर सर्दियों में पसीना देखा है। यह जो हो-हल्ला हो रहा है, वह जम्मू-कश्मीर के लिए नहीं हो रहा है, वह इसलिए हो रहा है, क्योंकि वहाँ पर राष्ट्रपति शासन है और जाँच शुरु हुई है। मैं समझता हूँ कि ये लोग इसे एक अलग रंग देना चाहते हैं।

मान्यवर, घाटी के व्यक्ति को क्या मिला? देश आजाद हुआ तब देश भर में एक एकड़ जमीन की औसतन कीमत 3 हजार रुपये थी। समय के साथ वह देश के कई हिस्सों में 10 लाख हो गई, कई हिस्सों में 30 लाख हो गई और कहीं पर 3 करोड़ हो गई। शहर के आसपास कहीं पर भी जमीन का दाम 10 लाख से कम नहीं है। लेकिन आज जम्मू-कश्मीर में जमीन का क्या भाव है? जमीन की कीमत 3 हजार से 30 हजार भी नहीं हुई। जिसके पास भूमि है, उसकी भूमि का दाम क्यों नहीं बढ़ा? क्योंकि वहाँ खरीदार ही नहीं हैं। कोई खरीद ही नहीं सकता है। जब कोई खरीद ही

नहीं सकता है, तो भला दाम कहाँ से बढ़ेगा? मैं पूछना चाहता हूँ कि जिसके पास भूमि है, उस व्यक्ति को आप गरीब क्यों रखना चाहते हो? आप उसकी संपत्ति को क्यों नहीं बढ़ने देना चाहते हो?

वहाँ जो गरीबी बढ़ी है, उसका मुख्य कारण अनुच्छेद-370 और 35A है। जो हजारों करोड़ रुपया भारत सरकार ने भेजा, वह भ्रष्टाचार की भेंट चढ़ गया। वहाँ पर भ्रष्टाचार को कंट्रोल करने वाला कोई कानून लागू नहीं होने दिया गया, जिसकी वजह अनुच्छेद-370 है। पर्यटन के बारे में भी मैं बताना चाहूँगा। पूरी दुनिया मानती है कि कश्मीर की घाटी और लद्दाख धरती का स्वर्ग है। मुगल काल से सभी लोग यह मानते हैं। मगर वहाँ जितना पर्यटन बढ़ना चाहिए था, उतना नहीं बढ़ा। वहाँ पर बर्फ, तालाब, घाटी, वन सब हैं। पर्यटन की अपार संभावनाएँ भरी पड़ी हैं। मगर वहाँ पर पर्यटन नहीं बढ़ा, क्योंकि कोई भी अच्छा होटल व्यवसायी वहाँ भूमि ही नहीं खरीद सकता है। वहाँ भला कौन जाएगा? पर्यटन की संभावनाओं को सीमित करने का काम अनुच्छेद-370 ने किया है।

बड़ी-बड़ी कंपनियाँ वहाँ जाना चाहती हैं। अच्छे-अच्छे होटल लगाना चाहती हैं। बड़ी ट्रैवल कंपनियाँ घाटी के अंदर अपना ऑफिस खोलना चाहती हैं। यदि कंपनियाँ खुल गई तो घाटी के लोगों को रोजगार मिलेगा, घाटी के युवाओं को कामकाज मिलेगा, कोई टैक्सी चलाएगा, कोई नौकरी करेगा, कोई गाइड बनेगा। परंतु, वहाँ पर्यटन इसलिए नहीं बढ़ सकता क्योंकि अनुच्छेद-370 के कारण कोई बड़ी ट्रैवल एजेंसी वहाँ नहीं जा सकती और कोई बड़ी कंपनी होटल भी नहीं बना सकती है।

महोदय, वहाँ हजरतबल दरगाह है, शंकराचार्य मंदिर है, वैष्णो देवी मंदिर है, अमरनाथ है, यानी कि वहाँ पर रिलिजियस टूरिज्म की भी ढेर सारी संभावनाएँ भरी पड़ी हैं। मगर इन सभी संभावनाओं का ढंग से उपयोग नहीं हो पाता। उनका विकास भी नहीं हो पाता। यदि कोई व्यक्ति आज जम्मू और कश्मीर में बड़ी इंडस्ट्री लगाना चाहता है तो मुझे जरा समझा दें कि कैसे लगाएगा? अब बड़ी इंडस्ट्री नहीं लगेगी, तो बेरोजगारी कैसे रुकेगी? कोई वहाँ पंजाब और हिमाचल प्रदेश से जाकर स्मॉल स्केल इंडस्ट्री भी लगाना चाहे तो अनुच्छेद-370 और 35(ए) के रहते कैसे लगाएगा? आप आज भी जम्मू-कश्मीर को एकाधिकार में जकड़कर क्यों रखना चाहते हैं?

मान्यवर, मैं आपके माध्यम से घाटी के युवाओं से भी कहना चाहता हूँ कि ये जो आपको अनुच्छेद-370 का स्वप्न दिखाते हैं, उस अनुच्छेद-370 से घाटी के युवाओं का कोई भला नहीं होने वाला है। केवल कुछ सियासतदानों का भला होने वाला है। कोई मुझे गिना दे या समझा दे कि अनुच्छेद-370 का क्या फायदा है? अगर अनुच्छेद-370 रहने से बिजली मिल जाएगी, टॉयलेट मिल जाएगा, रोजगार मिल जाएगा, तनख्वाह जो 5 हजार मिलती है वह 15 हजार हो जाएगी, तो इसे जारी रखो।

इस बहस में संस्कृति और भाषा की बात की जाती है। देश के बाकी सारे राज्यों

की इतनी सारी रियासतें जुड़ गईं। किसी की संस्कृति और भाषा विलुप्त हुई है क्या? क्या आज महाराष्ट्र और गुजरात की संस्कृति नहीं बची है?

महोदय, आज जम्मू-कश्मीर में आरोग्य व हेल्थ की भी खस्ता हालत है। जिस प्रकार से देश भर में आबादी बढ़ रही है, उस हिसाब से केवल सरकारें इस देश की स्वास्थ्य सेवाओं को अप टू द मार्क नहीं रख सकती हैं। इसके लिए कई जगहों पर पीपीपी मॉडल को स्वीकार किया गया है तो कई जगहों पर प्राइवेट अस्पतालों को लाया गया है। मगर जम्मू-कश्मीर में न पीपीपी मॉडल हॉस्पिटल हो सकते हैं और न प्राइवेट हॉस्पिटल्स हो सकते हैं। अगर किसी के प्रभाव से चले जाएँ तो चले जाएँ, मगर जब संपत्ति ही अपने नाम पर नहीं होती है, तो कोई भला कैसे जाएगा? क्या आरोग्य व्यवस्था को भी सुधरने नहीं देंगे हम? आज प्रधानमंत्री आयुष्मान भारत योजना चल रही है। देश के लोगों को पाँच लाख रुपये तक की मुफ्त चिकित्सा का अधिकार मिल गया है। मगर अस्पताल, नर्स, डॉक्टर कहाँ हैं? वहाँ अनुच्छेद-370 और 35(ए) के रहते कौन डॉक्टर जाएगा? वह न अपना मकान खरीद सकता है, न अपनी भूमि खरीद सकता है और न ही ढंग से वहाँ रहकर अपने मतदान का अधिकार ही प्राप्त कर सकता है। अनुच्छेद-370 की वकालत करने वाले बताएँ कि ऐसे में विश्व का कौन-सा बड़ा डॉक्टर वहाँ जाकर रहना चाहेगा? ओड़िशा में देश और दुनिया भर के ढेर सारे डॉक्टर्स जाते हैं, गुजरात में भी देश-दुनिया के डॉक्टर्स आते हैं, क्योंकि उनको वहाँ पर घर खरीदने की परमिशन है। वह डॉक्टर वहाँ पर अपने आपको सुरक्षित महसूस करते हैं। उनको लगता है कि मैं चार पैसे कमाऊँगा, यहाँ इनवेस्ट करूँगा तो वे सलामत रहेंगे। लेकिन जम्मू-कश्मीर कोई नहीं जाता, जिसके कारण स्वास्थ्य सेवाओं में ढेर सारी कमियाँ दिखती हैं। इसका मूल कारण भी यह अनुच्छेद-370 ही है।[1]

मान्यवर, शिक्षा के बारे में कहूँ तो देश भर के 6 से 14 साल के बच्चों को 2009 में ही शिक्षा का अधिकार मिल गया था। लेकिन यह अधिकार आज तक कश्मीर में नहीं मिला है। जो लोग अनुच्छेद-370 के पक्ष में बोलते थे, चाहे कपिल सिब्बल साहब हों, चाहे चिदंबरम साहब हों, चाहे गुलाम नबी आजाद साहब हों, मैं उनसे पूछना चाहता हूँ कि क्या कश्मीर घाटी के बच्चों को शिक्षा का अधिकार नहीं मिलना चाहिए? इसका जवाब अनुच्छेद-370 के समर्थकों को देना चाहिए। उन बच्चों को यह अधिकार इसलिए नहीं मिला क्योंकि हमने यहाँ संविधान में जो सुधार किए, उनको वहाँ लागू नहीं होने दिया गया। अगर कल लोक सभा इस संकल्प को पारित करती है तो शिक्षा का अधिकार कल रात से ही जम्मू-कश्मीर के हर बच्चे को मिल जाएगा।[2]

इस प्रस्ताव के विरोध का कोई एक कारण हो तो बताना चाहिए। लेकिन यह कहना कोई कारण नहीं है कि अचानक बिल लेकर क्यों आ गए? हमें मौका नहीं दिया? हम तो राष्ट्र हित का बिल लेकर आए हैं। आपने इन्दिरा गाँधी को इलाहाबाद हाईकोर्ट के अयोग्यता के फैसले से बचाने का संवैधानिक सुधार उसी दिन लाकर, उसी दिन पारित करके, इस

देश के लोकतंत्र को खत्म किया था और आज हमें जल्दीबाजी का उपदेश दे रहें हैं! मैं जो बिल लेकर आया हूँ, उस बिल को लेकर मैं मानता हूँ कि राजनैतिक दलों में मतभेद हो सकता है। लेकिन साथ ही, मैं ये भी मानता हूँ कि अनुच्छेद-370 और 35(ए) हटाने से घाटी का, जम्मू का, लद्दाख का भला होने वाला है। जम्मू-कश्मीर से अनुच्छेद-370 और 35(ए) हटने के बाद यह सच्चे अर्थ में भारत का अभिन्न अंग बनने वाला है।

मान्यवर, गुलाम नबी आजाद साहब ने बताया कि शेड्यूल 1 में जम्मू-कश्मीर राज्य है। शेड्यूल 1 में जम्मू-कश्मीर राज्य है, यह तो मैं मानता हूँ, मगर मुझे ये बताइए कि भारत के दोनों सदन जो कानून पारित करते हैं, वह जम्मू-कश्मीर में लागू होता है क्या? क्या जम्मू-कश्मीर के नागरिकों को उसका फायदा मिलता है? सरकारें, सरकार चलाने के लिए कानून नहीं बनाती हैं। नागरिकों के भले के लिए बनाती हैं। अगर नागरिकों के भले के लिए इस देश की संसद ने कोई कानून पारित किया है, तो वह जम्मू-कश्मीर क्यों नहीं पहुँचता है।

मान्यवर, गुलाम नबी आजाद साहब ने कहा कि अंतर्राज्य शादियाँ होने लगी हैं। मुझे बताइए कि जम्मू-कश्मीर की एक बच्ची ने किसी ओडिया भाषी से शादी कर ली तो क्या उसको और उसके बच्चों को कश्मीर में कोई अधिकार मिलता है? अनुच्छेद-370 दलित और आदिवासी विरोधी भी है। मैं पूछना चाहता हूँ कि वहाँ कितने प्रतिशत ओबीसी हैं? मैं राम गोपाल यादव जी से भी पूछना चाहता हूँ क्योंकि उनकी पार्टी तो ओबीसी की बात करने वाली पार्टी है। राम गोपाल यादव जी, क्या आपको मालूम है कि कश्मीर में ओबीसी को रिजर्वेशन ही नहीं मिल पाता है।

आदिवासियों और दलितों को वहाँ राजनीतिक रिजर्वेशन नहीं मिलता है। इसीलिए आज बहन मायावती जी की पार्टी (बसपा) ने इसका समर्थन किया है। वह इसके पक्ष में वोट डालेंगी। मैं सतीश चन्द्र मिश्रा जी (बसपा सांसद) को सुन रहा था।

हम कब तक इनके (दलितों-पिछड़ों आदि के) साथ अन्याय करेंगे? ये जो आदिवासी हैं, ये हिंदू नहीं हैं कि इस पर वोट बैंक की बात कहें। वे तो मुस्लिम गुर्जर हैं। उनको भी रिजर्वेशन से वंचित किया गया है। जम्मू-कश्मीर के दलित, आदिवासी, सबके लिए आजतक कोई व्यवस्था नहीं हो पाई, इसका कारण भी अनुच्छेद-370 ही है।

कहा गया कि यह बिल संवैधानिक दृष्टि से ठीक नहीं है। मुझे भी मालूम है कि कुछ पार्टियों ने एनजीओ की ब्रिगेड बनाकर रखी है और वे इस बिल को चैलेंज करेंगे। अध्यक्ष जी, मैं आपके माध्यम से सदस्यों को यह बताना चाहता हूँ कि किसी भी कानूनी परीक्षा से इस बिल को कुछ नहीं होने वाला है। हर प्रकार की कानूनी वैधता इसमें दी गई है।

अब मैं आतंकवाद पर आता हूँ। जम्मू-कश्मीर में आतंकवाद जन्मा, पनपा और चरम सीमा पर पहुँचा, लेकिन अब धीरे-धीरे नीचे आ रहा है। हमें आतंकवाद की जड़ में जाना पड़ेगा। मैं आपको बताना चाहता हूँ कि अनुच्छेद-370 के भूत ने समय-समय पर

वहाँ अलगाववाद को मानने वाले युवाओं को गुमराह करके एक नाराजगी की भावना खड़ी की और पाकिस्तान ने उस नाराजगी की भावना का उपयोग किया। आज तक आतंकवाद के कारण जम्मू-कश्मीर में 41,849 लोग मारे जा चुके हैं। मैं पूछना चाहता हूँ कि वे क्यों मारे गए हैं?

आप कह रहे हैं कि हमारी पॉलिसी ठीक नहीं है। यह एक मत हो सकता है, मगर आपकी पॉलिसी ने क्या किया? किसकी पॉलिसी के कारण 41,849 लोग मारे गए? जो पॉलिसी जवाहर लाल जी लागू करके गए थे, वही पॉलिसी आज तक चल रही है। पॉलिसी किसी ने नहीं बदली। इसका जिम्मेदार कौन है? वहाँ इतने लोग क्यों मारे गए?

मान्यवर, यहाँ स्वायत्तता की माँग उठी है। तीन युद्ध हारने के बाद 1988 में पाकिस्तान के जनरल जिया उल हक ने Operation Tupac को स्वीकृति दी, उसमें भी अनुच्छेद-370 का उल्लेख है। उन्होंने कहा कि ऐसे ग्रुप खड़े करिए, जो कश्मीर के युवाओं को गुमराह करें और उन्हें भारत की मुख्यधारा से अलग करें। उसमें यह भी कहा गया कि जब तक अनुच्छेद-370 कायम है, तब तक कश्मीर का युवा भारत के साथ जुड़ नहीं सकता है। 1988 में Operation Tupac की शुरुआत हुई और 1989 से घाटी में आतंकवाद शुरू हो गया।

मैं आप सभी से एक प्रश्न पूछना चाहता हूँ। पाक प्रेरित अलगाववादी ग्रुप्स हैं, आतंकवादी हैं, वे तो पूरे देश में आतंकवाद फैलाना चाहते हैं, लेकिन क्यों राजस्थान का युवा गुमराह नहीं होता है? गुजरात भी तो पाकिस्तान का बॉर्डर है, क्यों वहाँ का युवा गुमराह नहीं होता? क्यों ओडिशा का युवा गुमराह नहीं होता है? क्यों बिहार का युवा गुमराह नहीं होता है? इन प्रदेशों के युवा इसलिए गुमराह नहीं होते, क्योंकि वहाँ अनुच्छेद-370 नहीं है। वहाँ कोई अलगाववाद का भूत नहीं है।

समय-समय पर, जब भी आतंकवाद खत्म होने के कगार पर आता है, कुछ लोग अनुच्छेद-370 को लेकर वहाँ के लोगों को भड़काना शुरू कर देते हैं। मैं मानता हूँ कि कश्मीर के युवाओं को हुर्रियत, आईएसआई और घुसपैठियों ने गुमराह किया है। यही कारण है कि 1990 से 2018 तक वहाँ 41,849 लोगों को अपनी जान से हाथ धोना पड़ा है। यह आँकड़ा छोटा नहीं है।

कहा गया कि अनुच्छेद-370 हटी तो रक्तपात हो जाएगा। आप ऐसी शुभकामनाएँ क्यों देते हैं? हम एक नया प्रयोग कर रहे हैं। आपको तो कहना चाहिए कि सब अच्छे से और शांति से हो। आप जो कह रहे हैं, उससे घाटी में क्या संदेश जाएगा? आप यहाँ खड़े होकर कह रहे हैं कि रक्तपात हो जाएगा। क्या ऐसा कहना उचित है? क्या यह सदन और हम वहाँ रक्तपात कराना चाहते हैं? इस सदन के माध्यम से घाटी में क्या संदेश देना चाहते हैं? क्या हम उन्हें यह संदेश देना चाहते हैं कि आप 18वीं सदी की व्यवस्थाओं में जीते रहो? क्या वहाँ के लोगों को 21वीं सदी की व्यवस्थाओं में जीने का अधिकार नहीं है?

अनुच्छेद-370 की वकालत जितने लोग भी करते हैं, जरा उनसे पूछिए कि उन

सबके बेटे-बेटियाँ कहाँ पढ़ते हैं? मैं बताना चाहूँगा कि ये लोग जो उकसाते हैं, उन सबके बेटे-बेटियाँ लंदन और अमरीका में पढ़ाई करते हैं। जरा वे भी घाटी में रहकर वहाँ के स्कूल और कॉलेज में पढ़ें, तब उन्हें मालूम पड़ेगा कि अनुच्छेद-370 क्या है। उन्होंने तो अपने सब काम अच्छे से कर लिए हैं, इसलिए उनको इसकी चिंता नहीं है। घाटी के युवा को आज भी अनपढ़ रखने के लिए, उनका विकास न होने देने के लिए, यह अनुच्छेद-370 एक बहुत बड़ा कारण है।

मान्यवर, मैं स्पष्टता से मानता हूँ कि जब तक अनुच्छेद-370 और 35(ए) हैं, कश्मीर से आतंकवाद की समाप्ति नहीं हो सकती है। इसीलिए कश्मीर को आतंकवाद से मुक्त करने के लिए अनुच्छेद-370 का हटना निहायत जरूरी है। प्रधानमंत्री मोदी जी के नेतृत्व में जो सरकार चल रही है, वो घाटी के युवाओं को गले लगाना चाहती है। हम युवाओं को अच्छी शिक्षा, स्वास्थ्य की अच्छी सुविधाएँ और एक अच्छा भविष्य देना चाहते हैं। जम्मू-कश्मीर में इंडस्ट्री लगेगी, तो उनको रोजगार मिलेगा। वहाँ टूरिस्ट्स जाएँगे तो उनको रोजगार मिलेगा। हम उनको सम्पन्न बनाना चाहते हैं। शेष भारत में जिस प्रकार से विकास हुआ है, उसी तरह से कश्मीर में भी विकास हो, इसके लिए अनुच्छेद-370 की बाधा को दूर करना जरूरी है।

जवाहर लाल नेहरू जी ने भी कहा था कि अनुच्छेद-370 घिसते-घिसते घिस जाएगी। मगर कांग्रेस ने अनुच्छेद-370 को इतने जतन से संभाल कर रखा कि 70 साल हो गये, मगर वह नहीं घिसी। मुझे बताइए, यह एक अस्थाई प्रावधान है, इसे सब स्वीकार करते हैं, तो क्या 'Temporary' शब्द 70 सालों तक चल सकता है? यह कब जाएगा और कैसे जाएगा? इस अस्थाई प्रावधान को कब तक चलाना है?

सरदार पटेल ने देश की 600 से ज्यादा रियासतों को जोड़ कर अखंड भारत बनाने का प्रयास किया। मैं रिकॉर्ड साफ कर दूँ कि जम्मू-कश्मीर के मसले को सरदार पटेल ने कभी डील नहीं किया था। सरदार पटेल ने जूनागढ़ को डील किया था, जो आज भारत में है और अनुच्छेद-370 के बिना है। उन्होंने हैदराबाद को डील किया था, जो आज भारत में है और अनुच्छेद-370 के बिना है। जम्मू-कश्मीर को पंडित नेहरू ने डील किया था और यहाँ अनुच्छेद-370 है, जिसे आज हमें डील करना पड़ रहा है। सरदार पटेल के पास यह मसला कभी था ही नहीं।

मान्यवर, कुछ लोगों ने कहा कि अनुच्छेद-370 जम्मू-कश्मीर को भारत के साथ जोड़ता है। मगर मैं दो तिथियों का जिक्र करना चाहता हूँ। महाराजा हरि सिंह द्वारा Instrument of Accession of Jammu & Kashmir 26 अक्टूबर, 1947 को साइन किया गया था, जबकि अनुच्छेद-370, 1949 में आयी। अतः भारत के साथ जुड़ाव का अनुच्छेद-370 से कोई लेना-देना नहीं है। यह भ्रामक प्रचार किया गया है।

मान्यवर, कहा गया कि अनुच्छेद-370 नहीं रहेगी तो जम्मू-कश्मीर भारत से अलग हो जाएगा। मेरी समझ में नहीं आता कि ये कैसे अलग हो जाएगा। मैं घाटी के लोगों

से कहना चाहता हूँ कि इस देश में बहुत सारी रियासतें थीं। वे अनुच्छेद-370 और 35(ए) के बगैर भारत के साथ घुल-मिल गयी हैं और सभी ने अपनी-अपनी संस्कृति बनाकर रखी हैं। उन्हें कोई खतरा नहीं हुआ। महाराष्ट्र ने अपनी संस्कृति बनाकर रखी है और अपनी भाषा भी संभाल कर रखी है, गुजरात ने अपनी संस्कृति बनाकर रखी है और अपनी भाषा भी संभाल कर रखी है। तमिलनाडु ने अपनी संस्कृति बनाकर रखी है और अपनी भाषा भी संभाल कर रखी है, तेलुगू राज्यों ने अपनी संस्कृति बनाकर रखी है, अपनी भाषा भी संभाल कर रखी है। अनुच्छेद-370 कैसे और किस प्रकार से आपकी संस्कृति को प्रोटेक्ट करती है, यह मेरी समझ में नहीं आता है। अनुच्छेद-370 केवल और केवल तीन सियासतदानों के परिवारों को प्रोटेक्ट करती है। वही परिवार नहीं चाहते हैं कि अनुच्छेद-370 हट जाए।

गुलाम नबी आजाद साहब ने कहा कि आज तो बम फूट गया! अनुच्छेद-370 और 35A से संबंधित बिल लाकर हमने बम फोड़ दिया! 1951 से लगातार मेरी पार्टी के हर घोषणा पत्र में लिखा गया कि हम अनुच्छेद-370 को हटाएँगे। इस बार के घोषणा पत्र में भी था, क्योंकि हमारा शुरू से मानना है कि यह अनुच्छेद भारत के हित में नहीं है और विशेषकर घाटी के लोगों के हित में तो बिल्कुल नहीं है। इसलिए मैं मानता हूँ कि अनुच्छेद-370 तुरन्त हटना चाहिए।

मान्यवर, 1964 में लोक सभा में इस विषय पर चर्चा हुई थी। चर्चा में भाग लेते हुए राम मनोहर लोहिया जी ने कहा था कि जब तक अनुच्छेद-370 है तब तक भारत और कश्मीर का एकीकरण नहीं हो सकता, एकरूपता नहीं आ सकती। मधु लिमये जी, सरजू पाण्डे जी, एस.एम. मुकर्जी, इन्दर मल्होत्रा जी, कश्मीर से आने वाले मुस्लिम सांसद समनानी साहब और अब्दुल गनी लोन साहब, गोपाल दत्त जी, श्याम लाल सर्राफ ने और कांग्रेस के 14 संसद सदस्यों ने भी यही कहा। लेकिन उस दिन सदन को स्थगित कर दिया गया। दूसरे दिन, व्हिप लगाकर इसकी व्यवस्था की गयी कि सदन में कांग्रेस के सदस्य इसके पक्ष में वोट न करें। दूसरे दिन चर्चा हुई और उस वक्त देश के गृहमंत्री, गुलजारी लाल नंदा को कहना पड़ा कि बहुत से सदस्यों की भावना है कि अनुच्छेद-370 हट जाए लेकिन अभी उचित समय नहीं आया है। उचित समय आने पर हम इस विषय पर सोच-विचार करके संवैधानिक कदम उठाएँगे।

महोदय, मेरा जन्म 1964 में हुआ था और मेरी आयु के 55 साल चले गए, लेकिन वह उचित समय अब तक नहीं आया। उचित समय तब आया, जब देश के प्रधानमंत्री श्री नरेन्द्र मोदी बने। इसमें किसी उचित समय की जरूरत नहीं थी, सिर्फ राजनीतिक इच्छाशक्ति की जरूरत थी। वोट बैंक की राजनीति से ऊपर उठकर, देश के हित में फैसला करने का जिगर चाहिए था और वह जिगर हमारे प्रधानमंत्री श्री नरेन्द्र मोदी जी ने दिखाया। राजनीतिक इच्छाशक्ति के कारण ही आज अनुच्छेद-370 को रद्द करने का प्रस्ताव लेकर मैं सदन में उपस्थित हुआ हूँ।

अनुच्छेद-370 का इससे पहले बहुत बार उपयोग और दुरुपयोग भी हुआ है। मैं यहाँ एक छोटा सा उदाहरण देना चाहता हूँ। 1975 में जब देश में आपातकाल लगाया गया, तब इंदिरा जी एक प्रस्ताव लेकर आईं कि सारे विधायक मंडलों और संसद सदस्यों का कार्यकाल 6 साल कर दिया जाए। उस समय जम्मू-कश्मीर असेम्बली ने अनुच्छेद-370 के होते हुए उस प्रस्ताव को लागू कर लिया और अपने सदस्यों का कार्यकाल 6 साल कर दिया। बाद में मोरारजी देसाई देश के प्रधानमंत्री बने। उन्होंने इन फैसलों को पूर्ववत करते हुए 6 साल का कार्यकाल फिर से 5 साल कर दिया, लेकिन अनुच्छेद-370 के कारण जम्मू-कश्मीर में कार्यकाल 5 साल नहीं हुआ। वहाँ आज भी सदस्यों का कार्यकाल 6 साल ही है। अगर इसी प्रकार आप शासन करते हैं तो मैं मानता हूँ कि ये ठीक नहीं है।

कई माननीय सदस्यों ने यहाँ अपनी-अपनी जिज्ञासा प्रकट की। प्रसन्न आचार्य जी ने कहा कि अगर यह प्रस्ताव पारित हो जाता है तो फिर आप रिजर्वेशन का बिल लेकर क्यों आए? मैं माननीय सदस्य को स्पष्ट करना चाहता हूँ कि मैं रिजर्वेशन का बिल लेकर इसलिए आया हूँ कि इस सदन में तो आज यह प्रस्ताव पास हो जाएगा, मगर दूसरा सदन क्या करेगा, मुझे मालूम नहीं है। अगर वहाँ का सदन भी इसे पहले पास कर दे तो मैं रिजर्वेशन के बिल को मूव नहीं करूँगा, क्योंकि फिर रिजर्वेशन बिल को मूव करने की जरूरत ही नहीं होगी। 10 प्रतिशत रिजर्वेशन अपने आप जम्मू-कश्मीर के लोगों को मिल जाएगा। स्वपन दासगुप्ता जी ने कहा कि अनुच्छेद-370 के लिए संवैधानिक सुधार की जरूरत है या नहीं? मैं उन्हें कहना चाहता हूँ कि इसकी जरूरत नहीं है। अगर सभापति महोदय की आज्ञा हो तो मैं पूरी कांस्टीट्यूशनल पोजीशन सदन के सामने रखने को तैयार हूँ।

एक माननीय सदस्य ने पूछा कि यूनियन टेरिटरी की रचना कब तक जारी रहेगी? माननीय गुलाम नबी साहब और अन्य माननीय सदस्यों ने भी यूनियन टेरिटरी बनने पर आपत्ति दर्ज की है। मैं निश्चित रूप से उनको आश्वस्त करना चाहता हूँ कि जैसे ही नॉर्मल परिस्थिति हो जाएगी, उचित समय आएगा, इसको फिर से पूर्ण राज्य बनाने में हमें कोई ऐतराज नहीं है। मैं आज इस सदन के माध्यम से जम्मू-कश्मीर की जनता को भी कहना चाहता हूँ कि जम्मू-कश्मीर भारत का मुकुटमणि है। अगर स्थिति सामान्य होती है तो हमें इसको ज्यादा लंबा करने का शौक नहीं है और न हम करना चाहते हैं।

श्रीमान् तिरुची शिवा ने कहा कि बाकी सारे राज्यों के अंदर भी आप यह रूट लेंगे। मैं माननीय सदस्य शिवा जी को और सारे सदन को आश्वस्त करना चाहता हूँ कि बाकी किसी राज्य में अनुच्छेद-370 नहीं है। इस प्रकार की विशिष्ट परिस्थिति भी नहीं है। आजादी के बाद ढेर सारे विभाजन हुए हैं, कुछ हमने भी किए हैं। हमने उत्तराखंड, झारखंड और छत्तीसगढ़ बनाया। आपने आंध्र प्रदेश और तेलंगाना बनाया। जो मुझे इतनी सारी सलाह देते हैं, वे आंध्र और तेलंगाना के डिवीजन का दृश्य जरा आँख

बंद करके याद करें कि इसे कांग्रेस ने कैसे किया था। मैं तो सिर्फ आज बिल लाया और आपसे पारित करने का आग्रह कर रहा हूँ। तेलंगाना विधेयक के समय आपने तो सबको सदन से उठा कर बाहर कर डाला। दरवाजे बंद किये। टीवी बंद किया। उसके बाद आन्ध्र प्रदेश और तेलंगाना बनाया था। ऐसा आज नहीं हो रहा है, इसलिए हमें मत समझाइए कि सदन में बिल कैसे लाए जाते हैं। गुलाम नबी आजाद साहब ने कहा कि कश्मीर के इस अनुच्छेद-370 को बचाने के लिए हजारों महिलाएँ विधवा हुई हैं। मैं कहना चाहता हूँ कि गुलाम नबी आजाद साहब, महिलाएँ विधवा जरूर हुई हैं, लेकिन 370 को बचाने के लिए नहीं, उसके कारण हुई हैं। 41 हजार से ज्यादा लोग मारे गए, इसलिए विधवा हुई हैं।

मैं घाटी के लोगों को स्पष्ट संदेश देना चाहता हूँ कि 70 साल अनुच्छेद-370 के साथ जिए। अनुच्छेद-370 के वादों को कांग्रेस सरकारों ने बार-बार दोहराया और आपको गुमराह किया। मैं कहता हूँ कि हमें 5 साल दे दीजिए। हम कश्मीर को देश का सबसे ज्यादा विकसित राज्य बनाएँगे। मैं कश्मीर घाटी के युवाओं को कहना चाहता हूँ कि वे अपनी राजनीति के लिए आपको बरगला रहे हैं, गुमराह कर रहे हैं। उनकी मत सुनिए। आप श्री नरेन्द्र मोदी जी की सरकार पर भरोसा कीजिए। मान्यवर, मैं आपके माध्यम से कश्मीर के युवाओं को यह कहना चाहता हूँ कि इस 5 साल में कश्मीर के अंदर परिवर्तन आएगा, तब जाकर मालूम पड़ेगा कि 70 साल जिस मुद्दे को लेकर गुजर गए, वह मुद्दा ही ठीक नहीं था।

मान्यवर, बाद में फाइनल सोल्यूशन के बारे में टिप्पणियाँ की गईं। मैं मानता हूँ और फिर से स्पष्ट करना चाहता हूँ कि समय जरूर लगेगा, मगर अनुच्छेद-370 को हटाना ही रास्ता है। कोई और रास्ता नहीं है। चिदम्बरम जी ने सवाल किया कि अनुच्छेद-370 का उपयोग, अनुच्छेद-370 के सुधार के लिए कैसे कर सकते हैं? आप एक बार, जो संवैधानिक आदेश, 367 रेड विद 370(1)(डी) है, उसको ध्यान से देख लीजिएगा, तो संवैधानिक आदेश की वैधता आपको भी मालूम हो जाएगी।

मान्यवर, मैं आज इस भाषण में कोई राजनीति नहीं करना चाहता हूँ। मेरे पास बहुत सारी सामग्री है, परंतु मैं दलगत भावना से उपर उठ आज ट्रेजरी बेंच और विपक्ष, दोनों के सदस्यों से कहना चाहता हूँ कि अलग-अलग रास्तों से अनुच्छेद-370 के साथ कश्मीर में सामान्य स्थिति लाने का प्रयास सबने अपने-अपने तरीके से और दिल से किया है। मैं ऐसा नहीं कहता हूँ कि किसी ने प्रयास किया ही नहीं या आधा-अधूरा किया। सभी ने मन से किया है, मगर कश्मीर के अंदर सामान्य स्थिति नहीं हुई है। इस वास्तविकता को हमें स्वीकार करना पड़ेगा। आज मैं यह जो संकल्प और विधेयक लेकर आया हूँ, मुझे लगता है कि कश्मीर की समस्या के समाधान का रास्ता यहीं से होकर निकलेगा। मैं आप सभी से कहता हूँ कि हम सब वोट बैंक की राजनीति से ऊपर उठ जाएँ और कश्मीर में स्थिति को सामान्य

बनाने के लिए सरकार की और कश्मीर के युवाओं की भी सहायता करें। कश्मीर के लिए जो अच्छा सोचते हैं, वे सब लोग एकत्रित होकर अनुच्छेद-370 को हटाने के इस कदम को कश्मीर की जनता के बीच में लेकर जाएँ। यह सदन यूनाइटेड हो। आमतौर पर जो पार्टियाँ हमारे साथ नहीं रहती हैं, ऐसी पार्टियों ने भी आज समर्थन में भाषण दिया है। आम आदमी पार्टी, बसपा, एआईडीएमके, बीजेडी, वाईएसआरसीपी, टीडीपी जैसी पार्टियों और बहुत सारे सांसदों ने इसका समर्थन किया है तथा बहुत सारे लोगों ने पक्ष में भाषण दिए हैं।

मान्यवर, मैं सबको यह बात भी कहना चाहता हूँ कि रात को घर पर जाकर सुबह के टीवी के कार्यक्रम देखिए, देश की जनता एक स्वर से मानती है कि अनुच्छेद-370 के जाने से कश्मीर हमेशा के लिए स्वस्थ हो जाएगा। वहाँ की समस्या का समाधान हो जाएगा। जब जनता का इतना दृढ़ विश्वास है तो उसे देखकर मेरा भी विश्वास बहुत बढ़ा है। मैं तो पहले से मानता हूँ कि कश्मीर की स्थिति सामान्य बनाने में अनुच्छेद-370 सबसे बड़ी बाधक है। मुझे यह भी मालूम है कि कुछ पार्टियाँ इस पर वोट बैंक की राजनीति करेंगीं, इसे चैलेंज करके इसके रास्ते में बाधाएँ भी खड़ी की जाएँगी। किन्तु सारी बाधाओं को पार करते हुए ये दो संकल्प, एक स्टेट रिआर्गेनाईजेशन बिल और चौथा रिजर्वेशन बिल, ये सभी जम्मू-कश्मीर को नॉर्मल बनाने की दिशा में आगे ले जाने के लिए लाए गए हैं।

मुझे भरोसा है कि कुछ दिनों में हम हँसता-खेलता कश्मीर देखेंगे। वहाँ जो बम धमाके, गोलियाँ, बंदूकें और आतंकवाद दिख रहा है, उसकी जगह बच्चे हँसते-खेलते स्कूलों में जाएँगे। बुजुर्गों का इलाज होगा। युवाओं को रोजगार भी मिलेगा और डल झील घूमने के लिए देश के नागरिक बगैर डरे आराम से अपने परिवार के साथ जा पाएंगे। हम ऐसे कश्मीर की रचना करेंगे। मैं सभी से यह निवेदन करता हूँ कि कृपया इन दोनों संकल्पों और दोनों विधेयकों का समर्थन करिए तथा कश्मीर में एक अच्छा संदेश भेजिए। इसी करबद्ध विनती के साथ मैं अपनी बात को समाप्त करता हूँ।

वंदे मातरम्।

भाषण के दौरान विधेयक संबंधी प्रश्नोत्तर तथा अन्य चर्चाओं के अंश:

(**माननीय अध्यक्ष:** प्रश्न यह है:

'कि यह सदन अनुच्छेद-370 (3) के अंतर्गत, भारत के राष्ट्रपति द्वारा जारी की जाने वाली निम्नलिखित अधिसूचना की सिफारिश करता है:

'भारत के संविधान के अनुच्छेद-370 के खंड (1) के साथ पठित, अनुच्छेद-370 के खंड (3) द्वारा प्रदत्त शक्तियों का प्रयोग करते हुए, राष्ट्रपति, संसद की सिफारिश पर यह घोषणा करते हैं कि, वह दिनांक जिस दिन भारत के राष्ट्रपति द्वारा, इस घोषणा पर

हस्ताक्षर किए जाएँगे, और इसे सरकारी गजट में प्रकाशित किया जाएगा, उस दिन से उक्त अनुच्छेद-370 के सभी खंड लागू नहीं होंगे, सिवाय खंड (1) के, जिसे नामत् निम्नानुसार पढ़ा जाएगा':

'संविधान के समय-समय पर संशोधित, सभी उपबंध, बिना किसी संशोधन और अपवाद के, जम्मू और कश्मीर राज्य पर लागू होंगे; इस बात के सिवाय, कि अनुच्छेद 152 अथवा अनुच्छेद 308 में निहित, किसी अपवाद, अथवा इस संविधान के किसी अन्य अनुच्छेद अथवा जम्मू और कश्मीर संविधान के किसी अन्य उपबंध अथवा कोई कानून, दस्तावेज, निर्णय, अध्यादेश, आदेश, उप-नियम, नियम, विनियम, अधिसूचना, रीति-रिवाज अथवा भारत के भू-भाग में कानून के प्रवर्तन, अथवा कोई अन्य लिखित संधि, अथवा समझौता, जैसा अनुच्छेद 363 के अंतर्गत परिकल्पित हो अथवा अन्यथा न हो।'

प्रस्ताव पास हुआ।

माननीय अध्यक्ष: प्रश्न यह है:

'कि वर्तमान जम्मू और कश्मीर राज्य का पुनर्गठन करने तथा उससे संबंधित या उसके आनुषंगिक विषयों का उपबंध करने वाले विधेयक, पर विचार किया जाए।'

हाँ 125
नहीं 61
मतदान से अलग रहे 1
प्रस्ताव पास हुआ।

माननीय अध्यक्ष: माननीय मंत्री जी अब प्रस्ताव करें कि विधेयक को पारित किया जाए।
अमित शाह: मैं प्रस्ताव करता हूँ:

'कि विधेयक को पारित किया जाए।'

माननीय अध्यक्ष: प्रश्न यह है:

'कि विधेयक को पारित किया जाए।'

The motion was adopted-)

नोट

1. महोदय, मैं बहुत संक्षिप्त में बताऊँगा, वैसे मैं यह आँकड़ों के साथ, बहुत डिटेल में भी बता सकता हूँ। मैं कल एक पत्र लिखकर गुलाम नबी आजाद साहब को आँकड़े भेजने भी वाला हूँ कि आप भी देखिए, जरा पुनर्विचार कीजिए, अभी भी समय है।

2. वहाँ पर निजी शिक्षण संस्थान नहीं हैं। वे क्यों वहाँ जाएँगे? कौन प्रोफेसर वहाँ पढ़ाने जाएगा? कौन अपना पैसा निवेश करेगा? उसके नाम पर तो सम्पत्ति ही नहीं हो सकती तो उसको फायदा नहीं मिलेगा। फिर आप इसको (अनुच्छेद-370 को) क्यों पकड़ कर रखना चाहते हैं? कारण क्या है, मैं नहीं समझ पाता।

अनुच्छेद-370: नई धारा, निर्मूल शंकाएँ, निरुत्तर विपक्ष

विचारधारा, तथ्य और उसकी सिलसिलेवार प्रस्तुति, तीनों ही मानकों पर गृहमंत्री अमित शाह द्वारा लोकसभा में दिया गया यह भाषण खरा उतरता है। इस भाषण की विशेषता यह भी है कि ठीक एक दिन पहले इसी विषय पर राज्यसभा में विस्तृत भाषण देने के बावजूद कुछ तथ्यों और घटनाओं को छोड़ दें तो दोहराव कम नजर आता है। अनुच्छेद-370 के संदर्भ में अमित शाह के इस भाषण को देश की राजनैतिक मनीषा को सहेज कर रखना चाहिए। इसमें एक श्रेष्ठ भाषण के सभी तत्व कहीं न कहीं, किसी न किसी रूप में मौजूद हैं।

अध्यक्ष महोदय, मैं सदन के सभी सदस्यों के मन का भाव समझ रहा हूँ। इस आनंद की अभिव्यक्ति का कुछ औचित्य भी बनता होगा। 70 साल से जो टीस दिल के अंदर सब लोग दबाकर बैठे हैं उस टीस के समाप्त होने का समय आ गया है, इसलिए आनंद की इस अभिव्यक्ति को औचित्य से नहीं जोड़ना चाहिए। आप बंगाल, तामिलनाडु, गुजरात, महाराष्ट्र अथवा उत्तर प्रदेश, कहीं भी चले जाएँ, इस देश का बच्चा-बच्चा यह बोलता है कि कश्मीर भारत का अभिन्न अंग है।

मैं इतना पूछना चाहता हूँ कि हम कभी यह क्यों नहीं बोलते हैं कि उत्तर प्रदेश भारत का अभिन्न अंग है? हम कभी यह क्यों नहीं बोलते हैं कि पंजाब भारत का अभिन्न अंग है? हम कभी यह क्यों नहीं बोलते हैं कि तमिलनाडु भारत का अंग है? अध्यक्ष महोदय, कश्मीर के लिए यह इसलिए बोलना पड़ता है, क्योंकि अनुच्छेद-370 ने देश और दुनिया के मन में एक शंका उत्पन्न की थी कि कश्मीर भारत का अंग है या नहीं है? संविधान में इसकी बड़ी स्पष्टता है, मगर जनमानस में एक संशय था। मैं

---

*6 अगस्त, 2019 को लोकसभा में जम्मू और कश्मीर राज्य के संदर्भ में संवैधानिक संकल्प और जम्मू-कश्मीर पुनर्गठन विधेयक पर हुई चर्चा पर केन्द्रीय गृहमंत्री श्री अमित शाह का जवाब

प्रधानमंत्री जी को बधाई देना चाहता हूँ कि उनके साहस के कारण आज यह कलंक हमारे (देश के संदर्भ में) माथे से मिटने जा रहा है।

अध्यक्ष महोदय, यहाँ कई भाषण हुए कि अनुच्छेद-370 भारत को कश्मीर से जोड़ता है। वास्तव में अनुच्छेद-370 भारत को कश्मीर से नहीं जोड़ता है, बल्कि अनुच्छेद-370 भारत को कश्मीर से जोड़ने से रोकता है। अगर इस सदन का आदेश प्राप्त होता है तो आज वह रुकावट हमेशा के लिए दूर हो जाएगी। मैंने बहुत सारे लोगों को सुना। किसी ने अनुच्छेद-370 हटाने का विरोध नहीं किया। स्पष्ट बोलूँ तो वे भी चाहते हैं कि अनुच्छेद-370 हटे, मगर कहने का साहस नहीं है। क्योंकि वोट बैंक बीच में आ जाता है।

अध्यक्ष महोदय, मैं बताना चाहता हूँ कि आज अनुच्छेद-370 इस सदन के आशीर्वाद से समाप्त हो जाएगा। यह क्षण देश के इतिहास में स्वर्णिम अक्षरों में लिखा जाएगा। मैं आज फिर से एक बार मेरे नेता और देश के प्रधानमंत्री की दृढ़ राजनैतिक इच्छाशक्ति को शत-शत नमन करना चाहता हूँ कि दृढ़ता के साथ उन्होंने साहस का परिचय देते हुए अनुच्छेद-370 को हमेशा के लिए खत्म कर दिया।

अध्यक्ष महोदय, मैं अनुच्छेद-370 की बात बाद में करूँगा। उससे पहले इस चर्चा में काफी सारे सदस्यों ने भाग लेते हुए कुछ सवाल उठाए हैं। मैं उनका जवाब देना चाहूँगा।

सम्माननीय सदस्यों ने कहा है कि यूनियन टेरिटरी क्या हमेशा के लिए है? यूनियन टेरिटरी क्यों बनायी गयी है? यूनियन टेरिटरी कब तक रहेगी?[1]

जहाँ तक यूनियन टेरिटरी का सवाल है तो मैं इस सदन के माध्यम से पूरे देश के सामने और विशेषकर घाटी और जम्मू के लोगों के सामने स्पष्ट करना चाहता हूँ कि परिस्थिति सामान्य होते ही उचित समय पर जम्मू-कश्मीर को पूर्ण राज्य का दर्जा वापस मिलेगा। इस सरकार को इस पर कोई आपत्ति नहीं है।

मान्यवर, यहाँ एक मुद्दा उठाया गया कि 'पाक ऑक्यूपाईड कश्मीर' (पीओके) छोड़ दिया। पाक ऑक्यूपाईड कश्मीर भारतीय जनता पार्टी की सरकार और देश के प्रधानमंत्री नरेन्द्र मोदी जी कभी नहीं छोड़ सकते हैं। आज भी 'पाक ऑक्यूपाईड कश्मीर' की 24 सीटें हमारी विधानसभा का हिस्सा हैं और 'पाक ऑक्यूपाईड कश्मीर' पर हमारा दावा उतना ही मजबूत है, जितना पहले था।

अध्यक्ष महोदय, सदन के सामने जो बिल लेकर मैं उपस्थित हुआ हूँ, इसमें 'पाक ऑक्यूपाईड कश्मीर' और अक्साई चीन की एक-एक इंच जमीन का उल्लेख है।

जहाँ तक संयुक्त राष्ट्र (यूनाइटेड नेशन) का सवाल है तो मैं इसके इतिहास में जाना चाहता हूँ। 1 जनवरी, 1948 को संयुक्त राष्ट्र चार्टर के अनुच्छेद 35 में रेफरेंस दिया गया है। 20 जनवरी, 1948 को संयुक्त राष्ट्र ने यूनाइटेड नेशन कमीशन फॉर इंडिया एंड पाकिस्तान (यूएनसीआईपी-UNCIP) सेटअप किया था। 13 अगस्त, 1948 को यूएनसीआईपी के प्रस्ताव को भारत और पाकिस्तान ने स्वीकार कर लिया। जब प्रस्ताव

स्वीकार हुआ तो उसमें तीन धाराएँ थीं। पहली और दूसरी धारा में यह था कि कभी भी किसी भी देश की सेना दूसरे देश की सीमाओं का उल्लंघन नहीं करेगी।

वर्ष 1965 में जिस दिन पाकिस्तान की सेनाओं ने हमारी सीमाओं का अतिक्रमण किया था, उसी दिन यह प्रस्ताव खारिज हो गया था। चूंकि जब एक और दो पर अमल नहीं होता है तो तीन के लागू होने का सवाल ही नहीं आता है। इसलिए इसका कोई सवाल पैदा नहीं होता है और न ही यह कोई बाधक है। यह सदन जम्मू और कश्मीर राज्य के डिविजन के मामले में संपूर्ण अखतियार रखता है।

अध्यक्ष महोदय, दूसरी बात यह कि जब शिमला समझौता हुआ था, तब इसको तत्कालीन प्रधानमंत्री जी ने रिकार्ड पर रखा था। उस वक्त श्रीमती इंदिरा गाँधी जी प्रधानमंत्री थीं और शिमला समझौते में उन्होंने इस बात को दोहराया है। इसलिए यह स्पष्ट हो गया है कि भारत की सीमाओं में कोई भी निर्णय लेने के लिए भारत की संसद के दोनों सदनों को पूरा संवैधानिक अधिकार है।[2]

अध्यक्ष महोदय, मनीष तिवारी जी ने यहाँ पर इतिहास का एक लंबा आरूपण उसकी पृष्ठभूमि समझाने के लिए किया था। इसमें कोई विवाद भी नहीं है। मगर इतिहास की एक सीमा तक आकर वह रुक गए। मैं उनसे यह पूछना चाहता हूँ कि आपने इतिहास के बारे में कहा है कि भारत ने अपनी सेनाएँ भेजी थीं। सेनाओं ने घुसपैठियों को खदेड़ा था और घुसपैठियों की शक्ल में जो पाकिस्तान की सेना के जवान और अधिकारी थे, उनको भी खदेड़ा था। उन्होंने यह सारा यश जवाहर लाल नेहरू जी को दिया है कि उनके नेतृत्व में यह सब कुछ हुआ था। कहा गया कि जवाहरलाल नेहरू जी के कारण आज कश्मीर भारत का हिस्सा है।

अध्यक्ष महोदय, मैं आपके माध्यम से उनसे यह पूछना चाहता हूँ कि सेना विजयी हो रही थी। सेना पाकिस्तानी कबाइलियों के अधिकार क्षेत्र में आया हुआ हमारा हिस्सा जीत रही थी, तब अचानक एकतरफा शस्त्र विराम किसने कर दिया था? मैं यह बताना चाहता हूँ कि वह भी जवाहरलाल नेहरू जी ने किया था और उसी के कारण आज पाक अधिकृत कश्मीर (पीओके) है। अगर सेनाओं को हमारा पूरा हिस्सा जीतने की छूट दे दी जाती तो आज पाक अधिकृत कश्मीर पूरा का पूरा भारत अधिकृत होता।

महोदय, मैं अभी[3] पाक अधिकृत कश्मीर की बात कर रहा हूँ, क्योंकि इन्होंने पाक अधिकृत कश्मीर का रेफरेंस दिया था। अधीर रंजन जी ने यूनाइटेड नेशन का रेफरेंस दिया तो मैं पूछना चाहता हूँ कि यूनाइटेड नेशन में यह विषय लेकर कौन गया था? ढेर सारे दस्तावेज हैं कि देश के उप-प्रधानमंत्री और गृह मंत्री को विश्वास में लिए बगैर आकाशवाणी से प्रसारण कर दिया गया कि भारत इस मसले को सेक्शन-35 के तहत यूएन में ले जाएगा। सेक्शन भी पसंद कर लिया गया था। शशि थरूर जी को मालूम है। आज भी अंतर्राष्ट्रीय परिस्थितियों की दुहाई देते हुए हमें नसीहत दी गई है कि यह मत करिए, इसकी अंतर्राष्ट्रीय प्रतिक्रिया क्या होगी? लेकिन यह देश हित का मामला

है और हमने यह निर्णय देश की स्थिति को सुधारने के लिए लिया है।

माननीय अध्यक्ष जी, यह इतिहास है कि इस विषय को यूनाइटेड नेशन में जवाहरलाल नेहरू जी लेकर गए थे। विपक्ष का कहना है कि कश्मीर के ऊपर चर्चा करते हुए जवाहर लाल नेहरू की भूमिका का सही आकलन नहीं हो रहा है। इतिहास में घटित घटनाओं के आधार पर ही तो हम किसी निष्कर्ष पर पहुँचेगें। आज हम जो कर रहे, इस घटना के बारे में भी इतिहास कभी न कभी तय करेगा कि सच्चाई क्या है और यह देश के लिए ठीक है या नहीं है। मुझे भरोसा है कि जब भी इस घटना का जिक्र होगा, यह देश माननीय प्रधानमंत्री श्री नरेन्द्र मोदी जी के प्रति युगों-युगों तक कृतज्ञ रहेगा।

विपक्ष ने कहा कि आप 371 का क्या करेंगे? 370 और 371 के बीच का अंतर मैं आपके माध्यम से सदन को बताना चाहता हूँ। 370 जम्मू-कश्मीर राज्य के संबंध में अस्थायी उपबंध है। अस्थायी शब्द बड़ा महत्वपूर्ण है। यह पहले से कहा गया है कि यह अस्थायी उपबंध है और 370 को हटाने की जरूरत इसलिए है कि वह देश की संसद का अखतियार वहाँ पर कम करता है। ढेर सारे कानून जो जनता की अच्छाई के लिए हम बनाते हैं, वे जम्मू-कश्मीर की जनता तक पहुँचते ही नहीं हैं। 370 के कारण जम्मू-कश्मीर के लोगों के मन में अलगाववाद की भावना को पाकिस्तान पेट्रोल डाल कर भड़का रहा है। आगे मैं इस विषय पर आऊँगा।

मान्यवर, अब मैं अनुच्छेद 371 पढ़ना चाहता हूँ- महाराष्ट्र और गुजरात राज्य के संबंध में विशेष उपबंध, स्पेशल प्रोविजन। 370 टेम्परेरी प्रोविजन है। दोनों के बीच का अंतर आप समझ लीजिए। दोनों के बीच में और अंतर क्या हैं?

371 क्या है? 371 का मूल जो है, वो महाराष्ट्र और गुजरात में विदर्भ, मराठवाड़ा, सौराष्ट्र और कच्छ के लिए बोर्डों की रचना करना है, इसमें क्या आपत्ति है? हम 371 को भला क्यों निकाल देंगे? 371(ए) के तहत नागालैंड के नागाओं की धार्मिक और सामाजिक प्रथाओं, भूमि और संसाधनों आदि के स्वामित्व के लिए वहाँ की असेम्बली निर्णय करती है। 371(बी) के तहत असम के उत्तरी कचर, कारबी आंगलोंग और बोडोलैंड टेरिटोरियल जिलों जैसी जनजातीय क्षेत्रों के विधानसभाओं की अन्य समिति के गठन में बाहुल्य दिया जाता है। हम यह क्यों खत्म करेंगे? यह कहीं पर भी देश की एकता और अखंडता के लिए बाधक नहीं है। 370 से क्या हो रहा है? 370 से इस देश के कानून वहाँ (जम्मू-कश्मीर) नहीं पहुँचते। इससे जम्मू-कश्मीर के लोगों में अलगाववाद फैलता है। वहाँ की असेम्बली की मंजूरी के अलावा देश की संसद के कोई कानून वहाँ लागू नहीं होते हैं।

370 और 371 की तुलना करके ये लोग देश की जनता को गुमराह करना चाहते हैं, लेकिन ऐसा नहीं हो पाएगा। देश की जनता सब समझती है कि 370 और 371 के बीच में अंतर क्या है?

मान्यवर, इसी तरह से मणिपुर, आंध्र प्रदेश, आंध्र प्रदेश का विश्वविद्यालय, सिक्किम,

मिजोरम, अरुणाचल प्रदेश और कर्नाटक, इन सारे राज्यों की कुछ-कुछ बेसिक समस्याओं को सुलझाने के लिए 371, 371(ए) से 371(जे) तक अलग-अलग अनुच्छेद लाए गए हैं। मैं इतना ही कहना चाहता हूँ कि 370 और 371 की तुलना ही नहीं हो सकती। यहाँ रिकॉर्ड पर कहा गया है कि 371 भी यह सरकार हटा लेगी तो नॉर्थ ईस्ट के राज्यों का क्या होगा? मैं सिर्फ नॉर्थ ईस्ट को नहीं, बल्कि महाराष्ट्र, कर्नाटक, आंध्र प्रदेश, सारे राज्यों को आश्वस्त करना चाहता हूँ कि नरेन्द्र मोदी सरकार की कोई मंशा 371 को हटाने की नहीं है। वे आश्वस्त रहें, उन्हें किसी से गुमराह होने की जरूरत नहीं है।

माननीय अध्यक्ष महोदय, यहाँ कहा गया कि हमने जो रास्ता चुना है, वह ठीक नहीं है। मैं इतना ही कहना चाहता हूँ कि इसी रास्ते पर आपने दो बार 370 में ऐसे संशोधन, पहले जवाहर लाल जी के समय में और बाद में इंदिरा जी के समय में किया है। क्या उस वक्त वह रास्ता ठीक था? लेकिन हम जब समस्या को निर्मूल करने के लिए संशोधन कर रहे हैं तब रास्ता ठीक नहीं लग रहा है! मैं कहना चाहता हूँ कि रास्ता तो ठीक है, पर यह रास्ता आपके वोट बैंक के आड़े आता है। इसलिए आपको ठीक नहीं लगता है।

माननीय अध्यक्ष महोदय, बहन सुप्रिया सुले ने काफी सारे सवाल उठाए हैं कि अभी फोन नहीं लग रहे हैं। इतने सारे सुरक्षा बलों को वहाँ पर भेज दिया गया है। इंटरनेट नहीं चल रहा है। मैं उनको याद दिलाना चाहता हूँ कि यह तो कुछ भी नहीं है। 1989 से 1995 तक क्या हुआ था? घाटी के लोग जानते हैं कि आतंकवाद इतना बढ़ा कि सालों तक कर्फ्यू लगाना पड़ा था। फोन छोड़िए, खाना-पीना, ब्रेड-बटर नहीं मिलता था। सुरक्षा बलों को तो हम इसलिए रखे हैं कि कोई अगर गुमराह करके वहाँ की कानून और व्यवस्था को बिगाड़ना चाहता है तो उसे मौका न मिले। बाकी कोई कारण नहीं है। वहाँ ऐसी कोई परिस्थिति नहीं है। एहतियात लेने से आप सरकार को कैसे रोक सकते हैं? यहाँ दिए गए भाषणों के टोन तो ऐसे थे कि आपके दबाव में आकर हम सुरक्षा बलों को हटा लेंगे और वहाँ पर कुछ घटनाएं हो जाएँ। न हम आपके दबाव में आएंगे, न सुरक्षा बल हटेंगे, न वहाँ पर कुछ होगा।

विपक्षी दलों का आरोप है कि चर्चा नहीं की गई। 70 साल तक चर्चा करते-करते हम थक गए। तीन पीढ़ियाँ आ गईं, मगर चर्चा का अंत नहीं आया, तब जाकर यह करना पड़ा है। कितनी चर्चा करें, किससे चर्चा करें? जो पाकिस्तान से प्रेरणा लेते हैं, उनसे चर्चा करें? क्या चर्चा करें? हम हुर्रियत के साथ चर्चा नहीं करना चाहते हैं। अगर घाटी के लोगों के मन में कोई शंका है, घाटी के लोग हमारे हैं, हम उनको सीने से लगाएंगे, प्यार से रखेंगे, पूरा हिन्दुस्तान उनको प्यार से रखेगा।

महोदय, अगर उनके मन में कोई आशंका है तो हम जरूर चर्चा करेंगे। हमें कोई आपत्ति नहीं है। हमारा चर्चा से कोई इनकार नहीं है। मगर कुछ फैसले करने पड़ते हैं। जब बहुत सारे ऐसे लोग होते हैं, जो किसी के कंट्रोल में ही नहीं हैं, वे एक वेस्टेड

इंटरेस्ट लेकर चर्चा के अंदर कूद पड़े होते हैं, तब चर्चा करने का माहौल भी बदलना पड़ता है। वक्त भी बदलना पड़ता है और तरीका भी बदलना पड़ता है। जहाँ तक घाटी के लोगों से चर्चा करने का सवाल है, मैं आप सभी को आश्वस्त करना चाहता हूँ कि घाटी की जनता के हर शक-शुबहा को दूर करने के लिए जितनी जरूरत पड़ेगी, हम उतनी चर्चा करेंगे। हम अपने कार्यों और निर्णयों से भी उनको आश्वस्त करा देंगे कि जम्मू-कश्मीर बाकी राज्यों से महत्वपूर्ण इसलिए है क्योंकि जम्मू-कश्मीर ने दर्द को सहा है। वर्ष 1989 से लेकर 2019 तक 41,849 से ज्यादा लोग मारे गए हैं। इसलिए सरकार को उन्हें कुछ विशेष भी देना पड़ा तो हमें कोई आपत्ति नहीं है। प्यार से बात करके उनके विकास के लिए काम करना है। वे 100 कहेंगे तो हम 110 तक जाने के लिए तैयार हैं। मोदी जी का दिल बड़ा है। मोदी जी ने पहली सरकार में भी सवा लाख करोड़ रुपये का पैकेज दिया था, जिसमें से 80 हजार करोड़ रुपया खर्च हो चुका है।

आपने कहा कि आप एक ओर नागा अकॉर्ड करने जा रहे हो और दूसरी ओर अनुच्छेद-370 हटा रहे हो। मैं स्पष्ट कर दूँ कि नागा अकॉर्ड और अनुच्छेद-370 के बीच में दूर-दूर तक कोई संबंध नहीं है। आप आश्वस्त रहिए, कोई ऐसी गलती जो पहले हुई है, वह हम नहीं करेंगे।

दूसरा, एक स्टेटमेंट है कि बेकारी के कारण आतंकवाद बढ़ा है। मैं इससे सहमत नहीं हूँ। बेकारी और इकोनॉमी की समस्या हर राज्य में है। वहाँ आतंकवाद क्यों नहीं बढ़ा? सिर्फ जम्मू और कश्मीर में ही आतंकवाद इसलिए बढ़ा, क्योंकि वहाँ अनुच्छेद-370 का उपयोग करके पाकिस्तान ने अलगाववाद की भावना को खड़ा किया। अलगाववाद की भावना में पाकिस्तान को पेट्रोल डालने का मौका मिला और हमारे युवाओं ने गुमराह होकर हथियार उठा लिए।

आंध्र असेंबली के बारे में कहा गया कि हमने इनसे चर्चा की थी, हमने उनसे चर्चा की थी। महोदय, मैं इस सदन के माध्यम से आंध्र और तेलंगाना दोनों राज्यों सहित देश की जनता को कहना चाहता हूँ कि इन्होंने क्या चर्चा की थी। एक प्रस्ताव भेजा था, जिसे दो तिहाई बहुमत से आंध्र की सरकार के अलावा आंध्र की असेंबली और ऊपरी सदन दोनों ने रिजेक्ट कर दिया। मुख्यमंत्री ने इस्तीफा दे दिया। फिर भी आपने आंध्र का विभाजन कर दिया।

सवाल मेरी पार्टी की सहमति या असहमति का नहीं है। मैं आंध्र विभाजन पर जा ही नहीं रहा हूँ कि वह उचित था या नहीं था। प्रक्रिया का सवाल उठाया गया है। उन्होंने विपक्ष प्रक्रिया पर सवाल उठाया कि हमने स्थानीय लोगों से चर्चा की या नहीं? आंध्र विभाजन के समय स्थानीय असेम्बली और स्थानीय ऊपरी सदन की तो मंशा थी कि डिवीजन न हो, फिर आपने क्यों किया, और आपने किया तो हमें क्यों टोक रहे हैं? हम तो आमने-सामने बैठ कर ठंडे दिमाग से आपसे चर्चा कर रहे हैं। आपने कैसे किया था? सदन के दरवाजे बंद कर दिए गए थे। मार्शलों ने सांसदों को

उठाकर बाहर फेंक दिया था। काला दिन आज नहीं है। काला दिन वह था, जिस दिन संसद की पवित्रता को आपने भंग किया। मैं अभी भी यह कहता हूँ कि आंध्र प्रदेश का डिवीजन करना चाहिए या नहीं करना चाहिए, मैं इस मुद्दे पर नहीं हूँ, बल्कि मैं इसकी प्रक्रिया का वर्णन कर रहा हूँ।

उन्होंने (विपक्ष में) कहा कि आपने (सरकार) रातों-रात एक राज्य को दो यूनियन टेरिटरीज में बाँट दिया।

मान्यवर, मैं यह कहना चाहता हूँ कि जहाँ तक यूनियन टेरिटरी का सवाल है, लद्दाख को यूनियन टेरिटरी बनाना लद्दाख वालों की डिमांड है, जिसे आपने आज तक पूरा नहीं किया। जहाँ तक जम्मू और कश्मीर का सवाल है तो वहाँ की परिस्थिति के नॉर्मल होते ही, उचित समय पर हम तुरन्त उस पर पुनर्विचार करेंगे और निर्णय लेंगे।

नेहरू जी ने अनुच्छेद-370 के बारे में कहा था कि यह अस्थायी है, उचित समय आएगा, तब हटाएँगे। उचित समय आने में 70 साल लगे। हमें 70 साल नहीं लगने वाले, इतना मैं जरूर अश्वस्त करना चाहता हूँ।[4]

माननीय अध्यक्ष महोदय, सदन के सीनियर सदस्य श्रीमान् बालू जी ने एक सवाल उठाया कि मैं जो यह बिल और संकल्प लेकर आया हूँ, संपत प्रकाश वर्सेज स्टेट ऑफ जम्मू-कश्मीर के जजमेंट के तहत, असंवैधानिक है। संपत प्रकाश वर्सेज स्टेट ऑफ जम्मू-कश्मीर के केस में दलील क्या है? उसमें दलील यह थी कि जैसे ही जम्मू और कश्मीर की कंस्टीट्युएन्ट असेम्बली का अस्तित्व समाप्त हो जाता है, आर्टिकल 370(3) का अस्तित्व समाप्त हो जाता है।

मेरे पास जजमेंट भी है। उसके पैरा 5 और 6 में सुप्रीम कोर्ट की संविधान खंड पीठ ने कहा कि आर्टिकल 370(3) समाप्त नहीं हुआ है। आर्टिकल 370(3) पूर्णतया आज भी हमारे संविधान का हिस्सा है।

महोदय, मैं आपके माध्यम से सभी माननीय सदस्यों से यह कहना चाहता हूँ कि एक दलील यह आई कि आर्टिकल 370(1)(D) का व्याप इतना नहीं है, एक लिमिटेड उपयोग है। ए.आई.आर., 1961, सुप्रीम कोर्ट 1519, यह भी संविधान खंड पीठ है। उसने यह कहा- 'There is no reason to limit the word "modification" as used in Article 370(1) only to such modifications as do not make any "radical transformation". Legislature can make any radical transformation.' आप यानी विधायिका कुछ भी कर सकते हैं, यह भी सुप्रीम कोर्ट ने तय किया है।

यहाँ बहस में यह भी कहा गया कि अब वहाँ का शासन उपराज्यपाल चलाएँगे। उनके सलाहकार चलाएंगे। इसका रिकॉर्ड ठीक रहे, इसलिए मैं आपसे यह कहना चाहता हूँ कि वहाँ हमने असेम्बली का प्रावधान किया है। जम्मू-कश्मीर यूनियन टेरिटरी विद असेम्बली है। वहाँ विधायक भी होंगे, मुख्यमंत्री भी होंगे, जन-प्रतिनिधि भी होंगे और उनका मंत्रिमंडल भी होगा। किसी एडवाइजर के आधार पर इतना बड़ा राज्य नहीं

चलेगा। आपके इस आरोप से मैं सहमत नहीं हूँ।

मसूदी साहब ने रेफरेंडम का मुद्दा उठाया। मसूदी साहब, रेफरेंडम तो तभी खत्म हो गया जब पाकिस्तान ने वर्ष 1965 में भारत की सीमाओं का अतिक्रमण किया। अब यूनाइटेड नेशन में रेफरेंडम का कोई मुद्दा नहीं है और यूनाइटेड नेशन ने भी इस बात को स्वीकार किया है।

अभी कहा जा रहा है कि 72 घंटे से कर्फ्यू है। मैं मसूदी साहब से पूछना चाहता हूँ कि कांग्रेस के समय जब टेररिज्म बढ़ रहा था और नेशनल कांफ्रेंस की सरकार थी, तब कितने घंटों का कर्फ्यू होता था? अभी वहाँ पर कानून और व्यवस्था की स्थिति बिगड़ी नहीं है। यह एहतियातन है। यह परिस्थितिजन्य नहीं है। वहाँ स्थिति बिगड़ी है, इसलिए कर्फ्यू नहीं लगाया गया है। बल्कि स्थिति न बिगड़े, इसके लिए कर्फ्यू लगा है। इन दोनों में बड़ा अंतर है। आप (मसूदी साहब) हाई कोर्ट में जज रहे हैं। मुझे लगता था कि आप अपना जजमेंट 'कोट' करेंगे। मगर आपने नहीं किया क्योंकि आपको भी मालूम है कि यह जजमेंट खोखला है। इसलिए मैं उसकी सच्चाई बताने के लिए थोड़ा पढ़ाई-लिखाई करके आज आया था। मगर अच्छा ही हुआ कि आपने 'कोट' नहीं किया।

कुट्टी जी ने कहा कि आपका एजेंडा सांप्रदायिक है। मैं इस बात को सिरे से खारिज करना चाहता हूँ। अनुच्छेद-370 हटाना कैसे एक सांप्रदायिक एजेंडा हो सकता है! क्या जम्मू-कश्मीर में हिंदू नहीं रहते हैं, क्या वहाँ जैन नहीं रहते हैं, बौद्ध नहीं रहते है, सिख नहीं रहते हैं। कैसे यह सांप्रदायिक एजेंडा हो सकता है? कुट्टी साहब, आप किसको एड्रेस कर रहे हैं? आप मुझे जरा समझाइए। जम्मू-कश्मीर के लिए बनाया गया कानून कैसे सांप्रदायिक दिखेगा? क्या वहाँ पर सिर्फ मुसलमान रहते हैं? ऐसा कहा जा रहा है कि सरकार माइनॉरिटी को दबा रही है। वहाँ माइनॉरिटी जैन भी हैं और सिख भी हैं। वहाँ माइनॉरिटी कमीशन को स्वीकार नहीं करके अनुच्छेद-370 ने माइनॉरिटीज के साथ अन्याय किया है। आज भी वहाँ माइनॉरिटी कमीशन नहीं है और यह अनुच्छेद-370 के कारण ही हुआ है।

बहस में कहा गया कि जमीन को बाँटना 'कंसेन्ट' के बिना ठीक नहीं है। मैंने सुबह ही बहुत विस्तार से कहा कि संविधान की किस अनुच्छेद के तहत हमने यह किया है और यह अधिकार कहाँ से प्राप्त होता है, मैंने उसको सदन के सामने रखा है। इसलिए मैं उसको दुहराना नहीं चाहता हूँ।

शशि थरूर जी ने कहा कि सिक्योरिटी की चिंता हो रही है। थरूर साहब, वर्ष 1989 से लेकर आज तक 41,849 लोग मारे गए हैं। हम जिस रास्ते चले थे। उसी रास्ते से इतने लोग मारे गए हैं। मैं आप सब को दिल से पूछना चाहता हूँ कि क्या अभी भी उसी रास्ते पर चलना है? क्या हम कोई दूसरा रास्ता नहीं सोचेंगे? दूसरे रास्ते से शांति आए, क्या इसका भी प्रयास नहीं करेंगे? क्या घाटी के लोगों की खुशहाली के लिए काम नहीं करेंगे? 70 साल से इसी रास्ते पर चले, जिसका आप आग्रह कर रहे

हैं, इसका नतीजा क्या रहा? मेरा सवाल है कि 41,849 से ज्यादा लोग मारे गए, इसके लिए कौन जिम्मेदार है? मैं किसी व्यक्ति का नाम नहीं लेना चाहता हूँ। कभी तो अलग हटकर सोचना पड़ेगा। कब तक वोट बैंक की राजनीति करते रहेंगे? जिस विचारधारा को हम स्वीकारते हैं, उसके आधार पर ही हर चीज के बारे में नहीं सोचेंगे। हमें देश हित और घाटी के युवाओं की चिंता भी करनी पड़ेगी।

आज लद्दाख क्षेत्र के हमारे एक युवा साथी ने बहुत जोश के साथ सदन में भाषण दिया। मैं उनको बधाई देना चाहता हूँ। उन्होंने लद्दाख की जनता के सारे ऐतिहासिक तथ्य सदन और देश के सामने रखे हैं। क्या हम इनकी भावनाओं को नहीं सुनेंगे? इन्हें कब तक अनसुना करेंगे? बहुत लंबे समय तक अनसुना नहीं कर पाएँगे।

ओवैसी साहब ने कहा कि सदन ऐतिहासिक भूल करने जा रहा है। ओवैसी साहब, हम ऐतिहासिक भूल करने नहीं जा रहे बल्कि ऐतिहासिक भूल को सुधारने जा रहे हैं। इतिहास बताएगा कि भूल अनुच्छेद-370 को लगाना था। मुझे विश्वास है कि पाँच साल के बाद जम्मू-कश्मीर के अंदर प्रधानमंत्री जी के नेतृत्व में जो विकास होने वाला है, उसे देखकर घाटी की जनता भी कहेगी कि अनुच्छेद-370 का झुनझुना उन्हें जो पकड़ाया गया, उसने उनका बहुत अहित किया।

यहाँ नागा समझौते का सन्दर्भ दिया गया। कहा गया कि मैं आयरन फेस बनाने के लिए यह सब एक्सरसाइज कर रहा हूँ। मैं लौह पुरुष बनना नहीं चाहता हूँ। विनम्रता के साथ मै कहना चाहता हूँ कि मेरा अस्तित्व एक छोटे से कार्यकर्ता का है और भारतीय जनता पार्टी के कार्यकर्ता का है। वह मुझे बहुत पसंद है। मेरी पार्टी की परम्परा है कि हम ऐसे फैसले व्यक्तित्व को बढ़ाने के लिए, पार्टी के वोट बैंक के लिए या पार्टी को चुनावी फायदा दिलाने के लिए नहीं लेते हैं। ऐसे फैसले, देश का भला किसमें है, वह देख कर लिए जाते हैं। ऐसे फैसले देश की सुरक्षा किसमें है, वह देखकर लिए जाते हैं। ऐसे फैसले घाटी की जनता की भलाई किसमें है, वह देखकर लिए जाते हैं। मैं सदन को आश्वस्त करना चाहता हूँ कि ये सारे फैसले जो आज मैं सदन के सामने लेकर आया हूँ, वे घाटी की जनता की भलाई के लिए हैं।

मान्यवर, आज पूरे दिन अनुच्छेद-370 और 35(ए) पर चर्चा चलती रही, मगर किसी ने यह नहीं बताया कि अनुच्छेद-370 से फायदा क्या होगा? अगर 370 जारी रखनी है तो क्यों रखनी चाहिए? यह तो बताते! घाटी के लोगों को भी मालूम पड़ता कि अनुच्छेद-370 से उन्हें प्राप्त क्या होगा। मैंने धैर्यपूर्वक एक-एक शब्द सुना है। सबके भाषण सुने हैं। किसी के भी तर्क में यह नहीं आया कि अनुच्छेद-370 कैसे कश्मीर का कल्याण कर सकती है, कैसे घाटी के लोगों का कल्याण कर सकती है, कैसे लद्दाख और जम्मू का कल्याण कर सकती है। सच यह है कि अनुच्छेद-370 कोई कल्याण कर ही नहीं सकती, इसलिए कोई आर्ग्यूमेंट नहीं आए। मैं इसे हटाने का प्रस्ताव लेकर आया हूँ, इसलिए मैं बताता हूँ कि अनुच्छेद-370 जम्मू और कश्मीर के

विकास के लिए कैसे बाधक है।

मान्यवर, अनुच्छेद-370 जम्मू-कश्मीर और लद्दाख के लोकतंत्र के लिए बाधक है। ये जम्मू-कश्मीर और लद्दाख की गरीबी को बढ़ाने वाली, पर्यटन विकास को रोकने वाली, लोगों को आरोग्य और शिक्षा से दूर रखने वाली है। अनुच्छेद-370 महिला विरोधी है। अनुच्छेद-370 दलित विरोधी है। अनुच्छेद-370 आदिवासी विरोधी है। अनुच्छेद-370 आतंकवाद का खाद और पानी दोनों है। इससे कश्मीर की जमीन पर आतंकवाद पनपा।

मान्यवर, अनुच्छेद-370 से क्या होता है? इस देश के कानून को जम्मू-कश्मीर में लागू होने से अनुच्छेद-370 रोकती है। सभी कानून जो देश की जनता के चुने प्रतिनिधियों ने पारित किए हैं और देश की भलाई के लिए बनाए गए हैं। चाहे वह कांग्रेस की सरकार ने बनाए हों, बीजेपी की सरकार ने बनाए हों या किसी अन्य सरकार ने बनाए हों। संसद जो कानून बनाती है, वह देश की जरूरतों को समझकर, देश की जनता की भलाई के लिए करती है। अनुच्छेद-370 का उपयोग करके जम्मू-कश्मीर के सियासतदान, तीन परिवार के लोगों, ने इतने सारे कानून वहाँ स्वीकार क्यों नहीं किए? यह कोई छोटी सूची नहीं है। 9 संविधान सुधारों के साथ, 106 कानूनों को आज तक हम जम्मू-कश्मीर में लागू नहीं कर पाए हैं। वहाँ उन कानूनों का कोई अस्तित्व नहीं है।

अब देखिए ये कौन से कानून हैं? बाल विवाह का कानून है। छोटी बच्ची के साथ कोई शादी नहीं कर सकता, भला यह कानून कैसे जम्मू-कश्मीर का विरोधी कानून हो गया? देश भर में शादी की उम्र तय हो गई, लेकिन जम्मू-कश्मीर में नहीं है। आप किस जमाने में जम्मू-कश्मीर को डाल रहे हैं? अनुच्छेद-370 को जो रखना चाहते हैं, उन्हें देश की जनता को जवाब देना पड़ेगा कि बाल विवाह का आप क्यों समर्थन कर रहे हैं।

महोदय, नेशनल कमीशन फॉर माइनॉरिटी वहाँ क्यों नहीं पहुँचा है? वहाँ सिख रहते हैं, जैन भाई रहते हैं, लद्दाख बौद्ध धर्म मतावलंबियों से भरा हुआ है। क्यों माइनॉरिटी कमीशन नहीं बना? बाल विवाह, नेशनल कमीशन फॉर माइनॉरिटी (व्यवधान) आप जितना टोकोगे, मैं हर बार लिस्ट पढूँगा और देश की जनता सुनेगी।

महोदय, 'शिक्षा का अधिकार' कानून के तहत छः से चौदह साल के बच्चों को पढ़ने का अधिकार देश की संसद ने दिया है। देश भर में बच्चों को अधिकार है कि वह राज्य से माँग करें कि 14 साल तक मेरी शिक्षा-दीक्षा की व्यवस्था की जाए। मसूदी साहब बता रहे थे कि जम्मू-कश्मीर में पढ़ाई-लिखाई हो रही है। मैं भी कहना चाहता हूँ कि पढ़ाई-लिखाई हो रही है और मेरा अधिकार पढ़ाई-लिखाई का है, दोनों चीजों में मूलभूत अंतर है। देश के छः से चौदह साल के सभी बच्चों को यह अधिकार है, जबकि जम्मू-कश्मीर के बच्चों को नहीं है। ऐसा अनुच्छेद-370 के कारण है। मसूदी साहब, आप कुछ बचाव नहीं कर पाएँगे, आपके तर्क में कुछ नहीं है, सब खोखला है।

नेशनल काउंसिल फॉर टीचर एजुकेशन भी जम्मू-कश्मीर में नहीं है। जो

अनुच्छेद-370 को बचाना चाहते हैं, मैं उनसे पूछना चाहता हूँ कि शिक्षक ढंग से बच्चों को पढ़ाएँ, इसके लिए यह करना चाहिए या नहीं करना चाहिए? इसमें क्या आपत्ति थी? क्यों नहीं स्वीकार किया? अनुच्छेद-370 के द्वारा रोक कर बैठे हैं।

'लैंड एक्विजिशन' स्वीकार नहीं किया। दिव्यांगों से संबंधित सारी व्यवस्थाओं के लिए बना मल्टीपल डिसएबिलिटी एक्ट भी यहाँ लागू नहीं किया गया। वरिष्ठ नागरिकों के लिए बने मैन्टेनेंस एंड वैलफेयर ऑफ पेरेंट्स एक्ट को भी स्वीकार नहीं किया गया। इसमें क्या बुराई थी? जो लोग कटाक्ष लिखते हैं, मैं उनको भी सदन के माध्यम से कहना चाहता हूँ कि क्या कभी इसके परिणामों के बारे में विचार किया है कि हमने जम्मू-कश्मीर के नागरिकों की क्या गत कर दी है? उनको कितने अधिकारों से वंचित रखा है?

महोदय, देश भर में परिसीमन हुआ। पर जम्मू-कश्मीर में डिलिमिटेशन नहीं हो सकता है, चाहे निर्वाचन क्षेत्र में कितनी भी आबादी बढ़ जाए! एक ही जन प्रतिनिधि मिलेगा, क्यों? देश भर में बढ़ती आबादी के अनुपात में जन प्रतिनिधि मिले, क्षेत्रों का बँटवारा हुआ, ऐसा जम्मू-कश्मीर में क्यों नहीं हो रहा है? क्योंकि इससे वहाँ वोट बैंक घट जाएगा। लेकिन अब ऐसे नहीं चलेगा। अनुच्छेद-370 हटते ही वहाँ देश के सारे कानून लागू हो जाएँगे।

'व्हिसल ब्लोअर प्रोटेक्शन एक्ट' आया। देश में अगर कहीं भी भ्रष्टाचार होता है और कोई व्यक्ति उसकी सूचना तंत्र को देता है तो उसे प्रोटेक्शन देना चाहिए। कांग्रेस पार्टी बहुत जोर-जोर से इसकी प्रशंसा करती थी। मगर यह कानून वहाँ जम्मू-कश्मीर में नहीं चाहिए, क्योंकि वहाँ तीन परिवारों का शासन है। भ्रष्टाचार पनपता रहे, लेकिन इनपर कोई आँच नहीं आनी चाहिए। मैं आपके माध्यम से देश की जनता को बताना चाहता हूँ कि चिंता अनुच्छेद-370 की नहीं है। जम्मू-कश्मीर पर एंटी करप्शन ब्यूरो राष्ट्रपति शासन में शुरू हुआ और कुछ फाइलें खुली हैं, इसकी चिंता है। इसी कारण से 370 के लिए हो-हल्ला हो रहा है। जम्मू-कश्मीर बैंक में जैसे ही प्रशासक आया, चेहरे पर ठंड में पसीने आने लगे। क्यों भला? हमें कोई चिंता नहीं है। इस देश में हम पक्ष में भी हैं और विपक्ष में भी हैं।

सफाई कर्मचारी के लिए राष्ट्रीय आयोग देश में सभी जगह है। वहाँ के वाल्मीकि भाइयों और सफाई कर्मचारियों के लिए इस कमीशन को स्वीकार नहीं किया गया। इसका कारण क्या है? कारण एक ही है कि जो चलता है उसे चलने दो। सभी सफाई कर्मचारियों को देश में समान न्याय मिलेगा। ट्राइबल्स व दलितों के लिए रिजर्वेशन होगा। मैं पॉलिटिकल रिजर्वेशन की बात कर रहा हूँ, जो वहाँ नहीं मिला है। मैं पूछना चाहता हूँ कि कांग्रेस पार्टी से जो 370 को बचाना चाहती है, क्या वो दलित और ट्राइबल्स के रिजर्वेशन का विरोध कर रही है? पूरे देश में दलित और ट्राइबल भाइयों को रिजर्वेशन मिल रहा है, जम्मू-कश्मीर में क्यों नहीं मिल रहा है? मैं पूछता हूँ मिलना चाहिए कि

नहीं मिलना चाहिए? जो लोग अनुच्छेद-370 की वकालत करते हैं, मैं उनसे पूछना चाहता हूँ कि आप किसके पक्ष में खड़े हैं?

इसी प्रकार अनुसूचति जाति और 'अनुसूचित जनजाति प्रिवेंशन ऑफ अट्रोसिटी एक्ट' की तरह 'द शेड्यूल ट्राइब्स एंड अदर ट्रेडिशनल फॉरेस्टर्स एक्ट' बना है। जो वन में काम करते हैं, उनके प्रोटेक्शन के लिए भारत सरकार ने यह एक्ट बनाया है। यह एक्ट भी जम्मू-कश्मीर में लागू नहीं है। मेरे गुर्जर भाई पहाड़ियों पर घूमते रहते हैं, उनको कोई फायदा नहीं मिलता है। अनुच्छेद-370 बचाने वाले ये भी कर रहे हैं, इसको याद रखिए। जनता को हिसाब देना पड़ेगा।

बहुत सारे केंद्रीय कानून हैं, जिनके जरिए जम्मू-कश्मीर में विकास हो सकता था, उसे रोका गया है। जम्मू-कश्मीर के लोगों की भलाई को रोका गया है। सबसे बड़ी बात यह है कि अनुच्छेद-370 का उपयोग करके जम्मू-कश्मीर के लोकतंत्र का गला घोंटा गया है। 70 सालों तक तीन परिवारों ने जम्मू-कश्मीर को अपनी गिरफ्त में रखा। 73वाँ और 74वाँ संशोधन जम्मू-कश्मीर में क्यों नहीं आया? इसको स्वर्गीय राजीव गाँधी जी लेकर आए थे, मगर फिर भी इन्होंने इसे वहाँ लागू नहीं किया क्योंकि इससे उनके वोट बैंक को नुकसान हो रहा था।

आज मैं नरेन्द्र मोदी जी की इच्छाशक्ति को धन्यवाद देना चाहता हूँ। राष्ट्रपति शासन आते ही हमने वहाँ पंचायत चुनाव कराए। आज जम्मू-कश्मीर में 40 हजार पंच-सरपंच अपने गाँवों के विकास का खाका खुद खींच रहे हैं। आज उनके पास अधिकार है। 3500 करोड़ रुपये इन पंच, सरपंचों को आरटीजीएस के माध्यम से डायरेक्ट भेजने का काम नरेन्द्र मोदी सरकार ने किया है।

अध्यक्ष महोदय, मैं बताना चाहता हूँ कि किस प्रकार से विकास की दौड़ में कश्मीर के लोगों को रोका गया है। गरीबी को ही ले लीजिए तो इन्होंने (तीन परिवार) अपने-आप को अनुच्छेद-370 से प्रोटेक्ट कर दिया। जनता को 370 से गुमराह करते रहे। तीन परिवार ही चुनकर आते रहे। पूरा देश जानता है कि कौन से तीन परिवार हैं।

मान्यवर, जम्मू-कश्मीर में भ्रष्टाचार हुआ। वहाँ पूरा पैसा जनता के कल्याण के लिए गया, लेकिन उतना विकास नहीं हुआ, जितना होना चाहिए था। अभी अनुच्छेद-370 की वकालत करने वाले कहेंगे कि डेवलपमेंट हुआ है। इसलिए मैं आँकड़े देना चाहता हूँ।

वर्ष 2004 से 2019 तक दो लाख सत्तर हजार करोड़ (2,70,000 करोड़) रुपये भारत सरकार ने जम्मू-कश्मीर को दिए हैं। लेकिन आप जम्मू के गाँवों में जाकर देखिए कि वहाँ स्थिति क्या है? गाँवों में जाकर देखिए कि कितनी गरीबी है, फिर वह पैसा कहाँ गया? अनुच्छेद-370 की आड़ में अथाह भ्रष्टाचार करने का काम वहाँ के सियासतदानों ने किया है।[5]

अगर जम्मू-कश्मीर की बेटी किसी भारतीय से शादी करती है तो उसके बच्चों को जम्मू-कश्मीर का नागरिक बनने का अधिकार नहीं है। वहाँ सम्पत्ति लेने का अधिकार

क्यों नहीं है? उनका क्या गुनाह है?

एक ही देश में अनुच्छेद-370 का उपयोग करके बेटियों की शादी कहाँ करनी है, क्या आप उन्हें इसके लिए भी बाध्य करेंगे? यह आप कैसे कर सकते हैं? देश आगे बढ़ चुका है, अब ऐसा नहीं चलेगा। अब जम्मू-कश्मीर की बेटी कहीं पर भी शादी करे, उसके बेटे-बेटियों को अधिकार नरेन्द्र मोदी सरकार दे रही है।

मान्यवर, आतंकवाद को एक अलग 'फिलोसफी' से देखने वाले लोगों ने आतंकवाद की बढ़ोत्तरी की। सुप्रिया बहन मेरी बात से सहमत नहीं होंगी। उन्होंने एक अलग थ्योरी रखी कि आतंकवाद का मूल गरीबी में है। सुप्रिया जी, गरीब देश का वफादार होता है।

मान्यवर, मैं आपके माध्यम से यह बताना चाहता हूँ कि आतंकवाद जम्मू-कश्मीर में क्यों बढ़ा है। जम्मू-कश्मीर में अनुच्छेद-370 का अपप्रचार करके वहाँ पर अलगाववाद और बाकी सारी चीजों की स्वायतत्ता की माँग का जहर हर रोज घोला गया। लोगों को लगा कि हमें इससे बहुत कुछ मिल जाएगा, लेकिन क्या मिला? कोई हिसाब देगा कि जम्मू-कश्मीर की जनता को क्या मिला? गरीबी के अलावा कुछ नहीं मिला। किसका भला हुआ? सिर्फ इन तीन परिवारों का भला हुआ और किसी का भला नहीं हुआ।[6]

जम्मू-कश्मीर में अलगाववाद क्यों बढ़ा? इसलिए बढ़ा क्योंकि वहाँ 370 के चलते अलगाववाद को जनता के बीच आरोपित करने का काम पाकिस्तान ने किया। इसको खाद और पानी देने का काम किया और वर्ष 1988 से आतंकवाद का एक बहुत बड़ा ताण्डव वहाँ शुरू हुआ। वर्ष 1989 से लेकर आज तक 41 हजार से अधिक लोग मारे गए हैं। आज भी लड़ाई का अंत नहीं हुआ है।

हम स्पष्ट संदेश देना चाहते हैं कि अनुच्छेद-370 से जम्मू-कश्मीर का और विशेषकर घाटी के युवाओं का भला नहीं हुआ। आतंकवाद के रास्ते पर जो युवा गए हैं, जिनके मन में अलगाववाद की भावना है, जो लोग अनुच्छेद-370 के लिए सोचते हैं कि हमारा कुछ छिन गया है, इस सदन के माध्यम से मैं उन सबको विनम्र भाव से कहना चाहता हूँ कि आप हिसाब-किताब तो करिए कि आपको अनुच्छेद-370 से क्या मिला? क्या आपको रोटी मिली, शिक्षा मिली, सुख-सुविधा व रोजगार मिला, आरोग्य मिला? क्या मिला आपको अनुच्छेद-370 से? क्यों यह झुनझुना पकड़े हुए हो?

हाँ अनुच्छेद-370 ने हमेशा जम्मू-कश्मीर को भारत के खिलाफ उकसाने का मौका पाकिस्तान को दिया। इसी कारण आतंकवाद इतना बढ़ा और 41 हजार से ज्यादा लोग मारे गए। इसके लिए कौन जिम्मेदार है? आज हम इसके मूल में जाना चाहते हैं। हमें इसकी चिंता नहीं है कि इतिहास कैसे लिखा जाएगा। मैं कोई भविष्यवेत्ता नहीं हूँ, कोई ज्योतिषी नहीं हूँ। मगर मुझे इतना मालूम है कि अनुच्छेद-370 का इतिहास लिखा गया है कि अनुच्छेद-370 और 35ए के कारण जम्मू-कश्मीर के अंदर इतना आतंकवाद फैला है कि 41 हजार से ज्यादा लोग मारे गए हैं। मैं मानता हूँ कि अनुच्छेद-370 के जाने से हम धीरे-धीरे घाटी के सभी लोगों को अपने नजदीक ला पाएँगे। उनके मन

में एक नई आशा, नई उमंग ला पाएंगे और वहाँ पर विकास होगा।

मान्यवर, वहाँ गरीबी कैसे बढ़ी? देश भर में आजादी के समय भूमि की जो कीमत थी, उसमें सैकड़ों गुना बढ़ोतरी हुई, लेकिन जम्मू-कश्मीर में ऐसा नहीं हुआ, क्योंकि खरीददारों को आपने लिमिटेड कर दिया। खरीदने वाला भी गरीब है और बेचने वाला भी गरीब है। बिक्री-खरीद कैसे करेंगे? जब अनुच्छेद-370 हटेगी, वहाँ पर इंडस्ट्री जाएगी, शिक्षण संस्थाएँ जाएँगी, अस्पताल जाएँगे, तो इससे लोगों को रोजगार भी मिलेगा। रोजगार मिलेगा तो गरीबी हटेगी और उनकी जमीन की कीमत बढ़ेगी।

सुप्रिया बहन को वहाँ के पर्यावरण और वहाँ की खूबसूरती की चिंता हो रही थी। सुप्रिया बहन, पर्यावरण और खूबसूरती के लिए देश भर में कानून बने हैं और अनुच्छेद-370 हटते ही वे सारे कानून वहाँ अमल होंगे। उन्हीं कानूनों के तहत वहाँ का पर्यावरण भी अच्छा रहेगा और खूबसूरती भी अच्छी रहेगी। मैं बताना चाहता हूँ कि जम्मू-कश्मीर पृथ्वी का स्वर्ग था, है और रहेगा। हम इसको जरा भी बिगड़ने नहीं देंगे।

मान्यवर, अनुच्छेद-370 पर कई बार चर्चा हुई। इस सदन में भी हुई। माननीय मंत्री डॉ. जितेन्द्र सिंह जी ने चर्चा में भाग लेते वक्त इसका उल्लेख भी किया है। अनुच्छेद-370 पर जब चर्चा हुई थी तब मधु लिमये, राम मनोहर लोहिया, इन्दर मल्होत्रा, श्री समनानी, अब्दुल गनी, जो कांग्रेस के संसद सदस्य थे और घाटी से थे, गोपाल दत्त मैंगी, श्याम लाल सर्राफ, अटल बिहारी वाजपेयी जी ने अपने विचार रखे थे।

आज अटल जी का उल्लेख किया गया। अटल जी आजीवन अनुच्छेद-370 के खिलाफ लड़े। अपने जीवन में अनुच्छेद-370 का विरोध और सत्याग्रह करते हुए साढ़े चार महीने जेल में भी रहे। जब अटल जी की सरकार बनी तब भी उन्होंने कहा था कि मेरे पास खंडित जनादेश (फ्रैक्चर्ड मैंडेट) है, इसलिए मैं अनुच्छेद-370 को नहीं हटाऊँगा। आज विधाता की विधि का कमाल देखिए कि अटल जी की ही पार्टी के नरेन्द्र मोदी जी को पूर्ण बहुमत मिला है और आज अनुच्छेद-370 खत्म हो गया है।

मान्यवर, जो छद्म सेकुलरिज्म की बात करते हैं, मैं उनसे पूछना चाहता हूँ कि क्या मधु लिमये सेक्युलर नहीं थे? मैं अखिलेश यादव जी से पूछना चाहता हूँ कि क्या लोहिया जी सेक्युलर नहीं थे? लोहिया जी ने ढाई घण्टे के लम्बे भाषण में इसी सदन में खड़े होकर कहा है कि अनुच्छेद-370 भारत और कश्मीर को अलग करने वाला अनुच्छेद है, उसे तत्काल निकाल देना चाहिए। इसमें एक क्षण की भी देरी नहीं हो। मान्यवर, अब्दुल गनी जी सेक्युलर नहीं थे क्या? अनुच्छेद-370 का सेक्युलरिज्म के साथ कोई लेना-देना नहीं था। जम्मू-कश्मीर और लद्दाख के अंदर सभी धर्मों के बाशिंदे बसते हैं और सभी पर यह लागू होने वाला है। यह किसी एक धर्म विशेष के लिए नहीं है।

मान्यवर, मैं एक दूसरा उदाहरण देना चाहता हूँ। पार्टिशन होने के बाद पाकिस्तान से ढेर सारे शरणार्थी यहाँ आए। वे कच्छ में भी आए, हमारे यहाँ गुजरात में भी आए, पंजाब में आए, दिल्ली में भी ढेर सारे शरणार्थी बसे। मैं दो शरणार्थियों का नाम लेना

चाहता हूँ- डॉ. मनमोहन सिंह और इंद्र कुमार गुजराल, दोनों जम्मू-कश्मीर नहीं गए बल्कि पंजाब गए। इसलिए वे देश के प्रधानमंत्री बन पाए। जो जम्मू-कश्मीर में गए, वे काउंसलर भी नहीं बन पाए क्यों? क्योंकि उनको वोट का अधिकार नहीं था।

नागरिक अधिकारों की बात करने वालों से मैं पूछना चाहता हूँ कि इतने साल से 20 लाख से ज्यादा लोगों को वोट का अधिकार नहीं मिला है, क्या उनके ह्यूमन राइट्स नहीं हैं? ह्यूमन राइट्स की बात करने वालों से मैं पूछना चाहता हूँ कि सारा सूफी संप्रदाय जम्मू-कश्मीर से उखाड़ कर फेंक दिया। क्या इस सूफी संप्रदाय के लिए कोई ह्यूमन राइट्स नहीं थे? लाखों-लाख कश्मीरी पंडित अपना घर छोड़ कर निकल गए, क्या उनके ह्यूमन राइट्स नहीं थे? अनुच्छेद-370 कौन सी ह्यूमन राइट्स की खैरख्वाह है?

माननीय अध्यक्ष जी, मैं इतना ही कहना चाहता हूँ कि जो अनुच्छेद-370 का समर्थन करते हैं, वे दलित विरोधी हैं, ट्राइबल विरोधी हैं, महिला विरोधी हैं, विकास विरोधी हैं, शिक्षा विरोधी हैं। जो 370 का समर्थन करते हैं वे आतंकवाद, गरीबी, शोषण और अशिक्षा का समर्थन करते हैं। मैं और मेरे नेता श्री नरेन्द्र मोदी की सरकार इसका समर्थन नहीं कर सकती है।

मैं सदन से निवेदन करना चाहता हूँ कि आइए फिर से एक बार सोचें। बहुत चल दिए उस रास्ते पर, वह रास्ता हमारे लिए मुफीद नहीं रहा। उस रास्ते पर 41 हजार से अधिक लोग जान गँवा बैठे, कश्मीर की वादियाँ अलगाववाद की आग में जल गयी। वह रास्ता छोड़ें। मोदी जी और यह सरकार जो नया रास्ता लेकर आई है, इस रास्ते पर आगे बढ़ें। घाटी, लद्दाख व जम्मू, तीनों की जनता को आज आजादी के बाद जैसे सब प्रदेशों में विकास हुआ है, सब प्रदेशों में संपत्ति बढ़ी है, वैसे ही उनको भी वह अधिकार दें। सच्चे अर्थ में उनको भारत के साथ जुड़ने का मौका दें।

माननीय अध्यक्ष जी, देश की जनता क्या चाहती है, लेह-लद्दाख और जम्मू-कश्मीर की जनता क्या चाहती है, इसकी नब्ज को समझकर ही प्रधानमंत्री जी ने यह फैसला लिया है। यह बिल हम सदन के पटल पर रख रहे है। और मैं सभी से अपील करता हूँ कि इस ऐतिहासिक काम में सभी आगे बढ़कर साथ दें।

(नोट: लोकसभा में दिए इस भाषण में चर्चा और बहस तथा संसदीय प्रक्रिया के विषयों को संदर्भ 6-7 के तौर पर एंड नोट में दिया गया है।)[7,8]

नोट

1. मनीष तिवारी, सुप्रिया सुले और अधीर रंजन के नामों का जिक्र यहाँ हुआ।
2. यूएन के मामले के संदर्भ में आये सवाल पर यह स्पष्टीकरण दिया गया है।
3. श्री भर्तृहरि महताब (कटक): महोदय, गिलगित और बाल्टिस्तान पहले से चला गया

था। पाक अधिकृत कश्मीर बाद में गया था। वर्ष 1947 में गिलगित और बाल्टिस्तान को मेजर ब्राउन ने दे दिया था।

4. यूनियन टेरिटरी हटाने के संदर्भ में बयान।
5. **भाषण का अंशः** वर्ष 2011-12 में भारत में केन्द्र सरकार ने प्रति व्यक्ति 3,683 रुपये औसत भेजा, जिसमें जम्मू-कश्मीर भी आ जाता है। जम्मू-कश्मीर में प्रति व्यक्ति 14,255 रुपया भेजे गए, लेकिन वहाँ विकास नहीं हुआ। अब जम्मू-कश्मीर में वर्ष 2017-18 में प्रति व्यक्ति 27,358 रुपये भेजे गए हैं। अब जाकर जब वहाँ राष्ट्रपति शासन आया है तो उनके नसीब में गैस, बिजली, शौचालय भी आया है। गाँव में रोड भी बन रही है और सरपंच-पंच बैठकर गाँवों के विकास का खाका तैयार कर रहे हैं।
6. मान्यवर, जम्मू-कश्मीर की जनता को क्या मिला? परिणाम यह हुआ कि सन् 1988 में जनरल जिया उल हक ने ऑपरेशन टूपैक की शुरुआत की। जरा सुनिए जनता को जवाब देने के काम में आएगा। मान्यवर, तीन युद्ध हारने के बाद पाकिस्तान ने सीधे युद्ध न करके परोक्ष रूप से युद्ध लड़ने की शुरुआत की। उन दस्तावेजों के अन्दर अनुच्छेद-370 और 35(ए) का जिक्र है। उसमें कहा गया है कि अनुच्छेद-370 और 35(ए) ऐसी हैं, जिसके कारण अलगाववाद खड़ा हो तो जम्मू-कश्मीर का युवा हमारे देश को और जम्मू-कश्मीर को अस्थिर कर सकता है। इसका उदाहरण यह है कि पाकिस्तान तो पूरे देश में पाक प्रेरित आतंकवादी संगठन चाहता है। वह चाहता है कि आतंकवाद बढ़े, पनपे, फले-फूले, लेकिन बाकी राज्यों में क्यों नहीं पला बढ़ा।
7. भाषण के दौरान के अंशः माननीय अध्यक्षः माननीय श्री अधीर रंजन जी।

   श्री अधीर रंजन चौधरी (बहरामपुर): सर, यह हमारी पार्टी है। जब इंस्ट्रूमेंट ऑफ एक्सेशन हुआ था, उस समय डिफेंस, एक्सटर्नल अफेयर्स और टेलिकम्यूनिकेशंस छोड़ कर, सभी चीजों पर सूबे की सरकार का अधिकार था, लेकिन केन्द्र की सरकार ने धीरे-धीरे 90 फीसदी अधिकार अपने कब्जे में ले लिया। अगर यह सरकार चाहती, तो बाकी विषय पर कहती कि हमारे लिए यह दिक्कत आती है तो वह अपने कब्जे में ले सकते थे। इसके लिए अनुच्छेद-370 का उन्मूलन करना जरूरी नहीं था।

   श्री अधीर रंजन चौधरी (बहरामपुर): प्रधानमंत्री जी, आपने लाल किले से कहा था कि मैं कश्मीरियों को गोली से नहीं, बल्कि गले से लगाऊंगा। आज कश्मीर एक कॉन्सेन्ट्रेशन कैम्प (Concentration Camp) हो गया, जहाँ कोई बाहर नहीं निकल सकता है।

   माननीय अध्यक्षः वहाँ पर किसी को गोली नहीं लगी है। माननीय सदस्य बैठ जाइए। माननीय गृह मंत्री जी, आप जवाब देना चाहते हैं।

   श्री अधीर रंजन चौधरी (बहरामपुर): हाउस अरैस्ट कर रहे हैं, यह प्रधानमंत्री जी की छवि को धूमिल करते हैं। यह मैं जरूर कहूँगा। इसलिए प्रधानमंत्री आप खड़े होइए, कुछ बोलिए। हम आपसे सुनना चाहते हैं।

   माननीय अध्यक्षः माननीय गृह मंत्री जी ने सारगर्भित जवाब दे दिया है।

श्री अधीर रंजन चौधरी (बहरामपुर): हम जम्मू-कश्मीर के लोगों के हित के लिए सोचते हैं, लेकिन जिस तरह से अनुच्छेद-370 का उन्मूलन किया जा रहा है, हम उसी का विरोध कर रहे हैं।

श्री अमित शाह: माननीय अध्यक्ष जी, देश की जनता क्या चाहती है, लेह-लद्दाख और जम्मू-कश्मीर की जनता क्या चाहती है, इसकी नब्ज को समझकर ही प्रधानमंत्री जी ने यह फैसला लिया है। यह बिल हम मूव कर रहे हैं और मैं सभी से अपील करता हूँ कि इस ऐतिहासिक काम का सभी आगे बढ़कर साथ दें।)

8. **माननीय अध्यक्ष: प्रश्न यह है:**

'कि यह सदन अनुच्छेद-370 (3) के अंतर्गत, भारत के राष्ट्रपति द्वारा जारी की जाने वाली निम्नलिखित अधिसूचना की सिफारिश करता है:

'भारत के संविधान के अनुच्छेद-370 के खंड (1) के साथ पठित, अनुच्छेद-370 के खंड (3) द्वारा प्रदत्त शक्तियों का प्रयोग करते हुए, राष्ट्रपति, संसद की सिफारिश पर यह घोषणा करते हैं कि, वह दिनांक जिस दिन भारत के राष्ट्रपति द्वारा, इस घोषणा पर हस्ताक्षर किए जाएँगे, और इसे सरकारी गजट में प्रकाशित किया जाएगा, उस दिन से उक्त अनुच्छेद-370 के सभी खंड लागू नहीं होंगे, सिवाय खंड (1) के, जिसे नामत् निम्नानुसार पढ़ा जाएगा':

'संविधान के समय-समय पर संशोधित, सभी उपबंध, बिना किसी संशोधन और अपवाद के, जम्मू और कश्मीर राज्य पर लागू होंगे; इस बात के सिवाय, कि अनुच्छेद 152 अथवा अनुच्छेद 308 में निहित, किसी अपवाद, अथवा इस संविधान के किसी अन्य अनुच्छेद अथवा जम्मू और कश्मीर संविधान के किसी अन्य उपबंध अथवा कोई कानून, दस्तावेज, निर्णय, अध्यादेश, आदेश, उप-नियम, नियम, विनियम, अधिसूचना, रीति-रिवाज अथवा भारत के भू-भाग में कानून के प्रवर्तन, अथवा कोई अन्य लिखित संधि, अथवा समझौता, जैसा अनुच्छेद 363 के अंतर्गत परिकल्पित हो अथवा अन्यथा न हो।'

कुछ माननीय सदस्य: माननीय अध्यक्ष महोदय, इस पर मतदान कराया जाए।

माननीय अध्यक्ष: अब मतदान:

मत-विभाजन का परिणाम यह है: इसमें सुधार हो सकता है।

हाँ : 351

नहीं : 72

प्रस्ताव स्वीकृत हुआ।

माननीय अध्यक्ष: प्रश्न यह है:

'कि वर्तमान जम्मू और कश्मीर राज्य का पुनर्गठन करने तथा उससे संबंधित या उसके आनुषंगिक विषयों का उपबंध करने वाले विधेयक, राज्य सभा द्वारा यथापारित, पर विचार किया जाए।'

SHRI ASADUDDIN OWAISI (HYDERABAD): Sir, मैं मत विभाजन की माँग करता हूँ।

माननीय अध्यक्षः शुद्धि के अध्यधीन, मत-विभाजन का परिणाम यह है:

हां : 366

नहीं : 66

प्रस्ताव स्वीकृत हुआ।

माननीय अध्यक्षः अब सभा विधेयक पर खंडवार विचार करेगी।

माननीय सदस्यगण, चूंकि श्री सौगत राय जी ने इस विधेयक पर संशोधन की सूचना दी है, वह अपने संशोधनों को प्रस्तुत करने के लिए सदन में उपस्थित नहीं हैं, इसलिए मैं खण्ड 2 से 103 को एक साथ सभा के निर्णय के लिए रखूंगा।

खंड 2 से 103

माननीय अध्यक्षः प्रश्न यह है:

'कि खंड 2 से 103 विधेयक का अंग बनें।'

प्रस्ताव स्वीकृत हुआ।

खंड 2 से 103 विधेयक में जोड़ दिए गए।

पहली से पाँचवीं अनुसूची विधेयक में जोड़ दी गई।

खण्ड 1, अधिनियमन सूत्र और नाम विधेयक में जोड़ दिए गए।

माननीय अध्यक्षः माननीय मंत्री जी अब प्रस्ताव करें कि राज्य सभा द्वारा यथापारित विधेयक को पारित किया जाए।

अमित शाहः मैं प्रस्ताव करता हूँ:

'कि विधेयक, राज्य सभा द्वारा यथापारित, पारित किया जाए।'

माननीय अध्यक्षः प्रश्न यह है:

'कि विधेयक, राज्य सभा द्वारा यथापारित, पारित किया जाए।'

SHRI K- MURALEEDHARAN (VADAKARA): Sir] I want division.

माननीय अध्यक्षः अब मतदान।

लोक सभा में मत विभाजन हुआ:

माननीय अध्यक्षः शुद्धि के अध्यधीन, मत-विभाजन का परिणाम यह है:

हाँ : 370

नहीं : 70

प्रस्ताव स्वीकृत हुआ।

तीन तलाक: एक कुप्रथा का अंत

भारत की दृष्टि सदा से ही सुधारवादी रही है। अपने भीतर परम्पराओं और रिवाजों के नाम पर उपजी रूढ़ियों को पहचानकर उन कुप्रथाओं को समाप्त करना इस देश के सतत गतिशील समाज जीवन का अंग रहा है। सती प्रथा, बाल विवाह, विधवा विवाह निषेध और दहेज प्रथा तक अपने भीतर पनपे अनेक सामाजिक दूषणों के विरुद्ध स्वयं इसी समाज के लोगों ने स्वर मुखर किए और उनका कानूनी निदान करवाया है। परंतु, तीन तलाक एक ऐसी अमानवीय कुप्रथा थी, जिसके विरुद्ध उठते स्वरों को तुष्टिकरण की रुई कान में डाले दशकों से सत्ता प्रतिष्ठान द्वारा अनसुना किया जाता रहा था। यहाँ तक कि इस विषय में न्यायपालिका के निर्णय को भी सत्ता द्वारा पलटा जा चुका था। अंततः इसका समय भी आया, जब नरेन्द्र मोदी जी की सरकार ने इस कुप्रथा के अंत वाले अदालती आदेश को नहीं पलटा। बल्कि उसके खिलाफ सख्त कानून बनाया। प्रस्तुत भाषण में गृहमंत्री अमित शाह द्वारा तीन तलाक के विरुद्ध बने कानून की निर्माण-यात्रा, तुष्टिकरण की राजनीति के पोषक लोगों द्वारा किए गए विरोध पर विस्तार से प्रकाश डाला गया है।

मंच पर उपस्थित भारतीय जनता पार्टी के महासचिव श्री अरुण सिंह जी, भारतीय जनता पार्टी के राष्ट्रीय उपाध्यक्ष श्री श्याम जाजू जी, डॉ. श्यामा प्रसाद मुखर्जी शोध अधिष्ठान के डायरेक्टर और मेरे मित्र अनिर्बान गांगुली जी और आज इस मावलंकर सभागृह में उपस्थित प्यारे भाईयों एवं बहनों।

तीन तलाक के विषय पर अपने विचार रखने के लिए आप सब के बीच उपस्थित हुआ हूँ। ट्रिपल तलाक पर कई बार, कई फोरम से, मेरा बोलना हुआ है। आज तक ट्रिपल तलाक की कुप्रथा पर बोला। थोड़े समय पहले ट्रिपल तलाक ऑर्डिनेंस और

---

*18 अगस्त, 2019 को कांस्टीट्यूशन क्लब, नई दिल्ली में डॉ. श्यामा प्रसाद मुखर्जी रिसर्च फाउंडेशन द्वारा आयोजित 'तीन तलाक एक कुप्रथा का अंत' विषय पर केंद्रीय गृहमंत्री श्री अमित शाह का भाषण।

विधेयक पर भी बोलना हुआ। मगर आज बहुत अच्छा लग रहा है कि ट्रिपल तलाक कानून पर बोल रहा हूँ, क्योंकि यह कानून अब पारित हो गया है। यह सर्वविदित है कि ट्रिपल तलाक देश की करोड़ों मुस्लिम महिलाओं के लिए एक दुस्वप्न जैसी प्रथा थी। मानव के नाते प्रभु ने उनको जो समानता का अधिकार दिया है, उससे उन्हें दूर रखने वाली एक कुप्रथा थी। इस विषय में किसी के मन में संदेह नहीं है। जो ट्रिपल तलाक कानून के पक्ष में खड़े हैं, उनके मन में भी कोई संदेह नहीं है और ट्रिपल तलाक कानून के विरोध में जो खड़े हैं, उनके मन में भी कोई संदेह नहीं है। जब मैं विरोध शब्द का प्रयोग कर रहा हूँ तब इस विषय में यह स्पष्ट कर देना चाहता हूँ कि ट्रिपल तलाक कानून का कई राजनीतिक दलों ने संसद के फ्लोर पर विरोध किया। मगर मैं मानता हूँ कि वो भी मन ही मन जानते हैं कि यह एक कुप्रथा है, इसे जितनी जल्द हटा सकें, हटा देना चाहिए। मगर उनमें यह साहस नहीं है और इसी कारण यह कुप्रथा इतने सालों तक चलती रही। मैं कानून बनाने के कारण और इस कुप्रथा को हटाने के कारणों पर आने से पहले थोड़ी पृष्ठभूमि रखना चाहता हूँ कि क्यों ऐसा कानून लाने में इतनी देर लगी? क्यों देश की सर्वोच्च अदालत को हस्तक्षेप करना पड़ा?

हमारी समाज-रचना में, हमारी राजनीतिक क्षेत्र की परिस्थिति में और हमारी राजनीतिक विचारधारा के प्रवाह में, ऐसी क्या चीज थी जो हमें रोकती थी? मैं इस विषय पर आप सब से बात करना चाहता हूँ। किसी भी कुप्रथा, किसी भी सामाजिक दोष को जब हम निर्मूल करते हैं तो समाज में उसका विरोध नहीं होता है, बल्कि स्वागत होता है। किन्तु ट्रिपल तलाक की इस कुप्रथा व सामाजिक दोष को, करोड़ों माताओं-बहनों के साथ अन्याय करने वाले इस रिवाज को हटाने के कदम को रोकने के लिए इतने विरोध, इतने आन्दोलन क्यों हुए? इसके पीछे तुष्टिकरण का भाव और तुष्टिकरण की राजनीति जिम्मेदार है।

आजादी के पहले भारत को टूटने से बचाने के लिए तुष्टिकरण की शुरुआत हुई। वो तुष्टिकरण ही भारत के टूटने का कारण बना। आजादी के बाद साठ का दशक बीतते-बीतते ये तुष्टिकरण धीरे-धीरे वोट बैंक निर्मित करने का एक जरिया बना। फिर वोट बैंक के आधार पर सत्ता को बचाए रखने, दूसरी बार सत्ता में आने और सालों-साल सत्ता में बने रहने की आदत कुछ राजनीतिक पार्टियों को पड़ गई। इसी के कारण ऐसी कुप्रथाएँ चलती रही हैं। इस तुष्टिकरण और वोट बैंक की राजनीति ने इस देश का कई दृष्टि से नुकसान किया है। ट्रिपल तलाक तो इसका एक उदाहरण भर है। इस देश के विकास और सामाजिक समरसता के आड़े भी ये तुष्टिकरण की राजनीति आई है। इस देश के हर नागरिक के मन में देश को उत्कृष्ट स्थान पर पहुँचाने की देशभक्ति जगाने के बीच भी ये तुष्टिकरण की राजनीति आई है। ये तुष्टिकरण की राजनीति ही है, जो इतने साल तक तीन तलाक की इस कुप्रथा को भारत के लोगों के ऊपर थोपे रही। इसके पक्ष में बात करने वाले कई तर्क देते हैं। उन सब तर्कों का मूल कारण है

वोट बैंक और शॉर्टकट से सत्ता प्राप्त करने की राजनीति।

जब आप पूरे समाज के विकास की कल्पना लेकर चलते हैं तो परिश्रम करना पड़ता है। इसके लिए मेहनत करनी पड़ती है। योजना बनानी पड़ती है। ऐसे में आपके मन में संवेदना होनी चाहिए, वोटों का लालच नहीं। जिनके मन में वोटों का लालच है, सत्ता की भूख है, लोगों के लिए संवेदना नहीं है, वे तुष्टिकरण जैसे शॉर्टकट रास्ते अपनाते हैं। देश का सर्वस्पर्शी व सर्वसमावेशी विकास करने के लिए प्राथमिकता की जरूरत नहीं है। प्रायोरिटी तो तय है कि अभाव में जी रहा जो गरीब व पिछड़ा है, चाहें वो किसी भी धर्म का हो, उसे ऊपर उठाओ। अपने आप समाज सर्वस्पर्शी और सर्व समावेशी विकास के रास्ते पर चला जाएगा। इसके लिए किसी तुष्टिकरण की जरूरत नहीं है। गरीब, गरीब होता है। पिछड़ा, पिछड़ा होता है। हिंदू हो, मुसलमान हो, क्रिस्चियन हो, जैन हो, उसकी गरीबी ही उसे विकास की लाइन में खड़े रहने के लिए पात्र बना देती है, धर्म नहीं बनाता है।

यह जो तुष्टिकरण की राजनीति साठ के दशक से कांग्रेस ने शुरू की, बाकी सब पार्टियों ने इसका अनुकरण शुरू किया। इसने हमारे देश के राष्ट्रीय जीवन, समाज जीवन, लोकतंत्र और देश के गरीबों के उत्थान को बड़ा असर पहुँचाया है। अत: मूल आघात करने की जरूरत तुष्टिकरण की राजनीति पर है। मैं तो मानता हूँ कि 2014 में देश की जनता ने श्री नरेन्द्र मोदी जी की अगुवाई में बीजेपी को पूर्ण बहुमत देकर तुष्टिकरण की राजनीति के अंत की शुरुआत की। बगैर तुष्टिकरण के सर्वस्पर्शी विकास, सम-विकास, सर्व समावेशक विकास के आधार पर यह सरकार पाँच साल चली और इसी लोकतंत्र के दायरे में रहकर चुनाव लड़ा गया। पाँच साल की इस सम-विकास तथा नरेन्द्र मोदी जी की सर्वस्पर्शी व सर्व समावेशक की थ्योरी पर 2019 में ठप्पा लगाकर तुष्टिकरण को हमेशा के लिए देश से खत्म करने के लिए इस देश की जनता ने हमें दुबारा जनादेश दिया। उसी बहुमत के आधार पर ट्रिपल तलाक के दूषण को खत्म करने का काम इस सरकार ने किया है।

ट्रिपल तलाक के समर्थक दुहाई देते हैं कि हमारे धर्म के रीति-रिवाज में दखल मत कीजिए, ये मुस्लिम शरीयत का अंग है। मैं आज कहना चाहता हूँ कि पाकिस्तान, बांग्लादेश, अफगानिस्तान, मोरक्को, इंडोनेशिया, टर्की, ईरान, कुवैत, सूडान, सीरिया, जॉर्डन और मलेशिया- ये सब इस्लामिक देश हैं। जब इन देशों ने 1922 से लेकर 1963 तक अलग-अलग समय के बीच ही तीन तलाक को खत्म कर दिया था। सन् 1963 मतलब 56 साल पहले ये काम हो गया था। हमें 56 साल लग गए इस काम को करने में। फिर यह कोहराम क्यों? इसका मुख्य कारण कांग्रेस की तुष्टिकरण की राजनीति रही। अगर ये तीन तलाक शरीयत का हिस्सा होता, इस्लामिक संस्कृति का हिस्सा होता, तो इतने सारे इस्लामिक देशों ने इसे क्यों हटा दिया? अगर ये इस्लामिक संस्कृति का हिस्सा होता, तो क्या ये देश इसे हटाते भला? जो काम इस्लाम के खिलाफ है, उसे

वो क्यों करते? यही बताता है कि ये तीन तलाक गैर इस्लामिक है और इसे कुरान का समर्थन प्राप्त नहीं है। भारत में अब जब दुबारा 2019 में नरेन्द्र मोदी जी की सरकार बनी तब जाकर ट्रिपल तलाक के दूषण से देश की मुस्लिम महिलाओं को मुक्ति मिली।

मैं मानता हूँ कि नरेन्द्र मोदी सरकार ने अपने साढ़े पाँच साल के कालखंड में बहुत सारे ऐतिहासिक निर्णय लिए हैं। कुछ सरकारें 25-30 साल तक चलती हैं, तो चार-पाँच ऐतिहासिक निर्णय करती हैं। नरेन्द्र मोदी सरकार ने पाँच साल में पचीस से ज्यादा ऐतिहासिक निर्णय करके इस देश की दिशा बदलने का काम किया है। ये नरेन्द्र मोदी जी की दृढ़ राजनीतिक इच्छाशक्ति का परिचायक है। कई लोग नरेन्द्र मोदी सरकार पर आरोप लगाते हैं कि हमने ये जो काम किया है, वो मुस्लिम विरोधी है। मैं स्पष्ट करना चाहता हूँ कि ट्रिपल तलाक केवल और केवल मुस्लिम समाज के फायदे के लिए है। इससे हिंदू, इसाई, जैन को फायदा नहीं होने वाला है, क्योंकि उनको तो ट्रिपल तलाक की प्रताड़ना सहनी ही नहीं पड़ती है। ट्रिपल तलाक की प्रताड़ना मुस्लिम समाज की पचास प्रतिशत आबादी, मतलब मुस्लिम माताओं-बहनों को सहनी पड़ती है, ये उनके फायदे के लिए है। नारी को ईश्वर ने जो समानता का अधिकार दिया है, उसको वो प्राप्त हो, इसलिए हम ट्रिपल तलाक का कानून लेकर आए हैं। अगर आज भी नहीं लेकर आते, तो मैं मानता हूँ कि ये दुनिया के सामने भारत के लोकतंत्र के लिए बहुत बड़ा धब्बा होता।

ऐसा नहीं है कि यह लड़ाई आज की है। इस कुप्रथा के सामने मुस्लिम माताओं-बहनों ने बहुत वर्षों से अपनी लड़ाई जारी रखी थी। इंदौर की रहने वाली शाहबानो को ट्रिपल तलाक दे दिया गया। शाहबानो ने न्यायिक मजिस्ट्रेट से लेकर हाईकोर्ट तक और अंत में सुप्रीम कोर्ट तक अपनी मेंटेनेंस के लिए न्याय की लड़ाई लड़ी और 23 अप्रैल, 1985 को चीफ जस्टिस वाई वी चंद्रचूड़ की अध्यक्षता में उनकी खंडपीठ ने शाहबानो के पक्ष में फैसला देकर ऐतिहासिक कदम उठाया था। तब सब आशा करते थे कि चलो सरकार में राजनीति इच्छाशक्ति नहीं थी, लेकिन अब तो सुप्रीम कोर्ट ने कह दिया तो सरकार इसको आगे बढ़ाएगी। सुप्रीम कोर्ट ने ट्रिपल तलाक को निर्मूल कर दिया और निर्णय दिया कि मेंटेनेंस देना पड़ेगा। तलाक देना है तो उसके कारण देने पड़ेंगे। मगर उस वक्त कांग्रेस के प्रधानमंत्री श्री राजीव गाँधी, जो लगभग 400 सीटों के बहुमत के साथ संसद के अंदर शासन कर रहे थे, ने कानून बनाकर सुप्रीम कोर्ट के फैसले को निरस्त कर दिया। वो दिन संसद के इतिहास में काला दिन माना जाएगा। मुस्लिम कट्टरवादी सोच रखने वाले लोगों के दबाव और अपने वोट बैंक की चिंता में आकर राजीव गाँधी ने कानून बनाकर सुप्रीम कोर्ट के फैसले को निरस्त किया और मुस्लिम महिलाओं पर फिर से एक बार तीन तलाक के दूषण को थोप दिया। (सभागार में शेम-शेम....के नारे..)

आप सब लोग शेम-शेम कह रहे हो, मगर कांग्रेस पार्टी को आज भी शेम नहीं है।

उनको जरा भी संकोच नहीं है। वो निसंकोच कहते हैं कि हम ट्रिपल तलाक के पक्ष में हैं, इसे रहना चाहिये। क्यों रहना चाहिए? इसका कोई कारण नहीं देते। जब केंद्रीय मंत्री श्री रविशंकर प्रसाद बिल लेकर आए तो पूछा कि बताओ क्यों रहना चाहिए तीन तलाक? इससे मुस्लिम महिलाओं का भला किस प्रकार से है? कोई तर्क दे दें तो हम मानेंगे। हम खुले मन के साथ आए हैं। एक न्यायसंगत तर्क तो दे दें! मगर कोई दलील नहीं, कोई तर्क नहीं देना है। इधर की दलील उधर करके बस इसका विरोध दर्ज करा देना है, जिससे अपने वोटबैंक को संभाल कर रख पाएं।

मैं आज आरिफ मोहम्मद खान को याद करना चाहूँगा और मन से सभी की तरफ से उन्हें धन्यवाद भी देना चाहूँगा। वो एक ऐसे व्यक्ति थे जिन्होंने खुद मुसलमान होने के बावजूद इस सवाल पर राजीव गाँधी की सरकार से इस्तीफा दे दिया और कहा कि करोड़ों बहनों-माताओं के साथ यह अन्याय है। आरिफ मोहम्मद खान ने सत्ता छोड़कर ट्रिपल तलाक का विरोध करने का काम किया था। आज भी आरिफ मोहम्मद खान जब भी ट्रिपल तलाक का मामला आता है, मुखर होकर बोलते हैं। उस वक्त भी पूरी दुनिया ने देख लिया था। विचित्र है कि लिबरल, सेकुलर, वामपंथी जैसे अपने आप को प्रोग्रेसिव कहने वाले लोग कैसे रुढ़िवादी लोगों से डरते हैं और कैसे रूढ़ीवाद का समर्थन करते हैं।

उसके बाद ये लड़ाई चलती रही...चलती रही...चलती रही। अक्टूबर, 2015 में स्पीड पोस्ट के द्वारा सायरा बानो के पति ने उनको ट्रिपल तलाक दे दिया। कोई बातचीत भी नहीं, सिर्फ स्पीड पोस्ट के द्वारा! इसके खिलाफ सायरा बानो ने केस किया। चलते-चलते ये मामला 2017 में सुप्रीम कोर्ट के पास आया और तीन तलाक के ऊपर निर्णय करने के लिए सुप्रीम कोर्ट ने पाँच जजों की संवैधानिक खंडपीठ का गठन किया। संवैधानिक खंडपीठ ने 3:2 के बहुमत से ट्रिपल तलाक को गैर-इस्लामिक और गैर-संवैधानिक घोषित करके फिर एक बार एक नई शुरुआत की। सबको लगता था कि इस बार भी सायरा बानो बेचारी लड़ी, संघर्ष किया, कठमुल्लों का विरोध सहन किया, लेकिन क्या होगा इसका? कौन सरकार करेगी? मगर इस बार परिस्थिति बदली थी। कांग्रेस की सरकार नहीं थी। राजीव गाँधी प्रधानमंत्री नहीं थे। भारतीय जनता पार्टी की सरकार थी और नरेन्द्र मोदी देश के प्रधानमंत्री थे। इस बार सरकार ने तय किया कि हम इस कुप्रथा को हमेशा के लिए समाप्त करेंगे। उस वक्त कैबिनेट में प्रस्ताव पारित हुआ और तलाक-ए-बिद्दत को हमेशा के लिए समाप्त करने का निर्णय लिया गया। मगर रास्ता इतना आसान नहीं था। मोदी सरकार संसद के सामने बिल लेकर आई। बिल में इसकी प्रस्तावना को बहुत ठीक तरीके से लिखा गया था, क्योंकि हम ऐसा मानते हैं कि प्रस्तावना सब लोग पढ़ते हैं। इसमें कहा गया था कि पाँचों जजों ने यह कहा है कि तीन तलाक संविधान के अनुच्छेद-14 यानी समानता के अधिकार का उल्लंघन है। नरीमन और श्रीमान ललित दोनों ने कहा- 'It is unconstitutional arbitrary'

तो जज कुरियन साहब ने कहा- 'If it is sin in Quran how it can be legal in law' -यानी कि अगर कुरान के अंदर पाप है, तो कानून के अंदर वह कैसे पुण्य हो सकता है? आखिरकार 3:2 के बहुमत के साथ यह निर्णय लिया गया कि ट्रिपल तलाक गैर-संवैधानिक है। ये सारी पृष्ठभूमि रखते हुए ये बिल लोकसभा में आया। लोकसभा में भारतीय जनता पार्टी के पास बहुमत था, इसलिए वहाँ पारित हो गया। राज्यसभा में कांग्रेस का बहुमत था, इसलिए वापस भेजा गया। वापसी के बाद फिर से नरेन्द्र मोदी सरकार दृढ़ता के साथ ऑर्डिनेंस लेकर आई तथा ऑर्डिनेंस को फिर से कानून के रूप में रखा। लोकसभा में फिर से पास हुआ। राज्यसभा में बहुमत नहीं था, लिहाजा फिर रुक गया और अध्यादेश को कानून में परिवर्तित नहीं किया जा सका।

उसके बाद हम दुबारा चुनकर आए। मोदी जी फिर से प्रधानमंत्री बने। फिर से कैबिनेट में इस अध्यादेश को कानून का स्वरूप देने के लिए विधेयक लेकर आए और राज्यसभा व लोकसभा दोनों में कानून पारित करके इस कुप्रथा का हमेशा के लिए अंत करने का काम किया गया है। यही सुप्रीम कोर्ट थी। यही इसके फैसले थे। मगर एक सरकार थी, जिसने इसको स्वीकार नहीं किया। एक सरकार मोदी जी के नेतृत्व में देश की जनता ने ऐसी चुनी, जिसने कहा कि हम वोटबैंक की राजनीति को नहीं मानते हैं। हम ट्रिपल तलाक को खारिज करते हैं। करोड़ों मुस्लिम माताओं-बहनों को समानता का अधिकार मिलना चाहिए। इस तरह अंततः यह कानून पारित किया गया। इसके बारे में बताने के लिए मैं आपके सामने आया हूँ।

जब ट्रिपल तलाक बिल पर राज्यसभा और लोकसभा में चर्चा होती थी, मैं दोनों चर्चाओं के दौरान पूरा समय बैठा रहता था। इसका विरोध करने वाली खोखली दलीलें मैंने सुनी हैं। मैं आज इस मंच के माध्यम से उन खोखली दलीलों का जवाब देने के लिए इस सभागार में आया हूँ। सबसे पहले उन्होंने कहा कि ये तो सिविल लॉ है। क्यों इसको क्रिमिनल बना रहे? ओवैसी जी तो उससे भी दो कदम आगे बढ़ गए कि मुस्लिम पर्सनल लॉ के अंदर मैरिज एक सिविल कॉन्ट्रैक्ट है, सिविल कॉन्ट्रैक्ट को कैसे आप क्रिमिनल पनिशमेंट में कन्वर्ट कर सकते हो। मैं उनको उदाहरण देना चाहता हूँ। बहुत सारे सामाजिक सुधारों के लिए पहले भी क्रिमिनल सजा तय की गयी है। उन्होंने (ओवैसी) इस मामले को एक कम्युनल रंग देने का भी प्रयास किया कि बाकी सब समाजों में सुधार क्यों नहीं होते? हिन्दुओं के रीति-रिवाज में सुधार क्यों नहीं होते हैं? मैं आज उनको कहना चाहता हूँ कि इस देश ने सती प्रथा को नेस्तनाबूद किया, तब किसी ने इसका विरोध नहीं किया। इससे घृणित कोई काम नहीं हो सकता, इसपर प्रतिबंध लगाया गया। हमने बाल विवाह पर प्रतिबंध लगाया, कोई नहीं बोला। बाल विवाह के तहत दो साल की सजा है। ये भी सामाजिक दूषण को निकालने के लिए कानून है, जिसमें बच्चे और बच्ची की उम्र तय कर दी गई है। बेटे की उम्र 21 से कम नहीं होनी चाहिए और बेटी की 18 से कम नहीं होनी चाहिए। अगर कोई उल्लंघन

करता है तो माता-पिता समेत शादी कराने वाले पंडित के लिए भी सजा का प्रावधान किया गया है। ये सामाजिक सुधार हमने तो स्वीकार कर लिया।

ऐसे ही एक पत्नी के रहते दूसरी महिला से शादी करने को भी अवैध माना गया और सात साल की सजा रखी गई है। ये भी सिविल कानून है, जिसमें क्रिमिनल प्रोविजन किया गया है। दहेज सब जानते हैं। मैं हिंदू हूँ। मैं कहता हूँ कि दहेज और सतीप्रथा कु-रिवाज थे, उनको खत्म होना चाहिए। समाज जीवन के साथ-साथ कुछ कुप्रथाएँ, रीति-रिवाज, समाज के अंग बन जाते हैं। उसको बदलेंगे नहीं क्या? उसको बदलना चाहिए। अगर समय के साथ-साथ समाज बदलता नहीं है तो गंदे तालाब जैसा बन जाता है। समय के साथ बदलने वाला समाज निर्मल गंगा जैसा बनकर सालों तक लोगों की सेवा करता है। कुप्रथाओं का अंत होना चाहिए। दहेज का कानून 1961 में आया। उसमें दहेज लेने और देने वाले, दोनों के लिए पाँच साल की सजा तथा सिर्फ दहेज की डिमांड करने पर भी दो साल की सजा का प्रावधान है। ढेर सारे क्रिस्चियन कानूनों के अंदर, सिख कानूनों के अंदर, हिंदू कानूनों के अंदर क्रिमिनल सजा का प्रोविजन है।

सुप्रीम कोर्ट ने ट्रिपल तलाक को गैर-कानूनी घोषित कर दिया, उसके बाद भी ट्रिपल तलाक हो रहे थे। इसका क्या मतलब था? दलील थी कि ट्रिपल तलाक तो गैर-कानूनी हो गया था, फिर ट्रिपल तलाक होते थे तो उसको रोकते कैसे? वे यह भी दलील दे रहे थे कि क्रिमिनल बनाओगे तो रुक जाएगा क्या? मैं ऐसा नहीं मानता हूँ। मगर उनकी दलील को मान लें तो हत्या करने के लिए सजा रखी है। अगर हत्या नहीं रुकती है तो इसका कानून हटा लें क्या? चोरी करने के लिए छह साल की सजा है, चोरी नहीं रुकती नहीं है तो उसको हटा लें क्या? ये कानून शिक्षात्मक नहीं है, शिक्षणात्मक है। लोगों को शिक्षित करने के लिए है। लोगों में एक भय रहेगा कि करोगे तो सजा होगी। आसपास में लड़की के माँ-बाप, लड़की के भाई, पति के माँ-बाप, भाई-बहन सब मिलकर बात करेंगे, रास्ता निकालेंगे और फिर से उनका वैवाहिक जीवन शुरू होगा। इसलिए कानून है। किसी के विवाह को तोड़ने के लिए नहीं है।

वे कहते हैं कि पति जेल में जाएगा तो वो जो मुस्लिम महिला है, उसका मेंटेनेंस कौन देगा? इसपर तो मुझे हंसी आती है। गुलाम नबी साहब खुद मुस्लिम हैं और ऐसे तर्क का मतलब उनको मालूम नहीं है! ट्रिपल तलाक की कुप्रथा में मेंटेनेंस का प्रोविजन ही नहीं है। अगर ट्रिपल तलाक दिया है तो मेंटिनेंस देना ही नहीं है। मेंटेनेंस तो अब देना पड़ेगा क्योंकि हम कानून में यह व्यवस्था लाए हैं।

उन्होंने कुरान और शरीयत के हवाले दिए। कुरान और शरीयत का हवाला देने से पहले उन्होंने सुप्रीम कोर्ट का जजमेंट पढ़ लिया होता तो उन्हें उनकी आत्मा कभी भी ऐसा बोलने की इजाजत नहीं देती। कुरान और शरीयत का सम्पूर्ण बहस मुस्लिम पर्सनल लॉ बोर्ड की तरफ से सुनने के बाद सुप्रीम कोर्ट की पाँच जजों की बेंच ने बहुमत से फैसला दिया है कि ट्रिपल तलाक गैर-संवैधानिक भी है, गैर-इस्लामिक भी है और

इस्लाम के अंदर ये पाप भी है। ये भारत के सुप्रीम कोर्ट ने कहा है।

विपक्षियों ने कहा कि बच्चों का क्या होगा। मैं पूछता हूँ अभी बच्चों का क्या होता है? किसी बहन को आप रोड पर ट्रिपल तलाक बोल देते हो, व्हाट्सअप पर ट्रिपल तलाक बोल देते हो, स्पीड पोस्ट से ट्रिपल तलाक कह देते हो, घर से निकाल देते हो; रोटी जल गई है, तुम मोटी हो गई हो, इस प्रकार के भद्दे और बेहूदे कारण देकर आप ट्रिपल तलाक दे देते हो; उनके बच्चों का क्या होता है? अब जब ट्रिपल तलाक रद्द करने का बिल आया तो बच्चों की याद आती है! इस प्रकार विरोध करने वालों को मैं कहना चाहता हूँ कि अब बच्चों का भरण-पोषण करने की जिम्मेदारी पति की है। ट्रिपल तलाक के बाद उसको मेंटेनेंस देना पड़ेगा। जहाँ इस कानून का दुरूपयोग होने की बात थी तो हमने सुधार कर लिया कि दुरूपयोग नहीं होना चाहिए। वो महिला जो पीड़ित है वो केस कर सकती है या तो उसके सीधे ब्लड रिलेशन में जो लोग हैं, वो ही कर सकते हैं। इसके बाद में दुरूपयोग की बात कहाँ रह जाती है? बेल के लिए कहा है कि जबतक महिला की सुनवाई नहीं होगी, बेल नहीं मिलेगी।

मैं मानता हूँ कि उनको ना मुस्लिम महिलाओं की चिंता है और ना मुस्लिम महिलाओं के बच्चों की चिंता है। उनको केवल और केवल अपने वोट बैंक की चिंता है। इसलिए ये लोग ट्रिपल तलाक कानून का विरोध कर रहे हैं। मैंने विरोध कर रहे सभी सांसदों से कहा था, कि एक बार ओपन फोरम में मीडिया के सामने चर्चा के लिए आप आइये। अगर हाँ बोलते तो आज वो भी यहाँ वक्ता होते। मगर इसमें किसी की रुचि नहीं है। किसी की तैयारी नहीं है।

अब यह कानून आने के बाद तलाक-ए-बिद्दत यानी एक साथ ट्रिपल तलाक कहने का जो अधिकार (कुप्रथा) था, उसे मुस्लिम पुरुषों से ले लिया गया है। महिलाओं को संरक्षित किया गया है। लिखित, मौखिक, इलेक्ट्रॉनिक रूप से या किसी भी तरह से तलाक-ए-बिद्दत को गैर-कानूनी घोषित किया गया है। अब इसके लिए तीन साल की सजा का प्रावधान है। आरोपी व्यक्ति की गिरफ्तारी के बाद तब तक जमानत नहीं मिलेगी, जबतक उस महिला का पक्ष कोर्ट सुन नहीं लेता है।

मुस्लिम महिलाओं के सशक्तिकरण का यह काम भारतीय जनता पार्टी की सरकार ने किया है। मैं बताना चाहता हूँ कि सुप्रीम कोर्ट के फैसले से इस बिल के आने के बीच लगभग 345 महिलाओं ने ट्रिपल तलाक की कंप्लेन की है। परंतु ये तो बहुत कम आँकड़ा है। बहुत सारी बहनें बेचारी भारत सरकार तक पहुँच ही नहीं सकीं। यह तो भारत सरकार को जो शिकायतें मिलीं, उसकी बात कर रहा हूँ। एक एनजीओ द्वारा 2015 में एक सर्वे किया गया था। उनका अनुमान था कि 92.1 प्रतिशत मुस्लिम महिलाएँ ट्रिपल तलाक से मुक्ति चाहती हैं। समाज की 92 प्रतिशत से ज्यादा मुस्लिम माताओं-बहनों ने ट्रिपल तलाक को खत्म करने के लिए बात की है। मैं इस बात से बहुत संतुष्ट भी हूँ और मुझे गौरव भी होता है कि जब ट्रिपल तलाक का बिल पारित हुआ, तब क्योंकि

उन विपक्षी लोगों ने डिविजन माँगा था, इसलिए मेरा भी एक वोट इस पवित्र कार्य के लिए मैंने दिया। ट्रिपल तलाक को रद्द करवाने वाले बिल का मैं हिस्सा हूँ।

बहुत सारे लोगों ने विचित्र-विचित्र प्रकार के भाषण दिए थे। उनमें मैं नहीं जाना चाहता। बस इतना ही कहना चाहता हूँ कि इस देश की राजनीति में तीन नासूरों ने लोकतंत्र के सारे सकारात्मक बिंदुओं को एक किनारे रखकर लोकतंत्र के प्रति शंकाओं का वातावरण खड़ा कर दिया था। परिणामत: 2014 के पहले देश की जनता में इस प्रकार के विचार का आधार खड़ा हुआ था कि यह बहुदलीय संसदीय लोकतात्रिक व्यवस्था हमारा भला नहीं कर सकती है। ये सिस्टम समाज को सही रास्ते पर ले जाएगा कि नहीं ले जाएगा। सच्चे अर्थ में हमारे समाज को सर्वधर्म समभाव की दिशा में ले जाएगा या नहीं ले जाएगा? सर्वस्पर्शी, सर्व समावेशी विकास और हर नागरिक को उसका अधिकार मिलेगा कि नहीं मिलेगा? ये शंकाएँ लोगों में घर कर रही थीं। ऐसी शंका का वातावरण बनने का कारण हमारा संविधान नहीं था, बल्कि साठ के दशक के बाद देश की राजनीति में आए कुछ दोष उसके कारण थे। सबसे पहले परिवारवाद, दूसरा जातिवाद और तीसरा तुष्टिकरण की राजनीति। इन तीनों दूषणों ने हमारे लोकतंत्र की गाड़ी को पटरी से उतारने का काम किया।

क्योंकि मैं भारतीय जनता पार्टी का कार्यकर्ता हूँ, इसलिए गर्व के साथ कह सकता हूँ कि मेरे नेता नरेन्द्र मोदी ने एक 'रिफॉर्मर' के नाते परिवारवाद, जातिवाद और तुष्टिकरण की राजनीति को समाप्त करने का काम किया है। मोदी जी ने लाल किले की प्राचीर से देश की मुस्लिम माताओं-बहनों के प्रति जो संबोधन किया था, वो मैं दोहराना चाहता हूँ- 'मैं मुस्लिम बहनों और बेटियों को भरोसा देता हूँ कि उनके अधिकार को हम सुरक्षित रखेंगे। सरकार उन्हें सुरक्षित करने के लिए कोई कसर नहीं छोड़ेगी। मैं भरोसा देता हूँ कि मैं उनकी आकांक्षाओं को पूर्ण करूँगा और ट्रिपल तलाक को समाप्त करूँगा।' 2018 में नरेन्द्र मोदी जी ने लाल किले से जो कहा था, वो आज एक ऐतिहासिक सत्य बनकर हमारे सामाजिक जीवन में बहुत बड़े सुधार का रूप लेकर दुनिया के सामने है। पूरी दुनिया इसको बहुत ध्यान से देख रही है। मेरे ईमेल पर बहुत सारे मेल आए हैं कि बिल की कॉपी भेजिए। रूल्स बन जाएँ तो कॉपी भेजिए। बहुत सारे लोग यह देख रहे हैं कि हमारा लोकतंत्र किस तरह से धीरे-धीरे ही सही, पटरी पर चढ़ रहा है। किस तरह से बदलाव आकार ले रहा है।

इस देश में समाज सुधारकों की कमी नहीं रही। ढेर सारे लोगों ने अनेक कुप्रथाओं का अंत करने के लिए अपने आप को खपा दिया और तब जाकर हमारा समाज एक मुक्त समाज बना है। एक स्वतंत्र सोच का लोकतांत्रिक समाज बना है। कई समाज सुधारकों ने, चाहे राजनीतिक क्षेत्र में काम करते हों या सामाजिक क्षेत्र में, अपना योगदान देते-देते इस समाज को आगे बढ़ाने का काम किया है। चाहे वो राजाराम मोहन राय हों, महात्मा गाँधी हों, ज्योतिबा फुले हों, चाहे सावरकर हों या गुजरात के नर्मद हों,

जिन्होंने विधवा विवाह के ऊपर बहुत बड़ा काम किया। स्वयं विधवा से विवाह करने का साहस ब्राह्मण होते हुए किया। समाज की अनेक कुप्रथाओं चाहे अस्पृश्यता की कुप्रथा हो, चाहे बाल विवाह की हो, चाहें दहेज की हो, चाहे महिला उत्पीड़न की हो, मन्दिर के अंदर दलितों के प्रवेश की हो, बहुपत्नीत्व की हो, इन सबको निर्मूल करने में समाज सुधारकों का बहुत बड़ा योगदान रहा है। मैं निश्चित रूप से मानता हूँ कि श्री नरेन्द्र मोदी का नाम भी इन समाज सुधारकों की सूची में ट्रिपल तलाक की कुप्रथा से मुक्ति दिलाने के लिए लिया जाएगा।

जब देश आजाद नहीं था तब अनेक समाज सुधारकों ने सामाजिक जागृति करके समाज के अंदर सुधार का प्रयास किया। वीर सावरकर और महात्मा गाँधी ने अस्पृश्यता के लिए कठोर फैसले लिए। ज्योतिबा फुले ने दलितों-पिछड़ों के अधिकारों के लिए पूरे जीवन लड़ाई लड़ी। आंबेडकर जी, जिन्हें जब संविधान बनाने का मौका मिला, तो सारे वर्गों का उत्थान कैसे हो, इसके लिए उन्होंने पूरा योगदान दिया। राजा राममोहन राय ने सामाजिक जागृति फैलाकर ढेर सारी बुराइयों के खिलाफ लड़ाई लड़ी। जब नरेन्द्र भाई प्रधानमंत्री बने तो उन्होंने संसद की शक्ति का उपयोग कर के एक बहुत बड़ी कुप्रथा के कलंक को देश से समाप्त करने का काम किया है।

मैं मानता हूँ कि यह यात्रा यहाँ से रुकनी नहीं चाहिए। यह देश तुष्टिकरण, जातिवाद और परिवारवाद के आधार पर नहीं चलना चाहिए। ये देश क्षमताओं के आधार पर चलना चाहिए। जिसके अंदर जितनी क्षमता है, उसको वैसा प्लेटफॉर्म और देश का भला करने का मौका मिलना चाहिए। देश ऐसे चलना चाहिए कि जो पीड़ित है, जिसके अधिकारों का हनन होता है, चाहें वो किसी भी जाति का हो, किसी भी धर्म का हो, किसी भी सम्प्रदाय का हो, उसको हमारे संविधान के तहत संरक्षण मिले। आज करोड़ों मुस्लिम माताओं-बहनों को संविधान के तहत संरक्षण देने का काम देश के प्रधानमंत्री श्री नरेन्द्र मोदी जी ने किया है। भारतीय जनता पार्टी की सरकार ने किया है। इसलिए मैं इस मंच से श्री नरेन्द्र मोदी को लाखों-लाखों बधाईयाँ और साधुवाद देना चाहता हूँ।

तीन बार बिल को वापस लेना पड़ा, फिर भी उन्होंने दृढ़ राजनीतिक इच्छाशक्ति के साथ धीरज गवाएँ बगैर धीरे-धीरे कछुए की गति से इस बिल को पारित करते हुए कानून में परिवर्तित करके, मुस्लिम महिलाओं को समानता का अधिकार देने का काम किया है। मैं देश के करोड़ों नागरिकों से भी कहना चाहता हूँ कि आपका एक वोट देश का भविष्य बनाता है। किसी भावावेश में, किसी जाति को देखकर या हमें ये नेता मिल लिए, ये सब सोचकर वोट मत दीजिये। वोट उसी पार्टी और उसी नेता को देना चाहिए जो देश को एक प्रगतिशील रास्ते पर आगे ले जाए और देश को दुनिया में सर्वोच्च स्थान पर बिठाने की क्षमता रखता हो।

आजादी से आजतक तीन तलाक की इस कुप्रथा का अंत नहीं हो पाया था। लेकिन देश की सवा सौ करोड़ की जनता ने नरेन्द्र मोदी जी को दोनों सदनों में पूर्ण अधिकार

दिया, इसका परिणाम है कि यह कुप्रथा समाप्त हो गई। मैं आज इस मंच से देश की करोड़ों मुस्लिम माताओं-बहनों से, इतने वर्षों तक उन्हें जो तकलीफ सहनी पड़ी, उसके लिए एक नागरिक के नाते क्षमा माँगकर उन्हें तीन तलाक की समाप्ति के लिए बहुत-बहुत बधाई देना चाहता हूँ। आपके आगे का जीवन बहुत शुभ होने वाला है। आपको भी अधिकार है, अपने आस्तित्व को जताने का; आपको भी अधिकार है, अपने आस्तित्व की पहचान रखने का; आपको भी अधिकार है, कोई आपके साथ अन्याय करता है, तो उसके खिलाफ अदालत में जाकर खड़े रहने का; आपको भी अधिकार है, अपने बच्चों के भविष्य के लिए लड़ने का। मैं मानता हूँ कि ट्रिपल तलाक को लेकर बने कानून ने आपको ये सब अधिकार दिए हैं। मैं फिर से एक बार प्रधानमंत्री नरेन्द्र मोदी जी को बधाई देता हूँ।

वंदे मातरम्।

नागरिकता संशोधन कानून: संदेहों का निवारण

भारतीय परम्परा में शरणागत की रक्षा का महत्वपूर्ण स्थान रहा है। नरेन्द्र मोदी सरकार का नागरिकता संशोधन कानून इसी परम्परा को पुष्ट करता है। कितना विचित्र है कि नागरिकता देने वाले एक कानून के विषय में यह निरर्थक शोर मचाया गया कि ये मुस्लिमों की नागरिकता छीन लेगा। इस भ्रामक प्रचार ने न केवल एक समुदाय के मन में संदेह उत्पन्न किया, अपितु स्थिति इतनी बिगड़ गयी कि दिल्ली सहित देश के कई क्षेत्र हिंसा व अराजकता के भी शिकार हुए। इस भ्रम के उन्मूलन हेतु भाजपा द्वारा नागरिकता कानून को लेकर जनजागरण अभियान चलाया गया। अमित शाह का प्रस्तुत भाषण इसी अभियान के अंतर्गत आयोजित बिहार के वैशाली की एक जनसभा का है।

मंच पर उपस्थित भारतीय जनता पार्टी के बिहार प्रदेश के अध्यक्ष डॉक्टर संजय जायसवाल जी, बिहार के वरिष्ठ भाजपा नेता और राज्य के उपमुख्यमंत्री आदरणीय सुशील मोदी जी, मंत्रिमंडल में मेरे साथी और पटना के सांसद श्रीमान रवि शंकर प्रसाद जी, मंत्रिमंडल में मेरे साथी और बिहार के दिग्गज नेता श्रीमान गिरिराज सिंह जी, मंत्रिपरिषद में मेरे साथी और बिहार के नेता गृह राज्यमंत्री श्री नित्यानंद राय जी, मेरे मंत्रिपरिषद में साथी श्रीमान अश्विनी चौबे जी, बिहार के वरिष्ठ नेता एवं राज्यसभा सांसद डॉ. सीपी ठाकुर जी, हमारे संगठन मंत्री श्री नागेंद्र जी, भूतपूर्व केन्द्रीय मंत्री व हमारे सांसद भाई राजीव प्रताप रूडी जी, श्रीमती रेणु देवी जी, श्री प्रेम कुमार जी, श्री नंदकिशोर यादव जी, श्री आर के सिन्हा जी, श्री गोपाल नारायण सिंह जी, श्री संजय मयूख जी और आज भगवान बुद्ध एवं महावीर की धरती पर इतनी बड़ी संख्या, जहाँ

*16 जनवरी, 2020 को बिहार के वैशाली जिले में एक जनसभा को केन्द्रीय गृहमंत्री श्री अमित शाह का संबोधन

पर भी नजर पहुँचती है मुंड ही मुंड दिखाई पड़ते हैं, में आए प्यारे भाइयों-बहनों और मेरे जिगर के टुकड़े युवा मित्रों, आप सभी को मेरा नमस्कार।

अभी कल ही मकर संक्रांति बीती है। सूर्यनारायण उत्तर की ओर प्रवेश कर गए हैं। हमारे शास्त्रों में लिखा है कि जब भी सूर्यनारायण उत्तर में प्रवेश करते हैं तो शुभ कामों की शुरुआत हम करते हैं। आज के दिन वैशाली की इस ऐतिहासिक और महान भूमि, जहाँ भगवान महावीर ने जन्म लिया और अपने जीवन के 22 साल बिताए; जिस भूमि पर अपने जीवन काल में तीन-तीन बार भगवान बुद्ध ने विचरण कर इसे पवित्र बनाया और जिस भूमि ने दुनिया के लोकतंत्र को पैठ दी, उसको मैं बार-बार प्रणाम करके अपनी बात शुरू करता हूँ। यह वही भूमि है, जिसने एक बार ईसा पूर्व छठी शताब्दी में सब के लिए न्याय, समानता और अधिकार देने की नींव डालने का काम किया था। इसके लिए लोग लड़े, मरे, तबाह हो गए, मगर इसने सबको अधिकार देने की बात को नहीं छोड़ा, यही वह वैशाली की महान भूमि है।

इतिहास से वैशाली गणतंत्र के संघर्ष को कोई मिटा नहीं सकता। जब-जब मानव के अधिकार, पिछड़ों के कल्याण और लोकतंत्र की भावना का जिक्र होगा, वैशाली के गणतंत्र का जिक्र उस वक्त करना ही पड़ेगा। इतना महान काम इस धरती के पूर्वजों ने किया है। मैं जिस विषय पर आज यहाँ आया हूँ, वो विषय भी मानव अधिकार का विषय है। वो विषय भी प्रताड़ित दुखियारों, जो दर्द सहन करके यहाँ आये हैं, उनको अधिकार देने का है।

यह जनजागरण अभियान भारतीय जनता पार्टी के द्वारा चलाया जा रहा है। इसके तहत मैं देशभर में घूमते-घूमते आज बिहार में आया हूँ। दिल्ली में पत्रकार बंधु कहते थे कि बिहार में क्या रेस्पॉन्स होगा? मैंने उस वक्त भी उनसे कहा था और आज भी पूरी दुनिया देख ले, सबसे अच्छा रिस्पांस सीएए को कहीं मिला है तो बिहार की भूमि पर मिला है। इसलिए क्योंकि यह भूमि पीड़ितों के साथ न्याय करने वाली भूमि है। यह भूमि सामाजिक न्याय की भूमि है। यहाँ पर जयप्रकाश नारायण, बाबू जगजीवन राम, कर्पूरी ठाकुर, सब ने सामाजिक न्याय की नींव रखने का काम किया था और उसी नक्शे कदम पर पूरा देश चल पड़ा है। यह भूमि पिछड़ों को, सताए हुए को, न्याय देने की भूमि है। आज यह जो जनजागरण अभियान लेकर भारतीय जनता पार्टी के कार्यकर्ता देश के घर-घर में जा रहे हैं, वह भी इसी प्रकार के सताए हुए भाई और बहनों को न्याय देने की लड़ाई के लिए जा रहे हैं। मोदी जी के नेतृत्व में नागरिकता संशोधन कानून आया, जिसके माध्यम से अनेक पीड़ित लोगों को नागरिकता देने का कार्यक्रम है। मगर देश में कुछ लोग ऐसे हैं जो बात तो पीड़ितों की और मानवाधिकार की करते हैं, मगर अपने वोट बैंक की बात जब आती है तब वोट बैंक के अलावा किसी और को नहीं देखते।

आज मैं बिहार की इस महान धरती पर बिहार की जनता को बताने आया हूँ कि

सीएए यानी नागरिकता संशोधन कानून क्या है? पाकिस्तान, अफगानिस्तान और बांग्लादेश से जो हिंदू, सिख, बौद्ध, जैन, पारसी और ईसाई शरणार्थी आए हैं, उनको नागरिकता देने का काम सिटीजनशिप अमेंडमेंट बिल से हम करने वाले हैं। मगर जिनको इसमें अपना वोट बैंक और अपना राजनीतिक उल्लू सीधा करने का अवसर दिखाई पड़ता है, वह इस देश की माइनॉरिटी को, देश के युवाओं को गुमराह कर रहे हैं कि सीएए से उनकी नागरिकता चली जाएगी। बिहार के मुसलमान भाइयों को मैं कहने आया हूँ कि आप इस कानून को पढ़ें। राहुल बाबा और लालू प्रसाद यादव को भी बताने आया हूँ कि जनता को गुमराह मत करिए। ममता दीदी और केजरीवाल जी, आप भी जनता को गुमराह मत करिए। मैं आज खुले तौर पर बिहार की जनता को कहता हूँ कि इस कानून के अंदर किसी की भी नागरिकता लेने का कोई प्रावधान नहीं है, बस नागरिकता देने का प्रावधान है। इससे किसी की नागरिकता जा नहीं सकती।

जब देश का विभाजन हुआ तब कांग्रेस पार्टी उस वक्त कर्ताधर्ता थी। देश का विभाजन धर्म के आधार पर नहीं होना चाहिए था, लेकिन कांग्रेस पार्टी ने धर्म के आधार पर देश का विभाजन करके एक गलत नींव डालने का काम किया। इसका परिणाम ये हुआ कि लाखों लोग मारे गए और लाखों शरणार्थी देश में आए। इसके बाद भी जो बचा हुआ, पश्चिम पाकिस्तान-पूर्वी पाकिस्तान था, वहाँ पर हिंदू-सिख-बौद्ध-जैन-पारसी-ईसाई भाइयों के साथ अन्याय शुरू हुआ। जब देश आजाद हुआ तब पूर्वी पाकिस्तान और पश्चिमी पाकिस्तान में लगभग दोनों जगह 30-30 प्रतिशत हिंदू-सिख-बौद्ध थे। लालू प्रसाद यादव और राहुल बाबा दोनों मुझे जवाब दें कि आज वहाँ कितने हिंदू और सिख बचे हैं? पश्चिम पाकिस्तान के अंदर सिर्फ 3 प्रतिशत और पूर्वी पाकिस्तान जो आज बांग्लादेश है, वहाँ सिर्फ 4 प्रतिशत बचे हैं। बाकी कहाँ गए? मैं पूछना चाहता हूँ ममता दीदी से कि ये लोग कहाँ गए? इनको या तो मार दिया गया या धर्म परिवर्तन करा दिया गया अथवा खदेड़ दिया गया। वे मजबूर हो गए भारत आने के लिए।

इन विपक्षी दलों की आँखें अंधी और कान बहरे हो गये हैं। मत के लालच में मति खो बैठे हैं। जहाँ पर बूढ़े बाप के सामने बेटी का बलात्कार किया जा रहा है, पति के सामने पत्नी का बलात्कार किया जा रहा है, वहाँ वे कैसे रह सकते हैं? उनका घर लुट गया है। जमीन छीन ली गयी है। हजारों-हजार मंदिर तोड़ दिए गए हैं। गुरुद्वारे मस्जिदों में परिवर्तित कर दिए गए हैं, तो अब वह कहा जाएँगे? वो यहीं भारत में ही आएँगे।

मैं आज आपसे पूछता हूँ कि लाखों की संख्या में ये जो प्रताड़ित होकर हिंदू-सिख-बौद्ध-जैन-पारसी-ईसाई यहाँ आए हैं, इनको नागरिकता देनी चाहिए या नहीं देनी चाहिए? जोर से बोलिए जरा, ताकि विपक्षी दलों को सुनाई पड़े कि नागरिकता देनी चाहिए कि नहीं देनी चाहिए? माताओं और बहनों-भाइयों हमारी-आपकी वे न सुनें, मगर 26 सितंबर, 1947 को महात्मा गाँधी ने कहा था कि पाकिस्तान में रहने वाले हिंदू-सिख-बौद्ध-जैन-पारसी-ईसाई भारत आ सकते हैं, उनको नागरिकता, नौकरी

और जीवन का सुख देना, आजाद भारत का पहला कर्तव्य है। जवाहर लाल नेहरू, राजेंद्र बाबू, सरदार पटेल, मौलाना आजाद, आचार्य कृपलानी इन सबने भी यह बात कही थी। संसद में प्रस्ताव पारित कर नेहरू-लियाकत समझौते को स्वीकार किया गया। यह कांग्रेस वाले हमारी न सुनें मगर उनके नेताओं की तो सुनें। यह प्रताड़ित लोग जो आये हैं, उनको नागरिकता देने का काम हमारे प्रधानमंत्री नरेन्द्र मोदी जी ने किया है।

आज इस मंच से मैं सारे ह्यूमन राइट्स चैपियंस से पूछना चाहता हूँ कि हजार-हजार बच्चों के साथ बलात्कार हुआ, सैकड़ों लोगों के घर छीन लिए गए, लाखों की संख्या में धर्म स्थान उजाड़ दिए गए, उनके ह्यूमन राइट्स की चिंता आप क्यों नहीं करते हो? क्या दोष है उनका? सिटीजनशिप अमेंडमेंट बिल केवल और केवल उनके ह्यूमन राइट्स लौटाने का काम करेगा। जो लोग वहाँ से आए हैं, उसमें कौन है? उसके अंदर ज्यादातर दलित और पिछड़े समाज के लोग हैं। मैं ममता दीदी से, लालू प्रसाद यादव से पूछना चाहता हूँ कि यह जो मतुवा समाज, शूद्र समाज के लोग आए हैं, इन दलितों ने आपका क्या बिगाड़ा है? नरेन्द्र मोदी जी अगर उनको नागरिकता दे रहे हैं तो आप क्यों विरोध कर रहे हैं?

अभी-अभी राजस्थान में चुनाव हुआ। वहाँ कांग्रेस पार्टी के घोषणापत्र में लिखा है कि पाकिस्तान से जो सिख और हिंदू आएंगे, उनको हम नागरिकता देंगे। जब आप (कांग्रेस) कहते हैं तब तो यह मामला सांप्रदायिक नही होता है और मोदी जी करते हैं, तब आपको सांप्रदायिक लगता है। ये जो दोहरा मापदंड है कांग्रेस का, वह देश की जनता समझ गई है। जब हम सीएए कानून लेकर आए, देश में इन लोगों ने एक भ्रामक प्रचार कर देश की जनता, विशेषकर माइनॉरिटी, को गुमराह करने और देश में दंगे फैलाने का काम किया। मैं आज इस ऐतिहासिक मैदान पर कहने आया हूँ कि पहले तीन-चार दिन जो दंगे हुए, उसकी पूरी जिम्मेदारी और पूरा दोष कांग्रेस एंड ममता कंपनी का है। कांग्रेस पार्टी ने देश में दंगे कराए हैं। इसलिए भारतीय जनता पार्टी के कार्यकर्ताओं ने तय किया कि हम घर-घर जाकर सच्चाई बताएंगे और देश की जनता को सीएए के समर्थन में लामबंद करके मोदी जी का हाथ मजबूत करेंगे।

कांग्रेस पार्टी, लालू प्रसाद यादव, केजरीवाल जी और ममता दीदी ये सब ऐसा नहीं है कि सिर्फ सीएए का विरोध कर रहे हैं। बल्कि देशहित के और भी कई मुद्दों पर इनका यही रुख रहा है। मोदी जी को आपके आशीर्वाद से 303 सीटें मिलीं। वे फिर से प्रधानमंत्री बने और पहले ही सप्ताह (संसद सत्र के) में 5 अगस्त को अनुच्छेद-370 और 35(ए) को उखाड़कर फेंकने का काम किया। मैं आज वैशाली की जनता को पूछने आया हूँ कि आप नहीं चाहते थे कि कश्मीर भारत का अभिन्न अंग बने? मोदी जी ने 370 और 35(ए) हटाकर कश्मीर को हमेशा के लिए भारत के साथ जोड़ा और मोदी जी के कारण ही आज कश्मीर में हमारा तिरंगा शान के साथ आसमान को छू रहा है। इसका भी उन्होंने (विपक्ष) विरोध किया। श्रीराम

जन्मभूमि अयोध्या, जहाँ मर्यादा पुरुषोत्तम प्रभु श्रीराम का जन्म हुआ था, आप मुझे बताइये कि वहाँ राम मंदिर बनना चाहिए या नहीं बनना चाहिए? यह कांग्रेस पार्टी, लालू प्रसाद, ममता, केजरीवाल, सब राम मंदिर बनाने में आड़े आये थे, मगर मोदीजी की सरकार के प्रयास से मामला गति से चला और पाँच जजों ने निर्णय देकर तय कर दिया कि यही राम का जन्म स्थान है और इसी स्थान पर प्रभु श्री राम का मंदिर बनेगा और मंदिर बनना शुरू हो गया। ये सब आज भी मंदिर का विरोध कर रहे है।

पाकिस्तान से जो आतंकवादी आते हैं और हमारे जवानों का सर काट कर ले जाते हैं, उनको सबक सिखाना चाहिए कि नहीं सिखाना चाहिए? सोनिया जी और मनमोहन सिंह की सरकार थी। ऐसे हमलों पर मौनी बाबा चुप बैठे रहते थे। मोदी जी के समय उरी और पुलवामा पर हमला हुआ तो मोदी जी ने 10 दिन के भीतर सर्जिकल स्ट्राइक और एयर स्ट्राइक करके पाकिस्तान के घर में घुसकर आतंकवादियों को सबक सिखाने का काम किया। मोदी जी ने ठीक किया या नहीं किया? इसका भी कांग्रेस पार्टी, लालू प्रसाद एण्ड कंपनी विरोध कर रहे हैं और कह रहे हैं कि सबूत कहाँ हैं! इमरान खान भी कह रहा है कि सबूत कहाँ है? इन सब मुद्दों पर लालू प्रसाद, कांग्रेस, ममता, केजरीवाल की भाषा और पाकिस्तान के प्रधानमंत्री की भाषा एक सी दिखाई पड़ती है। बिहार के भाइयों मुझे तो मालूम नहीं पड़ता, इस सब के बीच में रिश्ता क्या है? देश के हित की कोई भी बात करो, उसका ये विरोध करते हैं।

जेएनयू में तीन साल पहले नारे लगे- भारत तेरे टुकड़े होंगे एक हजार। नारे लगाने वालों को सजा होनी चाहिए कि नहीं होनी चाहिए? मोदी जी ने उनको जेल में डाला, मगर आज केजरीवाल उन पर केस चलाने की अनुशंसा नहीं देते। ममता दीदी, केजरीवाल, लालू प्रसाद यादव, राहुल बाबा, कम्युनिस्ट सब कान खोल कर सुन लो, मैं बताने आया हूँ कि यह नरेन्द्र मोदी की सरकार है। भारत की भूमि पर भारत विरोधी नारे जो लगाएगा, भारत माता के टुकड़े करने की बात जो करेगा, उसकी जगह जेल की सलाखों के पीछे होगी।

आज मैं इतना ही कहने आया हूँ कि आप सब लोग पूरे बिहार में घर-घर जाकर नागरिकता संशोधन कानून के समर्थन में लामबंद होइए। अपने हिंदू-बौद्ध-जैन-सिख-पारसी-ईसाई जो अफगानिस्तान, पाकिस्तान और बांग्लादेश से आयें हैं, उनका अधिकार उन्हें देने के लिए लामबंद होइए।

यहाँ कितने लोगों के पास मोबाइल है, जरा अपने-अपने मोबाइल जेब से निकालिए। मोदी जी का समर्थन करना चाहते हैं तो मैं एक नंबर बोलता हूँ। डायल करोगे न? 88662 88662 डायल कर दीजिए। कितने लोगो ने किया, जरा हाथ ऊपर करिए। मैं बिहार की जनता को कहना चाहता हूँ कि इस नंबर को डायल करके मोदी जी का समर्थन करें।

कुछ लोग अफवाह फैलाना चाहते हैं कि बिहार में अगला चुनाव कैसे होगा। मैं

आज सारी अफवाह का निराकरण करने आया हूँ। बिहार में अगला चुनाव श्री नीतीश कुमार के नेतृत्व में एनडीए लड़ेगा। भाजपा और जेडीयू एक साथ लड़ने वाले हैं। अगर लालू प्रसाद यादव को जेल में रहकर फिर से मुख्यमंत्री बनने के सपने आते हैं तो उनको मैं कहना चाहता हूँ कि भाजपा और जेडीयू का गठबंधन अटूट है, इसमें कोई भी सेंधमारी आप नहीं कर पायेंगे। लालू प्रसाद जी, जब आपका शासन था तब बिहार 3 प्रतिशत की दर से विकास कर रहा था। हमारे शासन में इतने सालों से, 2005 से 2020 तक, 11 प्रतिशत की दर से बिहार ने विकास किया है। प्रति व्यक्ति आय 0.12 प्रतिशत से आज 4 प्रतिशत हो गई है। कृषि विकास दर 21 प्रतिशत तक पहुँच गयी है। सड़क 93 प्रतिशत गाँव में पहुँची है। आप लालटेन में बिहार को छोड़ कर गए थे, हम एलईडी युग तक लेकर आए हैं। आप लूट आर्डर का राज चलाते थे। हम लॉ एंड आर्डर का राज चलाते हैं। आपने गायों की घास चोरी करके खायी। हमने गौधन सुरक्षा की दिशा में अपने कदम बढ़ाए हैं। बिहार में जंगलराज की नहीं, जनता राज की यात्रा चलने वाली है। केंद्र में मोदी जी के नेतृत्व में और बिहार में नीतीश जी के नेतृत्व में एनडीए को कोई रोक नहीं सकता।

मैं आज सबसे हाथ जोड़कर विनती करने आया हूँ कि मोदी जी ने अनुच्छेद-370 हटाया। राम जन्मभूमि के फैसले को आगे बढ़ाया। बिहार की जनता का एजेंडा किसी के विरोध का नहीं है, बल्कि भारत माता को मजबूत और एकजुट करने का है। बिहार की जनता इसका समर्थन करे और सीएए पर श्री नरेन्द्र मोदी का साथ दे।

मोदी जी ने 6 साल के अंदर हर घर में शौचालय, हर घर में बिजली, हर एक को गैस, हर एक को स्वास्थ्य का कार्ड देने का कार्य किया है। अगले 5 साल में हर घर में नल से शुद्ध पीने का पानी भी पहुँचाने वाले हैं। देश की सुरक्षा और देश के संस्कृति-संरक्षण की जो यात्रा लेकर मोदी जी निकले हैं, उसके लिए मैं बिहार की जनता के सामने मोदी जी की ओर से समर्थन माँगने आया हूँ। आप मुझे बताइये, आप सब लोग मोदी जी के साथ हैं? मोदी जी आगे बढ़ें, बिहार सहमत है? यह जो देश विरोधी लोग हैं, आप उनको अलग-थलग करेंगे? मोदी जी का हाथ मजबूत करेंगे? सीएए के लिए, राम मंदिर के लिए और अनुच्छेद-370 हटाने के पक्ष में हर घर में जाएँगे? मेरे साथ दोनों हाथ उठाइए और मोदी जी के समर्थन के संकल्प की मुट्ठी भींचिये और प्रचंड आवाज में बोलिए - भारत माता की जय, वंदे मातरम्।

आंतरिक सुरक्षा

शौर्य है, निर्भय रहें

राष्ट्रीय सुरक्षा गार्ड (एनएसजी) के 35वें स्थापना दिवस समारोह में अमित शाह का यह भाषण देश की सुरक्षा के प्रति एक आश्वस्ति का संदेश देता है। एनएसजी के शौर्य को देश ने अनेक अवसरों पर साक्षात देखा है, जिसमें 26/11 का ऑपरेशन भी शामिल है। एनएसजी की शक्ति उसके कमांडो का उच्चस्तरीय प्रशिक्षण और अत्याधुनिक संसाधन तो है ही, अंतर्राष्ट्रीय और राष्ट्रीय समारोह को सुरक्षा प्रदान करने में उसके दस्ते की निपुणता भी उसे विशिष्ट बनाती है। अपने इस संक्षिप्त वक्तव्य में शाह ने एनएसजी के शौर्य, सामर्थ्य और कौशल का तो उल्लेख किया ही है, आतंकवाद से निर्णायक लड़ाई में उसकी महत्वपूर्ण भूमिका पर भी बल दिया है।

कार्यक्रम में उपस्थित श्रीमान देशवाल जी, अलग-अलग फोर्स के डायरेक्टर जनरल, एनएसजी के उपस्थित सभी पूर्व डी.जी., आये हुए एनएसजी कमांडो के परिवारजनों और प्यारे बच्चों, आसपास के गाँव से आये हुए भाइयों और बहनों।

राष्ट्रीय सुरक्षा गार्ड के 35 वें स्थापना दिवस के अवसर पर, यहाँ उपस्थित होकर मुझे अत्यंत गर्व और खुशी की अनुभूति हो रही है। आज एनएसजी के स्थापना दिवस पर पूरी फोर्स को हृदय से हार्दिक शुभकामना देता हूँ। सबसे पहले मैं एनएसजी के उन 19 शहीदों को नमन करते हुए अपनी बात को शुरू करता हूँ, जिन्होंने इस देश की सुरक्षा, एकता और अखंडता के लिए अपना सर्वोच्च बलिदान दिया है। उनके साथ-साथ अन्य सभी पदक विजेताओं को भी बधाई देना चाहता हूँ। उनका अभिनंदन करता हूँ। उनकी हौसला अफजाई करना चाहता हूँ, जिनकी अद्‌भुत वीरता ने देश को कई मौकों पर सुरक्षित रखने में बहुत बड़ा योगदान दिया है।

एनएसजी एक स्पेशल फोर्स है और मुझे एनएसजी के जांबाज कर्मियों के प्रति

---

*15 अक्टूबर, 2019 को 'राष्ट्रीय सुरक्षा गार्ड (एनएसजी)' के 35वें स्थापना दिवस के अवसर पर गृहमंत्री श्री अमित शाह का भाषण

गर्व है। आज मैं पूरी दुनिया को कहना चाहता हूँ कि सर्वत्र सर्वोत्तम सुरक्षा के मंत्र के साथ एनएसजी के कमांडो की निगरानी में हमारे देश की आंतरिक सुरक्षा किसी भी आतंकवादी हमले से निपटने में सक्षम और समर्थ है। इनके द्वारा हम सुरक्षित हैं। एनएसजी कमांडोज को अब तक तीन अशोक चक्र, 2 कीर्ति चक्र, चार शौर्य चक्र से सम्मानित किया जा चुका है। यह प्रमाणित करता है कि देश की सुरक्षा में एनएसजी का योगदान कितना महत्वपूर्ण है।

आतंकवाद किसी भी सभ्य समाज के लिए एक अभिशाप है और आधुनिक समाज में विकास के लिए सबसे बड़ी बाधा भी है। हमारा देश आतंकवाद के अभिशाप से बहुत लंबे समय से अभिशप्त है। शायद ही ऐसा कोई देश दुनिया में होगा, जिसने आतंकवाद के खिलाफ इतनी लंबी लड़ाई लड़ी होगी। मैं आज इस मंच से कहना चाहता हूँ कि इस देश के पीएम नरेन्द्र मोदी जी के नेतृत्व में हमारी आतंकवाद के प्रति जीरो टॉलरेंस की नीति अटल है, अडिग है। आतंकवाद पर विजय प्राप्त करने का दृढ़ निश्चय नेतृत्व हमारे पास है। आज मैंने आपका जो प्रदर्शन देखा है, इससे जीरो टॉलरेंस नीति को हासिल करने का मेरा भी विश्वास बढ़ा है। मैं अब देश में जहाँ पर भी जाऊँगा आत्मविश्वास के साथ कहूँगा कि आतंकवाद के किसी भी खतरे से देश सुरक्षित है, क्योंकि निडर और निःस्वार्थ एनएसजी के कमांडो हमारी सुरक्षा के लिए हमेशा उपलब्ध हैं।

बम निरोधी दस्ते की विशेष सदस्यों से सुसज्जित टीम के साथ काउंटर टेररिस्ट ऑपरेशन, काउंटर हाईजेक ऑपरेशन, प्रोक्सीमेट सिक्यूरिटी, अंतर्राष्ट्रीय और राष्ट्रीय समारोह को सुरक्षा प्रदान करने जैसी सभी चीजों में एनएसजी की निपुणता और कर्तव्यनिष्ठा को हमने देखा है। आज के दौर में अब पारंपरिक युद्ध नहीं होते और यह छद्मयुद्ध हमेशा जारी रहता है। हमारे पड़ोसी पाक से प्रेरित आतंकवाद से भारत हमेशा पीड़ित रहा है। अभी-अभी आतंकवाद के संपूर्ण उन्मूलन के लिए देश के प्रधानमंत्री नरेन्द्र मोदी जी ने कश्मीर से अनुच्छेद-370 हटाकर कश्मीर को हमेशा के लिए सुरक्षित करने का एक बहुत बड़ा कदम उठाया है। मुझे विश्वास है कि इस कदम के बाद हम कश्मीर में एक स्थाई शांति स्थापित कर पाएंगे। मुझे मालूम है कि एनएसजी किसी भी संकट से निपटने के लिए 24 घंटे पूरे साल तैयार रहती है और इनकी तैयारियों के कारण ही आज हम देश की आंतरिक सुरक्षा के लिए आश्वस्त हैं। चाहे अमृतसर में अश्वमेध ऑपरेशन हो, अक्षरधाम में वज्रशक्ति ऑपरेशन हो, 26/11 का ऑपरेशन हो, पठानकोट के हवाई अड्डे का हमला हो, एनएसजी ने अपनी क्षमता से न केवल देश को बल्कि पूरी दुनिया को आश्चर्यचकित किया है। आज दुनिया के सबसे आधुनिक से आधुनिक आतंकवाद विरोधी लड़ाई के साजो-सामान के साथ एनएसजी कमांडोज को लैस देखकर मन में संतुष्टि और विश्वास दोनों का भाव जगता है। देश पर आतंकवाद के खतरे का आकलन करते हुए भारत सरकार ने 2016 में एनएसजी का पाँचवा रीजनल हब गाँधीनगर

में स्थापित करने का निर्णय किया। यह हब आज सुचारू रूप से कार्य कर रहा है।

सबसे ऊँची चोटी माउंट एवरेस्ट को फतह कर एनएसजी के 11 पर्वतारोहियों ने वहाँ भारत का झंडा गाड़ करके एक और कीर्तिमान बनाने का काम किया है। 2014 से एनएसजी को कई नई तकनीकों से लैस किया गया है। मोबिलिटी सर्विलेंस, फायर टावर, काउंटर ड्रोन जैसी क्षमताएँ आपको प्रदान की गई हैं। इससे आपकी क्षमता बहुत बढ़ी है। मैं जानता हूँ कि कोई भी फोर्स हथियार का उपयोग तो कर सकती है, मगर जीत कमांडो की हिम्मत, कमांडो के जुनून और कमांडो की देशभक्ति के जज्बे से ही मिल सकती है। यह तीनों जज्बे एनएसजी कमांडोज के अंदर उपलब्ध हैं। इसके कारण देश के गृहमंत्री के नाते आज मैं यहाँ से बहुत निश्चिंत होकर जाऊँगा।

एनएसजी जैसी फोर्स के लिए प्रशिक्षण सबसे महत्वपूर्ण है। एनएसजी दूसरे देशों की स्पेशल फोर्स के साथ प्रशिक्षण करके सर्वोत्तम कार्य संहिता का आदान-प्रदान भी करती है। इससे अनेक देशों को भी फायदा हुआ है। 'स्वच्छ भारत अभियान', 'गो ग्रीन इनिशिएटिव' जैसे पर्यावरण के लक्ष्यों को भी आपने बहुत अच्छे तरीके से हासिल किया है।

मुझे भरोसा है कि कई वर्षों से अपने पड़ोसी द्वारा चलाए जा रहे प्रच्छन्न युद्ध से, आतंकवादी गतिविधियों से, देश हमेशा के लिए निपटारा पाने की दिशा में निर्णायक लड़ाई लड़ने जा रहा है। अनुच्छेद-370 हटाना और कश्मीर में हमेशा के लिए शांति स्थापित (प्रस्ताव) करने के लिए जो इनिशिएटिव प्रधानमंत्री नरेन्द्र मोदी जी ने लिया है, उस पहल के बाद एनएसजी कमांडो और आपके प्रशिक्षित किए हुए हर राज्य के कमांडो दस्ते को मिलाकर जो अभेद्य कवच बना है, उससे देश सुरक्षित है। महफूज होकर शांति व विकास के रास्ते पर चल रहा है।

मैं आज महानिदेशक एनएसजी और उनकी पूरी टीम को हृदय से बधाई देना चाहता हूँ। आज आपके प्रदर्शन को न केवल जो लोग उपस्थित हैं उन्होंने देखा है, बल्कि मीडिया के माध्यम से देशभर ने आपके प्रदर्शन को देखा है। यह प्रदर्शन देखकर देश की जनता के मन में सुरक्षा की और निश्चिन्तता की भावना निश्चित ही मजबूत हुई होगी।

मैं कहना चाहता हूँ कि इसका विजन एक 'वन क्लास जीरो एरर फोर्स' का है, जिसके प्रति सदैव आप प्रयासरत रहेंगे। 'मुश्किल वक्त, कमांडो-सख्त' और निडर, निर्मम, निस्वार्थ लक्ष्य को प्राप्त करने के लिए मैं आपको बहुत बहुत शुभकामनाएँ देना चाहता हूँ। आने वाले दिनों में आप इतनी ही मुस्तैदी से देश के सुरक्षा के काम में लगे रहेंगे, देश को सुरक्षित करते रहेंगे। आतंकवाद को रोकने की दिशा में आपका कौशल देश को हमेशा के लिए सुरक्षित करेगा।

वंदे मातरम्।

सजगता, सुरक्षा और सेवा की उत्कृष्ट परम्परा

गृहमंत्री अमित शाह का आईपीएस प्रोबेशनर्स के बीच दिया गया यह भाषण छोटा किन्तु प्रेरक है। इस भाषण में आजादी के बाद पुलिस बल की भूमिका, उनके कार्य, उनके बलिदान तथा देश की एकता के लिए किये गये कार्यों का प्रेरणात्मक उल्लेख अमित शाह ने किया है। स्वतंत्र भारत में अलग-अलग छह सौ से अधिक रियासतों को एकीकृत करने के सरदार पटेल के कार्य में पुलिस बलों ने अपनी भूमिका का जो श्रेष्ठ निर्वहन किया, वो आज इतिहास में दर्ज है। इस भाषण में अपना प्रशिक्षण पूरा कर कर्तव्यपथ पर जा रहे पुलिस अधिकारियों का गृहमंत्री अमित शाह ने सम्यक मार्गदर्शन किया है।

सरदार वल्लभभाई पटेल राष्ट्रीय पुलिस अकादमी के डायरेक्टर श्री अभयजी। श्री उमेश सर्राफ ज्वाइंट डायरेक्टर (एडमिन), यहाँ पधारे हुए तेलंगाना के गवर्नर, मेरे सहयोगी गृह राज्यमंत्री श्री किशन रेड्डी जी और आज जिन्हें दीक्षांत परेड के बाद अपने करियर की स्वर्ण मंजिल तक पहुँचना है, वो सभी प्रोबेशनर्स भाइयों और बहनों!

मैं आज पहली बार देश के पहले गृहमंत्री सरदार पटेल के नाम से स्थापित नेशनल पुलिस एकेडमी में आया हूँ। यहाँ आकर मुझे बहुत ज्यादा आनंद और उत्साह महसूस हो रहा है। आज 103 प्रोबेशनर्स पुलिस ऑफिसरों को इस दीक्षांत परेड के बाद अपने उज्ज्वल करियर की शुरूआत करनी है। सबसे पहले मैं उन सभी प्रोबेशनर्स को बधाई देता हूँ, जिनका भारतीय पुलिस सेवा और नेपाल एवं रॉयल भूटान पुलिस सेवा में प्रवेश होने जा रहा है। आज जो 103 प्रोबेशनर्स ऑफिसर पुलिस सेवा ज्वाइन करेंगे, उनमें 15

*24 अगस्त, 2019 को हैदराबाद के 'सरदार वल्लभभाई पटेल राष्ट्रीय पुलिस अकादमी' में 2017 बैच के 'आईपीएस (प्रोबेशनर),' की पासिंग आउट परेड पर दिया गया भाषण।

महिला पुलिस प्रोबेशनर्स भी हैं। यह मेरे लिए विशेष आनंद का विषय है। नेपाल पुलिस से भी आज पाँच अफसर अपनी ट्रेनिंग पूरी करके यहाँ से जा रहे हैं। रॉयल भूटान के भी छः पुलिस अफसर आज यहाँ से ट्रेनिंग पूरी करके जा रहे हैं। उन सबको मैं बहुत-बहुत शुभकामनाएँ देता हूँ। आज यहाँ से दीक्षांत परेड समाप्त होने के बाद आप भारतीय पुलिस सेवा की महान परम्परा के एक अभिन्न अंग बनेंगे, इसका मुझे भी गौरव है। स्वाभाविक है कि आप लोगों को मुझसे भी ज्यादा गौरव होगा।

हम जानते हैं कि हैदराबाद, जहाँ पर यह पुलिस एकेडमी बनी है, एक ऐतिहासिक पुलिस एक्शन के कारण भारत के साथ जुड़ा है। आजादी के बाद 630 से ज्यादा रियासतों को भारत के साथ जोड़ने का एक कठोर और अकल्पनीय कार्य जब सरदार पटेल को दिया गया, तब एक के बाद एक रियासतें जुड़ती गईं। मगर हैदराबाद में उस वक्त के निजाम भारत के साथ, भारतीय संघ के साथ, अपने विलय को तैयार नहीं थे। तब सरदार पटेल के नेतृत्व में ऐतिहासिक पुलिस एक्शन के द्वारा यह हैदराबाद और आज का तेलंगाना, आंध्र, कर्नाटक और महाराष्ट्र का कुछ हिस्सा भारत संघ का भाग बना। आज यह शहर भारत संघ का हिस्सा है, इसका संपूर्ण श्रेय उसी पुलिस एक्शन को जाता है।

मैं आज इस मौके पर सरदार पटेल को याद कर उन्हें विनम्र श्रद्धांजलि देना चाहता हूँ। 630 रियासतों को जोड़ने का उनका जो काम था, उसमें एक अंतिम बिंदु छूट गया था- जम्मू और कश्मीर के संपूर्ण विलय का। अनुच्छेद-370 के रहते जम्मू और कश्मीर का संपूर्ण विलय भारतीय संघ के साथ नहीं हो पाया था। माननीय प्रधानमंत्री श्री नरेन्द्र मोदी के नेतृत्व में आज अनुच्छेद-370 को भारतीय संसद ने समाप्त कर जम्मू और कश्मीर को भी भारत का अभिन्न हिस्सा बना दिया है।

मैं आज सरदार पटेल की स्मृति को फिर से वंदन करता हूँ। भारतीय सिविल सर्विस के सरदार पटेल संस्थापक रहे। इस नाते भी उनको याद करना उचित है। सरदार पटेल ने सिविल सर्वेंट को राष्ट्रीय हितों का रक्षक बताया था। हमारे संविधान में देश के एडमिनिस्ट्रेशन को दो हिस्सों में बाँटा गया है। एक चुने हुए प्रतिनिधि संसद और विधानमंडलों में नीतियों का और कानूनों का निर्माण करते हैं और दूसरा भारतीय सिविल सेवा के सभी अफसर, जो इन नीतियों का नीचे तक क्रियान्वयन करते हैं।

आज ऑल इंडिया सिविल सर्विस को एक नया बैच मिलने जा रहा है। पुलिस सेवा को नया बैच मिलने जा रहा है। मैं आप सब को बताना चाहता हूँ कि सरदार पटेल ने भारतीय पुलिस सेवा को भ्रष्टाचार मुक्त भारत का प्रहरी बताया था। आज यहाँ से जो भी प्रोबेशनर्स सेवा के अंदर जिस-जिस राज्य में जाएँगे, सरदार पटेल की इस उक्ति को अपनी सेवा समाप्त होने तक याद रखेंगे।

जब आप परीक्षा की तैयारी करते हैं तो सफल (पास) होंगे या फेल, इसका डर मन को सताता है। उस वक्त एक ही लक्ष्य होता है कि कुछ भी कर के ये परीक्षा हम

पास करें और भारतीय सिविल सेवा को ज्वाइन करें। आज आप आईपीएस अफसर बनकर जा रहे हैं, ऐसे में मैं आपको कहना चाहता हूँ कि आप का लक्ष्य समाप्त नहीं हुआ है, बल्कि लक्ष्य की पूर्ति का रास्ता आज से शुरू हो रहा है। आज से आपको लक्ष्य की ओर बढ़ना होगा, क्योंकि सिविल सेवा में और पुलिस सेवा में लक्ष्य केवल एक सामान्य परिवार से अफसर बनना नहीं हो सकता। हमारा लक्ष्य इस महान देश को दुनिया में उसके गौरवशाली स्थान तक पहुँचाना होता है। उस स्थान पर पहुँचाने में आपका अमूल्य योगदान जरूर होगा। लक्ष्य सिद्धि के लिए आने वाले दिनों में आपको कठोर परिश्रम करना होगा। कई और परीक्षाएँ भी देनी होंगी। बहुत सारी दिक्कतें भी आएंगी। बहुत सारे मौके ऐसे आएंगे जब आपको अपनी प्रतिज्ञा याद करके मन को दृढ़ करना पड़ेगा। कदमों को स्थिर रास्ते पर चलाना पड़ेगा। मैं आपको याद दिलाना चाहता हूँ कि अभी आपको यहाँ जो शपथ दिलाई गई है, उसे सेवा समाप्ति तक हर रोज याद करना चाहिए। यह आपको अच्छा अफसर बनने के लिए हमेशा मदद करेगा।

मैंने कल थोड़ी जानकारी लेने का प्रयास किया था कि जो प्रोबेशनर्स यहाँ से जा रहे हैं उनका बैकग्राउंड क्या है। ज्यादातर प्रोबेशनर्स मध्यमवर्ग और गरीब वर्ग से निकलकर आज इतने उच्च शिखर पर पहुँचे हैं। ईश्वर ने आपको मौका दिया है कि आप कल से आईपीएस अफसर बनकर अपने जीवन में एक बड़ा मुकाम हासिल कर लेंगे। मगर आईपीएस अफसर बनकर आपने जो मुकाम हासिल किया, वह उन करोड़ों गरीबों को अपनी गरीबी के स्तर से ऊपर उठाने के लिए और भारत को बेहतर बनाने के लिए प्रेरणा देता रहेगा। आप ही की तरह आज भारत के करोड़ों युवा सफलता के लिए मेहनत, लगन, शांति और सुख का यही रास्ता तलाशेंगे। समृद्ध, शिक्षित, सुरक्षित भारत हमारा लक्ष्य होना चाहिए। व्यक्तिगत सुख हमारा लक्ष्य नहीं होना चाहिए। मैं आपको यह कहना चाहता हूँ कि आपका काम समाप्त नहीं हुआ है, बल्कि आपका काम आज से शुरू हुआ है। यह महत्वपूर्ण पड़ाव है, महत्वपूर्ण मुकाम है।

हमारा लक्ष्य इस विशाल, विविधतापूर्ण और महान देश को संरक्षित रखना और उसके लोकतांत्रिक मूल्यों को बरकरार रखना है। आपको हमेशा याद रखना पड़ेगा कि जिस पुलिस बल का नेतृत्व आप करने जा रहे हैं, उसके 33000 से ज्यादा पुलिस जवानों ने आज तक इस देश की सुरक्षा में अपने प्राणों की आहुति देकर सर्वोच्च बलिदान दिया है। उस महान परम्परा का आप एक अंग बनने जा रहे हैं। यह 33000 जवान जिन्होंने हिमालय की चोटियों पर, या दंगाईयों का सामना करते हुए, या घुसपैठियों के साथ मुठभेड़ करते हुए, आतंकवादियों को खदेड़ते हुए अपने जीवन का सर्वोच्च बलिदान दिया, वो हमसे आशा करते हैं कि उनके बताए हुए रास्ते पर हम आगे चलें। आज से माँ भारती को सर्वोच्च स्थान पर पहुँचाकर उनके बलिदान को सार्थक करने की जिम्मेदारी आप 103 पुलिस अफसरों की भी है।

आपको सदैव टीम का लीडर बनना होगा, तभी जाकर आप सफलता के साथ काम

कर पाएंगे। आपकी टीम के अंदर आपको विश्वास जगाना पड़ेगा और यह विश्वास आचरण से ही जग सकता है। विश्वास कभी शब्दों से नहीं जग सकता। आपका आचरण ही ऐसा हो, जिसे देखकर आपकी टीम को आपकी लीडरशीप पर, आपके नेतृत्व पर विश्वास जगे। उनके आचरण में भी वही गुण आएँ जो आप यहाँ दीक्षांत परेड के बाद लेकर जाने वाले हैं। जहाँ पर भी आपकी पोस्टिंग होगी, वहाँ संपर्क, संवाद और समन्वय ही उत्तम सफलता के साधन होंगे।

मैं भी एक कैडर बेस पार्टी से आता हूँ। देश का सबसे बड़ा संगठन है। राजनीतिक पार्टी में काम करने का मेरा अनुभव बहुत लंबा है। उस अनुभव से यह आपको बताना चाहता हूँ कि संपर्क, संवाद और समन्वय के बगैर कभी भी सफलता हासिल नहीं हो सकती। जब आप यहाँ से आईपीएस अफसर बनकर जाएँगे तो व्यापक संपर्क, व्यापक संवाद और सबके बीच में समन्वय ही आपकी सफलता की कुंजी हो सकती है।

आपकी भूमिका हमेशा संविधान के रक्षक की रहनी चाहिए और वो भूमिका कभी भी मन से दूर नहीं जानी चाहिए। जनता तक आपकी पहुँच और उसमे निरन्तर संवाद ही आपको एक आदर्श पुलिस अफसर बना सकता है। आपकी साख ही आपको यशस्वी पुलिस अफसर बना सकती है। साख कभी एक दिन में नहीं बनती है। कई साल के सतत प्रयास के बाद ही साख बनती है और वह साख ही व्यक्ति को यश देती है। वह साख ही व्यक्ति को सफल भी बनाती है।

हमारे प्रधानमंत्री श्री नरेन्द्र मोदी जी ने स्मार्ट पुलिस की जो कल्पना कर रखी है। उसमें स्मार्ट पुलिस का मतलब है - 'एस' से - सेंसेटिव, 'एम' से - मोरल युक्त, 'ए' से- अलर्ट, 'आर' से - रिस्पॉन्सिबल और 'टी' से - टेक्नोसेवी। स्मार्ट पुलिस का यह मंत्र लेकर आप अपने बाकी करियर के लिए आगे बढ़ेंगे, इसका मुझे भरोसा है। आज जब मैं आपके सामने खड़ा हूँ, तब ढेर सारी चुनौतियाँ देश की आंतरिक सुरक्षा के सामने हैं। आतंकवाद की चुनौती है। नारकोटिक्स के दूषण को समाप्त करने की चुनौती है। साइबर क्राइम को कंट्रोल करने की चुनौती है। इसके साथ ही पड़ोसी देशों द्वारा खड़ी की हुई अनेक अदृश्य चुनौतियों का सामना भी आज से आपको करना है।

जब तक कोई देश आंतरिक रूप से सुरक्षित नहीं है, तब तक वह विकसित नहीं हो सकता। देश को प्रधानमंत्री जी के दिए हुए लक्ष्य, पाँच ट्रिलियन डॉलर इकोनॉमी की दिशा में अगर आगे बढ़ाना है तो इसकी पूर्व शर्त है कि देश में शांति और सलामती होनी चाहिए। शांति और सलामती आंतरिक सुरक्षा के बगैर नहीं हो सकती। मजबूत लॉ एंड ऑर्डर के बगैर नहीं हो सकती। आप जब यहाँ से आईपीएस अफसर बनकर जाएँगे तब मैं आपको निश्चित रूप से कहना चाहता हूँ कि आपका अथक परिश्रम ही देश की शांति और सलामती को बरकरार रख सकता है।

कई मौके आएंगे जिसमें आपके सामने दुविधाएँ भी होंगी। कुछ ऑर्डर ऐसे मिलेंगे, जो हो सकता है संविधान के दायरे में न आते हों; कुछ चीजें ऐसी आएंगी जब

संविधान के इंटरप्रिटेशन के बारे में भी आपके मन में कन्फ्यूजन हो सकता है। इन सब परिस्थितियों के लिए मैं आप सभी को यही कहना चाहता हूँ कि संविधान की भावना को समझना और उसी भावना से उसे लागू करना सच्चे आईपीएस अफसर का सबसे बड़ा गुण होता है। भयरहित होकर संविधान के दायरे में रहते हुए काम करना आईपीएस अफसर का सबसे बड़ा गुण होता है।

मैं सार्वजनिक जीवन में राजनीतिक पार्टी का एक कार्यकर्ता भी हूँ। लंबे समय से राजनीतिक क्षेत्र में काम करता हूँ। हमारा संविधान, राजनीतिक पार्टी के चुने हुए प्रतिनिधि और हमारे सिविल सर्वेंट्स दोनों को संविधान की सेवा करने का, देश की सेवा करने का मौका देता है। मगर दोनों में एक अंतर है। हम लोगों को 5 साल के लिए मौका मिलता है। 5 साल के बाद जनता फिर से तय करती है कि इनको मौका देना है या नहीं देना है। आपको आज से लेकर आपकी 60 साल की आयु तक यह मौका मिलता है। यह बहुत बड़ी बात है। हमें 5 साल का मौका मिलता है। आपको कम से कम 30 साल के लिए मौका मिल रहा है। इस मौके का उपयोग देश को आगे बढ़ाने, सुरक्षित करने और जो महान परम्परा आज तक हमारे पुलिस अफसरों ने बनाई है, उसे और आगे ले जाने के लिए आप सब करेंगे, इसका मुझे विश्वास है।

सभी प्रोबेशनर्स ने आज यहाँ पर उत्कृष्ट परेड का सफलतापूर्वक प्रदर्शन किया है। मैंने इसका निरीक्षण भी किया है। सभी पास आउट होने वाले अफसरों को मैं हृदय से शुभकामनाएँ देता हूँ। छः रॉयल भूटान के अफसरों और पाँच नेपाल पुलिस के अफसरों को भी बहुत शुभकामनाएँ देता हूँ। विशेष बधाई और शुभकामनाएँ देना चाहता हूँ उन 15 पुलिस महिला अधिकारियों को जिन्होंने आज यहाँ पर इस पासिंग आउट परेड में हिस्सा लिया है। आज से आप आईपीएस अफसर के महत्वपूर्ण ओहदे को संभालेंगे। जहाँ पर भी आपकी पोस्टिंग होगी, हर पोस्टिंग आपको देश की सुरक्षा को मजबूत करने का मौका देगी।

मैं प्रधानमंत्री श्री नरेन्द्र मोदी जी की ओर से, पूरी सरकार की ओर से, समस्त देश की जनता की ओर से आपको बहुत-बहुत शुभकामनाएँ देता हूँ। विशेषकर आपके परिवारजनों, आपके माता-पिता के प्रति कृतज्ञता ज्ञापित करता हूँ कि उन्होंने बहुत कष्ट सहन करके आपको यहाँ तक पहुँचाया है। उनका ऋण आपके जीवन में तो महत्वपूर्ण रहेगा ही, मगर इस देश को इतने उत्कृष्ट पुलिस आफिसर्स देने के लिए देश पर भी आपके माता-पिता का ऋण सदैव बना रहेगा।

वंदे मातरम्।

विश्वास की वर्दी

गृहमंत्री अमित शाह का यह भाषण पुलिस बल के प्रति एक संवेदना पूर्ण उद्बोधन है। यह भाषण पुलिस बल के दैनिक कार्यों की चुनौतियों को अत्यंत संवेदना के साथ स्पर्श करता है। नागरिकों की रक्षा में अपने व्यक्तिगत सुखों, संबंधों और प्राणों तक की परवाह न करने वाले पुलिस बलों के प्रति समाज में बनी कुछ गलत धारणाओं पर एक चिंता भी इस भाषण में है। साथ ही अमित शाह ने पुलिस बल की छवि में बदलावों की जरूरत तथा उसके लिए होने वाले प्रयासों का जिक्र भी अपने वक्तव्य में किया है।

मंच पर उपस्थित दिल्ली के उपराज्यपाल आदरणीय अनिल बैजल जी; मेरे साथी और भारत सरकार के गृह राज्य मंत्री श्रीमान जी. किशन रेड्डी जी; भारत सरकार के गृह सचिव श्रीमान भल्ला जी; दिल्ली सरकार के मुख्य सचिव श्री विजय जी; जिनके प्रयास से इस नए भवन की कल्पना साकार हुई है उन दिल्ली पुलिस के पुलिस आयुक्त श्री अमूल्य पटनायक जी; श्री राजेश मलिक जी; यहाँ पर आए हुए दिल्ली पुलिस कमिश्नर पद को अपने-अपने समय में गति देने और आगे बढ़ाने वाले दिल्ली के सभी पूर्व पुलिस कमिश्नर; यहाँ उपस्थित सभी सांसद, जनप्रतिनिधि और दिल्ली पुलिस के सभी कर्मचारी व अधिकारी तथा भाइयों-बहनों और मीडिया के मित्रों!

सबसे पहले तो मैं आज दिल्ली पुलिस की कमिश्नर से लेकर नीचे तक की पूरी टीम को हृदय से बधाई देना चाहता हूँ कि 70 साल के बाद आज वे अपने खुद के घर में पहुँचे हैं। बहुत देर हुई, मगर अच्छा है कि 70 साल के बाद दिल्ली पुलिस को अपना मुख्यालय मिला। मेरे लिए भी सौभाग्य का विषय है कि जिस दिल्ली पुलिस का इतिहास कार्यों, बलिदानों, सुरक्षा सहित हर तरह से समृद्ध है तथा देश भर की पुलिस में दिल्ली पुलिस को एक अलग दृष्टि से देखा जाता है, उसके मुख्यालय का उद्‍घाटन आज मेरे

---

*31 अक्टूबर, 2019 को दिल्ली पुलिस के नए मुख्यालय के उद्‍घाटन समारोह में गृहमंत्री श्री अमित शाह का संबोधन

हाथों हो रहा है। यह उद्घाटन ऐसे दिन हो रहा है जिस दिन को हम सब 'एकता दिवस' के रूप में मनाते हैं। देश के प्रथम गृहमंत्री लौह पुरुष सरदार पटेल की आज जयंती है। किसी भी पुलिस मुख्यालय के उद्घाटन के लिए सरदार साहब की जयंती से बढ़कर अन्य कौन-सा दिन भला उपयुक्त हो सकता है। मैं दिल्ली पुलिस कमिश्नर को आज इसलिए भी बधाई देना चाहता हूँ कि इन्होंने बड़े अच्छे दिन का चयन किया है।

सरदार पटेल एक ऐसे व्यक्तित्व थे जो अपने भाषणों से नहीं, अपने कार्यों से जाने गए। उनका पूरा जीवन सरलता के साथ बिताने वाले व्यक्ति; आजादी के आन्दोलन के एक प्रमुख योद्धा; देश के एक बहुत बड़े किसान नेता; अक्षुण्ण देशभक्ति से भरे और गाँधी के एक मुख्य अनुसरणकर्ता के रूप में बीता। सरदार पटेल जब देश के गृहमंत्री और उप-प्रधानमंत्री बने तब देश और दुनिया को उनका एक नया रूप देखने को मिला। देश आजाद तो हुआ था, लेकिन विभाजन की विभीषिका से लहुलुहान और आहत था। अनेक समस्याएँ देश के ऊपर थीं।

उस वक्त सरदार पटेल गृहमंत्री बने और रियासतों के एकीकरण का मंत्रालय भी उन्हीं को दिया गया। उस वक्त रियासतों का मंत्रालय महत्वपूर्ण इसलिए था कि अंग्रेज जाते-जाते हमारे इस विशाल देश को 630 से ज्यादा टुकड़ों में बाँट कर गए थे। देश के सामने यह एक बहुत बड़ी चुनौती थी कि एकीकरण का यह काम कैसे होगा? भाषा अलग, बोली अलग, रियासतों की संस्कृति अलग, स्वभाव अलग, सबको अपनी रियासत ना छोड़ने का मोह लोभ – इन सब के ऊपर एक निश्चित कालखंड के भीतर उनका विलय भारत संघ में करना, दुनिया भर के सभी लोगों को असंभव लगता था। मगर सरदार साहब को यह काम मिला। उनकी आयु कोई कम नहीं थी, स्वास्थ्य भी अच्छा नहीं था, सो सबको लगता था कि इस आयु और इस स्वास्थ्य के साथ सरदार इतने विविध और भौगोलिक लिहाज से बड़े राष्ट्र को कैसे एकत्रित करेंगे। किस तरह से इस चुनौती को पार करेंगे। मगर वह तो सरदार थे। मुझे सौभाग्य मिला है, सरदार जी के नजदीक रहे लोगों के साथ घंटों बात करने का, चाहें वह एच एन पटेल साहब हों, चाहें सरदार की पुत्री मुन्नी बहन हों। सुबह 3:00 बजे वह (सरदार पटेल) काम करना शुरू करते थे और रात को 10:30-11:00 बजे तक काम करते-करते एक मिशन लेकर आगे बढ़े। देखते ही देखते 630 से अधिक रियासतों को एक सूत्र में पिरोकर एक अखंड भारत बना दिया। इसमें ढेर सारी मुश्किल आईं। प्रशासनिक कठिनाई सहित कई और प्रकार की चुनौतियाँ आयी। जूनागढ़ के नवाब ने अपना विलय पाकिस्तान के साथ करना सुनिश्चित किया तो हैदराबाद के निजाम ने भी स्वतंत्र राष्ट्र या फिर पकिस्तान के साथ जाने की मंशा प्रकट की। इस तरह अलग-अलग जगहों पर बहुत सारी चुनौतियाँ आईं। सभी जानते हैं कि हर चुनौती को दृढ़ता और अपनी कुशाग्र बुद्धि के साथ पार करते हुए सरदार जी ने आज दिखने वाले अखंड भारत की रचना करने का काम किया।

130 करोड़ की आबादी वाला यह पूरा देश आज सरदार साहब का ऋणी है कि

दुनिया में हमारी जो पहचान है, अगर सरदार ना होते तो शायद यह पहचान देश बनने के समय ही टूटकर बिखर जाती। परंतु सरदार पटेल ने इस पहचान को संभव बनाया और इसे बरकरार रखने के लिए बहुत सारी चीजों को आगे बढ़ाने का भी काम किया। हैदराबाद का पूरा सक्सेशन हो या जूनागढ़ के अंदर हुकूमत की स्थापना हो, ढेर सारे विषयों को अपने तरीके से उन्होंने आगे बढ़ाया और तब जाकर के अखंड भारत की रचना हमारे सामने आई। उन्हीं सरदार साहब का आज जन्मदिन है।

सरदार साहब देश के प्रथम गृहमंत्री बने। एक नए बने राष्ट्र के प्रशासन की नींव रखने का चुनौतीपूर्ण काम उनके सामने था। आईसीएस को आईएएस में तब्दील करना सिर्फ एक प्रशासनिक निर्णय (एडमिनिस्ट्रेटिव डिसीजन) नहीं है। उनकी नोटिंग्स और उनके भाषण पढ़ेंगे तो मालूम पड़ेगा कि आईपीएस और आईएएस के बीच सरदार पटेल ने प्रशासन की आत्मा को बदलने का काम किया है। पहले एक प्रशासक के जरिए गुलाम प्रजा पर अपना लगान वसूलने के लिए एडमिनिस्ट्रेशन काम करता था। आईएएस और आईपीएस होने के बाद उसी एडमिनिस्ट्रेशन को प्रजा के कल्याण व प्रजा की प्रगति हेतु काम करने के लिए जिस परिवर्तन की जरुरत थी, वह सरदार पटेल ने किया। मैं मानता हूँ कि प्रशासनिक ढाँचे की आत्मा को बदलना एक बहुत महत्वपूर्ण काम है। देश को सरदार पटेल के इस योगदान को जितना न्याय देना चाहिए था, उतना नहीं दिया गया। इसका कारण जो भी हो, मगर मैं यह मानता हूँ कि आज देश की युवा पीढ़ी जितना सरदार को जानेगी, उतना देश को जानेगी; जितना सरदार को अपनाएगी, उतना देश को आगे बढ़ाएगी। सरदार पटेल को, सरदार पटेल के विचार को, हम जितना आत्मसात करेंगे, जितना जानेंगे-पहचानेंगे और अपने जीवन में उतारेंगे, देश के साथ हमारी एकाग्रता अपने आप बढ़ जाएगी। सरदार न केवल आजादी के बहुत बड़े सेनानायक थे, बल्कि भारतीयता के प्रतीक भी थे।

आजादी की लड़ाई लड़ने वाले लोगों में कई लोग ऐसे थे जिन्होंने पूरा जीवन देश के लिए अर्पित किया। मगर विशुद्ध रूप से भारतीयता को समर्पित जो कुछ लोग थे, उनमें से सरदार पटेल एक थे। प्रशासन व्यवस्था की नींव डालना, सरलता और सादगी के साथ जनप्रतिनिधि कैसे बना जा सकता है तथा बड़े ओहदे पर रहकर अच्छी तरह से कैसे काम किया जा सकता है; हर काम में दूरदर्शिता और देश भक्ति को दृष्टि में रखते हुए काम कैसे किया जा सकता है और हर काम को टालने के बजाय निर्णायकता के साथ ठीक तरह से कैसे किया जा सकता है, वह अगर आज किसी को भी सीखना हो, चाहे वह चुने हुए जनप्रतिनिधि हों या सरकारी सेवाओं में काम करने वाले हों, तो उन्हें सरदार जी के जीवन का बहुत गहराई से अध्ययन करना चाहिए। उनके जीवन में ये सारे गुण दिखाई पड़ते हैं।

आज पुलिस मुख्यालय का उद्घाटन है और मीडिया के मित्र लोग यहाँ बैठे हैं। हर बार पुलिस से यह नहीं हुआ, वह नहीं हुआ, आप दिखाते हैं। मैं भी देखता हूँ। दुनिया

भी देखती है। मगर मैं आज पुलिस के प्रति कुछ कहने के लिए इस कार्यक्रम में उपस्थित हुआ हूँ। मुझे मालूम है कि देश भर की जनता का पुलिस को देखने का नजरिया हमें बदलने की जरूरत है। राज्य जब से अस्तित्व में आया तब से सबसे पुराना विभाग, पुलिस विभाग और लॉ एंड ऑर्डर है। शायद जब राज्य अस्तित्व में आया एक ही विभाग था–लॉ एंड ऑर्डर। अभी चाहे 50 विभाग हों, जैसे समाज कल्याण है, वाटर सप्लाई, नगर रचना है, ढेर सारी चीजें हैं। मगर मानव सभ्यता में जब राज्य अस्तित्व में आया, तब एक ही विभाग था कानून और व्यवस्था जिसके लिए राज्य की रचना हुई और उसके बाद इसमें रेवेन्यू जुड़ा। किसी भी आयाम से कानून और व्यवस्था का ठीक होना राज्य के विकास की प्राथमिक जरूरत है। अगर राज्य की कानून और व्यवस्था ठीक नहीं होती है तो देश औद्योगिक प्रगति नहीं कर सकता। उसका अर्बन डेवलपमेंट, सोशल डिपार्टमेंट कुछ भी ठीक नहीं हो सकता। इसलिए प्राथमिक जरूरत है कि कानून और व्यवस्था ठीक हो, तभी जाकर राज्य बहुआयामी प्रगति कर सकता है। इसलिए राज्य का लॉ एंड ऑर्डर बहुत ही महत्वपूर्ण विभाग है। इस विभाग को संभालने का काम पुलिस के माध्यम से राज्य सरकार और केंद्र सरकार करती है।

जब आप आंतरिक सुरक्षा के मैंडेट की बात करते हैं, तो कभी कहीं पर एक्सीडेंट में पुलिस गश्त दस मिनट देरी से पहुँची हुई दिखाई पड़ती है। किसी ने फोन किया और उठा नहीं, क्योंकि कॉन्स्टेबल भोजन कर रहा था, वह दिखाई पड़ता है। पूरी रात जागने के बाद किसी कॉन्स्टेबल ने कुछ इधर-उधर जवाब दे दिया, वह दिखाई पड़ता है। मगर घुसपैठ को रोकने वाला जो अर्धसैनिक बल का, बीएसएफ का जवान माइनस 44 डिग्री और प्लस 44 डिग्री टेंपरेचर में सरहद की सुरक्षा करता है, वह नहीं दिखाई पड़ता। देश की सीमाओं को तस्करी से सुरक्षित करने वाली अपनी अर्धसैनिक बलों की तपस्या हमें नहीं दिखाई पड़ती। नारकोटिक्स को रोकने के लिए अपनी जान को जोखिम में डालकर, पीढ़ियाँ की पीढ़ियाँ को बर्बाद होते हुए जो बचाते हैं, वह पुलिस हमें नहीं दिखाई देती। हवाला ट्रांजैक्शन के माध्यम से देश के अर्थतंत्र की नींव को खोखला करने वाला हमारे दुश्मनों का जो रैकेट चल रहा है, उसका पर्दाफाश कर देश के अर्थतंत्र को सुरक्षित करने वाली पुलिस हमें नहीं दिखाई देती। नकली नोटों के काला बाजार को उजागर करने वाली पुलिस हमें नहीं दिखाई देती। देश के दुश्मन जब आतंकवाद का ताना-बाना बुनते हैं, तब अपने प्राणों की भी परवाह किए बगैर उसको तोड़ने का काम करने वाली पुलिस भी हमें नहीं दिखाई पड़ती।

130 करोड़ के देश में कितने राज्य, कितने खंड, प्रदेश में होने वाले कितने कार्यक्रमों की सुरक्षा, बड़े बड़े संस्थानों की सुरक्षा, सुप्रीम कोर्ट ऑफ इंडिया से लेकर संसद, राज्य के विधान मंडल और हाईकोर्ट तक की सुरक्षा करने वाली पुलिस हमें नहीं दिखाई पड़ती। मैं राज्य में भी गृहमंत्री रहा हूँ तो आज बताना चाहता हूँ कि सरकार के सभी विभागों में घड़ी देखे बगैर कोई विभाग काम करता है तो वह पुलिस का विभाग करता है। वह

कभी अपनी घड़ी नहीं देख सकते। उनको हमने घड़ी देखने का अधिकार नहीं दिया। जब हम सब अपनी गाड़ी में बैठकर भैया दूज मनाने के लिए अपनी बहन के यहाँ जाते हैं, तब जो हवलदार ट्रैफिक की व्यवस्था करता है, वह हमें नजर नहीं आता है। हमारे दिल में नहीं आता है कि इसकी भी बहन होगी। रक्षाबंधन का त्यौहार हो या दीपावली का त्यौहार हो, वह वहाँ खड़े होकर व्यवस्था संभालता है। हमें नहीं लगता कि इसके बच्चे भी कहते होंगे कि हमारे पिताजी हमारे साथ रहें और दीपावली का त्यौहार मनाएँ।

मैं कुछ ज्यादा कहना नहीं चाहता क्योंकि रोड पर सबसे पहले पुलिस दिखाई पड़ती है तो टारगेट भी सबसे पहले पुलिस ही होती है। कोई हिंदी फिल्म में बढ़ी हुई तोंद दिखाकर पुलिस हवलदार का मजाक बनाता है लेकिन उसको मालूम नहीं है कि उसने अपने जीवन का सबसे अच्छा समय कभी घर में बिताया ही नहीं। वह कभी अपनी पत्नी के साथ बैठकर खाना खा ही नहीं पाया। रात को 3:00 बजे रोड पर पाव भाजी खानी पड़ती है। आप अपने घर में खाना खाते हैं, लेकिन किसी भी पुलिस ऑफिसर को या पुलिसकर्मी को वह सुविधा प्राप्त नहीं है। जब हम इसको निशाना बनाते हैं, तब हम उनके मनोबल को नीचे गिराने का काम करते हैं। जनता को इसपर सदैव सोचना चाहिए।

सरकार ने पुलिस की छवि को परिवर्तित करने के लिए सुनियोजित समयबद्ध कार्यक्रम हाथ में लिया है। एक पुलिस स्मारक केंद्र हम बना रहे हैं। नरेन्द्र भाई के प्रधानमंत्री बनने के बाद उन्होंने चाणक्यपुरी में एक बहुत बड़ा पुलिस स्मारक बनाया। देश की जनता से मेरा अनुरोध है कि जब भी आप दिल्ली आइए तो पुलिस स्मारक को देखने जरूर जाइए। आपको मालूम पड़ेगा कि 34,800 से ज्यादा लोगों ने आजादी के बाद अपनी जान गँवाई है। कहीं चीन को रोका है, कहीं पाकिस्तान की घुसपैठ को रोका है, कहीं आतंकवादियों के साथ मुठभेड़ में बलिदान हुए, लेकिन इनको कहीं पर भी सम्मान के साथ श्रद्धांजलि देने का नहीं हुआ है।

ये पुलिस स्मारक बड़ी संवेदना का विषय है। पुलिस स्मारक देशभर के यात्रियों के लिए पर्यटन का तीर्थ स्थल बनना चाहिए। जिन 34,800 जवानों ने अपना सर्वोच्च बलिदान दिया है, उनको आकर एक बार श्रद्धांजलि देने का काम देश के हर नागरिक को करना चाहिए। पुलिस स्मारक के माध्यम से अनेक प्रकार की घटनाओं को वीडियोग्राफी के द्वारा साउंड-लाइट और अलग अलग लिटरेचर के जरिए जनता के सामने लाने वाले हैं। पुलिस के सभी प्रकार के चुनौतीपूर्ण कामों को भी जनता के सामने लाकर पुलिस की जो एक छवि बनी हुई है उस छवि को बदलने का काम नरेन्द्र मोदी सरकार करने वाली है। एलजी साहब ने भी बताया और मेरे साथी किशन रेड्डी भी कहते हैं कि वहाँ 600 कैमरे लगने वाले हैं।

मैं सिर्फ इतना कहना चाहता हूँ जो पुलिस विभाग का कर्मचारी, पुलिस विभाग का अफसर दिन रात ड्यूटी करता है, उसके प्रति जनता को अपना नजरिया बदलना चाहिए। साथ ही, पुलिस के कर्मचारियों और अफसरों को भी जनता की समस्याओं को

संवेदनशीलता के साथ समझने की और संवेदनशीलता के साथ इसकी अनुभूति करने की शुरुआत करनी चाहिए। मुझे लगता है कि यह दोनों जब होगा तब देश की सुरक्षा के लिए जो पुलिस बल इतना काम कर रहा है, उसको अपनी सही पहचान मिलेगी।

दिल्ली पुलिस को 70 साल के बाद अपना मुख्यालय मिल रहा है। एक 18 मंजिला बड़ी इमारत यहाँ बनने जा रही है, जो सभी सुविधाओं से लैस इको इमारत है। ढेर बहुत सारी सुविधाएँ इसके अंदर हैं। मै इसके डिटेल में नहीं जाना चाहता। मैं सिर्फ दिल्ली पुलिस को इतना ही कहना चाहता हूँ कि भवन के निर्माण से लक्ष्यों की सिद्धि नहीं होती है। भवन के अंदर भावनाओं के निरूपण से ही लक्ष्यों की सिद्धि होती है। भवन तो बनाने वालों ने बना दिया, मगर इसके अंदर भावनाओं के निरूपण करने का दायित्व दिल्ली पुलिस के कर्मचारियों व अधिकारियों का है। दिल्ली की रक्षा की भावना के साथ, हर संस्थान की सुरक्षा की भावना के साथ, आप इसको लैस करेंगे। मुझे लगता है कि तब जाकर दिल्ली पुलिस अपने लक्ष्य को प्राप्त करेगी।

नरेन्द्र भाई के नेतृत्व में भारत सरकार 2014 से लगातार गतिशील है। 2019 में फिर से मोदी जी को देश की जनता ने जनादेश दिया है। मैं इतना ही कहना चाहता हूँ कि आंतरिक सुरक्षा नरेन्द्र मोदी सरकार की सर्वोच्च प्राथमिकता है और उस प्राथमिकता के साथ नरेन्द्र मोदी सरकार देश को अच्छी आंतरिक सुरक्षा की गारंटी देती है। इस दिशा में काम करने के लिए अनेक इनिशिएटिव प्रधानमंत्री जी के माध्यम से लिए गए हैं। चाहे वह आतंकवाद को समाप्त करना हो, नारकोटिक्स के पूरे नेटवर्क को तबाह करना हो, जाली नोट लाने वालों को पकड़ना हो, देश की सरहद की सुरक्षा के छिद्रों को बंद करने की बात हो या रूटीन लॉ एंड आर्डर की बात हो, इन सारी चीजों को सुधारने और उन्हें अव्वल बनाने के लिए हम प्रतिबद्ध हैं।

आज दिल्ली पुलिस के मुख्यालय का लोकार्पण हुआ है। आज के दिन संसद पर हमले में शहीद, मरणोपरांत कीर्ति चक्र से सम्मानित एएसआई नानक चंद, एएसआई रामपाल, हेड कांस्टेबल घनश्याम, हेड कांस्टेबल बिजेंद्र सिंह, हेड कांस्टेबल ओम प्रकाश, को याद किए बगैर यदि मैं अपनी बात समाप्त करूँगा तो यह अधूरा होगा। बाटला हाउस एनकाउंटर में शहीद दिल्ली पुलिस के इंस्पेक्टर मोहन चंद्र शर्मा को भी मैं आज बहुत संवेदना के साथ याद करके श्रद्धांजलि देना चाहता हूँ। 34,800 से ज्यादा जो देशभर के बलिदानी पुलिसकर्मी हैं; देश के अलग-अलग पुलिस संस्थानों के जिन कर्मचारियों एवं अधिकारियों ने अपनी जान गँवाई है; आज के इस भवन के उद्घाटन का कार्यक्रम उन सभी की वीरता और शहादत को समर्पित करके मैं फिर से कहना चाहूँगा कि इस देश की आंतरिक सुरक्षा के प्रति नरेन्द्र मोदी सरकार सजग है। सरकार की सर्वोच्च प्राथमिकता में देश की आंतरिक सुरक्षा है।

वंदे मातरम्।

नशा कारोबार: नहीं, यह नहीं चलेगा

मादक पदार्थों (ड्रग्स) की समस्या वैश्विक रूप ले चुकी है। जिस तरह मादक पदार्थों के नए-नए रूप और उनकी तस्करी के नए-नए तरीके सामने आ रहे, उसने इसकी रोकथाम की चुनौतियों को काफी कठिन बना दिया है। ऐसे में, इसके व्यापार और प्रसार पर अंकुश लगाने के लिए संयुक्त वैश्विक प्रयास समय की माँग है। इस दिशा में नारकोटिक्स ब्यूरो द्वारा फरवरी 2020 में बिम्सटेक देशों के लिए 'नारकोटिक्स ड्रग्स' विषय पर दिल्ली में दो दिवसीय सम्मेलन का आयोजन किया गया। इस भाषण में गृहमंत्री अमित शाह ने इन देशों से एकजुट हो मादक पदार्थों के रोकथाम की रणनीति बनाने को कहा।

मंच पर उपस्थित विदेश राज्य मंत्री श्री वी मुरलीधरन जी, बिम्सटेक के महासचिव एम शहीदुल इस्लाम जी, भारत सरकार के गृह सचिव श्रीमान अजय कुमार भल्ला जी, नारकोटिक्स ब्यूरो के डीजी श्री राजेश अस्थाना जी और आज इस कांफ्रेंस के उद्घाटन कार्यक्रम में आए हुए सभी प्यारे भाइयों और बहनों।

मैं आज देश के प्रधानमंत्री श्री नरेन्द्र मोदी जी और भारत की ओर से आप सभी का हृदय से स्वागत करता हूँ। मेरे लिए व्यक्तिगत रूप से यह अत्यंत हर्ष का विषय है कि नारकोटिक्स कंट्रोल ब्यूरो द्वारा आज बिम्सटेक देशों के लिए 'नारकोटिक्स ड्रग्स' जैसे गंभीर विषय पर दो दिनों का सम्मेलन आयोजित किया गया। इन दो दिनों में इस विषय से संबंधित सभी पहलुओं पर आप सभी द्वारा आपस में विचार-विमर्श होगा, मंथन होगा और कुछ निर्णय भी लिए जाएँगे।

अगस्त, 2018 में नेपाल की राजधानी काठमांडू में आयोजित बिम्सटेक के चौथे शिखर सम्मेलन में भारत के आदरणीय प्रधानमंत्री श्री नरेन्द्र मोदी जी ने मादक पदार्थों के तस्करों से निपटने के लिए बिम्सटेक देशों के निजी सम्मेलन के बारे में घोषणा भी

---

*13 फरवरी, 2020 को नारकोटिक्स ब्यूरो द्वारा बिम्सटेक (BIMSTEC) देशों के लिए दिल्ली में आयोजित दो दिवसीय सम्मेलन में केन्द्रीय गृहमंत्री श्री अमित शाह का संबोधन

की थी और विचार भी रखा था। मुझे खुशी है कि प्रधानमंत्री जी की यह घोषणा आज चरितार्थ होने जा रही है। प्रधानमंत्री जी ने कहा था कि हममें से कोई भी देश ऐसा नहीं है, जिसने आतंकवाद और आतंकवाद के नेटवर्क से जुड़े ट्रांसनेशनल अपराधों और ड्रग्स ट्रैफिकिंग जैसी समस्याओं का सामना ना किया हो। नशीले पदार्थों से संबंधित विषयों पर हम बिम्सटेक कान्फ्रेंस आयोजित करने के लिए तैयार हैं। आज सभी (बिम्सटेक देशों) को भारत में पाकर हम सभी अत्यंत प्रसन्न और आशावादी हैं कि इन गंभीर समस्याओं के निराकरण की दिशा में इस सम्मेलन में बहुत सारे नए रास्ते खुलेंगे।

मेरे लिए बहुत प्रसन्नता की बात है कि भारत के साथ सभी बिम्सटेक देशों बांग्लादेश, भूटान, म्यांमार, नेपाल, श्रीलंका, थाईलैंड के प्रतिनिधि तथा इन देशों के राजदूत आज यहाँ इस सम्मेलन में भाग ले रहे हैं। साथ ही भारत सरकार एवं राज्यों के विषय से संबंधित अधिकारीगण भी यहाँ मौजूद हैं। मैं गृह मंत्रालय और एनसीबी की ओर से आप सब को आश्वस्त करना चाहता हूँ कि मोदी जी के नेतृत्व में हमने मादक पदार्थों की तस्करी एवं व्यापार को पूर्णतया कंट्रोल करने के लिए एक सुगठित नीति बनाई है, जिसमें प्रॉसीक्यूशन एजेंसी का, प्रॉसीक्यूशन के खाके का और सभी एजेंसियों के बीच में समन्वय बना आमूलचूल परिवर्तन करके भारत में हम एक अभेद व्यवस्था खड़ी करने जा रहे हैं। मैं आप सबको आश्वस्त करना चाहता हूँ कि दुनिया के किसी भी देश से भारत में मादक पदार्थों को आने नहीं देंगे और भारत से कहीं जाने भी नहीं देंगे। पूरी दुनिया में मादक पदार्थों की तस्करी को रोकने के लिए हम दृढ़ निश्चय हैं। भारत का मानना है कि बंगाल की खाड़ी से जुड़े सभी देश सांस्कृतिक रूप से, भौगोलिक रूप से और राजनीतिक रूप से अत्यंत करीब हैं। इसलिए हम सबको विभिन्न विषयों पर साथ काम करने की आवश्यकता है और इसी परिस्थिति में आज इस महत्वपूर्ण विषय पर हम एक मंच पर हैं। यह भी हर्ष का विषय है कि आज इस अवसर पर एनसीबी के मैन्युअल को भी हमने जारी किया है। मैं एनसीबी को बधाई का पात्र इसलिए मानता हूँ कि कुछ समय के अंदर ही इस मैन्युअल को बारीकी से तैयार करके आज भारत के सभी लॉ एनफोर्समेंट एजेंसी के सामने रखने का काम उन्होंने किया है। हमने देश में नारकोटिक्स कंट्रोल के प्रति सख्त कदम उठाए हैं और जीरो टॉलरेंस की नीति अपनाई है। अंतर्राष्ट्रीय स्तर पर भी यूनाइटेड नेशन इंटरपोल के साथ अनेक कदम हमने उठाए हैं। बिम्सटेक कॉन्फ्रेंस भी इस दिशा में एक नया कदम है। मुझे भरोसा है कि इससे आने वाला मार्ग प्रशस्त होगा। मैं बिम्सटेक के सभी प्रतिनिधियों, सभी राजदूतों को विश्वास दिलाता हूँ कि ये सिलसिला अटकेगा नहीं। यहीं से कई क्षेत्रीय संगठनों के साथ विचार करके इसमें लीड लेकर पूरी दुनिया में नारकोटिक्स कंट्रोल के लिए सुचारु रूप से उपाय लागू हों, इस प्रकार से हम आगे बढ़ेंगे।

बिम्सटेक क्षेत्र के सभी देशों के साथ भारत के सिर्फ डिप्लोमेटिक संबंध नहीं हैं। इन सभी देशों से सभ्यता, इतिहास, भाषा, खानपान के हमारे साझा सांस्कृतिक संबंध

अटूट बंधनों से जुड़े हैं। इस क्षेत्र के एक ओर महान हिमालय पर्वत और दूसरी ओर हिंद व प्रशांत महासागर के बीच स्थित बंगाल की खाड़ी है। बंगाल की खाड़ी का ये क्षेत्र हम सभी के विकास और सुरक्षा के लिए विशेष महत्व रखता है। इसलिए यह कोई आश्चर्य की बात नहीं है कि भारत की नेबरहूड फर्स्ट और एक्ट ईस्ट, इन दोनों नीतियों का संगम बंगाल की खाड़ी के क्षेत्र में होता है।

संयुक्त राष्ट्र द्वारा निकाली जाने वाली वर्ल्ड ड्रग्स रिपोर्ट के आकलन के अनुसार पूरे विश्व में 15 से 64 वर्ष की उम्र के बीच की आबादी के लगभग साढ़े पाँच प्रतिशत लोग मादक पदार्थों के प्रभाव से ग्रसित हैं अर्थात विश्व के 27 करोड़ से अधिक लोग ऐसे पदार्थों की आदतों से घिरे हुए हैं। गंभीरता का विषय ये है कि इसमें बहुत तेजी से बढ़ोत्तरी देखी जा रही है। 2009 में अर्थात लगभग दस साल पहले यह आँकड़ा तकरीबन 21 करोड़ था और आज 10 साल में 30 प्रतिशत की बढ़ोत्तरी के साथ 27 करोड़ तक पहुँचा है। हर वर्ष नशे के कारण लाखों लोगों का मृत्यु भी होती है। नि:संदेह मादक पदार्थों की तस्करी और इसका सेवन पूरे विश्व के लिए एक गम्भीर चुनौती है। विश्व स्वास्थ्य संगठन के अनुसार, दुनिया में तीन करोड़ लोग नशे की लत के शिकार हैं। ये बड़ी गलतफहमी है, क्योंकि मैं नहीं मानता कि यह आँकड़ा इतना कम होगा। नशीले पदार्थों का सेवन करने वालों की संख्या इससे बहुत बड़ी है। नशे के व्यापार से स्वास्थ्य की समस्याएँ और परिवार टूटने के साथ ही देश की सुरक्षा के लिए भी गम्भीर खतरा पैदा होता है। नशे का व्यापार आतंकियों और देशविरोधी व समाज-विरोधी तत्वों के लिए भी आमदनी का बहुत बढ़िया जरिया होता है। इन देश विरोधी तत्वों द्वारा नशे के व्यापार से कमाया गया पैसा देश और समाज को अस्थिर करने के लिए इस्तेमाल किया जाता है। इस डर्टी मनी का उपयोग आतंकवाद को बढ़ाने के लिए होता है।

आँकड़े बताते हैं कि पूरे विश्व में अवैध मादक पदार्थों की तस्करी से लगभग 400 मिलियन डॉलर का वार्षिक लेनदेन होता है। हम कल्पना कर सकते हैं कि इस काले धन का किन-किन असामाजिक और असंवैधानिक गतिविधियों में उपयोग किया जाता होगा। पड़ोस के अफगानिस्तान में अवैध अफीम की खेती होती है। जानकारी है कि तीन लाख हेक्टेयर से अधिक क्षेत्र में अवैध अफीम की खेती अफगानिस्तान में होती है, जिसका प्रभाव केवल भारत पर ही नहीं सभी देशों पर पड़ता है। पिछले वर्ष देश में दक्षिण-पश्चिम एशिया के देशों से आने वाले हेरोइन की मात्रा में अत्यधिक बढ़ोत्तरी हुई है। एफएटीएफ की एक रिपोर्ट के मुताबिक वर्ष 2011 में अकेले अफगानी अफीम और उससे उत्पन्न हेरोइन की बाजार में कीमत लगभग 7 बिलियन डालर से भी ज्यादा है।

बिम्सटेक के सभी विकासशील देशों की अपने अपने देश में शांति, समृद्धि और खुशहाली रखना सबसे बड़ी प्राथमिकता है। लेकिन आज के इंटरकनेक्टेड विश्व में यह काम कोई अकेले नहीं कर सकता। हमें एक दूसरे के साथ चलना होगा और इस समस्या से निपटने के लिए एक दूसरे का सहयोग भी करना होगा। एक दूसरे का सहारा बनकर,

एक दूसरे के प्रयासों का पूरक बनना होगा। मैं मानता हूँ कि आतंकवाद, आतंकवाद के नेटवर्क से ट्रांसनेशनल अपराधों और ड्रग्स ट्रैफिकिंग जैसी समस्याओं से निपटने में सहयोग उन देशों के लिए सबसे बड़ा अवसर है और हमें इसका उपयोग करना चाहिए। वर्तमान में बिम्सटेक के देश मादक पदार्थ की तस्करी और उपयोग के सामान्य संकट से प्रभावित हैं। यह क्षेत्र मादक पदार्थों की तस्करी के लिए अति संवेदनशील हैं, जो पूरी दुनिया के संवेदनशील क्षेत्रों में एक माना जाता है। भारत में 2019 में अवैध हेरोइन की बरामदगी सितंबर महीने से पहले ही 2 मेट्रिक टन को पार कर गयी है जबकि पिछले वर्ष 2018 में पूरे वर्ष का आँकड़ा 1.2 मीट्रिक टन ही था। यह बताता है कि हमारी एजेंसियों ने कितनी मुस्तैदी से अपने काम को बढ़ाया है। अवैध हेरोइन की तस्करी के लिए तस्करों द्वारा अकल्पनीय मार्गों और तरीकों का इस्तेमाल किया जा रहा है। इनमें सबसे महत्वपूर्ण समुद्री मार्ग है जो सभी बिम्सटेक देशों को प्रभावित करता है। विगत वर्षों में इस क्षेत्र से बड़ी मात्रा में हेरोइन की बरामदगी समुद्री मार्ग एवं नावों से की जाती रही है। हाल ही में सितंबर 2019 के महीने में भारत द्वारा अंडमान द्वीप में म्यांमार से तस्करी की जाने वाली 1.1 मेट्रिक टन से अधिक नशीली दवाइयों को पकड़ा गया है। भारत के पूर्वोत्तर राज्य, विशेष रुप से म्यांमार के सीमावर्ती राज्य मणिपुर और मिजोरम तस्करी के लिए अति संवेदनशील क्षेत्र हैं। इन राज्यों के माध्यम से प्रवेश करने के बाद इस तरह के मादक पदार्थों की तस्करी अन्य पूर्वोत्तर राज्यों और पूरे देश में की जा सकती है।

भारत सरकार ने देश में ड्रग्स समस्या के खिलाफ लड़ाई में लगी एजेंसियों के बीच प्रवर्तन और समन्वय सम्बंधी गतिविधियों को मजबूत करने के लिए कई पहलें की हैं। केंद्रीय और राज्य सरकार, दोनों की एजेंसियों द्वारा अधिक सामंजस्य पूर्ण और समन्वित कार्य स्थापित करने के लिए नेशनल कोऑर्डिनेशन की स्थापना की गयी है। प्रमुख बरामद मादक पदार्थ की जाँच की निगरानी के लिए गृह मंत्रालय ने जॉइंट कोऑर्डिनेशन कमिटी बनाई है जो कि केंद्र तथा राज्य स्तर पर स्थापित की जाएगी। ड्रग्स डाटा के डिजिटलीकरण हेतु गृह मंत्रालय ने हाल में ही ई-पोर्टल स्कीम्स की शुरुआत की है। अधीनस्थ सभी एजेंसियों के लिए भी इसका उपयोग करने की व्यवस्था है।

विगत 5 वर्षों में भारत में 1,79,000 से अधिक नशीले पदार्थों के मामले दर्ज हुए हैं, जिसमें 2,31,481 ड्रग्स तस्करों को गिरफ्तार किया गया है। इस ड्रग्स तस्करी में 1503 विदेशी नागरिक भी शामिल हैं। इस अवधि में लगभग 13 लाख किलो गांजा, 8943 किलो ग्राम हेरोइन, 303 किलो कोकीन जब्त की गयी है। केंद्रीय अकादमी भोपाल में ड्रग्स कानून के सम्बंध में एनसीबी अधिकारियों को प्रशिक्षण देने के लिए एक प्रशिक्षण केंद्र भी गृह मंत्रालय शुरू करने जा रहा है। इस वैश्विक समस्या को देखते हुए भारत ने अभी तक 26 द्विपक्षीय समझौते किए हैं। 15 मेमोरेंडम ऑफ अंडरस्टैंडिंग और दो सुरक्षा समझौते हुए हैं जो कि ड्रग्स की अवैध तस्करी को रोकने और उससे

निपटने से सम्बंधित हैं। भारत ने पड़ोसी और अन्य देशों के साथ ड्रग्स सम्बंधित जिस अंतर्राष्ट्रीय समझौते पर हस्ताक्षर किया है, उस हस्ताक्षर को चरितार्थ करने के लिए भी एक बड़ा मेकेनिज्म बनाया है। भारत ने इंटरनेट और सोशल मीडिया के माध्यम से मादक पदार्थों की तस्करी की बारे में भी लोगों को जागरूक करने की पहल की है। वर्ष 2019 में वियना में आयोजित सिक्सटी सेकंड सीएनडी के दौरान भारत ने इंटरनेट आधारित सेवाओं के माध्यम से मादक पदार्थों की तस्करी की रोकथाम पर विभिन्न देशों के लिए साइडलाइन कार्यक्रम का आयोजन किया था। भारत ने इसी दिशा में बीटूबी कंपनियों के साथ इस मामले को आगे बढ़ाया। भारत ने इन बीटूबी कंपनियों के पंजीकरण के लिए अधिसूचना भी जारी की है, जिससे ई-प्लेटफॉर्म पर हो रहे ड्रग्स व्यापार को रोका जा सके।

भारत सरकार ने नशीले पदार्थों की अंतर्राष्ट्रीय तस्करी को रोकने हेतु अंतर्राष्ट्रीय स्तर पर समन्वय स्थापित किया है। पिछले 5 वर्ष में भारत ने बांग्लादेश, श्रीलंका, इंडोनेशिया, सिंगापुर, म्यांमार और रूस के साथ नियमित द्विपक्षीय वार्ताओं को भी आयोजित किया। 2019 के दौरान सिंगापुर और म्यांमार के प्रतिनिधियों ने मादक पदार्थों की तस्करी के मुद्दे पर द्विपक्षीय चर्चा के लिए नई दिल्ली का दौरा किया। भारतीय प्रतिनिधिमंडल ने वार्षिक वार्ता के लिए अक्टूबर, 2000 में बांग्लादेश का दौरा किया था। भारत नशीले पदार्थों पर बेस्ट प्रैक्टिस को साझा करने और अन्य देशों को प्रशिक्षण देने के लिए भी प्रतिबद्ध है। भारत ने पिछले 2 वर्ष में म्यांमार और कंबोडियन ड्रग्स कानून प्रवर्तन अधिकारियों के लिए दिल्ली में प्रशिक्षण कार्यक्रम आयोजित किया था। पिछले दो दशकों में बिम्सटेक ने इस मामले में उल्लेखनीय प्रगति की है, परंतु हमारे सामने अभी बहुत लंबी यात्रा है। हमारे आर्थिक एकीकरण को और गहरा करने के लिए अभी बहुत संभावनाएँ हैं। यही हमारे लोगों के लिए हमारी जनता की अपेक्षा है। हमारे जनमानस की अपेक्षाओं, आशाओं और अभिलाषाओं को पूरा करने की दिशा में ठोस कदम उठाने का यह बहुत अच्छा अवसर है।

हममें से कोई भी देश ऐसा नहीं है, जिसने आतंकवाद की समस्या से जुड़े सवालों का सामना नहीं किया है। नशीले पदार्थों से संबंधित इस कॉन्फ्रेंस के माध्यम से आइये हम संकल्प करें कि इस समस्या को मूल से ही खत्म कर देंगे। यह स्पष्ट है कि यह समस्या किसी एक देश की लॉ एंड आर्डर की समस्या नहीं है, इसका सामना करने के लिए हमें एकजुट होना होगा और इसके लिए यथोचित कानूनों और नियमों का फ्रेमवर्क खड़ा करना होगा। जानकारी को साझा करने के मेकेनिज्म का निर्माण करना होगा। इसके नेटवर्क के खिलाफ एक्शन लेने हेतु साझे एक्शन के भी कार्यक्रम सोचने होंगे। इस क्षेत्र में भारत की विशेष भूमिका है तथा इस क्षेत्र में सबसे बड़ा देश होने के कारण भारत के ऊपर इस समस्या के समाधान के लिए पहल करने की अधिक जिम्मेदारी है। इस मंच के माध्यम से मैं आप सभी को आश्वस्त करना चाहता हूँ कि भारत

अपने उत्तरदायित्व को निभाने से कभी पीछे नहीं हटेगा। अच्छी बात है कि बिम्सटेक विश्व के साथ-साथ आज भारत के सभी राज्यों से ड्रग्स के क्षेत्र में काम करने वाले सभी मंत्रालयों तथा विभागों के प्रतिनिधि भी इस सम्मेलन में मौजूद हैं। इनमें से बहुत से राज्य तटवर्ती तथा सीमावर्ती राज्य हैं, जिनकी सीमाएँ बिम्सटेक देशों से लगी हुई हैं या वे खुद भी बंगाल की खाड़ी से लगे हुए हैं। इस दो दिन के सम्मेलन में भाग लेने से मुझे विश्वास है कि इन सभी राज्यों के प्रतिनिधियों को भी लाभ मिलेगा और साथ में बिम्सटेक देशों के साथ आए अतिथियों को भारत के विभिन्न प्रांतों में किए जाने वाले अच्छे कार्यों के बारे में भी सूचना प्राप्त करने का मौका मिलेगा। विचारों के आदान-प्रदान के इस सिलसिले से समस्या के निवारण के नए तरीके भी सामने आएंगे।

यह वार्तालाप नारकोटिक्स की दुनिया की नकेल कसने के लिए बहुत जरूरी है। इसका कारण यह है कि दुनिया में पाई जाने वाली नशा करने की सामग्री मात्र पौधों से मिलने वाले अफीम या चरस तक सीमित नहीं रही है। आज बहुत-से नशे के पदार्थ रासायनिक होते हैं, जिनका उत्पादन छोटी से लेबोरेटरी में या छोटी-मोटी फैक्ट्री में आराम से किया जा सकता है। यह पदार्थ परम्परागत ड्रग्स की अपेक्षा कही ज्यादा अधिक हानिकारक होते हैं। एंटीनल नाम का रासायनिक ड्रग्स हेरोइन की तुलना में 50 गुना ज्यादा हानिकारक है। लगभग 250 से अधिक ऐसे नशीले पदार्थ अंतर्राष्ट्रीय व्यवस्था में नियंत्रित हैं और देश में भी इस पर नियंत्रण है। परंतु, बहुत से ऐसे भी नए पदार्थ हैं जिनमें नशा भी होता है और वे अंतर्राष्ट्रीय कंट्रोल के दायरे से बाहर भी हैं। ऐसे पदार्थों की संख्या भी दिन-प्रतिदिन बढ़ती जा रही है। अब तक ऐसे 900 से भी अधिक पदार्थ विश्व में पहचाने जा चुके हैं। स्पष्ट है कि अब तक हमने जिन नीतियों व सोच के साथ मादक पदार्थों का सामना किया है, इस नयी परिस्थिति में वे नीतियाँ सफल हो पाएंगीं, ये जरूरी नहीं है। हम सबको मिलकर कुछ ऐसे नए विचार करने पड़ेंगे, जिससे नशे के नए पदार्थों पर कारगर रोक हो सके। मैं आशा करता हूँ कि यह सम्मेलन आप सभी को इस विषय पर गंभीर मंत्रणा करने का अवसर देगा। मेरा मानना है कि हम सबको अपने देश में वैज्ञानिकों एवं चिकित्सकों के साथ मिलकर कुछ ऐसे भी शोधकार्य करने पड़ेंगे, जिससे हमें नारकोटिक्स ड्रग्स का दवाइयों में उपयोग करने की आवश्यकता ही न पड़े। हमें नारकोटिक्स ड्रग्स के विकल्प खोजने की आवश्यकता पर भी जोर देना होगा और इस दिशा में आरएंडडी (रिसर्च एंड डेवलपमेंट) पर भी बहुत काम करना होगा। ऐसा करने से इस समस्या को जड़ से मिटाने में हमें बहुत मदद मिल सकती है।

अपने देश की बात करूँ तो आँकड़े बताते हैं कि हमारे देश की सभी एजेंसियों ने मिलकर पिछले वर्ष नारकोटिक्स कंट्रोल के क्षेत्र में बहुत अच्छा काम किया है। सबसे ज्यादा ड्रग्स बरामद किए और सबसे ज्यादा लोगों को पकड़ा गया है। इस बार इस सम्मेलन के लिए मॉनिटर्ड ड्रग्स डाटा का डिजिटाईजेशन, हमारे सभी देशो में कानूनों

और नियमों का सामयिक फ्रेमवर्क, नकली पदार्थ से सम्बंधित बेस्ट प्रैक्टिसस को साझा करना, ड्रग कानून प्रवर्तन अधिकारियों के लिए प्रशिक्षण और पाठ्यक्रम तैयार करना, ऐसे कान्फ्रेंस समय-समय पर आयोजित करके इन विषयों को अगर हम आगे बढ़ाते हैं तो मुझे पूरा भरोसा है कि भारत के प्रधानमंत्री श्री नरेन्द्र मोदी जी ने जो सपना देखा है ड्रग्स फ्री इंडिया का, वो सपना जरूर पूरा होगा। उससे बहुत सारे दूसरे देशों को नशा मुक्त समाज बनाने में मदद मिलेगी और पूरे विश्व में ड्रग्स की ट्रैफिकिंग के साथ जुड़े हुए बड़े कारोबार को कंट्रोल करने में सहायता मिलेगी।

मैं अंत में फिर से एक बार आप सभी का भारत सरकार और भारत की ओर से स्वागत करता हूँ। हमारे प्रधानमंत्री श्री नरेन्द्र मोदी जी की ओर से स्वागत करता हूँ और आशा करता हूँ कि यहाँ जो विचार मंथन होगा, उसमें से जो अमृत निकलेगा वह पूरी दुनिया के ड्रग्स से ग्रसित लोगों के लिए आशीर्वाद समान होगा और पूरी दुनिया में ड्रग्स की समस्या को कंट्रोल करने में हम सफल होंगे।

वंदे मातरम्।

आपदा प्रबंधन की भारत दृष्टि

किसी भी सशक्त व समर्थ राष्ट्र के लिए उसके आपदा प्रबंधन तंत्र का चुस्त-दुरुस्त रहना बहुत जरूरी है। गृहमंत्री अमित शाह का यह भाषण एनडीआरएफ की उपलब्धियों तथा उसकी वर्तमान क्षमताओं को बड़े गौरव के साथ रेखांकित करता है, साथ ही इस संबोधन में आगे बढ़ने के लिए कुछ रास्ते भी सुझाए हैं। गृहमंत्री की बातों में यह अपेक्षा प्रकट होती है कि एनडीआरएफ की तैयारी उस स्तर की हो जिससे भारत ही नहीं, पड़ोसी देशों में भी कोई आपदा आए तो भारत उससे निपटने में सहयोग करने की स्थिति में रहे। एनडीआरएफ को और सशक्त तथा अधिक व्यवस्थित बनाने के लिए भी उन्होंने कुछ कारगर व महत्वपूर्ण सुझाव दिए हैं। वस्तुतः भारत में सामर्थ्य है कि वो अन्य अनेक क्षेत्रों की तरह आपदा प्रबंधन के क्षेत्र में भी वैश्विक नेतृत्व की बागडोर संभाले। भविष्य में आपदा प्रबंधन में भारत की भूमिका कैसी होगी इस भाषण में उसकी एक दृष्टि है।

जब 2001 में वर्तमान प्रधानमंत्री और उस वक्त के गुजरात के मुख्यमंत्री श्री नरेन्द्र भाई मोदी ने गुजरात आपदा प्राधिकरण की नींव रखी, उस वक्त मैं गुजरात में विधायक और गृहमंत्री था। मुझे ठीक से याद है कि दुनियाभर से एक्सपर्टस को बुलाया गया था। हमारी भौगोलिक परिस्थिति का विश्लेषण हुआ था। आपदा की दृष्टि से आने वाले हर खतरे का विश्लेषण हमने न केवल गुजरात को लेकर किया था बल्कि समूचे देश को दृष्टि में रखकर किया। देश में आपदा प्रबंधन पर विचार करने की शुरूआत भी वहीं से हुई थी। उस वक्त केन्द्र में एनडीए की सरकार थी। अटल जी प्रधानमंत्री थे। उन्होंने राष्ट्रीय स्तर पर आपदा प्रबंधन समिति का गठन किया और श्री शरद पवार को उसका अध्यक्ष बनाकर एक अच्छी शुरूआत की थी। उसको आगे बढ़ाते हुए बाद

*29 जून, 2019 को एनडीआरएफ द्वारा 'क्षमता विकास' विषय पर आयोजित सम्मेलन में केंद्रीय गृहमंत्री श्री अमित शाह का भाषण

की सरकारों ने 2005 में एनडीएमए का गठन किया और वहीं से अपने देश में आपदा प्रबंधन (डिजास्टर मैनेजमेंट) पर समग्रता से विमर्श की शुरूआत भी हुई।

आपदा प्रबंधन पहले केवल राहत केन्द्रित दृष्टिकोण था। हमने राहत केन्द्रित दृष्टिकोण को बदलकर रोकथाम, प्रशमन, तैयारी, कार्रवाई, राहत, पुनर्निर्माण और पुनर्वसन तक की प्रक्रिया का मसौदा बनाया। यह देश में पहली बार आपदा प्रबंधन के बारे में एक समग्र (कंप्लीट) दृष्टिकोण था। भारत में इसकी शुरूआत 2001 से हुई। मेरा मानना है कि 2001 से लेकर 2019 तक बहुत तेज गति से हम एक अच्छे परिणाम के साथ यहाँ खड़े हैं। हमारी गति भी तेज है और परिणाम भी अच्छे हैं। इसके लिए मैं बधाई जरूर देना चाहता हूँ, परंतु साथ में यह भी कहना चाहता हूँ कि रास्ता लम्बा है और दुनिया में पहले पायदान तक पहुँचने का लक्ष्य रखना हमारे लिए उचित होगा। दुनिया के कई सारे देशों को भारत को मॉडल समझने के लिए मजबूर करेंगे तब जाकर हमारा काम आपदा प्रबंधन के क्षेत्र में समाप्त हुआ माना जाएगा। आज भी बहुत सारे सुधार करने की जरूरत है। मैं इस बारे में आगे बात करूँगा।

एनडीआरएफ ने अपने गठन से लेकर आज तक आपदा के समय बहुत सारी घटनाओं में न केवल भारत में बल्कि कई अन्य देशों में भी अच्छा काम किया है। इसलिए मैं आज सिर्फ आपके मंत्री के नाते नहीं बल्कि भारत के नागरिक के नाते भी आप सभी को हृदय से बधाई देना चाहता हूँ। उड़ीसा में 1999 में तूफान आया, जिसमें मौत की संख्या 10 हजार रही और उसी उड़ीसा में 2019 में फैनी तूफान आया तो मौत की संख्या 64 रही। कहाँ 10 हजार और कहाँ 64, मैं मानता हूँ कि इसका सम्पूर्ण यश एनडीआरएफ के तत्वावधान में एसडीआरएफ और बाकी जो टीमें लगी हैं, उनको जाता है। एक विश्वसनीयता बनी है। फैनी तूफान का जो स्केल था, उसे देखते हुए आपदा प्रबंधन को लेकर विश्व स्तर के जानकारों ने एनालिसिस करके कई आर्टिकल लिखे कि इतने बड़े तूफान के बावजूद सिर्फ 64 लोगों की मौत एक बहुत बड़ी बात है। यह भारत के एनडीआरएफ की बहुत बड़ी उपलब्धि है।

आज आपदा प्रतिक्रिया और आपदा नवीनीकरण के क्षेत्र में उत्कृष्ट पहचान बनाने का काम हमने अच्छे से किया है। आज जब हम अपने नक़्शे में देखते हैं, तो 31 राज्यों और केन्द्र शासित प्रदेशों में एनडीआरएफ मौजूद है। एनडीआरएफ की 12 बटालियन, 28 आरआरसी, देश के विभिन्न क्षेत्रों में काम कर रही हैं। 2020 तक चार और वाहिनियाँ जुड़कर इसकी ताकत को बढ़ाएंगी। एनडीआरएफ ने अब तक 3000 बचाव अभियानों के दौरान एक लाख से ज्यादा जीवन बचाने का काम किया है। अभी नित्यानंद राय जी (गृह राज्यमंत्री) ने बताया कि इन आँकड़ों में अन्य प्राणियों, जैसे-सांपो और बहुत सारे जीवों, की कोई गिनती नहीं की गयी है। इसकी गिनती भी बहुत जरूरी है। मानव को बचाने के लिए हमारे जवान अपने जान की बाजी लगाने को तैयार हैं। संवेदना जागृत है, ये इसका परिचायक है।

मैं बताना चाहता हूँ कि लगभग 8000 कम्युनिटी अवेयरनेस कार्यक्रमों में 63 लाख नागरिकों ने भाग लिया है। एनडीआरएफ की 8वीं बटालियन को सुभाष चन्द्र बोस आपदा प्रबंधन पुरस्कार मिला है। इसके लिए मैं अभिनंदन करने के साथ हिदायत भी देता हूँ कि इतने पर संतोष मत करिये। संतोष ह्रास की निशानी होती है। ज्यादा से ज्यादा पुरस्कार हमारी टीम को मिले, इस दिशा में हमें काम करना चाहिए।

एनडीआरएफ की तर्ज पर 24 राज्यों में एसडीआरएफ का भी गठन किया जा चुका है। केन्द्र सरकार आपदा प्रबंधन के महत्व को भी समझती है और इसके सामने जो चुनौतियाँ हैं, उसको भी समझती है। केन्द्र सरकार इसको कितनी गंभीरता से लेती है, इसके परिचय के लिए मैं एक आँकड़ा आपके सामने रखना चाहता हूँ। तेरहवें वित्त आयोग में 2010 से 2014 तक 14,098 करोड़ रुपया आवंटित किया गया था और चौदहवें वित्त आयोग में 2015 से लेकर 2019 तक इस राशि को बढ़ाकर 32,142 करोड़ तक पहुँचाया गया। इस क्षेत्र की चुनौतियों को तभी पार कर सकते हैं कि एनडीआरएफ के सभी दल वेलइक्युप्ड हों और व्यापक काम करने के लिए सारी सुविधाएँ अंतरर्राष्ट्रीय मानक से भी ऊपर की हों।

मैंने अभी एक प्रदर्शनी में बहुत सारे आपके उपकरण देखे हैं। मेरा एनडीआरएफ की टीम से आग्रह है कि डीआरडीओ के साथ संकलन करके सारे उपकरण पाँच साल के अंदर इंडीजीनस (INDEGENOUS) हो जाएँ। इस दिशा में एनडीआरएफ को पहल करनी चाहिए। इक्विपमेंट आना जरूरी है, परंतु इक्विपमेंट को और अपग्रेड (INDIGENOUS PRODUCTION) करना भी अपने लक्ष्य में हमें रखना चाहिए।

2015 में एनडीआरएफ की नौ बटालियन स्थापित की गईं। 2018 में पाँच रीजनल रिस्पांस सेंटर की भी स्थापना की गई। आपदा के जोखिम से उत्पन्न होने वाली चुनौतियों से निपटने के लिए एक लम्बे समय से भारत के इंफ्रास्ट्रक्चर से जो योजना गायब थी, अब वह योजना बन गई है। नवम्बर 2016 में आपदा जोखिम को घटाने के विषय पर आधारित एशियाई मंत्री स्तर के सम्मेलन में बोलते हुए प्रधानमंत्री श्री नरेन्द्र मोदी ने दस सूत्रीय एजेंडे को लागू करने की रूपरेखा पेश की थी। मुझे लगता है कि यह दस सूत्रीय एजेंडा हमारे लिए भागवत गीता होनी चाहिए। छोटी से छोटी इकाई इस दस सूत्रीय एजेंडे को पूर्णतः लागू करने के लिए अपने आप को तैयार करे। इस दिशा में हमें आगे बढ़ना चाहिए।

जहाँ तक साइक्लोन फैनी का सवाल है, उसमें बहुत अच्छा काम किया गया है। मगर मैं एनडीआरएफ और एसडीआरएफ के जो लोग यहाँ पर उपस्थित हैं, उन सभी को कहना चाहता हूँ कि जब प्रधानमंत्री जी ने कहा है कि हमारे यहाँ डाक्युमेंटेशन की व्यवस्था है तो हर आपदा के बाद हमारे बचाव के कार्य का, हमारे पुनर्वास के कार्य का विवेचन और विश्लेषण होना चाहिए। अपनी कमियों को अलग से निकालने की व्यवस्था होनी चाहिए। जब अपनी कमियों को निकालने की दृष्टि आती है तभी हम

काम को पूरा करने की दिशा में आगे बढ़ते हैं। बाद में एक टीम के साथ बैठकर तथा चर्चा कर उन कमियों के सुधार के लिए एक निश्चित समय सीमा में रोड मैप तैयार होना चाहिए। जब हम ऐसा नहीं करते हैं तो अपने काम को पूर्णता तक ले जाने की अवस्था में नहीं आते हैं।

भारत ने सार्क देशों की आपदा प्रबंधन में मदद के लिए अतंरिक्ष में एक स्पेशल सैटेलाइट स्थापित किया है। हमारे प्रधानमंत्री जी की ये विशेष पहल है कि सिर्फ भारत को आपदा प्रबंधन से मुक्त करना हमारा लक्ष्य नहीं है, हमारे पड़ोसियों की भी हमको मदद करनी चाहिए। आपदा प्रबंधन के क्षेत्र में सार्क देशों के तहत आने वाले सभी देशों की जो आपदा प्रबंधन की व्यवस्था है, उनके साथ हमारे दोस्ताना सम्बंध होने चाहिए। उनके साथ हमारा कम्युनिकेशन होना चाहिए। वहाँ की आपदा की सारी संभावनाओं को हमें भी समझना चाहिए। उनको जितना हो सके उतना गाइडेंस देना चाहिए ताकि जब भी वहाँ आपदा आए, भगवान करे कभी न आए, मगर आए तो हम तत्काल मदद करने की स्थिति में हों।

इस प्रकार का पूरा डाटा बैंक एनडीआरएफ के पास होना चाहिए। सिर्फ सेटेलाइट स्थापित करने से हमारी बातें समाप्त नहीं हो जाती हैं। मैं एनडीआरएफ के महानिदेशक श्री एस. एन प्रधान को मिला, तो गृह मंत्रालय के तहत आने वाली अपनी जरूरतों की कुछ बात उन्होंने मुझे बताई। मैंने उन्हें भरोसाा दिया कि जो भी आपकी जरूरतें हैं, उन्हें भारत सरकार प्राथमिकता के आधार पर पूरा करेगी। इसको पूरा करना भारत सरकार का लक्ष्य है। यह प्रधानमंत्री जी का विजन है और इसमें हम कोई कमी नहीं छोड़ेंगे। साथ ही आपका भी यह दायित्व है कि देश भर में जितने भी संसाधन बिखरे पड़े हैं, कितनी कोल माइंस हैं; वहाँ कितनी क्रेडिट पड़ी होगी; कितने आपदा प्रबंधन के साधन पड़े होंगे; आपके पास इसकी एक समग्र सूची होनी चाहिए। अभी है क्या? जिला मुख्यालय पर है क्या? एसडीआरएफ के पास है क्या?

जब मैं गुजरात का गृहमंत्री था तब डिजास्टर मैनेजमेंट के लिए कलेक्टर के नेतृत्व में हर जिले की एक टीम बनाई थी। उन जिलो में जो बड़े-बड़े उद्योग ग्रुप और गुजरात के अलग-अलग पीएसयू हैं। उन सबकी एक मीटिंग कर सबको एक निर्देश दिया था कि इतने इक्युपमेंट सरकार नहीं खरीदेगी, आप खरीदिए और आपदा प्रबंधन के समय इसको कलेक्टर के हाथ में दे दीजिए। मुझे लगता है कि एनडीआरएफ की पूरी टीम को इस दिशा में काम करना चाहिए। मेरा एक अनुमान है कि देश के लगभग 400 जिलों में कोई न कोई बड़ा औद्योगिक संस्थान चाहे द्विस्तरीय (पीएसयू) या प्राइवेट सेक्टर का संगठन तो होगा ही, जिसमें जिले के सभी डिजास्टर मैनेजमेंट के इक्युप्मेंट्स परचेज करने की क्षमता हो। यदि वह ऐसा ना करें तो आप अपनी इकाई के डिजास्टर मैनेजमेंट के लिए ही ले लीजिए फिर जब आपदा आयेगी तब इनका उपयोग करने के लिए हमारे पास इनके साथ संपर्क होना चाहिए। मेरा आग्रह एनडीआरएफ की टीम से

भी है कि राष्ट्रीय स्तर पर एक रजिस्टर होना चाहिए। हर जिले, हर तहसील में देश की सम्पत्ति है। जब कोई अकस्मात दुर्घटना होगी या आपदा आएगी तो इसका उपयोग करेंगे। आपदा के बहुत सारे क्षेत्रों के अंदर एनडीआरएफ ने बहुत अच्छा काम किया है। एनडीआरएफ की तर्ज पर एसडीआरएफ ने भी उल्लेखनीय काम किया है। परंतु, मुझे लगता है कि एक क्षेत्र छूट रहा है। पहाड़ों पर ग्लोबल वार्मिंग के कारण जंगलों में आग लगने की घटनाएँ बहुत बढ़ रही हैं। वहाँ से लोगों को बचाना भी हमारा काम है और आग न फैले, इस पर विचार करना भी हमारा काम है। दुनिया भर में आपदा प्रबंधन के क्षेत्र में काम करने वाली कई इकाइयों, कई संस्थाओं ने इसमें विशेषज्ञता हासिल की है। जंगलों में आग की समस्या सिर्फ भारत में ही नहीं है। यह समस्या दुनिया भर में है। वो विशेषज्ञता उनसे प्राप्त कर हम यहाँ पर भी अपनी व्यवस्था सुदृढ़ करें। आग में खाक होने वाले वृक्ष कम से कम हों, तो भी यह हमारी बहुत बड़ी उपलब्धि होगी। जान तो एक भी नहीं जानी चाहिए। आग जंगल के जिस भू-भाग को चपेट में लेती है उस दायरे को भी कम करना एनडीआरएफ और एसडीआरएफ का दायित्व है। हम इससे भाग नहीं सकते। महानिदेशक एस. एन प्रधान जी से मेरा आग्रह रहेगा कि इस दिशा में विचार होना चाहिए। और एनडीआरएफ की टीम को यह काम युद्ध स्तर पर पूरा करना चाहिए।

एक दूसरी बात का जिक्र करना चाहता हूँ। मैने भी कई बार एक सामाजिक और राजनैतिक कार्यकर्ता के नाते और मंत्री के नाते आपदा प्रबंधन के मौके पर काम किया है। ऐसे मौकों पर लगभग 12-13 अलग-अलग एजेंसियाँ काम में आती हैं। डिस्ट्रिक्ट मजिस्ट्रेट आ जाते हैं, जिले के एसपी आ जाते हैं, होम गार्ड आ जाते हैं, एसडीआरएफ होती है, एनडीआरएफ होती है, फायर सर्विसेज के लोग आ जाते हैं। इसकी चेन ऑफ कमांड जिले तक सुस्पष्ट होनी चाहिए। इनमें आपस में समन्वय नहीं होता। बहुत सारी सुरक्षा एजेंसीज के चेन ऑफ कमांड के जुड़े होने के कारण वे मौके पर खड़ी होती हैं। हमारी नौकरशाही का यही सबसे बड़ा लूपहोल है कि वो किसी बात को स्वीकार करने के लिए तैयार नहीं होती है। जब तक वह परिपक्व न हो तो यह चेन ऑफ कमांड हमें तय करना पड़ेगा, ताकि समन्वय का अभाव न हो। मुझे लगता है कि इसमें एनडीआरएफ अकेला न हो, बल्कि एसडीआरएफ और इसके जितने संगठन हैं, सब इकठ्ठा मिलकर बैठें और आपदा के समय चेन ऑफ कमांड क्या होगा, तय करें। ऐसा करके बहुत सारी मुश्किलों से हम आपदा के समय बाहर आ जाएँगे। मैं एक बार फिर से इस बात पर जोर देना चाहता हूँ कि एक-एक व्यक्ति जो आपदा प्रबंधन के काम में जुड़ा है, उसके अंदर इंसान को जगाने का काम भी हमारी ट्रेनिंग का हिस्सा होना चाहिए। इस पर ज्यादा बल देना चाहिए। अगर वो नहीं होता है, तो सारे साधन, सारे संसाधन, ज्यों के त्यों धरे के धरे रह जाएँगे।

आज आप लोगों ने मुझे यहाँ पर बुलाया। आपके साथ बातचीत करने का मौका

दिया। आपदा प्रबंधन एक महत्वपूर्ण क्षेत्र है जो देश में धीरे-धीरे आगे बढ़ रहा है और मैं मानता हूँ कि इस क्षेत्र में भी विश्व का नेतृत्व आने वाले दिनों में भारत को ही करना है। हमारे यशस्वी प्रधानमंत्री जी की एक दृष्टि है। एक विजन है कि भारत हर क्षेत्र में दुनिया का नेतृत्व करे। हम उसी दिशा में आगे बढ़ें। यहाँ आप जो सभी आये हैं, उनको अनंत शुभकामनाएँ। प्रभु आपको बहुत यश दें और आप हमेशा सफल होकर लोगों के जान-माल को बचाने में यशस्वी हों, इसी शुभकामना के साथ, वंदे मातरम्।

पूर्वोदय

बोडो विवादः सहमति, सन्मति और समाधान

प्रधानमंत्री नरेन्द्र मोदी के नेतृत्व में केंद्र सरकार पूर्वोत्तर में शांति और स्थिरता का वातावरण स्थापित कर वहाँ के विकास को गति देने की दिशा में निरंतर प्रयासरत है। असम राज्य के दशकों पुराने बोडोलैंड विवाद का बोडो समझौते के द्वारा समाधान सरकार की एक बड़ी सफलता है। इस समझौते के तहत 1550 हथियारी कैडर का 130 हथियारों के साथ आत्मसमर्पण हुआ, जिसके साथ ही असम की धरती पर पृथक बोडो राज्य की माँग के विवाद का भी पटाक्षेप हो गया। इस ऐतिहासिक समझौते के अवसर पर पत्रकारों के बीच दिया गया अमित शाह का यह वक्तव्य आत्मसमर्पण कर रहे बोडो समुदाय के लोगों के प्रति आश्वासन की इस भावना से परिपूर्ण है कि उनसे किए गए वायदे निश्चित अवधि में पूरे होंगे।

आप सभी का यहाँ पर स्वागत है। अभी-अभी जिस ऐतिहासिक घटना के आप लोग साक्षी बने हैं, इसके बारे में मैं संक्षिप्त में कुछ बताना चाहता हूँ। आज भारत सरकार, असम सरकार और आप्सू एनडीएफबी प्रोग्रेसिव, एनडीएफबी रंजन देवमारी, एनडीएफबी-एस के बीच में एक एग्रीमेंट हुआ है, जिस पर सबने हस्ताक्षर किए हैं। यह एग्रीमेंट असम और बोडो क्षेत्र के सुनहरे भविष्य का दस्तावेज है। सन 1972 में आप्सू द्वारा एक पृथक बोडो राज्य की माँग उठाई गई थी। शुरुआत में यह आन्दोलन लोकतांत्रिक तरीके से चला। लेकिन 1987 से यह आन्दोलन हिंसक हो गया और हर तरह से पूरे क्षेत्र को अशांति से ग्रस्त कर चलता रहा। बोडोलैंड आन्दोलन में अब तक 2829 नागरिक मारे गए हैं। इस हिंसा में 239 सुरक्षाकर्मी भी मारे गए हैं और बोडो कैडर के अलग-अलग 939 लोग भी मारे गए हैं। कुल 4007 लोगों ने

*27 जनवरी, 2020 को बोडो समझौते के दौरान असम में केन्द्रीय गृहमंत्री जी अमित शाह का वक्तव्य

इस आन्दोलन में अपनी जान इतने सालों में गँवाई है। आज इस आन्दोलन की अगुवाई कर रहे आप्सू ने अपने सभी महत्वपूर्ण घटकों के साथ एक समझौता किया है, जो कि 2003 में हुए समझौते का एक्सटेंशन है। इसके साथ ही अब हमेशा के लिए इस समस्या का समाधान आज मोदी जी के नेतृत्व में हो गया है।

पूरे नॉर्थ ईस्ट में वहाँ के स्थानीय लोग अपने आप को एक प्रकार से कटा हुआ महसूस करते थे। लेकिन जब से मोदी जी प्रधानमंत्री बने हैं, मोदी जी ने हर महीना, हर 15 दिन पर हर एक पूर्वोत्तर राज्य में एक केंद्रीय मंत्री जाए, जैसी पहल शुरू करने से लेकर नॉर्थ-ईस्ट के हर राज्य की राजधानी को रेलवे से, एयर कनेक्टिविटी से, बहुत सारे ब्रिजेज से जोड़ने तथा बहुत सारे इंफ्रास्ट्रक्चर के काम, जलविद्युत के काम, युवाओं की पढ़ाई लिखाई के लिए अच्छे इंस्टीट्यूशंस खड़े करने के काम और नॉर्थ-ईस्ट के क्षेत्र की आरोग्य की सुविधाओं को बेहतर करने के काम किए हैं। प्रधानमंत्री जी ने नारा दिया था - सबका साथ, सबका विकास - और अब इसके साथ में सबका विश्वास जोड़कर पूरे नॉर्थ ईस्ट के क्षेत्र को अशांति और अस्थिरता से बाहर लाने का यह प्रयास हुआ है। कुछ समय पहले त्रिपुरा के उग्रवादी ग्रुपों के साथ भी ऐसे ही समाधान हुआ था। इसके बाद में ब्रू-रियांग जो एक बहुत बड़ा उपद्रवी केन्द्र था, उसका भी स्थायी समाधान आया और उनको भी त्रिपुरा में ही बसाया गया। उसके बाद से असम के अंदर लगभग अलग-अलग 13 ग्रुपों के 644 हथियारबंद लोगों ने 3000 हथियारों के साथ आत्मसमर्पण किया। आज अब केंद्र सरकार, असम सरकार, बोडोलैंड टेरोटेरियल काउंसिल के साथ सहयोग करते हुए आप्सू, एनडीएफबी गोविंदा वासुमतारी घटक, एनडीएफबी धीरेंद्र बोरा घटक, एनडीएफबी रंजन देवमारी घटक, एनडीएफबी साईंगारा घटक और यूनाइटेड बोडो प्यूपल ऑर्गेनाइजेशन जैसे 9 संस्थानों ने साथ मिलकर एक समझौता किया है। मैं मानता हूँ कि यह एग्रीमेंट बोडो क्षेत्र और असम के लिए विकास का एक रास्ता प्रशस्त करने वाला एग्रीमेंट सिद्ध होने जा रहा है। इसके साथ ही असम के अंदर जो संदेह था कि कभी ना कभी असम का विभाजन होगा, उस संदेह को खत्म करते हुए आज अपने साथियों को महत्व देकर, उनको भी विकास की धारा में शामिल कर तथा उनकी भाषा, उनकी संस्कृति और उनके अधिकारों को सुरक्षित कर एक अखंड असम आज से सब लोग महसूस कर रहे हैं। इसका मुझे बहुत आनंद है। इस समझौते के जो मुख्य बिंदु हैं, मैं आपको बताना चाहता हूँ। करीब 1550 उग्रवादी कैडर का 130 हथियारों के साथ देश की मुख्यधारा में शामिल होना इस समझौते के साथ ही संभव हो जाएगा और 30 जनवरी को पूज्य बापू की स्मृति में यह सभी लोग हथियार के साथ शासन के सामने सरेंडर करेंगे। एनडीएफबी पी, एनडीएफबी आरडी, एनडीएफबी एस के देश की मुख्यधारा में आने का मैं देश का गृहमंत्री होने के नाते हृदय से स्वागत करता हूँ और उनको भरोसा दिलाता हूँ कि भारत सरकार, असम सरकार और बोडोलैंड टेरिटरी काउंसिल ने जो वादे किए हैं, वह सारे वादे एक तय समय में

पूरे होंगे और आपके विकास का रास्ता जरूर प्रशस्त होगा। बोडो क्षेत्र के विकास के लिए इस समझौते के तहत 3 वर्षों में जो 15 सौ करोड़ रुपए के विकास का पैकेज दिया गया है उससे विशिष्ट परियोजना आने वाले समय में क्रियान्वयन में लाई जाएगी। इस समझौते से बीटीसी के क्षेत्र और अधिकार में भी बढ़ोत्तरी होगी। बीटीएडी के बाहर रहने वाले को बोडो संबंधित विषयों का ज्ञान देने के लिए और उनके व्यक्तिगत कल्याण के लिए भी चिंता की जाएगी।

बोडो समुदाय के सामाजिक, सांस्कृतिक तथा भाषाई विषयों को सुरक्षित किया जाएगा। जनजातियों के भूमि अधिकारों का भी संरक्षण किया जाएगा। जनजातीय क्षेत्रों के तीव्र विकास के लिए भारत सरकार की निगरानी में हम एक कमेटी बनायेंगे। एनडीएफबी के समस्त कैडर का पुर्नवास हो, इसके लिए असम सरकार तथा भारत सरकार पूरी सहानुभूति के साथ प्रतिबद्ध है।

पूर्वोत्तर या पूर्वोदय की आभा

स्वतंत्र भारत की विडम्बनाओं में से एक यह भी है कि विपुल प्राकृतिक संपदा से संपन्न एवं सामरिक महत्व से युक्त होने के बावजूद देश का पूर्वोत्तर क्षेत्र लंबे कालखंड में निरंतर उपेक्षित रहा। इस क्षेत्र के देश के बाकी हिस्सों से जुड़ाव को लेकर एक अलग दृष्टिकोण हर सरकार में रहा। मोदी सरकार आने के बाद उस दृष्टिकोण में बदलाव महसूस किया जा सकता है। इसके पीछे प्रधानमंत्री नरेन्द्र मोदी का 'पूर्वोदय' विजन अहम् कारक है। नॉर्थ ईस्ट काउंसिल के प्रति दिया गया अमित शाह का यह भाषण पूर्वोत्तर की उपर्युक्त विडम्बनाओं का एक तथ्यपरक दस्तावेज कहा जा सकता है।

मंच पर उपस्थित असम के गवर्नर महामहिम जगदीश मुखी जी, एनईसी के उपसभापति और मंत्री डॉ जितेन्द्र सिंह जी, असम के लोकप्रिय मुख्यमंत्री सर्वानंद सोनवाल जी, सचिव डोनर, सचिव एनईसी, नॉर्थ ईस्ट के आठों राज्यों के राज्यपाल महोदय, मुख्यमंत्री-गण, सांसद-गण और भारत सरकार एवं नॉर्थ ईस्ट सरकारों के उपस्थित सचिव महानुभाव, मेम्बर एनईसी और मीडिया के मित्रों।

मैं एनईसी की 68वीं सभा में आप सभी का स्वागत करता हूँ। हम सब के लिए ये दिन एक और दृष्टि से भी महत्वपूर्ण है। पूरे उत्तर पूर्व का विश्व में अपनी कला से परिचय कराने वाले भारतरत्न भूपेन हजारिका जी का आज जन्मदिन है। भूपेन दा का नाम याद आते ही न केवल भारत बल्कि समग्र विश्व को नॉर्थ ईस्ट की याद आती है। गुजरात से भी उनका रिश्ता रहा। मैं जानता हूँ और आप भी जानते हैं कि क्या रिश्ता है। इतने बड़े कलाकार के जीवन में बम्बई, कलकत्ता और विश्व के कई देशों में जाने के कई मौके आए। वे किसी एक भाषा के कलाकार नहीं थे। वे संगीत के मर्म को जानने वाले कलाकार थे और संगीत की कोई भाषा नहीं होती। सभी लोग उन्हें मंच

*8 सितम्बर, 2019 को असम में आयोजित पूर्वोत्तर परिषद (एनईसी) की 68वीं सभा में गृहमंत्री श्री अमित शाह का दिया गया भाषण

देना चाहते थे। मगर उन्होंने कहा था कि अगर मैं नॉर्थ ईस्ट छोड़ता हूँ तो मेरे नॉर्थ ईस्ट की संस्कृति, नॉर्थ ईस्ट के संगीत और नॉर्थ ईस्ट की कला को प्लेटफार्म कौन देगा। मैं यहीं नॉर्थ ईस्ट का प्लेटफार्म बनूँगा और वे पूरा जीवन नॉर्थ ईस्ट की संस्कृति के एम्बेसडर बने रहे। प्रधानमंत्री श्री नरेन्द्र मोदी जी ने उन्हें भारत रत्न देकर सम्मानित किया। आज उनका जन्मदिन है तो हम सभी उनके स्मरण के साथ आज इस बैठक की शुरुआत करते हैं।

पूर्वोत्तर परिषद (एनईसी) पचास साल से यहाँ की बुनियादी संरचना और परियोजनाओं को शुरू करने में आगे रही है। 2022 में जब एनईसी पचास साल पूर्ण करेगी तब भारत की स्वतंत्रता के 75 साल पूरे होंगे। मुझे लगता है कि 2022 में नॉर्थ ईस्ट विकास की दृष्टि से कहाँ हो, इसका रोड-मैप एनईसी को आज ही तय करना चाहिए। नॉर्थ ईस्ट के 'लॉ एंड ऑर्डर' के लिए 2022 के लक्ष्य भी आज हमें तय करने चाहिए। नॉर्थ ईस्ट की संस्कृति, नॉर्थ ईस्ट की भाषाओं को आगे बढ़ाने के लिए भी हमें लक्ष्य तय करने चाहिए। नॉर्थ ईस्ट जो आजादी के पहले एक क्षेत्र के रूप में देश का सबसे बड़ा जीडीपी कॉन्ट्रीब्यूटर था, उसे उसी स्थिति में लाने के लिए भी हमें लक्ष्य तय करने चाहिए। अब समय आ गया है कि नॉर्थ-ईस्ट का भू-भाग, जो उत्तर प्रदेश से भी बड़ा है, देश के विकास में अपनी महत्वपूर्ण भूमिका तय करे।

देश के विकास की अगुवाई, देश के विकास की लीडरशिप, नॉर्थ ईस्ट के पास होनी चाहिए। इसके लिए हमारे प्रधानमंत्री जी नॉर्थ ईस्ट को न्यू इंजन ऑफ इंडिया कहते हैं। इंडिया की ग्रोथ का नया इंजन नॉर्थ ईस्ट को बनना चाहिए। नॉर्थ ईस्ट एक दृष्टि से छोटा सा भारत ही है। यहाँ हिमालय का पहाड़ी क्षेत्र, ब्रह्मपुत्र बराक और विश्व में सबसे सुन्दर इम्फाल घाटी के क्षेत्र स्थित हैं।

यहाँ की आबादी लगभग 5 करोड़ लोगों की है, जो भारत की आबादी का 3.78 प्रतिशत है और क्षेत्रफल लगभग-लगभग 9 प्रतिशत के आस-पास है। एक यही हिस्सा ऐसा है, जहाँ क्षेत्रफल ज्यादा और आबादी कम है। मतलब यहाँ संभावना ज्यादा है। यहाँ पर ढेर सारी प्राकृतिक संपदा भी उपलब्ध है। नेपाल, भूटान, चीन, म्यांमार और बांग्लादेश की 5300 किलोमीटर की सीमा भी नॉर्थ ईस्ट से जुड़ी हुई है। राष्ट्र की सुरक्षा के लिए ये सामरिक महत्व का स्थान है। काउंसिल को इसे भी हमेशा अपने कार्यक्रमों में ध्यान में रखना चाहिए।

नॉर्थ ईस्ट एक ऐसा क्षेत्र है, जहाँ सर्वाधिक सामाजिक समूह हैं। 70 से ज्यादा अलग-अलग ग्रुप्स और 185 से ज्यादा बोलियाँ नॉर्थ ईस्ट की हैं। इसका अगर बारीक अध्ययन करते हैं तो कहाँ कौन-सी बोली समाप्त हुई, कहाँ शुरू हुई, मालूम भी नहीं पड़ता है। मैं आप सबके सामने मेरे मन की एक बात रखना चाहता हूँ। जितने भी सामाजिक ग्रुप हैं, जितनी भी जनजातियाँ हैं, अगर इनकी संस्कृति और इनकी बोलियों को गँवाकर हम विकास करते हैं तो मेरा मानना है कि उस विकास के कोई मायने नहीं

रह जाते हैं। हमारा दायित्व है कि नॉर्थ ईस्ट की संस्कृति को ज्यों का त्यों रखें। यहाँ की बोलियों को, यहाँ की भाषा को संरक्षित करते हुए हमें विकास के रास्ते पर आगे बढ़ना है। अगर हम नॉर्थ ईस्ट की संस्कृति, भाषा, संगीत, साहित्य को पीछे छोड़कर, विकास के रास्ते पर आगे बढ़ते हैं तो विकास के कोई मायने नहीं हैं। अभी जितेन्द्र जी कह रहे थे कि नॉर्थ ईस्ट और भारत का जुड़ाव कई सालों तक, कई लोगों के दिमाग में, कई सवाल खड़े करता रहा। मगर मैं बताना चाहता हूँ कि नॉर्थ ईस्ट और भारत कभी अलग थे ही नहीं तो फिर जुड़ने का तो सवाल ही नहीं उठता।

महाभारत काल से, देश-भर के राजाओं के यहाँ जितने हाथी गए, यहीं से गए। महाभारत के युद्ध में बभ्रूवाहन हो या घटोत्कच हो, दोनों नॉर्थ ईस्ट से गए। अर्जुन की चित्रांगदा के साथ शादी यहीं मणिपुर में हुई थी। श्रीकृष्ण के पोते का विवाह भी नॉर्थ ईस्ट में ही हुआ था। महाराजा भगदत्त जो कौरवों के पक्ष में मारे गए, वो भी नॉर्थ ईस्ट के ही थे। देश के बाकी हिस्सों के साथ यह पुराना सांस्कृतिक रिश्ता नॉर्थ ईस्ट का है। इसमें कोई नई बात नहीं है। गुलामी के कालखंड में इसको विस्मृत किया गया। लेकिन गुलामी के इतने साल के बाद अब समय आ गया है कि इस एकात्मता को हम आगे बढ़ायें। मैं अभी भी मानता हूँ कि भारत कभी भी कोई जियो-पॉलिटिकल इकाई नहीं रहा है। हमारी पहचान भू-राजनैतिक नहीं है। हमारी पहचान भू-सांस्कृतिक है। अगर हम भू-सांस्कृतिक पहचान को स्वीकार कर लेते हैं तो नॉर्थ ईस्ट और शेष भारत को कभी कोई अलग नहीं मान सकता है।

मुझे विश्वास है कि मोदी जी के नेतृत्व में जो विकास हुआ है, वो देश के सबसे विकसित क्षेत्रों में नॉर्थ ईस्ट को एक स्थान दिलाएगा। 2014 में जब देश में आम चुनाव हुए थे तब मोदी जी ने कलकत्ता में एक भाषण दिया था। उस भाषण का महत्व नॉर्थ ईस्ट के लिए बहुत बड़ा है। उन्होंने कहा था कि इस देश के मानचित्र को अगर भारत माता मान लें तो 70 साल की आजादी में देश के पश्चिम हिस्से में बहुत विकास हुआ है। पूर्व का हिस्सा कहीं ना कहीं पीछे छूट गया है, बिछड़ गया है। चाहे नॉर्थ ईस्ट हो, चाहे बंगाल हो, चाहे उड़ीसा हो, चाहे बिहार हो, ये हिस्से विकास की दृष्टि से पिछड़े रहे। अगर हमारी सरकार बनती है तो हमारी प्राथमिकता रहेगी कि भारत माता की दोनों भुजाएँ विकसित हों। आज मुझे ये कहते हुए आनंद है कि 2014 से 2019 का कालखंड नॉर्थ ईस्ट के विकास के लिए, पूर्वी क्षेत्रों के विकास के लिए, एक स्वर्णिम काल रहा है। नॉर्थ ईस्ट में पाँच साल के विकास और आजादी के बाद 70 साल के नॉर्थ ईस्ट में हुए विकास की तुलना करें तो पाँच साल का विकास कहीं आगे है। मैं सिर्फ धनराशि की बात नहीं कर रहा, मैं दृष्टि और पहल की बात करता हूँ। 40 साल के बाद कोई प्रधानमंत्री एनईसी की बैठक में आया। इसके पहले अंतिम बार भी मोरारजी भाई आये थे। किसी कांग्रेसी सरकार ने यहाँ आने की दरकार नहीं समझी।

जब नरेन्द्र मोदी जी प्रधानमंत्री बने और शिलांग की मीटिंग में यहाँ आये तो नॉर्थ

ईस्ट अपने-आप विकास के नक्शे में महत्वपूर्ण स्थान पर आ गया। लोकतंत्र में विकास का सर्टिफिकेशन तो लोकमत ही करता है, जनता ही करती है और वो चुनाव के माध्यम से होता है। आज आठ मुख्यमंत्री यहाँ पर बैठे हैं। एक भी मुख्यमंत्री कांग्रेस पार्टी के नहीं हैं। सभी के सभी नेडा के सदस्य यहाँ पर चुनकर आये हैं। यही बताता है कि पाँच साल में आमूलचूल परिवर्तन, एक नया दृष्टिकोण, एक नया अभिगम नॉर्थ ईस्ट के विकास के लिए नरेन्द्र मोदी के नेतृत्व में भारतीय जनता पार्टी की सरकार ने लिया है।

जहाँ तक एनईसी का सवाल है तो 2002 में अटलजी की सरकार थी, जब एनईसी अधिनियम में संशोधन किया गया। सिक्किम को शामिल करते हुए इसे वैधानिक क्षेत्रीय योजना निकाय बनाया गया। मतलब प्लानिंग एवं पॉलिसी बॉडी बनायी गयी। पहले यह एडवाइजरी स्वरूप होता था। इसे प्लानिंग और इंपलीमेंटेशन की पॉलिसी बनाने का भी अधिकार भारतीय जनता पार्टी की सरकार में दिया गया। मोदीजी ने स्पष्ट कहा है कि पूर्वोत्तर के राज्य, ये आठ राज्य नहीं हैं, अष्टलक्ष्मी हैं जो भारत को विकसित करने में सम्पूर्ण रूप से अपना योगदान देंगे। प्रधानमंत्री मोदीजी ने इसे अत्याधुनिक संसाधन केंद्र बनाने के लिए भी बहुत जोर दिया है। मादक पदार्थों की तस्करी, हथियारों की तस्करी, सीमा विवाद, आतंकवाद जैसे मुद्दों से नॉर्थ ईस्ट बहुत साल चर्चा में रहा। परंतु, आज नॉर्थ ईस्ट, विकास के लिए जाना जाता है। ऑर्गेनिक फार्मिंग के लिए जाना जाता है। कनेक्टिविटी के लिए जाना जाता है। रिकार्ड बनाने वाले बड़े-बड़े ब्रिजेज, नॉर्थ ईस्ट में बनाए गए हैं। नॉर्थ ईस्ट के लोगों के लिए अनेक प्रकार की रोजगार की उपलब्धता भी आई है।

यहाँ पर सभी राज्यों के मुख्यमंत्री भी हैं, गवर्नर भी हैं और सरकारी अधिकारी भी हैं। अभी-अभी जब संसद में अनुच्छेद-370 को विलोपित करने के लिए मैं बिल के रूप में राष्ट्रपति के संकल्प को लेकर उपस्थित हुआ। तब बहुत दुर्भाग्यपूर्ण बात थी कि विपक्ष के द्वारा अनुच्छेद-370 को हटाने का विरोध हुआ। कोई भी पार्टी विरोध करे, लोकतंत्र में उन्हें विरोध का अधिकार है। परंतु, वहाँ एक मुद्दा उठाया गया कि आज 370 कल 371 को हटाया जाएगा। इस तरह नॉर्थ ईस्ट के राज्यों को, नॉर्थ ईस्ट की जनता को उन्होंने ये संदेश देने का प्रयास किया कि 371 को भी अब भाजपा सरकार हटायेगी। मैंने संसद में 370 और 371 के अंतर को स्पष्ट किया है कि ऐसा कुछ नहीं होगा। उसके बाद मैं असम आज पहली बार आया हूँ। नॉर्थ ईस्ट के मुख्यमंत्रियों के सामने पहली बार आया हूँ तो अनुच्छेद-370 और 371 के बीच का अंतर समझाना चाहता हूँ।

संविधान सभा ने अनुच्छेद-370 का अस्थायी प्रोविजन करके रखा था। लेकिन अनुच्छेद-371 अस्थायी प्रोविजन नहीं है। ये स्पेशल प्रोविजन है। दोनों के बीच में ये मूलभूत अंतर है। मैं यह भी स्पष्ट करना चाहता हूँ कि भारतीय जनता पार्टी की नरेन्द्र मोदी सरकार 371 और 371 (ए टू जे) का सम्पूर्ण सम्मान करती है। इसके साथ कोई छेड़खानी करने का कोई सवाल नहीं है। ये बात स्पष्ट करना इसलिए जरूरी है कि जो

लोग नहीं चाहते कि नॉर्थ ईस्ट में शांति बनी रहे, नॉर्थ ईस्ट मेनस्ट्रीम में आकर भारत के विकास का इंजन बने, वे लोग इस प्रकार के भेद खड़े करना चाहते हैं। इसलिए आज मैं यहाँ आपके सामने ये स्पष्ट कर रहा हूँ।

राज्यों के बीच सीमा विवाद भी बहुत गहरा है। जब अधिकारियों के साथ, मुख्यमंत्रियों के साथ मेरी बैठक होगी, तब मैं इस विषय पर बड़े आग्रह के साथ आप लोगों से निवेदन करना चाहूँगा कि भारत और बांग्लादेश का सीमा विवाद समाप्त हो सकता है तो हमारे राज्यों के बीच का सीमा विवाद क्यों नहीं समाप्त हो सकता। इस सीमा विवाद से ऊपर उठने का अब समय आ गया है। हर राज्य एक दूसरे का पूरक बने। एक दूसरे का समर्थन करते हुए, एक दूसरे को साथ लेकर आगे बढ़ें तो नॉर्थ ईस्ट के राज्यों के बीच सीमा विवाद भी समाप्त होगा। प्रधानमंत्री मोदी जी के नेतृत्व में सरकार बनने के बाद, नॉर्थ ईस्ट में आतंकवाद और हथियारबंद समूहों में भारी कमी आई है। आँकड़े मैं देना नहीं चाहता लेकिन पूरे देश और दुनिया को मालूम है कि यहाँ पर स्थिति काफी सामान्य हुई है। मगर अभी भी जो भटके हुए लोग हैं, उनको मुख्यधारा में लाने के लिए हमारा मन भी खुला है, हाथ भी खुले हैं। जो हथियार डालेगा वो साथ आ जाये। परंतु जिनके हाथ में हथियार हैं, इनके प्रति जीरो टॉलरेंस की नीति ही भारत सरकार की नीति रहनी चाहिए। मैं मानता हूँ कि आठों राज्यों की भी नीति यही होनी चाहिए। वे हमारे अपने हैं। उनको साथ लाना है। लेकिन अगर वो विदेशी ताकतों के हथियार बनते हैं तो उनके साथ हमें अलग दृष्टिकोण के साथ व्यवहार करना पड़ेगा।

दूसरी बात, जैसा डॉ जितेन्द्र सिंह ने बताया कि यहाँ पर 14 आकांक्षी जिले हैं। एक दृष्टि से इनकी आकांक्षा बड़ी है, लेकिन विकास की दौड़ में पीछे छूट गए हैं। मगर मैं इससे भी नीचे जाना चाहता हूँ। हर राज्य में कुछ क्षेत्र, कुछ गाँव ऐसे हैं, जहाँ विकास नहीं हुआ है। मैं आप सबको आज बताना चाहता हूँ कि नॉर्थ ईस्ट काउंसिल के बजट का 30 प्रतिशत आने वाले दिनों में हम उन अविकसित क्षेत्रों के लिए आवंटित करना चाहते हैं। आप वह क्षेत्र चिन्हित कर लीजिए, जैसे कि इस गाँव में बिजली नहीं है, इस गाँव में टॉयलेट नहीं हैं, इस गाँव में गैस नहीं है, इस गाँव में पक्की रोड नहीं पहुँची है। हमें उन क्षेत्रों को पहचानकर पूर्ण विकसित बनाना पड़ेगा। जब वो गाँव पूर्ण विकसित होंगे तभी राज्य भी पूर्ण विकसित होगा। उदाहरण के लिए कहना चाहता हूँ कि नागालैण्ड के अंदर पाँच गाँव ऐसे हैं, जहाँ बिजली नहीं पहुँची है, तो नागालैण्ड कैसे विकसित हो जाएगा? मणिपुर में 10 गाँव ऐसे छूट जाते हैं, जहाँ गैस का चूल्हा नहीं गया, तो मणिपुर कहाँ से विकसित हो जाएगा? अब नॉर्थ ईस्ट काउंसिल का दायित्व है कि जो 30 प्रतिशत काम है, प्राथमिकता से वंचित और अविकसित गाँवों के लिए हम करेंगे। ये विकास आपके राज्य में आपके द्वारा ही होना है, परंतु उन गाँवों में होना है, जहाँ विकास आज तक नहीं पहुँच सका है। मुझे लगता है कि सम्पूर्ण विकास का लक्ष्य रखकर अगर हम आगे बढ़ते हैं तो हर गाँव को हमें विकसित करना होगा।

हम हर गाँव को विकसित करेंगे तो पूरा राज्य विकसित होगा। इस दृष्टिकोण के साथ एनईसी के बजट का 30 प्रतिशत आने वाले प्राथमिकता के क्षेत्रों में खर्च होगा। जितेन्द्र सिंह जी ने विकास के ढेर सारे आँकड़े दिये हैं, योजनाएँ भी बताई हैं। एक आदमी जम्मू-कश्मीर से आकर नॉर्थ ईस्ट की हर समस्या और हर डेवलपमेंट से वाकिफ हो जाये, मुझे तो ऐसे साथी पर आनंद भी होता है कि कितना डिटेल में उन्होंने बताया है।

कुछ चीजें मैं आपको बताना चाहता हूँ। हमने लक्ष्य रखा है कि 2022 तक नॉर्थ ईस्ट के आठों राज्य रेलवे और एयर के नक्शे पर आ जाएँगे। इस लक्ष्य को हम पूरा करने की दिशा में आगे बढ़ेंगे। एनईसी का बजट, जब कांग्रेस की सरकार थी और 13वाँ वित्त आयोग था, तब 3,376 करोड़ था। मोदीजी के नेतृत्व में भाजपा की सरकार आयी तब प्रधानमंत्री नरेन्द्र मोदी जी ने 14वें वित्त आयोग का एनईसी बजट 5053 करोड़ किया। इस तरह लगभग डेढ़ गुना बढ़ोत्तरी हमने की। इससे मालूम पड़ता है कि हमने कितनी बड़ी बढ़ोत्तरी की है। 558 प्रोजेक्ट्स तय किये थे, उनमें 352 प्रोजेक्ट्स पूरे हो गये हैं। 997 किलोमीटर सड़क पूरी कर दी गयी है। 2480 किलोमीटर ट्रांसमिशन लाईन्स लगाई गई हैं। ए.पी.जे अब्दुल कलाम पॉलिसी फॉर रिसर्च एन्ड एनालिसिस बनाया गया है। असम में बोगी बिल पूर्ण समाप्त कर दिया गया। डोनर मत्रांलय के द्वारा उत्तर पूर्व सड़क क्षेत्र विकास की एक नई योजना NERSBN लॉन्च की गई। पहले 450 करोड़ और अब 1000 करोड़, यानी कुल 1450 करोड़ रुपये देने का काम किया गया है। मैं मानता हूँ कि नॉर्थ ईस्ट के बच्चों की पढ़ाई के लिए भी काफी सारी व्यवस्थाएँ की हैं। ढेर सारे काम ऐसे हुए हैं, जिससे नॉर्थ ईस्ट के विकास को एक नई दिशा मिलने वाली है। जैसे - बांग्लादेश लैंड बाउंड्री एग्रीमेंट, इसके लिए सालों तक दुष्प्रचार किया गया।

मैं आप सभी मुख्यमंत्रियों का एक बात की ओर ध्यान दिलाना चाहता हूँ कि जब हम आजाद हुए उससे पहले से क्षेत्र वाइज देखें, जैसे- नॉर्थ ईस्ट, मुंबई, मद्रास, इस प्रकार के जो क्षेत्र थे, उसमें सबसे बड़ा जीडीपी कॉन्ट्रीब्यूटर नॉर्थ ईस्ट था। इसका एक ही कारण था कि कलकत्ता और ढाका बंदरगाह से हमारा जुड़ाव था। अब ये दोनों बंदरगाह विभाजन के बाद बंद हो गए, बाकी आपसे बहुत दूर हो गए। अब जो ढाका के साथ हमारा लैंड बाउण्ड्री एग्रीमेंट हुआ है, इसके तहत जो रोड बनना हैं, उससे नॉर्थ ईस्ट के विकास के लिए दोनों बंदरगाह फिर काफी नजदीक आ जाएँगे। यहाँ जो प्राकृतिक सम्पदा और पोटेंशियल पड़ा है, इस पर और यहाँ के लोगों के बिजनेस की क्षमता पर मुझे पूरा भरोसा है। इन दोनों बंदरगाहों के नॉर्थ ईस्ट से जुड़ने के बाद तुरन्त ही नॉर्थ ईस्ट फिर से भारत की विकास दर में सबसे योगदान करेगा।

एनआरसी का भी एक चरण हुआ है। एक समय सीमा में काम हुआ है। इसमें भी बहुत सारे लोग अलग-अलग प्रकार के सवाल उठा रहे हैं। मगर मैं ये स्पष्ट कर देता हूँ कि एक भी घुसपैठिये को भारत सरकार यहाँ पर नहीं रहने देगी, ये हमारा संकल्प है। मैं आज बताना चाहता हूँ कि मणिपुर जैसे राज्य पहले 365 दिनों में 200-200 दिन

बंद रहते थे। लेकिन वहाँ शान्ति आने से विकास आया है। पहले जहाँ उग्रवाद, घुसपैठ, ड्रग्स, आर्म्स, आर्म्स ट्रैफिकिंग, भ्रष्टाचार और जातीय तनाव नॉर्थ ईस्ट की पहचान थे, वहाँ आज विकास, कनेक्टिविटी, इंफ्रास्ट्रक्चर, स्पोर्टस और एक सक्रिय नीति के कारण हमारी एक नई पहचान बनी है। मुझे पूरा भरोसा है कि आने वाले दिनों में मोदीजी के नेतृत्व में हम आगे बढ़ेंगे।

मैं आप सभी का इस बात पर विशेष ध्यान दिलाना चाहता हूँ कि बाँस मिशन को हर राज्य अपनी प्राथमिकता का क्षेत्र बनायें। इसमें विपुल मात्रा में संभावनाएँ भरी पड़ी हैं। कागज का जितना आयात होता है, अगर नॉर्थ ईस्ट में हम ढंग से पोटेंशियल को एक्सप्लोर करें तो एक लाख करोड़ का आयात हम बंद कर सकते हैं। देश का भी भला होगा और नॉर्थ ईस्ट के राज्यों का भी भला होगा। मुझे लगता है कि 3400 करोड़ रुपया जो नॉर्थ ईस्ट के एयरपोर्ट के लिए लगाना है और भारत माला परियोजना चरण-1 के लिए लगभग 3528 किलोमीटर का एकत्रीकरण सुधारने में जो सड़कें शामिल हैं, ये दोनों, नॉर्थ ईस्ट के विकास के लिए आने वाले दिनों में बहुत बड़ी भूमिका निभाएंगे। सुरक्षा की स्थिति पर मैं डिटेल में इसलिए बात करना नहीं चाहता कि जब मुख्य सचिव और डीजीपी की बात होगी, मुख्यमंत्रियों से बात होगी, वह मैं तब करूँगा। परंतु मैं कुछ आँकड़े बताना चाहता हूँ। वर्ष 2000 में 289 सुरक्षाकर्मी शहीद हुए थे, 2018 में सुरक्षाबलों के 14 जवान शहीद हुए, 907 नागरिक मारे गए थे, अब 23 मारे गए हैं। तब 2000 से ज्यादा घटनाएँ थीं। आज छोटी-छोटी घटनाओं को काउंट करके भी 185 तक सीमित करने में हम सफल हुए हैं। शान्ति कितनी बढ़ी है, ये इसका आँकड़ा है। बाकी सारी बात विस्तार से दूसरे सत्रों में होगी, परंतु मैं आप सभी को इतना ही कहना चाहता हूँ कि नॉर्थ ईस्ट का विकास, प्रधानमंत्री नरेन्द्र मोदी जी और मोदी सरकार दोनों के लिए प्राथमिकता का क्षेत्र है और हम चाहते हैं कि देश के सभी हिस्सों से सबसे ज्यादा विकसित नॉर्थ ईस्ट हो। नॉर्थ ईस्ट का कांट्रीब्यूशन देश की जीडीपी में सबसे ज्यादा हो। मोदीजी ने 2014 से जो विकास की यात्रा शुरु की है, मुझे भरोसा है कि 2022 आते-आते जब आजादी के 75 साल होंगे, तब इसको हम बहुत लम्बे मुकाम तक पहुँचते देखेंगे। नॉर्थ ईस्ट के सारे राज्यों का हम देश में महत्वपूर्ण स्थान देख पाएंगे। इस बात की ज्यादा खुशी है कि आज शत-प्रतिशत लोग उपस्थित भी हैं और अपने-अपने विचार भी रखेंगे। अलग-अलग सेशन में आप सभी की बातें सुनकर, इसमें से जो कार्ययोजना बनेगी, उसे फिर से एक बार आपके पास भेजा जाएगा। फाइनल स्वरूप के लिए। आप सभी का आभार, भूपेन-दा का फिर से स्मरण करके और श्रद्धांजलि देकर, मैं अपनी बात को समाप्त करता हूँ।

भारत माता की जय।

हिंदी

टिड्डी

सब उन्नति को मूलः हिंदी

हिंदी दिवस के मौके पर अमित शाह का यह भाषण न केवल हिंदी के ऐतिहासिक, सांस्कृतिक व राष्ट्रीय महत्व तथा उसकी समकालीन चुनौतियों को रेखांकित करता है, अपितु सभी भारतीय भाषाओं एवं बोलियों पर भी उनके विचार इसमें प्रकट हुए हैं। वस्तुतः उनकी चिंता हिंदी ही नहीं, सभी भारतीय भाषाओं के लिए है। क्योंकि 'कोस-कोस पर पानी बदले, चार कोस पर वाणी' जैसी विविधता को संजोए इस देश में केवल किसी एक भाषा या बोली की बात नहीं की जा सकती। किसी भी भाषा को सीखने व सम्मान देने में कोई समस्या नहीं है, परंतु उसके पीछे अपनी भाषा को भूल जाना चिंता की बात है क्योंकि 'जो देश अपनी भाषा छोड़ देता है, वह अपने अस्तित्व को कभी कायम नहीं रख सकता।' समग्रतः अमित शाह का ये भाषण लोगों को भाषा के महत्व और हिंदी की शक्ति से परिचित कराता है।

हिंदी दिवस के इस समारोह में मेरे साथ उपस्थित गृह राज्यमंत्री श्रीमान् जी किशन रेड्डी जी व मेरे साथी गृह राज्यमंत्री श्रीमान् नित्यानंद राय जी। राजभाषा विभाग की सचिव श्रीमती अनुराधा मित्रा जी। संयुक्त सचिव श्री जय प्रकाश अग्रवाल जी, सभी सम्मानीय सांसद-गण, अधिकारीगण, हिंदी प्रेमियों, हिंदी साहित्यकारों एवं पत्रकार मित्रों।

आज के कार्यक्रम में मैं हृदय से आप सभी का स्वागत करता हूँ। आज हिंदी दिवस के अवसर पर मैं उन सभी भारतीयों, जो देश और विदेश में बसते हैं, को हृदय से बधाई देता हूँ और हिंदी से जुड़ने के लिए उनका आह्वान भी करता हूँ।

आज हिंदी दिवस है और जब हमारे संविधान निर्माता संविधान को अंतिम स्वरूप दे रहे थे, उस वक्त कई ऐसी चीजें थीं जिसमें मतांतर थे। इतनी बोलियों, भाषाओं और सांस्कृतिक विविधताओं को रखने वाले हमारे देश की राजभाषा का जब निर्णय करना हो तो स्वभाविक है अलग-अलग मत होंगे और होने भी चाहिए। ना हों तो आश्चर्य

---

*14 सितम्बर, 2019 को हिंदी दिवस के अवसर पर गृहमंत्री श्री अमित शाह का भाषण

है। संविधान निर्माताओं ने समग्र स्थिति का आंकलन किया और आने वाली एक दो सदी का दूरदर्शिता पूर्वक गहन अवलोकन एवं चिंतन कर एक निर्णय पर पहुँचे। पूरी सभा ने सर्वानुमत से हिंदी को राजभाषा के रूप में स्वीकार करने का निर्णय लिया। यह संविधान सभा देश के कोने-कोने का प्रतिनिधित्व करती थी, जिसमें कई मूर्धन्य साहित्यकार, कई कानूनविद, कई लोकनेता, कई सेवाभावी लोग, कई धर्माचारी और सभी धर्मों के प्रतिनिधि थे। इन सब ने इकट्ठा होकर हिंदी को राजभाषा के रूप में स्वीकार किया। मैं मानता हूँ कि संविधान सभा के इस निर्णय का देश की एकता और अखंडता को कायम रखने में एक महत्वपूर्ण योगदान रहा है।

जहाँ तक भाषा का सवाल है तो मैं मानता हूँ कि सबसे अधिक भाषाओं की समृद्धि ईश्वर ने कृपा करके किसी एक देश को दी है, तो वह हमारा भारत है। वैसे तो देशों की एक भाषा होती है। दो-तीन बोलियाँ होती हैं। लेकिन यह देश इतनी सांस्कृतिक विविधताओं और बहुलताओं से बना हुआ देश है, जिसमें अंतिम जनगणना के अनुसार 122 भाषाएँ और 19500 से ज्यादा बोलियाँ हैं। 19500 से ज्यादा बोलियों और 122 भाषाओं में से हमारी आधिकारिक भाषाओं की जो सूची प्रसिद्ध हुई है, उस आठवीं अनुसूची में 22 भाषाओं को हमने मान्यता दी है।

मैं आज एक बात जरूर कहना चाहता हूँ कि हिंदी दिवस के इस अवसर पर हम सब को आत्मचिंतन और आत्मावलोकन करने की जरूरत है। दुनिया में कई ऐसे देश हैं, जिनकी भाषाएँ लुप्त हो गई हैं। वे अपनी भाषाओं को आज छोड़ चुके हैं। जो देश अपनी भाषा छोड़ देता है, वह अपने अस्तित्व को कभी कायम नहीं रख सकता। हो सकता है कि भौगोलिक अस्तित्व उसका शायद सदियों तक चले, पर उसका विचार-प्रवाह और उसकी संस्कृति का अस्तित्व नहीं बचा रह सकता। भाषा ही वह अहम केन्द्र है जो व्यक्ति को अपने देश के मूल के साथ अपने देश के विचार-प्रवाह के साथ और अपनी संस्कृति के साथ जोड़ती है।

हर बच्चे में ईश्वर बुद्धि देता है। वो बुद्धि के साथ स्वभाषा से श्रुति और श्रुति के माध्यम से ज्ञान अर्जित करता है। बुद्धि में ज्ञान मिलता है तो धारणा बनती है; धारणा में अनुभव और विश्लेषण मिलता है तो मेधा बनती है; बुद्धि, धारणा और मेधा ही संस्कृति की रचना करते हैं, संस्कृति को वहन करते हैं। जो देश स्वभाषा खो देता है, जो देश अपनी बोलियाँ खो देता है, वह देश अपनी संस्कृति और अपने संस्कारों का जतन नहीं कर सकता। मुझे कई बार अनेक देशों के लोगों से मिलने का अवसर मिला है। जब मैं उनसे पूछता हूँ कि आपके देश की भाषा कौन सी है? बड़े शर्म के साथ वो कहते हैं कि हम अंग्रेजी बोलते हैं। कई सारे देशों के लोगों को तो उनके देश की भाषा तक याद नहीं है।

ऐसे कई सारे देश हैं। मैं नाम लेकर यहाँ इस प्रकार का कोई अनुचित प्रयास नहीं करना चाहता, जिससे किसी को नीचा देखना पड़े। परन्तु मैं यह बात आज की

युवा पीढ़ी को और आज के भारतीय समाज को इसलिए कहना चाहता हूँ कि हमें भी आत्मचिंतन और आत्मावलोकन करने की जरूरत है। अगर हम अपनी भाषा खो बैठते हैं, अपनी बोलियाँ खो बैठते हैं, तो अपने विचार-प्रवाह और अपनी संस्कृति के साथ हम कट जाएँगे। मैं दावे के साथ कह सकता हूँ कि दुनिया की किसी भी भाषा को ले लीजिए और भारत की किसी भी भाषा को उठा लीजिए, सबसे समृद्ध भाषाएँ यदि किसी देश में हैं तो मेरे भारत की भाषाएँ हैं।

हमारी भाषाओं में जो समृद्धि है, जो भाव है, जो विराट शब्दकोश है, वह शायद ही दुनिया की किसी भी भाषा के पास हो, क्योंकि सबसे पुराने दस हजार साल के एक सांस्कृतिक प्रवाह में से इसके शब्द उभरे हैं। हमारा शब्दकोश दस हजार साल पुराने सांस्कृतिक प्रवाह से बना है। मैं एक उदाहरण देना चाहता हूँ। पिता के भाई को अंग्रेजी में अंकल कहते हैं, मौसा को भी अंकल कहते हैं, फूफा को भी अंकल कहते हैं, 18 ऐसी पहचान हैं, जिसको अंकल के अलावा कोई शब्द नहीं मिलता और हमारे यहाँ 18 के 18 रिश्तों को अलग-अलग प्रकार से व्याख्यायित करने की सुविधा है।

अंग्रेजी में माँ और बच्चे के प्रेम को भी 'लव' कहते हैं। भाई और बहन के प्यार को भी 'लव' कहते हैं। पति-पत्नी के रिश्ते को भी वह 'लव' से ही व्याख्यायित करते हैं। देशभक्ति व देश के नागरिक के रिश्ते को भी 'लव' से ही व्याख्यायित करते हैं, जबकि हिंदी में ऐसा नहीं है। एक भाषा की समृद्धि का सवाल जहाँ तक है तो मैं सिर्फ हिंदी की ही समृद्धि की बात नहीं करता। देश की कोई भी भाषा उठा लीजिए और दुनिया की समृद्ध से समृद्ध भाषा के साथ उसकी तुलना कर दीजिए। हमारी भाषाओं की व्यापकता और समृद्धता दुनिया में सर्वश्रेष्ठ है, यह हमें स्वीकार करना पड़ेगा। अब इसके आधार पर ही हमें आगे बढ़ना होगा।

गुलामी के लंबे कालखंड के कारण एक हीनता ग्रंथि का भाव जो निर्मित हुआ है, वो भाव हमे छोड़ना पड़ेगा। मैं आज हिंदी दिवस के अवसर पर देशभर के लोगों का आह्वान करना चाहता हूँ कि कम से कम बच्चों से, अपने सहकर्मियों से तो अपनी भाषा में बात करिए। अगर हम ही अपनी भाषा का आग्रह छोड़ देंगे तो किस प्रकार से अपनी भाषाओं को लंबे समय तक ले जाएँगे। भाषाएँ तभी जीवित रहती हैं जब भाषा जिसकी है, वो उसके महत्व को जानते हैं। भाषा तभी जीवित रह सकती है जब भाषा जिसकी है, वो समाज उसके शुद्धिकरण और संशोधन में प्रभुत्वरत हो। भाषा तभी जीवित रह सकती है जब नयी पीढ़ी अपनी भाषा बोलने में गौरव का अनुभव करती हो। यह तभी हो सकता है जब शिक्षा के क्षेत्र से जुड़े हुए लोग हमारे विद्यार्थियों को गौरव के साथ कहें कि आप ऐसी भाषा के वाहक हैं, जो दुनिया में सबसे समृद्ध है।

कई लोगों को लगता है कि अनेक भाषाएँ और अनेक बोलियाँ देश के लिए बोझ हैं। परन्तु मुझे लगता है कि अनेक भाषा और अनेक बोलियाँ हमारे देश की सबसे बड़ी ताकत हैं। बस जरूरत है कि देश की एक भाषा हो, जिसके कारण विदेशी भाषाओं

को जगह मिले। देश की एक भाषा की दृष्टि को ध्यान में रखते हुए ही हमारे पुरखों ने, स्वतंत्रता सेनानियों ने, राजभाषा की कल्पना की थी और राजभाषा का दर्जा हिंदी को दिया था। हिंदी को बल देना, हिंदी को प्रचारित-प्रसारित करना, संशोधित करना, इसके व्याकरण की व्यापकता देना। इसके साहित्य को एक नए युग में ले जाना, चाहे वह गद्य हो या पद्य, यह सब हमारे राष्ट्रीय दायित्व हैं। आजादी के समय लोकमान्य तिलक, गोपाल कृष्ण गोखले और गाँधी जी व विनोबा भावे के नेतृत्व ने अगर हिंदी पर बल नहीं दिया होता तो शायद हम अपनी भाषा गँवा बैठे होते। ध्यान रहे ये तीनों अहिंदी भाषी रहे है। अंग्रेज जहाँ-जहाँ गए उन-उन की भाषा खत्म हो गई है। एक ही देश है जिसने अंग्रेज, अंग्रेजी और अंग्रेजियत तीनों को परास्त करने का काम किया है और वह हमारा देश है। इस भाव को, इस आन्दोलन को और इस भाषा को हमें आगे बढ़ाना पड़ेगा।

आज हम सब हिंदी भाषा को बढ़ावा देने के लिए एकत्रित हुए हैं। मुझे राजभाषा विभाग के मंत्री के रूप में थोड़ा संकोच भी होता है। इस कार्यक्रम का स्वरूप बड़ा भव्य दिखता है, मगर यह कार्यक्रम सभागारों का कार्यक्रम नहीं होना चाहिए। यह कार्यक्रम जनता का कार्यक्रम होना चाहिए और मैं आप सबको आश्वासन और विश्वास दिलाना चाहता हूँ कि अगले साल हिंदी दिवस का यह कार्यक्रम सार्वजनिक कार्यक्रम होगा और इसमें पुरस्कार प्राप्त करने वालों के अलावा भी बहुत सारे लोग होंगे।

हिंदी के आन्दोलन को आगे बढ़ाना और जन-जन तक पहुँचाना चाहिए। यह मेरे राजभाषा विभाग का दायित्व है। अगले साल इसको राजधानी से बाहर ले जाएँगे। सार्वजनिक कार्यक्रम भी करेंगे। एक दिन की जगह पूरे सप्ताह मनाकर विविध कार्यक्रमों के द्वारा हम हिंदी को आगे बढ़ाने का काम करेंगे। हिंदी के महत्व को हमें पहचानना और स्वीकारना चाहिए। अगर आजादी के आन्दोलन में से हिंदी को निकाल देते हैं तो आन्दोलन की आत्मा ही खत्म हो जाती है। कांग्रेस के नेतृत्व में आन्दोलन चलता था और कांग्रेस के अधिवेशन देश के हर एक प्रांत में अलग-अलग जगह होते थे। हरेक प्रांत की भाषा और बोलियाँ अलग होती थीं, लेकिन जनता जुड़ती थी और जनता तक संदेश पहुँचाने होते थे तब कांग्रेस अधिवेशनों ने हिंदी को बड़ी ताकत दी। उस वक्त के हमारे आजादी के आन्दोलन के सेनानियों ने हिंदी पर भरोसा किया।

आचार्य विनोबा भावे जैसा बहुश्रुत और बहु भाषाओं का विद्वान कोई और विश्व में नहीं हुआ है। शायद सबसे ज्यादा सभी भाषाओं को बोलने-लिखने वाले और उनके व्याकरण पर भी अपना अधिकार रखने वाले अगर विश्व भर में कोई विद्वान थे, तो विनोबा भावे थे। विनोबा भावे विश्व की सभी भाषाओं का सम्मान करते थे और ऋग्वेद की इन ऋचाओं में विश्वास करते थे कि यह अच्छा है कि किसी भी दिशा से हमें ज्ञान प्राप्त हो और वह हमें अच्छा बनाए। भाषाओं के बारे में भी उनके यही विचार थे, मगर उन्होंने फिर भी कहा था कि 'मैं दुनिया की सभी भाषाओं का सम्मान करता हूँ,

परंतु मेरा देश हिंदी का सम्मान नहीं करे, वह मैं सहन नहीं कर सकता, क्योंकि वह मेरे देश के लिए ठीक नहीं है।' विनोबा भावे का यह वाक्य हिंदी का महत्व समझाने के लिए पर्याप्त है। महात्मा गाँधी की डेढ़ सौवीं जयंती आ रही है। पूज्य बापू ने कहा था कि भाषा के बगैर राष्ट्र गूँगा है। जिस दिन राष्ट्र, भाषा को गँवा देगा, उस दिन हमारी संस्कृति की अभिव्यक्ति दुनिया के लिए समाप्त हो जाएगी। सरदार पटेल, जिन्होंने देश को अखंड बनाया, 630 से ज्यादा रियासतों को जोड़ने का काम किया। आज भारत माता का जो स्वरूप हमारे सामने है, उसको बनाने में उनका बड़ा योगदान रहा है। उन्होंने कहा– देश को सशक्त तभी बना सकते हैं जब हिंदी को समग्र देश स्वीकार करे। इससे पता चलता है कि देश को एक रखने में हिंदी कितना महत्व का था।

डॉक्टर लोहिया, जिन्होने एक अलग विचारधारा देने का प्रयास किया। समाज के पिछड़े वर्गों के सशक्तिकरण के लिए, उनको उनके अधिकार दिलाने के लिए, अपना पूरा जीवन खर्च किया। उन लोहिया साहब ने भी कहा कि हिंदी के बिना लोकराज संभव नहीं है, क्योंकि शासन की भाषा वही होनी चाहिए कि शासन जिसके लिए हो वो उसे समझ लें। लोकतंत्र में शासन लोगों के लिए होता है। अगर शासन की भाषा लोग ही नहीं समझ सकते हैं तो लोकतंत्र का कोई मतलब नहीं है। लोहिया जी जैसे चिंतक ने हिंदी के लिए जो कहा है, हम सब के लिए यह बहुत महत्वपूर्ण है। पुरुषोत्तम दास टंडन, जिन्होंने न केवल संविधान सभा में, बल्कि सार्वजनिक जीवन की शुचिताओं को बनाने के लिए भी बहुत महत्वपूर्ण योगदान दिया है। सार्वजनिक जीवन का कार्यकर्ता कैसा होना चाहिए, टंडन जी ने बहुत अच्छे से व्याख्यायित किया था। हमारे संविधान की हर डिबेट में टंडन जी का योगदान है। उन्होंने भी कहा था कि राजभाषा ही राष्ट्र का जीवन है। राजभाषा के बगैर राष्ट्र का जीवन कभी हो ही नहीं सकता।

बहुत लंबे कालखंड तक भाषा को लेकर एक क्षोभ, एक संकोच, एक लघुता ग्रंथि देश के अंदर पनपती, बढ़ती और पलती रही। लेकिन जब 1977 में अटल बिहारी वाजपेयी इस देश के विदेश मंत्री बने और संयुक्त राष्ट्र जनरल असेंबली में उनको भाषण करने का मौका मिला तो पहली बार भारत के विदेश मंत्री ने संयुक्त राष्ट्र संघ में हिंदी में भाषण देकर हिंदी को वैश्विक मंच देने का काम किया। इस भाषण से हिंदी बोलने, समझने और हिंदी के प्रति अपना प्रेम रखने वालों को हीनता बोध से बाहर निकालने का काम अटल जी ने किया। उन्होंने अपनी भाषा के गौरव को दुनिया के सामने रखा।

सुषमा जी ने भी विदेश मंत्री रहते संयुक्त राष्ट्र में हिंदी समाचार बुलेटिन शुरू कराने का आग्रह किया और इसमे उन्हें सफलता भी मिली। उन्होंने संयुक्त राष्ट्र को हिंदी में अपना ट्विटर अकाउंट खोलने के लिए मजबूर किया। उन्होंने कहा कि दुनिया के 20 प्रतिशत लोग हिंदी बोलते, पढ़ते और जानते हैं, इसलिए अगर यूएन को इन 20 प्रतिशत लोगों के पास पहुँचना है तो अपना संदेश, अपने सभी क्रियाकलाप, हिंदी में अपने ट्विटर अकाउंट के माध्यम से रखने चाहिए। आज हम सबको आनंद है कि यूएन ने

इस बात को स्वीकारा है। हमारे प्रधानमंत्री जी भी विदेश में जहाँ-जहाँ मूल भारतीयों को मिले, हर जगह उन्होंने हिंदी में भाषण देकर डंके की चोट पर वैश्विक मंच पर हिंदी को पहुँचाने का काम किया। यूएन की जनरल असेंबली को जब उन्होंने संबोधित किया तब भी धाराप्रवाह हिंदी में अपना भाषण देकर दुनिया को हिंदी का परिचय देने का काम किया। इतने सालों से दावोस आर्थिक परिषद चलती है, लेकिन अंग्रेजी के अलावा अपनी भाषा में बोलने वाले पहले राष्ट्राध्यक्ष बनने का सम्मान श्री नरेन्द्र मोदी को मिला। मेरा सब को आग्रह है कि दावोस के अंतरराष्ट्रीय आर्थिक परिषद में नरेन्द्र मोदी जी का हिंदी भाषण सब को सुनना चाहिए। भारत के आर्थिक चिंतन को उन्होंने अपनी भाषा में बहुत ही सुंदर रूप में दुनिया के सामने रखा। किसी को थोड़ा सा भी नीचे दिखाए बगैर अपने आप को कितनी ऊँचाई तक ले जा सकते हैं, उसका उदाहरण हिंदी में दिए उस भाषण में है। उन्होंने विश्व को समझाया कि हमारा चिंतन चाहे वह अर्थव्यवस्था के बारे में हो, चाहे संस्कृति के बारे में हो, चाहे भाषाओं के बारे में हो, वह मूल चिंतन है। हमारे पास दुनिया को देने के लिए बहुत कुछ है, यह बताने का प्रयास गौरव के साथ हमारे प्रधानमंत्री जी ने किया।

यहाँ बहुत सारे सचिव बैठे हैं। मैं गृह मंत्रालय में काम करता हूँ, गृहमंत्री हूँ। मेरे मंत्री बनने के बाद 10 दिन तक एक भी फाइल हिंदी में नोटिंग करने वाली नहीं आई। आज कम से कम 60 प्रतिशत फाइल बनाने वाले हिंदी में नोट बनाते हैं। अगर यह बदलाव हर विभाग और हर व्यक्ति करे तो मुझे लगता है कि हिंदी को बढ़ाने में हम सब सफल होंगे।

स्वतंत्रता संग्राम से लेकर हमारे पौराणिक दर्शन, हमारी संस्कृति, हमारे सांस्कृतिक प्रवाह, हमारे इतिहास और हमारे साहित्य को जिंदा रखने के लिए जरूरी है कि हम अपनी भाषाओं को, भारतीय भाषाओं को, बल दें। एक भारतीय भाषा ऐसी बनाएँ जो कम से कम पूरा देश जानता हो। मैं अभी-अभी उत्तर पूर्व के राज्य से आया हूँ। मुझे बहुत खुशी हुई जब मैंने उत्तर पूर्व विकास काउंसिल की मीटिंग में यह सुना कि उत्तर पूर्व राज्यों के अंदर हिंदी सीखने के लिए सभी ने प्राइवेट ट्यूशन रखना शुरू कर दिया है। हमने यह तय किया है कि उत्तर पूर्व के हर राज्य में केन्द्र के आग्रह पर हर बच्चे को हिंदी सिखाई जाएगी। लिखने-पढ़ने के साथ-साथ हिंदी बोलना भी सिखाया जाएगा। पूरा उत्तर पूर्व आज हिंदी को स्वीकारने को तैयार है।

हिंदी के पुनर्जागरण के लिए ढेर सारे लोगों ने विशेष प्रयास किया है। आचार्य केशव चन्द्र, राजाराममोहन राय, महर्षि दयानंद सरस्वती, लोकमान्य तिलक, सुब्रमण्यम भारतीय, भारतेंदु हरिश्चंद्र, आचार्य महावीर प्रसाद द्विवेदी, बाबू श्याम सुन्दर दास, लाला भगवानदीन, महादेवी वर्मा, जयशंकर प्रसाद, सूर्यकांत त्रिपाठी 'निराला,' सुमित्रा नंदन पंत, हरिवंश राय बच्चन जैसे ढेर सारे लोगों ने हिंदी को बल दिया है। नीरज जी जैसे लोगों ने हिंदी सिनेमा में भी शुद्ध हिंदी का आग्रह रखते हुए, शुद्ध भाषा में लिखकर,

एक संदेश देने का प्रयास किया है। नीरज जी की कविताएँ देखियेगा, कहीं पर किसी प्रकार का घाल-मेल इसमें दिखाई नहीं देगा।

आज किसी हिंदी क्षेत्र में जन्मे और हिंदी माध्यम से पढ़े बच्चे को भी खड़ा करके कह दीजिये कि 40 मिनट तक एक भी अंग्रेजी का शब्द प्रयोग किये बगैर हिंदी भाषा में धारा प्रवाह भाषण देना है या बोलना है, तो वह नहीं बोल सकेगा। यहाँ जो हिंदी प्रेमी बैठे हैं, उनमें से भी कोई नहीं बोल पायेगा, इतना प्रभाव आप पर अंग्रेजी का बन गया है। मैं तो शिक्षाविदों को कहना चाहूँगा कि ऐसी वक्तृत्व स्पर्धा का आयोजन करें, जिसमें बच्चों को केवल और केवल हिंदी में बोलना हो और जो हिंदी भाषा के अलावा एक भी शब्द प्रयोग नहीं करेगा, उसको प्रथम एक स्थान दिया जाएगा। इतने आग्रह के साथ हिंदी की दिशा में हमें आगे बढ़ना चाहिए और नई दिशा देनी चाहिए।

कई नेताओं ने हिंदी के लिए बहुत कुछ कहा है, परन्तु मैं इसमें जाना नहीं चाहता। हिंदी के क्षेत्र में कई काम बाकी हैं। कानून, न्याय, औषधि, विज्ञान जैसे सभी क्षेत्रों में हिंदी को पहुँचाना जरूरी है। मगर लड़ाई यहाँ तक आई है, तो यह जंग भी जरूर जीतेंगे, इसका मुझे भरोसा है। मैं आप लोगों को इतना विश्वास जरूर दिलाता हूँ कि 2024 में जब हम फिर से चुनाव में जाएँगे तब तक हिंदी बहुत बड़ा मुकाम हासिल करके सम्मान के साथ खड़ी होगी। यह राजभाषा विभाग का दायित्व है और इस दायित्व के निर्वहन में हमारे सचिव से लेकर सभी राजभाषा विभाग कर्मी दृढ़ निश्चय से कटिबद्ध हैं। हम हिंदी को सभी क्षेत्रों में पहुँचाने का प्रयास करेंगे और हिंदी को बढ़ाने का मतलब यह कभी नहीं हो सकता कि किसी अन्य भाषा से द्वेष करके हिंदी को बढ़ावा दिया जाएगा। आज तक हिंदी सह अस्तित्व में ही बढ़ी है, आगे भी हिंदी सह अस्तित्व में ही बढ़ेगी। देश की सभी भाषाओं का सम्मान करते हुए हम हिंदी को सर्वप्रथम और सर्वस्वरूप भाषा बनाने की दिशा में आगे बढ़ेंगे।

आज हिंदी दिवस के कार्यक्रम में आप सभी इतनी बड़ी संख्या में उपस्थित हुए हैं। बहुत सारे पत्रकार बंधु भी आये हैं। छायाकार बंधु भी आये हैं। मैं सभी का हृदय से धन्यवाद करता हूँ। इस मौके पर एक कवि सम्मेलन भी आयोजित है। मैं भी पूरा समय उसमें रहने वाला हूँ। आप भी कवि सम्मेलन में रहिए, ऐसा मेरा आग्रह है। काफी सारे कवि अपनी रचनाएँ लेकर हमारे सामने आये हैं। उनकी हौसला अफजाई, उनके उत्साह को बढ़ाना हमारा कर्तव्य भी और दायित्व भी।

वंदे मातरम्।

अपनी भाषा अपना देश

गृहमंत्री अमित शाह द्वारा 'अखिल भारतीय राजभाषा सम्मेलन' में दिए गए इस भाषण में राजभाषा हिंदी सहित सभी भारतीय भाषाओं के विकास और विस्तार की व्यापक दृष्टि है। किसी भी देश के विकास में उसकी अपनी भाषा का क्या महत्व होता है, इसका समुचित उल्लेख इस भाषण में शाह ने किया है। मोदी सरकार के शासन में भारतीय भाषाओं के विकास के लिए उठाए गए कदमों की जानकारी भी इस भाषण में मिलती है, लेकिन साथ ही शाह का जोर इस बात पर रहा है कि बिना जनभागीदारी के, केवल सरकारी स्तर पर राजभाषा व अन्य भारतीय भाषाओं का विकास नहीं हो सकता।

मंच पर उपस्थित उत्तर प्रदेश शासन के मुख्यमंत्री योगी आदित्यनाथ जी; मेरे विशेष आग्रह पर समय निकालकर न केवल इस सत्र में बल्कि इसके बाद भी कुछ सत्रों की अध्यक्षता करने वाले राज्यसभा के उपसभापति श्रीमान हरिवंश जी; अध्यक्ष उत्तर प्रदेश विधानसभा श्री हृदयनारायण दीक्षित जी; गृह राज्यमंत्री श्री नित्यानंद राय जी; जिनके जिम्मे गृह विभाग में राजभाषा का दायित्व है ऐसे मेरे साथी उत्तर प्रदेश के नेता अजय कुमार मिश्र जी; श्री नीशिथ प्रमाणिक जी; पूर्व राज्यपाल तथा वरिष्ठ अधिवक्ता जिन्होंने हिंदी के लिए बहुत कुछ किया है, ऐसे केशरीनाथ त्रिपाठी जी; सचिव राजभाषा विभाग, संयुक्त सचिव राजभाषा विभाग और यहाँ के सांसद के रूप में उपस्थित केंद्रीय मंत्री महेन्द्र नाथ पाण्डेय जी सहित देशभर से आए हुए समस्त हिंदी प्रेमियों का बाबा विश्वनाथ की नगरी में मैं स्वागत करता हूँ।

मेरे लिए हर्ष का विषय है कि आजादी के अमृत महोत्सव के वर्ष में पहली बार राजभाषा का सम्मेलन राजधानी के बाहर लाने में हमें सफलता मिली है। कोई भी सरकारी परिपत्र, अधिसूचना जब तक लोग योग्य नहीं होते हैं तब तक जनांदोलन में

---

*13 नवंबर, 2021 को वाराणसी में आयोजित 'अखिल भारतीय राजभाषा सम्मेलन' में केंद्रीय गृहमंत्री श्री अमित शाह का संबोधन

परिवर्तित नहीं हो पाते हैं। ये राजभाषा को गति देने का जो जरिया है, अखिल भारतीय राजभाषा सम्मेलन, उसको दिल्ली के बाहर निकालने का निर्णय 2019 में ही कर लिया गया था, मगर दो साल कोरोना काल रहा, इसलिए हम नहीं कर पाए। आज मुझे आनंद है कि ईश्वर-कृपा से ये नई शुभ शुरुआत उस वर्ष होने जा रही है जो हमारा आजादी का अमृत महोत्सव वर्ष है। देश के प्रधानमंत्री मोदी जी ने कहा है कि अमृत महोत्सव हमें आजादी दिलाने के लिए हमारे पुरखों ने जो यातनाएँ सहन कीं, सर्वोच्च बलिदान दिए, संघर्ष किया, उसको स्मृति में फिर से जीवंत करके युवा पीढ़ी को प्रेरणा देने का मौका तो है ही, साथ ही यह संकल्प का वर्ष भी है। इसी वर्ष में 130 करोड़ भारतीयों को तय करना है कि जब आजादी के 100 साल होंगे तब भारत कैसा होगा। दुनिया में भारत का स्थान कहाँ होगा। चाहे शिक्षा की बात हो, चाहे संस्कार की बात हो, चाहे सुरक्षा की बात हो, चाहे आर्थिक उन्नति की बात हो, चाहे उत्पादन बढ़ाने की बात हो, हरेक क्षेत्र में भारत कहाँ खड़ा होगा इसका संकल्प लेने का ये वर्ष है। 75वें साल से 100 साल तक का काल अमृत-काल रहेगा और ये अमृत-काल हमारे सभी लक्ष्यों की सिद्धि का माध्यम बनेगा।

मैं इस अखिल भारतीय राजभाषा सम्मेलन में कहने आया हूँ कि हम सब हिंदी प्रेमियों के लिए भी ये संकल्प का वर्ष होना चाहिए। जब 100 साल आजादी के हों तब इस देश में राजभाषा और हमारी सभी स्थानीय भाषाएँ इतनी बुलंद हों कि किसी भी विदेशी भाषा का सहयोग लेने की जरूरत ना पड़े। ये काम आजादी के तुरंत बाद होना चाहिए था क्योंकि हमारी आजादी के तीन स्तंभ थे। गाँधी जी ने जिसको लोक आन्दोलन में परिवर्तित किया उसके तीन टर्म थे - *स्वराज, स्वदेशी और स्वभाषा।* हमें स्वराज तो मिल गया, लेकिन स्वदेश भी पीछे छूट गया और स्वभाषा भी पीछे छूट गयी। 2014 के बाद मोदी जी ने पहली बार मेक इन इंडिया की बात की और अब पहली बार स्वदेश की बात करके स्वदेशी को फिर से हमारा लक्ष्य बनाने के लिए आगे आए हैं। आजादी के अमृत महोत्सव के तहत मैं देशभर के सभी लोगों का आह्वान करना चाहता हूँ कि एक और लक्ष्य छूट गया था स्वभाषा का, उसको हम फिर से एक बार स्मरण करें और आपके जीवन का हिस्सा बनाएँ। देशभर के हिंदी प्रेमी यहाँ आए हैं, बहुत प्रयास हो रहा है स्थानीय और हिंदी भाषा के बीच, जिसे मैं बहुत मन से मानता हूँ। मेरी भी मातृभाषा हिंदी नहीं है। मैं खुद गुजरात से आता हूँ। मेरी मातृभाषा गुजराती है। मुझे गुजराती बोलने में कोई परहेज नहीं है, मगर गुजराती जितना ही प्यार बल्कि थोड़ा अधिक प्यार हिंदी को करता हूँ। हिंदी और हमारी स्थानीय भाषाओं के बीच कोई अंतर्विरोध नहीं है। हिंदी सभी स्थानीय भाषाओं की सहेली है, सखी है और सखियों के बीच में कभी अंतर नहीं होता है। राजभाषा का विकास तभी हो सकता है जब स्थानीय भाषाओं का विकास होगा, स्थानीय भाषाओं का विकास तभी हो सकता है जब राजभाषा देशभर के अंदर मजबूत होगी। ये दोनों एक दूसरे के पूरक हैं। इनके बीच में

कोई अंतर नहीं है। राजभाषा विभाग का काम है कि स्थानीय भाषाओं को मजबूत करें। देश की जनता का लक्ष्य होना चाहिए कि हमें राजभाषा को आगे बढ़ाना है।

मेरे लिए आनंद का एक और विषय है कि जब हमने इस राजभाषा सम्मेलन को दिल्ली से बाहर निकालने का निर्णय किया तो यह पहला ही सम्मेलन काशी में हुआ। विश्व की सबसे पुरानी नगरी, बाबा विश्वनाथ का धाम, यहाँ माँ गंगा का सान्निध्य है और हमेशा से माँ सरस्वती की उपासना करने वालों पर इसका प्रभाव रहा है। भाषा की उपासना करने वालों के लिए काशी हमेशा गंतव्य स्थान रहा है कि काशी जाएँगे, विद्या प्राप्त करेंगे और खुद का समाधान करेंगे। हम आज आजादी के अमृत महोत्सव में यह संकल्प लेने के लिए यहाँ हैं कि आजादी के अमृत-काल के जब 100 वर्ष होंगे तो हम 100 भाषा का लक्ष्य पूर्ण कर लेंगे।

काशी एक सांस्कृतिक स्थल है। देश के इतिहास से काशी को अलग करके देखेंगे तो देख ही नहीं पाएंगे। चाहे रामायण काल हो, महाभारत काल हो, चाहे उसके बाद का देश का गौरवमयी इतिहास हो, चाहे आजादी का आन्दोलन हो, इन सबमें काशी का महत्वपूर्ण स्थान है। देश को विकास की दिशा और दुनिया में सबसे सम्मानित जगह पर ले जाने वाले प्रधानमंत्री आज काशी से सांसद हैं। काशी को देश के इतिहास से अलग करके हम नहीं देख सकते हैं और जहाँ तक भाषा का सवाल है, काशी भाषा का गोमुख है। भाषाओं का उद्‌भव, भाषाओं का शुद्धीकरण, व्याकरण की संरचना सब यहीं हुए है। भाषा व्याकरण को लोकभोगी बनाने में काशी का बहुत बड़ा योगदान है, इसलिए इस सम्मेलन का भी बहुत बड़ा महत्व है।

आज हम जो हिंदी बोल रहे हैं, लिख रहे हैं, उसका जन्म यहीं काशी में हुआ है। भारतेंदु बाबू को कौन भूल सकता है! उन्होंने ही बनारस से ही खड़ी बोली का क्रमवार विकास किया। आज जैसी समृद्ध भाषा के रूप में हिंदी खड़ी है, उसकी यात्रा को मैं प्रणाम करता हूँ और वह हमारे लिए प्रेरणा का स्त्रोत है। 19वीं सदी के अंतिम दो दशक में देश के इतिहास को देखें तो वह घटना समानांतर रूप से देशभर में देखी गई। 1893 में आर्य समाज के अंदर एक आन्दोलन चला। भाषा और पश्चिम शिक्षा के मुद्दे पर मतभेद हुआ और उस वक्त शिक्षा का माध्यम क्या हो, शिक्षा की भाषा क्या हो, इस पर पहली बार चर्चा हुई। 1868 में पहली बार यहाँ पर कुछ ब्राह्मण विद्वानों ने यह मुद्दा उठाया था और माँग की थी कि शिक्षा की भाषा हिंदी होनी चाहिए। इस माँग को तत्कालीन लेफ्टिनेंट गवर्नर ने मान लिया और नौकरी में जो अभिजात्य तरीके से उर्दू भाषा को प्राथमिकता दी जाती थी उसकी जगह हिंदी को राजभाषा बनाने की दिशा में पहला कदम उसी वक्त उठाया गया।

हिंदी भाषा का उन्नयन, उसका कोष और व्याकरण कैसा बने, इसकी शुरुआत भी 1893 में काशी नागरी प्रचारिणी सभा के स्थापना के साथ ही हुई थी ताकि हिंदी का शब्दकोष बने, इसका उन्नयन हो और उसके व्याकरण से बने। हिंदी का पहला व्याकरण

कामता प्रसाद गुरू ने इसी शहर में लिखा और उसको आगे बढ़ाया। हिंदी का पहला शब्दकोष 'हिंदी-शब्द-सागर' इसी बनारस में बना फिर उसको अनेक विद्वानजन आगे बढ़ाते गए। हिंदी भाषा और साहित्य का पहला संगठित इतिहास पंडित रामचंद्र शुक्ल नें काशी में ही लिखा। हिंदी भाषा की पहली कहानियों में एक कहानी 'राजाभोज का सपना' शिव प्रसाद सितारेहिन्द नें यहीं पर लिखी थी। पहली हिंदी पत्रिका हरिश्चंद्र मैगजीन और हरिश्चंद्र चंद्रिका भी यहीं से छपी हुई थी। कविताओं की पहली पत्रिका 'कवि वचन सुधा', महिलाओं की पहली पत्रिका 'बाल बोधिनी' यहीं शुरू हुए। पहला पारसी थियेटर आगा हश्र कश्मीरी ने यहीं लिखा।

भाषा तो बन गई, साहित्य रचा जाने लगा, मगर हिंदी की पढ़ाई कैसी हो इसका पाठ्यक्रम कैसा हो, इस बात की चिंता भी पंडित मदन मोहन मालवीय ने यहीं हमारे हिंदू विश्वविद्यालय के अंदर की थी। फिर लाला भगवानदीन और बाबू श्यामसुंदर दास के नेतृत्व में हिंदी का पहला पाठ्यक्रम बनाने का काम मालवीय जी के तत्वावधान में शुरू हुआ और उसको तुरंत देशभर के सभी विश्वविद्यालयों ने स्वीकार किया। बात भाषा की हो तो आप तुलसीदास को कैसे भूल सकते हैं! योगी जी ने इसका बहुत अच्छे तरीके से उल्लेख किया है। मैं इतना ही कहना चाहता हूँ कि तुलसीदास ने अवधी में रामचरितमानस ना लिखा होता तो शायद रामायण आज विलुप्त हो गयी होती। मानव जीवन को उन्नत बनाने की कथा कोई भी नकारात्मक पहलू रखे बगैर उन्होंने यहीं लिखी है। आदर्श पति कैसा होता है, रामायण में ढूँढ सकते हैं; आदर्श पिता कैसा होता है, रामायण मे ढूँढ सकते हैं; आदर्श भाई कैसा होता है, रामायण मे ढूँढ सकते हैं; आदर्श पत्नी कैसी होती है, रामायण में ढूँढ सकते हैं; आदर्श शासन कैसा होता है, रामायण मे ढूँढ सकते हैं और आदर्श शत्रु कैसा हो सकता है, वह भी रामायण में ढूँढ सकते हैं। रावण जो मरण शैय्या पर पड़ा है, प्रभु श्रीराम लक्ष्मण को उसके पास भेजते हैं कि रावण विद्वान है, उसके पास ढेर सारा ज्ञान है, उसने सोने की लंका बनाई है उसके बाद ये विद्या लुप्त ना हो जाए, इसलिए जाकर सीख लो और किसी झिझक के बगैर रावण ने लक्ष्मण को शासन के पाठ भी सिखाए।

रामायण नामक इस ग्रंथ को तुलसीदास ने यहीं आगे बढ़ाने का काम किया है और यहीं से अवधी और जितनी भी हिंदी की बोलियाँ है उसको लोकप्रिय बनाने की शुरुआत हुई। अनके हिंदी विद्वान जयशंकर प्रसाद, मुंशी प्रेमचंद, श्याम सुंदर दास, आचार्य हजारी प्रसाद द्विवेदी सभी ने यहीं पर हिंदी को आगे बढ़ाने का काम किया। इसलिए आजादी के अमृत महोत्सव में हिंदी को मजबूत करने उसे घर-घर पहुँचाने, अपनी स्वभाषाओं को मजबूत बनाकर उसे राजभाषा के साथ जोड़ने का जो अभियान शुरु होने जा रहा है, उसके लिए काशी से उचित स्थान कोई दूसरा हो ही नहीं सकता। ये बहुत अच्छा हुआ है कि आज देशभर के हिंदी के विद्वान यहाँ उपस्थित हैं।

हिंदी भाषा के लिए बहुत विवाद खड़ा करने का प्रयास किया गया लेकिन वह

समय अब समाप्त हो गया है। मैं बचपन से देखता था कि अंग्रेजी नहीं बोल सकते तो हीन भावना बच्चों में बन जाती है। मैं आपको दावे से कहता हूँ कि कुछ समय के बाद ऐसा समय आएगा कि मैं अपनी भाषा में नहीं बोल सकता इसलिए लघुता ग्रंथि बनेगी। क्योंकि देश के प्रधानमंत्री जी ने अपने भाषा गौरव को दुनियाभर के अंदर प्रस्थापित किया है। शायद ही कोई प्रधानमंत्री होगा जिनको वैश्विक मंच पर इतना सम्मान मिला हो, जितना मोदी जी को मिला है। समूची दुनिया में मोदी जी ने भारत की बात अपनी राजभाषा में रखकर राजभाषा का गौरव बढ़ाया है। जो देश अपनी भाषा को खो देता है, वह कालखंड में अपनी संस्कृति और अपना मौलिक चिंतन भी खो देता है और जो देश अपना मौलिक चिंतन खो देता है, वह दुनिया को आगे बढ़ाने में योगदान नहीं कर सकता। इसलिए हमारे लिए बहुत महत्वपूर्ण है कि अपनी भाषाओं को संभाल कर रखें। मैं कई सारे लोगों से मिलता हूँ और पूछता हूँ कि आपकी पहली भाषा कौन सी थी और उस भाषा का हाल क्या है आजकल? लोग शर्म के मारे सर झुका देते हैं। मैं चाहता हूँ कि 100 साल के बाद किसी भारतीय का सर शर्म के मारे ना झुके, हमारी भाषा चिरंजीव बने और आगे बढ़े।

भाषा सामाजिक जीवन को आगे बढ़ाने, संस्कृति के प्रवाह को आगे बढ़ाने और संस्कृति के ज्ञान को दुनियाभर में फैलाने का महत्वपूर्ण उपकरण है और इसलिए हमारी भाषा में अक्षर शब्द का प्रयोग हुआ है। इसको अगर एक बार तोड़ कर देखेंगे तो मतलब होता है, जिसका कभी क्षरण नहीं होता। हमारी संस्कृति के अंदर भाषा का इतना सम्मान किया गया है! महर्षि पतंजलि, भर्तृहरि और पाणिनी ने भाषाओं के लिए अनेक प्रकार की विद्याओं को जन्म दिया और वह विद्याएँ लुप्त नहीं हुई हैं, कुछ लोग उसको लेकर आगे बढ़ रहे हैं। मुझे भरोसा है कि देश की जनता आजादी के अमृत काल में मन बना ले, हमारे देश का व्यवहार, हमारे देश की बोल-चाल, हमारे देश का पत्राचार, हमारे देश का शासन स्वभाषा में चलने लगे तो महर्षि पाणिनी और पतंजलि जो देकर गए हैं वह पुनर्जीवित हो जाएगा। मैं इस सम्मेलन के माध्यम से देश के अभिभावकों से अपील करने आया हूँ कि आप अपने बच्चों के साथ अपनी भाषा में बात करें। बच्चे चाहें किसी माध्यम में पढ़ते हों, घर के अंदर अपनी भाषा में बात करें, उनका आत्मविश्वास जगाएँ, अपनी भाषा बोलने की झिझक को उनके मन से निकालें। इससे भाषा का तो भला होगा ही उससे ज्यादा भला आपके बच्चे का होगा, क्योंकि मौलिक चिंतन स्वभाषा से ही आ सकता है। दूसरी भाषा रटे-रटाए ज्ञान तो दे सकती है, लेकिन ज्ञान को अर्जित करना है तो उसको आगे बढ़ाने की जो यात्रा है वह मौलिक चिंतन से ही हो सकती है और मौलिक चिंतन स्वभाषा से ही आ सकता है। अगर आपने अपने बच्चों के मौलिक चिंतन को समाप्त कर दिया तो वह देने वाला नहीं बनेगा, सिर्फ लेने वाला बनेगा और मेरा बच्चा दुनिया को देने वाला बने, दुनिया वालों से लेने वाला नहीं। इसलिए हमारी स्वभाषा को मजबूत करना बहुत जरूरी है।

दुनिया में लगभग 6000 भाषाएँ बोली जाती हैं, लेकिन मैं मानता हूँ कि भाषाओं के बारे में हमारे देश पर ईश्वर की कृपा है कि जो सबसे ज्यादा बोली जाने वाली और लिपिबद्ध भाषा है, वह भारत देश में ही है। हजारों साल का इतिहास, हजारों साल की संस्कृति का धारा प्रवाह इसमें समाहित है। उसको आगे बढ़ाना है। भाषा जितनी सशक्त होगी, समृद्ध होगी उतनी ही संस्कृति, सभ्यता विस्तृत होगी। उतनी चिरंजीव होगी। अगर हम संस्कृति को संभाल कर रखना चाहते हैं, आगे ले जाना चाहते हैं तो हमारी भाषाओं को मजबूत करना पड़ेगा। मैं फिर से एक बार अपनी भाषा से जुड़ाव, अपनी भाषा से लगाव और उपयोग के लिए युवाओं का आह्वान करना चाहता हूँ कि अपनी भाषा को लेकर कभी भी शर्म मत रखो, ये गौरव का विषय है। मैं हिंदी में भाषण कर रहा हूँ। कोई बात गुजराती में आ सकती है और देशभर से आए सारे लोगों को समझ में आ जाएगी क्योंकि हमारी हरेक भाषा एक दूसरे से जुड़ी हुई है।

आज फिर से कहना चाहता हूँ कि हमारा पूरा बल होना चाहिए कि ये जो अपनी भाषा के प्रति लघुता ग्रन्थि अंग्रेजी के कारण पैदा हुई है, उसे समाप्त करना है। उसको युवाओं के मन से निकालना पड़ेगा और घबराहट की जगह गौरव की अनुभूति हो इस प्रकार के वातावरण की निर्मिति करनी है। किसी भी मंच पर आप अपनी भाषा में मौलिक विचारों को रखें। वह जमाना गया, जब इसमें घबराहट होती थी। मैं बताता हूँ कि अब मोदी जी के शासनकाल में नया जमाना शुरू हो चुका है, जब घबराहट नहीं गौरव होता है। ये बहुत बड़ी उपलब्धि है। स्वभाषा ही अभिव्यक्ति को सुनिश्चित करती है, स्वभाषा ही चिंतन को गति देती है और स्वभाषा ही नए परिणामों की दिशा में सोचने के लिए होती है। स्वभाषा व्यक्ति के विकास के लिए बहुत महत्वपूर्ण है।

आत्मसम्मान अगर खड़ा करना है तो हमें राजभाषा और स्वभाषा दोनों को साथ लेकर चलना पड़ेगा। मोदी जी के नेतृत्व में जो नई शिक्षा नीति बनी है, इसका एक प्रमुख स्तंभ है कि भारतीय भाषाओं तथा राजभाषा दोनों का संरक्षण और संवर्धन हो। शिक्षा का मूल आधार सोचना है। शिक्षा का मूल आधार स्मरण है। लिखाई-पढ़ाई होती रहती है। एक जमाने में हमारे यहाँ श्रुति को महत्व देते थे। मगर सोचना और स्मरण करना दोनों चीजें स्वभाषा में जितने अच्छे तरीके से होती हैं, वह किसी और भाषा में नहीं हो सकती है। मैं आप सभी से आग्रह करना चाहता हूँ कि मोदी जी के नेतृत्व में जो नई शिक्षा नीति बनी है, इसका अध्ययन कीजिए। स्वभाषा, राजभाषा पर बहुत बल दिया गया है और मोदी जी के नेतृत्व में अनेक प्रकार के अभ्यास हुए हैं। इंजीनियरिंग का हो या मेडिकल का हो, इन सभी के पाठ्यक्रमों के अनुवाद अलग-अलग आठ भाषाओं में शुरू हो चुके हैं। इसकी पढ़ाई-लिखाई जिस दिन अपनी भाषा में होगी, अनुसंधान में हमारा देश सबसे ऊपर होगा, क्योंकि अनुसंधान अपनी भाषा में ही सबसे अच्छा हो सकता है। मेरा देश पिछड़ इसलिए गया क्योंकि पढ़ाई-लिखाई और अनुसंधान के विषय हमारी भाषाओं में नहीं होते हैं। मोदी जी ने ये परिवर्तन किया

है। वह परिवर्तन आने वाले दिनों में भारत के भविष्य को बदलने वाला परिवर्तन होने वाला है, इसका मुझे विश्वास है।

मैं तुलसी सभागार के अंदर बैठे सभी से अनुरोध करना चाहता हूँ कि नई शिक्षा नीति का जो मुख्य बिन्दु है अपनी भाषाओं को मजबूत करने का, देशभर में इसके स्वागत के लिए वातावरण की निर्मिति करें। जब तक देश के प्रशासन और नौकरशाही की भाषा देश की नहीं होती, लोकतंत्र सफल ही नहीं हो सकता। प्रशासन की भाषा ऐसी हो जो पाँच-सात प्रतिशत लोग ही समझ सकते हों तो लोकतंत्र कैसे सफल हो सकता है। लोकतंत्र तभी सफल हो सकता है जब प्रशासन की भाषा, स्वभाषा और राजभाषा हो। मैं बड़े गौरव के साथ आपलोगों के सामने कहना चाहता हूँ कि आज गृह मंत्रालय में एक भी फाइल ऐसी नहीं है जो अंग्रेजी में लिखी जाती है या पढ़ी जाती है। सब कुछ पूर्णतया राजभाषा में कर दिया है। बहुत सारे विभाग भी इस दिशा में आगे बढ़ रहे हैं और मुझे भरोसा है कि शासन तभी लोकभोगी हो सकता है जब आमजन की भाषा में चले। आप कोई भी अध्यादेश/परिपत्र निकाल लो अगर देश की जनता उसे पढ़ नहीं सकती, तो उसको स्वीकार कैसे कर सकती है। ये स्वभाषा व राजभाषा को अपनाने का परिवर्तन मोदी जी के नेतृत्व में आ रहा है।

अमृत काल के अंदर हमें कुछ लक्ष्य तय करने होंगे कि इस देश के शिक्षा और प्रशासन की भाषा स्थानीय और राजभाषा होनी चाहिए। इस देश की न्याय व्यवस्था, स्थानीय और राजभाषा में हो। इस देश की तकनीक की भाषा स्थानीय भाषा और राजभाषा हो। जनसंचार और मनोरंजन की भाषा भी स्थानीय और राजभाषा होनी चाहिए। अगर ये लक्ष्य तय करते हैं तो कोई संघर्ष करने की जरूरत नहीं है। ये उद्देश्य इतने बड़े हैं कि सिर्फ आत्मविश्वास के सामने लगते ही जनमानस उसको तुरंत स्वीकार कर लेगा, कोई संघर्ष नहीं होगा। राजभाषा के प्रचार के लिए किसी के साथ संघर्ष की जरूरत नहीं है। वह इसकी नियति है। इसका बढ़ना, इसकी नियति है। हमें उसमें दीपक का काम करना होगा। हमें इसको आगे ले जाने के वाहक का काम करना है।

देश की आजादी के इतिहास को अलग-अलग भाषाओं में, अलग-अलग राज्यों में, अलग-अलग तरह से पढ़ाया जाता है। मेरा सभी से आग्रह है कि इसका राजभाषा में अनुवाद करने की मुहीम चलानी चाहिए। गुजरात का इतिहास अगर गुजराती में है तो उत्तर प्रदेश का बच्चा कैसे पढ़ेगा? लेकिन अगर राजभाषा में है तो पढ़ पाएगा। उड़ीसा का अपना एक इतिहास है और सिर्फ उड़िया भाषा में है तो गुजरात का बच्चा कैसे पढ़ेगा? लेकिन अगर वह राजभाषा में होगा तो उसको पढ़ पाएगा। राष्ट्रीय एकात्मता की निर्मिति के लिए देश के कोने-कोने में बिखरी हुई घटनाओं को और इतिहास की पुस्तकों को राजभाषा में अनूदित किया जाए। राजभाषा विभाग ने तय किया है कि कार्यालयी कामकाज के लिए सुस्पष्ट शब्दकोष रखेंगे। अगर मैं कहूँ तो हिंदी के विद्वानों के गले यह नहीं उतरेगा कि हमें हिंदी को लचीला भी बनाना होगा। हिंदी की स्वीकृति

लानी है तो उसको लचीला भी बनाना होगा। वीर सावरकर इस देश में अनेक प्रकार के काम के लिए जाने जाते हैं। दुनियाभर में उनकी स्वीकृति है। उन्हें वीर सावरकर कहकर सम्मानित करते हैं।

आप लोगों के ध्यान में कम होगा कि सावरकर ने स्वभाषा और राजभाषा के लिए बहुत बड़े काम किए थे। ऐसे कई शब्द मैं जानता हूँ कि यदि सावरकर नहीं होते तो आज हम उनका मतलब नहीं समझ पाते और अंग्रेजी शब्द का ही प्रयोग करते रहते। जैसे पिक्चर देखते हैं तो लिखा होता है-*डायरेक्टर।* उन्होंने शब्द दिया- *निर्देशक,* आर्ट डायरेक्शन में उन्होंने शब्द दिया- *कला निर्देशक।* ऐसे कई सारे शब्द उनके दिए है। उन्होंने भी हिंदी को समृद्ध बनाने का प्रयास किया। अब समय आया है कि हिंदी को लचीला बनाएँ। अगर दूसरी भाषाओं के शब्द हिंदी में आते हैं तो परहेज ना रखे, कोई विदेशी भाषा का शब्द आता है तो परहेज ना रखें, उसका बोलने का माध्यम हिंदी, लिखने का माध्यम हिंदी, सोचने का माध्यम हिंदी हो, इतना ही करना है। हिंदी अपने आप रास्ता खोज लेगी। ये जो शब्दकोष राजभाषा विभाग तैयार कर रहा है, मुझे लगता है कि वह हिंदी को प्रशासन की भाषा बनाने में बहुत बड़ा योगदान देगा। इस सत्र में कई सारे विषय हैं, इसमें एक विषय भारतीय भाषाओं में पत्रकारिता का भी है और भारतीय भाषाओं के स्वतंत्रता संग्राम में योगदान का भी है।

ये दोनों बहुत बड़े विषय हैं। हमें इसे लोकोपयोगी बनाकर जन-जन तक पहुँचाना पड़ेगा। हम पर अंग्रेजी राजाश्रय से थोपी गई थी। ये इसलिए किया गया था क्योंकि वह विदेशी भाषा थी। हिंदी को थोपना नहीं है, हमारे प्रयासों से इसको स्वीकार्य बनाना है। शासन तो अपने स्तर पर करेगा। मोदी जी के जितने भाषण सुनेंगे हिंदी में होंगे। अब शासन के अंदर भी हिंदी भाषा प्रयोग में आने लगी है परंतु इससे कुछ नहीं होगा, जब तक जनमानस के अंदर अपने-अपने राज्य की भाषा और राजभाषा का एक प्रकार का वातावरण नहीं बनाएंगे। मैं आप सभी से कहना चाहता हूँ कि हिंदी के शब्दकोष को और भी समृद्ध करने की जरूरत है। यहाँ बहुत सारे विद्वानजन बैठे हैं। मेरा आपसे अनुरोध है कि हमें इसके लिए काम करना चाहिए। समय आ गया है कि इसको नए सिरे से देखा जाए। अगर मुझसे संपर्क करेगें तो मैं इसके लिए समय जरूर दूँगा। सरकार मदद करेगी और योगी जी भी मदद करेंगे। हिंदी के शब्दकोष को मजबूत करना चाहिए, विस्तृत करना चाहिए, इसकी सीमाओं को बढ़ा देना चाहिए। इसे परिपूर्ण भाषा बनाने के लिए कुछ विद्वत्तजनों को काम करना पड़ेगा। बहुत समय हो गया है हिंदी के शब्दकोष पर नजर डाले। अगर इस पर अब नहीं सोचेंगे तो काल अपना काम करेगा। क्योंकि भाषा तो नदी जैसी है, बहती रहती है। भाषा में नई चीजों को जोड़ने के लिए भी हमारे विद्वत्तजन आगे आएँ, इसके लिए मैं सभी का आह्वान करना चाहता हूँ। ये दो दिन का जो सम्मेलन रखा गया है, दो दिन के सम्मेलन के अंदर ढेर सारे विषय चर्चा में लाए जाएँगे। एक, स्वतंत्र भारत में हिंदी संपर्क की भाषा है; मीडिया में हिंदी का प्रभाव और योगदान; राजभाषा

के रूप में हिंदी की विकास यात्रा और योगदान के इतिहास पर भी चर्चा होने वाली है। वैश्विक संदर्भ में हिंदी के सामने चुनौतियाँ, इस विषय पर भी चर्चा होने वाली है; भाषा चिंतन की भारतीय परम्परा और संस्कृति के निर्माण पर भी चर्चा होगी और न्यायपालिका में हिंदी के प्रयोग पर चर्चा होगी। एक बहुत अच्छा सांस्कृतिक कार्यक्रम भी होगा। मैं आशा करता हूँ कि ये दो दिन का जो राजभाषा का राष्ट्रीय अधिवेशन है, वह सफल रहेगा और आजादी के अमृत-काल में आजादी का शताब्दी महोत्सव जो लोग मनाएंगे उनको हिंदी के लिए इतना बोलने की जरूरत नहीं पड़ेगी। राजभाषा के लिए बोलने की जरूरत नहीं पड़ेगी। 25 साल में इस काम को पूरा करने का लक्ष्य रखकर चलें और मोदी जी ने जो कल्पना की है आजादी के अमृत काल की, उसमें स्वदेशी और स्वभाषा को बढ़ाना है जो स्वराज मिल गया है उसको सुराज में बदलना है। स्वदेशी और स्वभाषा का जो विषय छूट गया है उसको फिर से एक बार चर्चा में लाकर एक महत्वपूर्ण कार्यक्रम बनाना है। इसमें आप सभी का सहयोग मिलेगा इसका मुझे भरोसा है। देशभर से जो हिंदी प्रेमी आए हैं, उनका भारत सरकार और देश के प्रधानमंत्री जी की ओर से मैं हृदय से बहुत-बहुत धन्यवाद करता हूँ। आप सभी से अंत में फिर से एक बार अपील करता हूँ कि हिंदी को देश की भाषा बनाएँ, हिंदी को लोगों की भाषा बनाएँ।

वंदे मातरम्।

स्फुट

मानवाधिकार की भारतीय दृष्टि

मानवाधिकार के संरक्षण के लिए भारतीय दृष्टिकोण रखना पड़ेगा। मानवाधिकार के विदेशी मानक कई बार हमारे यहाँ खरे नहीं उतरते। इस भाषण में अमित शाह ने मानवाधिकार के व्यापक परिप्रेक्ष्य को समझाने पर बल दिया है। उन्होंने मानवाधिकार आयोग द्वारा उठाई जाने वाली चिंताओं की भी चर्चा की है; साथ ही मानवाधिकार से सम्बंधित उन अनेक विषयों जिनपर मानवाधिकार आयोग का ध्यान नहीं जाता, को भी रेखांकित किया है। भारत के मानवाधिकार की चुनौतियों को देखने, समझने व उनका समाधान करने के लिए भारतीय दृष्टिकोण को अपनाने की आवश्यकता है। मानवाधिकार संरक्षण की आधुनिक व्यवस्था के साथ यदि भारतीय दृष्टि का सामंजस्य हो जाए तो निःसंदेह मानवाधिकार के क्षेत्र में सर्वश्रेष्ठ कार्य करने वाले देशों में भारत अग्रिम पंक्ति का देश बन सकता है। इस भाषण का मूल संदेश यही है।

मानवाधिकार आयोग के अध्यक्ष और भारत के भूतपूर्व मुख्य न्यायाधीश श्रीमान दत्त साहब, न्यायमूर्ति पीसी पंत जी, मानवाधिकार आयोग की सदस्य श्रीमती ज्योति कालरा, डॉक्टर अमूल्य जी और राष्ट्रीय मानवाधिकार आयोग के महासचिव श्री जगदीश गोविंद जी, आज के कार्यक्रम में देश भर के राज्यों के मानवाधिकार आयोग से जुड़े हुए सभी पदाधिकारी गण और पूर्व में राष्ट्रीय मानवाधिकार आयोग व राज्यों के मानवाधिकार आयोग के साथ जिन्होंने मानवाधिकार के बारे में जागरूकता फैलाने के लिए अपना योगदान दिया है, ऐसे सभी महानुभावों का आज मैं आयोग की 26वीं वर्षगाँठ पर स्वागत करता हूँ।

बीते वर्ष ही भारत के मानवाधिकार आयोग ने अपनी रजत जयंती मनाई है और यह आज 26 साल की यात्रा करके आगे बढ़ रहा है। मैं मानता हूँ कि मानवाधिकार

*'राष्ट्रीय मानवाधिकार आयोग' के 26वें स्थापना दिवस समारोह के अवसर पर केन्द्रीय गृहमंत्री श्री अमित शाह का संबोधन

आयोग ने इन 26 सालों में भारत के जनमानस में मानव अधिकारों के बारे में जागरूकता लाने के ढेर सारे प्रयास किए हैं। मानवाधिकार के बारे में भारत और विश्व दोनों की मान्यताएँ और परिस्थितियाँ बहुत अलग हैं। हम अगर विश्व के मानक से भारत का मूल्यांकन करेंगे तो शायद सही नहीं होगा। जहाँ तक बच्चों, महिलाओं, घर-गाँव-शहर के वंचितों के मानवाधिकार का सवाल है तो हमारे देश के सामाजिक ताने-बाने में ही ये सारी व्यवस्थाएँ समाहित हैं। हमारी परिवार व्यवस्था में ही महिलाओं और बच्चों के मानवाधिकार की बहुत सारी चीजें बगैर किसी कानून के अपने आप ही प्रोटेक्टेड हैं। गाँवों में ढेर सारी संस्थाएँ हैं, जिन्होंने वंचित और गरीब की चिंता करने को अपना धर्म समझा है। बिना किसी कानून के हजारों-हजारों संस्थाएँ गाँवों में गरीबों की चिंता करती पाई जा सकती हैं। मानवाधिकार आयोग भी मानवाधिकार का एक नूतन कॉन्सेप्ट है। उसका (मानवाधिकार आयोग) और हमारी परम्परा का अगर सामंजस्य हो जाए तो मैं मानता हूँ विश्व में मानवाधिकार के क्षेत्र में सबसे परिपूर्ण काम करने वाले देशों में से एक देश भारत बन सकता है। इसलिए मेरा श्रीमान दत्त जी से भी अनुरोध है कि कायदे की परिधि से ऊपर उठकर ऐसे ढेरों लोगों को भी इस प्रक्रिया से जोड़ना चाहिए जो अपने-अपने क्षेत्र में बिना किसी कानूनी नोटिस के, अपना फर्ज समझ कर, मानव हित में मानवाधिकार का रक्षण करते हैं। ऐसे जो लोग इस काम में लगे हैं, उनको एक प्लेटफार्म देकर एक साथ जोड़ना चाहिए। यह काम मानवाधिकार आयोग को करना होगा।

इसमें कोई दो राय नहीं कि पुलिस उत्पीड़न, हिरासत में मौत आदि मानवाधिकारों पर बदनुमा दाग है। इसमें कोई दुविधा नहीं है कि हर नागरिक को संविधान प्रदत्त सुरक्षा मिलनी ही चाहिए और कठोरता के साथ मिलनी चाहिए। मगर मानवाधिकारों के ढेर सारे ऐसे भी आयाम हैं, जिनपर अलग दृष्टिकोण से हमें सोचना पड़ेगा। हमारी संस्कृति, हमारा समाज और हमारा देश अपने स्वयं (संबंधी) के बारे में सोचने की संकुचित दृष्टि से ऊपर उठकर वसुधैव कुटुंबकम की भावना से सोचने वाला देश है। जब आप पूरे विश्व को अपना परिवार समझते हैं तो वसुधैव कुटुंबकम के सूत्र में ही मानवाधिकार का दायित्व अपने आप समाहित दिखाई पड़ता है। मुझे लगता है कि इसे एक अच्छे नजरिये से देख कर एक वैश्विक प्लेटफार्म देने की जरूरत है। ढेर सारे संतों ने इस काम में अपना पूरा जीवन लगा दिया। अपने क्रिया-कलापों से मानवाधिकार के रक्षण के लिए काम किया। ढेर सारे साहित्य की रचना की।

हम गाँधी जी के 150 साल मनाने जा रहे हैं। पूरे विश्व में केवल भारत ही गाँधी जी के सिद्धांतों के आधार पर आगे बढ़ने के लिए यह मनाने जा रहा है। मेरा मानना है कि गाँधी के सिद्धांत आज भी लोगों के बीच प्रासंगिक हैं। क्योंकि वे सिद्धांत शाश्वत हैं। वे आज भी उतने ही प्रासगिंक हैं, जितने गाँधी जी के समय थे। गाँधी जी का एक प्रिय भजन था- *''वैष्णव जन तो तेने कहिए, जो पीर पराई जाने रे।'* इस भजन की एक-एक पंक्ति का अनुवाद करके लोगों को बताएँ, समझाएँ, आत्मसात कराएँ तो

इससे बड़ा मानवाधिकार के लिए कोई चार्टर हो ही नहीं सकता। इतनी अच्छी भावना से यह लिखा गया है। यह सिर्फ नरसी मेहता के भजन तक सीमित नहीं है। देश की ढेर सारी जगहों में हमारे पूर्वजों ने किसी कायदे, किसी बंधन तथा फर्ज की परिधि में बँधे बगैर, इसे आगे ले जाने का प्रयास किया है। मैं मानता हूँ कि मानवाधिकार आयोग को इस प्रकार के प्रयासों को भी एक प्लेटफार्म देना चाहिए। इस प्रकार के प्रयास करने वाले लोगों को दुनिया के सामने रखना चाहिए। देश के सामने तो उनके कार्यों को इस प्रकार से रखा जाए कि बाकी जनता को भी इससे प्रेरणा मिले। इस प्रकार के नूतन प्रयास करने की जरूरत है।

मानवाधिकार के बारे में आज विश्व भर में कई चुनौतियाँ हैं। सबसे बड़ी चुनौती है गरीबी और हिंसा में बढ़ोत्तरी। भारत जैसे देश में जब हम मानवाधिकार की बात करते हैं तब इसके सभी पक्षकार-सरकार, संसद, न्यायपालिका, मीडिया, सिविल सोसायटी, मानवाधिकार आयोग-मिलकर जो काम करते हैं, इससे ज्यादा अगर हम गरीबी के उन्मूलन के लिए करें तो इसके बहुत अच्छे परिणाम आने वाले दिनों में मिलेगा। नरेन्द्र मोदी सरकार ने एक अलग प्रकार से इसके खिलाफ लड़ाई लड़ने का प्रयास किया और सफलतापूर्वक परिणाम भी प्राप्त किए हैं। इसके लिए 'सबका साथ सबका विकास' की अवधारणा लेकर हम आगे बढ़े हैं।

कई बार हमें मालूम नहीं होता, लेकिन देश में 5 करोड़ लोग ऐसे हैं, जिनके पास घर ही नहीं था। क्या यह उनके मानवाधिकार का उल्लंघन नहीं है? 70 साल की आजादी के बाद भी साढ़े तीन करोड़ लोग ऐसे थे, जिनके अपने घर में बिजली नहीं थी। क्या यह उनके मानवाधिकार का उल्लंघन नहीं है? 15 करोड़ लोग इस देश में ऐसे थे, जहाँ लकड़ी और गोबर के कंडे से खाना बनाया जाता था, धुएँ से घर भर जाता था और स्वास्थ्य भी खराब हो जाता है। क्या इससे उनके मानवाधिकार का उल्लंघन नहीं होता है? ऐसे कई करोड़ लोग थे जो अपने परिवार जनों के स्वास्थ्य की सुरक्षा नहीं कर सकते। अगर स्वास्थ्य का कोई खर्चा आ जाए तो वह मजबूरी में ईश्वर का स्मरण करते हैं, क्योंकि उनके पास ढेर सारी स्वास्थ्य सम्बंधी सुविधाएँ उपलब्ध नहीं हैं। क्या यह उनके मानवाधिकार का उल्लंघन नहीं है? कुछ समय पहले तक लगभग 10 करोड़ परिवारों में टॉयलेट की सुविधा भी उपलब्ध नहीं थी। क्या यह उनके मानवाधिकार का उल्लंघन नहीं था? मगर कभी भी मानवाधिकार की चर्चा इस दृष्टि से नहीं की गई है। मगर हमारे संविधान निर्माताओं ने इसका जिक्र भी किया था और व्यवस्था करने का प्रावधान भी दिया था।

2014 के बाद पहली बार नरेन्द्र मोदी सरकार ने इन सारी समस्याओं को एक के बाद एक हाथ में लेकर कम से कम 70 करोड़ आबादी के मानवाधिकार को संरक्षण का प्रयास किया है। मैं मानता हूँ कि इसको दुनिया के सामने रखने की जरूरत है। 5 साल की अवधि में 13 करोड़ परिवारों तक गैस सिलेंडर पहुँचाना, 10 करोड़ परिवारों

को टॉयलेट की सुविधा देना, ढाई करोड़ लोगों को घर देना, साढ़े 3 करोड़ घरों में बिजली पहुँचाना। यह मानवाधिकार की रक्षा के सवाल पर विश्व के लिए एक अप्रतिम उदाहरण है। सिर्फ 5 साल में इतना बड़ा प्रयास हुआ है। ऐसे 115 आकाँक्षी जिलों की पहचान की गयी जो विकास की दृष्टि से अति पिछड़े हैं, जहाँ ज्यादातर आदिवासी भाई रहते हैं। इन 115 जिलों में बेसिक सुविधाएँ नहीं थीं। इसको हाथ में लेकर, एक अभियान चलाकर, सात कल्याणकारी योजनाओं को इन सभी जिलों तक पहुँचाने का काम हुआ। ये सब मानवाधिकार की रक्षा का विश्व में सबसे बड़ा प्रयास है, जिसने मानव अधिकारों की रक्षा के लिए ठोस परिणाम देने का काम किया है।

आतंकवाद और नक्सलवाद से बड़ा मानवाधिकार का हनन हो ही नहीं सकता। हिरासत में मौत और पुलिस उत्पीड़न, इन दोनों के प्रति जीरो टॉलरेंस रखना चाहिए। परंतु, मैं कश्मीर की बात करते हुए इतना पूछना चाहता हूँ कि आतंकवाद से पीड़ित लगभग बयालीस हजार लोग कश्मीर में 1990 के बाद से मारे गये, क्या उनके परिवारों का कोई मानवाधिकार नहीं है? नक्सलवाद के चलते देश के कई जिले विकास से महरूम रह गए। नक्सल प्रभावित जिलों में विकास नहीं पहुँचा। कई लोगों को अपनी जान गँवानी पड़ी। कई परिवारों ने अपने बड़े बुजुर्ग को खोया है। कई विधवाओं को अपने बच्चे पालने में बड़ी यातनाओं का सामना करना पड़ रहा है। कई बच्चे अपना जीवन यतीम होकर बीता रहे रहे हैं। मैं मानता हूँ कि आतंकवाद और नक्सलवाद के जो भुक्तभोगी है, उनसे बड़ा मानवाधिकार का हनन किसी का भी नहीं हो सकता है।

आज मैं मानवाधिकार आयोग की 26 वीं वर्षगाँठ पर आया हूँ। तब मैं इतना जरूर कहूँगा कि मानवाधिकार आयोग को भी इन सभी चीजों को एक अलग दृष्टिकोण से देखना चाहिए। भारत का संविधान हम सबके लिए सर्वोच्च है। संविधान में जो अधिकार सभी नागरिकों को मिले हैं, उसकी रक्षा करना हमारा कर्तव्य है। ये व्यवस्था का काम है, सरकार का काम है, मानवाधिकार आयोग जैसे संगठनों और संस्थाओं का भी काम है। एक भी व्यक्ति अकारण पुलिस कस्टडी में ना मर जाए, एक भी व्यक्ति एक्स्ट्रा किलिंग जुडिशरी का भोग ना बने, यह तो हमारा दायित्व है ही। मगर साथ में हर व्यक्ति को सम्मान देने की व्यवस्था मिले, उस दिशा में भी हमें आगे और काम करने होंगे।

आज 26 साल की फसल काटकर हम यहाँ पर खड़े हैं, तो हमें यह भी देख कर चलना पड़ेगा कि हमारी उपलब्धियाँ क्या हैं और चुनौतियाँ कितनी कठिन हैं? विश्व का सबसे बड़ा लिखित संविधान भारत का है। भारत के संविधान को और भारत देश के संविधान निर्माताओं की चर्चा को हम ध्यान से पढ़ते हैं तो मैं दावे के साथ कह सकता हूँ कि इतनी चिंता और गहराई के साथ चर्चा करके किसी भी देश का संविधान नहीं बना होगा। जो चर्चा हमारे संविधान सभा की है, वह चर्चा हमारे संविधान निर्माण के कालखण्ड पीरियड को हमारे सामने रखती है। उसी में से हम मानवाधिकार के दायरे को समझने में सफल होते हैं। संविधान का भाग 3 और अनुच्छेद 12 से 35 तक,

संविधान का दिल और आत्मा है। मैं मानता हूँ कि हमारे संविधान में चाहे पिछड़ेपन के लिए आरक्षण की व्यवस्था हो, सार्वभौमिक मताधिकार हो, 1973-74 के संवैधानिक संशोधन से नीचे तक दिए गए शासन के अधिकार हों, राइट टू एजुकेशन, राइट टू इनफार्मेशन, राइट टू फूड, यह सारे अधिकार हमारे संविधान ने जो दिए हैं, वह कहीं ना कहीं मानवाधिकार की सुरक्षा में काम करने वाले अधिकार हैं। मैं समझता हूँ कि अभी-अभी देश की संसद ने जिस एक्ट में संशोधन किया है, उसके बाद हमारा कानून मानवाधिकार के लिए ज्यादा समावेशी (इनक्लूसिव) हुआ है। उसकी पहुँच बहुत ज्यादा बढ़ी है। पिछड़ा आयोग, महिला आयोग, बाल आयोग को इसकी सदस्यता देकर तथा महिलाओं, एनजीओ की सहभागिता बढ़ाकर, पेरिस सिद्धांत की आत्मा को स्वीकार करके, हमने मानवाधिकार आयोग को और समावेशी बनाने का काम किया है। मैं मानता हूँ कि आने वाले दिनों में हमें इससे और ज्यादा फायदा मिलने वाला है।

मेरा मानना है कि अंतरराष्ट्रीय स्तर पर मानव अधिकारों के संरक्षण और सुरक्षा के लिए जो मानक बनाए गए हैं, वे मानक भारत जैसे देश के लिए पर्याप्त नहीं हैं। उनके दायरों में रहकर अगर हम मानव अधिकारों का विचार करेंगे और देश के मानव अधिकारों की समस्याओं को समाप्त करने का प्रयास करेंगे तो शायद ही सफल हो पाएंगे। हमें इन मानकों से ऊपर उठकर अपने देश की समस्याओं को समझते हुए, उनका समाधान ढूँढ कर मानवाधिकार के दायरे को बहुत अलग दृष्टिकोण और नए डायमेंशन से कभी ना कभी देखना ही पड़ेगा। मेरा दत्त साहब से यह आग्रह है कि इसकी एक नई शुरुआत कीजिए। आने वाले दिनों में मानवाधिकार की व्याख्या का दायरा बढ़ाते हुए मानवाधिकार की ढेर सारी चीजें हम सरकार और व्यवस्था के माध्यम से कैसे पूर्ण कर सकते हैं, इस दिशा में हमें सोचना पड़ेगा।

मानवाधिकार आयोग देशभर के आम लोगों के प्रति सजग भी है और एक प्रहरी की भूमिका भी निभा रहा है। इसीलिए अपनी संस्था को ''ई-स्टेटस' इंटरनेशनल ह्यूमन राइट्स इंस्टीट्यूशंस ने दिया है। यह हम सबके लिए गर्व की बात है। आयोग ने स्वास्थ्य, भोजन, शिक्षा, बँधुआ मजदूर, बाल श्रम, हाथ से मैला ढोने वाली घिनौनी प्रथाओं के उन्मूलन के लिए ढेर सारे काम किए हैं। इसकी प्रशंसा किए बिना अपनी बात को समाप्त करूँगा तो मुझे लगता है कि मेरी बात अधूरी रह जाएगी। अब तक 25 साल में जागरूकता लाने में देश के मानवाधिकार आयोग ने, बहुत सारे एनजीओ ने और मानवाधिकार के साथ जुड़ी हुई संस्थाओं ने जो योगदान दिया है, वह अभिनंदन के योग्य है और अभूतपूर्व भी है। शायद ही किसी देश में इतने कम समय में इतनी सारी मानवाधिकार की रक्षा की बात हुई होगी। हम इसे और आगे ले जाएँगें। इस देश के हर व्यक्ति को उसका मानवाधिकार कानून के माध्यम से मिले, की बजाय सरकार आगे आकर उसके मानव अधिकारों की पूर्ति के प्रति सजग प्रहरी के नाते खड़ी हो, इसी एप्रोच के साथ नरेन्द्र मोदी सरकार आगे बढ़ रही है। कानून

होना अच्छी बात है, परंतु जब सरकार ही मानव रक्षण के लिए आगे बढ़कर सजग प्रहरी की भूमिका निभाती है, तो मैं मानता हूँ कि यह आदर्श स्थिति है। इसी दिशा में हमारा देश बढ़ रहा है।

मानवाधिकार आयोग की स्थापना दिवस के दिन सभी मानवाधिकार के साथ जुड़े हुए एनजीओ से मेरी अपील है कि एक अलग चर्चा और अलग दृष्टि के साथ मानवाधिकार को देखने का भारतीय दृष्टिकोण हम विकसित करें। मानवाधिकार आयोग में मानवाधिकार उल्लंघन के जितने भी मामले आए हैं, इसका डेटाबेस तैयार कर उसका विश्लेषण कर सरकार को यह मार्गदर्शन करें कि कहाँ पर अभी भी सजगता लाने की जरूरत है। कहाँ पर अभी भी छिद्रों को भरने की जरूरत है। कहाँ पर अभी भी रिसाव को बंद करने की जरूरत है। मैं आपको भरोसा दिलाना चाहता हूँ कि आप के जितने भी सुझाव मिलेंगे, सभी सुझावों पर सरकार तत्परता के साथ संपूर्ण मानवाधिकार की रक्षा के लिए पूरी तरह प्रतिबद्ध होगी। मोदी जी के नेतृत्व में हम एक आदर्श मानवाधिकार की स्थिति देश में खड़ी कर पाएँ, इस दिशा में मानवाधिकार आयोग नेतृत्व करे। मानवाधिकार आयोग ने जितनी भी अनुशंसा की है, उनमें से ज्यादातर का अनुपालन हुआ है। मगर मैं चाहूँगा व्यवस्था के अंदर जितने छिद्र हैं, उन्हें आयोग जल्दी से जल्दी इंगित करे तो सरकार को भी इस दिशा में काम करने के लिए बहुत ज्यादा मदद मिलेगी।

मानव अधिकारों का रक्षण करने वाली हमारी परम्पराएँ; मानवाधिकार के कानून के तहत काम करने वाली मानवाधिकार के रक्षण में सहायक स्वयंसेवी संस्थाएँ; मीडिया के लोग जो मानवाधिकार के मसलों को उजागर करके ध्यान आकर्षित करवाते हैं तथा केन्द्र मानवाधिकार और राज्य मानवाधिकार के जो लोग इस काम से जुड़े हैं, इन सभी लोगों का मैं आज के दिन बहुत-बहुत अभिनंदन करता हूँ और बहुत-बहुत बधाई भी देता हूँ। महत्वपूर्ण मानवीय पहलू को इस देश में अच्छे से नियंत्रित करने के लिए आप लोग सहायता कर रहे हैं। सरकार की ओर से आप सभी को ढेर सारा अभिनंदन और ढेर सारी बधाइयाँ! हम भारत को मानवाधिकार के दृष्टिकोण से विश्व में पहले नंबर का देश बनाएँ, जिससे कहीं भी मानवाधिकार के उल्लंघन की संभावनाएँ ही न रह जाए। ऐसे देश की रचना में हम आगे बढ़ें।

वंदे मातरम्।

पारदर्शिता का कर्त्तव्यबोध-सूचना का अधिकार

गृहमंत्री अमित शाह का यह भाषण भारत में 'सूचना के अधिकार' को एक अनिवार्य जरूरत बताता है। शासन में पारदर्शिता और जवाबदेही में इस कानून के महत्व को उल्लेखित करता है। इस बात पर भी बल दिया गया है कि हम ऐसा शासन मॉडल खड़ा करने का प्रयास क्यों न करें, जहाँ लोगों को सूचना पाने के लिए किसी आवेदन की जरूरत ही न पड़े बल्कि सूचना उन्हें और सरलता से उपलब्ध हो। इस कानून के परिप्रेक्ष्य में अमित शाह का यह दृष्टिकोण मौलिक कहा जा सकता है।

प्रधानमंत्री कार्यालय के राज्यमंत्री और मेरे साथी डॉ जितेंद्र सिंह जी, मुख्य सूचना आयुक्त श्रीमान भार्गव जी, सूचना आयुक्त विमल जुल्का जी, डीओपीटी के सचिव डॉक्टर चंद्र मौली जी और आज देश भर से आए हुए आरटीआई एक्ट के निर्वहन की जिम्मेदारी जिन पर है और जिन्होंने पहले भी काम करके इस एक्ट को एक मजबूत स्वरूप देने का काम किया है, उन सभी देवियों एवं सज्जनों को मेरा नमस्कार।

मैं भार्गव जी और उनकी पूरी टीम का आज के दिन बधाई और अभिनंदन दोनों करना चाहता हूँ, क्योंकि इस 14 साल के कालखंड में जिस आशय के साथ आरटीआई एक्ट (सूचना का अधिकार कानून) की कल्पना की गई होगी, उसको लगभग अपने गंतव्य स्थान तक पहुँचाने में हमारा देश सफल रहा है। आरटीआई एक्ट का मूल विचार व्यवस्था में जनता का विश्वास पैदा करना है। व्यवस्था संविधान के तहत चल रही है, यह विश्वास जनता में जागृत करना ही इस कानून का मूल मकसद है। जब यह भरोसा जागृत होता है तो अपने आप संविधान और व्यवस्था के प्रति विश्वास बढ़ने से

---

*12 अक्टूबर, 2019 को नयी दिल्ली में केन्द्रीय सूचना आयोग के 14वें वार्षिक सम्मेलन में गृहमंत्री श्री अमित शाह का संबोधन

सहभागिता बढ़ती है और वह सहभागिता देश को बहुत आगे ले जाती है। मगर जब विश्वास का संकट होता है तब इस सहभागिता में कहीं ना कहीं रूकावट पैदा होती है। भारत जैसे देश में यह बहुत जरूरी था कि लोगों का विश्वास शासन व्यवस्था में बने और लोगों की सहभागिता भी व्यवस्था में हो, क्योंकि हमारे देश की पृष्ठभूमि देखें तो बहुत लंबे गुलामी के कालखंड से हम बाहर निकले थे। जब प्रशासन का उद्देश्य जनता का भला और कल्याण करना तथा समानता के साथ सब के साथ व्यवहार करना नहीं था, बल्कि प्रशासन का उद्देश्य उस वक्त अपने आकाओं की इच्छा की पूर्ति करना था। इसके कारण एक बड़े कालखंड में प्रशासन और जनता के बीच में एक अविश्वास की गहरी खाई बनी।

देश की आजादी के लम्बे समय बाद 2005 में जब आरटीआई एक्ट आया, तब तक इस खाई को भरने के बहुत प्रयास हुए। मगर इतने लंबे कालखंड की यह खाई थी कि उस संकट से जनमानस का उभरना बहुत मुश्किल दिखता था। मैं मानता हूँ कि 14 साल में आरटीआई के कारण इस खाई को पाटने में हमें बहुत सहायता मिली है। प्रशासन व व्यवस्था के प्रति लोगों का विश्वास जगा है। पारदर्शिता और जवाबदेही, यह दोनों ऐसे अंग हैं जिसके आधार पर ही अच्छा प्रशासन और सुशासन हम दे सकते हैं। पारदर्शिता और जवाबदेही दोनों को लाने और आगे बढ़ाने में मुझे लगता है कि आरटीआई एक्ट ने हमारी बहुत बड़ी सहायता की है। मैं मानता हूँ कि हमारे लोकतंत्र की यात्रा में आरटीआई एक्ट मील का पत्थर है। हमारी निरंतर चलने वाली लोकतांत्रिक यात्रा का यह एक मुख्य पड़ाव भी है।

आरटीआई का इतिहास बहुत पुराना है। मैं इसमें जाना नहीं चाहता। कोई लगभग ढाई सौ साल से, सन् 1766 के आस-पास दुनिया के अलग-अलग देशों में इसके लिए आन्दोलन चला। एक विचार पनपा। कुछ देशों में यह विचार कानून का स्वरूप लिया। कानून में भी निरंतर अनेक प्रकार के बदलाव होते गए। 1990 तक केवल 11 देशों में ही आरटीआई का कानून था और सूचना का अधिकार लोगों को प्राप्त था। मगर वैश्वीकरण, आर्थिक उदारीकरण, संपर्क क्रांति और तकनीकी इनोवेशन के युग की शुरुआत होते ही यह संख्या तेजी से बढ़ने लगी। इसके कारण कई देशों में अच्छे प्रशासनिक परिवर्तन देखने को मिले हैं। अपना देश भारत भी इसमें से एक है। जहाँ तक सूचना तंत्र की संरचना का सवाल है, यह मेरा विषय नहीं है। मुझे निमंत्रण दे दिया और मैं यहाँ आ गया तो मैंने सूचना के तंत्र की संरचना के सवाल पर थोड़ा अध्ययन किया और निःसंकोच रूप से कह सकता हूँ कि भारत विश्व में सर्वप्रथम देश है जो नीचे तक एक जवाबदेह सूचना के तंत्र की रचना करने में सफल हुआ है। केंद्रीय सूचना आयोग से लेकर हर राज्य में सूचना आयोग की स्थापना की गई है। देश में इस अधिनियम के तहत लगभग 5 लाख से ज्यादा सूचना अधिकारी इस कानून के निर्वहन का काम कर रहे हैं। दुनिया में कोई देश ऐसा नहीं है, जहाँ पर पाँच लाख से ज्यादा

अधिकारी-कर्मचारी सूचना के अधिकार के निर्वहन के लिए काम कर रहे हों। 2005 से 2016 के बीच आरटीआई के जितने आवेदनों का निपटारा किया गया है, वह बहुत बड़ी उपलब्धि है। इस उपलब्धि के लिए मैं आज सभागार में उपस्थित सूचना तंत्र के साथ जुड़े हुए सभी लोगों को हृदय से बधाई देना चाहता हूँ। आप सभी का अभिनंदन भी करता हूँ। मैं मानता हूँ कि अन्याय रहित सुशासन की दिशा में प्रशासन को ले जाने के लिए आरटीआई एक अच्छा प्रयास है। भ्रष्टाचार रहित प्रशासनिक व्यवस्था खड़ी करने का यह एक औजार है। गतिशील प्रशासन देने के लिए भी आरटीआई ने हमें प्रेरित किया है। अधिकारों के अतिक्रमण को नियंत्रित करने के लिए भी आरटीआई ने अपनी भूमिका बहुत सुचारू रूप से निभाई है। इस कानून के रहते ढेर सारे लोगों के साथ अन्याय नहीं होता है या होता है तो फिर न्याय मिलने की संभावना भी रहती है। सूचना आयोग के ढेर सारे अलग-अलग प्रयासों की बहुत सारी उपलब्धियाँ हैं।

अभी डॉक्टर जितेंद्र सिंह ने आपको थोड़ी जानकारी दी, जैसे सूचना के लिए ऑनलाइन आवेदन कर सकते हैं, अपील और शिकायतों के निस्तारण के लिए एक सॉफ्टवेयर भी बना है, मोबाइल ऐप भी बना है, पंजीकरण की और सुनवाई की तारीखों के लिए ऑनलाइन आपको सूचना भी उपलब्ध हो रही है। जहाँ-जहाँ इस कानून का अमलीकरण ठीक से नहीं होता है, वहाँ इसकी निगरानी की भी व्यवस्था की गई है। आवेदकों को शहर के बाहर न जाना पड़े, इसके लिए वीडियो कॉन्फ्रेंसिंग करके भी सफल प्रयोग किया गया है। केंद्रीय सूचना आयोग ने लगभग 1.75 लाख पुरानी फाइलों को डिजिटाइज करके, उनको नष्ट करके, एक डाटा बैंक बनाया है। मैं मानता हूँ कि दुनिया में यह पहला और सबसे अच्छा प्रयोग है। इसके लिए केंद्रीय सूचना आयोग बधाई का पात्र है।

सूचना आयोग के लिए खर्च कितना होता है, इसका बहुत महत्व नहीं है; लेकिन किस प्रकार से इसका अमलीकरण होता है, इसका बहुत महत्व है। दुनिया भर की सरकारें सूचना के अधिकार का कानून बनाकर रुक गई हैं। उनको लगता है कि लोगों के अधिकार की पूर्ति हो गई है। परंतु, भारत सरकार ऐसा नहीं मानती। नरेन्द्र मोदी जी के नेतृत्व में हम ऐसा प्रशासन देना चाहते हैं, जिसमें सूचना के अधिकार के तहत आवेदन कम से कम आएँ। किसी को आरटीआई एक्ट का उपयोग करने की जरूरत ही ना पड़े। इस प्रकार का प्रशासन देना सरकार का उद्देश्य है। सरकार की सफलता जितने ज्यादा आवेदन आते हैं उस पर नहीं है, बल्कि आवेदन देने का रास्ता खुला होने के बावजूद आवेदन देने वालों की संख्या कम हो जाए, वह सरकार की सफलता का एक पैरामीटर हो सकता है। स्थिति ही ऐसी निर्मित हो कि हमें आरटीआई लगाने की जरूरत ही ना पड़े। सब कुछ पारदर्शी और जबावदेह हो। सरकार स्वत: आगे आकर सूचना की घोषणा करे और सूचना से लोगों को अवगत कराए। इसीलिए ढेर सारी चीजों में भारत सरकार ने मोदी जी के नेतृत्व में नए-नए और सफल कदम उठाए हैं।

दुनिया में सूचना के अधिकार और डेटा सुरक्षा कानून के बीच में टकराव दिखता है। धीरे-धीरे हम ऐसी स्थिति लाना चाहते हैं कि आरटीआई के उपयोग करने की नौबत ही ना आए। इसका एक उदाहरण है कि डैशबोर्ड के माध्यम से एक नए पारदर्शी युग की शुरुआत मोदी जी ने की है। आप डैशबोर्ड पर जाकर जानकारी ले सकते हैं कि स्वच्छ भारत के तहत कितने शौचालय बने। इसके लिए आपको कोई आरटीआई लगाने की जरूरत नहीं है। किसी गाँव का सरपंच डैशबोर्ड पर जाकर देख सकता है कि उसके गाँव के लिए कितने शौचालय के आवेदन आए थे और वह कब तक बन जाएँगे। सौभाग्य योजना के तहत गरीब से गरीब व्यक्ति, एक सर्विस सेंटर पर जाकर उसके घर में कब बिजली आएगी, डैशबोर्ड पर देख सकता है। वह देख सकता है कि उसका आवेदन अभी प्रतीक्षा सूची में किस नम्बर पर लगा है। किस तारीख तक उसका नंबर आने वाला है। अपने आप उसको मालूम पड़ जाएगा कि सौभाग्य योजना के तहत उसे कब तक बिजली मिलेगी और देश में कितने गरीबों को आजादी के बाद पहली बार सौभाग्य योजना के तहत बिजली मिली है। आज डैशबोर्ड पर जाकर कोई भी अनपढ़ महिला यह सूचना प्राप्त कर सकती है कि उसके घर में गैस का सिलेंडर कब आएगा और अब तक कितनी गरीब महिलाओं के घर में गैस का सिलेंडर लग गया। उसकी तहसील और उसके गाँव का नंबर कब आएगा और उसका नंबर कब है। आपसे यह सब बातें में क्रॉस चेक करके कर रहा हूँ। मैंने स्वयं आज बड़े सवेरे उठकर डैशबोर्ड पर जाकर ढंग से चेक किया, उसके बाद मैं आपको यह जानकारी दे रहा हूँ।

मैं मानता हूँ कि इस पद्धति से सूचना का अधिकार कानून से हम दो कदम आगे हैं। सूचना का अधिकार होना चाहिए। सुचारू रूप से नीचे तक संविधान के स्पिरिट को पहुँचाने के लिए सूचना के अधिकार का बहुत बड़ा रोल है। परंतु, सरकार का यह बड़ा दायित्व है कि सूचना के अधिकार के उपयोग की नौबत ही ना आए। एक ऐसी व्यवस्था बने जिसमें सब कुछ अधिसूचित हो। नरेन्द्र मोदी सरकार ने इस दिशा में बहुत अच्छा काम किया है।

आज देश के लगभग 90% थाने ऑनलाइन हो चुके हैं। आप एक एफआईआर रजिस्टर करके आ जाओ, उसका स्टेटस आपको ऑनलाइन मिल सकता है। मेरा तो आग्रह है सूचना आयुक्त महोदय से कि आप सिर्फ आरटीआई का निपटारा मत कीजिए, बल्कि आरटीआई में नहीं जाने के लिए क्या-क्या उपाय किए गए हैं, इसका भी प्रचार-प्रसार करिये क्योंकि यह जिम्मेदारी भी आपकी ही है। सूचना को व्यापक बनाना चाहिए तो सरकार के जो सारे कदम हैं, इसकी भी जानकारी सूचना आयुक्त और उनके नीचे काम करने वाली जो पूरी पाँच लाख की फौज है, सबको इसे प्रचारित करना चाहिए। समग्र जानकारी देता साहित्य भी छापना चाहिए। प्रेस कॉन्फ्रेंस भी करनी चाहिए, जिससे आप पर दवाब कम हो जाए और लोगों को अपने घरों में बैठे-बैठे सारी सूचनाएँ प्राप्त हों।

सूचना का अधिकार का जब कानून बना तब ढेर सारी आशंकाएँ व्यक्त की गयी

थी। 2006 में जब मैंने इसका अध्ययन करना शुरू किया तब मुझे भी लगता था कि इसके दुरुपयोग की संभावना है। मगर समय बीतने के साथ आज हम कह सकते हैं कि इसका दुरुपयोग बहुत कम हुआ है, सदुपयोग बहुत ज्यादा हुआ है और इसके अच्छे परिणाम आए हैं। किसी को विक्टिमाइज करने के लिए भी इसका प्रयोग होने की संभावना है। प्रमोशन की स्पर्धा में किसी को रोक देना है तो भी आरटीआई लगाकर, अस्थायी तौर पर जबतक तक डीपीसी होती है, 6 महीने के लिए किसी को दिक्कत में डालने की संभावना थी। इसी तरह टेंडरों के आवंटन में भी इसका दुरुपयोग होने की संभावना थी। परंतु आज सूचना का अधिकार आने के बाद जब डिटेल में देखते हैं; और इसका विश्लेषण करते हैं, तो यह जरूर नजर में आता है कि इस कानून से प्रशासन में पारदर्शिता बढ़ी है, भ्रष्टाचार कम हुआ है और शासन की रफ्तार भी बढ़ी है। इन तीनों पहलुओं को देखते हुए हमें स्वीकार करना पड़ेगा कि सूचना के अधिकार के कारण हम प्रशासन को अच्छे से चला पाए हैं।

आज हम एक डिजिटल सम्पन्न समाज की तरफ आगे बढ़ रहे हैं। जिसमें टेक्नोलॉजी के इस्तेमाल से ट्रांसपेरेंसी आ रही है और क्वालिटी ऑफ सर्विस भी सुनिश्चित हो रही है। ऐसे वक्त में मैं मानता हूँ कि सूचना के अधिकार के लिए काम करने वाले सारे लोगों का इन तीनों चीजों, डिजिटल एम्पावर सोसाइटी, टेक्नोलॉजी के माध्यम से ट्रांसपेरेंसी और क्वालिटी ऑफ सर्विस के बारे में जागरूकता फैलाने का भी दायित्व है। हम मामलों की सुनवाई और अर्धन्यायिक (quasi & judicial) तक सीमित ना रहें। यह तो करना ही है, मगर काउंसलिंग करने का भी आपको मौका मिलता है। ऐसा मेरा आपसे एक निवेदन भी है और अपील भी कि जो अच्छा परिवर्तन प्रशासन में आया है, उसके भी आप राजदूत बनें। ढेर सारी चीजों में अब टेक्नोलॉजी का हमने उपयोग किया है, जैसे जन धन अकाउंट, आधार, मोबाइल और खरीद के लिए जेम का उपयोग। इन सबमें सूचना के अधिकार की अब जरूरत ही नहीं रहेगी। जिओ ट्रैकिंग करा कर सेटेलाइट की तस्वीरों के माध्यम से चेक डैम बना है या नहीं बना है, डैम के अंदर पानी की स्थिति क्या है और अंदर कितना पानी है, यह नापने की पद्धति और सिंचाई परियोजना के काम की मॉनिटरिंग के लिए ड्रोन का इस्तेमाल जैसी सारी चीजों को हम एक बार जनता के पास पहुँचाएंगे, तो इसका सदुपयोग बढ़ेगा।

केदारनाथ मंदिर के नए स्वरूप का निर्माण हुआ। वहाँ घाटी में बने ऑल वेदर रोड की पूरी निगरानी ऑनलाइन होगी। आपको आश्चर्य होगा कि वहाँ अब इंस्पेक्टर भेजने की जरूरत नहीं है। पूरी निगरानी ड्रोन के माध्यम से ऑनलाइन हो रही है। बैठे-बैठे काम की निगरानी करने का एक सफल प्रयोग केदारनाथ घाटी के पूरे रूट पर किया गया है। एक जमाना था कि सरकार की खरीद और कोयले की खदानों के आवंटन के मामले में भ्रष्टाचार की शिकायतें आई थी। स्पेक्ट्रम के आवंटन में भ्रष्टाचार की शिकायतें आई थीं। एफएम रेडियो के ऑक्शन में भी शिकायतें आई थीं। आज इन

सबका ऑनलाइन ऑक्शन करने के कारण सारी शिकायतें अपने आप ही निर्मूल हो गई हैं। इससे एक पारदर्शी एडमिनिस्ट्रेशन लोगों के सामने लाने में सहायता मिली है।

मैं नहीं मानता कि सूचना आयोग के पास अब कोयले की खदानों की आरटीआई लगती होगी, क्योंकि आरटीआई लगाने की जरूरत ही नहीं है। इस पूरी प्रक्रिया को न केवल वे जो प्रतिभागी करते हैं बल्कि जनता भी ऑनलाइन देख सकती है। उसके आक्शन को भी जनता देख सकती है। पत्रकार देख सकते हैं और जो अन्य हिस्सेदार हैं, वह भी देख सकते हैं। ऐसा बहुत बड़ा परिवर्तन आया है, इसको भी हमें आगे बढ़ाना पड़ेगा।

जेम (जनधन, आधार, मोबाइल) पोर्टल में से जिसने भी जेम पोर्टल का अध्ययन नहीं किया है, उन सबसे आग्रह है कि एक बार जेम पोर्टल का अध्ययन करें। जेम पोर्टल के माध्यम से छोटे से छोटे व्यक्ति भी खरीदारी की प्रक्रिया में हिस्सेदार बन सकते हैं। प्रधानमंत्री कार्यालय में केरल से थरमस बेचने वाली किसी महिला ने जेम पोर्टल में अपना आवेदन दिया और उसको आर्डर मिल गया और ऑनलाइन पेमेंट भी मिल गया। उसने पत्र लिखा कि मैं केरल में रहकर छोटा सा कारोबार करने वाली महिला कभी यह कल्पना भी नहीं कर सकती थी कि प्रधानमंत्री जी मेरे थर्मस से चाय पीएंगे। मुझे सरकार को थर्मस सप्लाई करने का मौका मिलेगा। ये बहुत बड़ी उपलब्धि है। छोटे-छोटे कारोबार करने वाले लोग आज सरकारी मशीनरी के जंजाल से मुक्त होकर सप्लाई कर सकते हैं। इस पोर्टल का उपयोग आप भी करें। सप्लाई करने वालों को भी इसमें आगे आना चाहिए। खरीदने वाले भी इसमें आने चाहिए। डिजिटल का जितना उपयोग हम बढ़ाएंगे, उतनी ही भ्रष्टाचार की शिकायतें और सूचना के अधिकार की दरख्वास्ते कम हो जाएँगी। इससे सूचना आयुक्त को घबराने की जरूरत नहीं है, उनका अस्तित्व तो बना ही रहेगा। परंतु, सूचना के अधिकार का उपयोग करने की नौबत ही ना आए, ऐसे प्रशासन के निर्मित करने की दिशा में हमें काम करना चाहिए।

इस कानून को सफल बनाने में केंद्रीय सूचना आयोग का बहुत बड़ा योगदान है। मैं इस कानून को सफल बनाने तथा जनता के बीच जागरूकता लाने को लेकर आप सभी के जो प्रयास हैं, उसके लिए आपका अभिनंदन करता हूँ। मैं इतना मानता हूँ कि हम सूचना के अधिकार के साथ-साथ लोगों में दायित्व की भावना का भी संचार करें। सूचना के अधिकार के कानून को ज्यादा सार्थक बनाने के लिए दायित्व का बोध भी लोगों में जगाना चाहिए। लोग सूचना के अधिकार का उपयोग पारदर्शिता और गतिशीलता लाने के लिए ही करें। निजी कारणों के लिए करने से बचें। कोई अन्याय होता है तो निजी कारणों से भी करें। मगर इसका उपयोग किसी को रोकने के लिए ना करें तो कानून सच्चे अर्थों में लंबे समय तक सूचना के अधिकार का रक्षण कर सकेगा। राइट टू रिस्पांसिबिलिटी को लेकर भी हम सभी लोगों को जागरूक करें, ऐसा मेरा मानना है। कर्तव्य का निर्वहन भी उतना ही महत्वपूर्ण भूमिका रखता है। संविधान को अच्छे

से लागू करने के लिए जितना अधिकारों को प्राप्त करने की इच्छा और ललक है, कर्तव्यों का निर्वहन भी वैसे ही बहुत महत्वपूर्ण है।

आज इस मौके पर मैं आप सब को एज अ इंस्टिट्यूशन आपने 14 साल जो काम किया है, उसके लिए बहुत-बहुत अभिनंदन करना और बधाई भी देना चाहता हूँ। मैं आशा करता हूँ कि आप इस दिशा में पहल करेंगे कि सूचना के अधिकार का प्रयोग करने से पहले ही सूचना मिल जाए। प्रधानमंत्री श्री नरेन्द्र मोदी जी ऐसी प्रशासनिक व्यवस्था बनाने में लगे हैं, उसमें हम सबका निश्चित रूप से सहयोग मिलेगा। धीरे-धीरे गरीब से गरीब तबके तक यह सूचना का अधिकार पहुँचेगा। सूचना के अधिकार के प्राप्ति की प्रक्रिया भी इतनी सरल व सुगम करेंगे कि गरीब से गरीब व्यक्ति के साथ जो अन्याय होता है, उसके निवारण के लिए वो कानून की शरण में जा सके। आने वाले दिनों में इस क्षेत्र में सुशासन को मदद करने की अपार संभावना है। हमारे संविधान निर्माताओं ने कल्याणकारी राज्य के निर्माण की जो कल्पना की थी और मोदी जी ने एक नए भारत के निर्माण का जो स्वप्न देखा है, उसमें सबको बराबर अधिकार मिलें। किसी के साथ भी अन्याय ना हो। सभी संभावनाओं को एक्सप्लोर करते हुए ऐसे पारदर्शी, जवाबदेह भारत के निर्माण में हम अपना योगदान देते रहें।

आज आप सब को इस कार्यक्रम के माध्यम से मिलकर अत्यंत आनंद की अनुभूति हुई है और प्रशासन के प्रति जनता का भरोसा बनाने में आप लोगों का जो योगदान है, मैं फिर से इसकी सराहना कर अपनी बात को समाप्त करता हूँ।

वंदे मातरम्।

जनगणना से विकास की दृष्टि

जनगणना को देश की जनसांख्यिकीय विवरणों के संग्रह की प्रक्रिया के रूप में देखा जाता है। यह प्रक्रिया देश के विकास में कैसे और किस सीमा तक सहयोगी सिद्ध होती है, इसका तथ्यपरक वर्णन अमित शाह के इस भाषण में मिलता है। तकनीक के इस युग में जनगणना के विवरणों के डिजिटली संग्रहण की दिशा में सरकार कदम बढ़ा चुकी है। यह कार्य सम्पन्न हो जाने की स्थिति में देश के लिए अपने किसी भी क्षेत्र, वर्ग, समुदाय से सम्बंधित योजना की रचना न केवल सहज हो जाएगी अपितु लक्षिततजनों के जीवन में योजना की प्रभावोत्पादकता में भी गुणात्मक वृद्धि होगी। इस वक्तव्य का सार-तत्व यही है कि जनगणना को एक उबाऊ प्रक्रिया के रूप में जैसे-तैसे करने के बजाय राष्ट्र-निर्माण की एक महत्वपूर्ण कड़ी मानकर पूरी निष्ठा व समर्पण के साथ किया जाना चाहिए।

मंच पर उपस्थित केंद्रीय गृह राज्यमंत्री श्रीमान नित्यानंद राय जी; भारत सरकार के गृह सचिव श्रीमान भल्ला जी; सचिव, बॉर्डर मैनेजमेंट श्री बी आर शर्मा जी, आज जिनके आमंत्रण पर हम सब आए हैं, भारत के महारजिस्ट्रार एवं जनगणना आयुक्त, डॉ. विवेक जोशी जी एवं देश भर से 35 जगहों के जनगणना निदेशक के कार्यालय से उपस्थित सभी भाइयों एवं बहनों।

आज का यह कार्यक्रम देखने में भले बहुत छोटा है, मगर देश के सामाजिक प्रवाह, विकास योजना, अंतिम व्यक्ति के विकास और देश के भविष्य के लिए बहुत महत्वपूर्ण है। अगर जनगणना ठीक से नहीं हो, जनगणना का ब्यौरा वैज्ञानिक नहीं हो, तो यह तीनों काम करना नामुमकिन है। इन तीनों कामों की नींव वैज्ञानिक जनगणना की रिपोर्ट पर ही आधारित होती है। मुझे बड़ा हर्ष है कि आज जनगणना भवन के

*23 सितम्बर, 2019 को दिल्ली के जनगणना भवन के शिलान्यास समारोह में केन्द्रीय गृहमंत्री श्री अमित शाह का भाषण

शिलान्यास का कार्यक्रम यहाँ पर होने जा रहा है। मुझे पूरा भरोसा है कि यह सात मंजिला भव्य ईमारत जो बनने जा रही है, वह अपने तय सीमा में ही बनकर पूरी होगी। मुझे भरोसा है कि नई जनगणना का ब्यौरा देश के सामने इसी नयी बिल्डिंग के माध्यम से हम रख पाएंगे।

लगभग 7 मंजिलें, 44 करोड़ रुपये की लागत से यह ग्रीन बिल्डिंग बनने जा रही है। भारत में ग्रीन बिल्डिंग के कॉन्सेप्ट को पॉपुलर करने की जरुरत है। आज देश के बहुत सारे लोगों को जनगणना का महत्व और इसके विविध प्रकार के उपयोगों की जानकारी नहीं है। मेरा तो डॉ. जोशी से आग्रह है कि जनगणना के महत्व को जब तक जनता के सामने नहीं ले जाएँगे, इसमें जन भागीदारी का तत्व उतना शामिल नहीं होगा। इसलिए बहुत जरूरी है कि 130 करोड़ की आबादी के देश को यह मालूम हो कि जनगणना का उपयोग क्या है। जनगणना के डायमेंशन क्या हैं। जनगणना कैसे हमारे विकास के नक्शे को रेखांकित करने के लिए एक आधार के रूप में ली जाती है। जनगणना कैसे हमारी फ्यूचर प्लानिंग के लिए महत्वपूर्ण है और देश के भविष्य के विकास की आधारशिला रखने के लिए लम्बे समय की योजनाएँ बनाने का भी आधार होती है। जब तक देश की जनता के सामने यह बातें नहीं रखेंगे तब तक जनगणना में जनभागीदारी शायद उतनी नहीं होगी, जितनी होनी चाहिए।

जनगणना हमारे देश में कोई नई नहीं है, बल्कि परम्परागत रूप से होते हुए आई है। पहले गाँवों और जनपदों में उनका विकास विकेन्द्रित था। विकास की प्लानिंग भी विकेन्द्रित होती थी तो गाँवों में और महाजनपदों में जनगणना का एक दायरा रहता था। अभी जनगणना का जो स्वरुप हमारे सामने है, वो सन् 1865 से 1872 के बीच का है। जब अंग्रेज इस देश में शासन करते थे तब सबसे पहले 1865 में जनगणना की गयी और तब से लेकर आजतक यह 16वीं जनगणना होने जा रही है। एक मोबाइल एप से हम जनता को अपना परिचय, अपने परिवार का परिचय और अपने परिवार की संपूर्ण जानकारी, अपने आप लोड करने का भी ऑप्शन दे रहे हैं। 1931 में जनगणना के काम में सबसे पहली बार पूछताछ के तत्वों का प्रयोग किया गया है। 1931 में पहली बार घर-घर जाकर विस्तृत पूछताछ के जरिए इसके आँकड़े को एकत्रित करने की जरुरत महसूस हुई। 1901 में इसमें जातियों को डाला गया। 1961 में इसमें मातृभाषा और बोली को भी डाला गया। 2011 की जनगणना जब सामने आई तब मालूम पड़ा कि इस देश में 270 बोलियाँ और भाषाओं का अस्तित्व है। तब जाकर देश को यह पता चला कि हम कितने विशाल और बहुभाषी देश हैं। 10 हजार से ज्यादा लोग ऐसी 217 भाषाएँ बोलते हैं, जो इस देश में हैं।

1981 में हम इलेक्ट्रॉनिक इन्टरप्रेट हो पाए। इस प्रकार से जनगणना को बदला गया और 2001 के दौरान इसको आईसीआर, ऑटोमैटिक फॉर्म प्रोसेसिंग टेक्नोलॉजी और सीएसी का उपयोग कर और आधुनिक बनाने का प्रयास किया गया। अब 2021 में जो

जनगणना होगी इसमें हम मोबाइल एप का भी प्रयोग करेंगे। मैं इसको एक अलग तरीके से भी कहना चाहता हूँ कि कागजी जनगणना से डिजिटल जनगणना के ट्रांसफॉर्मेशन का काम 2021 की जनगणना के बाद पूरा होगा। बहुत बड़ी क्रांति होने जा रही है। हम जनगणना के सभी डाटा को डिजिटल करने जा रहे। जो जरूरी कागजी डाटा है, वह रहेगा, मगर इसका डिजिटल डाटा उपलब्ध होने से अनेक प्रकार के विश्लेषण के लिए सॉफ्टवेयर की मदद से इसका उपयोग कर सकेंगे। जब विश्लेषण कर सकेंगे तो ही इसका बहुआयामी प्रयोग/उपयोग भी कर सकेंगे। डॉ. जोशी के नेतृत्व में हम जो जनगणना में नई पहल कर रहे हैं, इसके लिए मैं यहाँ बैठे हुए देश भर के सभी जनगणना निदेशालय के प्रमुख अधिकारियों और डॉ. जोशी को भी बहुत-बहुत बधाई देना चाहता हूँ। इससे देश के विकास का खाका खींचने में हमें मदद मिलेगी। 2011 की जनगणना का आधार ले लें तो भारत का क्षेत्रफल दुनिया के क्षेत्रफल का 2.4 प्रतिशत है और विश्व की आबादी का 17.5 प्रतिशत हमारी आबादी है। 2.4 प्रतिशत भू-भाग-संसाधन और 17.5 प्रतिशत आबादी का जो असुंतलन है, यह हमें हमारी आँख खोलने को मजबूर करता है। हमें एक देश के नाते, एक प्रजा के नाते, एक जनता के नाते कितना अधिक परिश्रम करना है।

जिस देश के पास जनसंख्या के अनुपात में कुदरती संपदा कम होती है, उनको ज्यादा परिश्रम करना पड़ता है। मुझे लगता है कि 2011 के जनगणना ने हमें आगे बढ़ाया है। कुछ राहत के आँकड़े भी हैं। 2011 में हमारी साक्षरता की दर लगभग 74% थी, जो 10% बढ़ी है। यह देश के लिए आनंद का विषय है। 2011 के सेन्सस से यह भी निकलकर आया कि हमारा देश सबसे युवा देश है। जो जनगणना होने जा रही है, वो मानव संसाधन, जन-अध्ययन, संस्कृति, आर्थिक ढाँचे और विकास के ढाँचे की दिशा तय करने के लिए बहुत महत्वपूर्ण होगी। इसलिए मैं कहना चाहता हूँ कि वैज्ञानिक तरीके से हम इसको आगे ले जा सकते हैं। इस जनगणना के आधार पर निर्वाचन क्षेत्र तय होंगे; इसी जनगणना के आधार पर विधानसभा, लोकसभा और म्युनिसिपल के वोट तय होंगे और इस तरह एक समुचित जन प्रतिनिधत्व देश के लोकतंत्र को देने का आधार यह जनगणना बनने वाली है। मैं इतना ही कहना चाहता हूँ कि इसको जितना तरीके से करेंगे, जितनी गंभीरता से करेंगे, जितनी जनभागीदारी को बढ़ाएंगे, देश के विकास में, देश के लोकतंत्र और देश के अर्थतंत्र को मजबूत करने में आपका योगदान उतना ही बढ़ने वाला है।

आप मानकर चलिए कि ईश्वर ने देश के विकास की नींव डालने के लिए आपको कुछ समय के लिए जोड़ दिया है। हम सबको इसे पुण्य कमाने का एक अवसर मानकर मन से करना चाहिए। मन से करेंगे तो आने वाले दिनों में यह देश के विकास और देश के लोकतंत्र को मजबूती देने के काम आएगा।

पहली बार हम राष्ट्रीय जनसंख्या रजिस्टर (एनपीआर) बनाने जा रहे हैं। यह भी एक नई शुरुआत हो रही है। मैं आप सब लोगों को बताना चाहता हूँ कि 2014 में जब

नरेन्द्र भाई प्रधानमंत्री बने तब इस देश की बहुत सारी चुनौतियों को क्या हम समाप्त नहीं कर सकते, इसपर विचार शुरू हुआ। इससे पहले हम योजनाओं को टुकड़े-टुकड़े में बनाते थे। इस साल एक करोड़ लोगों को गैस का सिलेंडर देंगे, एक करोड़ लोगों को घर देंगे; इस साल 2 करोड़ लोगों के घर बिजली पहुचाएँगे, 50 लाख लोगों के घर में शौचालय बनवायेंगे; मगर समस्याएँ वहीं के वहीं रह जाती थीं। देश समस्याओं से मुक्त नहीं होता था। 2014 में नरेन्द्र भाई के देश का प्रधानमंत्री बनने के बाद से हमारे सोचने की स्केल में बदलाव लाने की शुरुआत हुई है। देश को समस्याओं से मुक्त करें, इस प्रकार के आयोजन की, इस प्रकार के प्लानिंग की शुरुआत हुई। वहीं से जनगणना के रजिस्टर के सही उपयोग की शुरुआत हुई।

मैं एक उदाहरण दे रहा हूँ कि 2011 का जनगणना रजिस्टर, जो आप लोगों ने परिश्रम करके बनाया, उसका बहुत सारी योजनाओं में उपयोग हुआ है। इसका सबसे बड़ा उपयोग हुआ उज्ज्वला योजना में। इसी जनगणना से आँकड़े मिले और हमें पता चला कि देश में 8 करोड़ गरीबों के पास गैस नहीं है और 8 करोड़ गरीब जो गैस नहीं रखते हैं, वह कहाँ-कहाँ हैं। अब इसको जब डिजिटल मैप पर रखा गया तो एक क्षेत्र ऐसा आता था जहाँ 93% लोगों के पास गैस थी। एक क्षेत्र ऐसा आता था कि 93% लोगों के पास गैस नहीं थी। कितना बड़ा अंतर है? अब इतने बड़े अंतर को समाप्त करना है तो गैस बाँटने से या एक बार सिलेंडर देने से नहीं होता। 2011 की जनगणना का आधार लेकर पूरा डिजिटल मैप तैयार किया गया। जिसमें सबसे पहले जो एकदम ड्राई एरिया थे, उसे छाँट कर वहाँ तय किया गया कि इतने गैस सिलेंडर बँटने हैं तो एक गैस एजेंसी चाहिए। इसके आधार पर गैस एजेंसी ली गयी, उत्पादन बढ़ाया गया और उसको बाँटने की प्रक्रिया चालू हो गयी। आज देश के 95 प्रतिशत लोगों के पास गैस का सिलेंडर है। 8 करोड़ सिलेंडर सिर्फ 5 साल के अंदर दिए गए।

कहीं पर भी ये बात सामने नहीं आई है कि मैंने रिफिलिंग के लिए फोन किया हो और गैस का सिलेंडर दो दिन के अंदर नहीं मिला हो। जनगणना के रजिस्टर के आधार पर ही 2022 के लिए हमने सरकार के लक्ष्य तय किए हैं। 2022 में देश में जब स्वतंत्रता की 75वीं वर्षगाँठ होगी तब देश में एक भी व्यक्ति ऐसा नहीं होगा, जिसके घर में गैस का चूल्हा नहीं होगा। यह जनगणना के आधार पर ही तय कर पाएंगे। इसका महत्व क्या है, आपके ध्यान में रहना चाहिए। यह बोरिंग टाइप की एक्ससाइज नहीं है। इसका उपयोग किसी के घर में खुशी पहुँचाने, किसी के घर में उजाला पहुँचाने और किसी के घर से बीमारी को भगाने में भी होता है। आपको आश्चर्य होगा कि इसी जनगणना के आधार पर 22 योजनाओं का रेखांकन किया गया है। हर व्यक्ति को घर देना, हर व्यक्ति को शौचालय देना और अब 2024 से पहले हर व्यक्ति के घर में शुद्ध पीने का पानी पहुँचाना, रोड से जोड़ना और हर घर में बिजली का कनेक्शन देना, इन सारी योजनाओं का आधार कहीं न कहीं जनगणना का आलेख ही बना है। आगे भी

पूरी प्लानिंग की व्यवस्था है। फूड एंड सिविल सप्लाई के डिपो कहाँ पर खोलने की जरुरत है, कहाँ से इनकम निकल कर आ सकती है, उसको भी साइंटिफिक तरीके से करना, सबके बैंक अकाउंट खोलना, बैंकों की ब्रांचेज खोलना जैसे अनेक उपयोग इसके किए जाते हैं। मैं 2014 से सभी योजनाओं के साथ कहीं न कहीं पार्टी अध्यक्ष होने के नाते जुड़ा हूँ, तो मैं आपको बताना चाहता हूँ कि आप जो काम करते हैं, वह देश की गरीबी को हराने, देश को समृद्ध बनाने, देश को शिक्षित बनाने और देश को एक विकसित देश बनाने के लिए बहुत उपयोगी है।

अगर सेवा का भाव जनगणना से नहीं जुड़ता तो यह काम हम वैज्ञानिक ढंग से नहीं कर पाएंगे। जनगणना की जो कवायद हम साल दो साल के लिए करते हैं, वह 25 साल तक देश को आगे बढ़ाने के लिए भविष्य की योजनाएँ बनाने के काम आती है। मेरी सरकार ने मुझे यह जिम्मेदारी दी है। लिंग अनुपात को सुधारने वाली बेटी बचाओ-बेटी पढ़ाओ योजना भी इसी में से जन्म ली है। इससे हमें मालूम पड़ जाता है कि कौन से जिले में बड़ी प्रॉब्लम है। बच्चियों की संख्या जहाँ कम है, वहाँ जन जागृति फैलाना, वहाँ गर्भपात पर प्रतिबन्ध के कानून को कठोरता से लागू करना और लिंग अनुपात को ऊपर लाने के लिए हमने प्रयास किया है। इस रजिस्टर का कैसे वैज्ञानिक तरीके से उपयोग किया गया है, हरियाणा इसका आदर्श उदाहरण है। हरियाणा लिंग अनुपात में सबसे नीचे था। आज 5 साल में हरियाणा का लिंग अनुपात सुधरा है। वह देश में सबसे पहले स्थान पर आ खड़ा हुआ है।

यह सारे काम तभी हो सकते हैं जब जनगणना का काम ढंग से होगा, सटीक होगा और सही होगा। इस बार जो एनपीआर बनाने जा रहा है, देश की कई सारी समस्याओं का समाधान उस एनपीआर में है। कानून व्यवस्था से लेकर पोषण आहार तक की सारी समस्याओं का समाधान एनपीआर से निकलने वाला है। 5 साल के बाद मेरे यह शब्द याद करके कहियेगा कि एनपीआर ने इस देश के अंदर बहुत बड़ा परिवर्तन ला दिया और अच्छा ही हुआ कि सरकार एनपीआर के रास्ते पर चल पड़ी है। इसलिए मैं आज आप सभी से कहता हूँ कि मनरेगा जैसी योजना चलानी हो या पोषण युक्त आहार की योजना चलानी हो, आपके जनगणना का आधार बहुत बड़ा है। आजादी के बाद यह 8वीं जनगणना होने जा रही है। लगभग 2021 फरवरी तक ये एक्ससाइज चलेगी और एक से पाँच मार्च तक इसे दुबारा जाँचा जाएगा। पहली मार्च 2021 को एक रिफरेन्स टाइम देकर जनगणना समाप्त होगी। जनगणना के अंदर 16 भाषाओं को इसलिए रखा गया है कि लोग अपनी भाषा में अपना परिचय ढंग से भर सकते हैं। इस बार मोबाइल ऐप भी इसलिए बनाया गया है कि आपका काम थोड़ा सरल हो सके। आपको याद रखना चाहिए कि मोबाइल ऐप को सत्यापन करने का काम भी आपका है। जनगणना निगरानी, प्रबंधन पोर्टल और रिकॉर्ड के लिए कोड निर्देशिका को ढंग से समझ लें और समझाने का काम करें, तभी जाकर हम एक अच्छा काम कर पाएंगे। इससे भी हमें इसके महत्व को पहचानना

चाहिए कि अब तक हुई सभी जनगणना में इस बार सबसे ज्यादा सरकार लगभग 12 हजार करोड़ रूपया खर्च करने जा रही है। मैं मानता हूँ कि 2021 में टेक्नोलॉजी के आधुनिक रूप को उपयोग करते हुए पेन और पेपर से शुरू हुई जनगणना को डिजिटल जनगणना में परिवर्तित करने की जिम्मेदारी देश के यहाँ बैठे हुए 35 निदेशकों की है। डिजिटल जनगणना एक बार हो जाती है तो इसके बहुआयामी उपयोग शुरू होंगे। अभी सरकार ने ऐसा आयोजन नहीं किया है, मगर जन्म और मृत्यु के रजिस्टर को क्या हम देश की मतदाता सूची के साथ नहीं जोड़ सकते? एक बच्चा जो पैदा हुआ अगर उसका जन्म का रजिस्ट्रेशन होता है तो 21वें साल में वह अपने आप मतदाता नहीं बन सकता है? उसे इसके लिए आवेदन देना जरूरी है क्या? मैं मानता हूँ कि नहीं है। अगर एक मतदाता की मृत्यु हो जाती है और उसका परिवार इसका पंजीकरण कराता है तो मतदाता सूची अपने आप अपडेट हो सकती है क्या? हो सकती है। लेकिन इसके लिए ये सारी अलग-अलग एक्ससाइजेज हमें समाप्त करनी हैं।

जनगणना अगर ढंग से हो जाए, डिजिटल फॉर्मेट ढंग से बना लें और कुछ सॉफ्टवेयर डिजाइन कर लें तो आधार कार्ड, मतदान का कार्ड, परिचय कार्ड ये सब एक ही कार्ड में आ सकते हैं। इसमें आपका बैंक का कार्ड, आधार कार्ड, मतदाता परिचय कार्ड, पासपोर्ट सब हो सकते हैं। सारी चीजों को एक ही जगह पर लाने के लिए डिजिटल जनगणना आने वाले दिनों में एक बेस बनेगी। अभी सरकार ने ऐसी कोई योजना बनायी नहीं है, मगर संभावना है। ये सब आपके सामने इसलिए रखना चाहता हूँ कि डिजिटल जनगणना को सफल बनाना और जनता को जागरूक करना आपका और हमारा काम है।

इससे देश को बहुत बड़े खर्चे से हम निकाल पाएंगे। बहुत बड़े डुप्लीकेटिंग वर्क से देश बाहर निकल पाएगा। हम सबको यह मानना चाहिए कि जनगणना एक राष्ट्रीय यज्ञ है। राष्ट्रीय यज्ञ के अंदर आपकी निष्ठा और आपका समय, दोनों की आहुति चाहिए। अकेले समय की आहुति दोगे तो यह सफल नहीं होगा। इसका मुझे भरोसा है कि समय की आहुति निष्ठा के साथ देंगे तो 'क्युमुलेटिव एर्फट्स' से सफलता मिलेगी। आज एक नए भवन का शिलान्यास किया गया है, जहाँ पर भारत के भविष्य का, भारत के विकास का, अर्थतंत्र का, भारत के अंदर से गरीबी के शत-प्रतिशत उन्मूलन का एक बहुत बड़ा कार्य इस भवन में होने वाला है। आज इस सात मंजिला भव्य भवन की आधारशिला रखी गयी है। मुझे भरोसा है दो साल के अंदर यह भवन कार्यरत हो जाएगा और देश के विकास में अपना योगदान देगा। इस अवसर पर डायरेक्टर डॉ. जोशी और देश भर से आए हुए सभी जनगणना निदेशकों को मैं हृदय से बधाई भी देता हूँ, शुभकामनाएँ भी देता हूँ। आने वाली जनगणना के लिए भी बहुत बहुत शुभकामनाएँ देकर अपनी बात को समाप्त करता हूँ।

वन्दे मातरम्।

बदलता भारत: तरूणाई का यश और दायित्व

भारत विश्व का सर्वाधिक युवा देश है। देश की यह युवा शक्ति प्रारंभ से ही प्रधानमंत्री नरेन्द्र मोदी की सरकार की नीतियों के केंद्र में रही है। दीनदयाल उपाध्याय पेट्रोलियम विश्वविद्यालय के सातवें दीक्षांत समारोह में छात्रों के समक्ष दिए इस वक्तव्य में अमित शाह का भाषण उसी को प्रतिध्वनित करता है। युवा शक्ति को प्रेरित करता है। उनके इस भाषण में प्रेरणा के अधिकतम तत्व मौजूद हैं। उदाहरण भी है, संदर्भ भी है। दर्शन भी है और दृष्टि भी है। सिद्धांत भी है और सार्थकता भी है। यह भाषण लक्ष्य को हासिल करने की लालसा के लिए प्रेरित करने वाला भाषण कहा जा सकता है।

मंच पर उपस्थित गुजरात राज्य के मुख्यमंत्री श्री विजय रुपाणी जी, यूनिवर्सिटी के चेयरमैन श्री मुकेश अंबानी जी, गुजरात सरकार के मंत्री श्री भूपेंद्र सिंह जी, गुजरात सरकार के मंत्री श्री सौरभ पटेल जी, गुजरात सरकार के मुख्य सचिव श्री जे एन सिंह जी, श्री पंकज जोशी जी, श्री अंजू शर्मा जी, राजगोपालन जी और मंच पर उपस्थित सभी महानुभाव तथा आज के सातवें दीक्षांत कार्यक्रम में आए हुए मेरे युवा साथियों। आप सब को नमस्कार।

आज इस दीक्षांत समारोह में आकर मैं बहुत गौरव और आनंद की अनुभूति कर रहा हूँ। आज एक तरह से आप की शिक्षा-दीक्षा इस दीक्षांत समारोह के साथ समाप्त हो जाएगी। मगर मैं कहना चाहता हूँ कि आज से आप एक नई शुरुआत कर रहे हैं। अपने कैरियर की शुरुआत कर रहे हैं। देश के विकास में अपने योगदान की भी शुरुआत कर रहे हैं। जीवन में कभी भी अंत नहीं होता है। जीवन हमेशा अपार संभावनाओं

*29 अगस्त, 2019 को गुजरात के दीन दयाल उपाध्याय पेट्रोलियम यूनिवर्सिटी के सातवें दीक्षांत कार्यक्रम में गृहमंत्री श्री अमित शाह का संबोधन

से भरा होता है। संभावनाओं का दोहन करके वही कुछ हासिल कर पाता है, जिसमें हौसला होता है, जोश होता है और लक्ष्य पाने का साहस होता है। यहाँ से जो 1000 से ज्यादा युवा छात्र आज अपने नए जीवन की शुरुआत करने जा रहे हैं, उन सब को मैं बताना चाहता हूँ कि जीवन में कभी लक्ष्य छोटा मत रखना। लक्ष्य बड़ा रखोगे तो निश्चित रूप से हासिल कर पाओगे। ईश्वर भी आपकी सहायता करेगा। लेकिन अगर आपने लक्ष्य छोटा रख लिया तो आपकी सहायता कोई नहीं कर सकता। इसलिए आज जो नये जीवन की शुरुआत कर रहे हैं, उन 1,000 से ज्यादा विद्यार्थियों को मैं अपनी ओर से, देश के प्रधानमंत्री श्री नरेन्द्र मोदी जी की ओर से और भारत सरकार की ओर से अनंत शुभकामनाएँ एवं उनके उज्ज्वल भविष्य के लिए बहुत साधुवाद देना चाहता हूँ। जिस संस्था में आपकी पढ़ाई लिखाई हुई, जिस संस्था में ग्रेजुएट, पोस्ट ग्रेजुएट, डॉक्टरेट होकर आज आप बाहर जा रहे हैं, वह पंडित दीनदयाल पैट्रोलियम विश्वविद्यालय देश के प्रधानमंत्री श्री नरेन्द्र मोदी जी का ड्रीम प्रोजेक्ट था। उन्होंने इस ड्रीम प्रोजेक्ट की शुरुआत मुकेश भाई को साथ में लेकर 2007 में की और 12 साल के अल्पकाल के अंदर ही यह यूनिवर्सिटी आज विश्व में अपना नाम बनाने में सफल हुई है। मैं मुकेश भाई और उनकी पूरी मैनेजमेंट को बहुत-बहुत बधाई देना चाहता हूँ।

अनेक देशों के छात्र यहाँ पेट्रोलियम के क्षेत्र में अपने कोर्स के लिए, रिसर्च के लिए, डॉक्टरेट प्राप्त करने के लिए पढ़ाई लिखाई कर रहे हैं। यही बताता है कि विश्व के शिक्षा जगत में दीनदयाल पेट्रोलियम यूनिवर्सिटी ने एक बहुत बड़ा मुकाम हासिल किया है। नरेन्द्र भाई ने इस प्रोजेक्ट के साथ ही गुजरात को भारत की पेट्रोल राजधानी बनाने का भी एक ड्रीम देखा था, जिसको आज यह एक हजार से ज्यादा स्टूडेंट, पूर्ण करेंगे। जब आप इस विश्वविद्यालय के साथ जुड़े हैं तो मैं आपको दीनदयाल जी के बारे में भी कुछ बताना चाहता हूँ।

दीनदयाल उपाध्याय, जिनके नाम पर इस पेट्रोलियम यूनिवर्सिटी की स्थापना की गई है, एक महान अर्थदृष्टा थे। उन्होंने दुनिया की समस्याओं को 60 साल पहले देखा था, पहचाना था और उन समस्याओं के समाधान का रास्ता भी ढूँढा था। हमारे वेदों और उपनिषदों में कहा गया है कि प्रकृति का कभी शोषण नहीं करना चाहिए। उसका दोहन करना चाहिए। इसी सिद्धांत के आधार पर दीनदयाल जी ने एकात्म मानववाद का दर्शन दुनिया के सामने रखा। व्यक्ति से लेकर समष्टि तक सबके बीच के संबंधों पर एक नया विचार और दर्शन देने का काम उन्होंने किया था। दीनदयाल जी ने ही अंत्योदय का सिद्धांत भी दिया था। जब तक देश में एक भी गरीब व्यक्ति है, हमें संतोष कर लेने का कोई अधिकार नहीं है। हर व्यक्ति को विकास की स्पर्धा में सबसे पहले नंबर पर लाने का प्रयास इस देश को करना चाहिए। मुकेश भाई ने 12 साल में इस यूनिवर्सिटी के लिए काफी कुछ किया है। मुकेश भाई अपने पिता की तरह एक सफल उद्योगपति तो हैं ही, मगर साथ में मुकेश भाई ने इस यूनिवर्सिटी को आगे बढ़ा कर

यह सिद्ध कर दिया है कि शिक्षा के क्षेत्र में भी वे किसी शिक्षाविद से कम योगदान करने वाले व्यक्ति नहीं हैं। मैं मुकेश भाई की और उनके प्रयासों की सराहना करता हूँ।

मुकेश भाई, आपने अब तक लगभग डेढ़ सौ करोड़ से ज्यादा रुपया इस विश्वविद्यालय को विश्व में प्रमुख स्थान पर पहुँचाने में खर्च किया है। गुजरात सरकार और भारत सरकार ने भी किया है। एक बात आपको कहे बगैर रह नहीं सकता कि आने वाला जमाना पर्यावरण का है। आने वाले जमाने में अगर मानव देश में ग्लोबल वॉर्मिंग और क्लाइमेट चेंज की चिंता नहीं करेंगे तो दुनिया को लंबे समय तक स्वस्थ और सुंदर नहीं देख पाएंगे। देश के प्रधानमंत्री नरेन्द्र मोदी जी ने इस क्षेत्र में वैश्विक नेतृत्व लिया है। मैं आपसे आग्रह करना चाहता हूँ कि दीनदयाल पेट्रोलियम यूनिवर्सिटी दो क्षेत्रों में रिसर्च एंड डेवलपमेंट और नए कोर्स की शुरुआत करे। एक, सिंगल यूज प्लास्टिक की रीसाइक्लिंग और दूसरा, इको फ्रेंडली प्लास्टिक। इन दोनों चीजों की दिशा में शोध और अनुसंधान करने का काम दीनदयाल यूनिवर्सिटी को करना चाहिए।

12 साल की छोटी अवधि में 5000 से ज्यादा विद्यार्थी अनेक विषयों में यहाँ से ग्रेजुएट, पोस्ट ग्रेजुएट होकर और डॉक्टरेट प्राप्त करके निकले हैं। आप सब सौभाग्यशाली हैं कि इस यूनिवर्सिटी के साथ आपका नाता जुड़ा है। इससे आपको जीवन में एक अच्छी शुरुआत करने का मौका मिला है। भारत सरकार भी नेशनल इंस्टिट्यूट ऑफ एक्सीलेंस के लिए 100 करोड़ रूपया इस यूनिवर्सिटी को देने वाली है। साथ ही राष्ट्रीय कोर रिपॉजिटरी के लिए 75 करोड़, इनक्यूबेशन, स्टार्टअप केंद्र और नॉलेज सेंटर की स्थापना के लिए और 50 करोड़ तथा एडवांस एनर्जी रिसर्च सेंटर के लिए भी 50 करोड़ रुपया देने वाली है। आईआरएस और पीडीपीयू की संयुक्त पहल से अनेक कोर्स भी यहाँ होने शुरू होने जा रहे हैं। आज आप लोग जब अपने नए जीवन की शुरुआत करने जा रहे हैं, तब मैं आप लोगों के साथ कुछ बातें भारत की आज स्थिति की भी कहना चाहता हूँ। हम सब जो यहाँ मंच पर बैठे हैं, 50 साल के बाद हम में से कोई शायद इस दुनिया में नहीं होगा। लेकिन मेरे सामने जो छात्र बैठे हैं, उन्हें अगले 50-75 साल इस देश को आगे बढ़ाने के लिए काम करना है। इसलिए मैं आज देश की भी बात करना चाहता हूँ।

हमें 73 साल आजाद हुए हो गये। मल्टी-पार्टी पार्लियामेंट्री डेमोक्रेटिक सिस्टम स्वीकार किए हुए भी लंबा समय हो गया। कई सालों तक देश में कई सरकारों ने अपने-अपने तरीके से देश को आगे बढ़ाने का प्रयास किया। उसे एक ऊँचे मुकाम तक पहुँचाने की कोशिश की। मैं उन सभी सरकारों के प्रयास को स्वीकार भी करता हूँ और उनकी प्रशंसा भी करना चाहता हूँ। क्योंकि आजादी के बाद बहुत कठिन दौर से देश को जो नेतृत्व मिला उसने इसे आगे बढ़ाने का प्रयास किया। लेकिन मैं यह भी कहना चाहता हूँ कि 2014 तक कभी भी देश को सुधारने के लिए किसी सरकार ने इतनी पहल नहीं की थी। 2014 तक देश में एक लंबा कालखंड अस्थिर सरकारों

का रहा। 2014 के चुनाव में देश की जनता ने एक पूर्ण बहुमत की सरकार चुनी और प्रधानमंत्री नरेन्द्र मोदी जी पर भरोसा करके उनके हाथों में देश की बागडोर सौंपी। इस बात को पाँच साल हुए। पाँच साल में देश में क्या परिवर्तन आया, वह हम सबको इसलिए जानना चाहिए क्योंकि उस परिवर्तन में हमें भी एक लड़ी बनना है। जिस परिवर्तन की शुरुआत हुई है, हम भी उस परिवर्तन की बयार को आगे ले जाने के लिए उसके वाहक बनें, इसलिए भी हमें इसको समझना चाहिए।

2014 में देश की इकोनॉमी की हालत खस्ता थी। आज 2019 में जब मैं आपके सामने दीक्षांत भाषण कर रहा हूँ, उस समय देश की इकोनामी की हालत क्या है? आज माइक्रो इकोनॉमिक फंडामेंटल काफी मजबूत स्थिति में है। भारत दुनिया में आज सबसे तेज गति से बढ़ने वाली अर्थव्यवस्था है। हमारी विकास दर 7 प्रतिशत से ऊपर है। महंगाई 9 प्रतिशत के आसपास रहती थी। इसे 3 प्रतिशत के नीचे लाने में हमें सफलता मिली है। फिस्कल डेफिसिट का आकड़ा 5 प्रतिशत को छूने के लिए आगे बढ़ रहा था, हम उसे 3.3 प्रतिशत तक रोकने में सफल हुए हैं। आई.एम.एफ ने भी अगले दोनों साल 2019 और 2020 के लिए भारत को सबसे ज्यादा तेज गति से बढ़ने वाली अर्थव्यवस्था बताया है। प्रधानमंत्री जी ने एक विजन रखा है कि भारत को अब छोटा लक्ष्य नहीं रखना चाहिए। अब दुनिया के टॉप 3 इकोनॉमी के अंदर भारत को 2022 तक पहुँचाने का लक्ष्य प्रधानमंत्री जी ने रखा है। जब हम आजादी का 75वाँ साल मनाएँ, उस वक्त भारत दुनिया की सबसे ऊपर की 3 अर्थव्यवस्थाओं में दिखाई दे। इसलिए एक माइक्रो प्लानिंग करके यह देश आगे बढ़ रहा है और 5 ट्रिलियन डॉलर की इकोनॉमी के लिए भी हम आगे बढ़ रहे हैं।

वर्ल्ड इन्वेस्टमेंट रिपोर्ट-2019 के अनुसार, 2018-19 में ग्रीनफील्ड निवेश टू टाइम बढ़कर 56 बिलियन डॉलर हुआ है। 2018-19 में एफडीआई 64.4 बिलियन डॉलर हो गया। 2017-18 में ये 60.9 बिलियन था। एक जमाने में वो 50 बिलियन से नीचे रहता था। आज हम आगे बढ़े हैं। ईज ऑफ डुइंग बिजनेस की रैंकिंग में 2014 में हम 142वें स्थान पर खड़े थे और 2019 में हम 77वें स्थान पर आ गए हैं। यह बहुत बड़ी कामयाबी है। भारत आज विश्वभर के इन्वेस्टर्स को आकर्षित करता है। रेटिंग एजेंसी ने भी भारत की रेटिंग में बहुत बड़ा सुधार किया है। 13 वर्षों के बाद रेटिंग में BAA3 से BAA2 का सुधार करके भारत में जो संभावनाएँ पड़ी हैं, उसका सर्टिफिकेशन विश्व की रेटिंग एजेंसियों ने भी किया है। वर्ल्ड इकोनॉमिक फोरम के ग्लोबल कॉम्पिटेटिव इंडेक्स के अंदर भी हमने 13 पायदान का सुधार किया है। पहले हम 71वें पायदान पर थे, आज 58वें पायदान पर हैं।

आज भारत में हम सबसे बड़ा बिक्री कर सुधार *जीएसटी* सफलतापूर्वक लागू कर चुके हैं। मुकेश भाई मुझे बताते थे कि अमित भाई जीएसटी हम लोगों के लिए तो अच्छा है, मगर पॉलिटिकली आपका बहुत नुकसान करेगा। उस वक्त भी मैंने मुकेश

भाई को कहा था और आज भी कहता हूँ कि नरेन्द्र मोदी जी फैसले लोगों को जो अच्छे लगें ऐसे नहीं लेते हैं, बल्कि ऐसे फैसले लेते हैं जो लोगों के लिए अच्छे हों। इसके लिए पॉलिटिकल कीमत चुकाने की प्रधानमंत्री में हिम्मत भी है और जज्बा भी।

हमने बहुत सारे सुधार किए हैं। जैम के माध्यम से सरकारी खरीदी करके कई स्मॉल इंडस्ट्री को और युवाओं को आगे बढ़ाया है। मुझे लगता है कि स्टार्टअप के लिए बेहतर इकोसिस्टम खड़ा करने को लेकर भी केंद्र ने एक सफल प्रयास किया है। आईआईटी के द्वारा 20,000 से अधिक स्टार्टअप को मान्यता दी गयी है। आजादी से 2014 तक 3000 से भी कम स्टार्टअप थे। आज 20,000 से अधिक स्टार्टअप युवाओं को विश्व के साथ स्पर्धा करने के लिए एक बहुत बड़ा प्लेटफार्म भारत सरकार और देश के प्रधानमंत्री ने दिया है। 130 करोड़ की जनता का विश्वास आज चरम सीमा पर ले जाने के लिए नरेन्द्र भाई के नेतृत्व ने एक करिश्माई काम किया है।

पहले देश कभी सोच नहीं सकता था कि हमारे देश का नेता विश्व का नेतृत्व करेगा। लेकिन आज जब पेरिस जलवायु सम्मेलन में नरेन्द्र भाई को भाषण करते हुए देखते हैं और दुनिया की सबसे बड़ी आर्थिक पंचायत में देश की राष्ट्रभाषा हिंदी में देश की इकोनॉमी की ताकत को जब नरेन्द्र भाई समझाते हैं तो देश के हर व्यक्ति का सीना गज-गज भर फूल जाता है। हमारा नेता विश्व में एक्नॉलेजमेंट लेकर वापस आ रहा है। देश में सालों से एक मान्यता थी कि जिसको दुनिया के बड़े देश स्वीकार नहीं करते, वो भारत भी कर नहीं सकता। सालों से हमारे देश में आतंकवाद के खिलाफ कभी भी दृढ़ इच्छाशक्ति के साथ फैसले नहीं लिए गए। लेकिन जब उरी पर हमला हुआ तो हमने एयर स्ट्राइक कर दुनिया को बताया कि हम शांति के पक्षधर हैं, मगर हमारी सुरक्षा के साथ कोई खिलवाड़ नहीं कर सकता। जब पुलवामा में हमला हुआ तब भी हमने एयर स्ट्राइक की और बताया कि हमारी सीमाओं के साथ कोई छेड़खानी नहीं कर सकता।

सालों से एक कसक हर हिंदुस्तानी के दिल में थी कि कश्मीर हिंदुस्तान का अभिन्न अंग बने। अनुच्छेद-370 और 35(ए) की समाप्ति एक बहुत बड़े चैलेंज के रूप में देश के सामने रही थी। सब मन मसोस कर बैठे थे क्योंकि इसका कोई जिक्र भी नहीं करता था। प्रधानमंत्री जी को जब दोबारा जनादेश मिला तो उन्होंने एक ही झटके के अंदर अनुच्छेद-370 और 35(ए) को समाप्त करके आज कश्मीर को भारत का अभिन्न अंग बनाया है। मुझे विश्वास है कि जो कश्मीर आजतक विकास से अछूता रहा है, कश्मीर की जो जनता बेरोजगारी व गरीबी से पीड़ित रही है, जिसे अच्छी स्वास्थ्य सुविधाएँ और अच्छी शिक्षा सेवाएँ नहीं मिलीं, आने वाले दिनों में प्रधानमंत्री नरेन्द्र मोदी जी के नेतृत्व में उसका विकास होगा। कश्मीर के अंदर इंडस्ट्री भी आएगी, टूरिज्म भी आएगा, शिक्षा भी आएगी, स्वास्थ्य सेवाएँ भी आएँगी और कश्मीर के बेरोजगारों को रोजगार भी मिलेगा। हमारा कश्मीर हँसता, खेलता, डोलता हुआ भारत माता का अंग

बनकर अपने पुराने गौरव को प्राप्त करेगा।

आप लोग यहाँ से अपनी पढ़ाई पूरी कर जब अपने और देश के भविष्य के निर्माण में जुड़ेंगे। तो आपको ध्यान रहे कि देश के विकास की ढेर सारी संभावनाएँ आपके क्षेत्र में भी हैं। 5 ट्रिलियन अमेरिकी डॉलर की अर्थव्यवस्था यदि हमें बनना है, तो 8 प्रतिशत जीडीपी विकास दर की आवश्यकता है। 8 प्रतिशत जीडीपी की विकास दर अगर हमें सिद्ध करनी है, तो ये ऊर्जा और पेट्रोलियम के बगैर हो नहीं सकता। आपके लिए अपार संभावनाएँ इस देश में पड़ी हैं। विगत 5 सालों में ऊर्जा क्षेत्र में ढेर सारे सुधार भारत सरकार ने प्रधानमंत्री जी के नेतृत्व में किए हैं। ऊर्जा की पहुँच को बढ़ाना, ऊर्जा क्षेत्र की दक्षता को बढ़ाना, ऊर्जा क्षेत्र में निरंतरता लाना और ऊर्जा को बचाना, इन सभी क्षेत्रों में बहुत सारी नई पहल की गयी है।

तेल और गैस क्षेत्र में हम प्रमुख भूमिका निभाते हैं क्योंकि हमारी आवश्यक ऊर्जा का एक तिहाई हाइड्रोकार्बन से मिलता है। विश्व की कुल आबादी का 18 प्रतिशत लोग भारत में रहते हैं, लेकिन हमारी ऊर्जा की खपत 5.4 प्रतिशत ही है। विश्व में ऊर्जा उपयोग करने वाले हम दुनिया के तीसरे देश हैं। हमसे ऊपर अमेरिका और चीन हैं। अपने यहाँ प्रति व्यक्ति ऊर्जा खपत में अभी भी बहुत संभावना है, क्योंकि भारत की ऊर्जा के प्रति व्यक्ति खपत .62 TOA है और विश्व की 1.91 TOA है। बहुत बड़ी संभावनाएँ आपका इंतजार कर रही हैं। विश्व में कच्चे तेल का उपभोक्ता भारत तीसरा सबसे बड़ा देश है। विश्व में एलएनजी का आयात करने वाला भारत चौथा सबसे बड़ा देश है। 2020 तक ऊर्जा के लिए सबसे वृद्धि करने वाले रूप में भारत चीन से भी आगे निकल जाएगा। इसका मुझे भरोसा है। मजबूत आर्थिक विकास और बढ़ते शहरीकरण के साथ हम ऊर्जा के मामलों में बहुत आगे निकलेंगे।

अभी-अभी उज्ज्वला योजना के तहत लगभग लगभग 16 करोड़ लोगों के घर तक गैस पहुँचाने का महत्वकांक्षी कार्य हमारी सरकार ने किया है। एक बड़े वर्ग में उर्जा की हमारी जरूरतें पूरी करने की यह एक भगीरथ पहल है। हाइड्रोकार्बन सेक्टर में भी ढेर सारे सुधार किये गए हैं। गैस मूल्य निर्धारण में सुधार किया गया है। हाइड्रोकार्बन की खोज के लिए लाइसेंस प्रदान करने की नई नीति भी सरकार लेकर आई है। एलएनजी इंफ्रास्ट्रक्चर में बहुत अच्छा सुधार करने, एलएनजी स्रोतों को बढ़ाने, राष्ट्रीय गैस ग्रिड की क्षमता को 5 साल में ढाई गुना बढ़ाने और सिटी गैस डिस्ट्रीब्यूशन के तहत 406 जिलों में संपूर्ण नगरीय गैस वितरण के लिए लाइनें डालने का काम भी भारत सरकार ने किया है। इसलिए मैं कह रहा हूँ कि आप जिस क्षेत्र में जा रहे हैं उसमें अपार संभावनाएँ हैं।

अभी मुकेश भाई कह रहे थे कि थोड़े समय में हमारी रैंकिंग 100 के अंदर आएगी। मुकेश भाई रैंकिंग को रिलेटिवली देखना चाहिए। यूनिवर्सिटी कितनी पुरानी है, वह भी रैंकिंग में बहुत बड़ा रोल करती है। अभी आपकी यूनिवर्सिटी को 12 साल

ही हुए हैं। मैं मानता हूँ कि आज की रैंकिंग में भले कहीं पर भी हो, यहाँ पर जिस प्रकार की शिक्षा की व्यवस्था, आधारभूत ढाँचा और जिस प्रकार के पाठ्यक्रम बनाने के लिए कदम उठाए गए हैं, उसे देखते हुए दीनदयाल यूनिवर्सिटी विश्व की अव्वल पेट्रोल विश्वविद्यालयों में से है। आप सभी लोग ऐसी यूनिवर्सिटी से जब ग्रेजुएट बनकर, डॉक्टरेट लेकर, डबल ग्रेजुएट बनकर जा रहे हैं, तब आपको आगे के जीवन के लिए भी एक संकल्प लेना चाहिए। आपके जीवन का संकल्प अकेले आपके और आपके परिवार के लिए ना हो बल्कि उसके साथ अपने गाँव, शहर, देश किसी न किसी को जोड़ना है। इसी संकल्पबद्धता के साथ आपको नया जीवन शुरू करना है। ईश्वर आपके संकल्प को पूरा करने के लिए अपार क्षमता आपके अंदर भर देगा। अपार संभावनाएँ आपके लिए पड़ी हैं और अपार सफलता भी आप प्राप्त करेंगे। इस देश को आगे बढ़ाने के लिए ईश्वर ने जिनको मौका दिया है, वह अगर देश को आगे बढ़ाने का नहीं सोचते हैं तो और कौन सोचेगा? आज भी देश को आगे बढ़ाने के लिए हम सब को मिलकर काम करना पड़ेगा। कठोर परिश्रम करना पड़ेगा। दिन-रात एक करके काम करना पड़ेगा। यह बात आपके संकल्प का हिस्सा हो, यह बहुत जरूरी है।

अंत में इतना ही कहना चाहता हूँ कि आने वाला साल गाँधी जी की 150वीं जयंती का साल है। गाँधी जी एक ऐसे महामानव थे जो एक सहस्त्र शताब्दी के सबसे लोकप्रिय और सबसे प्रासंगिक व्यक्ति रहे हैं। मैं मानता हूँ कि गाँधी जी के विचार, गाँधी जी के दर्शन शाश्वत हैं। कभी भी गाँधी जी के दर्शन, गाँधी जी के विचार, अप्रासंगिक नहीं हो सकते। गाँधी जी की 150वीं जयंती देश भर के लिए एक नई ऊर्जा, एक नई प्रेरणा और एक नए संकल्प का प्रसंग होना चाहिए। देशभर में गाँधी जी के विचारों को, गाँधी जी के दर्शन को, गाँधी जी के चिंतन को आगे बढ़ाने के लिए कई सारे और कई प्रकार के कार्यक्रम आए, मगर इसमें आपको क्या करना है, यह आपको सोचना चाहिए। मेरा तो आग्रह है कि हर स्टूडेंट जो यहाँ से ग्रेजुएशन कर रहा है, दीनदयाल उपाध्याय और महात्मा गाँधी के बारे में पहले पूरा अध्ययन करे। तब आपको भारत को जानने के लिए किसी और पुस्तक की जरूरत नहीं पड़ेगी। इन दोनों का जीवन ही भारत को जानने के लिए और आपको ज्ञानवान बनाने के लिए काफी है। गाँधी जयंती के 150 साल में यहाँ जितने भी स्टूडेंट हैं उनको मैं कोई बड़े संकल्प लेने की या त्याग की बात नहीं करता। कोई न कोई छोटा सा संकल्प ही लीजिये जो सिर्फ अपने लिए न हो। आप कैसा भी संकल्प ले सकते हैं। जैसे, हर रोज मैं माता-पिता की तस्वीर को प्रणाम करके अपने काम की शुरुआत करूँगा। कोई संकल्प ले सकता है कि मैं ट्रैफिक के नियमों का उल्लंघन नहीं करूँगा या करूँगी। कोई ऐसा संकल्प ले सकता है कि मैं अपनी थाली में कभी भी जूठा अन्न नहीं छोड़ूँगा। ऐसे छोटे-छोटे ही सही, परंतु गाँधी जी की 150वें जयंती के दिन आप एक संकल्प जरूर लें। मैं आपको बताना चाहता हूँ कि यह 130 करोड़ की आबादी वाला देश है और 130 करोड़ लोग

अपने आप अगर कोई संकल्प लेते हैं तो 130 करोड़ संकल्प होते हैं। इन 130 करोड़ संकल्पों से जो समूची शक्ति बनेगी, वह हमारे देश को 130 करोड़ कदम एक साथ आगे ले जाने का काम करेगी।

आप सबसे मेरा अनुरोध है कि ईश्वर ने आपको बहुत कुछ दिया है। मैंने देशभर का भ्रमण किया है। जहाँ पढ़ाई-लिखाई की व्यवस्था नहीं है, उन क्षेत्रों को भी देखा है। जहाँ दो समय का अच्छे से खाना भी नहीं मिलता। उन क्षेत्रों को भी मैंने देखा है। सरकार बनने के बाद सबके घर में टॉयलेट, सबके घर में बिजली, सबके घर में खाना और अब सबके घर में पेयजल नल के माध्यम से पहुँचाने का जो संकल्प हमने लिया है, वह ठीक है। मगर आज भी देश में बहुत सारे लोग हैं, जिन्हें अपके जैसी व्यवस्थाएँ नहीं मिली हैं। जब आप संकल्प लेकर जाते हैं तब देश को और आपके अपने जीवन को भी आगे बढ़ाने के लिए आपका योगदान एवं आपकी बढ़ोत्तरी दिन दूना रात चौगुना हो जाते हैं।

गाँधी जी के 150वें साल में जल संचय के बचाव के लिए नदियों को जोड़ने के कार्यक्रम से जल को एक शक्ति के रूप में स्वीकार करने का संकल्प भारत सरकार ने लिया है। सिंगल यूज प्लास्टिक के खिलाफ एक जंग छेड़ने की शुरुआत भी 2 अक्टूबर को हम करने वाले हैं। इन सब में भी आपका योगदान चाहिए। आज यहाँ से आप बाहर जाकर अपने उज्जवल कैरियर की शुरुआत करेंगे। मैं स्वामी विवेकानंद का एक वाक्य आपको याद कराना चाहता हूँ। 'उठो, जागो और जब तक लक्ष्य प्राप्त ना हो तब तक रुको नहीं, लक्ष्य की प्राप्ति ही जीवन का साध्य होता है।' यह आपको हमेशा याद रखना चाहिए।

आज संस्था ने मुझे यहाँ बुलाया, इसके लिए मैं मुकेश भाई और युनिवर्सिटी के बोर्ड ऑफ गवर्नर्स का हृदय से बहुत-बहुत धन्यवाद करना चाहता हूँ। मुझे आप लोगों से बात करने का मौका मिला। आपसे बात करके मेरी ऊर्जा और उत्साह में भी बहुत बढ़ोत्तरी हुई है। आप सच मान कर चलिए जब मैं आपसे बात करता हूँ तो भारत के भविष्य से बात करता हूँ। भारत के युवाओं से बात करता हूँ तब मेरा भी हौसला, मेरा भी उत्साह, मेरी भी ऊर्जा बढ़ती है। आज जब आप 1000 से ज्यादा छात्र यहाँ से बाहर जा रहे हैं तब मैं ईश्वर से प्रार्थना करता हूँ कि आपका भविष्य, आपका कैरियर, आसमान की ऊँचाइयों को छुए और आप अपने जीवन के सभी लक्ष्यों की प्राप्ति कर पाएँ। जो बच्चे पढ़ रहे हैं, उनको भी देश के विकास में जुड़ने का आह्वान करके अपनी बात को समाप्त करता हूँ।

वंदे मातरम्।

सर्वे संतु निरामया

प्रधानमंत्री श्री नरेन्द्र मोदी की विशेषता है कि वे कभी छोटे लक्ष्य लेकर नहीं चलते। प्रत्येक क्षेत्र में भारत को विश्व में शीर्ष पर ले जाने का लक्ष्य इसी का द्योतक है। श्री नरेन्द्र मोदी का मत रहा है कि भारत जैसे युवा शक्ति से संपन्न देश को विश्व में शीर्ष पर पहुँचने से कोई नहीं रोक सकता। ऋषिकेश एम्स के दीक्षांत समारोह में शिक्षा पूरी करने वाले छात्रों के समक्ष प्रधानमंत्री नरेन्द्र मोदी की इसी दृष्टि को प्रस्तुत करते हुए गृहमंत्री अमित शाह ने विद्यार्थियों से अपेक्षा की कि अपने कार्यक्षेत्र में सक्रिय होते हुए वे केवल व्यक्तिगत लाभ और उन्नति को ध्यान में नहीं रखेंगे अपितु मरीज उनमें भगवान देखता है, इस अनुभूति के साथ अपने कर्तव्य का निर्वहन करेंगे।

आज के कार्यक्रम में मेरे साथ मंच पर उपस्थित भारत सरकार के स्वास्थ्य मंत्री डॉ हर्षवर्धन जी, एम्स ऋषिकेश के अध्यक्ष समीरा नंदी जी, उत्तराखंड के लोकप्रिय मुख्यमंत्री और मेरे मित्र भाई त्रिवेंद्र रावत जी, भारत सरकार के एचआरडी मिनिस्टर और यहीं देवभूमि वीरभूमि के जनप्रतिनिधि भाई श्री रमेश पोखरियाल निशंक जी। प्रोफेसर मनोज कुमार गुप्ता जी, यहाँ पर उपस्थित सारे जनप्रतिनिधि, प्रोफेसर बंधु भगिनी और आज के कार्यक्रम के बाद यहाँ से शिक्षित हो करके जाने वाले ऐसे 248 डॉक्टर भाइयों और बहनों।

अभी-अभी हमने एक प्रस्तुतिकरण देखा और देखकर आश्चर्य हो रहा था कि यह ऋषिकेश एम्स का प्रेजेंटेशन है! मैंने बहुत सारे अस्पतालों को देखा है और ढेर सारे अस्पतालों में मैंने ध्यान से निरीक्षण भी किया है, मगर उत्तराखंड के ऋषिकेश में सभी विभागों के साथ परिपूर्ण एम्स की कार्रवाई देखकर दिल को संतोष, आनंद और गौरव की अनुभूति होती है। मैं प्रोफेसर रविकांत को बहुत-बहुत बधाई देना चाहता हूँ कि आपने बड़े मन से इस संस्थान को आगे बढ़ाया है।

मैं आज देवभूमि वीरभूमि में आया हूँ तो सबसे पहले भगवान बद्री विशाल और

*14 मार्च, 2020 को ऋषिकेश एम्स के दीक्षांत समारोह में केन्द्रीय गृहमंत्री श्री अमित शाह का संबोधन

बाबा केदारनाथ को प्रणाम करके अपनी बात की शुरुआत करता हूँ। आज यहाँ से 248 युवा अपनी शिक्षा पूरी करके समाजिक जीवन में जाने के लिए निकले हैं। नाम तो दीक्षांत समारोह है, मगर जीवन में कभी भी दीक्षा का अंत नहीं होता। यह आपके लिए जीवन की नई शुरुआत है। इस मौके पर मैं आपको बहुत-बहुत शुभकामनाएँ देता हूँ कि ईश्वर आपको बहुत यश दे, आपके व्यक्तिगत जीवन में बहुत प्रगति हो और जिस उद्देश्य के साथ आपको पढ़ाया-लिखाया गया है, जिस उद्देश्य के साथ इस विषय का ज्ञान आपको दिया गया है, उन सारे उद्देश्यों की परिपूर्ति आपके माध्यम से हो। विशेषकर जब मरीज आपके सामने आता है तो वह आपके अंदर भगवान देखता है, इसकी अनुभूति हमेशा आपको होती रहे।

20-25 साल पहले जब हर्षवर्धन जी डॉक्टर बने होंगे। आपके प्राध्यापक जब डॉक्टर बने होंगे। उस समय अगर आप डॉक्टर बनते तो एक अलग प्रकार की स्थिति में आपको जाना था, लेकिन जब आज आप डॉक्टर बनकर जा रहे हो, तब एक विशिष्ट प्रकार का प्लेटफॉर्म इस देश के प्रधानमंत्री श्री नरेन्द्र मोदी ने आपके लिए बनाकर तैयार रखा है। उस प्लेटफार्म का फायदा आपको मिलने वाला है। इस प्लेटफार्म पर खड़े होकर आपको सिर्फ अपनी आजीविका और अपने व्यक्तिगत विकास का विचार नहीं करना है, बल्कि इस प्लेटफार्म पर खड़ा रहकर आपको विश्व के स्वास्थ्य के क्षेत्र में भारत को सर्वप्रथम बनाने के लिए योगदान देने की दिशा में आगे बढ़ना है। इन दोनों चीजों में बहुत बड़ा अंतर है। स्वास्थ्य के क्षेत्र में 20-30 साल पहले भारत की जो स्थिति थी और आज की जो स्थिति है, उसमें अंतर है। आज जो शुरुआत हुई है, उस शुरुआत को गंतव्य स्थान पर ले जाने का दायित्व आपका है। इस 6 साल के अंदर 130 करोड़ की आबादी वाले इस देश को मोदी जी ने स्वास्थ्य के क्षेत्र में संपूर्ण बनाने के लिए एक यात्रा की शुरुआत की है। 130 करोड़ लोगों में से लगभग 60 करोड़ लोग गरीबी रेखा के नीचे जीते हैं। आप विचार कर सकते हैं कि सबके लिए अगर स्वास्थ्य की कल्पना कोई करता है तो यह कितनी कठिन कल्पना होगी। आपमें से बहुत सारे लोग गाँव के परिदृश्य से आए होंगे। 2014 तक की आपके गाँव की स्वास्थ्य सेवाएँ आपको मालूम होंगी। ऐसे में आज इस प्रकार का विचार करना कि हमारा भारत विश्व में स्वास्थ्य क्षेत्र में सर्वोच्च बने, इसकी नरेन्द्र मोदी के अलावा कोई हिम्मत नहीं कर सकता। मैं आपको कहना चाहता हूँ कि मोदी जी ने आने के तुरंत बाद ही समझ लिया कि जब तक डॉक्टर उपलब्ध नहीं हैं, तब तक स्वास्थ्य सेवाओं को सुधारा और नीचे तक पहुँचाया नहीं जा सकता। इसलिए मोदी जी के आने के बाद लगभग 157 नए मेडिकल कॉलेज बने है या बन रहे हैं। कुछ स्थापित भी होने लगे हैं और कुछ काम भी करने लगे हैं। अटल जी 6 बनाकर गए थे, जिसमें से एक जहाँ पर आपने शिक्षा-दीक्षा प्राप्त की, ऋषिकेश एम्स भी है।

अटल जी ने उत्तराखंड के लिए बहुत कुछ किया। उत्तराखंड को भी बनाया और

ऋषिकेश के एम्स को भी बनाया। हमने इस 6 एम्स के साथ और 16 एम्स बनाकर 22 एम्स का काम शुरू कर दिया है। आगे लक्ष्य रखा है कि हर राज्य में 1 एम्स बने। जब मैं एम्स शब्द प्रयोग करता हूँ तो यह केवल अस्पताल और मेडिकल कॉलेज नहीं है। यहाँ अनुसंधान भी होते हैं और रिसर्च पेपर भी दाखिल होते हैं। यहाँ से विश्व के अनेक अस्पतालों के साथ एमओयू होते हैं। स्टूडेंट्स को विश्वभर की टेक्नोलॉजी का यहाँ पर अनुभव होता है और वीडियो कांफ्रेंस के माध्यम से दुनियाभर की सबसे आधुनिक आरोग्य के क्षेत्र की टेक्निक को भी आप एम्स में आकर जान सकते हैं, सीख सकते हैं, पढ़ सकते हैं और आत्मसात कर सकते हैं। हर राज्य में अगर एक एम्स बनता है, तो मुझे भरोसा है कि कुछ ही सालों में सबसे ज्यादा मेडिकल रिसर्च पेपर फाइल करने वाला कोई देश होगा तो मेरा भारत होगा। इस दृष्टिकोण के साथ यह शुरुआत नरेन्द्र मोदी जी ने की है। 29,000 मेडिकल की सीटें इस 6 साल के अंदर बढ़ाने का काम नरेंद्र मोदी जी ने किया है। 17,000 पीजी की सीटें बढ़ाने और उत्तराखंड जैसे छोटे राज्य में ही अल्मोड़ा, रुद्रपुर, हरिद्वार और पिथौरागढ़ में 4 मेडिकल कॉलेज देने का काम भी नरेन्द्र मोदी जी की सरकार ने किया। अभी नीति आयोग इस डिजाइन पर काम कर रहा है, जिसको अगर ढंग से कर लिया गया तो देश में और 10,000 पोस्ट ग्रेजुएट की सीटे बढ़ जाएँगी।

ये जो एजुकेशन के लिए इंफ्रास्ट्रक्चर खड़ा करने का काम किया गया है, इसके पीछे उद्देश्य है कि देश के हर दूरदराज के गाँव में एक डॉक्टर उपलब्ध हो। हर तहसील सेंटर पर एक पोस्ट ग्रेजुएट डॉक्टर उपलब्ध हो। अगर यह इंफ्रास्ट्रक्चर खड़ा नहीं करते हैं तो आरोग्य को सुधारने की दिशा में देश को आगे बढ़ाने का स्वप्न देखने का हमें कोई अधिकार नहीं। मैं आपको बताना चाहता हूँ कि हम सिर्फ इंफ्रास्ट्रक्चर बनाकर रुके नहीं हैं। इनके साथ ढेर सारी योजनाओं को जोड़ा भी है। सबसे बड़ी योजना है– *प्रधानमंत्री आयुष्मान भारत योजना।* आज आप यहाँ से शपथ लेकर डॉक्टर बनकर क्षेत्र में जाएँगे तो मैं आपको बताना चाहता हूँ कि दुनिया की सबसे बड़ी स्वास्थ्य की वेलफेयर स्कीम अगर किसी देश में चलती है तो मेरे और आपके देश भारत में चलती है। 60 करोड़ से ज्यादा लोगों और 10 करोड़ से ज्यादा परिवारों के स्वास्थ्य का 5 लाख तक का पूरा खर्चा भारत सरकार उठा रही है। ब्रेन स्ट्रोक, हार्ट अटैक, कैंसर चाहें कोई भी रोग हो, पाँच लाख तक का खर्च भारत सरकार उठाएगी। 60 करोड़ लोग तो स्वप्न में भी नहीं सोचते थे कि हमें अच्छे स्वास्थ्य की सुविधा उपलब्ध होगी। अपेंडिक्स का भी ऑपरेशन कराना होता था तो खेती की जमीन गिरवी रखकर कराना पड़ता था। ऐसी स्थिति में जीने वाले लोगों को पाँच लाख तक का पूरा खर्चा आज भारत सरकार दे रही है।

मैं आपको इसलिए कह रहा हूँ कि आपके लिए कितना बड़ा पोटेंशियल, कितना बड़ा रास्ता नरेन्द्र मोदी सरकार ने खोला है। 60 करोड़ गरीब सरकारी खर्चे से पाँच लाख

तक का पूरा इलाज करा सकते हैं। कई राज्यों जैसे उत्तराखंड ने 'सर्व अटल स्वास्थ्य योजना' शुरू करके सभी नागरिकों के लिए यह योजना लागू कर दी। हिमाचल में भी सभी नागरिकों के लिए योजना लागू कर दी गयी है। ढेर सारे राज्य ऐसे हैं, जिन्होंने इसको एक्सटेंड भी किया है। यह संख्या राज्यों की मिलाकर साठ करोड़ से भी बहुत आगे जाती है। आज मैं इतना कहना चाहता हूँ कि 12.38 करोड़ फैमिली को कार्ड जारी करने का काम समाप्त हो गया है और अब तक 91 लाख से ज्यादा पेशेंट इस योजना का फायदा उठाकर अस्पतालों में अपना इलाज और ऑपरेशन करवा चुके हैं। ढाई साल में करीब-करीब एक करोड़ लोग जो कभी ऑपरेशन कराने की कल्पना ही नहीं कर सकते थे, उनको ऑपरेशन करवाने की सुविधा उपलब्ध कराने का काम श्री नरेन्द्र मोदी सरकार ने किया है।

अभी-अभी मोदी जी ने प्रधानमंत्री जन औषधि केंद्र पर एक बहुत बड़ा कार्यक्रम किया था। लगभग 6200 जन औषधि केंद्र हैं, जिनमें हर महीने एक करोड़ से ज्यादा परिवार सस्ती दवाइयाँ लेते हैं। जो कैंसर की दवा खुले बाजार में 6500 रुपए में मिलती है, वहाँ पर 750 में मिल जाती है। देश के लगभग 728 जिलों में यह योजना पहुँच चुकी है। चाहे हार्ट में स्टंट लगाना हो, चाहे घुटना बदलना हो, इन सारी चीजों की कीमत को रेगुलराइज करके आज गरीब के लिए आरोग्य उपलब्ध कराने का काम किया गया है। मैं आपको बताना चाहता हूँ कि संस्थागत डिलीवरी करके माता मृत्यु दर और बाल मृत्यु दर को कम करने का काम भी हमने किया है। भारतीय जनता पार्टी की मोदी सरकार ने ढेर सारे ऐसे काम किए हैं। इन सबके लिए लगभग 69,000 करोड़ का बजट इस बार के बजट में स्वास्थ्य विभाग को दिया गया है। सिर्फ इतना ही नहीं, मोदी जी ने अपने विजन से चार टुकड़ों में भारत को स्वस्थ बनाने के काम को बाँटा है। सबसे पहला बीमारी ही ना हो इसके लिए योग, फिट इंडिया और मिशन इंद्रधनुष। ज्यादा से ज्यादा लोग योग को अपनी दिनचर्या का हिस्सा बनाएँ। योग सबसे ज्यादा बीमारियों को रोकने वाली एक्ससाइज है और हम अगर इसको अपने दिनचर्या का हिस्सा बनाते हैं तो बीमारी आने की संभावना बहुत कम हो जाती है।

उन्होंने खेलो इंडिया और फिट इंडिया की शुरुआत करके युवाओं को निश्चित दिशानिर्देश दिए हैं कि इस रास्ते पर जाइए और अपने शरीर को स्वस्थ रखिए। फिट इंडिया के कार्यक्रम को भी मोदी जी ने स्वयं प्रमोट किया है। मिशन इंद्रधनुष के जरिए सारे टीकों का एक कैलेंडर बनाकर बच्चा बचपन से ही अपनी रोग प्रतिरोधक शक्ति को बढ़ा ले और पूरा जीवन फिट रहे, ऐसी शुरुआत नरेन्द्र मोदी जी ने की है। दूसरा स्टेज क्या है? अगर इसके बाद भी बीमारी हो तो अच्छा इलाज होना चाहिए। अच्छा इलाज अच्छे अस्पतालों के अलावा संभव नहीं है। जैसे मैंने कहा कि 22 एम्स इसके लिए काम कर रहे हैं। लगभग-लगभग हर तीसरी लोकसभा में एक मेडिकल कॉलेज बनाने का लक्ष्य हम 2024 से पहले पूरा कर देंगे। एक मेडिकल कॉलेज बनता है तो

सारे के सारे विभाग इसके अंदर होते हैं और फ्री इलाज की व्यवस्था होती है। मेडिकल कॉलेज बन गए। अस्पताल भी बन गया। लेकिन अगर डॉक्टर उपलब्ध नहीं हैं, तो क्या होगा? इसीलिए मैंने कहा कि 29,000 एमबीबीएस की सीटें और 17,000 पोस्ट ग्रेजुएट की सीटें बढ़ाने का भी काम किया गया है। यह सब होने के बाद अगर इलाज कराने और दवा लाने के लिए पैसा नहीं है तो इंफ्रास्ट्रक्चर भी पड़ा रह जाएगा। जो अपना पैसा खुद खर्च कर सकते हैं वो करेंगे, मगर जो नहीं कर सकते हैं, ऐसे 60 करोड़ लोगों के लिए प्रधानमंत्री आयुष्मान भारत योजना और सस्ती दवाओं व सस्ते उपकरणों की उपलब्धि कराकर भारत को स्वस्थ बनाने की एक चहुँमुखी योजना नरेन्द्र मोदी जी ने शुरू की है।

कई देशों के डेवलपमेंट के नक्शे को स्टडी करने का मेरा स्वभाव है और मैंने किया है। इसलिए मैं बताता हूँ कि दुनियाभर के स्वास्थ क्षेत्र में आज जो सबसे अच्छे से अच्छे देश हैं, उन्होंने भी इतनी विपरीत परिस्थिति में एक चहुँमुखी विकास की योजना बनाकर छः साल के कम समय में इतना बड़ा रास्ता नहीं तय किया है। मैं आपको भरोसे के साथ कह सकता हूँ कि 2030 आते-आते स्वास्थ्य के क्षेत्र में हर तरह से भारत दुनिया में पहली पंक्ति के देशों में आ जाएगा। चाहे चिकित्सा का क्षेत्र हो, चाहे आरएंडडी का क्षेत्र हो, चाहे इंफ्रास्ट्रक्चर की उपलब्धता का क्षेत्र हो, चाहे 108 का जाल बुनकर कम से कम समय में पेशेंट को अस्पताल में पहुँचाने की व्यवस्था करनी हो, चाहे उसकी माली हालत ठीक हो ना हो और उसको दवाइयाँ और अस्पतालों की उपलब्धता करानी हो, इन सभी क्षेत्रों में भारत समग्र विश्व में आगे निकलेगा। इसका मुझे पूरा भरोसा है।

जब आप यहाँ से डॉक्टर बनकर जा रहे हैं तब यहाँ आपको शपथ भी दिलाई जाएगी और उसके बाद आप फील्ड में अपने जीवन की नई शुरुआत करेंगे। मैं आपसे कहना चाहता हूँ कि बड़े पद पर जाने का विचार कभी मत करना। बड़े पद पर जो लोग बैठते हैं, उनको दुनिया भूल जाती है। बड़े व्यक्ति बनने का विचार करके जाएँगे तो दुनिया हमेशा आपको याद करेगी। बड़ा पद प्राप्त करना बहुत सरल है, क्योंकि वह अपने लिए प्राप्त करना होता है। मगर बड़ा व्यक्ति बनना है तो दूसरों के लिए जीना पड़ता है। डॉक्टर साहब ने कहा कि बहुत डाइल्युशन हुआ है। हो सकता है कि मेडिकल प्रोफेशन के लोगों को लगता हो, मगर मेरे जैसे पेशेंट रहे लोगों को लगता है कि आज भी डॉक्टर पेशेंट के लिए भगवान ही होता है। उसमें वह भगवान के बाद सबसे ज्यादा श्रद्धा रखता है। एक गरीब आदमी, गरीब माँ, गरीब बच्चा, गरीब वृद्ध व्यक्ति जब आपके सामने आता है और आपको अगर उसमें अपना काम दिखाई पड़ता है तो कभी सेवा नहीं कर सकते। लेकिन अगर इसके अंदर सेवा का और संवेदना का भाव हो जाता है तो मैं मानता हूँ कि वह आपमें भगवान का रूप देखेगा। यह भाव आपके मन में रहा तो मुझे लगता है कि आपको एक अच्छा डॉक्टर बनने से कोई रोक नहीं सकता।

विवेकानंद जी को आपने पढ़ा-सुना होगा। ढेर सारी बातें स्वामी विवेकानंद जी ने कही हैं। मगर एक बात मैं हमेशा याद रखता हूँ। एकबार नीदरलैंड के किसी व्यक्ति ने स्वामीजी से अमेरिका में पूछा कि ज्ञान की व्याख्या क्या है? ढेर सारे लोग संगीत के विशेषज्ञ और ज्ञानी होते हैं। कोई विज्ञान का ज्ञान रखता है, वह भी ज्ञानी होता है। कोई अंतरिक्ष का ज्ञान रखता है, वह भी ज्ञानी होता है। प्रोफेसर विक्रांत जैसे लोग जो मेडिकल साइंस का ज्ञान रखते हैं, वह भी ज्ञानी हैं। ढेर सारे क्षेत्रों में ज्ञान की व्याख्या हो सकती है। उस व्यक्ति ने अपना कन्फ्यूजन स्वामी जी के सामने रखा। स्वामी जी मुझे बताइए कि सबसे अच्छा ज्ञानी कौन? जो आर्ट में है, जो डिफेंस में है, जो मेडिकल साइंस में है, जो वैज्ञानिक है- इनमें कौन सच्चा ज्ञानी है? स्वामी जी ने कहा इन सब ज्ञानों से ऊपर एक ही ज्ञान का मूल मंत्र है। जो 'स्व' से 'पर' पर जाने की यात्रा को जानता हो, अपनी जगह पर पराए का विचार करता हो, वही सच्चा ज्ञानी है और वही ज्ञान को प्राप्त कर सकता है। आज आप यहाँ से मेडिकल साइंस का ज्ञान लेकर जा रहे हैं, मगर आपके सामने इस देश के 60 करोड़ गरीब होने चाहिए। आपका गंतव्य होना चाहिए, इस देश के हर एक व्यक्ति को स्वस्थ बनाना। आपका लक्ष्य होना चाहिए, नरेन्द्र मोदी जी की इस महत्वाकांक्षी योजना को सफल बनाना।

70 साल हो गए देश की आजादी को, कब तक हम बड़ा नहीं सोचेंगे। मोदी जी ने हमारे देश और जनमानस के सोचने की स्केल को बदला है। एक जमाना था कि हम जनसंख्या को बोझ मानते थे। ऐसा मानना था कि जनसंख्या कम होनी चाहिए। परंतु मोदी जी ने सिखाया है कि जो 130 करोड़ लोग हैं, वो 130 करोड़ का मार्केट भी हैं। हम मानते थे कि हमारे देश में पढ़ाई-लिखाई कम है। आज रोज डेवलप हो रही दुनिया में सबसे ज्यादा ग्रेजुएट अगर कहीं हैं, तो भारत में हैं; सबसे ज्यादा इंजीनियर कहीं हैं तो भारत में हैं और कुछ ही समय में सबसे ज्यादा डॉक्टर कहीं पर होंगे, तो वह भी भारत में होंगे। सबसे ज्यादा वैज्ञानिक भी अगर कहीं होंगे तो भारत में होंगे। 130 करोड़ की जनसंख्या वाला महान परम्परा का सबसे युवा देश है हमारा, इसके लिए दुनिया में दूसरा स्थान नहीं हो सकता। हमारे लिए प्राकृतिक दुनिया के सबसे ऊपर का स्थान बना है और आज सौभाग्य से हमें एक ऐसा नेता मिला है, जिसमें वो विजन भी है, प्लानिंग भी है और वहाँ जाने का साहस भी है। पूरी दुनिया भारत के नेतृत्व को आज स्वीकार कर रही है। आज जब आप फील्ड में जा रहे हैं तो आप सबसे मैं यही कहना चाहता हूँ कि आप इस संस्थान से इस देश को स्वास्थ्य के क्षेत्र में नंबर वन बनाने के लिए, स्वास्थ्य के क्षेत्र में दुनिया में सबसे ऊपर ले जाने का लक्ष्य लेकर निकलिएगा। मैं मानता हूँ कि ईश्वर आपका भला करेगा और इससे देश का भी भला होगा।

जब मैं गुजरात में मंत्री था, तब मंत्रिपरिषद के सदस्यों की एक कमेटी बनी थी और बॉन्ड की अमाउंट बढ़ाने की बात थी। ग्रेजुएट होने और डॉक्टर बनने के बाद

कम से कम कितने समय देश में रहना पड़ेगा उसका बांड लेने की हमारे यहाँ गुजरात में व्यवस्था थी। मैं आप सभी से अपील करना चाहता हूँ कि अनुसंधान यहाँ रहकर करिए, अपने कैरियर को यहाँ रहकर बढ़ाइए और गाँव के अंतिम से अंतिम व्यक्ति के साथ जुड़कर इस देश को स्वस्थ और फिट बनाने का लक्ष्य बनाकर आप लोग निकलिए। आपके जीवन में ईश्वर आपको बहुत प्रगति और आपकी सभी इच्छाओं की पूर्ति करने वाला यशस्वी जीवन दे।

वंदे मातरम।

अच्छा सांसद कैसे बनें?

अच्छा सांसद किसे कहेंगे, यह विमर्श का प्रश्न है। इस पर लंबा विमर्श चल सकता है। एक से अधिक धारणाएँ भी हो सकती हैं। कुछ बिंदुओं पर मतांतर भी हो सकता है। किन्तु इस प्रश्न पर विमर्श की प्रासंगिकता को अस्वीकार नहीं किया जा सकता है। सत्रहवीं लोकसभा में निर्वाचित सांसदों के प्रति गृहमंत्री अमित शाह का यह भाषण इसी 'अच्छा सांसद' कैसा हो, की विवेचना प्रस्तुत करता है। खास बात यह हैं कि यह भाषण देते समय अमित शाह स्वयं पहली बार निचले सदन में निर्वाचित होकर पहुँचे थे। किन्तु एक जनप्रतिनिधि के नाते उनका लंबा जीवन विधानसभा में बीता। अपने राजनीतिक जीवन में संचित अध्ययन व अनुभवजनित ज्ञान के द्वारा उन्होंने अच्छे सांसद के लिए आवश्यक अर्हताओं की विशद व्याख्या दी है। एक सांसद के भीतर प्रसन्नता, उत्सुकता व अनुभव होना क्यों महत्वपूर्ण है तथा कौन-से तीन सूत्रों के माध्यम से एक प्रभावी सांसद का निर्माण होता है, इसका अत्यंत सहज व सुरुचिपूर्ण उल्लेख शाह के इस भाषण में मिलता है।

आज के कार्यक्रम की अध्यक्षता कर रहे लोकसभा के अध्यक्ष श्रीमान ओम बिड़ला जी, केंद्र सरकार के मंत्री और अनुभवी जनप्रतिनिधि श्रीमान नितिन गडकरी जी, लोकसभा की सेक्रेटरी जनरल महोदया, श्रीमान् रघुनन्दन शर्मा जी और आज के कार्यक्रम की आत्मा यहाँ उपस्थित सभी नवनिर्वाचित सांसद भाइयों और बहनों।

'एक अच्छा सांसद कैसे बनें, अथवा प्रभावी सांसद कैसे बनें' विषय पर आप लोगों से बातचीत करने के लिए आज मुझे अध्यक्ष जी (स्पीकर लोकसभा) एवं रघुनन्दन जी ने यहाँ बुलाया है। वैसे मैं विधायक तो 20 साल तक रहा और 2 साल तक राज्यसभा में भी रहा, लेकिन लोकसभा में आपकी तरह मैं भी पहली बार सांसद निर्वाचित होकर

*4 जुलाई, 2019 को संसदीय अध्ययन एवं प्रशिक्षण ब्यूरो द्वारा संसद भवन में आयोजित 17वीं लोकसभा के नव निर्वाचित सदस्यों के लिए प्रबोधन कार्यक्रम में केंद्रीय गृहमंत्री श्री अमित शाह का संबोधन

आया हूँ। कई सांसदों को लगता होगा कि अमित भाई आज ही आए हैं और हमारा मागदर्शन कर रहे हैं। मगर आपमें से कोई भी यह विषय अच्छे से रख सकता है। सिर्फ विषय का अध्ययन करने और उसको अच्छे तरीके से प्रस्तुत करने की बात है।

जो नए माननीय सदस्य चुनकर आए हैं तथा सभी दलों के जो सांसद यहाँ उपस्थित हैं, मैं उन सभी को हृदय से बहुत-बहुत बधाई देना चाहता हूँ। हम सबको इस बात का ध्यान अपने दिलो-दिमाग में रखना चाहिए कि सवा सौ करोड़ लोगों के देश में से 543 सांसद चुने जाते हैं। औसतन प्रति सांसद 15 लाख से ज्यादा लोगों का प्रतिनिधित्व हम यहाँ कर रहे हैं। ऐसे में जिस संस्था में हम देश का प्रतिनिधित्व कर रहे हैं, जब तक उस संस्था के गौरव को नहीं जानेंगे तब तक हमारा अच्छा और प्रभावी सांसद बनना असंभव है।

भारत का गणतंत्र दुनिया का सबसे बड़ा और सबसे पुराना गणतंत्र है। आकार की दृष्टि से 130 करोड़ लोगों के हम जनप्रतिनिधि हैं। दुनिया में इतनी बड़ी आबादी वाला गणतंत्र और कोई नहीं है। उसमें गणतंत्र एवं संविधान के तहत काम करने वाली ग्राम पंचायतों से लेकर पार्लियामेंट तक जितनी भी पंचायतें हैं, उसमें सबसे बड़ी पंचायत लोक सभा ही है, जिसके हम सदस्य चुनकर आए हैं। हमें सदैव इस बात का बोध रहना चाहिए कि हम जो बोल रहे हैं, वह सिर्फ हमारे क्षेत्र या हमारे पार्टी के कार्यकर्ता देख रहे हैं, ऐसा नहीं है। यहाँ दिया गया हमारा हर वक्तव्य पूरी दुनिया के लोग सुनते हैं और उस वक्तव्य के आधार पर भारतीय संसद की साख बनती या बिगड़ती है। यह बात हमेशा हमारे संज्ञान में रहनी चाहिए। इसलिए मैं संसदीय अध्ययन एवं प्रशिक्षण ब्यूरो का विशेष अभिनन्दन करना चाहता हूँ कि इतने अल्पकाल के अंदर इस शिविर को उन्होंने आयोजित किया और सभी सांसदों को इस बात को जानने का मौका दिया।

हम बहुदलीय संसदीय व्यवस्था वाले देश हैं। बहुदलीय संसदीय व्यवस्था में हम अपनी-अपनी पार्टी की विचारधारा के आधार पर जनता के बीच जाते हैं और चुनकर आते हैं। इसलिए अपनी विचारधारा को भी इसमें जरूर रखना चाहिए। हम राजनीति का हिस्सा हैं तो राजनीति की बात भी यहाँ जरूर होगी। लेकिन संसद सिर्फ राजनीतिक आरोप लगाने, सुनने या जवाब देने का मंच नहीं है और न ही अलग-अलग पार्टियों की विचारधाराओं को संसद के माध्यम से रखने का ही प्लेटफार्म मात्र है। हमें सदैव यह याद रखना चाहिए कि संसद कानून बनाने वाली देश की सर्वोच्च संस्था है, जो देश के हर नागरिक के लिए कानून बनाती है। संसद का प्राथमिक दायित्व कानून बनाना और कानून के आधार पर इस देश का सुचारू रूप से संचालन हो, इसके लिए काम करना है। हमारा प्राथमिक दायित्व कानून बनाना है।

संसद में देश का बजट पेश होता है। बजट पर अलग-अलग विचार व्यक्त होते हैं। डिमाण्ड आती है। बजट के जरिए इस देश के विकास का खाका खींचने का काम संसद ही करती है। बजट क्या है? जिसके अंदर ईश्वर ने परिश्रम करने की क्षमता दी

है अथवा जो लोग ज्यादा धनार्जन कर रहे हैं, उनसे कर लेकर विकास की राह में पिछड़े लोगों के लिए विकास का रास्ता बनाने का काम बजट द्वारा ही होता है। चाहे ग्रामीण विकास हो, कृषि विकास हो, देश की रक्षा की चिंता हो, शहरी विकास की प्रक्रिया हो, या सम्पूर्ण विकास की प्रक्रिया, यह सब प्रक्रियाएँ बजट के अन्तर्गत आती हैं। दुनिया में देश का सम्मान कैसे बढ़े, देश की कूटनीतिक विषय और दुनिया से सम्बन्धित दूसरे विषयों की चर्चा भी संसद में की जाती है।

हम संसद सदस्य के नाते सदैव ध्यान रखें कि राजनीतिक आरोप-प्रत्यारोप होते हैं, इस पर जवाब देना कोई बुरी बात नहीं है। अपनी पार्टी की विचाराधारा, चाहें जो भी पार्टी हो, को संसद के पटल पर रखना भी कोई गैर वाजिब नहीं है। परंतु कानून बनाने की प्रक्रिया में, बजट की प्रक्रिया में और देश को दुनिया में गौरव दिलाने की प्रक्रिया में भी हमारा योगदान इतना ही सटीक और महत्वपूर्ण होना चाहिए। मैं आज वर्तमान संसद का एक प्रारूप भी आपके सामने रखना चाहता हूँ।

यह पहली संसद है, जिसमें सबसे ज्यादा 'फर्स्ट टाइमर' (पहली बार चुनकर आये) आए हैं। इसबार 265 सदस्य पहली बार सांसद चुने गए है। यह कुल सांसदों की संख्या से लगभग आधी संख्या है। यह बड़ी संख्या है। मैं मानता हूँ कि इस संसद की परफॉर्मेंस जब देश और दुनिया के सामने जाएगी। संसदीय विषयों का विश्लेषण करने वाले पण्डितों के सामने भी जाएगी, तब नए सांसदों के योगदान का आकलन बहुत महत्वपूर्ण और बारीकी से होगा, यह बोध हमारे मन में रहना चाहिए। मैं विशेष रूप से इस बात का भी उल्लेख करना चाहूँगा कि 78 महिला सांसद भी इस बार संसद में चुनकर आई हैं। इनमें से 46 महिला सांसद पहली बार चुनकर आई हैं। अभी आँकड़ों का विश्लेषण पूरा नहीं हुआ है, लेकिन जो अंदाजा है उसके आधार पर मैं इतना बता सकता हूँ कि इस संसद के सबसे युवा संसद होने की भी संभावना बनी हुई है।

हमारे देश ने लोकतंत्र को पहले ही स्वीकार कर लिया था। जब हम आजाद हुए तभी यह तय हो गया था कि हम लोकतंत्र को स्वीकार करेंगे। उसके बाद बहस चली कि लोकतंत्र के किस स्वरूप को हम स्वीकार करें- अध्यक्षीय प्रणाली (प्रेसिडेंशियल फॉर्म) में लोकतंत्र को स्वीकार करें या बहुदलीय लोकतांत्रिक प्रणाली (मल्टी पार्टी डेमोक्रेटिक सिस्टम) यानी संसदीय लोकतंत्र (पार्लियामेंटरी डेमोक्रेटिक सिस्टम) को स्वीकार करें। हमारे देश में जिस प्रकार की विविधता है- अलग-अलग संस्कृतियाँ, अलग-अलग बोलियाँ, अलग-अलग रीति-रिवाज, अलग-अलग धर्म और अलग-अलग मान्यताएँ- उसे देखते हुए हमारी संविधान सभा ने काफी सोच-समझकर यह तय किया कि भारत के लिए बहुपक्षीय लोकतांत्रिक प्रणाली (मल्टी पार्टी डेमोक्रेटिक सिस्टम) उपयुक्त होगी। अंततोगत्वा हमने बहुपक्षीय संसदीय लोकतंत्र प्रणाली को स्वीकार किया। हमने जिस बहुपक्षीय संसदीय लोकतंत्र को स्वीकार किया है, उसकी आत्मा संसद के दो सदन हैं। इन दो सदनों के माध्यम से ही देश का लोकतंत्र नीचे तक रूपातंरित

होता रहता है।

आपको सांसद होने के नाते दुनिया के अन्य देशों में जाने का मौका मिलेगा तो मैं बताना चाहता हूँ कि पश्चिम के बहुत से विद्वान इस बात का श्रेय लेते हैं कि दुनिया को गणतंत्र और लोकतंत्र पश्चिम की देन है। इस बात को मैं कतई स्वीकार नहीं करता हूँ। लोकतंत्र की सबसे पुरानी अवधारणा अगर दुनिया में कहीं मिलती है तो केवल और केवल भारत में मिलती है। 7,000 से 10,000 साल पहले लिखे गए ऋग्वेद में भी गणतंत्र का उल्लेख किया गया है। महाभारत के शांतिपर्व में भी संसद नामक एक सभा का प्रयोग किया गया है। बौद्ध काल में भी लिच्छवी, वैशाली, मल्ल, मगध, कम्बोज आदि सारे गणतंत्र थे, जहाँ मत देने की व्यवस्था थी। इनमें सभाएँ लगती थीं, जनप्रतिनिधि चुने जाते थे और चुनी हुए गणतंत्र राज्य का निर्णय करते थे। दुनिया का सबसे पुराना गणतंत्र द्वारका में श्रीकृष्ण ने बनाया था। वहाँ राजा की परम्परा नहीं थी, नायक की परम्परा थी और नायक वंश परम्परा से भी नहीं होते थे। इसलिए श्रीकृष्ण कभी राजा नहीं बन पाए। दुनिया को गणतंत्र देने का गौरव अगर किसी को प्राप्त है तो हमारे महान देश भारत को प्राप्त है और आज भी हमने सबसे विविधता वाला गणतंत्र दुनिया को देने का काम किया है।

अध्यक्ष जी यहाँ बैठे हैं। मैं अब जो बात कहूँगा वो कुछ लोगों को अच्छी नहीं लगेगी, परंतु उनके (अध्यक्ष जी के) आसन के पीछे एक वाक्य लिखा है, दो ही शब्द हैं–

'धर्मचक्र प्रवर्तनाय।'

इसका मतलब यह है कि भारत के शासक धर्म के रास्ते पर आगे बढ़ें। यहाँ धर्म शब्द की कोई संकीर्ण व्याख्या न करे। धर्म का मतलब रिलीजन नहीं होता है। धर्म का मतलब हमारा दायित्व होता है। एक नागरिक का देश के प्रति धर्म क्या होता है, एक सांसद का संसद के प्रति क्या धर्म होता है, इसका बोध कराने के लिए यह 'धर्मचक्र प्रवर्तनाय' सूत्र अध्यक्ष जी की कुर्सी के पीछे लिखा है।

देश में एक कालखंड आया जब कहा जाने लगा कि अच्छे विचार कहाँ से आए हैं। इसके आधार पर विचारों का तोल-मोल होने लगा। हमारे यहाँ तो परम्परा है कि अच्छे विचार किसी भी व्यक्ति से, किसी भी दिशा से, किसी भी समूह से आएँ, उन्हें स्वीकार कर लेना चाहिए। यह धर्मचक्र प्रवर्तनाय उसी का उद्घोषक है।

संसद के हर द्वार के ऊपर लिफ्ट के सामने आप जाएँगे तो वेद, उपनिषद, दुनिया के अलग-अलग धर्मग्रंथों से जो भी अच्छी चीजें ली गई हैं, वह दर्ज हैं। नए माननीय सांसदों से मेरा आग्रह है कि इनको जरूर पढ़ना और देखना चाहिए। लिफ्ट संख्या एक के निकटवर्ती गुंबद पर महाभारत का एक श्लोक अंकित है–

न सा सभा यत्र न सन्ति वृद्धा,
वृद्धा न ते ये न वदन्ति धर्मम्।
धर्म स नो यत्र न सत्यमस्ति,
सत्यं न तद्यच्छलमभ्युपैति।।
(महाभारत 5/35/58)

यह बहुत महत्वपूर्ण श्लोक है। इसका अर्थ है कि वह सभा, सभा नहीं है, जिसमें वृद्ध न हों। संसद को भी सभा कहते हैं। जिसमें वृद्ध न हों, उसको सभा की मान्यता ही नहीं है। हमारे शास्त्रों में वृद्ध की व्याख्या तीन प्रकार से की गई है। व्यक्ति वयोवृद्ध हो सकता है, व्यक्ति तपोवृद्ध हो सकता है और व्यक्ति ज्ञानवृद्ध भी हो सकता है। व्यक्ति वयोवृद्ध है तो उसके अनुभव का फायदा सभा को मिलना चाहिए। तपोवृद्ध है तो उसके संयम और चिंतन का फायदा मिलना चाहिए और ज्ञानवृद्ध है तो उसके ज्ञान का फायदा सभा को मिलना चाहिए। वह सभा अस्तित्व में ही नहीं मानी जाएगी, जिसमें वृद्ध नहीं हों।

आगे क्या कहा गया है- पहली वह सभा जिसमें वृद्ध न हों, वह सभा नहीं है। फिर कहा गया है कि वे वृद्ध नहीं हैं जो धर्म के अनुसार नहीं बोलते हैं। आर्थात उनको वृद्ध नहीं माना जाएगा। जहाँ सत्य नहीं है, वहाँ धर्म नहीं है। जहाँ छल है, वहाँ सत्य नहीं है।

हम लोगों को किस दिशा में जाना है, उसका सम्पूर्ण दिशा-दर्शन इस एक ही श्लोक में किया गया है। हमें वयोवृद्ध, तपोवृद्ध या ज्ञानवृद्ध बनना है। हम वयोवृद्ध नहीं बन सकते हैं, क्योंकि हम वह वय-आयु के साथ ही बनेंगे। मगर हम तपोवृद्ध और ज्ञानवृद्ध बन सकते हैं। धर्मानुसार नहीं चलेंगे तो वृद्ध की व्याख्या के बाहर हो जाते हैं। धर्म की व्याख्या है कि जिसमें सत्य न हो, वह धर्म नहीं है और जिसमें छल हो, वह भी धर्म नहीं है। हमारे हर एक आचरण में इस श्लोक को आत्मसात् करके आगे बढ़ने के लिए हमें अध्ययन करना चाहिए। मैं आप लोगों से यह आग्रह करूँगा।

मैं राज्य सभा का सांसद बनकर आया तब मैंने सारे श्लोकों को निकाला था। इसके अर्थ पढ़ेंगे तो आपको कोई प्रबोधन की जरूरत नहीं पड़ेगी। आपके जीवन में बहुत बड़ा फायदा होगा। मैं उन श्लोकों को पढ़कर कहना चाहता हूँ कि देश के प्रथम उपराष्ट्रपति डॉ. राधाकृष्णन और पहले गवर्नर जनरल राजाजी (राजगोपाल चारी) ने यह बहुत बड़ा काम हमारे लिए किया है। इन्होंने हमारे साहित्य में दिए सद्विचारों को संसद में अंकित कराने का काम किया है।

मैं आज इतना ही कहना चाहता हूँ कि प्रसन्नता, उत्सुकता और अनुभव, ये तीनों किसी भी सांसद के लक्षण होने चाहिए। हमें अनुभव प्राप्त करना है। हमेशा प्रसन्नता के साथ ही अच्छे विचार आप संसद में रख पाएंगे और उत्सुकता यानी जिज्ञासा नहीं

है तो आपके ज्ञान में वृद्धि होना संभव नहीं है।

प्रभावी सांसद बनने के तीन हिस्से हैं। एक संसद के अंदर प्रभावी बनना। दूसरा, संसद के माध्यम से अपने क्षेत्र में प्रभाव खड़ा करना और तीसरा, संसद के माध्यम से देश और दुनिया में संसद के प्रभाव को बढ़ाकर अपने प्रभाव को बढ़ाना, क्योंकि अंततोगत्वा संसद का प्रभाव ही हम सभी में निहित होता है। अंततः हम सभी एक मतक्षेत्र का प्रतिनिधित्व करते हैं। अपना चुनाव क्षेत्र, अपनी पार्टी की विचारधारा और जन अपेक्षाएँ, इन सभी का प्रतिनिधत्व करना इस संसद में हमारा दायित्व है।

सांसद को अपने चुनाव क्षेत्र का भी प्रतिनिधित्व करना पड़ता है। मैं जिस पार्टी से आता हूँ, उस पार्टी की विचारधारा का भी प्रतिनिधित्व करना पड़ता है और देश के हितों का भी प्रतिनिधित्व सांसद को ही करना पड़ता है। इन तीनों चीजों का सम्पूर्ण प्रतिनिधित्व क्या होता है, यह इसमें निहित है। संसद के अंदर आप अपने क्षेत्र का प्रतिनिधि बनकर रहिए। आपको एक पुस्तिका दी जाएगी। ढेर सारे तारांकित व अतारांकित प्रश्न, आधे घंटे की चर्चा, शार्ट ड्यूरेशन डिस्कशन आदि से आप अपने क्षेत्र, अपनी विचारधारा और देश की समस्याओं के लिए जनता का भी प्रतिनिधित्व कर सकते हैं।

संसद के विषयों का बारीक अध्ययन किए बिना हम प्रभावी सांसद नहीं बन सकते हैं। संसद की लाइब्रेरी में इतनी विविधता और ज्ञान की उपलब्धता है कि शायद ही दुनिया का कोई विषय इससे अछूता रह गया हो। मैं कहना चाहता हूँ कि संसद की लाइब्रेरी सिर्फ सांसदों के लिए ही नहीं किसी भी व्यक्ति के लिए, रत्नों की खान है। इसलिए इसका उपयोग हर नए सांसद को करना चाहिए।

संविधान सभा की बहस जब तक आप नहीं पढ़ेंगे, हमारे संविधान को समझने की क्षमता आप में आ ही नहीं सकती है। जो लॉ के विद्यार्थी हैं, वे भी नहीं समझ सकते हैं। निष्पादन क्या हुआ, आप इस पर मत जाइए। सामने चार-पाँच चीजें थीं, चर्चा होने के बाद एक चीज को आत्मसात किया गया। चार-पाँच चीजों में से एक चीज को क्यों तय किया गया, जब तक इस बात को नहीं समझेंगे, तब तक यह चीज कितनी महत्वपूर्ण है, वह मालूम ही नहीं होगा। एक फैसला हुआ है। वह फैसला क्यों हुआ, किस परिस्थिति में हुआ, इसका बारीक अध्ययन आप सभी को करना चाहिए।

संसद में बैठना बहुत महत्वपूर्ण होता है। प्रबंधन क्षेत्र के एक अनुभवी व्यक्ति ने कहा है कि व्यक्ति में परफेक्शन पूर्णतया कैसे आता है- 33 प्रतिशत पढ़कर आता है, 33 प्रतिशत देखकर आता है और 33 प्रतिशत पढ़े हुए तथा देखे हुए पर सोचकर अपना निर्णय लेने से आता है। जब तक हम संसद में बैठेंगे नहीं और दूसरों को सुनने का धैर्य नहीं रखेंगे, तब तक अपने विचार में क्या कमियाँ हैं, उसका आत्मनिरीक्षण नहीं कर पाएंगे। जब तक हम सुनेंगे नहीं, संसद में आगे हुई चर्चाओं को पढ़ेंगे नहीं, तो अपने विचार को अंतिम रूप देने में हम कई गलती करेंगे। विचार की प्रक्रिया भी इसमें बहुत बड़ी होती है।

सांसदों के लिए संसद की बहुत सुविधाएँ होती हैं। आपको पता होगा, लैपटॉप भी मिलता है, ट्रेन के पास भी मिलते हैं, विमान के टिकट भी मिलते हैं। बहुत सारे अन्य विशेषाधिकार भी हैं। कांस्टीट्यूशन क्लब है। रहने की भी सुविधा मिलती है। एक अच्छा जनप्रतिनिधि बनने के लिए ये सारी सुविधाएँ जरूरी हैं। सांसद सबसे अच्छी रिसर्च कर सकें, ऐसी सारी सुविधाएँ संसद के परिसर के अंदर उपलब्ध हैं। इन सारी सुविधाओं का उपयोग भी करिए और उपभोग भी कीजिए। इससे किसी को कोई तकलीफ नहीं होगी, यह आपका अधिकार है। आपके व्यक्तित्व को, आपके काम को सम्पूर्ण बनाने के लिए सोच-समझकर ये सुविधाएँ दी गई हैं। मगर इन भौतिक सुविधाओं मात्र से सम्पूर्णता या समग्रता नहीं आएगी। जब तक रिसर्च करने और सोचने की आदत नहीं डालेंगे, जिस विषय पर बोलना चाहते हैं, उस विषय को जब तक लाइब्रेरी में जाकर जानने की पूर्ण प्रक्रिया नहीं करेंगे, तब तक मुझे लगता है कि हम अनुभवी सांसद नहीं बन सकेंगे। मेरा आग्रह है कि पहली बार चुने हुए सांसद रिसर्च को स्वभाव का एक हिस्सा बना लें और इसका उपयोग करें।

सांसद निधि भी बहुत महत्त्वपूर्ण है। यह आपके क्षेत्र के विकास की महत्त्वपूर्ण निधि है। समय-समय पर इसकी दिशा-निर्देशिका सरकार द्वारा जारी की जाती है। मैं आपको अवगत कराना चाहता हूँ कि सांसद निधि के उपयोग में बहुत सारे सांसदों ने बदनामी मोल ली है। हम मतों के प्रभाव में आकर, किसी के दबाव में आकर सांसद निधि के लिए ऐसा कोई पत्र न लिखें, जो विषय-निर्देशिका के दायरे के बाहर हो। बहुत सोच-समझकर यह दिशा-निर्देशिका बनाई गई है। हमें सारी सांसद निधि का उपयोग दिशा-निर्देशिका की सीमा के तहत ही करना चाहिए और अपने क्षेत्र के मुद्दों का चयन करना चाहिए। मुद्दे तो ठीक हैं, लेकिन मैं 'चयन करना' शब्द को थोड़ा समझाना चाहता हूँ। मुद्दे कई प्रकार के होते हैं। ग्राम पंचायत का मुद्दा होता है, म्यूनिसिपल कॉर्पोरेशन का या तहसील पंचायत का भी मुद्दा होता है। राज्य की विधानसभा के भी मुद्दे होते हैं और संसद के भी मुद्दे होते हैं। सिर्फ अपने क्षेत्र के अंदर अपनी उपस्थिति दिखाने के लिए उन मुद्दों को संसद के अंदर नहीं उठाना चाहिए, जो संसद के कार्य क्षेत्र के नहीं हैं। इससे समस्या का समाधान नहीं होगा। सिर्फ एक दिन अखबार में आ जाएगा, जिससे आपके लोगों को लगेगा कि उनके सांसद ने यह सवाल उठाया, लेकिन वहाँ प्रक्रिया समाप्त नहीं होती। दूसरे दिन हमारा मतदाता यह सोचेगा कि सांसद ने मुद्दा उठाया तो जरूर, मगर उनका तो प्रभाव ही नहीं पड़ा और स्थिति जस की तस है। उसका समाधान नहीं हुआ। समाधान होगा भी नहीं, क्योंकि वह संसद के कार्य क्षेत्र में ही नहीं है। हम अपने क्षेत्र के वही मुद्दे उठाएँ, जो संसद के कार्यक्षेत्र में आते हों। भारत सरकार के कार्य क्षेत्र में हों। यदि हम यह संयम नहीं रखते हैं तो धीरे-धीरे अपने क्षेत्र में हमारा प्रभाव कम होता जाएगा।

एक यह बात भी है कि हमें विषय की पूरी तैयारी रखनी चाहिए। मैं आज भाषण दे

रहा हूँ, आप लोगों के लिए कुछ टिप्स देने का प्रयास कर रहा हूँ। अगर मेरी ही तैयारी नहीं होगी और दुनियाभर के पॉलिटिकल विषयों के बारे में मैं बोलकर जाऊँगा, तो मेरा प्रभाव खरा नहीं हो सकता है। संसद के अंदर आप जो बोल रहे हैं, वह विषय के अनुसार है या नहीं; वह विषय को परिणामलक्षी दिशा में ले जाने वाला सुझाव है या नहीं, हमें यह सब सोचकर ही भाषण के लिए पूरी तैयारी करनी चाहिए। इस विषय पर भी नए सांसदों को जरूर सोचना चाहिए।

संसदीय समिति संसद का एक महत्त्वपूर्ण अंग है। दुनियाभर के सभी लोकतांत्रिक देशों में इस प्रकार की व्यवस्था नहीं है। आप सभी जानते हैं, आपको थोड़ा अनुभव हो ही गया होगा। अध्यक्ष जी ने सबसे ज्यादा नए सांसदों को बोलने का मौका तो दिया ही है, परंतु समय की मर्यादा अध्यक्ष जी के सामने भी होती है और संसद की भी मर्यादा होती है। सभी पार्टी के सभी सांसद अपनी बात नहीं रख सकते हैं, इसीलिए संसदीय समितियों का निर्माण किया गया है। संसदीय समितियों में ढेर सारे विषय विचार के लिए आते हैं और संसदीय समितियों में हमारा कंट्रीब्यूशन भी रिकार्ड होता है। संसद का प्रभाव बनाने और ब्यूरोक्रेसी पर कंट्रोल रखने के लिए संसदीय समिति से बड़ा कोई साधन नहीं हो सकता है। इसीलिए यह न सोचें कि संसदीय समितियों में केवल अपनी उपस्थिति दर्ज करानी है। संसदीय समितियों के सामने जो विषय आते हैं, वे बहुत महत्त्वपूर्ण होते हैं। ये विषय देश की भलाई के लिए कैसे आकार लें, कैसे परिणामोन्मुखी बनें और उन विषयों के दूरगामी परिणाम किस प्रकार से देश को आगे ले जाने वाले हों, सांसद होने के नाते ऐसी तैयारी करके संसदीय समितियों में जाना चाहिए।

सभी सांसदों को अपने क्षेत्र में अपना एक कार्यालय भी खोलना चाहिए। हालांकि संसद के अंदर यह आपकी परफॉर्मेंस का विषय नहीं है, लेकिन मैं अनुभव के आधार पर कहता हूँ कि प्रभाव निर्मित करने के लिए और अच्छा सांसद बनने के लिए भी इसकी बहुत जरूरत होती है।

एक महत्वपूर्ण बिंदु यह है कि संसद में हमारी भाषा और व्यवहार केवल प्रसिद्धि के लिए नहीं होना चाहिए, बल्कि संसदीय गरिमा के अनुरूप होना चाहिए। हमारी भाषा और व्यवहार संसदीय गरिमा को बढ़ाने वाला होना चाहिए। इसका मुझे लंबा अनुभव है। मैं 13 साल की उम्र से सार्वजनिक जीवन में काम कर रहा हूँ। मेरा 40 साल से भी अधिक समय सार्वजनिक जीवन में ही बीता है। मैं आपको विश्वास के साथ कह सकता हूँ कि अमर्यादित भाषा और अमर्यादित व्यवहार कभी भी लंबे समय तक चलते नहीं हैं। इस दिशा में सभी सांसदों को सोचना चाहिए, क्योंकि एक-एक सांसद के व्यवहार से ही अंततोगत्वा संसद का व्यवहार बनता है, संसद की गरिमा बनती है। हमारी भाषा स्पष्ट हो, कटु भले हो, मगर शालीन हो। इसकी जिम्मेदारी हमारी है। कटु से कटु बात, स्पष्ट से स्पष्ट बात शालीनता के साथ भी कही जा सकती है।

हमारा व्यवहार संसद के नियमों के अनुरूप हो, इसकी जिम्मेदारी भी हमारी ही

है। हम सबमें अपनी-अपनी पार्टी की वैचारिक स्पष्टता होनी चाहिए। आप सभी सांसद किसी न किसी पार्टी के घोषणापत्र को जनता के सामने रखकर, चुनकर यहाँ आए हैं। जिस पार्टी का आप प्रतिनिधित्व करते हैं, उस पार्टी की एक विचारधारा है। इसके बारे में हमारी स्पष्टता अवश्य होनी चाहिए। निर्भीक तरीके से अपनी पार्टी की विचारधारा और अपनी बात को संसद के पटल पर रखने का साहस और तत्परता भी हमारे अंदर होनी चाहिए।

मैं निर्भीक शब्द पर ज्यादा वजन देना चाहता हूँ। विचारधारा के बिना कोई पार्टी नहीं हो सकती और दलों के अलावा संसद का अस्तित्व नहीं हो सकता। इसलिए विचारधारा की निर्भीक अभिव्यक्ति संसद की शोभा और गौरव को बढ़ाती है।

मैं एक बात और कहना चाहूँगा। अपने क्षेत्र के विकास के लिए कलेक्टर के साथ, लॉ एंड ऑर्डर के लिए एसपी के साथ, कमिश्नर्स के साथ कई बैठकें होती हैं। मेरा आप सभी से आग्रह है कि समय निकालकर अगर उन बैठकों में आप उपस्थित रहेंगे तो हम अपने निर्वाचन क्षेत्र के लिए काफी कुछ कर पाएंगे। अगर सभी सांसद अपने चुनावक्षेत्र के विकास के लिए विचार करें और उसमें सफल हों तो देश का विकास तो हो ही जाएगा, क्योंकि देश के सभी क्षेत्रों का कोई न कोई प्रतिनिधित्व करता ही है। अंततोगत्वा देश का विकास एक-एक संसदीय क्षेत्र के विकास के साथ ही तो जुड़ा हुआ है। व्यक्ति का विकास भी एक-एक संसदीय क्षेत्र के विकास के साथ जुड़ा हुआ है। हमारा दायित्व है कि अपने क्षेत्रों की बैठकों में हम अपनी सहभागिता बढ़ाएँ।

संसद प्रक्रिया में बहुत सारे अलग-अलग तरीके हैं, जिनके माध्यम से अपनी बात को रखा जा सकता है। प्रश्नकाल, अल्पकालिक बहस, संसदीय समिति जैसे कई प्रकार के माध्यम हैं। लोकसभा की सेक्रेटरी जनरल स्नेहलता जी (तत्कालीन) आप सब को इसकी पुस्तिका दे देंगी। लेकिन मैं आप सबको दो उदाहरण देना चाहता हूँ।

1991 में सांसद मुनियप्पा जी ने और मुख्तार अंसारी जी ने प्रश्नकाल (क्वेश्चन आवर) में सवाल पूछा था कि क्या यह बात सही है कि केरल के कुछ स्कूलों में राष्ट्रीय गीत वंदे मातरम् नहीं गाया जाता है? यह सवाल नंबर 17वाँ था। मंत्री द्वारा जवाब के समय उस वक्त के सांसद और आज के उत्तर प्रदेश के राज्यपाल श्री राम नाइक जी या तो बिजी होंगे या अनुपस्थित रहे होंगे, इसलिए उन्होंने उत्तर को बाद में पढ़ा कि यह बात सही है। मगर जब सवाल सदन के पटल पर आ जाता है तो वह सदन की प्रॉपर्टी बन जाता है। लिहाजा राम नाइक जी ने आधे घंटे की चर्चा की डिमांड कर डाली। इस पर अध्यक्ष महोदय को आधे घंटे की चर्चा की अनुमति देनी पड़ी। राम नाईक जी ने चर्चा करते-करते एक सुझाव संसद के अंदर रखा कि जन-गण-मन और वंदे मातरम् अगर संसद के सदन में गाया जाएगा तो स्कूलों के बच्चों को भी उसे गाने की प्रेरण ा मिलेगी। अगर हम ही नहीं गाएंगे तो बच्चे क्यों गाएंगे? संविधान सभा ने यह स्पष्ट रूप से कहा है कि जन-गण-मन जितना ही महत्वपूर्ण हमारा राष्ट्रगीत वंदे मातरम् है।

इसलिए इसे संसद के अंदर भी गाना चाहिए। आडवाणी जी ने भी इस संविधान सभा की चर्चा का हवाला देते हुए इसका समर्थन किया। उस वक्त मानव संसाधन विकास मंत्री श्री अर्जुन सिंह जी थे। उन्होंने गोल-मोल जवाब दिया, लेकिन अंततोगत्वा जब लोकसभा अध्यक्ष जी ने यह विषय संसद की जनरल परपज कमेटी के पास भेजा तो वर्ष 1991 से वंदे मातरम् संसद के अंदर गाया जा रहा है।

मैं इसलिए इस बात का उल्लेख करना चाहता हूँ कि एक सांसद ने सवाल पूछा तब राम नाईक जी अनुपस्थित थे। मगर जो सवाल संसद की प्रॉपर्टी बन गया था, जागरूक सांसद राम नाईक जी ने उसे आधे घंटे की चर्चा में तब्दील कराया और इतना बड़ा निर्णय हुआ कि वर्ष 1991 से वंदे मातरम् संसद के अंदर गाया जाता है।

दूसरा उदाहरण, प्राइवेट मेंबर्स बिल का है। बहुत जागरूक और वरिष्ठ सांसद थे- श्री सोमनाथ चटर्जी जी। उनको सब जानते हैं। पूरी दुनिया जानती है कि पश्चिम बंगाल से सांसद थे। वे बड़े अध्ययनशील सांसद थे। सोमनाथ चटर्जी जी ने नेपाली भाषा को संविधान की 8वीं अनुसूची में समाहित करने के लिए एक गैर-सरकारी विधेयक प्रस्तुत किया। उसमें चर्चा हुई और चर्चा इस लेवल तक पहुँच गई कि गैर-सरकारी विधेयक कानून नहीं बन सकता। फिर मंत्री महोदय ने आश्वासन दिया कि हम ऐसा बिल लेकर आएंगे। आज नेपाली भाषा संविधान की 8वीं अनुसूची में शामिल है तो इसका कारण एक गैर-सरकारी विधेयक है।

मैं इन दोनों उदाहरणों को इसलिए बता रहा हूँ क्योंकि हम क्वेश्चन आवर, गैर सरकारी विधेयक और प्राइवेट मैम्बर्स बिल का जो समय होता है, इनको बहुत हल्के में ले लेते हैं। कई बार हम इन सबको गंभीरता से नहीं लेते हैं। जबकि संसद के जो सारे नियम बने हैं, वे देश की व्यवस्था को बदलने और उसमें कॉन्ट्रीब्यूट करने के लिए आपके काम में आ सकते हैं। इसीलिए ये नियम बने हैं। इसलिए मैं आप सबसे विनती करना चाहता हूँ कि सारे नियमों का हमें बखूबी अध्ययन करना चाहिए और उचित तरीके से इसका उपयोग देशहित और लोकतंत्र के हित में भी करना चाहिए। यह हमारी जिम्मेदारी है। इससे हमारी संसद का गौरव बढ़ेगा।

हमारे संविधान ने हमारी लोकतांत्रिक व्यवस्था को तीन हिस्सों में बाँटा है- कार्यपालिका, विधायिका और न्यायपालिका। इन तीन हिस्सों से मिलकर देश का एडमिनिस्ट्रेशन बनता है। ज्यूडिशियरी अपने तरीके से स्वतंत्र रूप से काम करती है। ब्यूरोक्रेट्स कार्यपालिका के गाइडेंस के नीचे अपने तरीके से स्वतंत्र रूप से काम करते हैं। विधायिका कानून बनाने और नीतिगत फैसले लेने का काम करती है। सब की शिकायत है और यह शिकायत सही भी है कि समय के साथ विधायिका निर्बल हुई है। कार्यपालिका और न्यायपालिका थोड़ी हावी हुई हैं। इसके लिए हम कई बार न्यायपालिका और कार्यपालिका को दोषी मानते हैं। ब्यूरोक्रेट्स किसी की सुनते नहीं हैं और न्यायपालिका हमारे दायरे में हस्तक्षेप (एंक्रोचमेंट) करती है। न्यायपालिका और

कार्यपालिका का हस्तक्षेप बढ़ा है, संसद सदस्य के नाते मैं इसको स्वीकार करता हूँ। मगर इसमें दोष न्यायपालिका और कार्यपालिका का नहीं है, विधायिका का है, हम सबका है। अगर हम इसकी साख नीचे गिरा देंगे तो स्वत: दूसरा हिस्सा हस्तक्षेप अथवा अतिक्रमण (एंक्रोचमेंट) कर ही जाएगा। हमारा दायित्व है विधायिका को मजबूत करना और संसद को मजबूत करना। अगर हम अपने दायित्वों को ठीक से नहीं संभाल पाएंगे तो कार्यपालिका और न्यायपालिका हावी हो जाएँगी। यह बहुत सूक्ष्म रेखा है। इसके भयंकर परिणाम लोकतंत्र के अस्तित्व पर खतरा बन सकते हैं।

मुझे 45 मिनट दिए गए हैं और मेरा समय समाप्त होने वाला है। सभा के महत्व को समझाने के लिए मैं महाभारत का एक उदाहरण देना चाहता हूँ। सबसे ज्यादा विनाशक युद्ध महाभारत का युद्ध था, जिसमें हमारा साहित्य, ज्ञान, विज्ञान, हमारी संस्कृति, हमारी परम्परा सब हताहत हो गए थे। हम सालों तक खड़े नहीं हो पाए। वह एक भयंकर युद्ध हुआ था। उस समय हमने देश की सर्वश्रेष्ठ वस्तुएँ गँवाई थीं। वह युद्ध क्यों हुआ था? वह युद्ध इसलिए हुआ था कि हस्तिनापुर की सभा ने अपना महत्व खो दिया था। सभा के अंदर बैठने वाले सभासदों ने राजा के आधिपत्य को स्वीकार कर लिया था। अपने विचारों को स्पष्टता के साथ, कटुता (आलोचना) के साथ, निर्भीकता के साथ रखने का साहस खो दिया था।

भीष्म पितामह, विदुर, द्रोणाचार्य आदि बहुत सारे विद्वान उस सभा में बैठे थे, जो धर्म को, नीति को जानते थे और नीति की व्याख्या करने वाले लोग थे। आज भी विदुर नीति पढ़ने में विद्यार्थियों को बहुत दिक्कत होती है। लेकिन नीति पर जटिल पुस्तक लिखने वाले महात्मा विदुर भी तब चुप हो गए। धर्म की सूक्ष्म से सूक्ष्म व्याख्या करने वाले भीष्म पितामह ने भी मुँह नहीं खोला। एक अबला का चीर हरण हुआ, जो महाभारत में परिवर्तित हुआ और देश को बहुत बड़ा नुकसान उठाना पड़ा। सभा जब तक अपने गौरव को बनाए नहीं रखती है, देश खुशहाल और प्रगतिशील नहीं हो सकता है। हम सब एक ऐसी सभा में बैठते हैं जो देश के बारे में फैसले करती है। इसका संज्ञान हमारे मन को हमेशा रहना चाहिए। यह संसद एक ऐसी सभा है जो देश का कानून बनाती है। देश के अर्थ और तंत्र को पटरी पर लाती है। देश के गरीब से गरीब व्यक्ति के कल्याण के लिए सोचती है। देश की सुरक्षा के बारे में सोचती है। विश्व में देश के गौरव के बारे में नीति यहीं बनायी जाती है। अगर यहाँ हम निर्भीकता के साथ नहीं बोलते हैं तो मुझे लगता है कि हम श्रेष्ठ भारत का निर्माण नहीं कर सकते।

आदरणीय प्रधानमंत्री श्री नरेन्द्र मोदी जी के नेतृत्व में श्रेष्ठ भारत के पुनर्निर्माण और नए भारत की रचना का जो विजन लेकर हम चले हैं, उसके लिए हर एक संसद सदस्य का यह दायित्व है कि वह दल से ऊपर उठकर इसे सफल बनाए। एक सांसद होने के नाते अपने दायित्वों को अच्छे से निभाकर ही हम इसे कर सकते हैं। मेरा आप सभी से आग्रह है कि संसद के सेंट्रल हॉल में बैठकर बातचीत करने में समय व्यतीत

करने के बजाए, संसद की लाइब्रेरी का, संसद की परम्पराओं का, संसद चलाने के नियमों का अभ्यास करने की आदत डालें। हम सब आदर्श व प्रभावी सांसद बनकर उभरें और अंततोगत्वा हम सबके प्रभाव से देश भी प्रभावी बने, ऐसी शुभकामनाएँ देकर मैं अपनी बात को समाप्त करता हूँ।

वंदे मातरम्।

संपादक परिचय

शिवानंद द्विवेदी

इस पुस्तक के संपादक शिवानंद द्विवेदी भारतीय जनता पार्टी के थिंक टैंक डॉ. श्यामा प्रसाद मुखर्जी रिसर्च फाउंडेशन से जुड़े हुए हैं। द्विवेदी गृहमंत्री अमित शाह की बेस्टसेलर राजनीतिक जीवनी 'अमित शाह और भाजपा की यात्रा' के सह-लेखक भी हैं। उत्तर प्रदेश के देवरिया जिला स्थित सजांव के निवासी शिवानंद की प्राथमिक शिक्षा गाँव के सरकारी स्कूल में हुई एवं इन्होंने उच्च शिक्षा दीनदयाल उपाध्याय विश्वविद्यालय, गोरखपुर से संबद्ध बुद्ध स्नातकोत्तर महाविद्यालय, कुशीनगर से अर्जित की। द्विवेदी हिंदी के समाचार पत्रों व पत्रिकाओं में राजनीति, लोकतंत्र, सामाजिक-आर्थिक विषयों पर नियमित लेखन करते रहे हैं। विभिन्न बौद्धिक सेमिनारों में अपनी बात रखते हैं। द्विवेदी ने केंद्र की मोदी सरकार के ढाई वर्ष पूरे होने पर पुस्तक 'परिवर्तन की ओर' एवं मोदी सरकार के पाँच वर्ष पूरे होने पर पुस्तक 'नए भारत की ओर' का संपादन किया है।

मेल आईडी: Shiwaoffice@gmail.com

भाषणों के QR कोड्स

क्रम	भाषण सूची	यूट्यूब QR कोड
1	आदि शंकराचार्य: शिवोहम, शिवोहम ज्ञान परम्परा का स्मरण	
2	युगदृष्टा सावरकर	
3	अप्रतिम नायक: डॉ. श्यामा प्रसाद मुखर्जी	
4	स्वाधीनता का आनंदमठ	
5	सुशासन की चाणक्य गीता	

6	रामानुजाचार्य: सनातन का अमृत विष	
7	संस्कृति के महामना	
8	परिवर्तन के वाहक 'कर्मयोद्धा नरेन्द्र मोदी'	
9	वेंकैया नायडू: कर्तव्यनिष्ठा की प्रेरणा	
10	जम्मू-कश्मीर पुनर्गठन: इतिहास बदलते हैं ऐसे	
11	अनुच्छेद-370: नई धारा, निर्मूल शंकाएँ, निरुत्तर विपक्ष	

12	तीन-तलाक: एक कुप्रथा का अंत	
13	नागरिकता संशोधन कानून: संदेहों का निवारण	
14	शौर्य है, निर्भय रहें	
15	सजगता, सुरक्षा और सेवा की उत्कृष्ट परम्परा	
16	विश्वास की वर्दी	
17	नशा कारोबार: नहीं, यह नहीं चलेगा	

18	आपदा प्रबंधन की भारत दृष्टि	
19	बोडो विवाद: सहमति, सन्मति और समाधान	
20	पूर्वोत्तर या पूर्वोदय की आभा	
21	सब उन्नति को मूल: हिंदी	
22	अपनी भाषा अपना देश	
23	मानवाधिकार की भारतीय दृष्टि	

24	पारदर्शिता का कर्त्तव्यबोध-सूचना का अधिकार	
25	जनगणना से विकास की दृष्टि	
26	बदलता भारत: तरूणाई का यश और दायित्व	
27	सर्वे संतु निरामया	
28	अच्छा सांसद कैसे बनें?	
29	युगदृष्टा सावरकर	